Yi Munyol
Dem Kaiser!

Yi Munyol
Dem Kaiser!
Roman

Aus dem Koreanischen
von Mo Seoyoung und
Frieder Stappenbeck

WALLSTEIN VERLAG

Prelude in Form eines Cappriccio

Zwei Jahre sind die Ereignisse nun her. Ich arbeitete damals bei einer zweitklassigen Zeitschrift. Zweiter Klasse ist für mich eine Zeitschrift dann, wenn sie bei einer monatlichen Auflage von ein paar tausend Exemplaren als Mittel gegen die Langeweile im Zugabteil nur bedingt taugt, aber vorgibt, über Wohl und Wehe von Kunst und Kultur in unserem Lande zu wachen.

An einem späten Nachmittag im ungewöhnlich heißen Sommer jenes vorvergangenen Jahres wurde ich ins Redaktionsbüro gerufen. Ich wollte gerade Feierabend machen und mir in einer Bar ein kühles Bier gönnen, daher kam mir diese Einbestellung alles andere als gelegen.

»Lesen Sie das hier bis morgen früh durch!« wies mich der Chefredakteur an, ohne sich groß darum zu kümmern, ob ich davon begeistert war oder nicht.

»Ich bin darauf gestoßen, als ich Auszüge der Nostradamus-Übersetzung eingesehen habe. – Wäre das nicht was für die Sonderbeilage nächsten Monat?«

Ich warf einen flüchtigen Blick auf das Buch, das er mir entgegengeschoben hatte, ohne daß ich es in die Hand nahm. *Neuübersetzung des Chônggamnok*, die Chronik der *Chông*. Es sah aus wie einer dieser Schundromane, die an der Straßenecke unter einer Gaslampe aus dem Fahrradanhänger heraus feilgeboten und den Leuten beinah kostenlos nachgeschmissen werden.

Als der Chefredakteur sah, daß ich den Einband betrachtete, ohne das Buch anzurühren, versuchte er es mit Überzeugungsarbeit und warf sich in die Pose eines Gelehrten. *Damit auch der letzte sich vergewissern kann, daß Sie mal Universitätsprofessor waren, stimmt's?*

»Der Mensch denkt gewöhnlich, auf ihm und seiner Epoche laste die schwerste Bürde aller Zeiten. Man kann daher sagen, daß die Eschatologie eine Geisteshaltung ist, die bei allen Generationen in einer Phase des Sittenverfalls auftritt.

Sie stellte besonders im Bereich der Religion schon immer ein wirkungsvolles Mittel dar, wenn es darum ging, das Volk einzuschüchtern und gefügig zu machen.

Gleichwohl weist die Vorstellung vom Ende der Welt auch einen positiven Aspekt auf, indem sie nämlich immer einen Erlöser verkündet. Der Messias der Juden, die Parusie Jesu bei den Christen, der Mirûk* der Buddhisten, der Saošyant im Zoroastrismus, der Oomo in Japan: Alle haben sie ihren Erlöser.

Auch wenn das die junge Generation überraschen mag, wären die koreanischen Versionen von Eschatologie und Messias sodann der *Chônggamnok* und der Erhabene Chông, dessen von ihm gegründete Hauptstadt am Fuße des Keryong-Bergs liegt. Ich erkenne an, daß man über die Eschatologie diskutieren kann und auch die Idee eines Messias strittig ist. Doch es wäre nun, wie ich mit Nachdruck meine, an der Zeit, sich mit diesem Thema zu befassen.

Ich behaupte gewiß nicht, wir lebten in einer Phase des Sittenverfalls, und die Konjunkturflaute und politische Instabilität sind nach meiner Überzeugung nur vorübergehende Phänomene. Doch wer wollte das allgemeine Empfinden einer Krise leugnen? … Ja, das würde unsere Leser vielleicht interessieren.«

Es war zwecklos, mich zu drücken. Kommentarlos schnappte ich mir das Buch und kehrte zurück an meinen Platz. Ich zügelte das heftige Verlangen, ein kühles Bier trinken zu gehen, und begab mich geradewegs in meine Wohnung und las in dem Buch bis spät in die Nacht. Mir blieb auch nichts anderes übrig, denn wenngleich ich oben von einer Zweiterklassezeitschrift gesprochen habe, war ich, ehe ich von ihr angestellt wurde, einige Zeit ohne Arbeit gewesen.

Das Buch war sogar nicht einmal uninteressant, doch deprimierte es den, der es in der Nacht las. Nur, was rühren uns, in einer Zeit, in der die Raketen am Mond vorbei in Richtung Mars flitzen und in der die Politik der Welt eng

* Koreanischer Name von *Maitreya*, dem »zukünftigen Buddha«.

miteinander verwoben ist, die Dynastien der achthundert Jahre der Chông am Keryong-Berg, der sechshundert Jahre der Pôm in Chônju und einiger Jahrhunderte der Wang in Songak? Und was soll da für ein Messias sein? Es ging ständig um das Schicksal dieses und jenes Königs, doch von einer Notlinderung des Volkes war nirgends die Rede. – Deswegen also war ich am Ende so bedrückt.

Doch war die Sache mit der zermürbenden Lektüre dieses Buches noch nicht vorbei. Am nächsten Morgen kam ich mit dem Schädel eines Mannes ins Büro, der die Nacht durchgemacht hatte. Der Chefredakteur indes erkundigte sich überhaupt nicht nach meinen Eindrücken, sondern gab mir nur, so als könne ich über das Buch gar nicht anders denken als er, weitere Instruktionen: »Ich nehme an, Sie fanden das auch ganz interessant. Sie brauchen jetzt nur einen Reisekostenantrag stellen und sich auf den Weg machen, und zwar zum Keryong-Berg. Ich überlasse Ihrer journalistischen Kompetenz und Ihrer Kreativität die Entscheidung, ob daraus ein Nullachtfünfzehn-Artikel wird oder eine wirklich sinnvolle Sonderbeilage.«

Und so kam ich in jenem Jahr unversehens zu einem Ausflug auf den Keryong-Berg.

Das Reisegeld, das ich erhalten hatte, würde zweifellos nicht ausreichen, doch war es besser als gar nichts, und angenehm war auch der Gedanke, für eine Weile der öden Redaktionsstube zu entkommen. Der Himmel hing tief, aber so bildeten die Wolken wenigstens einen Schutzschild gegen die gleißende Sonne. Ein zauberhaft hübsches Mädchen als Sitznachbarin im Schnellbus nach Taejôn versüßte die zwei Stunden Fahrt außerordentlich, was mir nicht eben häufig widerfährt. Denn immer wenn ich sonst auf Reisen bin, setzt sich entweder ein ausladend gebauter Gewichtheber neben mich oder eine zechende Schnapsnase oder aber eine alte, sieche Frau, die ihre Gebrechlichkeit so geräuschvoll artikuliert, daß ich mich im selben Moment ebenfalls unwohl fühle.

Ohne Schwierigkeiten ging es weiter bis Shindoan. Um herauszufinden, wie ich meine Reise fortsetzen konnte, irrte ich erst ratlos am Busbahnhof umher, bis mir glücklicherweise zwei Wôn-Buddhisten über den Weg liefen, die nach Samdongwôn wollten, und zum Preis einer längeren Taxifahrt durch Seoul konnte ich bequem zu dem Tal, meinem Bestimmungsort, gelangen, indem ich mich diesen beiden Männern zugesellte.

Einmal an dem aufgeweichten und unbekannten Marktplatz von Shindoan gelandet, kam ich mir etwas verloren vor. Mir wurde bewußt, daß ich mich vor lauter Hektik überhaupt nicht kundig gemacht hatte über diese Region. Nicht einmal eine Karte hatte ich mir besorgt. Um meinem Ärger über die mangelhafte Vorbereitung Luft zu machen, bedachte ich meinen Chef in Seoul mit einer ganzen Salve von *Sie Vollidiot!*'s, die er in ein paar hundert Kilometern Entfernung natürlich nicht vernehmen konnte. Was wohl auch besser so war.

Notgedrungen beschloß ich, Erkundigungen in einer Schenke einzuholen. Ich bestellte ein paar für meine Spesen viel zu kostspielige Appetithäppchen und knüpfte eine mit allerlei Schmeicheleien garnierte Unterhaltung mit der nicht einmal gutaussehenden Wirtin mittleren Alters an. Da betrat das Lokal ein Mann, dessen Erscheinung mir augenblicklich verriet, daß er in der Lage war, mir die Informationen zu liefern, die ich benötigte. Er schien die letzten vierzig Jahre aus dieser Region nicht herausgekommen zu sein. Meine Einladung nahm er ohne mit der Wimper zu zucken an und setzte sich auf den Stuhl mir gegenüber, als sei dies völlig selbstverständlich. An der zwanglosen Art, wie er sein Glas hinunterkippte, war ersichtlich, daß er den Zweck meines Kommens bereits erraten hatte.

Ich hatte mich nicht geirrt. Gerade wollte ich unser Schweigen durchbrechen, nachdem ich ihm nicht wenige Male nachgeschenkt hatte, als er mir zuvorkam: »Es gibt wirklich alle Arten von Leuten. Die Männer und Frauen, die hier in der Gegend ihren Verstand verlieren, bringen mich zum Lachen, aber die, wissen Sie, die mich ausfragen über diesen oder jenen, nun ja …«

Ich wußte nicht, ob sein Tonfall hämisch oder bedauernd war, doch wußte er, weshalb ich da war. Ich entschloß mich, ihn direkt zu fragen, ohne Umschweife.

»Von meiner Sorte kommen wohl oft Leute?«

»Allerdings. Professoren, Journalisten, Studenten … Und Sie, junger Mann, Sie sind Journalist, stimmt's?«

»Sie haben's erraten. Von einer kleinen Zeitschrift …«

»Dann kommen Sie zu spät. Es ist schon alles kaputtgemacht worden. Naturschutz und so, die haben einfach alles beseitigt.«

»Ist gar nichts mehr zu sehen?«

»Fast nichts. Nur noch der Kap- und der Tonghak-Tempel hinter dem Berg und eine uralte Einsiedelei unten im Tal. Ich vermute aber, Sie sind nicht zum Keryong-Berg gekommen, um den Buddhismus zu studieren.

»Da liegen Sie richtig. Die Häretiker …«

Ich beendete meinen Satz nicht. Womöglich verletzte ich das Ehrgefühl der Einheimischen, wenn ich das Thema »Häresie« anschnitte.

»Ich meine, eine kleine Religionsgemeinschaft, die weder den Buddhisten noch den Christen zuzuordnen ist …«

»Wenn Sie das Häresie nennen, stört mich das überhaupt nicht. Ich glaube an gar nichts. Gleiches gilt für die meisten hier in der Gegend. Jedenfalls gibt's drinnen im Nationalpark nichts mehr zu gucken.«

»Rein gar nichts mehr?«

»Ein paar von denen sind natürlich hierher ins Dorf gezogen. Aber die sind nichts im Vergleich zu den über zweihundert, die sie mal waren. Fünfzig, sechzig werden's jetzt noch sein vielleicht.«

»Sind hier am Markt welche?«

»Nein, hier ist niemand. Die sind auf der anderen Seite des Berges oder in dem Dorf dahinter. Von außen sehen ihre Häuser ganz normal aus, aber Sie werden feststellen, innen sind sie anders.«

Meine Recherchen ließen sich also schon einmal ganz gut an. Doch fragte ich ihn noch weiter aus: »Was sollte ich mir, Ihrer Meinung nach, in der näheren Umgebung anschauen?«

»Nun ja … Da wären die Steine, die Yi T'aejo heranschaffen ließ, um damit seine neue Hauptstadt zu errichten, und dann gäbe es da noch den See des Drachenweibchens und den des Drachenmännchens und vielleicht auch noch den Gipfel oben.«

»Ist das weit von hier?«

»Die Steine liegen in Samdongwôn, gleich weiter hinten, und zu den Drachen sind's ungefähr fünf *Ri.* Bis zum Gipfel muß man mit einer guten Stunde Fußmarsch rechnen.«

Und wegen einer guten Stunde Fußmarsch würde ich dann endgültig in diese bislang noch recht fade Geschichte hineingezogen werden.

Als der Alkohol bis auf den letzten Tropfen vernichtet war, sprang der Mann noch munter eine Weile von einem Thema zum anderen und stand schließlich auf, nachdem er eine Zigarettenschachtel herausgezogen hatte.

»Das geht mich ja nichts an, junger Mann, doch wenn Sie tatsächlich auf eins dieser Häuser stoßen, rate ich Ihnen, zeigen Sie lieber nicht ihren Presseausweis. Die würden Sie dann automatisch verjagen. Anzugeben, Sie wüßten die Wahrheit oder wollten was in einer Arbeit über sie schreiben, würde Ihnen genausowenig nützen. Die Professoren und all die anderen haben das schon ausprobiert.

Finden Sie besser raus, wo die ihre Kostbarkeiten aufbewahren, eine kleine Statue oder ein Bildnis von Buddha oder so. Stecken Sie da einen Geldschein rein und falten Sie die Hände. Dann werden die Sie für einen Konvertiten halten und Ihnen vielleicht was erzählen ...«

Dies war sein letzter Rat.

Ich beschloß, meinen Besuch bei der Sekte auf den nächsten Tag zu verschieben und mich erst einmal auf die Suche nach den Ruinen zu machen. Was jedoch, schlicht gesagt, eine einzige Enttäuschung war. Statt der Steine, die einst das Fundament von Yi T'aejos Hauptstadt gebildet hatten, lagen nur ein paar hundert völlig unbedeutende Gesteinsbrocken in der Gegend herum, und die Seen des Drachenmännchens und des Drachenweibchens waren nichts weiter als zwei von dem Flüßchen, das durchs Tal fließt, an der Seite liegengelassene Tümpel.

Der anempfohlene Gipfel, den ich nach einem späten Frühstück erklomm, war zu gewöhnlich für ein einstiges

Heiligtum einer Volksreligion. Davon, daß der Berg angeblich die Form eines Drachens mit dem roten *Yôiju*-Stein im Maul oder einer brütenden Henne aufwies, war nichts zu erkennen. Kaum zu glauben, daß dieser Ort in Verbindung mit dem buddhistischen Nirwana, dem taoistischen See der Unsterblichkeit und dem Paradies des Schamanismus stehen sollte. Mir, der ich von geomantischen Dingen nicht die leiseste Ahnung hatte, fiel einzig die durchaus feststellbare Höhe des Berges auf sowie die Pracht der Wolken unter einem vom Regen gereinigten Himmel.

Der Weg, der auf den Berg hinaufführte, war verhältnismäßig gut befestigt, was wohl daran lag, daß in der Nähe des Gipfels eine Kommunikationseinheit und eine Sendestation des Staatsradios waren. Doch im Gegensatz zu dem, was der Alte in der Schenke am Marktplatz gesagt hatte, befand ich mich nach einer Stunde noch immer im unteren Teil des Berges. Ich mußte wegen der Hitze einige Male eine Rast einlegen und ruhte mich neben den am Wegesrand wachsenden Wilderdbeeren aus, aber auch ein austrainierter Bergsteiger hätte die Strecke vom Marktplatz bis zum Berggipfel nie und nimmer in einer Stunde geschafft.

Nachdem ich mir etwa zur Hälfte des Aufstiegs den Schweiß abgewischt hatte, nahm ich schweren Mutes meine Wanderung wieder auf und verlor an ihr, noch immer weit vom Ziel entfernt, schließlich vollends die Lust. Das Bergsteigen mag ich ja schon an sich nicht, was soll das bringen, seine Kräfte zu vergeuden, nur um ganz bis nach oben zu gelangen? Das Gelände machte auf mich, wie gesagt, keinen überwältigenden Eindruck, und auf dem Gipfel würde es nichts Wichtiges zu sehen geben. Und als sich mit einem Mal auch noch der Himmel bezog, beschloß ich kehrtzumachen, nur einen Blick auf die umliegenden Anhöhen wollte ich noch werfen.

Dazu setzte ich mich zu Füßen einer Eiche, die den Wegesrand säumte, steckte mir eine Zigarette an und erhob mich wieder, um gemächlich, sorgfältig das Gebiet überschauend, hinabzusteigen. Als wollte er mich foppen, bot sich meinen Augen nach kaum fünf talabwärts gewanderten Minuten ein kleiner, zwischen den Büschen hervorlugender Pfad dar, den einzuschlagen ich sogleich das unbewußte Verlangen verspürte. Womöglich war ja das, was durch den dichten Wald kaum, aber verlockend hindurchschimmerte, das sagenumwobene Tal und es gab dort noch Spuren von Eremitagen und Tempeln, wo inzwischen längst Kühe weiden mochten. Achthundert Meter über dem Meer waren noch keine besonders schwindelerregende Höhe, doch war es auch nicht wenig fahrlässig, einen gut befestigten Weg inmitten einer dichten Vegetation zu verlassen und einem kleinen, unbekannten Pfad zu folgen, aber genau dies tat ich, ohne mich zu fragen, ob das gefährlich werden könne.

Zunächst, solange der Steig gut zu erkennen war, lief ich ihm noch sorglos nach. Doch schon bald verlor er sich im Gestrüpp und Unterholz. Keinen erkennbaren Weg mehr vor Augen zu haben, beunruhigte mich zwar, ich stieg aber dennoch weiter ab.

Das Buschwerk wurde zunehmend dichter. Von allen Richtungen aus verengte sich der Himmel. Ich begriff endlich, daß es besser wäre, zum befestigten Weg zurückzukehren, doch zu spät. Ich schwamm regelrecht in einem Meer von Bäumen. Den Weg wiederzufinden, schien unmöglich. Ich hatte allerdings auch den Eindruck, beinah unten im Tal angekommen zu sein, und da ich glaubte, dann automatisch zum Dorf gelangen zu können, schlug ich mich nach kurzem Zögern weiter durch das Gestrüpp hinab. Ich kam mir immer mehr vor wie einer, der auf die offene See hinaustreibt, in Richtung einer Küste, die in Wirklichkeit genau hinter ihm liegt.

Unversehens fand ich mich in einem dichtgewachsenen Wald wieder, in dem rings um mich herum Eichen und Schlingpflanzen den Himmel verbargen. Ohne daß ich in Panik verfallen wäre, fühlte ich mich nun doch in zunehmendem Maße unbehaglich. Mit einer gewissen Sorge begann ich, an wilde Tiere zu denken. Indem ich mit einem unterwegs aufgelesenen Eichenzweig vor mir hin- und herfuchtelte, stieg ich, wie ich vermutete, weiter in Richtung Tal hinab. Wenn ich an einem kleinen Felsen vorbeikam, nutzte ich die

Gelegenheit, von ihm aus einen Blick auf die Umgebung zu werfen. Je mehr ich dabei feststellte, daß ich mich dem Ziel meines Wegs überhaupt nicht zu nähern schien, desto banger wurde mir.

Dennoch ging ich langsam, Schritt für Schritt, immer weiter hinab, und als ich das Gefühl hatte, unten angekommen zu sein, waren plötzlich die Bäume verschwunden und tat sich mir eine weiträumige Lichtung auf. Es war dies der Bereich eines Grabhügels, der großzügiger war als gewöhnlich. Vor einer grobgehauenen Steintafel lag ein gepflegtes Rasenstück. Erschöpft, wie ich war, konnte ich dem Verlangen nicht widerstehen, mich einen Moment auf dem Gras auszustrecken. Meine Uhr zeigte halb sechs an, mir blieb also noch viel mehr Zeit bis zum Einbruch der Dunkelheit, als ich geglaubt hatte. Und als ich in der Nähe das Plätschern eines Gebirgsbaches vernahm, wurde ich innerlich noch ruhiger und ich ließ mich rücklings im Gras nieder.

Der Schweiß war rasch getrocknet, bald schon fühlte ich mich wieder erholt. Ich richtete mich langsam auf und sah mich um. Da fiel mir ein in den Boden gestecktes Stück Holz auf, dem Anschein nach eine hölzerne Stele, deren Inschrift schon vor langer Zeit mit chinesischer Tusche aufgetragen worden sein mußte, so daß sie nur mit Mühe zu lesen war.

Ich bin zwar kein sonderlich neugieriger Mensch, doch machte ich mich daran, die Schriftzeichen einzeln nacheinander zu entziffern:

> 南朝鮮國 太祖 廣德大悲 白聖帝之陵
> *Grabmal von Kaiser Paengsông Kwangdôkdaebi, dem Gründer des Reiches Süd-Chosôn.*

Nur mit Mühe entschlüsselte ich dieses Epitaph. Ein eigenartiges, fast feierliches Gefühl beschlich mich. Erst in diesem Moment, im Angesicht dieser Stele, wurde mir bewußt, daß ich mich in der Keryong-Bergregion befand.

Ich stand vor diesem Grab und mutmaßte, wer wohl über es gebot, wer in ihm lag. Ich hatte weder je von einem Imperium namens Süd-Chosôn gehört, noch sagte mir ein Kaiser Paengsông irgend etwas. Vermutlich handelte es sich um die letzte Ruhestätte eines Sektengründers. Der minderen Qualität des Granits, aus dem die Grabplatte gefertigt war, und auch dem armseligen Erscheinungsbild des beschrifteten Holzstumpfs nach zu urteilen, mußte er zu seinen Lebzeiten keine allzu große Anhängerschaft gehabt haben.

Ich nahm mir vor, sowie ich wieder unten im Dorf sein würde, jemanden zu suchen, der mir etwas darüber erzählen konnte. Denn mir schien nun die Geschichte dieses Grabs einen viel besseren Stoff für einen Artikel herzugeben, als wenn ich über die verschiedenen Versuche etwa seitens der Umweltschutzorganisation oder der Bewegung der Neuen Dörfer schriebe, die am Keryong-Berg die Vergangenheit wieder aufleben lassen wollten. Und sollte ich niemanden finden, würde ich eben ein Haus nach dem anderen in der Nachbarschaft abklappern.

Doch bestand dazu schon bald keine Notwendigkeit mehr. In dem Moment, in dem ich mich wieder gesammelt hatte und die Grabstätte verlassen wollte, trat urplötzlich jemand aus dem Dickicht, ein hinkender, alter Mann, bei dessen Anblick man vermuten konnte, daß er in einem jüngeren Alter seine Muskeln gut einzusetzen gewußt hatte. Ein kleines Bündel in der Hand, richtete er seine Schritte geradewegs zur Steinplatte, zu der er augenscheinlich in einer innigen Beziehung stand.

Der alte Mann, der mich zwar gewahrt hatte, aber bewußt zu ignorieren schien, ging dicht an den Stein hin, kniete bedachtsam nieder, schnürte das Bündel auf und nahm ein paar armselige Opfergaben heraus. Er legte sie alle auf die Steintafel, stellte ein Räuchergefäß aus halb verwittertem Holz auf und entzündete den Weihrauch. Dann warf er sich mehrere Male in einer für mich fremdartigen Weise vor dem Grab nieder. Ich war außer mir vor Freude, jemanden gefunden zu haben, der mir nicht nur den Weg zeigen, sondern obendrein die Informationen liefern würde, die ich für meinen Artikel benötigte, doch hielt ich mich noch zurück, um den alten Mann nicht zu stören.

Er hörte auf, sich niederzuwerfen, und zog einen vorbereiteten Zettel hervor, dessen Text er zu rezitieren begann. Zunächst vernahm ich nichts außer einem langgezogenen

Murmeln. Dann aber wurde, wie von einer Gefühlswallung angetrieben, seine Stimme lauter und deutlicher. Folgende Sätze hörte ich nun aus seiner Rede heraus: »... die Untertanen haben noch immer nicht erkannt, daß ein neuer Himmel sich aufgetan hat ... Euer Diener ist alt, die Aufgabe des Grabwächters ist beschwerlich, auch bin ich kinderlos geblieben ... ich fürchte, der Weihrauch wird für immer aufhören zu brennen.«

Es war kein besonders ausgereiftes und gekonnt formuliertes Ahnengebet, aber während der alte Mann es so inbrünstig vortrug, weinte er und zuckten seine Schultern. Mag ich ihm anfangs noch mit einer ironischen Distanziertheit gelauscht haben, so wurde nun, ohne zu wissen wie, auch ich von seinem feierlichen Ernst ergriffen. Meine Sinne mußten recht geschärft sein, denn ich konnte ihn durch sein lautes Schluchzen hindurch immer klarer verstehen.

»Möge Seine Majestät Seinen alten Diener nicht der Untreue zeihen, wenn an Seinem nächsten Geburtstag kein Weihrauch mehr brennt. Denn die Seele Seines Dieners wird bald gen Himmel entfleuchen und wieder an der Seite Seiner Majestät sein.«

Während er derartig schluchzte, wandelte sich mein Gefühlszustand von einer feierlichen Berührtheit hin zu einem echten Ergriffensein und Schaudern. Ohne daß ich wußte, wer dort in dem Grab lag, handelte es sich – der Loyalität nach zu urteilen, die der alte Mann seinem Herrn noch eine so lange Zeit nach dessen Ableben bezeugte, denn die hölzerne Stele war schon stark verwittert – zweifellos um keinen gewöhnlichen Mann.

Nachdem der Greis seine Gebetslektüre beendet und den Zettel verbrannt hatte, blieb er noch eine ganze Weile auf den Boden geworfen liegen. Wortlos sah ich ihm zu und sprach ihn erst an, als er sich wieder erhob und die Tafel von den Opfergaben reinigte: »Verzeihen Sie, Großvater, aber in welcher Beziehung stehen Sie zu dieser Grabstätte?«

Der alte Mann bedachte mich mit einem finsteren Blick. Sein linkes Auge war entstellt, und unzählige Narben vermischten sich in seinem Gesicht mit tiefen Falten.

»Ich möchte ja nicht die Zeit dafür verantwortlich machen, aber laß dir gesagt sein, junger Mann, wenn ich nur zehn Jahre jünger wäre, wärest du jetzt ein toter Mann. Dies ist Tôngnûng, das Kaiserliche Grabmal, und ich bin U Palsan, sein Wächter.«

Der Gesichtsausdruck des Alten war so streng, daß mir ein wenig mulmig zumute wurde. Doch meine Neugier obsiegte über die Angst. Aus seinem besonderen Verhalten erahnte ich schon, womit ich es hier zu tun hatte, dennoch fragte ich ihn: »Tôngnûng, sagen Sie? Ich habe noch nie etwas von einem Königreich hier in der Gegend gehört ... Von welchem Land war denn der Mann, der hier begraben liegt, König?«

»Nicht König – Kaiser! Pukgûkjingun ist von T'aeil-Chônjon auserkoren worden, sich zu inkarnieren und das Reich Süd-Chosôn zu gründen, über welches er vierzig Jahre lang herrschte.«

Ich begriff, daß der Greis einer taoistischen Schule anhing, wollte aber unbedingt wissen, was ihn mit dem *Chônggamnok* verband.

»Sie meinen, es hat tatsächlich ein Land mit Namen Süd-Chosôn gegeben?«

»Aber natürlich. Die Dynastie hat zwar derzeit niemanden, der sie fortführt, aber eines Tages wird der Kronprinz zurückkommen, und sie wird von neuem auferstehen.«

Der Gesichtsausdruck des Greises war, als er all diese Sachen erzählte, vollkommen ernst, so daß ich nicht mehr wußte, was ich davon halten sollte, und zunehmend verwirrt war.

»Und wo liegt dieses Land, das diese Person ... der Kaiser regiert hat?«

»Dieses sich über dreitausend *Ri* erstreckende Gebiet hier natürlich.«

Der alte Mann schien es zu würdigen, daß ich unwillkürlich Kaiser gesagt hatte.

»Ein Land kann auf drei Arten regiert werden: Die erste besteht darin, ein Volk mittels Gewalt und Einschüchterung zu beherrschen, die zweite, Gesetze einzuführen, und bei der dritten wacht man über diese kraft der Tugend. Mit Gewalt und Einschüchterung zu herrschen ist weniger gut, als mittels Gesetzen zu regieren, und mittels Gesetzen zu regieren ist weniger gut, als ein Land kraft der Tugend zu lenken. Es gibt zwei Arten des Regierens mit der Tugend: das der höheren Tugend und das der niederen Tugend. Die Regierung der niederen Tugend redet zuviel von Moral, kümmert sich zu sehr um die zeremonielle Musik und behandelt das Volk wie Vieh. Die Regierung der höheren Tugend teilt ihre Wohltaten aus, ohne dabei von Menschlichkeit zu sprechen, sie schützt das Volk, wie der Himmel es tun würde, und ernährt es, wie die Erde es täte, und verlangt selbst nichts von ihm; und alle Menschen werden von ihr gemäß der Natur jedes einzelnen geführt, so wie die Gewächse unter dem Regen des Sommers gedeihen und so wie das Wasser vom Gebirgsbach zum Tausende von *Ri* entfernten Meer gelangt. Selbstverständlich hat der Kaiser sein Volk mit der höheren Tugend regiert, ehe er zum Himmel aufgestiegen ist. Was sind daher solche, die nicht einmal eine niedere Tugend aufweisen können, das Volk mit Gewalt einschüchtern und es mit Gesetzen niederhalten, verglichen mit ihm?«

»Was hat er denn konkret geleistet?«

»Wie könnte ich all die Taten des Kaisers in so kurzer Zeit aufzählen? Allein die Kurzfassung der *Chronik* umfaßt Tausende von Zeichen …«

»Chro-nik?«

»Jawohl. Es existiert ein Dokument, in dem sämtliche Großtaten des Kaisers festgehalten sind. Du bist zwar noch sehr jung, aber ich kann es dir zeigen.«

Wie verzaubert ging ich dem Greis hinterher und durfte in jener Nacht in seiner Hütte Einsicht nehmen in besagtes Dokument. Auf dem ölimprägnierten Einband war der Titel *Chronik von Kaiser Paek* aufgeklebt, der Inhalt war mit Pinsel auf koreanischem Papier in chronikalischer Form aufgetragen, ausgerichtet nach dem Sechzig-Tage-Zyklen-Kalender.

Die ganze Nacht las ich in der Hütte des Alten in dieser Schrift. Da meine Kenntnisse der chinesischen Schrift begrenzt sind und das Buch zudem jede Menge sogenannte

Gebrochene Zeichen enthielt und viele Begriffe einmal nach ihrer Aussprache, ein anderes Mal nach ihrer Bedeutung einsetzte, konnte ich die genaue Bedeutung des Textes ohne die Erläuterungen des alten Mannes nicht erfassen. Auf den ersten Blick gesehen war das absurd, doch irgend etwas verhinderte, daß man darüber lachte. Der Glanz, den der Mann in seinen Augen hatte, während er die ganze Nacht hindurch voller Überschwang erzählte, war eindeutig kein Zeichen von Wahnsinn. Ich war nun so eingenommen von der Geschichte, daß ich den Plan aufgab, einen Artikel über die Chronik und die Schilderungen des Alten zu verfassen.

Am nächsten Tag schrieb ich, ehe ich nach Seoul zurückkehrte, eine unverfängliche Reportage mit dem bewußt vage gehaltenen Titel *Die Keryong-Bergregion in der heutigen Zeit*. Es fanden sich Sätze in ihr wie »... das von der Umweltschutzvereinigung und dem Nationalpark zerstörte Mekka der Häretiker ...«, kein Wort jedoch über den Greis oder die Chronik. Nicht einmal meinen engsten Zechbrüdern erzählte ich etwas davon.

Kurz darauf kündigte ich bei der Zeitschrift und machte mich im Frühjahr erneut zum Keryong-Berg auf, wo in mir, als ich vom Tod des alten Mannes erfuhr, der Gedanke reifte, irgend etwas über das Leben des Kaisers niederzuschreiben auf der Grundlage dessen, was ich über ihn gelesen und gehört hatte. Der alte Mann war tot, und die Chronik verschollen, so daß nunmehr ich als einziger in der Lage sein würde, vom Leben des Kaisers zu berichten. Leider ist dabei nur ein unbefriedigendes Werk herausgekommen, da ich es aus dem Gedächtnis rekonstruieren und erläutern mußte und ihm die Ursprünglichkeit fehlt.

I

Die Berufung

Im vierten Monat des Jahres Kabo findet der Verblichene Kaiser einen alten Spiegel. Im zehnten Monat steigt ein Mönch von den Bergen herab und verkündet des Kaisers geheiligte Geburt.

Die Weisen vermieden es einst, von übermenschlichen Kräften oder gestörten Geistern zu sprechen, doch gehen die Geburten von Kaisern nicht selten auf außergewöhnliche Weise vonstatten. Kaiser verschreiben sich oft hehren Großtaten, indem sie sich nach himmlischen Zeichen richten, so war einst Pok Hûi emporgekommen, nachdem er in Hasu das Bild eines Drachenpferdes erhalten, und so hatte auch Ha U obsiegt, nachdem er in Naksu die heilige Inschrift auf einem Schildkrötenpanzer entdeckt hatte.

Unser Samhan (Korea) hat in seiner Geschichte ähnliche Ereignisse vorzuweisen: Hwanung stieg nach Erhalt dreier himmlischer Siegel hinab zu Füßen des Baumes Shindan auf dem Berg Taebaek, und das Land Karak hieß den Großkönig mit dem Kujiga-Gesang willkommen, gemäß der Weisung des Himmels; Wanggôn, der Gründer von Koryô, zähmte das sich in einem heillosen Durcheinander befindliche Land nach den Anweisungen, die er einem alten Spiegel entnommen hatte, und der Gründer der Yi-Dynastie legte nach dem Fund eines geheimnisvollen Schriftstücks im Chiri-Gebirge den Grundstein für eine fünfhundert Jahre währende Herrschaft.

Das Blut eines Kaisers unterscheidet sich von dem des gemeinen Mannes, es ist entweder mit dem Himmel verbunden oder seit tausend Jahren durch einen Familiennamen vorbestimmt. Im Vorwort zu seinen trefflichen *Wenig bekannten außergewöhnlichen Geschichten* schrieb vor langer Zeit Meister Iryôn:

Ein Regenbogen umringte die Gottesmutter, und sie gebar Pok Hûi, der Drache ward von Yô Tûng berührt und gebar Yôm Che, Hwang A vereinigte sich, als sie am Hofe von Kung Sang spielte, mit Paek Ches Sohn und gebar So Ho, und Kan Chôk verschlang ein Ei und gebar Sôl … Es verwundert darum wenig, wenn die Gründer der Drei Königreiche allesamt auf ungewöhnliche Weise das Licht dieser Welt erblickten.

In der Tat: Tangun Wanggôm war der uneheliche Sohn des Himmlischen Kaisers, und Suro, Chumong, Hyôkkôse, Talhae und Alji schlüpften alle aus einem Goldei, Kûmwa aus Ost-Puyô wurde unter einem großen Stein entdeckt und hatte die Gestalt eines goldenen Frosches*, Kyônhwôn entsprang einem Regenwurm, Wanggôm war mit der Drachenprinzessin blutsverwandt, und der Kaisername Yi T'aejo wird in einem tausend Jahre alten und in gebrochenen Zeichen geschriebenen Schriftstück erwähnt.

Unser Kaiser wurde auf nicht weniger ungewöhnliche Weise geboren als die anderen Herrscher von Samhan. Es sei hierzu berichtet, wie der Verblichene Kaiser (das ist: der Kaiservater) einen alten Spiegel fand.

Im Jahre Kabo (1894), als der Aufstand der Tonghak-Bewegung in der Region Samhan um sich griff**, führte der Kaiservater, da er wußte, die Himmelsstunde hatte noch nicht geschlagen, ein friedvolles Leben zwischen dem Wasser und dem Berg. Er war bis zum Diamantgebirge vorgedrungen

* *Kûmwa* bedeutet »goldener Frosch«.

** Die Tonghak-Bewegung *(Tonghakundong)* war eine teils religiöse, teils politische Bewegung. Wie ihr Name – »Östliche Lehre« – andeutet, verstand sie sich als Gegenpol zum wachsenden Einfluß des westlichen Denkens (*sôhak*, »Westliche Lehre«), insbesondere des Christentums. Als die Regierung diese überwiegend von den Bauern getragene Bewegung immer härter unterdrückte, kam es 1894 zu Aufständen im ganzen Land, die – wie so oft in der koreanischen Geschichte – niedergeschlagen wurden, indem die Machthaber ausländische Mächte zu Hilfe riefen, infolgedessen sowohl chinesische als auch japanische Truppen einmarschierten (wobei die Niederschlagung dieses Bauernaufstands den Anlaß zum chinesisch-japanischen Krieg 1894-95 lieferte).

und kehrte gerade, entlang der inneren Bergkette, nach Paeksôngni (dem *Dorf der Weißen Steine*), am Fuße des Keryong-Berges, der Heimstatt seiner Familie, zurück, als er bei der Passage der Sobaek-Berge in einer Felsspalte einen seltsamen alten Spiegel entdeckte. Wenngleich stark verrostet, war auf seiner Rückseite zu lesen: Siebenter Monat des Jahres Kôn Nyông (Jian Ning, das ist das Jahr 894 n. Chr.); er war folglich exakt tausend Jahre alt.

Der Kaiservater erfaßte sofort die Bedeutsamkeit dieses Spiegels und beeilte sich, Paeksôngni zu erreichen, während er ihn sorglich an seine Brust gepreßt hielt. Im verborgenen kratzte er ihn frei vom Rost, untersuchte ihn erneut, und zu seiner großen Überraschung erschien eine weitere Inschrift, bestehend aus zwölf Zeichen:

木子亡 奠邑興 非奠邑得 大凶 – *Untergang der Baumsöhne, Blüte der Chôn-Stadt* (»Die Sippe der Yi wird untergehen, die Sippe der Chông aufkommen«). *In anderen Händen als Chôn, Unheil* (»Findet den Spiegel jemand, der nicht der Sippe der Chông angehört, so wird dieser ein schlimmes Schicksal erleiden«).

Der Kaiservater, in dessen Adern das Blut eines Chông floß, verbarg den Spiegel aus Furcht vor dem Untergang seiner Sippe und sagte niemandem etwas über dieses Zeichen des Himmels. Um so größer war seine Sorgfalt, da die Verblichene Kaisermutter just in dieser Zeit den Kaiser im Leibe trug.

Indes, mag sich ein Duft anfangs noch verbergen lassen, so breitet er sich letztlich doch aus, und der Kaiservater enthüllte sein Geheimnis seinem langjährigen Freund, dem Gebildeten* Hwang, in einem Gespräch unter Betrunkenen. Es ist schwer, bei einem Menschen das Gute vom Schlechten zu scheiden. Hatte der Gebildete Hwang zwar einen Treueid auf Chosôn und die Yi-Dynastie abgelegt, indem er das Kleine Examen bestanden hatte, so mühte er sich nun nach besten Kräften, das Geheimnis des himmlischen Zeichens für sich

* Im Original *Chinsa*: Titel für jemand, der nur die erste der bis zum Ende der Yi-Dynastie abgehaltenen Staatsprüfungen bestanden hat.

zu behalten und dem Hause seines Freundes bei der Erfüllung der Prophezeiung beizustehen, wann immer sich ihm dazu die Gelegenheit bot. Der Moment, an dem der Kaiservater sich verplappert hatte, stand am Anfang einer unerschütterlich starken Beziehung zwischen beider Familien, die Jahrzehnte überdauern würde.

Doch gibt es auch Stimmen, die folgendes besagen: Die Geschichte mit dem alten Spiegel habe sich der Kaiservater selbst ausgedacht, ebenso wie die Sage, er sei aus Namhae gekommen, als er sich im Dorfe Paeksôngni, dem Dorf der Weißen Steine, niedergelassen habe. Und der Spiegel sei gar nicht tausend Jahre alt, sondern vom Kaiservater selbst gebastelt worden, um damit die unter dem Banne des Buches der Prophezeiungen *(Tochak)* stehenden Bewohner des Keryong-Bergs zu täuschen. Schenkt man dieser Deutung Glauben, war die alkoholbeeinflußte Preisgabe des Geheimnisses vom Kaiservater durchaus beabsichtigt, da nämlich das, was zunächst verschwiegen worden war, nun sehr wahrscheinlich bald in aller Munde sein würde, und der Gebildete Hwang soll dafür sage und schreibe tausend *Sôk* auf den Tisch gelegt haben.

Andere sind ähnlicher Ansicht. Der Spiegel sei zwar nicht vom Kaiservater selbst hergestellt worden, sondern an der Fundstelle vom ehrgeizigen Chông Yôrip plaziert worden, der selbst nach der Macht gestrebt habe. Der Kaiservater aber habe den Spiegel durch Zufall auf der Flucht vor den Tonghak-Aufständischen entdeckt und sich nun, obgleich er sehr wohl gewußt habe, daß es sich hierbei um eine Fälschung handelte, seiner zu bedienen gesucht, um zu Reichtum und Ruhm zu gelangen.

Wie traurig! So redeten gewöhnliche Leute, deren Wahrnehmung und Wissen zu beschränkt war, um zu erkennen, daß sich nun endlich ein neuer Himmel auftun würde, und wegen solcher Ansichten starb der Kaiser Jahrzehnte später so vereinsamt. Es ist aber gar nicht so einfach, sich selbst ein himmlisches Dekret zu basteln, und bei denen, die den Spiegel aus der Nähe betrachten durften, verflogen die Zweifel an der Außergewöhnlichkeit dieses Gegenstandes rasch. Denn wie ließen sich sonst die unzähligen Wunder erklären, die sich seit seiner Entdeckung ereigneten?

Die beiden schlimmsten Spielarten des Aberglaubens, mit dem die großäugigen Barbaren aus dem Westen unser Volk von Samhan infiziert haben, sind zweifelsohne Wissenschaft und Vernunftglaube. Wie könnte das schwachsichtige menschliche Auge erfassen, was im fernen Himmel vor sich geht, und wie könnte der beschränkte Verstand des Menschen das Prinzip aller Dinge im Himmel und auf Erden begreifen? Diese beiden Arten von Aberglauben mögen Manifestationen der Erhabenheit des menschlichen Geistes sein, in Wahrheit jedoch dringen sie nicht weiter vor als bis zur oberflächlichen Ordnung einfacher Phänomene und stellen sie nichts weiter dar als die Unterwerfung des Geistes unter die Materie. Aber die Leute heutzutage lassen sich von diesem Irrglauben bereitwillig einwickeln und stellen das Wissen und die Schönheit vergangener Tage in die Ecke wie ein Paar abgetragener Schuhe.

Die Folge davon ist das Verschwinden der vielen alten Geistesgrößen und Magier. Ja, wir werden wohl nie mehr etwas hören von den Verdiensten und Großtaten dieser Persönlichkeiten vergangener Tage. Diese Leute waren kraft ihres übernatürlichen Gefühlswissens in der Lage, eine ferne Zukunft zu schauen, und konnten dank ihres unendlichen Einfühlungsvermögens den Willen des Himmels erfassen. In Friedenszeiten wandelten sie in den hintersten Gebirgstälern auf den Pfaden des Sôn-Buddhismus (Zen); brachen indes unruhige Zeiten an, zögerten sie nicht, zu den Marktstraßen hinabzusteigen und die Leiden des Volkes mit Talismanen und Heilmitteln zu lindern. Regen und Wind erwiderten ihre Rufe, und Krankheiten und böse Geister bannten sie kraft ihrer Verwünschungen auf tausend *Ri*. Die Kaiser suchten sie ebenso auf wie das Volk, um sie nach Zeichen auszuhorchen, und wann immer aus ihrem Munde eine Prophezeiung ausgesprochen wurde – sei es, daß sie das Aufblühen oder den Niedergang eines Volkes, oder sei es, daß sie den Aufstieg oder Fall eines Herrschers verkündigte –, dann traf sie auch ein, selbst wenn sie sich auf einen Zeitpunkt tausend Jahre später bezog.

Heute jedoch haben sich ihre Spuren verloren. Manche von ihnen wurden lebendig auf dem Scheiterhaufen verbrannt, andere vom Schwert ihrer Verfolger niedergestreckt, die meisten aber gingen am unwissenden Volk zugrunde, das, von Wissenschaft und Vernunftglaube infiziert, ihnen nicht mehr vertraute und sie verachtete. Einige ersetzten gar die Drei Prinzipien durch Wahlen und Prüfungen, andere gaben sich wie einstige Gelehrte, indem sie heimlich westliche Bücher lasen, wieder andere strömten in die Weinschenken, um sich als Lebemänner darzustellen und die alten Dichter nachzuäffen, indem sie ein paar wirre Verse zum Besten gaben, doch für jene Geistesgrößen vergangener Zeiten bleibt auf diesem Boden kein Platz mehr.

Gleichwohl gab es sie noch, als der Kaiser geboren wurde, mögen sie auch nur noch ein schwaches Licht ausgeströmt haben, wie das eines Sonnenuntergangs. Zu dieser Sorte von Persönlichkeiten gehörte zweifellos auch der Bergbonze, der zehn Jahre, nachdem der Kaiservater den Spiegel gefunden hatte, plötzlich im Dorfe Paeksôngni, dem Dorf der Weißen Steine, auftauchte und die Niederkunft eines seltenen Menschenkindes voraussagte.

An jenem Tage wusch die Verblichene Kaisermutter, deren Leib schon schwer war, am Brunnen neben dem Eingang zum Dorf ihre Wäsche. Es war, obschon der zehnte Monat des Jahres, zur Mittagszeit recht heiß, als ein zerlumpter Mönch zum Brunnen kam und um etwas kühles Wasser bat. Sofort reichte ihm die Kaisermutter, die eine ungemein barmherzige Frau und gläubige Buddhistin war, einen Becher frischen Brunnenwassers.

Da geschah indes etwas Eigenartiges. Der Bonze, der eben noch um etwas Wasser gebeten hatte, sah mit einem Mal mit durchdringendem Blick auf den gerundeten Bauch der Kaisermutter und vergaß, den Becher entgegenzunehmen. Ein Frösteln überkam die Frau, und sie erstarrte, ohne das rieselnde Wasser zu bemerken.

Nachdem der Mönch den Bauch eine ganze Weile angestarrt hatte, warf er sich tief vor ihr auf den Boden. Die Kaisermutter und die anderen Frauen am Brunnen staunten mit offenen Augen und Mündern, die Frauen ließen ihre Arbeit sein und rannten ins Dorf, um die befremdliche Kunde zu verbreiten. Den Kaiservater erreichte die Nachricht in der Schenke, sofort eilte er zum Brunnen, den der Bonze gerade verlassen wollte, und lud diesen mit der gebotenen Ehrfurchtsbekundung zu sich ein. In seinem Hause brach der Mönch sein Schweigen, nach einigem Zögern, als alle versammelten Dorfbewohner gegangen waren.

»Er ist die Inkarnation des Großen Kaisers Chami aus dem Palaste T'aeil. Er ist Eins unter dem Himmel und Eins auf der Erde.«

Er verstummte wieder, murmelte aber nach einer kurzen Weile wie in sich selbst hinein: »Wäre dieses Haus die Heimstatt der Chôn (= Chông), dann würde die Voraussage der tausendjährigen geheimen Schrift des Großen Weisen Yogong durch dieses Kind in Erfüllung gehen.«

Mit seiner besonderen Gabe allerdings, die es ihm ermöglichte, das im Bauche einer Frau heranwachsende Kind zu sehen, war er offenbar nicht in der Lage, auf die andere Seite einer Papiertür zu spähen. Eine Nachbarin, die gekommen war, um bei der Bereitung eines improvisierten Gastmahls zu helfen, schnappte diese Rede im Nebenraum auf und erzählte sie gleich weiter. Wörter, die sich ausbreiten, schwellen an, und so verfestigte sich die staunenswerte Prophezeiung des Bonzen, ebenso wie das Geschehnis am Brunnen, bei den Bewohnern des Dorfes der Weißen Steine zu einem unzerstörbaren Mythos. Dieser Mythos war das Fundament einer lange Jahre währenden Loyalität dieser Menschen gegenüber dem Kaiser.

Der geheimnisvolle Bonze verschwand wieder, nachdem er unwillig eine großzügige Spende des Kaiservaters eingesteckt hatte. Wie oft dieser ihn auch nach seinem Namen fragte, stets erhielt er die immergleiche Antwort:

»Einsamer Kranich auf träger Wolke,
wie sollte er den Himmel nicht erreichen?«

Aber es gibt auch eine andere Version der Geschichte mit dem Bergbonzen. Manche behaupten, ein Betrüger habe sich als Mönch ausgegeben und die braven Bauern aus Gier nach ihrem Vermögen mit seinem eigenartigen Verhalten und seinen befremdlichen Sprüchen getäuscht und sei im darauffolgenden Jahr im Gefängnis von Chônju zum Tod durch Enthauptung verurteilt worden wegen Verführung einer verheirateten Frau; und dieser Mann habe augenfällig jenem Bonzen geähnelt.

Alles nur Geschwätz und Lüge von Ungläubigen. Wie könnte man, so wie sich die Voraussagen des Bergbonzen bezüglich der Geburt des Kaisers haargenau bis ins kleinste Detail erfüllten, überhaupt einen Augenblick lang Zweifel an seiner Weisheit hegen? Ungeheuerlich, sich ihn verhaftet und enthauptet wegen Täuschung des Volkes vorzustellen.

Am dritten Tage des zweiten Monats im Jahre Ûlmi breiten sich dunkle Wolken und gelber Nebel aus über zehn Ri. *Im neunten Monat markiert der Bergkönig die Stirn mit dem Rangzeichen Neunfünf.*

Bis hier habe ich mich bei der Schilderung der Geburtsgeschichte des Kaisers hauptsächlich darauf gestützt, was ich noch von der Originalschrift der *Chronik* sowie den Kommentaren des alten Grabwächters erinnerte. Stil und Vokabular meines Berichts mögen daher ein wenig fremdartig wirken, und ich fürchte, das ständige Anführen uralter historischer Fakten langweilt auf Dauer. Den Leser befremden mag auch die Tatsache, daß meine Schilderung nicht nur lückenhaft ist, sondern bisweilen auch unlogisch und gefühlsduselig, was aber nicht in meiner Absicht liegt. Ich werde im folgenden die Geschichte, auf die Gefahr hin, daß Stil und Kohärenz darunter leiden, mit meinen eigenen Worten erzählen.

Der Kaiser wurde vier Monate nach dem Weggang des Bergbonzen geboren, und die Bewohner des Dorfes Hûintolmôri (Paeksôngni) sollten sich noch einige Male an dieses Ereignis erinnern. Der *Chronik* und dem Kommentar des Alten zufolge hatten dunkle Wolken das Dorf bedeckt und hatte gelber Nebel über dem kaiserlichen Anwesen gekreist, drei Tage lang.

Wie immer, wenn ein Land in Aufruhr war oder eine Dynastie sich in der Phase des Niedergangs befand, soll auch ein Komet seine Hand im Spiel gehabt haben. In diesem Fall sei er am Großen Bären vorbeigeflogen, in Richtung Chami-Palast. Diese Legende findet unter dem Dorfnamen Hûintolmôri (Dorf der Weißen Steine) im *Kamgyôl* Erwähnung:

In den letzten Jahren Eurer Kinder, wenn die Kaiserliche Witwe im Inneren des Hofes tut, was ihr gefällt, und ein Königskind die Macht dem anderen weiterreicht, wird das Land untergehen ... Die Steine des Keryong-Berges und die Bambusstauden von Ch'ôngpo erbleichen, und gelber Nebel und dunkle Wolken hängen drei Tage lang in der Luft, und der Komet verläßt die Regionen des Großen Bären und fliegt, durch die Milchstraße hindurch, zum Palaste Chamigung ...

Der kaiserliche Chronist mochte, wie er selbst sagte, weder das Talent noch den Stil eines T'aesagong (Samachôn) oder eines Munyôlgong (Kim Pushik) haben, doch richtete er sich nach der Schreibkunst des *Ch'unchu (Chunqiu)*, der *Frühling-und-Herbst*-Annalen. Er hielt ohne jede kritische Bewertung alles fest, was es an Omen und Voraussagungen im Zusammenhang mit der Geburt des Kaisers gab, und vergaß auch nicht die Kommentare derer zu notieren, die den Ereignissen ihre Wunderhaftigkeit absprachen.

Folgendes behaupteten diese Wunderleugner: Zuerst einmal, sagten sie, sei überhaupt nichts Außergewöhnliches dabei, wenn gegen Ende des zweiten Mondkalendermonats, der Zeit, in die des Kaisers Geburt fällt, der Himmel drei Tage lang mit dunklen Wolken verhangen sei, und was den gelben Nebel betraf, so habe es sich um eine Staubwolke von Kiefernnadeln gehandelt, die sich erst nach einiger Zeit verzogen habe. Ein Bauernbursche, der für den Vater des Kaisers arbeitete, da dieser sich keine arbeitsamen und kräftigen Knechte leisten konnte, soll an dem Tag, an dem die Herrin des Hauses niederkam, anstelle von Brennholz feuchte Nadeln gesammelt und für die Bodenheizung entfacht haben, und der bei windstiller Witterung aufgestiegene Rauch sei erst einmal eine Ewigkeit über dem Haus gekreist. Und weil die Bewohner der Keryong-Bergregion sich seit einer Ewigkeit nach den Prophezeiungen des *Chônggamnok* richten, hätten sie dies eben falsch interpretiert. Ebenso stellten diese Kritiker die Vision der besonderen Flugbahn des Kometen in Abrede. Wenn tatsächlich der Himmel drei Tage lang mit dunklen Wolken verhangen war, wie hätte man dann sehen können, wie der Komet die Milchstraße verlassen hatte und gen Chami-Palast geflogen war?

Aber viel stärker, als mich mit diesen Leugnern der himmlischen Geburt des Kaisers abzugeben, ist in mir das Verlangen, kritiklos an dieses frohe Ereignis zu glauben. Denn auch wenn die sagenhaften Umstände bei der Geburt des Kaisers aus rationaler Sicht unstimmig sind: welchen Unterschied machte das schon? Schließlich arbeiten alle Mythen und Sagen dieser Welt mit Übertreibungen und Verdrehungen, ging es doch immer auch um politische Ziele.

Ein weiteres Wunder zum Beweis der herausragenden Rolle, die der Kaiser einmal spielen sollte, ereignete sich im neunten Monat selbigen Jahres. Dabei hinterließ ein Tiger, gemeinhin als Bote des Berggottes oder gar als der Berggott selbst angesehen, auf der Stirn des Kaisers einen Abdruck zum Zeichen, daß dieser vom Himmel auserkoren war, und dies geschah in etwa wie folgt:

An einem Herbstmorgen, es war in jenem Jahr bereits ungewöhnlich zeitig kalt geworden und erster Rauhreif hatte sich über die Landschaft gebreitet, ging die Kaisermutter zu einem Feld weit hinten im Tal, um Rettiche zu ernten. Auf dem Rücken trug sie den knapp sieben Monate alten Kaiser. Sie rupfte die Rettiche, den Kaiser huckepack, heraus, und ein Bauernbursche sammelte diese dann auf und schleppte sie ins Dorf.

Als es gegen Mittag ging und wärmer wurde, begann ihr die Kindeslast zu schwer zu werden. Sie suchte eine geeignete Stelle, wo sie den Kaiser absetzen konnte, fand eine an dem Rand des Feldes, der zum Berg ging, legte dort das eingeschlummerte Kind auf die Wiese und nahm wieder ihre Arbeit auf.

Nach einer Weile vernahm sie plötzlich Babygebrabbel und sah nach dem Ort, an dem sie den Kaiser gelassen hatte, und erstarrte vor Schreck. An der Seite des inzwischen wach gewordenen Kindes lag ein Tiger von der Größe eines Kalbs. Und der Tiger lag nicht nur einfach neben dem Kaiser, er spielte sogar mit ihm. Letzterer versuchte unaufhörlich, auf den Rücken des Tieres zu gelangen, welches ihn schüttelte, worauf er immer wieder abglitt.

Zu entsetzt war die Kaisermutter, als daß sie auch nur die geringste Bewegung hätte ausführen können, sie sah diese Szene einfach nur starr mit an. Doch sie faßte sich, nahm sich zusammen und stürzte tollkühn und mit einem schrillen Schrei zu den beiden hin. Der Tiger sah sie einen Wimpernschlag lang an und suchte das Weite, nachdem er dem Kaiser noch einen Pfotenklaps auf die Stirn mitgegeben hatte. Dies genügte aber schon, um das Kind, aus dessen Stirne gleich das Blut rann, wie einen Pappkarton umzuwerfen, es hangabwärts in einen Dornbusch rollen zu lassen. Ein jeder, der dieser Szene beigewohnt hätte, hätte es daraufhin für tot gehalten.

Doch nichts dergleichen. Der Kaiser trug lediglich ein paar Schrammen auf der Stirn davon. Die Nachricht von diesem wunderlichen Ereignis breitete sich sofort im ganzen Dorf aus. Seine Bewohner schrieben den Umstand, daß ein sieben Monate altes Kind den Prankenhieb eines Tigers überlebt hatte, einem verborgenen höheren Sinn zu.

Dazu kam, daß mit fortschreitendem Alter die vertikalen Striemennarben in Kombination mit den horizontalen natürlichen Falten eine Form bildeten, die als Zeichen 王 *(wang)* mit der Bedeutung »Monarch« gedeutet werden konnte, was den Glauben, daß es sich bei diesem Zwischenfall um kein gewöhnliches Ereignis gehandelt haben konnte, sondern um einen weiteren Hinweis auf die göttliche Bestimmung des Kaisers, noch beförderte. Denn dies bedeutete, der Himmel hatte den Berggott gesandt, um ihn mit dem Zeichen des Ranges Neunfünf zu kennzeichnen.

Natürlich wurde auch dieser Mythos angezweifelt. Die Mutter habe das Kaiserkind aus purer Unvorsichtigkeit in das Dornengestrüpp fallen lassen, wo es sich die Kratzer auf der Stirn zugezogen habe, und die Geschichte mit der Raubkatze sei von ihr erfunden worden, um von ihrem eigenen Versagen abzulenken. Übrigens habe es damals auf dem Keryong-Berg längst keine Tiger mehr gegeben, außerdem sei niemand zugegen gewesen, der die Darstellung der Mutter hätte bezeugen können.

Anstatt mich an einer solcherart geführten Kontroverse zu beteiligen, zitiere ich jenen Ungläubigen zur Erwiderung lieber den alten Mann, der mir die *Chronik* erläutert hatte. Folgendes hatte der Greis gesagt: Der Himmel manifestiert sich nicht immer durch Ereignisse, die auf Anhieb zu verstehen sind. Und sollten die Striemen auf der Stirn tatsächlich von dem Dornengewächs stammen, wie, habe er sich gefragt, hätten sie dann so tief sein können und wieso hätten sie gerade das Zeichen 王 hinterlassen?

Vom Jahr Pyôngshin bis zum Jahre Kapjin. Hundert Meister staunen und tausend Nachbarn ehren. Eine Stadt wird vor dem Tor errichtet, und die Fähigen sammeln sich wie Wolken.

In der *Chronik* nehmen diese zehn Jahre einen breiten Raum ein, und auch der alte Mann erläuterte sie ausführlich. Es wäre aber müßig, sowohl für diejenigen, die an das Auserkorensein des Kaisers durch den Himmel glauben, als auch für die Skeptiker, sich bei jeder Einzelheit aufzuhalten, und daher seien hier nur zwei Episoden berichtet.

War schon die Geburt des Kaisers auf nicht alltägliche Weise vonstatten gegangen, so erstrahlte sein Leben, je mehr Jahre hinzukamen, in einem noch glänzenderen Licht. So gescheit war der Kaiser, daß, wenn man ihn in einer Sache unterrichtete, er gleich zehn lernte und im Alter von zwei Jahren bereits das *Buch der Tausend Zeichen* und mit sechs das *Sohak (Xiao Xue)* lesen konnte und der Dorflehrer schon beizeiten eingestand, ihm nichts mehr beibringen zu können. Als er die *Vier Bücher und Drei Klassiker* studieren sollte, wurde der Gebildete Hwang mit dem Unterricht betraut, und dieser wiederum quittierte den Dienst, als der Knabe acht wurde, und von da an war kein Meister in der näheren

Umgebung in der Lage, ihm noch etwas beizubringen. Nachdem er bis zum neunten Lebensjahr noch in Ch'ônghô im Pomun-Tal, vormals Hoedôkhyôn, bei Meister Yun, seinem letzten Lehrer, gelernt hatte, studierte er schließlich ganz für sich selbst. Seitdem war er sein Lebtag lang Autodidakt.

Manche Stimmen meinen indes folgendes: Bei einem politischen System im Niedergang zerfalle zuerst das Wissen, das es verteidigt und gestützt habe. Dies sei der Fall gewesen, als der Kaiser einen Meister gesucht habe; das Regime der Yi-Dynastie sei bereits ins Schwanken geraten, und noch davor habe das Wissen dieses Gesellschaftssystems seinen Einfluß eingebüßt, weshalb gute Meister folglich rar gewesen seien. Aber war es, da das Dorf der Weißen Steine, das Dorf des Kaisers, weit abgelegen und von Bergen umsäumt war, nicht völlig normal, wenn es dort keinen Gelehrten gab, der imstande war, einen Text wie das *Taehak (Tai Xue)* zu lehren? Diese Argumentationsweise zielt, auch wenn sie seine überdurchschnittliche Intelligenz gar nicht bestreitet, doch nur darauf ab, den göttlichen Ursprung der kaiserlichen Weisheit zu leugnen. Da aber kein Gesetz einen Kaiser dazu verpflichtet, ein Genie zu sein, und niemand etwas davon hat, wenn diese Polemik fortgeführt wird, werde ich mich darüber nicht weiter auslassen und mich statt dessen darauf konzentrieren, die Persönlichkeit des Kaisers genauer zu umreißen.

Er wies nicht nur zahlreiche Talente auf, auch mangelte es ihm nicht an moralischen Qualitäten. Seine grenzenlose Großherzigkeit allem Leben auf Erden gegenüber machte auch vor der kleinsten Kreatur nicht halt.

Die folgende Geschichte zeugt davon. Eines Wintertags im Jahre Imin bat der achtjährige Kaiser seinen Vater um zehn *Nyang*. Diesem erschien, wenngleich er vollstes Vertrauen zu ihm hatte, ein derartiger Betrag für einen Knaben dieses Alters ein wenig hoch, und er konnte nicht umhin, ihn zu fragen, was er damit vorhabe.

»Ich möchte ein Reh kaufen.«

»Ein Reh?«

»Ich weiß nicht, ob es wegen des Schnees nichts zu fressen gefunden hat oder ob es andere Tiere verjagt haben, jedenfalls ist ein Reh im Dorf, und die Jungen scheuchen es hin und her.«

»Ja und?«

»Ich habe ihnen gesagt, man dürfe ein wildes Tier, das Hilfe bei den Menschen sucht, nicht fangen, aber sie haben nicht auf mich gehört. Sie meinten, sie wollten es nicht zu ihrem Vergnügen fangen, sondern weil es reichlich fettes Fleisch liefern und seit langem ausgehungerte Bäuche füllen würde.«

»So ist es. Alle Menschen auf der Welt haben im Moment Hunger. Wäre das denn keine gute Sache, wenn durch den Tod des Rehs eine ganze Menge leerer Mägen gesättigt würden?«

»Nein. Der Himmel will, daß im Lande des Königs jedes noch so kleine Geschöpf geliebt wird und Erbarmen findet. Wie könnten wir daher dieses Reh erlegen, das sich voller Vertrauen in unser Dorf geflüchtet hat, wenn selbst der Jäger den Vogel, der in seinen Schoße Schutz gesucht hat, nicht schießt?«

»Was hast du daraufhin getan?«

»Ich habe ihnen gesagt, wenn sie das Reh laufen ließen, würde ich ihnen so viel zu essen und zu trinken geben, bis sie satt wären. Und dafür brauche ich die zehn *Nyang*.«

Folgendes hat sich außerdem ereignet. Im darauffolgenden Frühling, im Jahre Kemyo, litt das ganze Dorf, mit Ausnahme einiger weniger Familien, an einer schweren Hungersnot infolge einer Mißernte im Jahr zuvor. So viel Rinde und Gras hatten die Menschen abgerissen, daß jeder Berg in der Region kahl geworden war, und dies bewog den achtjährigen Kaiser, von einem Tag auf den anderen, täglich nicht mehr als eine Mahlzeit einzunehmen. Zunächst wurde diese Zurückhaltung beim Essen der Frühjahrsmüdigkeit zugeschrieben und nicht weiter ernst genommen, doch nach drei Fastentagen begann der Vater sich zu sorgen und fragte ihn nach dem Grund für sein Verhalten.

»Das ganze Dorf hungert, manche verhungern sogar, wie kann ich mich da dreimal täglich satt essen?«

»Aber auch bei uns wird die Lage immer kritischer, wir könnten für so viele Leute auch nichts tun.«

»Es heißt, der wahre Edelmann teilt die Leiden des Volkes, auch wenn er nicht in der Lage ist, sie zu lindern.«

Bei diesen Worten gingen dem Vater des Kaisers die Augen auf, und noch am selben Tag verteilte er unter die Dorfbewohner seine Getreidereserven. Der Gebildete Hwang sowie einige andere Reiche taten es ihm bald nach, und von da an mußte, bis zur völligen Überwindung der Hungersnot, im Dorf der Weißen Steine niemand mehr an Hunger sterben.

Es ist wahrhaft unbegreiflich, wie es Leute geben kann, die behaupten, der Kaiservater habe diese beiden doch eindeutig tugendhaften Taten frei erfunden. Er selbst habe das Reh zuerst gesehen und dann den Kaiser als tugendhaftes Knäblein schauspielern lassen, und ebenso seien die Hilfeleistungen für die hungerleidende Dorfbevölkerung ein Trick gewesen, um den Edelmut seines Sohnes herauszustellen und sich an den anderen zu bereichern.

Da die Mitstreiter und Gegner des Kaisers allesamt tot sind, wird einzig die Zeit die Wahrheit ans Licht bringen, aber es hat keinen Zweck, auf diese Weise fortzufahren, denn Ungläubige wird es immer geben. Wer nicht an den Kaiser glaubt, den langweilen diese Geschichten, und dem, der an ihn glaubt, genügt bereits die Fülle an wunderhaften Ereignissen, die sich dank seiner Tugendhaftigkeit zutrugen.

Wenn es heißt, *Eine Stadt entstand vor dem kaiserlichen Tore* oder *Die Fähigen sammelten sich wie Wolken*, dann bedeutet dies: im Laufe von zehn Jahren zogen immer mehr Leute ins Dorf der Weißen Steine, schlicht und einfach, weil dort der Kaiser wohnte und bereits andere aus demselben Grund beschlossen hatten, in diesem Ort zu leben. Übertreibungen finden sich in jeder Chronik. Doch hätte sich auch nur eine einzige Person wegen des Kaisers im Dorf der Weißen Steine niedergelassen, wäre dies bereits einen Eintrag in die *Chronik* wert gewesen.

Der erste dieser Neuankömmlinge war ein strammer Meeresfischhändler mittleren Alters. Getrocknete Fische und Algen aufgeschultert, betrat er an einem Herbsttag im sechsten Lebensjahr des Kaisers das Dorf, und sobald er das am Eingang spielende Kaiserkind erblickte, ließ er seine Ware liegen und eilte, nachdem er sich erkundigt hatte, geradewegs zum kaiserlichen Anwesen. Zwar hatte er allein zum Kaiservater gesprochen, aber seine Worte gingen dennoch durch das ganze Dorf.

»Mein ganzes Leben konnte ich niemanden finden, der mein Meister sein würde, und so war ich nichts weiter als ein armer Händler von Meeresfrüchten. Nun habe ich diesen Meister gefunden, und ich bitte Euch, laßt mich an seiner Seite leben und ihn verehren. Wenn es sein muß, werde ich, auf der Suche nach meiner Rolle auf dieser Welt, schuften wie ein Hund oder wie ein Pferd.«

Als nächster kam ein kraftstrotzender Mann mit einer grimmigen Visage, ebenfalls mittleren Alters, ein Bewirtschafter brandgerodeter Flächen. Sein ganzes Leben hatte er nach den Regeln der Geomantie gelebt, und an diesen Ort hatte ihn schließlich die Gesteinsader des Kaisers geführt. Dann erschien ein einäugiger Wahrsager, den es aus ähnlichen Beweggründen zu dem Dorf der Weißen Steine gezogen hatte wie die anderen. Ihm folgten zwei, wie es den Anschein hatte, flüchtige Überlebende des Tonghak-Aufstands, welche sich niederzulassen beschlossen nach einer durchzechten Nacht beim Kaiservater.

Auch einige namenlose Wandersleute blieben. Der interessanteste von ihnen war ein Mann, Mitte dreißig, der, solange er das Dorf bewohnte, mit *Großer Meister* angesprochen wurde und die erforderliche Weisheit besaß, um den Kaiser unterrichten zu können, der sich gerade mit den *Vier Büchern und Drei Klassikern* sowie den *Achtzehn Geschichten* abmühte. Dazu war dieser Mann auch in den Kriegskünsten bewandert, er konnte einem lebenden Schwein mit bloßen Händen die Gedärme herausreißen und wußte mit allen Arten von Blankwaffen umzugehen, sowohl mit einheimischen als auch mit westlichen und japanischen. Dennoch war es schon recht ungewöhnlich, daß so viele Menschen nur wegen eines einzigen Kindes zusammenkamen. Aber der geneigte Leser möge bitte, damit die Geschichte nicht durch eine zu einseitige Darstellung in eine Schieflage gerät, auch der Gegenversion lauschen:

In den Augen der Feinde des Kaisers war dieses aufeinanderfolgende Auftauchen von Zuwanderern im Verborgenen vom Kaiservater inszeniert worden, der diese Menschen für die Verwirklichung seines Plans benötigte. Wir können nicht umhin, hier anzumerken, daß die Gegner beinah jeden Mythos und jede Legende für das Ergebnis der Machenschaften des Kaiservaters halten. Doch ist diese These vom geheimen Plan des Kaiservaters nicht haltbar, denn wie hätte er auch nur ein einziges Ränkespiel von einem solchen Ausmaß zustande bringen können? Noch weniger plausibel ist diese Ansicht, wenn man bedenkt, daß sich diese Männer zusammen mit ihren Familien im Dorf niederließen, und mit welchen Argumenten hätte er sie zu einer so gewagten Entscheidung überreden können, wenn er doch kaum in der Lage war, ihnen allen einen Unterhalt zu gewährleisten? Vielleicht kann zur Lösung dieser Frage beitragen, was die *Chronik* und die mündliche Überlieferung über den Kaiservater zu sagen haben.

Der Vater des Kaisers, auch genannt Gelehrter Chông (der später zu Ehren seines Sohnes mit *Kaiser Shinmu* angerufen wurde), entsprang einer wohlhabenden und einflußreichen Sippe vom Südmeer. In jungen Jahren galt er in seiner Region als eines der vielversprechendsten Talente, das man sowohl in den Kurtisanenhäusern als auch in den konfuzianistischen und buddhistischen Kreisen antreffen konnte. Sein Spiel auf der *Kômungo*-Zither war dem des Chong Chagi ebenbürtig, ergriff er den Pinsel, stand er einem So Sabaek in nichts nach, und noch nachdem er ein *Mal* Reiswein getrunken hatte, konnte er es in puncto dichterischer Inspiration mit Tu I (Tu Fu und Li Po) aufnehmen, und wenn er sich zum Weltenstaat äußerte, glänzten seine Augen vor Einsicht wie einst jene von Kongmyông (Kongoning), als dieser die Entstehung der Drei Königreiche in China (Samguo) weissagte.

Andererseits erinnern sich manche Leute seiner als Sproß einer untergehenden Adelsschicht, als Nichtsnutz, der den Rest eines geschrumpften Vermögens bei Wein, Weib und Spiel verpraßte. Diese zwei Versionen gleichen den Profilansichten eines Einäugigen: Zeichnet man sein Porträt von der normalen Seite, erhält man einen normalen Menschen, bildet man die Seite mit dem geschlossenen Auge ab, so ist ein Blinder zu sehen.

Von Bedeutung in seiner Geschichte aber ist folgendes. *Chronik* und Gerüchte sprechen mit einer Zunge, wenn sie berichten:

Als die Barbaren aus dem Westen kamen und die Japaner das Land überfielen, zerbrach er jäh seine Feder und stellte eine Armee der Gerechten auf, schlug Schlacht um Schlacht, errang Sieg um Sieg, schnitt nicht wenigen Japanern die Kehle durch und machte sich die korrupten Beamten gefügig, konnte jedoch aufgrund der ungünstigen Gesamtlage nicht weiter für seine Heimat eintreten und war gezwungen, seine Streitmacht aufzulösen und das Leben eines prominenten Vagabunden zu führen, bis er schließlich, einer Gesteinsader folgend, den Keryong-Berg erreichte und in Paeksôngni seßhaft wurde.

Die Ungläubigen beharren auf einer völlig entgegengesetzten Version dieser Zeit. Zu behaupten, in einer Epoche, in der nach wie vor Ch'ôngguk (China) die gewichtigste Macht im Lande darstellte und die Stärke der japanischen Soldaten in Seoul kaum der Rede wert war, eine Armee aufgestellt, »Schlacht um Schlacht geschlagen und Sieg um Sieg errungen« und »nicht wenigen Japanern die Kehle durchgeschnitten« zu haben, entbehre jeder Grundlage. Statt dessen habe er sich, nachdem das ererbte Vermögen bei Wein, Weib und Spiel verpraßt war, mit ein paar Gesellen seines Schlages zusammengetan und mit ihnen auf einsamen Bergpässen reisenden Beamten aufgelauert. Und die Leute, die laut *Chronik* eine Vision der Bestimmung des Kaisers herbeigelockt hatte, seien allesamt ehemalige Mitglieder dieser Wegelagererbande gewesen.

Stimmte diese Behauptung, wäre dies eine plausible Erklärung, weshalb so viele Leute nur des Kaisers wegen ins Dorf der Weißen Steine gekommen waren. Hegt man aber Zweifel an der *Chronik* und der spärlichen mündlichen Überlieferung, mit welcher Begründung sollte dann gerade der Meinung der Kritiker geglaubt werden? Wie gesagt, wir sollten uns nicht bei solchen ohnehin kaum lösbaren Problemen aufhalten, sondern lieber mit dem Bericht fortfahren und uns von der einen oder anderen Ungereimtheit nicht beirren lassen.

Im zehnten Monat des Jahres Ûlsa gelangt das Himmlische Mandat zunächst zum Verblichenen Kaiser

Lange Zeit schon herrschte in dieser Region der Erde, im Inneren wie im Äußeren des Landes, ein großes Durcheinander, verursacht von den Launen des machtgierigen Japan, als der Kaiservater eines Nachts am Ende des zehnten Monats – er hatte gerade die Ahnengedenkzeremonie zu Ehren seines eigenen seligen Vaters gefeiert – ein kleines Fenster öffnete, um den Mond zu betrachten, der schon um mehr als die Hälfte abgenommen hatte. Es war um Mitternacht, Totenstille, nur ein paar Hunde bellten nach dem Mond.

Plötzlich verfinsterten sich seine Augen, wurden aber gleich wieder klar, als sich die Landschaft um ihn herum völlig verändert hatte. Unversehens befand er sich auf einem mysteriösen Feld, das weder bergig noch eben war. Befremdet und eingeschüchtert blickte er nach allen Richtungen und machte in der Ferne einen alten, langsam näherkommenden Mann aus. Eine übersinnlich-majestätische Würde ging von diesem Greis aus.

»Wer … seid Ihr?«

»Ich bin der Himmelsprinz des Mondpalastes. T'aeil, der Meister des Himmels, hat mich gesandt.«

»Weshalb gerade T'aeil, der Meister des Himmels …?«

»Entsinnst du dich des Tages, an dem er dir den Großen Kaiser Chami, den Wahren Meister des Nordpols, sandte?«

»Ein Bergbonze, der mal vor ein paar Jahren bei uns vorbeikam, hat von so etwas gesprochen, ja …«

»Entwickelt er sich gut?«

»Ich tue, was ich kann. Aber …«

»Bald wird die rote Sonne untergehen, und aufgehen wird die weiße Sonne. Des Feuers Tugend wird erkalten, und des Wassers Tugend wird Samhan (Korea) wässern.«

»Ich bin zu gewöhnlich und zu ungebildet, um den Sinn Eurer Rede zu erfassen.«

»T'aeil, der Meister des Himmels, wird in naher Zukunft dem Hause Yi das Zepter über Samhan entziehen. Sein Wille ist, es dem Wahren Meister zu übergeben, welcher in Gestalt deines Sohnes wiedergeboren ward – lasse es darum ja nicht bei seiner Erziehung an Sorgfalt fehlen.«

»Ja, aber, was genau soll ich tun?«

»Ich sagte dir, was ich zu sagen hatte. Der Himmel hat entschieden, um so weniger darfst du fehlen in der Vorbereitung dieses Großen Plans.«

Mit diesen Worten entschwand der alte Mann dem Blick des Kaiservaters, ohne daß dieser noch Gelegenheit gehabt hätte, weitere Sorgen zu äußern. Verstört schlug er die Augen auf und gewahrte, daß er geträumt hatte. Er mußte, da das Fenster nach wie vor offen war und der Mond noch an derselben Stelle stand, nur einen kurzen Augenblick lang eingenickt gewesen sein.

Tags darauf brachte ein Dorfbewohner sensationelle Neuigkeiten vom Markt zu Hanbat (Taejôn). Es heiße, fünf Minister hätten das Land an die Japaner verkauft, und daß Kaiser Kwangmu sowie einige andere Würdenträger noch im Amt blieben, sei nur ein Täuschungsmanöver seitens der Japaner, die es aussehen lassen wollten, als sei alles wie gehabt. Es war dies die Nachricht vom Protektoratsabkommen des Jahres Ûlsa.

Erst jetzt erkannte der Vater des Kaisers die prophetische Natur des Traumes der vorangegangenen Nacht. Ihm ging nun auf, was in seinem Traum mit »das Zepter dem Hause Yi entziehen« gemeint war. Die Bedeutung von »roter Sonne« und »weißer Sonne« verstand er, als er das *Tonggugyôkdaegi Subongungûmyanggyôl* (die *Yin-Yang-Interpretation der Chroniken des Ostlandes*) von Muhak befragte. Die Yi-Dynastie stand unter dem Zeichen des Feuers, welches das Wasser meidet, denn rot ist das Feuer und weiß das Wasser.

Noch in jener Nacht rief der Kaiservater den Kaiser zu sich und unterrichtete ihn im Geheimen von der Himmlischen Sendung. Doch die Ungläubigen ... ach, reden wir nicht mehr von ihnen!

Im vierten Monat des Jahres Chôngmi: Wie könnten Spatz und Schwalbe je Wildgans und Schwan verstehen? Der Große Meister zieht von dannen.

Als der schon erwähnte *Große Meister* sich im Dorf der Weißen Steine niederließ, war der Kaiser gerade neun Jahre alt geworden. Allen war sofort klar, dieser Mann, mit dem kalten Herbstwind gekommen, war kein gewöhnlicher. Im Unterschied zu den anderen Neubewohnern handelte es sich bei ihm um einen echten Vagabunden, der ohne Ziel und Plan umherwanderte. Seine glatte, schöne Stirn und sein leuchtender Blick indes verliehen ihm eine unberührbare Würde.

Es hieß, er sei angelockt worden von dem Ruf, den der Vater des Kaisers als warmherziger Gastgeber von Wandersleuten genoß. Womöglich, wenngleich man sich dessen nicht sicher sein kann, hängt des Kaiservaters Gastfreundschaft mit seinem Sohn zusammen. In jenen Zeiten voller politischer Umwälzungen und Volksaufständen befanden sich notgedrungen auch viele Gelehrte auf Wanderschaft, und der Kaiservater bemühte sich darum, unter ihnen Geistesgrößen aufzuspüren, die in der Lage waren, ihr Wissen seinem Sohne zu vermitteln.

Jener Tag bildete da keine Ausnahme. Der Vater des Kaisers nahm zusammen mit seinem Gast, ihm gegenüber sitzend, die Abendmahlzeit in seiner Kammer ein. Eigenartigerweise tat der Gast so gut wie nicht den Mund auf. Gewöhnlich verkündeten die Gäste, wie zum Dank für die Güte und Gastlichkeit des Hausherrn, redselig die neuesten Nachrichten aus den Provinzen, durch die sie gekommen waren, oder der ganzen Welt überhaupt. Doch an jenem Abend antwortete der Gast auf die Fragen, die ihm gestellt wurden, nur so knapp wie möglich. Da somit keine rechte Unterhaltung zustande kam, ließ sich aus dem Nachbarraum die Stimme des rezitierenden Kaisers vernehmen.

»Das ist Sang Sô (Shu Qing)! Welch klare Stimme«, rief der Gast mit einem Mal aus. Der Kaiservater, stolz auf diese Lektüre, die so reibungsfrei war wie ein übers Eis schlitternder Kürbis, erwiderte: »Das ist mein ungebildeter Sohnemann.«

»Welcher Meister mag so tief in den Bergen lehren?«

»Dies genau ist es, was mich, den Vater, bedrückt. Es gab da einen Gelehrten in Hoedôkhyôn, etwa vierzig *Ri* von hier, bei dem war er ein paar Monate zum Studium; seitdem aber lernt er ganz für sich mit Hilfe eines Wörterbuchs.«

»Weshalb müht Ihr Euch so sehr um seine Studien, jetzt, wo es doch keine Staatsprüfungen mehr gibt?«

»Hat Gelehrsamkeit einzig das Bestehen der königlichen Beamtenprüfungen zum Ziele? Nur ...«

»Ihr habt recht. Wie alt ist er?«

»Neun.«

»Ich bin verblüfft. Könnte ich mit dem verehrten Herrn Sohn zusammenkommen?«

»Ja, das ginge schon, aber ...«

Der Vater des Kaisers zögerte einen Moment, beeilte sich jedoch gleich, dem Wunsch des Gastes nachzukommen.

»Würdest du uns bitte Sang Sôs *Chunghwejigo*, welches du eben gelesen hast, erläutern?« trug ihm der Gast in einem Tone auf, der bereits der eines Lehrers war. Verlegen brachte der Kaiser einzig ein »Ja« als Antwort heraus.

»Dann lies zuerst laut vor und lege es dann aus.«

»Sôngtangi panggôrunamsohashigo yuyuchamdôkhasa wal ...«

Wohlklingend war die Stimme des vortragenden Kaisers.

»Yegongnaese-e itaero ...«.

Der Gast deutete barsch auf das Zeichen 台 und fragte: »Das hier wird *t'ae* ausgesprochen?«

»Ja.«

»Dann übersetze, was du eben gelesen hast.«

»König Tang verbannte Kôl (Qie) nach Namso (Namchao) und fühlte Reue und sagte bei sich: Ich fürchte, man wird mir daraus noch einen Strick drehen.«

Der Gast befragte den Kaiser darauf Satz für Satz, bis dieser vollends verwirrt war. Er hatte übrigens bereits in dem Satz, den er vorgelesen hatte, einen Gutteil der Schriftzeichen falsch ausgesprochen.

»Für einen neunjährigen Jungen ist er zwar überragend und hat ein ausgezeichnetes Gedächtnis, aber er ist noch zu jung, um einen solchen Text zu studieren. Aussprache und Deutung stimmen oftmals nicht überein, es fehlt ihm da noch an einigem. Ich habe ihn über das Zeichen 台 befragt, welches hier aber nicht als *t'ae* für *Stern*, sondern als *i* für *Ich* steht.«

»Wenn man ganz ohne Lehrer lernt, hat man sicher einige Lücken«, antwortete der Kaiservater sichtlich verlegen mit einem Blick auf den Sohn.

»Nicht das Fehlen eines Meisters, sondern ein schlechter Meister ist daran schuld. Die Lektüre des *Sohak* hätte sich besser geeignet, ihm aber wurde etwas aufgedrängt, das in seinem Alter Unfug ist. Ich frage mich, ob dieser Lehrer nicht sogar mein werter Gastgeber selbst ist«, bemerkte er spitz mit erhobenem Zeigefinger.

»Ein Unwissender wie ich ... Da dies mein einziger Sohn ist, bin ich wohl ein wenig zu ehrgeizig gewesen.«

Beschämt setzte der Vater des Kaisers mit einem Mal eine feierlich-ernste Miene auf, richtete den Kragen seines Gewandes und verbeugte sich tief vor dem Gast: »Daß ein solcher großer Meister mein Haus mit seiner Anwesenheit ehrt, konnte ich nicht wissen. Obschon meine Gemäuer schäbig sind und mein Reichtum begrenzt ist, fühlte ich mich zutiefst geehrt, wenn Ihr meine Bitte, unser persönlicher Meister zu werden, nicht abschlagen würdet. Sofern es Euch nicht dringend an einen anderen Ort zieht, möget Ihr bitte meinen dreisten Vorschlag annehmen.«

Von dieser Rede an wurde der Titel »Großer Meister« verwendet. Der plötzliche Umschwung im Verhalten des Hausherrn schien ihn einen Moment zu verwirren. Das herablassende und ironische Lächeln verschwand aus seinem Gesicht, und nachdem er sich wieder und wieder zum Zeichen der bescheiden dankenden Ablehnung zu Boden geworfen hatte, nahm er das Angebot an.

»Ich danke Euch für die Gastfreundschaft, die Ihr einem armseligen Gelehrten gewährt, der den Sinn für alles auf der Welt verloren hat. Was die Dauer meines Aufenthaltes angeht, so kann ich mich nicht festlegen, aber ich nehme das Angebot mit Dank an.«

Der Große Meister verbrachte drei Jahre im Dorf der Weißen Steine und erzog den Kaiser. In dieser Zeit wurden die Grundlagen der Autorität und tiefen Gelehrsamkeit gelegt, deren Zeugen all jene wurden, die dem Kaiser im Laufe seines langen Lebens begegneten. Außerdem führte ihn der Große Meister in die Kriegskünste ein.

»Mögen durch das Auftauchen neuartiger Waffen wie Gewehre oder Kanonen die Kriegskünste und der geschickte Umgang mit dem Schwerte an Bedeutung verloren haben, so werde ich sie dich dennoch lehren, da sie nach wie vor unverzichtbar sind bei der Stählung von Geist und Leib«, erläuterte der Große Meister. Des Kaisers Kriegergeist, dessen Beweis er all seine Herrschaftsjahre über erbrachte, verdankte seine Ausbildung also der Weitsicht dieses Meisters.

Die *Chronik* indes verschweigt leider die Verdienste des Großen Meisters beinah gänzlich. Der Grund hierfür mag sein, daß er schon zeitig wieder von dannen zog, doch hätte er zumindest ebenso viel Erwähnung finden können wie Chin Kung (Jin Qiong), der früh von Cho Cho (Cao Cao) wegging, als er sich dessen Unmenschlichkeit bewußt wurde.

Der Große Meister verließ den Kaiser Mitte des sechsten Monats des Jahres Chôngmi, Ende Juli nach dem Sonnenkalender. Als er an jenem Tage, was ungewöhnlich war, vom Markt zu Hanbat (Taejôn) zurückkam, schnürte er sein Reisebündel und suchte den Vater des Kaisers auf.

»Während einer langen Zeit genoß ich Eure warmherzige Gastlichkeit, doch nun ist der Tag gekommen, an dem es heißt, aufzubrechen. Ich habe zwar von vornherein gesagt, ich würde nicht auf Dauer bleiben, doch regen sich in mir Gefühle der Reue, wenn ich nun so unvermittelt aufbreche.«

»Aber was ist bloß vorgefallen? Mag ich Euch in irgendeiner Weise die Hochachtung schuldig geblieben sein, so bitte ich Euch, mir zu vergeben und Euren Zorn zu stillen.«

»Wie könnte ich den geringsten Zornesfunken versprühen nach der überschwenglichsten Gastfreundschaft, die ich je genossen? Es ist nur etwas Wichtiges eingetreten, was mich persönlich betrifft.«

»Die Aussicht, daß mein Sprößling wieder wie ein Nackter unter dem Donner sein wird, betrübt mich sehr. Denn seine Geisteskraft und körperliche Stärke begannen gerade merklich zuzunehmen ... Dürfte ich, wiewohl mir die Unhöflichkeit dieser Frage bewußt ist, den Grund für Euren Aufbruchswillen erfahren?«

Der Große Meister zögerte einen Moment, schien sich aber zu einer offenen Antwort zu entschließen und sprach mit gefaßter Stimme: »Ich bin wohl meinem Gastgeber, der seine Mahlzeiten seit drei Jahren mit mir teilt, die Schilderung meiner Lebensgeschichte schuldig. Ich stamme aus Chônju, mein Familienname ist Pak, der Vorname Chicho. Frühzeitig schon verfolgte ich ehrgeizige Ziele und studierte daher die Schriften und übte mich in den Kriegskünsten, um mich, als ich achtzehn war, für die Militärstaatsprüfung zu melden. Unter der Regentschaft Seiner Exzellenz Taewônui schien im Lande wieder mehr Ordnung zu herrschen, und ich glaubte einen großen Schritt nach vorne in meiner politischen Karriere getan zu haben, als ich im Alter von vierundzwanzig Jahren zum Exerziermeister ernannt wurde.

Im zehnten Monat des Jahres Kabo jedoch brach für mich alles zusammen, als ich die japanische Armee bei der Niederschlagung der Tonghak-Streiter in der Nähe von Kongju anführte. Zwar hatte ich dem Königshause meine unbedingte Loyalität geschworen, doch wie hätte ich, so wie dieses mit Hilfe ausländischer Truppen ein Volk niedermetzelte, das einzig legitime Forderungen erhoben hatte, mich innerlich nicht dagegen auflehnen und keine Reue fühlen können? Nach der Niederschlagung wieder nach Seoul zurückgekehrt, sah ich vor meinem inneren Auge noch immer die unzähligen blutigen Leiber und hörte ich noch immer die Schreie und Wehklagen. Schließlich zog ich im Jahr darauf meine Uniform aus, um meinen Treueschwur auf das Herrscherhaus Yi zurücknehmen zu können. Danach ging ich, wahrscheinlich vom Durst nach Vergebung angetrieben, über die ehemaligen Schlachtfelder und vergoß Träne um Träne der Reue, und auf diesem Bußgang bin ich dann in Eurem Dorf gelandet.

Heute indes habe ich auf dem Markt Beunruhigendes vernommen. Es heißt, die Marionetten, die den Pakt aus dem Jahre Ûlsa unterzeichnet haben, hätten einen neuen Vertrag zwischen Korea und Japan unterschrieben und die Armee aufgelöst. Ich mag zwar dem Hause Yi nicht mehr zur Loyalität verpflichtet sein, doch kann ich nicht einfach zusehen, wie mein Land für immer zugrunde geht. Das Land gehört nicht mehr dem Monarchen, sondern dem ganzen Volk.

Gibt es nicht in unruhigen Zeiten immer treue Untertanen und Patrioten, die sich auflehnen? Nach ihnen werde ich nun suchen und eine Armee der Gerechten aufstellen.«

»Wenn es der Himmel ist, der einen emporhebt, so ist es auch der Himmel, der einen fallen läßt. Weshalb stellt Ihr, da es mit der Yi-Dynastie nun zu Ende geht und eine neue an ihre Stelle treten wird, Euch nicht in den Dienst dieser neuen Herrscherfamilie? Eure Tapferkeit und Weisheit wären der neuen Dynastie eine wichtige Stütze.«

»Ich glaube, ohne daß Ihr mehr sagen müßtet, Euch zu verstehen. Da Ihr angefangen habt, davon zu sprechen, werde ich nun offen und aufrichtig reden.

Schon bei meiner Ankunft hier in diesem Dorf ist mir das erstaunliche Werk aufgefallen, das Ihr geleistet habt. Die Dorfbewohner schienen Eurem Sohn beinah die gleiche Ehrerbietung zu bezeugen wie dem Buddha, und das von Eurem Sohn angehäufte Wissen steht dem der Kaiser und Staatsmänner in nichts nach. Doch gebt Euch nicht der Illusion hin, daß es, nur weil alles bislang verlaufen ist, wie Ihr geplant habt, immer so weitergehen wird. Ihr werdet es nicht gern hören, aber ich muß es Euch so deutlich sagen: Euer Traum wird niemals in Erfüllung gehen. Im Gegenteil, wenn Ihr ihn nicht aufgebt, wird Euch und natürlich auch Eurem Sohne noch großes Unheil widerfahren.«

»Aber nichts von alledem ist, weil ich es wollte, es stellt einzig den Willen des Himmels dar.«

»Davon habe ich natürlich gehört. Der alte Spiegel jedoch, den gefunden zu haben Ihr vorgebt, ist nicht das, was er zu sein scheint. Zunächst einmal gibt es Dinge dieser Art überhaupt nicht. Und solltet Ihr ihn tatsächlich nicht selbst hergestellt haben, kann er nur eine Fälschung irgendeines Träumers oder Verrückten sein. Ich habe noch von anderen Geschichten dieser Art gehört, doch letztlich unterscheiden sie sich nicht von dieser. Mit dem Himmel hat das nichts zu tun, und falls dieser Spiegel doch das Werk des Himmels sein sollte, was würde er dann für einen Nutzen bringen?

Daß Eurem Plan kein Erfolg beschieden sein wird, glaube ich aus zwei Gründen, die Ihr, so behaupte ich, noch nicht erwogen habt.

Der erste ist die verzwickte Weltlage. Die gewaltigen Kräfte der mechanisierten westlichen Zivilisation haben China, das seit alters her unser großer Bruder ist, in die Knie gezwungen und geschändet. Was wird nun aus unserem kraftlosen, kleinen Chosôn? Bis wir uns eines Tages mit ihnen von gleich zu gleich messen können, werden noch Jahrzehnte oder gar Jahrhunderte vergehen, und so bleibt uns nichts anderes übrig, als uns der Macht der westlichen Nationen oder der Japaner zu beugen, die sich rasch die Techniken und Methoden des Westens angeeignet haben. Wie soll da eine kleine, schwächliche Dynastie mit eigenem Kalender bestehen können, wenn ohnehin überall in allen Ländern eine Tendenz auszumachen ist, nach der die Monarchen immer mehr an politischer Bedeutung verlieren? Und wie soll dieses Tal am Fuße des Keryong-Bergs Hauptstadt werden, wenn es nicht einmal in der Lage ist, hunderttausend Leute ausreichend zu versorgen?

Der zweite Grund ist der Sohn, in den Ihr all Eure Hoffnungen setzt. Gewiß besitzt er ein hervorragendes Gedächtnis und ein hübsches Antlitz. Sein Wesen ist rein und edelmütig. Doch ist er nicht aus dem Holz geschnitzt, aus dem Könige sein müssen, die eine neue Dynastie begründen. Ihm fehlt es an List und der Fähigkeit zur Intrige, um unruhige Zeiten überstehen zu können, er hat hierfür keine Strategien. Sein Urteil ist nicht scharf genug, zu lange dauert es, bis er reagiert. Außerdem habt Ihr ihm Eure Phantastereien schon so tief eingeimpft, daß davon allmählich auch seine besseren Qualitäten in Mitleidenschaft gezogen werden.«

Jäh unterbrach ihn die strenge Stimme des Kaiservaters.

Zornesadern traten in seinem Gesicht hervor. Aus seinen Worten war jede Höflichkeit verschwunden.

»Ihr könnt von dannen ziehen, wenn dies Euer Wunsch ist, aber hütet Euch, so in meinem Hause zu reden. Mögen die Barbaren des Westens noch so mächtig sein, gegen den Willen des Himmels werden sie nicht ankommen. Mein Sohn mag in einigen Dingen Defizite haben, doch wie könnte ihn der Himmel, der ihn doch um Chosôn willen geschickt hat, je verlassen? Ich bin froh, daß Ihr fortgeht, niemals hätte ich Euch Aufnahme gewährt, wenn ich Eure Ansichten gekannt hätte.«

»Dann werde ich nun aufbrechen. Aber im Namen unserer ehemaligen Freundschaft flehe ich Euch an: Öffnet um Himmels willen Eure Augen! Eröffnet Eurem Sohn eine neue Welt, vermittelt ihm neues Wissen, aber bewahrt ihn vor der unvermeidlichen Katastrophe!«

Seine Stimme klang durchaus aufrichtig. Er schien sich tatsächlich um die Zukunft dieses Knaben zu sorgen, dessen Lehrer er drei Jahre lang gewesen war. Nach der Abreise des Großen Meisters aber rief der Vater den Kaiser zu sich und sprach zu ihm folgende Worte: »Dein Meister besaß wahrhaft erstaunliche Talente, doch gebrach es ihm an Treue und Mut. Er taugte nicht zum Vorbild. Außerdem hegte er Zweifel am Willen des Himmels, ich schickte ihn darum fort. Wie könnten Spatz und Schwalbe je Wildgans und Schwan verstehen?«

Im fünften Monat des Jahres Kyôngsul ist der Glaube unbeirrbar fest, der Weg des Monarchen aber ist steinig. Im siebten Monat wird das Himmlische Mandat endlich dem Kaiser selbst offenbart.

Das Jahr Kyôngsul war das viertausenddreiundvierzigste Jahr nach Gründung des Landes zu Asadal durch Tangun Wanggôm, das zweite von Sôn T'ong (Xuan Tong) in China, das zweiundvierzigste des Meiji in Japan sowie das fünfhundertneunzehnte nach Errichtung der Yi-Dynastie, deren Schicksal durch die Unterwerfung unter die Inselbarbaren besiegelt wurde.

Für den Kaiser, der in ihm sein fünfzehntes Lebensjahr abschloß, war das Jahr Kyôngsul in mehrerlei Hinsicht von großer Bedeutung. In diesem Jahr nahm des frühreifen Kaisers erste Liebe ein trauriges Ende und er fand die Gefährtin, die mit ihm die Höhen und Tiefen des Lebens teilen würde, und der Wille des Himmels, der sich bislang nur durch einzelne Omina offenbart hatte, wurde endlich dem Kaiser unmittelbar verkündet.

Doch ehe auf diese Ereignisse einzeln eingegangen wird, seien zuvor noch die Großtaten zu erwähnen, die der Kaiser bis dahin in diversen Bereichen vollbracht hatte.

Wie bereits ersichtlich war, hatte er eine traditionelle Erziehung nach den Prinzipien des Kongja (Konfuzius) genossen. Mit allen Lehren hatte er sich befaßt, nicht nur mit dem Neo-Konfuzianismus des Chôngju, sondern auch mit Wang Yangmyông, ohne aber die Gedanken von Yuk Sangsan, Hwang Chonghûi und Kô Yômmu unberücksichtigt zu lassen. Wenn man sich in Erinnerung ruft, daß er erst fünfzehn war, ist dies eine um so erstaunlichere Leistung. Aber der Kaiser wurde nicht bloß zu einem Konfuzianer ausgebildet; seine Studien umfaßten auch die militärischen Taktiken von Sono (Sunzi und Wuzi) sowie die Rechtslehren von Sun Kyông und Han Pi (Xunzi und Han Fei). Nojang (Laozi und Zhuangzi) übten lange Jahre einen starken Einfluß auf ihn aus, und auch den Gedanken von Muk Chôk (Micius), Kong Sonnyong und Ch'u Yôn hing er an. Das Sprichwort *Der Tugendhafte ist überall, er beugt sich nach allen Seiten* trifft auf niemanden besser zu als auf ihn. In der *Chronik* findet sich ein später vom Kaiser selbst verfaßtes Resümee der Studien dieser Schulen:

Den alten Lehren zufolge sind alle Dinge auf ein und dasselbe Prinzip zurückzuführen, jedoch gibt es hundert Wege, um zu diesem Prinzip zu gelangen. Von diesem Grundgedanken ausgehend verfolgen der Konfuzianismus, das Denken des Muk, der Taoismus, die Schule der Legalisten, die Yin-Yang-Theorie und die sophistische Begriffsschule alle dasselbe Ziel: eine gute Regierungsform. Sie unterscheiden sich voneinander nur in den Diskussionsmethoden und auch darin, ob die Gelehrten gut zu untersuchen vermögen oder nicht.

Dem, der gründlich das konfuzianische Denken studiert, bietet sich ein weites Feld dar, die Kernpunkte indes sind begrenzt. Folglich setzt er in des Menschen Körper und Geist mehr Anstrengungen, als diese Früchte tragen könnten. Es reicht daher nicht aus. Seine wichtigste Leistung, durch welche es sich von den anderen Geistesströmungen deutlich abhebt, besteht darin, daß es auf der grundlegenden Unterscheidung von Souverän und Untertan, Vater und Sohn, Ehemann und Gattin und Älterem und Jüngerem aufbaut.

Die taoistische Schule fördert bei einem Menschen die Fähigkeit, sich auf seinen Geist zu konzentrieren, sein ganzes Tun mit dem einen reingeistigen Weg *(Tao) in Einklang zu bringen und die vollkommene Fülle aller Dinge zu schauen. Mag indes das taoistische Denken einen einfachen Zugang zur Wesenheit der Dinge liefern, erweist es sich, wenn es um die Feinheiten geht, als zu verzwickt.*

Die Lehre des Muk legt größten Wert auf die Selbstbeschränkung und das einfache Leben. Für die meisten ist ein Leben, das sich nach ihr ausrichtet, zu hart. Da aber die Lebenskraft gesteigert und der Verschwendungssucht entgegengewirkt wird, sollte man diese Lehre nicht einfach außer Acht lassen.

Die Schule der Legalisten ist mit ihrer Strenge zu beschränkt, es fehlt ihr an Wärme und Milde. Das Verdienst dieser Richtung besteht jedoch in der scharfen und sauberen Scheidung von Fürst und Untertan, von oben und unten.

Die Yin-Yang-Lehre ist sehr kompliziert und enthält arg viele Verbote, was auf die Menschen sehr abschreckend wirkt. Ihr Verdienst aber ist der Versuch, die Ereignisse der Welt dem Ablauf der vier Jahreszeiten zuzuordnen.

Die Begriffsschule neigt zum Sophismus und verliert leicht den Bezug zur Wirklichkeit. Diesen Makel gleicht sie allerdings wieder aus durch ihre Definition der Verbindung des Namens zur Materie …

Noch einmal sei gesagt: Der Kaiser befaßte sich mit diesen Dingen im Alter von fünfzehn Jahren. Bemerkenswert. Wir brauchen gar nicht einmal den Anmerkungen der Kritiker Gehör zu schenken, um festzustellen, daß sich in diese Darstellung die eine oder andere Übertreibung eingeschlichen hat. Demjenigen, der sich in dieser Materie auskennt, ist sicher schon aufgefallen, daß die Bewertung der Sechs Schulen beinah nur in der Reihenfolge ihrer Aufzählung von der in den Geschichtschroniken abweicht. Aber den kaiserlichen Edikten und Analekten seiner letzten Jahre nach zu urteilen, läßt sich nicht bestreiten, daß der Kaiser sich in den Studien der chinesischen Klassiker besonders auszeichnete. Selbst seine Gegner kamen nicht umhin, dies anzuerkennen.

Er befaßte sich aber keineswegs nur mit der verweichlichenden Schöngeisterei. Sein Vater war in jener Zeit Anführer einer militärischen Gruppe – *Ûibyông* in der *Chronik* genannt, »Räuberbande« von den Ungläubigen –, und der Kaiser stach in ihr durch eine ganz außergewöhnliche kriegerische Manneskraft hervor. Die körperliche Ertüchtigung in der Kriegskunstlehre des Großen Meisters mehrten seine ohnehin schon vorhandene Kraft, so daß es in einem Umkreis von hundert *Ri* bereits im Alter von vierzehn Jahren niemanden gab, der es mit ihm hätte aufnehmen können. Die *Chronik* berichtet, *er konnte allein mit der Faust einen Felsen zertrümmern und war imstande, einen Bullen zu heben.*

Vor allen Dingen gründete sich die Ausstrahlung des Kaisers auf sein würdevolles Auftreten und die majestätisch-noblen Gesichtszüge. Mit fünfzehn maß er bereits zehn *Cha*, seine Brust war so schlank wie die eines Tigers, und die Schultern waren nicht weniger schmal als die eines Bären. Dunkle Säbelbrauen zierten sein juwelengleiches Antlitz, große, tiefe Augen glänzten vor Intelligenz und Leidenschaft, und eine geradlinige und feingemeißelte Nase kündete von einem unbeirrbaren Willen. Den roten und festen Lippen schien eine unerschöpfliche Beredsamkeit innezuwohnen, und die klare und kräftige Stimme war die eines Anführers. Dazu wurde der Abdruck auf seiner Stirn – das vom Tiger einst hinterlassene Zeichen für »Monarch« – mit fortschreitendem Alter immer lesbarer. Wenn das, was in der *Chronik* steht, der Wahrheit entspricht, kann es einem echte Wonne bereiten, sich den Kaiser leibhaftig vorzustellen. Und welche Eltern hätten, bei der glorreichen Zukunft, die ihm vorbestimmt war, nicht liebend gerne dem Kaiser ihre Tochter dargeboten?

Und so verhielt es sich auch, im Dorf der Weißen Steine hatten sich einige Familien das ehrgeizige Ziel gesetzt, den Kaiser als Schwiegersohn zu gewinnen. Alle hatten sie eine Tochter in seinem Alter, wobei die Familien des Gebildeten Hwang und von Yun Sanin favorisiert waren. Entweder weil die anfängliche Begeisterung erlahmte oder weil der Kaiser einfach ein zu außergewöhnlicher Mann war, verließ die meisten Familien nach und nach der Ehrgeiz, so daß sie ihre Töchter an andere vergaben, und einzig jene zwei machten sich am Ende noch immer eifrig Hoffnungen auf ihn als Schwiegersohn.

Der Gebildete Hwang, der nie einen Zweifel an den verschiedenen Mythen über die Geburt des Kaisers und an den Zeichen gehegt hatte, die auf das Erwähltsein des Heranwachsenden wiesen, verfügte über ausreichende Mittel. Auch wenn er den Großteil des ererbten Vermögens verloren hatte, erbrachten seine Reisfelder jährlich mehrere hundert *Sôk*.

An dieser Stelle ist es sicherlich angebracht, sich ein wenig ausführlicher mit der Figur des Gebildeten Hwang zu beschäftigen, der sich mit diesem Titel ab einem Alter von fast dreißig Jahren schmücken durfte. Manche, die dem Kaiser zweifellos übelwollten, vertraten die ketzerische Ansicht, der Gebildete Hwang sei bei den Staatsprüfungen durchgefallen und auf unehrenhafte Weise zu seinem Titel gekommen, indem er sich, gegen Bezahlung von zehntausend Goldmünzen, bei einem gewissen, sehr einflußreichen Kim aus Andong das Dokument aus Rindsleder erkauft habe, das für ihn eine größere Bedeutung hatte als das Familienstammbuch.

Sollte dies zutreffen, ließe sich dies leicht mit der aufbrausenden Natur des Gebildeten Hwang erklären, die, wie bei vielen politisch aktiven Männern, voller Leidenschaft ist, der es allerdings auch an Fähigkeiten gebricht. Menschen dieses Charakters neigen dazu, das Scheitern ihres Machtstrebens durch die Sehnsucht nach einer Veränderung der politischen

Lage zu kompensieren, und diese ungestillte Sehnsucht treibt sie nur zu leicht in die Fänge eines Aberglaubens. Ob dies beim Gebildeten Hwang der Fall war, sei dahingestellt. Fakt ist, daß er aus religiöser Überzeugung sein ganzes Vermögen bis auf den letzten Heller in die Sache des Kaisers investierte und völlig verarmt in dem Glauben verstarb, die eigene Tochter sei eine Kaiserin. Er hatte sich daher, als seine Frau in fortgeschrittenem Alter schwanger wurde, sehnlichst eine Tochter gewünscht, und sobald ihm in der Tat ein Jahr nach der Geburt des Kaisers eine Tochter geschenkt wurde, setzte er all seine Mittel ein, um die Verbindungen zwischen dem Gelehrten Chông und sich zu festigen.

Die Verbindung zwischen Yun Sanin und dem Gelehrten Chông war gänzlich anderen Ursprungs, sie fußte auf einer langjährigen Freundschaft und einer Art geheimen Einvernehmens. Yun Sanin war das Haupt einer Familie von Brandrodungsbewirtschaftern, die zum Dorf der Weißen Steine von der kaiserlichen Gesteinsader geführt worden war; der Name Sanin, »Bergmensch«, bezog sich hierauf.

Der eigenen Schilderung seiner Ankunft im Dorf der Weißen Steine zufolge hätten sich der Gelehrte Chông und er gleich von Anfang an, ungeachtet der Tatsache, daß sie zuvor einander nie begegnet seien, wie zwei alte Bekannte gefühlt. Er tat, als glaube er an den kaiserlichen Mythos und als verehre er zutiefst den Kaiservater, doch dem, der ihn genauer beobachtet hätte, wäre sein sardonisches Lächeln aufgefallen. Besonders, wenn nur er und der Gelehrte Chông einander gegenübersaßen, legte er ein seltsam verschwörerisches und lauerndes Verhalten an den Tag, als hätte er den Gelehrten Chông kraft irgendeiner geheimnisvollen Leistung, die er einst erbracht, in seiner Hand.

So standen beide Familien von Anfang an in einer engen Verbindung zueinander. Vor allem die Tochter von Yun Sanin, die bei ihrer Ankunft im Dorf vier Jahre alt war, hatte zum ein Jahr älteren Kaiser eine Beziehung wie von Schwester zu Bruder. Die Tradition, die es einem Jungen und einem Mädchen ab dem sechsten Lebensjahr verbot, sich in ein und demselben Raum aufzuhalten, fand aufgrund der besonderen

Verbindung zwischen beiden Familien keine Beachtung. In diesem Ambiente begann denn auch des Kaisers erste Liebe zu sprießen, die jedoch ein trauriges Ende nahm.

Tatsächlich hatte die Tochter des Gebildeten Hwang außer dem stattlichen Vermögen ihres Vaters wenig zu bieten, wohingegen das Fräulein Yun durchaus nicht unansehnlich war und dem Kaiser als Gattin gut zu Gesicht gestanden hätte. Wenngleich das Studium der Klassiker und das Verfassen und Rezitieren von Gedichten nicht zu den Hauptbeschäftigungen einer Frau gehörte und man sie darum auch nicht aufgrund ihrer Leistungen auf diesen Gebieten beurteilen sollte, war Fräulein Yun doch eine kleine Meisterin in Texten wie dem *Yôge (Anstandsregeln für die Frau)* oder dem *Naehun (Die innere Etikette)*. Die fein geschwungenen Brauenbögen über ihren funkelnden Augen, die kirschroten Lippen, die mustergültig gerade Nase, die schmalen, zarten Schultern, die weidengleich geschmeidige Hüfte, die anmutig-elegante Haltung, das schüchtern-liebevolle Lächeln ... Die äußeren Vorzüge dieses Mädchens, schwelgte der Kaiser später, fügten sich zusammen zum Gemälde einer vollkommenen Frau. Natürlich neigt ein Liebender, der sein Ziel nicht erreicht, zu Übertreibungen, nichtsdestoweniger war sie in der Tat bildhübsch. Mag sie auch die Tochter eines Brandrodungsbewirtschafters gewesen sein – doch wenn nur die Hälfte ihrer schwelgerischen Beschreibung seitens des Kaisers der Wahrheit entsprach: wer hätte sich nicht in sie verliebt?

So verwundert es nicht, daß der Kaiser und Fräulein Yun, sobald sie die geschlechtliche Reife erlangten, einander verfielen. In einem kleinen Bergdorf wie dem Dorf der Weißen Steine gab es keine geeignetere Gattin als sie. Zunächst schien ihre Liebe auch einen günstigen Verlauf zu nehmen. Bis ihre Kinder vierzehn Jahre alt waren, bezeichneten sich der Gelehrte Chông und Yun Sanin im Scherze gegenseitig als Verwandte, und auch die Ehefrauen standen sich nahe.

Die Geschichtchen, die sich um ihre erste Liebe ranken, hätten vermutlich unseren Bericht ein wenig aufgelockert und den werten Leser aufgeheitert, doch verfüge ich leider in dieser Angelegenheit über keine genaueren Informationen.

Sowohl die *Chronik* als auch des Kaisers Anhänger und Widersacher schweigen zu diesem Thema, und die Protagonisten selbst sind tot.

Fest steht, was immer auch beider Eltern Hintergedanken waren: ihre Liebe war rein und ohne Kalkül; Fräulein Yun war im Alter von fünfzehn Jahren eine keusche, herzensreine Bergmaid, und der Kaiser war, wiewohl er unter dem Einfluß des väterlichen Ehrgeizes und des Fanatismus der übrigen Dorfbewohner stand, vom Glauben an das ihn betreffende Himmlische Mandat noch nicht zur Gänze durchdrungen.

Vermutlich hätten die beiden als liebende und geliebte Eheleute durchs Leben gehen können, wäre ihnen nicht der Gebildete Hwang in die Quere gekommen.

Der dunkle Schatten einer tragischen Liebe, der sich noch immer über das Leben eines jeden Monarchen legte, bildete sich beim Kaiser bereits im Alter von vierzehn Jahren. Denn die Entschlossenheit des Gebildeten Hwang, seine Tochter mit dem Kaiser zu verheiraten, nahm zu. Wie zu erwarten, baute er, um seine Ziele zu erreichen, auf seinen Reichtum. Die Getreidespeicher der Familie Chông – der Finanzierung der kaiserlichen Erziehung wegen beinah leer – waren unversehens wieder aufgefüllt mit Stoffen und Getreide, und die jungen Diener des Gebildeten Hwang verwandelten im Handumdrehen die ausgedörrten Reisfelder des Gelehrten Chông in fruchtbare Erde. Bei jedem Festmahl, das der Gebildete Hwang gab, wies er dem Kaiservater den Ehrenplatz zu, und auch die Gemahlinnen freundeten sich an.

In dem Maße, wie die Beziehungen zwischen dem Gelehrten Chông und dem Gebildeten Hwang enger wurden, kühlten die zwischen ersterem und Yun Sanin ab. Wenn sie zusammenkamen, um miteinander zu trinken, gab es nicht mehr dieselbe gesellige Stimmung wie vordem, sie nannten einander nicht mehr »Verwandter, Verwandter«, einzig Yun Sanin entzog sich ein ums andere Mal diese scherzhafte Anrede. Als der Kaiser im Jahre Kyôngsul das fünfzehnte Lebensjahr erreichte, gingen sich beide Familien sogar immer mehr aus dem Weg. Begegneten einander der Gelehrte Chông und Yun Sanin, warfen sie sich gerade einmal ein paar verdrießliche

Blicke zu, ohne jeden Wortwechsel, und auch ihre Frauen pflegten so gut wie keinen Kontakt mehr.

Der Kaiser allerdings sah sich von dieser Entzweiung nicht betroffen und traf sich, von beider Eltern unbemerkt, weiterhin mit Fräulein Yun. Doch auch sie war schwermütig geworden und starrte den Kaiser oftmals mit Tränen in den Augen an. Dann wurde auch ihm das Herz schwer, und großes Mitleid regte sich in ihm. Auch ohne ein Wort darüber zu verlieren, erahnte er, was sich zwischen seinem Vater und dem Gebildeten Hwang entwickelte.

Eines sehr späten Abends rief der Gelehrte Chông, er kam gerade vom Geburtstagsfestmahl zu Ehren des Gebildeten Hwang, nach dem Kaiser. Er hatte ein eigentümliches Lächeln auf seinem vom Alkohol geröteten Gesicht.

»Es gibt gute Neuigkeiten für dich. Ich hatte schon richtig Sorge, dir noch immer keine gute Partie gefunden zu haben, wo du doch nun schon fünfzehn Jahre alt geworden bist. Jetzt aber kann ich beruhigt sein. *Direkt unter der Lampe ist es dunkel*, sagt man: Es ist die Tochter des Gebildeten Hwang. Wie ich hörte, ist sie gleichermaßen klug und schön, und auch ihr Auftreten soll voller Anmut sein. Ich habe dem Gebildeten Hwang bereits mein Wort gegeben, und wir einigten uns auf das Verlöbnis in nicht allzu ferner Zukunft, na, was sagst du dazu?«

Der Kaiser hatte zwar seit langem mit dergleichem gerechnet, aber so unvermittelt damit konfrontiert zu werden, stürzte ihn doch in einige Verwirrung. Mag er in seinem Alter schon sehr reif gewesen sein, reagierte er nun wie ein fünfzehnjähriger Junge. Ihm kam Fräulein Yuns betrübtes Antlitz in den Sinn, das ihn an eine taubetröpfelte Wildrose erinnerte. Mit zittriger, um Fassung bemühter Stimme fragte er: »Und was wird mit dem Fräulein vom Hause Yun?«

»Och das, das haben wir nur so im Scherz geplant, das war nicht so ernsthaft.«

»Nein. Die Heirat ist die höchste Menschenpflicht, mit ihr treibt man keine Scherze. Wie könnten wir so spät unser Versprechen zurücknehmen, unter dem Vorwand, es sei nur ein Scherz gewesen?«

»Auch mir ist das sehr unangenehm, aber eben weil das Heiraten eine wichtige Angelegenheit ist, können wir nicht so leichtfertig damit umgehen.

Damit ein Mann zur vollen Reife gelangt, benötigt er solide Grundlagen. Magst du auch noch so gebildet und unerschrokken sein, alleine kommst du auf dieser Welt nicht weit. Ehelichst du das Fräulein Hwang, kannst du sowohl auf die Unterstützung seiner über die ganze Umgebung verzweigten Verwandten als auch auf den Reichtum des Gebildeten Hwang bauen, dessen einziges Kind sie ist. Was böte dir im Vergleich dazu der familienlose und unvermögende Yun Sanin?«

»Die Weisen sagten einst, von allen Gütern ist die Treue das höchste. Wer zu sehr nach dem Sieg trachtet, wird verlieren, wer zu sehr nach Ruhm strebt, geht an eben diesem Ruhm zugrunde, und wer zu sehr nach Reichtum giert, wird sich ein Leben lang als Sklave eben dieses Reichtums zu schinden haben. Wenn es uns wirklich um die Erfüllung dessen geht, wozu wir bestimmt sind, müssen wir zuallererst den Respekt vor der Treue wahren und geduldig auf weitere Bekundungen des himmlischen Willens warten.«

»Die Lage der Dinge ist eine andere. Seit jeher sind in Königsfamilien Hochzeiten zustande gekommen von der Art, wie ich dir eine arrangiere. Han-Kaiser Wôn (Yüan) schickte Wang Sogun (Wang Zhao Jün) dem Barbaren Sôn U, und Kaiser So Yôl ehelichte die Schwester von Son Kwôn, welcher Kwan Wang getötet hatte. Ist dergleichen nur in China vorgekommen? T'aejo von Koryô vermählte sich, ehe er den Thron bestieg, mit den Töchtern der Adelskaste aller Bezirke und legte damit die Grundlagen für die Vereinigung der drei Han, seine eigene Tochter wiederum gab er Kim Pu (König Kyôngsun) zur Gemahlin. Es ließen sich noch unzählige weitere solcher Hochzeiten aufzählen, denn erst durch sie erlangten die Kaiser die Kraft, geflügelte Tiger und Drachen nach Drei Regentagen zu werden und Großtaten zu vollbringen, welche die Erde in Erstaunen versetzten und den Himmel erschütterten.«

»Dennoch ist auch die Treue von Mi Saeng (Wei Sheng) von unschätzbarem Wert. Vor langer Zeit bereits gab ich

Fräulein Yun mein Herz. Ich bitte euch inständig, im Sinne dieses Gelehrten mein Wort halten zu dürfen.«

»Nun ist's aber genug! Die Treue, wie Mi Saeng sie versteht, ist nicht nur wertlos, sondern auch töricht. Wie könnte jemand, der auserkoren ist, zu regieren, diese Bestimmung bloß um eines einer Frau gegebenen Versprechens willen aufs Spiel setzen? Es ist alles schon beschlossen, und du tust, was ich dir sage.

Nichts spricht übrigens dagegen, wenn du dich eines späteren Tages doch noch mit Fräulein Yun vermählst. Wer wird dir in einer glorreichen Zukunft zum Vorwurf machen können, *drei Paläste und sechs Gärten* zu haben. Die Tochter des Gebildeten Hwang ist ja auch aus gutem Hause, und wäre es nicht wunderbar, wenn sie und Fräulein Yun dich gemeinsam unterstützten?«

Der Gelehrte Chông hatte einen Entschluß gefaßt, der unumkehrbar war. Es verbot sich dem Kaiser, sich dem väterlichen Willen zu widersetzen.

Noch in derselben Nacht nahmen der Kaiser und Fräulein Yun in ergreifender Weise voneinander Abschied; leider weiß ich Genaueres von dieser Zusammenkunft nicht zu berichten. Die beiden Protagonisten dieses geheimen Stelldicheins in tiefschwarzer Nacht sind nicht mehr, zudem möchten wir nicht durch eine Preisgabe näherer Einzelheiten das strahlende Bild des Kaisers beschädigen. Es sei einzig verraten, daß der Kaiser dem unglücklichen Mädchen vierzig lange Jahre nach dieser traurigen Trennung in einem entlegenen Bergtempel erneut begegnete und der nicht mehr allzu junge Herrscher und die vor der Zeit gealterte Bonzin bei diesem Wiedersehen alle beide in Tränen ausbrachen.

Yun Sanin und seine Familie verließen das Dorf der Weißen Steine schon sehr bald nach dieser Begebenheit. Er hatte, ehe er sich mit den Seinen davonmachte, das Verlöbnis zwischen dem Kaiser und der Tochter des Gebildeten Hwang gestört, indem er einen großen Streit mit dem Gelehrten Chông angezettelt, vor diesem die Tafel mit dem Festmahl umgestoßen und ihn wüst beschimpft hatte. Wieviel von seinen Tiraden seiner Aufgebrachtheit zuzuordnen ist und wieviel der Wahrheit entspricht, läßt sich nur schwer sagen; ich werde sie daher, auch auf die Gefahr hin, daß dies von den Gegnern des Kaisers gegen ihn verwendet werden könnte, dem werten Leser nicht vorenthalten: »Schweinehund! Du hinterlistiger Sauhund! Du weißt wohl überhaupt nicht, daß selbst für Diebe Regeln gelten! Immer hast du dir von unsrer Beute die besten Stücke unter den Nagel gerissen! Hättest uns wenigstens in Frieden lassen können, statt uns nun wie ein Paar abgewetzter Schuhe wegzuwerfen! Von wegen Himmlisches Mandat! Seine ganze Herrlichkeit wolltest du mit mir teilen? Wie lachhaft! Elender Betrüger! Und dann verspricht er ihm auch noch *drei Paläste und sechs Gärten*. Meine Tochter, so teuer wie Jade, hat ja wohl Besseres verdient, als eine Kebse dieser Vogelscheuche von deinem Sohn zu werden! Sogar Hundescheiße ist noch zu gut für dich, du Saukerl ...«

Unter Dieben gelten folgende Regeln: Derjenige, der herausfindet, ob es in einem Haus etwas zu erbeuten gibt oder nicht, erlangt Heiligkeit, derjenige, der als erster eindringt, erlangt Mut, derjenige, der als letzter wieder herauskommt, erlangt Gerechtigkeitssinn, derjenige, der beurteilen kann, ob das Unternehmen geglückt ist, erlangt Wissen, und derjenige, der die Beute gleichmäßig aufteilt, erlangt Menschlichkeit. All dies steht im *Namhwagyông Wipyôn*.

Yun Sanin wandte sich daraufhin an die Festmahlsgäste, insbesondere an diejenigen, die sich des Kaisers wegen im Dorf der Weißen Steine niedergelassen hatten: »Freunde, laßt euch nicht übers Ohr hauen. Wir sind alle dem Chông, diesem Schweinehund, auf den Leim gegangen. Jetzt, wo dieser falsche Gebildete Hwang sein Ziel erreicht hat, wird er euch bald einen nach dem anderen aus dem Weg räumen ...«

Nach Meinung der Anhänger des Kaisers hätte er seine Schimpftiraden noch endlos fortgesetzt, wenn in seinem allzu losen Mundwerk nicht plötzlich die Faust des Fischhändlers gelandet wäre. Mochten die Worte von Yun Sanin nicht nur böswillige Behauptungen enthalten, sie erzielten nicht die beabsichtigte Wirkung. Denn die allermeisten der Dorfbewohner, vor allem diejenigen, an die er sich direkt gewandt hatte, glaubten fester und treuer denn je an ihren Kaiser.

Im siebten Monat jenes Jahres vernahm der Kaiser mit den eigenen Ohren die Stimme des Himmels und begriff nun in aller Deutlichkeit, welche Rolle auf Erden ihm der Himmel zugedacht hatte. Er war bald nach seiner Verlobung auf plötzliche und unerklärliche Weise erkrankt, hohes Fieber hatte ihm drei Tage hintereinander das Bewußtsein genommen. Über den Ursprung dieser Krankheit, die sämtliche vom beunruhigten Gebildeten Hwang aus einem Umkreis von mehreren *Ri* herbeigerufenen Ärzte vor ein Rätsel stellte, gehen die Meinungen auseinander.

In der *Chronik* heißt es, der Himmel habe, ehe er dem Kaiser seinen heiligen Willen verkündet, Leib und Geist erst noch mit einem göttlichen Fieber geläutert, denn schon Hong Sujôn (Hong Xichuan) aus dem *Himmelreich des Großen Friedens* und auch unserem Meister Su Un wurde in vergleichbarer Weise ein Himmlischer Auftrag offenbart. Die von der Gegenseite jedoch vermuteten eher, daß es sich bei der Krankheit um Malaria oder Typhus gehandelt habe, und sahen in der Ratlosigkeit der Mediziner den Beweis erbracht, daß diese nichts weiter als Kurpfuscher gewesen seien.

Indes kursiert auch eine nicht uninteressante dritte Meinung, die einen Zusammenhang mit der jähen Trennung von Fräulein Yun für möglich hält. Denn der Zusammenbruch des Kaisers war doch nur zu offensichtlich auf seine ohnmächtige Trauer zurückzuführen, man denke schließlich an die leidenschaftlichen Gefühle, die er für Fräulein Yun hegte, und an den Umstand, daß die Tochter des Gebildeten Hwang weder äußerlich noch charakterlich besonders anziehend war.

Wichtig ist jedoch nicht, welchen Ursprungs und welcher Art die Krankheit war, sondern welche Folgen sie zeitigte. Am dritten Tag hörte der Kaiser plötzlich nach der Einnahme eines mit größter Sorgfalt zubereiteten Tranks auf zu atmen. Der Arzt konstatierte das Ausbleiben des Pulses, und alle Anwesenden berichteten, der ganze Körper des Kaisers sei steif geworden. Ein mehr als ungerechter Tod, empfanden zumindest die Leute, die sich um das Krankenlager herum versammelt hatten.

Es verhielt sich indes anders. Der Himmel beruft jemanden, den er extra mit einer Mission entsandt hat, doch nicht ab, ehe diese erfüllt ist. Der Kaiser war offensichtlich in einen scheintoten Zustand versetzt und seine fünf Sinne vorübergehend betäubt worden, damit er in der Lage sein konnte, die Stimme des Himmels zu hören. Und in diesem Nirwanazustand der völligen Leere vernahm er folgende donnernden Worte: »Samhan geht nun von den Händen der Kindeskinder des Roten Kaisers, dem es einst anvertraut ward, über in deine Hände.«

Es heißt, der Himmel habe dies dreimal wiederholt. Dann tönte die Stimme, die den Kaiser tief bewegte und bis ins Mark erschütterte: »Ehre den Himmel und liebe dein Volk. Dein achthundert Jahre währendes Los wurde seit tausend Jahren aus dem Munde der Menschen verkündet. Widersetzt du dich dem Himmlischen Willen, wird deine achthundertjährige Regentschaft keine acht Tage währen, gehorchst du ihm, wird sie über achttausend Jahre lang bestehen. Es spricht zu dir T'aeil, der Kaiser des Ostens.«

Weiteres jedoch konnte er nicht vernehmen, da die Leute um ihn herum in dem Glauben, er atme nicht mehr, einen Höllenlärm veranstalteten. Wären sie nicht so borniert gewesen und hätten sie nicht immer bei der kleinsten Veränderung gleich die Himmlische Fügung befragt und sich nicht andauernd in Wehklagen ergossen, hätte des Kaisers Scharfsinn die Weisungen des Himmels noch viel weitreichender erfassen können.

Gewiß kann diese Episode auch anders gedeutet werden. Ein in der Psychologie bewanderter Schlaumeier stellte die These auf, das hohe Fieber im Zusammenspiel mit dem Schock der unterbundenen Liebe habe eine Störung des Gehörs verursacht. Die geheimnisvollen Worte, die der besinnungslose Kaiser gehört habe, stellten nichts weiter dar als die vom Unbewußten vorgenommene Rekonstruktion der mythischen Sagen, die der Kaiser als kleiner Junge aufgeschnappt habe. Die Gegner des Kaisers schlossen sich dieser Interpretation natürlich sofort an, aber ist der menschliche Verstand wirklich imstande, alles zu begreifen? Wie erklärt man sich dann bitte die genau an jenem Tage eingetroffene Nachricht vom japanisch-koreanischen Pakt – mit anderen Worten: die Nachricht, daß der Himmel der Yi-Dynastie das Regierungsmandat entzogen hatte?

Allein das Gesicht des Gelehrten Chông verfinsterte sich, als ihm die Tranceerfahrung des Kaisers zu Gehör kam. Er hatte ja schon selbst einige mysteriöse Dinge erlebt, doch als er nun erfuhr, daß das Himmlische Mandat unmittelbar dem Kaiser verkündet worden war, zeichneten sich Verwirrung und Sorge auf seine Stirn. Man muß schließlich auch bedenken, er hatte das fünfzigste Lebensjahr bereits überschritten.

Im ersten Monat des Jahres Shinhae stellt der Kaiser eine Armee auf. Sie wird vernichtend geschlagen, indes wagt der Gegner nicht, dies auszunutzen.

Der Kaiser hatte sich gerade erholt, als eine wahrhaft unfaßbare Nachricht durchs Land ging und schließlich auch das Dorf der Weißen Steine erreichte: die Nachricht vom bereits erwähnten japanisch-koreanischen Pakt. Am fünfundzwanzigsten Tag des siebten Monats (am 28. August nach dem Sonnenkalender), als der Kaiser sich auf dem Höhepunkt seiner vom göttlichen Fieber verursachten seelischen wie körperlichen Tortur befand, fiel Chosôn mit großem Getöse in sich zusammen wie ein morscher Baum, von dem nur noch der Stumpf übrigblieb. Dies Getöse aber hallte wider wie das prunkende Vorspiel einer neuen Zeitenrechnung, welche der Kaiser höchstselbst einläuten würde. Er sah Macht und Ruhm nach der Befreiung von fünfhundertjähriger Yi-Dynastie herrenlos durch das Land irren, er fühlte, wenn er sich nun emporreckte und beide Arme weit ausstreckte, würden sie, die Macht und der Ruhm, unweigerlich ihm zulaufen. Auch wenn die japanischen Bajonette die koreanische Halbinsel eine Weile in ihrer Gewalt haben mochten, würde das Volk eine Herrschaft der Inselbarbaren über lange Zeit doch kaum erdulden. Den Japanern war auf der Bühne der Geschichte nur eine Nebenrolle zugedacht, welche einzig dazu diente, den Kaiser in noch hellerem Glanze erstrahlen zu lassen.

Für ihn war der Untergang Chosôns eine noch deutlichere Botschaft von droben als das, was ihm während seiner Fieberkrankheit von der Himmelsstimme eingesagt worden war. Zum ersten Mal wurde sein Herz von Vertrauen und Zuversicht erfüllt, die ihm auferlegte Bürde meistern zu können, nicht zum ersten Mal indes behaupteten die Gegner des Kaisers, seine Besessenheit, auserkoren zu sein, und seine Einschätzung der Lage der Dinge, die dem wahren Verlauf der Geschichte in keinster Weise Rechnung trage, hätten sich durch die Krankheit nur noch verschlimmert; aber diese Reden verdeutlichen wieder einmal, welch schlechten Charakters diese Leute doch sind. Denn die entschlossene Gelassenheit, die der Kaiser in der Folge an den Tag legte, hatten rein gar nichts von dem Verhalten eines Besessenen.

Schließlich benötigt derjenige, der einen Weg von hundert *Ri* vor sich hat, nur für einen Tag Proviant, jemand aber, der sich für einen Marsch von zehntausend *Ri* rüstet, braucht schon Nahrung für drei Monate. Wer sich anschickt, die Führung eines Landes zu übernehmen, muß Geduld üben können und darf nichts überstürzen.

Ab dem Moment, an dem die Yi-Sippe die Insignien der Macht verlor und die sich über dreitausend *Ri* erstreckende Erde von Chosôn nunmehr herrenloses Gebirgsland war, bestand höchste Notwendigkeit, eine Armee auszuheben. Es oblag von nun an dem Kaiser, die Japaner, die das Land wie Motten im Kleiderschrank oder wie Läuse im Kopfhaar peinigten, unschädlich zu machen und hinauszukehren. Doch hatte es der Kaiser damit nicht eilig. Hatte er erst einmal ein königliches Heer aufgestellt, würde das führerlose Volk herbeieilen und sich unter sein Banner scharen. Vorerst aber wartete er noch auf den Zeitpunkt, den der Himmel bestimmte.

Während er also noch geduldig abwartete, traf er insgeheim und gewissenhaft die Vorkehrungen für die Aushebung einer Armee. Nachdem zuerst der Gebildete Hwang, der Schwiegervater, zwanzig Säcke Soldatenreis bereitgestellt hatte, womit sein Speicher praktisch leer war, taten es ihm die Mitglieder des Hwang-Clans aus der Umgebung nach sowie alle, die an das Himmlische Mandat glaubten, und sie alle schafften so viel Proviant herbei, daß dieser sich bald im Gehöft des Kaisers zu stapeln begann.

Ihre Begeisterung übertrug sich bald auf die ganze Dorfbevölkerung, und auch die Leute, die keinerlei Blutsverwandtschaft zu den Chôngs oder Hwangs aufwiesen, brachten alles herbei, was für ein militärisches Unternehmen benötigt wurde: Stoff zum Kleiderschneidern, Eisen für die Waffen, Goldreife und silberne Haarnadeln, die man leicht gegen Geld eintauschen konnte ... Der Gebildete Hwang hatte sie sicherlich mit seinem Übereifer angestachelt, doch waren sie zweifelsohne mit einer nicht geringeren Begeisterung bei der Sache als die Bewohner von Nakyang (Loyang), die Kaiser Kwangmu (Kuangwu) mit Lebensmitteln versorgten, als dieser sich der Feinde erwehren mußte.

Natürlich verfolgten manche auch eigene Interessen. Mochten sie auch in Dörfern leben, die ringsherum von Bergen umgeben waren und aus kaum fünfzig Häusern bestanden, so waren sie nicht weniger anfällig, nach Wohlstand und Macht zu gieren, als Städter. Ein Mann spendete den Erlös aus dem Verkauf seines Ochsen, den er wie seinen eigenen Sohn aufgezogen hatte, mit der beiläufig gemurmelten Bemerkung, er würde gerne einen Posten in der Regierung nach Errichtung des neuen Reiches bekleiden, ein anderer erwähnte, als er ein Goldstück darbrachte, das den Schatz seiner Familie darstellte, sein Traum sei es, beizeiten General zu werden. Nicht nur waren sie spendabel, was den Kriegsfonds betraf, sie geizten auch nicht mit gutgemeinten Ratschlägen für den Kaiser. Verhaltensregeln für die Soldaten zum Schutze der Bevölkerung, die Abschaffung unsinniger Gesetze, eine Senkung der Steuern zum Beispiel.

Vor allen Dingen freute den Kaiser die tatkräftige Unterstützung seitens zweier Männer. Es waren dies der lebenslang ergebene und vor Kraft nur so strotzende U Palsan sowie der Stratege Pang Ryang.

U Palsan stand eigentlich in Diensten der Familie des Gebildeten Hwang. Er war ein oder zwei Jahre älter als der Kaiser, wurde bereits als namenloses Waisenkind beim Gebildeten Hwang aufgenommen und hatte von ihm den Namen

Manbok erhalten. Etwas begriffsstutzig, hatte er sich zu einem wahren Kraftpaket von Knecht gemausert. Mit zwölf konnte er schon zwei Säcke Reis schleppen, mit fünfzehn versetzte er alle Welt in Staunen, als er eine Grabplatte hob, die fünf kräftige Männer kaum vom Platz zu bewegen vermochten.

Nach der Vermählung der Tochter seines Herrn mit dem Kaiser belieferte er oft das Haus des Gelehrten Chông mit Getreide, und im Laufe dieser häufigen Besuche faszinierte ihn immer mehr die Persönlichkeit des frisch Verheirateten. Und sowie ihm zu Ohren gekommen war, daß der junge Mann etwas Großes, Glorreiches im Schilde führte, zögerte er nicht, ihm seine Dienste anzubieten.

Seine unbeirrbare Loyalität zu dem Kaiser und dessen Vater, dem Gelehrten Chông, wird aus einem Text ersichtlich, den er, nachdem er sich in den Daumen gebissen, mit dem eigenen Blut geschrieben hatte. Da er Analphabet war, ermangelte es dieser Schrift jeglichen Sinns, aber welch Vorbild an Glauben, an Treue! Völlig unerheblich, daß man ihn im Dorf als geistig minderbemittelt ansah. Doch erweckte nicht auch Hanshin (Han Yin), Fürst von Hoeûm (Huai Yin), den Anschein eines Narren, weil er zwischen den Beinen eines Bettlers aufwuchs und sich seine Kost von einer Aussätzigen erbettelte?

Der Kaiser nahm ihn mit Freuden in seine Dienste. Dem Gebildeten Hwang blieb nichts anderes übrig, als sich dem Ersuchen des Schwiegersohns zu beugen und seinen Knecht nach dem Hause des Kaisers ziehen zu lassen, und um Manboks Aufbruch in ein gänzlich neues Leben zu unterstreichen, wählte der Gelehrte Chông ihm einen bedeutenden Familiennamen und sogar einen neuen Vornamen: U (»Ochse«) Palsan.

Im Gegensatz zu U Palsan stammte Pang Ryang, der Stratege, nicht aus dem Dorf der Weißen Steine. Sein ursprünglicher Familienname war An, er kam aus einer Gegend etwa dreißig *Ri* entfernt und hatte das vierzigste Lebensjahr bereits überschritten.

In jungen Jahren hatte er hart an einer politischen Karriere gearbeitet, doch kurz nach Abschluß seines Studiums wurden die Staatsprüfungen abgeschafft. Er hatte sich daraufhin dem *Shisô* zugewandt und sich intensiv mit der Kunst des Kriegführens sowie der Wahrsagerei beschäftigt. Er war mit der Zeit auf diesem Gebiet ein wahrer Fachmann geworden, dessen Ruf sich in der ganzen Region ausgebreitet hatte.

Der Kaiser wurde auf ihn durch die Empfehlung des Vaters aufmerksam, dem die durchweg rühmenden Gerüchte über ihn zu Ohren gekommen waren; sie verstanden sich auf der Stelle prächtig. Der Kaiser bezeugte ihm einen größeren Respekt als allen ehemaligen Meistern zusammen, und der Strategieexperte erwiderte diese Ehrbezeugung mit Höflichkeit und Würde und schloß sich seiner Sache an. Sein verdienstvolles Verhalten ist nicht geringer zu achten als das von Kong Myông, der seine Hütte verließ, um Yu Pi zu folgen, oder von Wi Ching, der den Pinsel wegwarf und sich hinein in das Land in Aufruhr stürzte.

»Geruht der Meister, meines Sohnes Kong Myông zu werden?« lief ihm, um ihn willkommen zu heißen, der Gelehrte Chông entgegen, ehe er ihm den Familiennamen Pang und den Vornamen Ryang verlieh.

Wir sollten hier noch näher auf die beiden Ehrennamen U und Pang eingehen. Wenn ihre Wahl ein wenig gekünstelt erscheint, so hat dies mit folgendem Satz aus dem *Kamgyôl* zu tun:

Nach Errichtung des Reiches am Keryong-Berg werden die höchsten Ämter ein General mit Namen Pyôn und ein General mit Namen Pae bekleiden, und ihre Arme und Beine werden sein ein gewisser Pang und ein gewisser U …

Die Vorkehrungen für die Aushebung einer Streitmacht wurden gewissenhaft vorangetrieben. Auch wenn die Widersacher des Kaisers darauf abzielten, die realen Vorbereitungen für weniger umfangreich zu halten, konnten sie doch an der Unterstützung und Hilfsbereitschaft seitens der ganzen Dorfbevölkerung keinerlei Zweifel hegen. Ein Beleg hierfür ist die Tatsache, daß die japanische Besatzungsmacht – das Dorf mag zwar abgeschieden in den Bergen gelegen haben, aber die Überwachung durch die Japaner wurde seit der Einverleibung Koreas immer schärfer – während des halben

Jahres, das diese Vorkehrungen beanspruchten, keinerlei Wind von der Sache bekam. Als am Ende des Jahres das Für und Wider des idealen Zeitpunkts für den Aufbruch diskutiert wurde, versammelten sich unter dem kaiserlichen Banner über hundert Gefolgsleute, was die Zahl der im Dorf lebenden wehrfähigen Männer überstieg. Mit anderen Worten, es meldeten sich auch alle Kinder und Alten, selbst wenn sie gerade einmal in der Lage waren, eine Waffe zu halten.

Und auch die Bewaffnung war beachtlich. Es standen sechs Luntenflinten unbekannten Baujahrs und eine moderne Pistole à sechs Schuß zur Verfügung, außerdem Lanzen und Säbel (die allerdings in Wirklichkeit größtenteils angespitzte Bambusrohre und Küchenmesser waren), zur ausreichenden Bewaffnung aller. An Pfeil und Bogen herrschte zunächst ein gewisser Mangel, aber der blaue Bambus löste dieses Problem.

Es sei hier die außerordentliche Weitsicht des Gelehrten Chông hervorgehoben. Alle Waffen, die Sechsschußpistole, die fünf Flinten sowie fünf Schwerter, stammten aus Verstecken in seinen Kornspeichern. Zudem war es seiner langjährigen Zucht eines Bambuswäldchens zu verdanken, daß das Problem mit den Bogen und Pfeilen behoben werden konnte.

Inmitten dieser umfassenden Vorkehrungen ging das Jahr Kyôngsul zu Ende und das Jahr Shinhae brach an. Als alles gerüstet schien, entbrannte im Lager des Kaisers ein Streit über den rechten Zeitpunkt des militärischen Unternehmens. Prinzipienreiter und Gemäßigte standen einander gegenüber. Die Prinzipienreiter vertraten den Standpunkt, jetzt wo alles bereit sei, müsse man auch unverzüglich gegen den Feind zu Felde ziehen, die Gemäßigten plädierten dafür, mit dem Auszug der Armee lieber noch zu warten und erst einmal die allgemeine Lage auszuspähen.

Wie in jeder Menschenhorde behält am Ende fast immer das Lager die Oberhand, das am unnachgiebigsten ist; es setzten sich daher zunächst einmal die Prinzipienreiter durch. Doch gleich zu Beginn mußten sie sich einem ernsthaften Problem stellen. Niemand wußte, wo der japanische Feind sich überhaupt aufhielt. Sie hatten einzig die empörenden Gerüchte von der Aneignung des Landes durch die Japaner vernommen, im Dorf der Weißen Steine und in seiner Umgebung war bislang allerdings nicht einmal der Schatten eines Japaners gesichtet worden.

Weshalb auch sollte sich eine japanische Einheit in diese entlegene Gebirgsregion verirren, wenn diese weder in wirtschaftlicher noch in strategischer Hinsicht irgendeine Bedeutung hatte? Die einzigen, die sie hätten aufspüren können, waren zwei in einer Entfernung von etwa vierzig *Ri* stationierte japanische Polizisten und die Händler auf dem Markt zu Hanbat (Taejôn). Aber auch wenn letztere aus dem Feindesland waren, gingen sie nur friedlich ihrer Arbeit nach, und die Große Armee konnte sich ja wohl nicht an Zivilisten vergreifen oder an zwei, drei Polizeibeamten, die in den Bergen ihren Dienst taten.

Verwirrt schickten die Prinzipienreiter einige junge Leute aus dem Dorf als Späher aus, um etwas über den Verbleib des japanischen Heeres herauszufinden. Nach ein paar Tagen kamen diese mit den unterschiedlichsten Meldungen zurück. So berichtete einer, die japanische Armee sei in Pusan an Land gegangen und rücke nun nach Norden vor, denn er hatte wahrscheinlich einen Mann getroffen, der ihm außer sich vor Bestürzung geschildert hatte, wie er selbst die in Pusan landenden japanischen Soldaten gesehen habe. Ein anderer junger Mann meldete, die japanischen Streitkräfte hielten bereits ganz Chosôn besetzt und zögen inzwischen in Richtung Mandschurei und Arasa (Rußland) weiter, was ihm wohl jemand erzählt hatte, der noch unter dem Trauma des russisch-japanischen Krieges litt, und der Späher, demzufolge die Japaner sich an allen Ecken und Enden heftiger Attacken seitens der Armee der Gerechten zu erwehren hätten, berief sich augenscheinlich auf Berichte von Kampfhandlungen, die bereits vier oder fünf Jahre zurücklagen.

Die glaubwürdigste Kunde aber war, daß das japanische Heer um Seoul herum zusammengezogen sei. Es bezwecke damit, Druck auf den König und die Minister in Seoul auszuüben, um die Volksaufstände allerorten im Lande vollständig niederschlagen zu können. Vom Prinzipienreiterlager plädierten einige, die diesem Rapport am meisten Glauben schenkten, dafür, unverzüglich zum Marsch auf Seoul blasen zu lassen. Bei der Mehrheit des Volkes fand diese Haltung keine Zustimmung. Zu frisch war noch die Erinnerung an das tragische Scheitern der Tonghak-Revolte, abschreckend war außerdem der Gedanke, bis nach Seoul eine Wegstrecke von fünfhundert *Ri* bewältigen zu müssen.

Während die Prinzipienreiter sich noch uneinig waren, ergab sich, ehe sie sich versahen, durch die Information, die ein von Pang Ryang geschickter Spion brachte, eine komplett andere Situation. Eine japanische Einheit unbekannter Größe würde in Kürze über eine Straße marschieren, die das Dorf der Weißen Steine in einer Entfernung von gerade einmal dreißig *Ri* streifte. Dies würde so um den achtundzwanzigsten des ersten Monats des Jahres Shinhae geschehen.

Bis zu diesem Zeitpunkt hatte sich der Kaiser aus den Debatten zwischen den Lagern der Prinzipienreiter und der Gemäßigten herausgehalten, nun jedoch traf er den Entschluß, unverzüglich einen Ausfall zu machen. Manche wollten in dieser Entscheidung den Einfluß des Gelehrten Chông erkennen, aber einem sechzehnjährigen Kaiser kann man doch wohl schon zutrauen, daß er in der Lage ist, seine Pläne selbst zu schmieden. Hatte sich nicht auch Son Ch'aek von O schon im Alter von fünfzehn Jahren erhoben? Zudem wollte der Kaiser sich nicht mit der geringen Truppenstärke, die ihm zur Verfügung stand, blindlings auf den Feind stürzen, er harrte vielmehr aus, bis der vom langen Marsch geschwächte Gegner zu ihm kommen würde, womit bewiesen ist, daß er sich, wie es sich für einen Monarchen gehörte, in Geduld üben und seinen Ehrgeiz zügeln konnte. Die Behauptung, alle seine Entscheidungen beruhten auf Einflüsterungen des Gelehrten Chông, ist abwegig und dient wohl nur als Unterstellung, dieser weise Kaiser sei eine vom ehrgeizigen Vater gelenkte Marionette.

Es kam der langersehnte Tag. Der Himmel hatte das Versprechen nicht vergessen, das er dem Kaiser gegeben, und übergab seinen Händen die feindlichen Horden, die sich an der kaiserlichen Erde vergingen. Nun ja, die Bezeichnung »feindliche Horden«, wie sie die *Chronik* verwendet, trifft vielleicht nicht ganz zu. Auf der Straße, die durch die Schlucht führte, über und in der die Mannen des Kaisers im Hinterhalt lagen, näherten sich etwa zwei Korps der japanischen Militärpolizei. Manche vertraten die Ansicht, diese leisteten gerade einer Verlegung von einem Verwaltungsbezirk in einen anderen Folge, nach Meinung anderer sollte mit einer kleinen Demonstration der Stärke die neue Polizeistation in der Nähe aufgewertet werden, doch wird der wahre Grund dafür, daß sie ausgerechnet diese Gegend passierten, wohl nicht mehr ans Licht kommen. Der Späher von Pang Ryang hatte rein zufällig von ihrer Durchreise Wind bekommen, nur hatte er mit der Angabe einer Truppenstärke von ein paar tausend Mann ein wenig übertrieben.

Im Lager des Kaisers machte sich aus diesem Grunde eine gewisse Unruhe breit. Denn auch die kaum wehrfähigen Alten und Kinder miteingerechnet, kam Pang Ryang bei der Zählung der eigenen Krieger auf nicht mehr als hundertzwanzig Mann.

»Ein Armee ist nicht an der Anzahl ihrer Soldaten zu bemessen«, beruhigte und ermutigte sie der Kaiser, und sein General Pang Ryang sprach: »Kojo (Gaozu) von Han war, als er sich anschickte, eine neue Dynastie zu begründen, das Haupt eines kleines Dorfes mit nur vier, fünf Mitstreitern, und Kaiser So Yôl (Yu Pi (Liu Bei)) zog mit nicht mehr als hundert Mannen aus und triumphierte dennoch, indes Hang U (Xiang Yu) mit einer achttausend Mann zählenden Streitmacht aus Kangdong und Wôn So, der gar über eine Million tapferer Krieger verfügte, zugrunde ging. Ich, Pang Ryang, mag zwar keine besonderen Talente aufweisen, aber was ich habe, ist eine Strategie, wie ihr, o tapfere Soldaten, die Inselbarbaren bezwingen könnt!«

So nahm er ihnen die Verzagtheit. Was konnte den Kriegersmannen mit dem Himmelsmandat des Kaisers und der Findigkeit von Pang Ryang auch passieren? Das Dorf wandte sich mit neuem Eifer wieder den Vorkehrungen für den Ausfall zu.

Nach den Anweisungen von Pang Ryang wurden vier Trupps gebildet. Die Vorhut, zwanzig Mann mit richtigen Waffen, wurde von U Palsan angeführt, der mit einem Beil ausgestattet war, da er an dieses Werkzeug gewöhnt war. Die meisten Männer in der Blüte ihrer Jahre sollten sich im Tal, dem mutmaßlichen Schlachtfeld, auf die Lauer legen und im Sturmlauf angreifen, sobald der Feind aus dem Hinterhalt vom Zwischentrupp mit Pfeilen unter Beschuß genommen und in Verwirrung gestürzt würde. Pae, der Meeresfischhändler, stand an der Spitze dieses Zwischentrupps, der fünfzig Mann mittleren Alters umfaßte, bewaffnet mit Luntenflinten und Pfeil und Bogen. Die Nachhut, die vom Gelehrten Chông und vom Gebildeten Hwang angeführt wurde und sich aus den Alten und Kindern zusammensetzte, hatte an den Hängen Stellung zu beziehen und sich für alle Fälle als mobile Eingreiftruppe bereit zu halten. Auf dem höchsten Punkt der Bergflanke schließlich würden sich, mit der Sechsschußpistole, der Kaiser und Pang Ryang zusammen mit ein paar schnellen Männern postieren, um in ihrer Funktion als Oberbefehlshaber das gesamte Schlachtfeld überschauen zu können.

Seine ohnehin schon dürftig bewaffnete Armee aufzuteilen, behagte dem Kaiser zunächst nicht, doch Pang Ryang argumentierte wie folgt: »Sonja (Sunzi) schreibt, wird die eigene Armee nicht gesehen, kann sie ihre Kräfte bündeln und den Feind auseinandertreiben. Solange der Feind uns nicht sieht, sind wir, wiewohl in vier Gruppen aufgeteilt, eine einzige Streitmacht. Der Feind hingegen ist, auch wenn er im Verbund ankommt, gezwungen, sich zur eigenen Verteidigung nach allen Seiten hin aufzuteilen, so daß unsere Soldaten die Gegner einen nach den anderem vernichten können, und mögen diese noch so viele tausend sein, besteht wahrlich kein Anlaß, zurückzuscheuen. Diese Strategie heißt *Einer-gegen-zehn-Kampf.*«

Es war ein ergreifender Augenblick, als die Soldaten vom Dorf der Weißen Steine aufbrachen. Sie rückten gegen Mitternacht ab, doch das ganze Dorf stand Spalier, um an dem erhabenen und weihevollen Ereignis teilzuhaben. Jedes Haus reichte den Soldaten Reiskuchen und Wein dar, womit diese sich nur so vollstopften.

Aber es fehlte der Stimmung auch nicht an Pathos, an Tragik, denn auch wenn ein ruhmreicher Sieg auf sie wartete, war es doch noch immer ein Schlachtfeld, nach dem sie auszogen. Die alten Mütter klammerten sich schluchzend an ihre in den Kampf ziehenden Söhne, und selbst in den Augen der alten Väter, die ihre Frauen wegen dieses Benehmens schalten, sammelten sich die Tränen. Die jungen Männer verrenkten sich die Hälse, um zwischen den Fackeln hindurch noch einen letzten Blick auf ihre Herzallerliebsten zu erhaschen, und die Mädchen, die innerlich vor Sehnsucht nach ihnen vergingen, überwanden ihre Zurückhaltung und riefen ihnen zu, nur ja siegreich zurückzukehren. Und was soll man über die Paare schreiben, die seit Jahr und Tag in Liebe zusammengelebt hatten und nun voneinander Abschied nehmen mußten? Selbst die Ehrenwerte Dame Hwang, welche einmal die Kaiserliche Landesmutter werden sollte, konnte in jener Nacht ihre Tränen nicht zurückhalten. Doch nicht alle Soldaten befanden sich in einer derartigen Lage und hatten darum keinen Anlaß zur Traurigkeit, weshalb ihre Moral sehr hoch stand.

Über dem grandiosen Auszug aus dem Dorf lag, wie die *Chronik* schreibt, eine gewisse Heiligkeit. Hundertzwanzig Männer, die alle, zum Zeichen, daß sie einem Himmlischen Mandat Folge leisteten, ein Stirnband mit dem Zeichen 天 (»Himmel«) trugen, marschierten hinter den Bannern in majestätischem, perfektem Gleichschritt aus dem Dorf der Weißen Steine.

Ein nichtiger Anlaß führte erneut zu einer Unstimmigkeit zwischen dem Kaiser und Pang Ryang. Daß man gegen Mitternacht aufgebrochen war, um das Unternehmen geheim zu halten, hatte der Kaiser ja verstanden, dennoch konnte er nicht umhin zu fragen, weshalb sie denn einen Umweg von fünfzig *Ri* machten, wenn es doch kürzer auch gegangen wäre?

»Aus welchem Grunde hat der General nicht den kürzeren Weg eingeschlagen?«

»Sonja (Sunzi) schreibt, der Krieg ist eine schwierige Sache, man muß wissen, wie man einen Umweg in die günstigste

Verkehrsverbindung und somit einen Nachteil in einen Vorteil verwandelt. Dies nennt man *Ujikjige*, ›Verwandlung eines Umwegs in eine Abkürzung‹.«

Bei diesen Worten gab er gelassen die Anweisung, das Marschtempo zu erhöhen, um das Ziel noch vor Sonnenaufgang zu erreichen. Als er dies sah, stellte ihn der Kaiser erneut zur Rede: »Wer die Rüstung anlegen und ohne Rast Tag und Nacht durchmarschieren läßt, um dadurch am hundert *Ri* entfernten Ziel in halber Zeit als erster anzukommen, zieht daraus einzig den Nutzen, daß drei seiner Generäle in Gefangenschaft geraten. Die Stärksten seiner Armee gelangen als erste ans Ziel, und die Schwächsten erreichen es zuletzt, so daß diese Taktik gerade einmal jedem zehnten Soldaten zum Vorteil gereicht. Ein Heer, das im Laufschritt fünfzig *Ri* bewältigt, um als erstes vor Ort zu sein, wird unweigerlich scheitern; denn kaum die Hälfte wird es schaffen, rechtzeitig anzukommen. Steht dies nicht auch bei Sonja geschrieben?«

»Das kommt davon, wenn man nur den Anfang liest, aber nicht, was nachfolgt. Das Wasser vermag den Stein, der auf seinem Weg liegt, mit sich zu reißen, weil es schnell und ungehemmt fließt, und der Falke ist deshalb imstande, die Flügel des Vögelchens zu zerbrechen, weil er schnell fliegt und genau zielt. Die Schnelligkeit ist die Essenz einer jeden Strategie. Man muß den Weg einschlagen, mit welchem der Feind nicht rechnet, und in dem Moment angreifen, in dem er am unvorbereitetsten ist.«

»Aber widersprechen sich nicht die Worte des Generals wie die des Schwertverkäufers und des Schildhändlers? Gerade noch sollte ein Umweg eingeschlagen werden, und nun sagt ihr, die Schnelligkeit ist die Essenz …«

»Man sollte nicht so leichtfertig über strategische Pläne reden, wir haben keine Zeit im Moment, darüber zu diskutieren; ich werde sie Euch später erläutern.«

»Aber meint Ihr nicht, daß auch ich Bescheid wissen müßte?«

»In der Schrift zur strategischen Kriegführung von Hoe Namja (Huai Namzi) heißt es, selbst derjenige, der bis an den Himmel und bis in die Tiefen der See gelange, stehe unter dem Kommando des Feldherrn. Es sei ebensowenig möglich, ein Land von außen zu regieren, wie daß eine Armee eine Einmischung von innen zulasse. Das *Chwabujôn* betont ebenfalls, eine Armee habe den Befehlen des Generals zu gehorchen und nicht den Edikten des Himmelssohnes, und auch im *Yukdo* steht, die Soldaten dürften nicht von innen kontrolliert werden. Ein General dürfe weder von oben noch von unten noch aus der Mitte heraus behindert werden, und außerdem schreibt Sonja im neunten Teil von ...«

Dem Kaiser blieb nichts anderes übrig, als abzuwinken und klein beizugeben.

Glücklicherweise sind die Spätwinternächte lang, und so fehlte am Ziel nicht ein Soldat aus der kaiserlichen Armee. Pang Ryang hatten den Ort, eine Landstraße, die durch ein enges Tal hindurchführte, am Vortag ausgesucht. Beide Hänge der Schlucht waren dicht mit Büschen bewachsen, in denen man sich gut verstecken konnte.

»Dies namenlose Tal trage von nun an den Namen *P'awaegwan* – Tal der Vernichtung der Japaner«, sprach Pang Ryang und sah sich nach allen Seiten um, mit sich selbst vollauf zufrieden.

Indes stellte sich während der Aufteilung der Armee erneut eine Meinungsverschiedenheit zwischen dem Kaiser und Pang Ryang ein. Dieses Mal ging es um den Zwischentrupp; als der Kaiser sah, daß dieser vor einem mit Schneeresten bedeckten Eishang postiert wurde, fragte er: »Und wenn die Sache schiefgeht und es keine Rückzugsmöglichkeit gibt?«

»Die Militärbücher behandeln auch diese Frage. Im *Kujipyôn* heißt es, wenn ein General sich an der Seite seiner Krieger schlagen will, muß er einen Ort wählen, von dem es im Fall des Falles kein Entrinnen gibt, so als ob eine Leiter nach Erklimmen eines Felsen zurückgezogen worden wäre. Daraus leitet sich die *Paesujin*-Strategie ab: die ›Mit-dem-Rücken-zum-Wasser‹-Strategie, und da kein Wasser vorhanden ist, war ich gezwungen, den Eishang zu wählen«, erwiderte Pang Ryang offenherzig.

Des Kaisers Vorschlag, dem Feind die Straße mit einem Hindernis zu versperren, wischte er mit den Worten beiseite:

»Dies ist keine gute Idee, ein Hindernis verriete dem Feind unsere Anwesenheit. Außerdem ist die Beschaffenheit des Ortes sehr günstig für uns, er ist mit seinen nicht weit voneinander entfernt aufragenden Steilwänden ein sogenannter *wichtiger Ort*, aus dem herauszukommen für den Feind ziemlich schwierig sein wird, wenn er erst einmal tief in ihn hineingeraten ist. Die gegnerischen Soldaten werden in dieser Falle um ihr Leben kämpfen. Wenn wir ihnen aber die Möglichkeit einer Flucht verbauen, würden sie sich so vehement wehren wie die Maus vor der Katze, wodurch auch von den unseren eine ganze Menge in Mitleidenschaft gezogen werden könnten.«

Wie er so sprach, war Pang Ryang wahrlich ein kleiner Kong Myông geworden.

Die Schlacht begann etwa um die Stunde des Drachens (etwa zehn Uhr vormittags). Die Mannen des Kaisers hatten zum Frühstück ein paar Reisklöße verzehrt und versuchten, der Langeweile und Müdigkeit Herr zu werden, als ein vor feindlichen Soldaten überquellender Laster ins Tal einfuhr. Es handelte sich um die bereits erwähnten Militärpolizisten. Genau wegen dieses Lastwagens aber ergab sich ein Problem. Pang Ryang hatte mit seiner Strategie klassischer Prägung für den Fall, daß moderne Maschinen zum Einsatz kommen würden, keine Lösung parat. Er bereute daher, den Vorschlag des Kaisers, ein Hindernis aufzustellen, in den Wind geschlagen zu haben, doch nun war es zu spät. Pang Ryang konnte nur noch ein verlegenes »oh! oh!« ausstoßen, und der Laster hatte das Tal bereits zur Hälfte durchfahren.

Aber über den Kaiser wachte unentwegt der Himmel. Das Gefährt hielt plötzlich inmitten der Schlucht, und die japanischen Soldaten sprangen einer nach dem anderen ab. Sie wollten sich schlichtweg erleichtern. Die meisten verrichteten ihr Geschäft gleich bei dem Fahrzeug, manche der Burschen jedoch suchten sich einen abgeschiedeneren Ort, um das Gesäß entblößen zu können.

»Das ist der günstige Moment für uns. Gebt das Signal«, flüsterte Pang Ryang dem Kaiser zu, der das Treiben der Japaner von seiner Warte nahe dem höchsten Punkt aus beobachtete. Er möge den eigenen Soldaten an den Hängen das Signal zum Angriff mit einem Schuß aus der Pistole geben. Der Kaiser aber schüttelte mit bedeutungsvoller Miene den Kopf.

»Ein tugendhafter Mann darf nicht die Notlage eines anderen ausnützen.«

»Das stimmt so nicht. Bei der Strategie handelt es sich um einen *schwierigen Weg*, selbst Noja (Laozi) sagt, ein Land solle in der Befolgung des *rechten Weges* regiert werden, die Strategie indes bedürfe der Kunstgriffe. Nach Meinung von Sunja (Sunzi) verschafft man sich einen Vorteil und eine Stärkung der eigenen Position durch Täuschungsmanöver, und Han Pija (Han Beizi) sagt ebenfalls, daß Täuschungen und Lügen zwischen Armeen durchaus zulässig seien. Wir sollten daher eine solch günstige Gelegenheit nicht einfach verstreichen lassen.«

Aber der Kaiser ließ sich nicht umstimmen.

»Nur niedere und hinterlistige Leute ergaunern sich den Sieg, dem Gerechten und Tugendhaften jedoch verbietet sich ein derartiges Tun. Ohnehin sind es nur ein Dutzend Gegner, und die wollen wir auch noch aus dem Hinterhalt attackieren? Eher richte ich mich nach der Gerechten Menschlichkeit des Song Yanggong, und eher seien meine Gebeine hier in diesem Tal bestattet, als daß ich uns den Sieg ergaunere.«

Alles Klagen von Pang Ryang half nichts. Der Kaiser gab den Signalschuß erst, als die ausländischen Soldaten wieder auf den Laster geklettert waren. Doch ihm unterlief ein weiterer Fehler. Von so weit oben aus konnte er die Distanz zwischen den Japanern und seinem Zwischentrupp nicht abschätzen.

Die Feinde waren von dem Pistolenschuß völlig überrascht und gerieten durch die Pfeile, die aus dem Himmel herabhagelten, zunächst in einige Verwirrung. Auf der Suche nach Deckung sprangen sie allesamt vom Lastauto. Einige schossen ziellos um sich. Nach einer Weile aber stellten sie verdutzt das Feuer ein. Denn sie hatten nur einen einzigen Schuß vernommen, und die durch die Luft fliegenden Pfeile kamen nicht einmal bis zu ihnen hin.

Heillose Verwirrung war hingegen beim Zwischentrupp des Kaisers entstanden. Die sechs Flinten, an die sie so fest glaubten wie an den Himmel, waren bereits nach einem Schuß nicht mehr zu gebrauchen. Die uralten Gewehre waren entweder explodiert oder auseinandergebrochen, glücklicherweise ohne daß einer der Schützen zu Schaden gekommen war. Dazu waren die meisten Pfeile nicht von Fachleuten angefertigt worden, sondern, aus noch zu jungem Bambus, von den Soldaten selbst, mit dem Ergebnis, daß die Reichweite für dieses Unternehmen um einiges zu kurz war.

Stille legte sich über das Tal, das eine Lager stutzig, das andere verwirrt. Doch währte diese sonderbare Stille nicht lange, sie wurde durch den mit wildem Getöse heranstürzenden Trupp der Lanzen und Schwerter unter Führung des ahnungslosen U Palsan unterbrochen.

Von diesem Lärm waren die ausländischen Soldaten wiederum überrascht. Sie drehten sich alle gleichzeitig um und erblickten eine Gruppe, wie es schien, koreanischer Bauern mit einem Stirnband. Den Kommandierenden der japanischen Militärpolizeieinheit beschlich eine Ahnung, welcher Art dieser Überfall des axtschwingenden Anführers U Palsan und seiner Leute mit ihren grobgefertigten Waffen war. Diese Milizionäre unterschieden sich von den Gerechtigkeitsstreitern, die ihnen einst im ganzen Land so zugesetzt hatten.

Nach einer raschen Einschätzung der Lage befahl er seinen schußbereiten Leuten, die Waffen zu senken. Dann zielte er mit seiner Pistole auf U Palsan, der wie eine angeschossene Wildsau auf ihn zustürzte, und schrie: »Einmal zum Erschrecken in die Luft schießen!«

In demselben Moment, in dem die Schreckschüsse der Gewehre ertönten, fiel der Koloß U Palsan um wie ein Sack Stroh. Die Truppen, die eben noch sturzwellengleich herangestürmt waren, stockten, zögerten und nahmen nach allen Himmelsrichtungen Reißaus. Später stellte sich heraus, daß für diese wenig ruhmreiche Flucht ein Veteran des Tonghak-Aufstands verantwortlich war. Hatte er sich noch vor dem Gelehrten Chông seiner Heldentaten im Krieg gegen die ausländische Armee gerühmt, so holten ihn nun – gleich einem von einem Pfeil versehrten Vogel, der in der Folge vor jedem auch nur leicht gebogenen Zweig erschrickt – die Erinnerungen an die Greuel der Schlacht zu Kongju sechzehn Jahre zuvor ein. Er suchte daher das Weite und steckte mit seiner Hasenherzigkeit die anderen an, die es ihm nachtaten.

Doch der verschlagene Kommandant des Gegners ließ sie so einfach nicht davonkommen. Der Ehrgeiz trieb ihn, die Gelegenheit beim Schopfe zu packen und sie allesamt verhaften zu lassen. Er feuerte erneut über sie hinweg und befahl ihnen in unserer Sprache, die er bereits meisterhaft beherrschte: »Stehnbleibt! Der bewegt sich, der tot sein!«

Wie verzaubert fielen die meisten von ihnen auf den Hosenboden. Die wenigen Männer, die nicht anhielten, hatten den Befehl wohl entweder nicht verstanden oder nahmen das Risiko in Kauf, erschossen zu werden.

Der gegnerische Befehlshaber befahl einigen seiner Leute, sie in Gewahrsam zu nehmen, indessen die übrigen Militärpolizisten zum Angriff übergingen hinauf zum kaiserlichen Zwischentrupp, der am anderen Hang in Stellung lag.

Diese Abteilung verhielt sich kaum geschickter als die Vorhut. Ein paar Pfeile kamen hinabgeflogen, um einen Helm zu durchbohren oder den einen oder anderen Soldaten zu verletzen, doch die Militärpolizisten machten die Angreifer dingfest, ehe diese Schlimmeres anrichten konnten. Sie ergaben sich ohne jedes Aufbäumen, ohne auch nur den Anschein eines Widerstands zu erwecken, und auch mangels eines Rückzugsplans.

Der Kaiser und Pang Ryang sahen von ihrer Warte aus die sich abzeichnende Niederlage nicht untätig mit an, und als der Sturmtrupp zusammenbrach, gab der Kaiser der auf mittlerer Höhe des Hangs positionierten Nachhut den Befehl, als mobile Eingreiftruppe auszuschwärmen, doch beschränkte sich dieser Schachzug auf die Erteilung des Befehls, an nichts weiter als an eine Gruppe von Alten und Kindern gerichtet, und selbst so bedeutende Männer wie der Gelehrte Chông und der Gebildete Hwang waren einzig auf einen glorreichen Schlachtenverlauf vorbereitet. Und so suchten diese Kämpfer, als sie sahen, wie die Vorhut und der Zwischentrupp einbrachen, das Weite, ohne diesen letzten Befehl des Kaisers überhaupt wahrgenommen zu haben.

An jenem Tag erlitt der Kaiser eine vernichtende Niederlage. Mit Ausnahme der Nachhut und einiger Männer der Vorhut gerieten alle Soldaten in japanische Gefangenschaft, über sechzig Mann an der Zahl. Drei von ihnen waren durch Gewehrkugeln ernsthaft verletzt worden.

Wie der Kaiser dies alles von seinem Kommandoposten aus mit ansehen mußte, wurde sein Herz mit Schmerz und Verzweiflung erfüllt. Wehklagend rief er gen Himmel: »Welche Wunden fügt mir der Himmel zu, welche Wunden fügt mir der Himmel zu! Wie kann ich mich noch vor die Ältesten des Dorfes der Weißen Steine wagen!«

Er hielt sich die Mündung seiner Waffe an die Schläfe. Hätte der Stratege Pang Ryang nicht eingegriffen, dann wäre das Leben des Kaisers ohne Ruhm und Sinn an diesem Orte zu einem Ende gekommen.

»Haltet ein! Die Alten sagten, Sieg und Niederlage sind das Los des Kriegers. Gebt Ihr Euch der Verzweiflung schon nach einer einzigen Schlacht anheim, Ihr, die Ihr auserkoren seid, unzählige zu schlagen? Auch wenn Ihr Eure Leute allesamt verloren hättet, wäre dieser Verlust dann vergleichbar den achttausend verlustiggegangenen Männern von Hang U in Kangdong? Hang U wurde verspottet, als er sich in den Fluß gestürzt hatte, dennoch hatte er allen Grund dazu. Was würde man über Euch sagen, wenn Ihr Eurer Verzweiflung freien Lauf ließet, nur weil Ihr ein paar Dutzend Männer verloren habt? Vergeuden wir nicht noch mehr Zeit und kehren wir ins Dorf zurück, um die versprengten Soldaten, die entkamen, wieder zusammenzuziehen, und rüsten wir uns für eine Gegenoffensive!«

Aufgrund der Nachlässigkeit der Japaner, die von ihrem unerwartet raschen Sieg berauscht waren, gelang es dem Kaiser und Pang Ryang, sich trotz der verlorenen Zeit auf dem höchsten Punkt des Hangs unbeschadet vom Schlachtfeld zurückzuziehen. Aber auch wenn die Ausländer die beiden wahrgenommen hätten, waren diese doch zu weit entfernt und waren der Gefangenen ohnehin schon viel zu viele.

Außerdem mangelte es an Schnüren, um sie zu fesseln, und an Transportmitteln.

Nach langem Nachdenken brachte den Befehlshaber der Japaner die landestypische Frisur der Kriegsgefangenen auf die Lösung des Problems. Er befahl seinen Männern, ihnen den Zopf aufzubinden und sie paarweise an ihren Haaren zusammenzuknoten, anstelle eines Seils. Dies erledigt, ließ er die Gefangenen in mehreren Lastwagenfuhren zur Polizeistation bringen.

Im Dorf der Weißen Steine zog unterdessen tiefe Trauer ein. Es bestand aus kaum fünfzig Häusern, und da sich die Zahl der Gefangenen auf über fünfzig belief, hatte jede Familie mindestens einen Verlust zu beklagen, bisweilen gar den Vater samt dem Sohn.

Auch in die Gesichter des Gebildeten Hwang und des Gelehrten Chông hatten sich tiefe Furchen der Sorge um den Kaiser eingegraben und um die Unbill, die sie noch erwarten würde. Doch der Gelehrte Chông war in allererster Linie Förderer und Erzieher des Kaisers. Als dieser und Pang Ryang nach ihrer Flucht im Dorf auftauchten, bellte der Kaiservater, anstatt sich über ihre wohlbehaltene Rückkehr zu freuen, an die Adresse von Pang Ryang: »Stratege, wie kannst du es wagen, dich hier noch einmal blicken zu lassen? Auch ein Selbstmord reinigte dich nicht von deiner Schuld ... Nach den Regeln der Kriegerzunft sollte dir der Kopf abgeschlagen werden, in Anbetracht deiner früheren Verdienste sei dir verziehen, aber mach dich schleunigst davon und wage es ja nicht, hier noch einmal aufzutauchen!«

Dieser Verweis schallte wie ein Donner. Er richtete sich in Wahrheit weniger an Pang Ryang, der nicht zu begreifen schien, daß der Gelehrte Chông einen Sündenbock suchte, dem er die Fehler des Kaisers in die Schuhe schieben konnte, als vielmehr an die im Hofe dichtgedrängt versammelten Männer. Der Beschuldigte erging sich sogleich in Entschuldigungen, welche die Schnitzer des Kaisers und seines Lehrmeisters, des Vaters, zur Sprache brachten. Der Gelehrte Chông aber unterband diese Rede wirsch und feuerte eine weitere Tirade auf ihn ab: »War der Zeitpunkt ungünstig gewählt, liegt die Schuld beim General, war der Ort schlecht gewählt, liegt dies an der mangelnden Beobachtungsgabe des Generals, fehlte es am Zusammenhalt der Soldaten, liegt die Schuld beim General, der es nicht verstand, sie wie einen einzigen Mann in den Kampf zu führen. Was die weiteren Einzelheiten angeht ...«

Der Zorn einiger der anwesenden jungen Männer war aber von ihm bereits genügend angestachelt worden, und sie jagten Pang Ryang fort, der nicht einhielt, wehzuklagen: »Fällt der Adler vom Himmel, verdorrt der Pfeil im Köcher, stirbt der listige Hase, wandern die Jagdhunde in den Kochtopf. Meine Gier nach einem Namen und nach Reichtum hat mich zugrunde gerichtet!«

Ob diese Vergleiche besonders passend waren oder nicht, spielt keine Rolle, von jenem Tag an verschwindet der Name Pang Ryang aus der *Chronik*.

Wird man zum Helden durch Mut, durch die Fähigkeit zum Ränkespiel, durch List und Härte, dann hatte der Gelehrte Chông dafür beste Voraussetzungen. Um ein wahrer Herrscher zu werden, ist an allen Orten Tugend zu säen und sind echte Wohltaten zu vollbringen, und dafür hatte der Kaiser das Zeug. Während der Gelehrte Chông sich den Kopf zerbrach über die Maßnahmen, die es nun zu ergreifen galt, nachdem er seine eigentlich auf den Sohn gemünzten Vorwürfe geschickt auf Pang Ryang abgeladen hatte, verschwand der Kaiser mir nichts dir nichts aus dem Dorfe.

Ohne ein Wort zu hinterlassen, suchte er unbewaffnet das Feindeslager auf, um den japanischen Befehlshaber zu sprechen.

Entsetzt ließ der Gelehrte Chông nach allen Richtungen Leute auf die Suche nach ihm ausschwärmen, vergebens. Nach drei Tagen erst tauchte der Kaiser wieder auf, gefolgt, zum allseitigen Erstaunen im Dorf, von sämtlichen Männern, die in Gefangenschaft geraten waren. Mit Ausnahme eines Soldaten, der seinen Verletzungen erlegen war, und von U Palsan, der aufgrund eines Beinschusses hinkte, waren alle unversehrt.

»Ich hatte eine Unterredung mit dem feindlichen Kommandanten. Ich gab ihm mein Wort, daß ich ihn unverzüglich freiließe, wenn er von uns gefangengenommen würde. Er heißt Chôngsang Yôngbu (Ikekami Eihu). Merkt Euch diesen Namen, Vater.«

Soweit der Bericht des Kaisers.

Über die Art und Weise, wie er so scheinbar mühelos die Freilassung seiner Leute erreichte, kursiert auch eine andere Version. Ihr zufolge habe der japanische Befehlshaber die Gefangenen nicht unter dem Eindruck der Tapferkeit und Würde des Kaisers freigegeben.

Nachdem er die Inhaftierten mittels eines Dolmetschers verhört hatte, konnte der Kommandant die genauen Ursachen und den exakten Ablauf der Geschehnisse rekonstruieren, und es ergaben sich aus diesen Erkenntnissen zwei Möglichkeiten, wie mit diesen Leute zu verfahren wäre: Entweder er richtete mit einem Streich ein ganzes Dorf zugrunde, oder aber er ließ Gnade vor Recht ergehen und machte seine Bewohner flugs zu treuen Untergebenen des japanischen Kaisers. Er neigte zur zweiten Lösung – unter dem Einfluß dessen, was ihm über den *Chônggamnok* und den sonderbaren Geisteszustand der Gefangenen zu Ohren gekommen war, und aufgrund der vernachlässigbaren Unannehmlichkeiten, die seine Leute erlitten hatten –, als man ihm unvermittelt vermeldete, ein Kaiser ersuche ihn zu sprechen.

Gleich beim Anblick des Kaisers wurde dem Militärpolizeichef klar, er hatte die Lage, was die Bewohner des Dorfes der Weißen Steine betraf, richtig eingeschätzt. Dieser stattliche junge Mann stellte mit seiner wunderlichen Vision nie und nimmer eine Gefahr für das japanische Reich dar. Er konnte ihn jedoch nicht ziehen lassen, ohne den Glauben seiner Gefolgsleute an das Himmlische Mandat auf die Probe zu stellen.

Wieder dachte er angestrengt nach und kam erneut auf eine Lösung. Er ließ den Kaiser nackt an den Füßen aufhängen und stellte dessen Untertanen vor die Wahl zwischen zwei Bestrafungsarten. Der Dolmetscher erklärte ihnen, die erste bestehe darin, den Kaiser als Verrückten zu brandmarken und zu bespucken, und die zweite, ihn vor der ersten zu verschonen, indem sie sich an seiner Stelle einer Auspeitschung unterzögen, einem Züchtigungsmittel, das noch immer auf der Halbinsel Han in Gebrauch war.

»Einem tugendhaften Mann könnt Ihr das Leben nehmen, aber Ihr habt nicht das Recht, ihn zu demütigen«, rief der kopfüber an den Füßen hängende Kaiser, aber die Japaner ließen sich davon nicht abhalten. Zum Troste des Kaisers entschieden sich über die Hälfte seiner Mannen für die Peitsche.

Diese von der Schilderung des Kaisers abweichende Version der Unterredung des Kaisers mit dem japanischen Befehlshaber beruft sich auf eine in den Geheimarchiven der koreanischen Administration befindliche Akte, welche vom Bezirkskommandanten der Keryong-Bergregion unterzeichnet und deren Inhalt folgender sei:

Am gestrigen Tage wurden meine Leute auf dem Weg zu ihrem neuen Posten von koreanischen Bauern angegriffen. Zu aller Überraschung löste dies bei uns jedoch keinerlei Unruhe aus, da sie kaum nennenswert bewaffnet und militärisch völlig unausgebildet waren. Wir haben davon abgesehen, sie zu töten, und nur ein paar von ihnen verletzt und siebenundfünfzig lebendigen Leibes verhaftet. In unserem Gewahrsam verhört, erwiesen sich diese Aufständischen als fanatische Anhänger eines koreanischen Geheimbuchs mit Namen Chônggamnok. *Der koreanische Dolmetscher hält sie für einen Haufen Verrückter, und nach meinem Dafürhalten würde für das Reich Seiner Majestät nur Zeit vergeudet und würden nur unnötig Kosten entstehen, wenn man sie verurteilte oder gar bestrafte. Ehrerbietigst erwarte ich in dieser Angelegenheit Ihre Anweisungen. Usw.*

Die Antwort war kurz und bündig: *Wir richten uns nach dem Urteil des verantwortlichen Dienststellenleiters.*

Bis zu welchem Grade dieser Bericht des japanischen Befehlshabers glaubwürdig ist, entzieht sich meiner Kenntnis, aber wenn ich mich so gewissenhaft mit den Ansichten der Ungläubigen auseinandersetzte, indem ich sogar offizielle japanische Schriftstücke zitiert habe, fühle ich mich doch auch verpflichtet, darzulegen, was in der *Chronik* über dieses Ereignis geschrieben stand. Wenn mein Gedächtnis mich nicht täuscht, schildert die *Chronik* diese Episode aus dem Leben des Kaisers in einem eleganten Stil wie folgt:

... Im ersten Monat des Jahres Shinhae stellte der Kaiser eine Armee auf. Zu Anbeginn wurden tausend Sack Reis und zehntausend Goldmünzen in den kaiserlichen Magazinen eingelagert. Die Männer drängten in Scharen herbei, um Aufnahme in die Armee zu finden, es wurden indes nur die hundert besten rekrutiert. Sodann wartete der Kaiser geduldig auf den günstigen Augenblick. Schließlich drang ein feindlicher Trupp in P'awaegwan ein, in das Tal der Vernichtung der Japaner. Der Kaiser hieß seine Mannen aufbrechen zur ersten Stunde des achtundzwanzigsten Tages des ersten Monats. Ihre hoch emporflatternden Banner verdeckten den Himmel, und die ganze Natur erbebte in ihrer Gegenwart. Die kaiserliche Armee erreichte das Tal der Vernichtung der Japaner zur vierten Stunde und bezog Stellung. Der Zwischentrupp versperrte auf des Kaisers Befehl den Ausgang des Tales, gemäß der Taktik der Kranichflügel, und U Palsan, der Anführer bei der Vernichtung der Japaner, rüstete sich, den Feind von hinten anzugreifen. Um auf einen unvorhergesehenen Verlauf vorbereitet zu sein, wurden Männer im Hintergrund postiert. All dies konnte auf eine Armee von tausend Soldaten schließen lassen.

Die japanische Einheit drang zur fünften Stunde in das Tal ein, ohne im geringsten auf etwas gefaßt zu sein. Pang Ryang empfahl dem Kaiser, diese völlige Unaufmerksamkeit auszunutzen und einen Überraschungsangriff zu starten. Dieser aber lehnte ein derartiges Handeln als des Souveräns eines großen Reiches unwürdig ab. Einen Nutzen daraus zu ziehen, daß der Feind dem Ruf der Natur gehorcht – denn einige urinierten und andere zogen sich in verborgenere Winkel zurück –, hätte das unbefleckte Bewußtsein des Kaisers besudelt. Er bewies damit wahrlich, welche Großherzigkeit ihm innewohnte.

Als der Feind sich wieder geordnet hatte, gab der Kaiser das Zeichen zum Angriff. Doch weshalb sendet der Himmel, der den Kaiser hinab auf die Erde geschickt hat, auch hinterhältige Diebe hinab? Weshalb gab der Himmel, der den Kaiser doch mit einer himmlischen Strategie ausstattete, seinen Feinden solch mächtige Waffen? Mit einem Schlag von einem von allen Feinden gleichzeitig entfachten Gewehrfeuer niedergeschmettert, erteilte der besiegte Kaiser den Befehl zum Rückzug. Bei diesem Manöver wurde der Anführer bei der Vernichtung der Japaner am Bein verwundet, ebenso wurden zwei freistehende Soldaten von Feindeskugeln getroffen, und mehrere Männer gerieten in feindliche Gefangenschaft.

Hatte der Himmel den Kaiser verlassen? Hatte der Himmelskönig die Beile übersehen, mit denen den feindlichen Horden der Tod gebracht werden sollte? Einen ganz kurzen Augenblick erwog der Kaiser, aus dem Leben zu scheiden, doch erinnerte er sich sogleich wieder seiner himmlischen Sendung. Je mehr man Stahl erhitzt, desto härter wird er; die Menschen wachsen an den Prüfungen des Lebens, was besonders für den Werdegang von Königen gilt. Die bittere Erfahrung, die der Kaiser im Tal der Vernichtung der Japaner machen mußte, unterscheidet sich nicht von der Demütigung, die Kuchôn im Dickicht erlitt, oder von der Häme, die auf Kojo aus Han in P'yôngsông niederging.

Alledem lag der Plan des Himmels zugrunde, der vorsah, den Ruhm des Kaisers eines späteren Tages in einem um so leuchtenderen Lichte erstrahlen zu lassen.

Am neunundzwanzigsten Tag des ersten Monats begab sich der Kaiser ganz alleine in das Feindeslager und verhandelte zwei Tage lang mit dem Kommandanten und erreichte schließlich die Freilassung all seiner Männer. Hat ein Soldat eine Niederlage erlitten, so muß er, will er zurückkehren, die Knochen mit dem Fell seines Pferdes einwickeln, und da seine Krieger durch ihre Gefangennahme erbärmlich versagt hatten, hätte der Kaiser sie alle ihrem Schicksal überlassen können. Aber der Kaiser liebte sein Volk, er mußte es einfach aus der Gewalt der Japaner befreien. Der gegnerische Befehlshaber ward von der Erhabenheit und Würde des Kaisers dergestalt beeindruckt, daß er die über fünfzig Inhaftierten in die Freiheit entließ. Womit deutlich wurde, daß der Feind den Kaiser trotz dessen vernichtender Niederlage keinesfalls unterschätzen durfte …

II

Tae Sshis Traum

In den Jahren Inja und Kechuk bereist der Kaiser die Welt.

Derjenige, dessen Ruf in der Welt einmal wie ein Donner erschallen soll, muß zunächst lange Zeit als Wolke seine Kreise ziehen – hat im letzten Jahrhundert ein verrückter Gelehrter der Buntaugen im Westen gesagt. Dieser Satz traf bestens auf unseren Kaiser zu, der sich in ein freiwilliges Exil begab, auf eine lange Wanderschaft, die sein ganzes späteres Leben prägen würde.

Die verbliebenen Tage des Jahres Shinhae, nach der niederschmetternden Niederlage in P'awaegwan, dem Tal der Vernichtung der Japaner, waren für die Sippe des Kaisers äußerst beschwerlich. Indem er alle Verantwortung für das Scheitern des Unternehmens dem Strategen Pang Ryang zuschob und all seine Kräfte und all seine Weisheit aufbot, mühte sich der Gelehrte Chông, das Vertrauen in die Vormachtstellung seiner Familie zurückzugewinnen. Er teilte den Versehrten der Schlacht den Proviant zu, der nicht verbraucht worden war, und richtete es ein, daß die Familie des seiner Schußverletzung erlegenen jungen Kriegers drei *Majigi* Reisanbaufläche mittlerer Güte vom Gebildeten Hwang erhielt. Dessen ehemaliger Diener U Palsan wurde immer mehr zu des Kaisers »Hand und Fuß«, und alle drei Tage wurde ein Fest abgehalten zu Ehren der Heldentaten der Soldaten.

Der Gelehrte Chông beschränkte sich nicht auf derlei Aktivitäten, er tat auch sein Bestes, um den erhabenen Glanz des kaiserlichen Mythos aufzufrischen. Ohne Unterlaß verherrlichte er das Verhalten des Kaisers, der sich ganz allein in das Feindeslager gewagt habe, und erinnerte unentwegt die Dorfbewohner an das Geschick, mit dem der Kaiser den japanischen Kommandanten zur Freilassung sämtlicher Gefangener bewogen, und verglich seinen Sohn mit Yu Pang, welcher Hang U in Hongmun rühmte, und mit Yu Pi, der seine Stäbchen fallenließ, als er das Donnergrollen vernahm – um mit diesen Beispielen vor den Augenzeugen des Geschehens die Schmach des Kaisers schönzureden.

Doch hatte sich bei den Leuten eine Meinung erst einmal verfestigt, war sie so leicht nicht wieder umzustoßen. Diejenigen, die eigens des Kaisers wegen im Dorf der Weißen Steine gesiedelt hatten, begannen, es einer nach dem anderen wieder zu verlassen, und die Menschen, die blieben, zeigten sich nicht mehr so vertrauensselig und hingebungsvoll wie einst. Es waren dies besonders die Leute, die auf Geheiß der Japaner den Kaiser bespuckt und ihn als Verrückten deklariert hatten. Zwar reichte die Macht, die der Gelehrte Chông und der Gebildete Hwang noch innehatten, aus, um zu verhindern, daß jene sich offen über den Kaiser lustig machten, aber waren sie unter sich, lästerten sie.

»Das ist das erste Mal, daß ich von einem verkehrtrum aufgehängten Himmelssohn höre.«

»Vielleicht wird er ja endlich Kaiser, wenn auch die Welt auf dem Kopf steht.«

Glücklicherweise ergab sich bald eine gute Gelegenheit, diesen Spötteleien ein Ende zu bereiten und zu verhindern, daß sich die ungünstige Stimmung immer weiter im Dorf ausbreitete, und dieser glückliche Umstand war dem Meeresfischhändler Pae zuzuschreiben. Dieser kam nämlich, nachdem auch er aus Enttäuschung über den Kaiser von dannen gezogen war zur Überraschung aller nach kaum drei Tagen wieder zurück. Er drängte die Leute, die der Gelehrte Chông aus einem ganz anderen Anlaß versammelt hatte, beiseite, fiel auf die Knie und brachte unter Tränen hervor: »Achtlos habe ich den Willen des Himmels in Zweifel gezogen, bitte erteilt diesem Leib seine gerechte Strafe.

»Werter Herr Pae, was redet Ihr da? Was ist denn passiert?« erwiderte der Gelehrte Chông sichtlich verblüfft.

Doch Paes Worte steigerten seine Ratlosigkeit nur noch: »Dieser Körper kann nur dank der Güte des hier weilenden erhabenen Meisters heil und wohlbehalten wieder heimgefunden haben. Möge er von nun an mit diesem erbärmlichen Leib verfahren, wie es ihm richtig dünke.«

»Ich verstehe kein einziges Wort von dem, was Ihr da sagt. Herr Pae, könntet Ihr Euch überreden, uns etwas genauer zu schildern, was Euch widerfahren ist?«

»Es war an dem Tag, an dem ich das Dorf zusammen mit den anderen Schwachgläubigen verlassen habe. Die Sonne stand an ihrem höchsten Punkt, als mit einem Mal der Weg verschwunden war, alles um mich herum schwarz wurde und von hoch droben herab eine Stimme erschallte: ›He du, Verräter am Willen des Himmels, wohin willst du dich davonmachen? Wenn du nicht augenblicklich umkehrst, werde ich dir die Augen ausreißen und deinen Körper in einem Tal verdorren lassen, das nie jemand je betreten wird!‹ Meine Ohren waren taub geworden, und meine Augen geblendet. Ich habe kehrtgemacht und bin zwei Tage lang voller Angst und Schrecken hierher zurückgetorkelt. Als ich aber den Boden des Dorfes der Weißen Steine betreten habe, geschah das Unfaßbare: Mit einem Mal sahen die Augen wieder, und die Ohren konnten wieder hören. Ohne Zweifel hatte der Himmel mich bestraft, denn ich konnte wirklich nicht mehr mit den Augen sehen und mit den Ohren hören.«

»Was ist mit den anderen, die zusammen mit Euch weggegangen sind?«

»So wie einen Moment lang entsetzte Schreie und Wehklagen zu hören waren, dürfte es ihnen, die sich das Ganze genau wie ich selbst eingebrockt haben, nicht anders ergangen sein. Wenn sie aber nicht zurückgefunden haben wie ich, oh je, also dann …«

»Und jetzt glaubt Ihr an den Willen des Himmels?«

»Ich glaube an ihn, ja, ich glaube. Ich soll dahingerafft werden, beginge ich ein zweites Mal die Sünde, an ihm zu zweifeln.«

Einige aus der Gruppe der geistesschwachen Verräter murmelten etwas davon, daß der Fischhändler und der Gelehrte Chông diesen Schachzug gemeinsam ausgeheckt hätten, oder zumindest, daß Herr Pae es sich unterwegs anders überlegt hätte, da er zu der Ansicht gelangt sei, es wäre zu seinem eigenen Vorteil, wenn er dem Gelehrten Chông zur Hand ginge, doch war es noch nicht zu Ende mit den Überraschungen. Denn am Tag darauf kam der nächste der Weggegangenen ins Dorf der Weißen Steine zurück und wartete mit beinah derselben Geschichte auf.

Diese Geschehnisse entspannten die aufgeladene Stimmung im Dorf, und Vertrauen und Glauben der Menschen kehrten nach und nach zurück. Aber es gab auch noch andere Probleme. Der Kaiser war angeschlagen. Er lag beinah das ganze restliche Jahr Shinhae danieder, und wenn er doch einmal aufstand, wandelte er umher, als wäre er von Sinnen.

Manche schrieben dies den Nachwirkungen der Schläge zu, die er von den Japanern bezogen hatte, andere sahen die Erklärung hierfür darin, daß er fast eine Stunde lang kopfüber an den Füßen gehangen hatte, wodurch die Bahnen der Lebensenergie durcheinander geraten seien; in Wahrheit aber hatte sich der Kaiser in eine immer größere Seelenkrise aus Wut und Schmerz hineingesteigert. Er grollte dem Himmel, daß er ihm eine Falle in Form von Niederlage und Demütigung gestellt habe schon bei seinen ersten Schritten hin zum Ruhm, und er litt fürchterlich unter dem unerklärlichen Desaster, dessen Opfer seine Untertanen waren.

Dennoch hebt sich derjenige, den der Himmel zur Ausführung seiner Pläne auserkoren hat, von der Masse der gewöhnlichen Menschen ab. Im zehnten Monat des Jahres Shinhae, der Herbst ging gerade zur Neige, kam dem ziellos in einem Feld wandelnden Kaiser, der das Jahr in Verbitterung und Seelenleid verbrachte, eine Erleuchtung. Mit einem Mal wußte er, das dunkle Tal, das er so voller Pein durchwanderte, war nur der Vorhof einer ungleich lichteren Lichtung und eines ungleich ruhmreicheren Ruhmes, als er je zuvor gekannt hatte, und er begriff nun: ohne Finsternis gab es kein Licht und ohne Prüfungen keinen Ruhm. Die Wunde in seinem Herzen wich einer neuen Gewißheit um die Sendung des Himmels, und der Kaiser auferstand zu neuer Stärke.

»Vater, sobald es zu tauen beginnt, werde ich das Heim für eine Weile verlassen.«

So sprach der wieder zu Kraft und Geist gekommene

Kaiser im Winter jenes Jahres zum Gelehrten Chông, der noch immer voller Sorgen war. Dessen Gesicht verfinsterte sich, und beunruhigt fragte er den Sohn: »Weshalb so plötzlich? Hat sich dieser Haufen von Dummköpfen schon wieder lustig gemacht über dich?«

»Nein. Aber ich bin tief in mich gegangen und zu der Einsicht gelangt, daß man die Zeit nicht ewig mit Trübsal vergeuden darf. Wie sagte der Kaiser des Mondpalastes, der sich einst vor Euch, meinem Vater, manifestierte: die Vollendung eines Plans obliegt dem Himmel, aber die Entwürfe sind Sache des Menschen. Viel eher, als daniederliegend und untätig auf den großen Tag zu warten, halte ich es für angebracht, mich doch wenigstens ein bißchen auf ihn vorzubereiten.«

»Ja, was können wir in unserer Situation groß machen? Vor allen Dingen ist es unsere Pflicht, die Japaner aus dem Land zu jagen, aber wer würde sich uns anschließen, wollten wir erneut einen so überlegenen Gegner bekämpfen? Wenn ich an den furchtbaren Lärm der Gewehre und den Kugelhagel damals denke, läuft es mir noch immer kalt über den Rücken.«

»Die Alten lehrten uns, das Geschehene muß man liegenlassen, ich meine jedoch, wenn es uns gelänge, einen Spiegel herzustellen, wie T'aejong (Tai Zong) von Tang einen gefertigt hat, könnten wir erschauen, was passieren wird. Auch wenn die Schlacht im Tal der Vernichtung der Japaner in einer Katastrophe endete, darf nicht vergessen werden, daß der Sieg nicht immer in den Schoß der Tugendhaften zurückkehrt. So wurde Yang Kong von Sông am Ufer des Hông Su begraben, und Sô Yung (Xi Rông) der Gerechte wurde vom schrecklichen Ch'o bezwungen.

Die Schlacht im Tal der Vernichtung der Japaner lehrte mich, daß der Sieg manchmal eher dem Kampflustigen zuneigt als dem Gerechten und daß Zerstörungswille über das Streben nach Eintracht obsiegt. Wie ich hörte, haben sich die Japaner von den Barbaren des Westens das notwendige Wissen angeeignet, um solch mächtige Waffen herzustellen. Wenn sie es so rasch lernen konnten, wieso tun wir es ihnen nicht nach? Auch hörte ich, daß es in unserem Land sogar

Möglichkeiten gibt, die Methoden des Kriegführens der westlichen Barbaren zu studieren, und darum werde ich in die Welt hinausziehen, um zu beobachten und mich für das zu rüsten, was kommen wird.«

»Ich verstehe deinen edlen Willen, doch wird es nicht leicht sein, etwas in dieser Richtung zu erreichen. Gewiß, du bist ein Erwählter und dein Wesen ist nicht wie das der anderen, aber die Welt ist nicht das Dorf der Weißen Steine. Das meiste dessen, was aus dem Westen kommt, findet sich, wie ich glaube, in den Städten, und Städte sind Orte, in denen Intrigen herrschen, und die Loyalität der Leute dort kann sich nicht messen lassen mit der Treue der Leute hier. Hast du niemals davon gehört, daß dir in einer Stadt wie Seoul die Nase abgeschnitten wird, sobald du die Augen schließt?«

»Wenn die Welt tatsächlich so ist, dann liegt die Ursache darin, daß die Leute keine Erziehung genossen haben. Auch dies werde ich aufmerksam studieren, und die künftigen Meister werden aus diesen Beobachtungen ihren Nutzen ziehen.«

»Sorge machen mir die Schwierigkeiten, mit denen du am Anfang zu tun haben wirst. Auch wenn du mit ausreichend Mitteln zu deiner Wanderschaft aufbrichst, besteht doch die Gefahr, daß du bei der ersten Gelegenheit übers Ohr gehauen wirst und eines Morgens ohne deine ganze Habe aufwachst. Dann wirst du an Hunger leiden, an Kälte und an anderen Entbehrungen.«

»Vermögen ist dazu da, um unter allen aufgeteilt zu werden, vom Herrscher bis zum ganzen Volk. Gäbe es das Volk nicht, wäre auch kein Geld vorhanden, und wenn das Volk seines derartig bedarf, daß es sogar gezwungen ist, zu betrügen, wie könnte ich diese Mittel ihm dann vorenthalten und sie allein zu meinem Nutzen verwenden? Würde ich außerdem aus ständiger Sorge um diese Dinge von dem Gedanken an das Künftige und die Welt abgelenkt, wäre dies wahrlich eines Kaisers unwürdig. Ich bitte Euch daher um Erlaubnis, diese Reise antreten zu dürfen.«

»Viel lieber wäre mir, du bliebest hier und rüstetest dich mit neuem Schwung für deine hohe Aufgabe, als deine körperlichen und seelischen Kräfte in derlei Widrigkeiten zu vergeuden.«

»Nein. Schon immer wurden diejenigen, die wohlbehütet im tiefsten Innern der Königspaläste heranwuchsen, bei weitem schlechtere Fürsten als die, welche sich ausgiebig mit dem Leid der Menschen in aller Welt beschäftigten.

Im *Chwajôn (Zuo Zhuan)* steht geschrieben, daß So Paek (Xiao Bai), ein junger Adliger aus Che (Qi), auf seiner Reise durch alle Länder erst einmal manche Unbill zu überstehen hatte, ehe er sich Hwangong nennen durfte, und daß Chung I (Chung Er), ein junger Adliger aus Chin (Jin), zwölf Jahre bei den Barbaren des Nordens verbrachte und sieben weitere in anderen Ländern Chinas, ehe er Mungong (Weng Kong) wurde, in der Schlacht zu Sôngbok (Cheng Pu) die Armee des Ch'o vernichtete und das Königshaus Chu (Zhou) unter seinen Schutz nahm.

Finden sich dergleichen Fälle nur in China? In der *Geschichte (Geschichte der Drei Königreiche)* von Munyôlgong (= Kim Pushik) heißt es, Ûlbul, der Enkel von König Sôchôn von Koguryô, machte sich zum Knecht im Hause eines anderen, hörte in der Nacht den Gesang der Frösche, durchwanderte das ganze Land als Salzverkäufer und hatte mit vielerlei Schwierigkeiten fertig zu werden, wurde aber dennoch König mit Beihilfe von Fürst Ch'angjori, verdrängte Nangnang und Taebang, und seine weise Herrschaft erstreckte sich bis nach Yodong (Liadong). War nicht König Mu von Paekche erst noch ein Pferde verkaufendes Kind, als er auf der Suche nach Prinzessin Sônwha bis nach Sôrabôl gelangte? Man mag ihm zur Last legen, durch seine Verschwendungssucht im Alter den Untergang von Paekche befördert zu haben, doch steht fest, daß er in jungen Jahren ein hervorragender Herrscher war aufgrund der Lebenserfahrungen, die er in der Kindheit gemacht hatte.

Man braucht in der Historie gar nicht einmal so weit zurückzugehen, denn Chu Hongmu (Chu Hungwu = Chu Wônjang) von Myông (Ming) ...«

Angesichts dieser Ausführungen des Kaisers konnte der Gelehrte Chông nicht umhin, sich vor Verzückung an der

Brust zu kratzen. Er hatte nicht gedacht, daß der Kaiser seinen großen Plan mit so profunden Reflexionen unterfüttern würde. Die Ängste und Sorgen, die er in den vorangegangenen Monaten seines Sohnes wegen auszustehen hatte, schmolzen wie der Schnee im Frühjahr, und neue Hoffnung quoll empor. Die Last der inneren Unruhe war endlich abgefallen, und mit strahlendem Gesicht sagte der Gelehrte Chông: »Famos. So spricht ein wahrer Kaiser. Auch ich hatte nicht geglaubt, daß du der Mann sein könntest, der bloß wegen einer kleinen Schlappe die ganze Zeit über stumpfsinnig herumsitzen würde, nun aber schäme ich mich, daß ich mir so lange solche Sorgen gemacht habe. Wer könnte sich dir überhaupt in den Weg stellen? Geh hinaus! Sieh dich um, lerne und komme wieder! Als Vater, der ich nun einmal auch bin, möchte ich jedoch, daß jemand dich begleitet. Wer würde dafür in Frage kommen?«

»Das ist nicht nötig. Gewiß, P'o Suga (Bao Shuya) stand So Paek zur Seite, und Chin Mokgong (Qin Mugong) wachte über Chung I, doch sind beides Bekanntschaften, die auf der Wanderschaft zurück gen Heimat gemacht wurden. Wenn auch meine Reise im Sinne des himmlischen Willens ist, glaubt Ihr dann nicht, daß auch ich meinem P'o Suga oder meinem Chin Mokgong begegnen werde?«

So sollte der Kaiser also alleine zu einer Reise in die Welt hinaus aufbrechen. Dieses Ereignis versetzte das Dorf der Weißen Steine, über das sich seit einiger Zeit eine schwermütige Stille gelegt hatte, in Aufregung. Der hehre Zweck seines Aufbruchs, den der Gelehrte Chông in den höchsten Tönen pries, um dem kaiserlichen Mythos wieder Leben einzuhauchen, erweckten bei der Dorfbevölkerung schließlich neue Hoffnungen und neue Zuversicht. Die allgemeine Stimmung im Dorfe ergriff selbst diejenigen, die dem Kaiser untreu geworden waren, und sie benahmen sich, als seien sie sich ihrer Motive niemals ganz sicher gewesen.

Der Kaiser verließ das Dorf der Weißen Steine im Jahr darauf, im zweiten Monat des Jahres Imja, als das Eis taute und die Knospen sprossen. Es war an alles gedacht worden. Das Reisebündel des Kaisers enthielt, was für eine lange Wanderschaft benötigt wurde, mehrere Gewänder aus Seide, Mehl verschiedener Getreidesorten, getrocknete Lebensmittel, Salz zum Säubern der Zähne und in einer Börse Reisegeld, das, vernünftig eingeteilt, für ein ganzes Jahr ausreichen würde. Für den Notfall steckte der Gelehrte Chông dem Kaiser zwei dicke Goldringe an die Finger, und ein Goldbarren, den der Gebildete Hwang gestiftet hatte, war in seine Unterwäsche eingenäht worden.

Auch die Kleidung des Kaisers war vom feinsten. Ein *Kat*, der typisch koreanische Hut, erster Güte aus T'ongyông, ein Seidengewand, dicke Baumwollstrümpfe und Hanfschnursandalen à sechs Ösen vermittelten einem jeden, der ihn sah, den Eindruck eines außergewöhnlichen jungen Adligen. Wenn der Kaiser dereinst heimkehren würde, hätte er eine Menge wirkungsvoller Taktiken erlernt, mit denen der japanische Feind bezwungen werden konnte, und wenn er dann erneut eine Armee ausheben würde, zersplitterte der Feind wie ein Tongefäß unter dem Hieb einer Eisenstange, und der Kaiser würde sich zum Souverän des Landes emporschwingen. In dieser Glaubensstimmung befanden sich nun die allermeisten der Dorfbewohner, während sie den Kaiser noch ein Stück weit geleiteten. Seine Gemahlin, die insgeheim den Reden ihres Vaters, des Gebildeten Hwang, wenig Glauben schenkte und sich notgedrungen darauf einstellte, als Ehefrau eines Taugenichts mit Namen Chông aus einem Tal am Fuße des Keryong-Berges alt zu werden und zu sterben – sogar sie schien, wie sie ihrem Gatten mit glänzenden Augen nachblickte, die Zweifel an ihm und die traurige Aussicht auf eine wahrscheinlich sehr lange Trennung vergessen zu haben.

Ich bin nun an dem Punkt der Geschichte angelangt, der mir am meisten Schwierigkeiten bereitet. Über die Reise des Kaisers finden sich noch so kleine Details weder in der *Chronik* noch in der Schilderung des alten U Palsan, es liegen mir einzig ein paar Bemerkungen seitens der Leute vor, die man nur als Widersacher des Kaisers bezeichnen kann. Mit anderen Worten, ich werde nun trotz allem von Ereignissen berichten, die den Kaiser in keinem guten Licht erscheinen lassen. Doch habe ich keine andere Wahl. Indes befand es einst selbst Kongja (Konfuzius) für unumgänglich, im *Ch'unchu (Frühlings- und Herbstannalen)* vom Fehlverhalten des Fürsten Nohu zu berichten – wenn auch unter Gebrauch verschiedener Anredungsformen und Bezeichnungen. Mag es sich hier zwar nur um einen Kommentar handeln, werde ich dennoch seiner Methode folgen.

Die allererste Episode dieser Reise handelt von der Beziehung unsres Kaisers zur Eisenbahn, welche zur damaligen Zeit die mechanische Zivilisation des Westens schlechthin symbolisierte. Der Kaiser erreichte, nachdem er den ganzen Tag raschen Schrittes zügig vorangekommen war, Hanbat (Taejôn) an einem der ersten Tage des zweiten Monats im Jahre Imja, gegen Ende März 1912 nach dem Sonnenkalender. Hanbat war zu jener Zeit ein im Vergleich zu heute kleines Städtchen, dem Kaiser indes, der nie weiter als dreißig, vierzig *Ri* heraus aus dem tief hinten im Tal gelegenen Dorf der Weißen Steine gekommen war, erschien es so groß, daß er Mund und Augen aufriß.

Die Honam-Bahnlinie war so gut wie fertiggestellt, in den Straßen wimmelte es von Leuten, und nie zuvor gesehene Automobile fuhren hin und her, und den Kaiser, der zuvor, außer das mit Ziegeln bedeckte Anwesen des Gebildeten Hwang nur Häuser mit Strohdächern gesehen hatte, beeindruckten besonders die im abendländischen Baustil errichteten zwei- oder dreistöckigen Gebäude der Japaner, ebenso wie die glitzernden und vor Waren überquellenden Schaufenster der Geschäfte, denn bislang war er immer der Ansicht gewesen, Glas stelle einen der Sieben Edelsteine dar. Am meisten in Erstaunen versetzte den Kaiser allerdings das eigenartige metallische Geräusch, das er in dem Gasthaus vor dem Bahnhof hörte, wo er zufällig die erste Nacht zugebracht hatte. Als er das Donnern der heranrollenden Stahlräder und das schrille Pfeifen gewahrte, dachte er zunächst, die Erde erbebe und der Himmel stürze ein. Doch schienen sich die übrigen Menschen überhaupt nicht zu wundern, geschweige denn sich zu erschrecken. Bange rief der Kaiser nach dem Wirt und erkundigte sich bei ihm wegen des fürchterlichen Lärms eben.

»Ja, wissen Sie nicht, was ein Zug ist? Ein ganz normaler Zug war das, der da gerade durchgekommen ist.«

»Ein Zug?«

»Der junge Herr kommt wohl geradewegs aus dem hintersten Tal der Berge. Den gibt's schon eine ganze Weile hier, den Zug.«

Und wie zum Zeichen seiner Güte erklärte er ihm, es handele sich bei dem sogenannten Zug um ein kohlefressendes Pferd aus Eisen. Die Leute im Westen hätten das als Ersatz für die Pferdekutschen erfunden, und man könne damit mehrere hundert Menschen gleichzeitig befördern und an einem Tag bis zu tausend *Ri* zurücklegen, eine wirklich großartige Sache, das. – Unglaublich! Von Pferden, die in der Lage seien, tausend *Ri* an einem Tag zurückzulegen, hatte man ja schon gehört, aber daß sie mehrere hundert Menschen zugleich transportieren könnten, war kaum faßbar. Wie es schien, hatte die Legende von einem Feuerdrachengefährt, die einst im Dorf der Weißen Steine umgegangen war, einen realen Hintergrund.

Der Kaiser konnte dieser Schilderung indes noch keinen rechten Glauben schenken, er stand darum am folgenden Morgen zeitig auf, um den Zug mit eigenen Augen zu sehen. Da zur damaligen Zeit das Verkehrsaufkommen noch nicht sehr hoch war, mußte er auf den Zug erst eine ganze Weile warten. Dieser schepperte schließlich mit seinem den Ohren des Kaisers bereits vertrauten schrillen Pfeifen heran, vor den kaiserlichen Augen, die mit dem Zug zum ersten Mal konfrontiert wurden, tauchte allerdings nicht ein riesiges, von Menschenhand gesteuertes Ungetüm aus Metall auf, sondern ein furchterregendes Ungeheuer.

Beim Anblick der geradewegs mit ihrem langen schwarzen Leib auf ihn zustürzenden Eisenbahn wurde der Kaiser von einer Furcht bar jeder Schilderung ergriffen. Er wurde bleich, seine Beine begannen zu zittern, und einzig das Bewußtsein um die kaiserliche Würde ließ ihn die Fassung bewahren. Er rief sich in Erinnerung, daß einst Kaiser Hwang den Frieden im Land wiederhergestellt hatte, nachdem er den sechshändigen, vieräugigen und behörnten Ch'i U (Chi You) niedergerungen, und daß der Han-Kaiser Kojo (Gaozu) sein vier Jahrhunderte währendes Reich begründete, indem er die Weiße Riesenschlange mit einem einzigen Schwerthieb unschädlich gemacht.

Nichtsdestotrotz wurde das Entsetzen des Kaisers immer größer, je näher der Zug genau auf ihn zubrauste. Plötzlich kam ihm in den Sinn, daß es sich bei diesem Monstrum um einen Todesstern handeln konnte, der unbemerkt vom Himmel gefallen war, um sein Werk zu vernichten, oder aber daß es der Kaiser der Finsternis war, der in Gestalt einer Schlange heranraste, um sich an seiner Stelle einzusetzen. *Wird er mich mit einem Bissen verschlingen? Oh! Viel zu gewaltig ist er, als daß ich ihn mit einem Hieb niederstrecken könnte. Und ich hab ja auch gar nichts zur Hand, nicht einmal einen drei Finger langen Dolch, geschweige denn ein drei Füße langes Schwert …* Bei diesen Gedanken überwältigten ihn das Entsetzen und der Schauder so sehr, daß er zu weiteren Reflexionen erst einmal nicht imstande war.

Aber man konnte sich auch später um solche Dinge kümmern, im Moment ging es darum, zu entkommen. Der Weise kann hundert Jahre mit dem Gegenschlag warten, ohne daß es zu spät wäre. Diesen Gedankengang abgeschließend, machte der Kaiser kehrt und schickte sich an, das Weite zu suchen, ohne allerdings so recht zu wissen, in welcher Richtung. Er gewahrte gar nicht, daß sein edler Hut ihm vom Haupt gefallen war und auf dem Boden nahe der Schienen dahinrollte und daß die Hanfsandalen im Morast eines Gemüseackers steckengeblieben waren. Erst als er über den Rain eines Reisfeldes stolperte und auf dem Hosenboden in einer Wasserlache landete, kam er wieder zur Besinnung.

Der Zug, der bereits den Schienenabschnitt passiert hatte, von dem der Kaiser getürmt war, transportierte ohne Zwischenhalt Waren zum Bahnhof von Taejôn, aber auch im langsamen Davondampfen erschien er noch immer wie ein wildes Ungeheuer. Mit ausgiebigem Wehklagen entstieg der Kaiser dem Schlammwasser, das ihm für einen Tag im Frühling entschieden zu kalt war.

»Ach, warum nur ist der Weg eines Prinzen so beschwerlich, warum immerfort diese harten Prüfungen? …«

Ich kann mich des Eindrucks nicht erwehren, daß diese Geschichte, die mir auf viel launigere Weise geschildert wurde, als ich sie hier nacherzählt habe, darauf abzielte, den Kaiser als feigen Angsthasen aussehen zu lassen. Ist ihr aber nicht gelungen. Mag den einen oder anderen zwar die Ahnungslosigkeit des Kaisers, was die Zivilisation der Maschinen betraf, befremden – doch wer von ihnen wäre wie er in der Lage gewesen, mit einer derartigen Gelassenheit dem Tode ins Gesicht zu blicken? Selbst der mächtige Krieger Tokugawa, der Japan einigte und den Sitz seines Reiches in Edo (Tokio) einrichtete, schiß sich auf dem Sattel seines Pferdes in die Hosen, als sein Gegner Takeda ihm auf die Pelle rückte, und warf nicht auch Cho Cho (Cao Cao), der große Held seiner Zeit, den Helm fort und schnitt sich nicht den Bart ab, als Ma Ch'o (Ma Jiao) ihm auf den Fersen war? Man kann durchaus im Leben manche Peinlichkeit begehen, ohne eine Schramme davonzutragen. Um so mehr gilt dies für einen Kaiser, der für das Wohl von Millionen von Leben zu sorgen hat.

Aber es ist nun einmal nicht zu bestreiten, daß der Kaiser bei seiner ersten Begegnung mit der Eisenbahn gründlich erschüttert wurde. Auch später noch, selbst als er sich an sie gewöhnt hatte, ging er lieber die sechshundert *Ri* nach Seoul, als den Zug zu nehmen, und die strikte Weigerung, in irgendein anderes Transportmittel zu steigen, hat mit dem Entsetzen zu tun, das er vor dem pfeifenden Eisenmonstrum verspürte.

Die zweite Episode dreht sich um einen Zwischenfall, der durch des Kaisers Edelmut heraufbeschworen wurde, welcher nicht geringer ist als der Herbsthimmel.

In den Geschichten der durch die Lande wandernden jungen Adligen aus der *Frühling-und-Herbst*-Epoche* finden sich zahlreiche süße Romanzen in einem Leben voller Gefahren und Entbehrungen. Mochten sie vorübergehend in Armut und im Exil leben, so führten sie doch immer illustre

* Turbulente Epoche hoher politischer Instabilität in China 722-401 v. Z.; gleichnamige, Konfuzius zugeschriebene Annalen, welche oben (im ersten Kapitel) unter dem Namen *Ch'unchu* (chin. *Chunqiu*), »Frühling und Herbst«, bereits Erwähnung fanden.

Abstammungslinien fort, derentwegen sie Aussicht hatten, eines Tages das Zepter zu schwingen. Solange sie von den Pflichten ihrem Heimatland gegenüber entbunden waren, wurden sie überall, wo immer sie auch vorbeikamen, gastlich aufgenommen und bewirtet, und es kam auch vor, daß ihnen die Töchter von Adelsfamilien zur Heirat dargeboten wurden, denn diese spekulierten damit auf eine einträgliche Zukunft. Sicherlich ist ein Gutteil dieser Erzählungen auf Übertreibungen seitens dieser bedauernswerten Wandervögel zurückzuführen, da diese ja irgendwie mit ihrer Not und Einsamkeit fertig werden mußten, aber derlei nette Liebesgeschichtchen brachten immerhin eine wohltuend frische Brise in die hitzig-grausame Frühling-und-Herbst-Epoche.

Eine solche streifte zweifelsohne auch unseren Kaiser. Sechs Tage nach seinem Aufbruch wagte er sich ins Ungewisse in Richtung Norden, da hatte er eines späten Nachmittags auf seinem Weg einen kleinen Berg zu überwinden. Er war nicht besonders hoch, aber einmal auf seiner anderen Seite angelangt und nach einem langen Wandertag unter bereits sengender Frühlingssonne, fühlte sich die Kehle nun doch recht trocken an. Suchend blickte er sich um, ob es irgendwo Trinkwasser gab, und sichtete an einer Wegbiegung ein strohbedecktes Haus, das er als Landschenke erkannte.

Da dieser Gasthof an der Grenze zur Provinz Kyônggi lag, hatte es in ihm einst nur so gewimmelt von kommenden und gehenden Menschen, inzwischen aber war, seitdem es die modernen Transportmittel gab, die Zahl der Fußreisenden stark zurückgegangen, und die Schenke schien nun völlig verwaist. Der Kaiser machte aber doch noch eine alte Frau ausfindig, sie hielt in einer Ecke hinter dem Schanktisch, frühjahrsmüde, ein Nickerchen. Er weckte sie und bat sie um Wasser. Erst einmal seinen Durst stillen wollte er und dann, ehe er weiterzöge, etwas essen.

»Kommt in ein Gasthaus und will nur Wasser …«, grummelte die aus tiefem Schlaf erwachte Frau, den Kaiser mürrisch ansehend.

»Was ist Schlechtes daran, wenn ein durstiger Wandersmann um ein Glas Wasser bittet?«

»Sagen Sie halt einfach, Sie haben kein Geld. Hinten in der Küche steht ein ganzer Krug voll mit *Makgôli.*«

Der Kaiser begriff nun, weshalb die Frau so schroff zu ihm war. Nicht daß er in Sachen Alkohol gänzlich unerfahren war. Er trug schließlich zum einen die stolze Tracht verheirateter Männer und hatte zum anderen die ausgeprägte Trinkseligkeit seines Vaters, des Gelehrten Chông, geerbt. Bei seiner kaiserlichen Erziehung indes hatte er gelernt, sich nicht im Übermaße dem Wein und dem Weib hinzugeben. Im Alter von sechs Jahren hatte er beim Studium des *Sohak* bereits folgende Maximen rezitiert:

Gib dich nicht dem Weine hin.
Er ist eine Droge, die toll macht und nicht einmal wohlschmeckt.
Ruhige Naturen geraten durch ihn in Aufruhr.
Sie werden durch ihn hinterlistig.
Derer, die früher und heute an ihm
zugrunde gingen, sind viele verzeichnet.

Nichtsdestoweniger erboste den Kaiser die verächtliche Behandlung durch die geldgierige Frau.

Mit einer Hand an der am Gürtel befestigten Geldbörse verkündete er gebieterisch: »Ich habe zwar nicht viel bei mir, wohl aber reicht es für einen Krug Frühlingsreiswein.«

»Das habe ich schon gesehen, aber wenn Sie sich mit Ihrem feinen *Kat* noch so sehr wie ein erwachsener Mann geben, sehen Sie mir nicht gerade aus wie jemand, der was vom Trinken versteht«, provozierte die Frau den Kaiser in eine andere Richtung, als sie sah, daß er nicht ganz unvermögend war.

»Ihr irrt erneut. Wenn einst Hwang Ch'ung noch mit über siebzig ein *Mal* Reiswein trinken und zehn *Kûn* Fleisch verspeisen konnte, werde selbiges wohl auch ich vermögen, oder etwa nicht? Indes als Kaiser ...«

Wut hatte ihn diese Worte sagen lassen, doch jäh unterbrach er sich. Wie unvorsichtig von ihm, er hatte sich doch vorgenommen, sich bei seinem Studium der Welt nicht zu erkennen zu geben. Leicht verwirrt sprach er dennoch: »Also gut. Bringt mir erst einmal den Wein. Später werde ich Euch auch um etwas zu speisen bitten.«

Bei diesen Worten hellte sich das Gesicht der alten Frau auf, und sie verschwand in der Küche. Mit völlig veränderter Miene kehrte sie nach einem kurzen Augenblick zurück mit einem *Toe Makgôli* und ein paar Schälchen Bergkräutern.

»Trinken Sie erst einmal was. Das Essen kommt sofort.«

Beim Anblick des Alkohols zögerte der Kaiser, allzu lange jedoch nicht, und er schenkte sich reichlich ein. Da der Magen leer war, begann das Getränk rasch zu wirken. Anders als Pôm Nogong (Fan Lugong) behauptet hatte, schmeichelte es dem Gaumen durchaus. Ja, im Gegenteil, sein Geschmack schien mit jedem Gläschen lieblicher zu werden.

Als die Frau eine eilig zubereitete Mahlzeit hereinbrachte, hatte der Kaiser alles ausgetrunken und war ein wenig angesäuselt. Er rührte das Essen kaum an, verlangte noch mehr zu trinken. Hinter den Bergen im Westen neigte sich indessen die Sonne dem Abend entgegen.

»Der Herr weiß ja doch zu trinken, wollte sich wohl nur über mich lustig machen, was?«

Nachdem sie für Nachschub gesorgt hatte, setzte sich die alte Frau mit zufriedener Miene neben den Kaiser. Dieser war noch nicht in dem Maße betrunken, daß er sich vergessen hätte, er räusperte sich und sagte: »Ich trinke ein paar Gläschen aus Höflichkeit Euch gegenüber, habe allerdings noch Großes zu leisten und muß darum den Alkohol mit Bedacht genießen. Denn er hat den Niedergang der alten Shang-Dynastie bewirkt, waren während dieser Zeit doch alle, vom Souverän bis zum einfachen Manne, der Trunksucht verfallen. Wegen des Alkohols starb Chang Pi (Zhang Fei), der noch in Chang Pan Kyo (Zhang Ban Qiao) die eine Million Krieger von Cho Cho verjagt hatte, eines gewaltsamen Todes durch die Hand von Pôm Kang und Chang Tal (Fan Jiang und Zhang Da), und Yo P'o, dieser bärenstarke Mann, erlitt aufgrund des Weines die Schmach der Gefangennahme. Die Nacht wäre zu kurz, wollte ich die Namen all derer aufzählen, die an ihm zugrunde gegangen sind.«

»So, nun aber genug geredet, trinken Sie lieber noch was. Kennen Sie denn nicht das Sprichwort *Der wahre Weise spricht nicht, wenn er trinkt?* Wenn man Ihnen so zuhört, scheinen Sie ja richtig gebildet zu sein.«

Diese wenig weisen Worte aus dem Munde der Alten lenkten das Interesse des zunehmend betrunkenen Kaisers in eine vollends verkehrte Richtung.

»Wo habt Ihr, verehrte Gastgeberin, ein solches Sprichwort vernommen? Mir scheint, Ihr seid keine gewöhnliche Schankwirtin.«

»Ich hab sogar noch einige mehr parat. *Poesie und Trinken sind Alltagsgenüsse; den, der vor der Türe vorbeigeht, locken sie nicht.*«

»Sehr gut. *Seid großzügig beim Einschenken; Launenhaftigkeit ist so verstörend wie ungebändigte Wellen.*«

»Yi T'aebaek (Li Po) schrieb hundert Gedichte mit nur einem *Mal* Wein.«

»Tu Po (Tu Fu) lief bereits beim Anblick eines mit Hefe beladenen Karrens die Spucke aus dem Mund.«

»Wie oft kannst du dich im Angesicht einer Blume betrinken? Du bist arm, beim Trinken aber rechne nicht.«

»Hab wegen der Zeche für den Wein keine Sorge. Für ihn reicht es immer noch.«

Mit diesem gegenseitigen Zuwerfen von Aperçus ging es eine ganze Weile, bis die alte Frau plötzlich ernst wurde und den Gesprächston wechselte: »Wie man sich amüsiert, das wissen Sie schon, was? Erst sich zieren und einen auf Grünschnabel machen und dann …«

Trotz ihres Alters konnte sie doch noch immer auf ihre langjährige Erfahrung im Kokettieren zurückgreifen. Der Kaiser aber war von ihren wenigen Sätzen derart aus dem Häuschen, daß er sie für den Sproß einer hochstehenden Familie hielt, und ihre vulgäre Koketterie kam ihm vor wie das Benehmen einer in tugendhafter Zurückhaltung erzogenen noblen Dame.

»Ich mag zwar ein wenig angetrunken sein, mit den Augen aber sehe ich immer noch klar und scharf. Gewiß stammt Ihr aus einer illustren Familie, wie kommt es also, daß eine so edle Dame wie Ihr an einem so weltverlorenen Orte ein so schäbiges Gewerbe unterhält?«

Bei diesen feierlich gesprochenen Worten trübten sich die Gesichtszüge der alten Wirtin. Dieses Haus lag zwar nicht am Ufer des Shimyang-Flusses, und sie mochte niemals das Lautenspiel gepflegt haben, doch hätte der Kaiser sie befragt wie Kangju Sama (Paek Nakchôn (Bai Litian)), er hätte ob ihrer Vorgeschichte Tränen auf seine blauen Ärmel vergossen.

Ohne daß sie zu den Besten ihrer Musikschule gezählt hatte, wurde sie doch eine Zeitlang mit allerlei Aufmerksamkeiten seitens der feinen Herren der Hauptstadt bedacht, doch nun *war der Abend fortgegangen und der Morgen angebrochen und ihr schönes Antlitz verwelkt,* und *vor ihrer Pforte war es einsam, und selten geworden waren die Besuche.* Der Kaiser hielt sie also zu Unrecht für den Sproß einer hochstehenden Linie, und einen Moment lang wußte sie nicht, wie sie reagieren sollte.

Nach kurzem Überlegen kam sie zu dem Schluß, das Spiel mitzuspielen. Der tiefe Seufzer, den sie sich entrang, entsprang bereits einer ihren ganzen Frust nur mühsam unterdrückenden Dame höherer Abstammung.

»Weshalb sollte ich Euch mit meiner Geschichte langweilen? In diesen schwierigen Zeiten ist so manche Adelsfamilie in Not geraten, erzählt mir lieber, weshalb ein junger Spund wie Ihr durch das Land zieht wie eine einsame Wolke.«

Als hänge sie bitteren Erinnerungen nach, blickte sie in Richtung der Sonne, die sich gerade zwischen den Bergen des Westens einbettete. Der Kaiser bemerkte nicht, wie sie ihn von Zeit zu Zeit von der Seite anlugte, um zu sehen, wie ihre Worte auf ihn wirkten. Ihre Ausdrucksweise verstärkte nur noch sein Mitgefühl über ihr tragisches Los und seine Bewunderung für die Unverzagtheit, mit der sie es meisterte. Das herrenlose Volk litt. Er mußte ihr nun doch offenbaren, daß eine neue Persönlichkeit auf den Plan treten und die nächste Generation anführen würde. Er mußte dem in Finsternis leidenden Volk doch den leuchtend hellen Stern verkünden, der morgen am Firmament erscheinen würde – und so gab der Kaiser preis, was geheimzuhalten er bis dahin sich gezwungen hatte.

Als er zum Ende seiner Geschichte kam, war es draußen vollkommen dunkel geworden. Die alte Frau, die während der Rede des Kaisers ab und an geseufzt oder ihn verstohlen von der Seite angesehen hatte, schüttelte den Kopf, als wäre sie tief bewegt. Der Kaiser deutete diese Geste als Zeichen der Ergebenheit und des Glaubens an ihn. Ihre Worte, mit huldigender, respektvoller Stimme vorgetragen, berührten ihn sehr: »Ich wußte nicht, welch hoher Gast mich heute beehrt. Es ist schon Nacht, ich bitte Euch, sie hier zu verbringen, mag dieses Haus auch schäbig sein. Zufällig habe ich eine Legehenne, erlaubt mir daher, Euch ein weiteres Mahl aufzutischen.«

Der Kaiser liebte sein armes Volk zu sehr, um dieses Angebot in Anspruch nehmen zu können. Er griff in seine Börse, und das Geld, das er ihr gab, hätte auch für sechs Legehennen gereicht. Sie protestierte zunächst heftig, fügte sich dann aber der Beharrlichkeit des Kaisers und steckte das Geld ein und führte ihn in einen anderen Raum.

Dort brachte sie ihm eine Mahlzeit, von der man hätte sagen können, sie sei schon vorab zubereitet worden. Neben den früher schon dargereichten Bergkräutern bestand auch sie reichlich aus Pilzen und getrocknetem Fisch.

»Das Huhn serviere ich Ihnen gleich, möget Ihr derweil einmal hiermit vorliebnehmen.«

In diesem Moment betrat eine andere Person die Schenke, eine Frau wohl. Sie tuschelte kurz mit der Wirtin und wandte sich dann zum Nachbarraum hin. Ihr Flüstern wiederholte sich noch einige Male.

Für unseren Kaiser war dies eine wahrhaft aufregende Nacht, hatte er doch bereits die Loyalitätsbekundung einer treuen Untergebenen erfahren, noch ehe das große Unternehmen überhaupt erst in die Wege geleitet worden war. Der Rauschtrunk rann ihm mit einer solchen Leichtigkeit die Kehle hinab, daß er sich, als die Frau mit dem gebratenen Huhn kam, kaum noch auf seinem Platz halten konnte. Im Widerspruch zu dem, was man aus den Worten der alten

Wirtin schließen konnte, war das Tier kaum dicker als ein Küken oder ein Daumen, was dem Kaiser indes nicht die gute Laune verdarb.

»Einst schnitt sich der treue Diener Kae Chachu (Zhai Ziqiu) ein Stück aus dem eigenen Schenkel, um seinem Herrn das Leben zu erhalten, und ein Holzfäller ging in der späteren Han-Dynastie sogar so weit, die eigene Frau für seinen Herrscher zu braten, und habt nicht auch Ihr mir heute eine solche Ergebenheit erwiesen, indem Ihr mir in dieser schweren Zeit dieses Huhn dargebracht habt?«

Die Mannbarkeit des Kaisers in jener Nacht regte sich just in jenen Augenblicken, da er vom Kükenfleisch aß und vom Wein trank. Von den Zwischenbemerkungen der alten Frau noch angestachelt, ließ sich der Kaiser gerade über seine Visionen einer großartigen Zukunft aus, als plötzlich aus dem Nebenraum eine weinende Frau zu hören war. Der Kaiser war sogleich zutiefst ergriffen von diesem Wehklagen, das von einer Jungfer zu stammen schien.

»Sagt, welches junge Fräulein weint denn da mitten in der Nacht?«

Betrunken, wie er war, konnte er sich diese Frage an seine Gastgeberin nicht verkneifen, welche unterdessen eine düstere Miene aufgesetzt hatte. Sie antwortete ihm aber prompt, als hätte sie auf diese Frage nur gewartet: »Das ist mein armes Töchterlein.«

»So habt Ihr also eine Tochter. Weshalb weint sie denn so herzzerreißend?«

»Wenn ich Euch ihre Geschichte erzählte, würde, so befürchte ich, in Eurem Geiste, der so rein ist wie der Herbsthimmel, eine Wolke aufziehen, aber da Ihr mich nun schon einmal gefragt habt, werde ich Euch auch antworten.

Die Familie meines Mannes war eine der mächtigsten im Nachbardorfe, der Großvater hatte es sogar bis zum Vizeminister gebracht, doch nach dem Vertrag von Ûlsa starb mein Schwiegervater aus lauter Verbitterung und rettete sich mein Mann in Richtung Mandschurei und ist diese blühende Linie von einem Tag auf den anderen zugrunde gegangen. Nach dem Vertrag im Jahre Chôngmi setzte mein Mann das gesamte Vermögen der Familie für den Kampf gegen die Japaner ein, gegen die er zusammen mit den Gerechtigkeitskämpfern focht, und als alle Mittel aufgebraucht waren, hat er uns, meine Tochter und mich, bei einem hiesigen Händler, der früher unser Diener gewesen war, verpfändet.

Nachdem mein Mann wieder aufgebrochen war, haben wir, meine Tochter und ich, mit dieser Fron hier begonnen, in der Hoffnung, eines Tages die Schulden begleichen zu können, aber besonders viele Leute, die bei uns etwas essen und trinken würden, kommen hier nicht gerade durch, und außerdem verstehen wir vom Leben an sich recht wenig, geschweige denn vom Geldverdienen, sogar unseren Schmuck mußten wir verkaufen, um wenigstens eine Zeitlang ein Auskommen zu haben …«

Wäre der kaiserliche Geist vom Alkohol noch nicht in einem solchem Grade benebelt gewesen, hätte er den fadenscheinigen, ja hanebüchenen Lebensbericht der alten Frau nie und nimmer ernst genommen. Aber in jener Nacht war diese schlechte Geschichte gut genug, um das Erbarmen des Kaisers hervorzurufen.

»Das Haus der Yi hat schwer gefehlt. Die innere Fäulnis der Königssippe hat Schuld am Niedergang einer edlen und alten Familie.«

»Dieser hundsgemeine Schuft bedrängt uns unaufhörlich wegen der Schulden bei ihm, jetzt hat er uns auch noch eine ganz abscheuliche Warnung zukommen lassen.«

»Abscheulich?«

»Er hat uns gewarnt, wenn wir nicht bis zu dem Monat und dem Tag unsre Schulden bei ihm begleichen, würde er sich meine Tochter schnappen und sich zur Konkubine machen. Und weil dieser Stichtag morgen ist, weint meine Tochter.«

»Dieser Ausbund an Niedertracht … Ich werde auf der Stelle zu ihm gehen und ihm die Kehle durchschneiden!«

Vor Zorn bebend wollte der Kaiser sich erheben, wurde jedoch von der Frau am Ärmel zurückgehalten.

»Beruhigt Euch. Dieser Mann verdiente den Tod zwölfmal, aber wie heißt es: Schlachte das Huhn nicht mit demselben Messer, mit dem du den Ochsen erlegt hast. Wegen dieser nichtigen Person würde, so befürchte ich, die Ehre Eurer ehrwürdigen Majestät beschmutzt werden. Nicht nur ist er ein raffgieriger Mensch, obendrein biedert er sich noch den Japanern an, ja man erzählt sich sogar, daß mit Pistolen bewaffnete japanische Polizisten und auch Soldaten sein Haus bewachen.«

Ein nüchterner Mensch hätte diesen Worte kaum Glauben schenken können, aber sie reichten aus, um den Kaiser innehalten zu lassen. Seine leidvolle Erfahrung mit Japanern machte ihm auch im betrunkenen Zustand begreiflich, daß er gegen drei oder vier von ihnen nicht ankommen würde. Unterdessen war das Schluchzen im Raum nebenan lauter geworden. Das zerfurchte Gesicht der Alten rannen Tränen der Verzweiflung hinab. Der Kaiser bemühte sich, trotz der Trunkenheit Herr seiner Sinne zu werden, und brachte es schließlich fertig, feierlich zu verkünden: »Gute Frau, bekümmert Euch nicht. In einem Gedicht heißt es, *Unter dem Himmel ist kein Stück Land, das nicht des Königs, und zwischen den vier Meeren ist niemand, der nicht sein Untertan.* Wie kann ich nun, da ich Eure Geschichte angehört habe, untätig bleiben? Sagt mir, wie hoch sind Eure Schulden? Auf wieviel *Nyang* belaufen sie sich?«

Das Gesicht der Alten hellte sich auf, sie schien nachzudenken.

»Das sind ... ein Betrag wie für zwanzig *Sôk* Reis ungefähr.«

Nachdem sie diesen Satz verzögert ausgesprochen, fügte sie noch hinzu: »Tatsächlich sind die Schulden noch viel höher, aber damit könnten wir den Brand erst einmal löschen.«

Der Kaiser überschlug im Geiste, wieviel er bei sich hatte, aber es würde nicht reichen. Außerdem würde er seine Wanderschaft anschließend nur schwerlich fortsetzen können. Da erinnerte er sich an den Goldbarren, der in seine Kleidung eingenäht war.

»Ihr braucht Euch nicht mehr zu sorgen, gute Frau. Ob es ausreichen wird, weiß ich nicht, aber ich führe etwas Gold mit mir.«

Der Kaiser zog das Gold heraus, das der Gebildete Hwang und seine Frau ihm mit der Empfehlung überreicht hatten, es einzig im Notfall einzusetzen.

»Geld und Gut gehören ureigentlich dem Volke, daher gebe ich es nun denen zurück, die es benötigen. Würdet Ihr damit auskommen?«

Als der Kaiser den Goldbarren zückte, schien die alte Frau, die auf das Geld im kaiserlichen Geldbeutel spekuliert hatte, etwas in Verlegenheit zu geraten. Sie nahm das Gold, kratzte an ihm ein wenig und gab es wieder aus der Hand, wiederholte einige Male diesen Bewegungsablauf, ehe sie schließlich seinen Wert auf ungefähr ein *Nyang* reines Gold zu taxieren schien. Einen Moment lang glotzte sie nur vor Staunen, verneigte sich dann aber tief hinab vor dem Kaiser und vergoß Tränen der Dankbarkeit. Darauf kroch sie rückwärts aus dem Zimmer und kam zusammen mit ihrer Tochter wieder herein.

Zusammen mit der Mutter warf sich diese ebenfalls vor dem Kaiser nieder; ihr Gesicht, in dem keine Spuren von Tränen zu sehen waren, war unecht wirkend weiß gepudert, und die Haare waren sorgfältig mit Kamelienöl gekämmt. Sie war nicht unansehnlich, ihre Halsfalten sowie andere vom Körper ausgehende Anzeichen eines ungeordneten Lebenswandels aber ließen auf ein Alter jenseits der Dreißig schließen. Die weinbenebelten Augen des Kaisers indes sahen eine Jungfer in der Blüte ihres Lebens mit dem Antlitz einer Blume und dem Erscheinungsbild des Mondes.

Die Worte der Dankbarkeit und der Lobgesang, mit denen die beiden Frauen in jener Nacht den Kaiser überschütteten, hätten ausgereicht, um mehrere Dutzend Stelen der Ewigen Erinnerung zu errichten. Mischte sich in die Tränen mitunter auch das eine oder andere Lachen, so als könnten die Frauen es nur mit Mühe unterdrücken, interpretierte der Kaiser dies als Zeichen ihrer Freude. Und Dankbarkeit und Lobpreisung beschränkten sich keineswegs nur auf die sprachlichen Bekundungen.

Nachdem die Alte das Tablett mit den Trinkutensilien abgeräumt hatte, wollte sich der Kaiser gerade auf die Schlafstatt betten, die ihm die Wirtin ausgerollt hatte, als die Tür aufgeschoben wurde und der Kaiser beim Anblick der Tochter versuchte, seinen vom Trinken bleiern gewordenen Körper wieder aufzurichten. Die junge Frau huschte in das Zimmer, nur mit einem leichten Hemdchen bekleidet.

»Eine junge Maid in einem Raum mit einem fremden Manne? Männer und Frauen müssen getrennt sein, und dann auch noch nur in Unterwäsche ...«

Sie jedoch schmiegte sich ohne jede Prüderie an die kaiserliche Brust und hauchte ihm zu: »Weist mich nicht ab wegen meiner niederen Herkunft, nehmt mich lieber in Eure Arme.«

In ihrer Stimme schwang die Aufrichtigkeit ihrer Selbstdarbietung mit. Aber war der Kaiser wirklich so unmenschlich, daß er sich an einem keuschen Mädchen im Tausch für ein bißchen Gold verginge? Mochte sie auch aus eigenem Antrieb zu ihm gekommen sein, so war er noch lange nicht berechtigt, sie zu nehmen. Streng sprach er daher zu ihr: »Ihr irrt, junge Maid. Ich habe Euch geholfen, weil ich meine künftigen Untertanen vor einer unmittelbar bevorstehenden Ungerechtigkeit bewahren wollte, nicht weil ich nach Eurer Schönheit trachtete. Euch jetzt zu nehmen, wäre, als holte ich mir zurück, was ich gerade erst gegeben habe, und dies wäre eines tugendhaften Mannes unwürdig. Darum bewahrt Euch Euren reinen Leib für ein erfülltes Leben an der Seite eines rechtschaffenen Ehegatten.«

»Hättet Ihr uns aber heute nacht nicht das Gold gegeben, wäre ich morgen von diesem niederträchtigen Schurken vernichtet worden. Wie könnte ich, da Ihr es seid, die Ihr mich vor der Schande bewahrt habt, je bereuen, mich Euch nun hinzugeben? Sehet dies als Zeichen meiner Erkenntlichkeit und nehmt Euch diesen meinen Körper.«

»Wie ich schon sagte, der beste Weg, sich mir für das, was ich für Euch habe tun dürfen, erkenntlich zu zeigen, ist, einen mir ergebenen Gatten zu finden und mit ihm zusammen mir ergebene Kinder aufzuziehen, die mir bei meiner künftigen Aufgabe beistehen werden. Besudelt nicht meinen hehren Auftrag und begebt Euch lieber wieder in Euer Gemach.

Zeigt Ihr Euch uneinsichtig, sehe ich mich gezwungen, nach der alten Frau zu rufen.«

»Ich habe schon verstanden, daß Eure Hoheit einer höheren Weisung Folge zu leisten habt, dennoch meinte ich, daß heute in dieser Nacht Ihr der Gemahl sein würdet, den ich in meinem Herzen mir erschaffen habe. Verschmähtet Ihr mich schon in der ersten Nacht: wie könnte ich dann noch weiterleben? Lieber rammte ich mir ein Messer in die Kehle und böte ich Euch mein blutendes Herz dar, als daß ich diesen Raum verließe.«

Ihr Gesicht erglühte bei diesen Worten vor wilder Entschlossenheit. Der Kaiser wußte nun, sie war nicht umzustimmen. Doch entsprach es nicht ohnehin dem Willen des Himmels, ein Menschenleben vor dem Tode zu bewahren, und konnte er, der zum Vater aller seiner Untertanen berufen war, zulassen, daß dieses arme Mädchen sich selbst richtete? Für einen Helden war die Liebe zu den Frauen nichts Schandhaftes, mit den Worten und Taten bewies er schon in ausreichendem Maße seine gerechte Güte. Und hatte er nicht bereits mit siebzehn Jahren die ehelichen Freuden der Wolken und des Regens genossen? Ewig konnte er der jungen Frau nicht widerstehen. Selbst Ch'oe, der Richter des Jenseits, hätte eine solche Handlung mit einem Weibe nicht verurteilt.

Einem später aufgekommenen Gerücht zufolge hätten der Kaiser und die Frau hernach eine etwas unsittliche Unterhaltung geführt: »Das Tal ist breit, und das Wasser fließt; gewiß haben andere Männer schon ihre Spuren hinterlassen«, sprach der Kaiser, worauf sie erwiderte: »Wenn es Frühling wird, mischt sich das Eis mit dem Strom des vorderen Tals, und im Herbst gehen die Kastanienhüllen auf, auch wenn keine Biene kommt.«

Aber dies riecht zu sehr danach, als hätten sich die beiden bei den Anekdoten über Kim Sakkat* bedient. Sicher ist nur, daß der Kaiser, nachdem er seinen Körper mit dem ihren ver-

* Hauptfigur eines der wichtigsten Werke von Yi Munyol, des bislang noch nicht auf deutsch veröffentlichten Romans *Shiin*, »Der Dichter«.

einigt hatte, am Morgen seine beiden Goldringe nicht mehr trug. Unter Tränen hatte ihn die junge Frau gebeten, als er die Reise fortsetzen wollte: »Laßt mir für den Fall, daß ein Kind geboren wird, die Ringe, die Ihr an diesem Finger dort tragt, damit ich ihm etwas von Euch zu geben habe. Ich fürchte sonst, der Vater wird später einmal seinen Sohn nicht erkennen können und der Sohn nicht seinen Vater ...«

Zwei Bauern indes, die auf einem Feld, das an einem Hang lag, gearbeitet hätten, sollen beim Anblick des aufbrechenden Kaisers gesagt haben: »Noch so ein Idiot, der sich von diesem gerissenen Mutter-Tochter-Paar hat einwickeln lassen.«

»Der muß wirklich was an den Augen haben, so ein Ehebruch wird teuer!«

Diese Bemerkungen sind zweifellos übersteigert, denn nicht nur trug der Kaiser noch all seine kostbare Tracht, auch die Augen glänzten nur so vor Einsicht. Außerdem hatte er ja noch sein ganzes Geld, abgezogen nur, was er am Abend zuvor für das Huhn bezahlt hatte.

Andere Gerüchte über die beiden Frauen waren zu böswillig, als daß man ihnen hätte Glauben schenken können, und sie beschädigen das Bild unseres Kaisers mitnichten. Ihnen zufolge haben eine alte Frau – eine ehemalige *Kisaeng* (Kurtisane), die in jüngeren Jahren für ihr Geschick bekannt gewesen sei, durchreisende Gelehrte auszunehmen – und ihre Tochter, welche nach einer langen Zeit bei einem Wandertrupp singender und tanzender Frauen zurückgekommen sei, ein Gasthaus in einer abgelegenen Gegend betrieben und nie auch nur eine Gelegenheit ausgelassen, ihrer Kundschaft alles bis auf den letzten Heller abzuluchsen, und man erzählte sich auch, daß sie noch häufiger als sonst zusammen gekichert hätten, seit der Kaiser bei ihnen genächtigt hatte, wahrscheinlich immer dann, wenn sie wieder daran denken mußten, wie sie sich von ihm das Gold erschwindelt hatten – aber wie gesagt: nur Gerüchte. Denn auch wenn sie der Wahrheit entsprechen sollten, ist es doch eindeutig das Mutter-Tochter-Paar, das sich bösartig verhalten hat, und nicht unser Kaiser, rein und gütig wie der Herbsthimmel.

Tatsächlich war die dritte Episode für den Kaiser noch

peinlicher. Zu Beginn des dritten Monats jenes Jahres verfehlte er seiner Unwissenheit wegen den Weg in Richtung Seoul und landete zu seiner Schmach statt dessen in Suwôn.

Er erreichte diesen Ort an einem Markttag, ging deshalb umher und besah sich die fremdartigen Waren. Und wie er dergestalt umherschlenderte, stieß er beinah mit einem japanischen Militärpolizisten zusammen. Die sogleich aufkommenden schlechten Erinnerungen drängten ihn, sich lieber hurtig davonzuschleichen. Aber er schämte sich plötzlich seiner Feigheit, einem einfachen Soldaten den Vortritt zu lassen, noch dazu, wenn dieser von der Barbareninsel kam. Die Reaktion des Kaisers war, wie es scheint, nicht ganz wohlüberlegt, zumindest haben ihn folgende Überlegungen ein rational nicht nachvollziehbares Verhalten an den Tag legen lassen:

Mögt Ihr mich auch einmal auf dem Felde bezwungen haben, so habt Ihr doch nicht meinen Willen gebrochen. Kerlen wie Euch würde ich heute sogar den Hintern lecken. Selbst Ku Ch'ôn war sich nicht zu schade, die Scheiße von Pu Ch'a ihm zum Wohlgefallen zu essen, später aber wurde er so mächtig, daß er Pu Ch'a zermalmte. Auch ich werde Euch eines Tages vernichten und auch Euch von dieser Bitternis schmecken lassen.

Wenngleich ... Zur Sicherung meiner Macht ist es vordringlich, mich über Euch kundig zu machen. Sonja (Sunzi) sagte, kennst du deinen Feind und kennst du dich selbst, obsiegst du hundertmal in hundert Schlachten ...

Daraus schloß der Kaiser, daß es angeraten sei, um den Feind kennenlernen zu können, erst einmal freundschaftlich in Kontakt mit ihm zu treten. Wie es den Anschein hatte, war der Militärpolizist auf dem Markt, um etwas zu ermitteln. Nach kurzem Zögern setzte der Kaiser eine entschlossenheitere Miene auf und ging geradewegs auf ihn zu.

Vor dem japanischen Militärpolizisten angelangt, geriet der Kaiser allerdings erneut in einige Verlegenheit. Denn er wußte nicht ein Wort auf Japanisch, dabei wollte er doch, trotz aller Verachtung für ihn, mit dem Feind ein Gespräch führen.

Verzweifelt suchte sich der Kaiser des einen oder anderen Wortes zu erinnern, das er bei seinem Besuch der japanischen Polizeistation aufgeschnappt haben mochte, im Anschluß an die schmachvolle Niederlage, die er in der Nähe des Dorfes der Weißen Steine erlitten; es kam ihm schließlich nur ein einziges in den Sinn, ein unheilvolles: *Bakayaro*. Es war dies das Wort, das er aus dem Munde der Militärpolizisten am häufigsten vernommen hatte, dessen Bedeutung er allerdings nicht kannte. Dennoch zufrieden, wenigstens ein japanisches Wort parat zu haben, entschloß er sich, es bei dem Japaner anzuwenden, dessen Bekanntschaft er zu machen dachte.

Er ging daher bedächtigen Schrittes auf den Militärgendarmen zu, der ihn argwöhnisch ansah und sich fragte, was dieser hünenhafte Koreaner wohl von ihm wolle, und sagte zu ihm mit einem höflich und einnehmend strahlenden Lächeln: *»Ba…, baka…yaro.«*

»Nanto? (Wie?)«

Der Polizist sah ihn scharf an, entweder weil er des Kaisers Gestammel nicht verstanden hatte oder weil er sich nicht sicher war, ob er sich vielleicht verhört hatte. Der Kaiser versuchte es noch einmal ohne Stottern und wiederholte mit festerer Stimme: *»Bakayaro!«**

Trotz des breiten Lächelns im kaiserlichen Antlitz blitzte in den Augen des Militärpolizisten plötzlich Grausamkeit auf.

»Nani? (Was sagst du?)«

»Bakayaro.«

»Boguo hiyakasunoka? (Willst du mich verscheißern?)«

»Bakayaro.«

»Anta kiga kurutdanogai? (Haste einen an der Waffel?)«

»Bakayaro.«

Da ohrfeigte der Militärpolizist den noch immer lächelnden Kaiser. Dies war aber nun wirklich ein Schlag ins Gesicht. Nachdem letzterer sich wieder gefaßt hatte, begann Wut in ihm zu sieden. Hatte er es schon nicht für möglich gehalten, wie ungehalten sich die gesamte Bande der Insel-

* »Idiot«, »Dummkopf«.

barbaren im Lande benehmen würde, so hatte er um so weniger erwartet, daß seine guten Absichten dergestalt mit Füßen getreten würden. Das Lächeln wich aus dem Gesicht des Kaisers, und barsch brüllte er ohne jede Contenance: *»Bakayaro!«*

»Soredemo wakaranainoka? (Ja, hast du's immer noch nicht kapiert?)«

Wütend trat der japanische Polizist dem Kaiser gegen das Schienbein. Aber auch dieser geriet nun wirklich in Rage. Mit all seiner erstaunlichen Kraft hob er den zwergenhaften Japaner in die Höhe und schleuderte ihn zu Boden.

»Bakayaro.«

In diesem Falle war das Wort durchaus zutreffend, doch wollte der Kaiser eigentlich sagen: »Wieso bist du nur so unhöflich?« Der Militärpolizist blieb einen Moment lang auf dem Boden und sah den Kaiser an, als verstünde er nicht. Wie er so dasaß und hinaufblickte, wirkte auf ihn die Statur des Kaisers noch imposanter. In dessen Augen flackerte lodernder Zorn.

Der Japaner fing sich wieder und blies rasch, ehe der andere reagieren konnte, in seine Trillerpfeife. Der Säbel, den er bei sich trug, hätte ihm angesichts der Kraft und der Geschicklichkeit des Kaisers wenig genützt. Nach ein paar Sekunden kamen auch schon mehrere Polizisten herbeigestürmt und umzingelten den Kaiser mit ihren auf ihn gerichteten Säbeln. Nun war der Kaiser an der Reihe, sich zu erschrecken. Er versuchte sich zu erklären: *»Bakayaro, Bakayaro!«*

Und dann noch flehentlicher: *»Bakayaro, Bakayaro, Bakayaro ...«*

Man kann sich denken, wie es dem Kaiser erging, als er auf die Polizeistation der Japaner gezerrt und dort reihum durchgeprügelt wurde, bis ein koreanischer Dolmetscher den Sachverhalt endlich klären konnte. Dieser unvorhergesehene Zwischenfall erhöhte noch um einiges des Kaisers Feindseligkeit gegenüber den Japanern.

Kaufentscheidungen a

Herdplatte zu erhitzen? Sollte man Brötchen auf dem Toaster oder im Backofen aufbacken? Die Antwort gibt es am Ende des Videos.

Kurze Tipps zu klimafreundlichem Verhalten und zum Energiesparen gibt es auf allen Seiten. Besonders hilfreich ist auch die Aufklärung über die Verbrauchersiegel, die bereits heute mit dem Klimaschutz werben. Auf der Seite werden die wichtigsten Siegel und ihr genauer Inhalt vorgestellt.

Die Klimaseite der Verbraucherzentralen: www.verbraucherfuers-klima.de; *die Telefonnummer der Mobilitätsberatung lautet: 0800/2030900.*

10.35
5 Die Kü-
enrückblick
wochen-jour-
brechen des Profes-
Nur ein Selbstmord. D
Schatz oder Schund?
Antiksuche zu Hause 16.15
hter! Lecker! 17.00 heute
änderspiegel 17.45 Men-
as magazin. Vom Touristen
er 18.00 Wo ist der Himmel?
Himmelfahrt 18.10 hallo
nland 18.30 Leute heute
heute 19.20 Wetter 19.25 Un-
arly

illkommen bei Carmen
bel Das Sommerspecial
ikshow. Gäste: André
DJ Ötzi, Deutsches
allett Berlin u.a.
astricht
urnal
ion: Claus Kleber
uelle sportstudio
ion: Katrin Müller-
ein. Mit dem
Köln - Wolfsburg.
t: Marcel Schäfer
g)

s dem All
USA
David

Gu
Soap 11.
cadokrise. Come
Destiny. Komödie,
James Belushi, Linda
chael Caine u.a. Regie: J
14.05 Die ultimative Chart S
erfolgreichsten Italo-Hits alle
Musikshow 15.55 Mitten i
Doku-Soap 16.50 Mitten i
Doku-Soap 17.45 Exclusi
Wege zum Glück. Mod.: Fra
wig 18.45 Aktuell. Nachric
Sport 19.05 Explosiv. Mod
Eckes inkl. 'Explosiv - Die We

20.15 Merlin 2 - Der letzte
rer TV-Fantasyfilm, US
2006. Mit Sam Neill,
Richardson, John Rea
Meghan Ory. Regie: Da
Nach fünfzigjährigem S
kehrt der Zauberer Me
nach Camelot zurüc
dort ist nach dem
nig Artus das C
chen ...
23.35 Catacombs
Unter der
Horrorfil
Mit Sha
Radu
Regi

Im sechsten Monat des Jahres Kapin Heimkehr in Begleitung von Ma Suga.

Dem *Todôkgyông (Tao De Jing)* zufolge läuft ein Land um so mehr Gefahr, auseinanderzufallen, je mehr ein Volk über Gebrauchsgegenstände verfügt, die gierig machen, will heißen: je mehr Wissen die Menschen erwerben und je höher entwickelt ihre Zivilisation ist, desto wahrscheinlicher ist es, daß sie leiden und leiden lassen. Was, nach einmonatiger Wanderschaft, dem Kaiser bei seiner Ankunft in Seoul am Frühlingsausgang des Jahres Imja widerfuhr, bestätigt diese Erkenntnis, denn es vergingen keine vierundzwanzig Stunden, und ein Betrüger hatte sich von ihm bereits das gesamte Geld ergaunert.

Er stellte sich unter dem Namen Ma vor und gab sich als Streiter für die Schwachen aus, dem Kaiser gegenüber benahm er sich, als kennten sie sich bereits zehn Jahre. Er bot sich an, ihm Seoul zu zeigen, und in dieser Zeit kam der Kaiser in den Genuß seiner Redegewandtheit und edelmütigen Gesinnung. So ließ der Kaiser sich nicht lange bitten, ihn genauestens über seine soziale Stellung und den Umfang seines Vermögens zu informieren. Bis weit in die Nacht hinein feierten sie ihre Freundschaft, indes am Morgen es weder Gauner noch Bündel noch Geldsack mehr gab.

Der Kaiser hatte zwar damit gerechnet, Schwierigkeiten aller Arten bewältigen zu müssen, nicht aber damit, morgens allein und verlassen in einer großen Stadt aufzuwachen. Explizit berichtet die *Chronik* über diese Zeit im Leben des Kaisers zwar nicht, hingegen gibt es indirekt an manchen Stellen Hinweise auf die elendige Situation, in welcher er sich damals befand. Eine solche Textpassage ist die folgende aus einer Thronrede, die der Kaiser gegen Ende seines Lebens hielt:

... Nachdem wir uns erhoben über unseren Status als amtloser Gelehrter, hatten wir vielerlei Unbill zu ertragen [...] Insbesondere in unseren jungen Jahren, als wir die Welt erkundeten, erfuhren wir Mühsal und Armut, welche zu schildern keine Feder vermöchte. In den drei Jahren Imja, Kapin

und Kechuk aßen wir Wind und schliefen wir unterm Himmel; es kam vor, daß wir in den Kaminen fremder Häuser Zuflucht suchten oder mit dem Stallvieh um das Heu rangen. Wir flehten die Bettler um ein karges Mahl an und teilten die Essensreste mit den Hunden und Schweinen – wem innerhalb der vier Meere ist es je erbärmlicher ergangen …

Anzusprechen ist hier auch, welches Erscheinungsbild der hartgeprüfte Kaiser bei seiner Rückkehr im Dorf der Weißen Steine nach dem Ende seiner Wanderschaft bot. Der einst kraftstrotzende, sechs Fuß hohe junge Mann zitterte am ganzen Leib, war ausgemergelt wie ein geschälter Hanfstengel und hatte krüppelige Hände und Füße wie nach einem Lähmungsanfall.

Trotz alledem war dem Kaiser noch immer sein unbändiger Wille anzusehen, durch welchen er sich von den übrigen Menschen unterschied und der ihn anhielt, vor den Strapazen nicht einzuknicken. Während dieser drei entbehrungsreichen Jahre hatte er eine Reihe von Städten in diesem Lande besucht und sich dabei gründlich über die Kultur der Barbaren aus dem Westen und das Leid des Volkes kundig gemacht. Natürlich meinten einige gleich wieder, der Kaiser sei nur deshalb nicht früher ins Dorf der Weißen Steine heimgekehrt, weil er nicht wußte, wie er es anstellen sollte, aber das ist eine üble Beleidigung. Ganz im Gegenteil, man kehrt nicht zurück, ehe der Zweck einer Mission erfüllt ist, und so rannte der Kaiser eben nicht gleich wieder nach Hause ins Heimatdorf, sobald es ungemütlich für ihn wurde.

Nachdem er im Norden bis nach Shinûiju und im Süden bis nach Pusan gelangt und nun, im sechsten Monat des Jahres Kapin, erneut in Seoul eingetroffen war, sah er die Zeit für gekommen, wieder nach dem Dorf der Weißen Steine zu ziehen. An jenem Tage hielt er müde und ausgehungert im Wartesaal des Seouler Bahnhofs ein Schläfchen.

Als er wieder die Augen auftat, nachdem er vom Dorf der Weißen Steine geträumt hatte, saß ein Mann neben ihm. Dessen Gesicht war ausgemergelt und der Kopf kahlgeschoren, doch handelte es sich zweifelsohne um jenen Gauner mit Namen Ma, dem der Kaiser zwei Jahre zuvor begegnet war.

Man hätte es nur zu gut verstehen können, wäre der Kaiser, trotz seines Sanftmuts, außer sich geraten, hatte er doch wegen dieses Mannes seit über zwei Jahren so sehr leiden müssen, aber seine kaiserliche Güte versagte ihm einen derartigen Wutanfall. Er wischte jede Spur der Mißbilligung aus seinem Gesicht und wandte sich an den Mann in freundlichem Ton: »Nun, werter Herr Ma, wie ist Euer Befinden?«

»…?«

Sie sahen einander geradewegs in die Augen, aber der Mann schien den Kaiser nicht wiederzuerkennen.

»Entsinnt Ihr Euch nicht mehr eines gewissen Chông? Also mir klingt die Stimme des werten Herrn, der sich um die Zustände in der Welt sorgte und sich gegen die ausländischen Feinde erboste, noch sehr vertraut …«

»Ich versteh kein Wort von dem, was Sie da sagen«, murmelte der Mann, als erinnerte er sich an den Kaiser nicht.

»Euer Gedächtnis läßt aber zu wünschen übrig. Im dritten Monat des vorvergangenen Jahres habt Ihr doch in einer Herberge nahe des Namdaemun eine ganze Nacht über mit einem jungen Wandersmann große Reden geschwungen, wißt Ihr nicht mehr? Zu meinem großen Bedauern sah ich Euch am nächsten Morgen indes nicht mehr.«

»Ach so, ja.«

Es schien in ihm allmählich zu dämmern. Auf sein mageres Gesicht traten Verlegenheit und Argwohn. Nach einem kurzem Studium des kaiserlichen Antlitzes aber wurde dieser Gesichtsausdruck von einem verschlagenen, hinterlistigen Grinsen abgelöst.

»Ach so, Sie sind's! Natürlich, der junge Meister Chông, oh Verzeihung: der Erhabene Chông vom Keryong-Berg.«

Mit einem dreisten Auflachen gelang es Ma, ihn zu beschwichtigen, und der Zorn des Kaisers ebbte sogleich bei den Worten des anderen ab, wahrscheinlich hatte er ihm bereits in dem Augenblick vergeben, als er mit *Erhabener* angeredet worden war.

»Nachdem wir uns verloren hatten, suchte ich nach Euch in allen vier Himmelsrichtungen, fand Euch aber leider nicht. Sagt, wo verbrachtet Ihr diese ganze lange Zeit? Eurer Miene nach zu urteilen, habt Ihr Euch irgendwo in einem Bergkloster in Askese geübt.«

»Hä? Askese? Bergkloster? Also wenn man einen Aufenthalt an einem Ort, an dem man eingesperrt ist, mit Askese bezeichnen will ...«

»Ihr meint, Ihr wart in einer Klause? Wo liegt denn dieser Tempel?«

»Nicht in Klausur: eingebuchtet war ich, in einem neuartigen Gefängnis von den Japsen.«*

»In einem Gefängnis? Weshalb sollten die, wie Ihr sagt, Japsen Euch denn so etwas antun? Hat Euch Eure Dreistigkeit eine derartige Bestrafung durch diese japanischen Hunde eingebracht?«

Als er dies hörte, zog sich erneut ein breites Grinsen über Mas Gesicht, und er schien innerlich eine schnelle Rechnung auszuführen. Mit ernster Miene erwiderte er dann feierlich: »Ich hab von denen ein paar Polizisten vermöbelt.«

In der Tat hatte sich Ma mit japanischen Polizisten eine Keilerei geliefert, richtig einen versetzt hatte er allerdings nur einem, und zwar als er sich dabei erwischen ließ, wie er einem Passanten das Bündel entwenden wollte, weil er wieder einmal abgebrannt war. Der Schutzmann hatte sich ihm in den Weg gestellt und einen kräftigen Tritt in eine besonders empfindliche Stelle verpaßt bekommen, er fing sich aber rasch wieder und konnte Ma stellen und abführen. Dieser wurde zu zwei Jahren Zuchthaus verurteilt, aus welchem er just, bevor er dem Kaiser über den Weg lief, entlassen war.

»Schon immer verachteten die Mächtigen die wandernden Krieger, gar selbst der weise Han-Kaiser Mu (Wu) ließ den großen Krieger Kwak Hae (Kuo Chai) grundlos töten. Die Japaner sind besonders grausam, und so kann ich mir gut denken, was Ihr, die Ihr einige von ihnen versehrt habt, in ihrer Gewalt auszustehen hattet ...«

»Nun ja, also ...«

* Im Original Wortspiel: Der Kaiser spricht von *hyôngmusa*, »Tempel«, Ma jedoch von *hyôngmuso*, »Gefängnis«.

Daß der Kaiser, so ahnungslos, was den wahren Sachverhalt betraf, sein Verhalten den Japanern gegenüber dergestalt rühmte, war Ma nun doch ein wenig peinlich, und so suchte er das Gespräch in eine andere Richtung zu lenken. Er sah dem Kaiser direkt in die Augen und wechselte das Thema: »Aber habt Ihr denn, Bruder Chông, Eure Mission in der Zwischenzeit erfüllt?«

»Ich habe mich beinah überall umgesehen. Dabei stellte ich fest, daß die Zivilisation der buntäugigen Menschen aus dem Westen zu staunenswert ist, als daß man diese noch länger als westliche Barbaren bezeichnen dürfte. Ich habe viel gelernt. Auch sah ich, daß mit Ausnahme einiger weniger projapanisch Gesinnter das ganze Volk von all dem Leid ermattet ist. Die eine oder andere körperliche Unannehmlichkeit habe übrigens auch ich erfahren müssen, ich weiß daher, was Leid bedeutet; es ist nun wahrlich an der Zeit, daß sich etwas ändert.«

»Ich erinnere mich jetzt auch an Eure Geldbörse. Ich hatte sie mir damals kurz ausborgen wollen. Kannte da einen Mann, der in Schwierigkeiten steckte. Natürlich wollte ich Euch aufwecken und Euch um die Erlaubnis bitten, ihm etwas Geld zu borgen, aber Ihr hattet so tief geschlafen, ich wollte Euch darum nicht belästigen. Ich weiß um Eure grenzenlose Güte und hoffe, Ihr habt deswegen keine allzu großen Unannehmlichkeiten erleiden müssen.«

Frech war der hinterlistige Gauner dieses Thema angegangen. Aber der Kaiser fand an der Geschichte, die ihm da aufgetischt wurde, nicht nur nichts Befremdliches, er war sogar gerührt von ihr.

»Euer Handeln war rechtens. Die Güter gehören denen, die ihrer bedürfen. Als Ihr die Not eines armen Mannes durch meine Geldbörse gelindert habt, war dies in der Tat, als hättet Ihr auf meinen Befehl hin gehandelt. Und wenn ich nun ohne das Reisegeld der einen oder anderen Widrigkeit ausgesetzt war, so hatte ich mit dergleichen doch auch gerechnet, und wäre ich nur auf der Suche nach Annehmlichkeiten gewesen, hätte ich diesen gefahrvollen und beschwerlichen Weg doch nie eingeschlagen.«

»Wahre Worte eines erlauchten Mannes. Ich danke Euch, daß Ihr mir meine Taktlosigkeit verzeiht.«

»Wohin gedenkt Ihr nun zu gehen, werter Herr Ma?«

»Die letzten beiden Jahre in der Gewalt der Japaner habe ich so viel leiden müssen, daß ich des Lebens, wie ich es bislang geführt habe, überdrüssig bin. Gerne würde ich in meine Heimat zurückkehren und ein Feld in den Bergen bestellen, in Ruhe und ohne Sorgen ...«

»Eure Rede bestätigt, was ich schon vermutet hatte. Es heißt, die Zeit bringt Falten in ein schönes Gesicht und läßt das Herz eines Kriegers erkalten; dies scheint nun bei Euch der Fall zu sein. Meint Ihr wirklich, Ihr könntet Euch so einfach zurückziehen? Die Schönheit des schlichten Nachens und des leeren Pavillons von Oryu ist nicht zu leugnen, aber sie ist minder wert im Vergleich zu dem Ansehen, das ein Mann erlangen kann. Meint Ihr nicht auch? Warum kommt Ihr nicht mit mir zum Dorf der Weißen Steine, um dort Eure Kriegernatur mit neuem Leben zu beseelen?«

Ma führte im Geiste erneut eine schnelle Rechnung durch. Er hatte einst sein tristes Heimatdorf als Waise verlassen, von niemandem geliebt, von allen schlecht behandelt. Kehrte er nun dorthin zurück, träfe er nur ein paar entfernte Verwandte an, deren Wiedersehensfreude sich in Grenzen hielte, und ein Leben dieser Art hatte er in den Armenvierteln von Seoul wahrlich genug genossen. Er wäre also töricht, würde er das Angebot des Kaisers nicht einmal in Betracht ziehen.

»Aber welchen Nutzen brächte Euch ein Mann wie ich?«, fragte Ma bescheiden.

»Es heißt, ohne Paek Nak kann Ch'ôllima nichts erreichen. Denn ohne den Menschen würde man das Pferd Ch'ôllima nicht erkennen und würde sich das Schicksal selbst eines Rosses, das tausend *Ri* zu bewältigen imstande wäre, nicht von dem eines gewöhnlichen Gauls unterscheiden. Soweit ich Euch beobachten konnte, seid Ihr aus dem Granit, aus dem man die tragende Säule, oder aus dem Holz, aus dem man den Hauptbalken fertigt, auch wenn in der Welt niemand Notiz davon nimmt.«

»Aber werden die Leute dort mich akzeptieren?«

»Darum bekümmert Euch nicht. Niemand würde es wagen, sich meinem Willen zu widersetzen. Solange Ihr mir treu und ergeben dient, ist das Dorf der Weißen Steine Euer Heimatdorf.«

Ma erhielt den neuen Vornamen Suga und wanderte an der Seite des Kaisers nach dem Dorf der Weißen Steine. Der Entschluß von letzterem mag befremden, indes war er wohldurchdacht. Mochten die Worte und das Verhalten unsinnig erscheinen, so verbot es sich, angesichts der herausragenden Bildung und der Ausstrahlung, die von seiner erhabenen Person ausging, von einem Verrückten zu sprechen.

Zudem waren in Mas Erinnerung des Kaisers Bündel und Geldbörse zu edel, um das Eigentum eines gewöhnlichen Irren zu sein. Mit Wohlbehagen gedachte er seiner Auftritte in den Spielhöllen und Kurtisanenhäusern Monate zuvor, als er sie in den feinen Seidengewändern aus dem Bündel, und mit der für jedermann sichtbar angegurteten Börse frequentiert hatte. Wenn nur die Hälfte dessen, was der Kaiser von dem Dorf der Weißen Steine erzählte, stimmte, wenn es tatsächlich Leute bewohnten, die der Wirklichkeit dergestalt entrückt waren, ja dann, kalkulierte er, mußte dort doch was zu holen sein.

Er sollte aber bald feststellen, daß er mit seiner Einschätzung danebenlag. Am ersten Abend nach ihrer Ankunft im Dorfe speiste und trank er bei dem üppigen Willkommensfestmahl über die Maßen und fiel gleich in tiefen Schlaf, indessen der Kaiser und der Gelehrte Chông im Raume des letzteren einander gegenüber saßen und eine ernsthafte Unterhaltung führten.

»Du bist müde, daher spare ich meine Fragen an Dich für einen günstigeren Zeitpunkt auf, dennoch muß ich dir unbedingt etwas zu diesem Mann sagen, den du Ma Suga nennst. Ich sage es offen: Er ist mir nicht geheuer. Er hat eine Hakennase, er schielt, seine Gestalt ist zu hager. Er kann, ohne den Körper zu bewegen, das Gesicht drehen – wie ein Wolf. Aus deinem erbärmlichen äußeren Zustand schließe ich, daß er, was immer du auch beteuerst, sich nicht gerade um dich gekümmert hat wie ein P'o Suga.«

Den durchdringenden Augen des Gelehrten Chông blieb Mas wahrer Charakter nicht verborgen.

»Auch Sa Maûi (Sû Ma Yi) hatte die Gesichtszüge eines Wolfes, im Namen von Cho Cho (Cao Cao) verteidigte er dennoch Kwanjung (Guanzhong), und Kang Kamchan sah ebenfalls abstoßend aus, rettete aber das Reich Koryô vor dem Volke Kôran. Ein weiser König weiß sich eines Mannes mit einer solchen Visage zu bedienen. Allerdings ...«

Der Kaiser berichtete von dem Mißverhalten dieses Mannes in besagter Nacht in der Herberge. Unfähig, seinen Zorn im Zaum zu halten, rief der Gelehrte Chông aus: »Den Tod hat er verdient, dieser Hundesohn! Und ist dann auch noch so dreist, sich hier blicken zu lassen!«

»Beruhigt Euch bitte. Mit Menschen geht man anders um als mit Vieh. Ich habe etwas vor mit diesem Mann und möchte, daß Ihr dem zustimmt. Euer Zorn wird bald wieder abflauen, denn mein Plan sieht vor, daß Ma Suga nichts gegen mich wird unternehmen können, wohingegen ich durch ihn einen neuen und äußerst brauchbaren Mann an meiner Seite gewinnen werde.«

Der Gelehrte Chông stimmte diesem Plan des Kaisers schließlich zu, nachdem er ihm ausführlich dargelegt worden. Bewunderung und Freude für seinen Sohn regten sich nun sogar in ihm, als er verstand, daß der Kaiser von Ma gar nicht in dem Maße übers Ohr gehauen worden war, wie er gedacht hatte.

Kurze Zeit darauf brach im Hof des Gelehrten Chông plötzlich ein Tumult aus. U Palsan hatte den Befehl erhalten, ein paar kräftige Männer zu versammeln, in der Mitte des Hofes eine Fackel anzuzünden und eine Folterbank aufzustellen. Da sie mit Folterinstrumenten nicht sehr gut ausgestattet waren, legten sie ersatzweise eine grobe Reisstrohmatte aus und stellten darauf einen breiten Stein.

Als diese Vorkehrungen getroffen waren, trug der Gelehrte Chông seinen Männern auf, Ma aus seinem tiefen Schlaf zu reißen und herbeizuschleifen. Als dieser endlich zu Sinnen kam, lag er bereits gefesselt auf dem breiten, auf der Matte postierten Stein. Er gewahrte den vom Fackelflackern erleuchteten Hof und junge, kräftige Männer mit Henkersmienen, bewaffnet mit Messern und Knüppeln.

»Na, du Abschaum der Hunde, schwant dir allmählich was?«

Verdutzt sah Ma in die Richtung, aus der diese Donnerstimme gekommen war, und entdeckte das Gesicht des Gelehrten Chông, der erhöht am Rand des Innenhofes saß, eine wirklich furchterregende Erscheinung. Der Mann, der eben noch berauscht von seiner Selbstzufriedenheit eingeschlummert war, fühlte mit einem Male, wie es ihm schwer wurde auf der Brust. Doch er beschloß, so einfach nicht klein beizugeben. Je länger er reift, desto schärfer wird Ingwer, und so hatte auch er die Verschlagenheit eines erfahrenen Gauners, der schon mit allen Facetten des Lebens in den Elendsvierteln der Großstadt zu tun hatte.

»Was soll das denn hier? Würdet ihr mich wohl losbinden! Wenn ihr mich nicht sofort wieder losmacht, melde ich euch der Polizei, und die wird euch dann alle einsperren!«

Auf die Konfrontationstaktik mochte Ma sich meisterhaft verstehen, in dieser Situation aber war sie völlig unangebracht. Der Gelehrte Chông feuerte augenblicklich mit einer noch tobenderen, noch drohenderen Stimme zurück: »Hat der Dreckskerl also noch immer nicht kapiert! Ist das noch nicht in deinen Kopf reingegangen, daß du dich hier auf kaiserlichem Hoheitsgebiet befindest? Wer also soll uns hier festnehmen? Los, schenkt ihm mal ordentlich eine ein!«

Erbarmungslos fielen die Männer über Ma her und begannen mit ihren Knüppeln auf ihn einzuschlagen. Ihm war, als würde glühende Kohle auf seinem Hinterteil ausgeschüttet. Voller Panik schrie er: »Hört auf, hört doch auf damit! Was habe ich getan? Was habe ich denn verbrochen, außer daß ich Ihrem Sohn in seiner Not zu Hilfe geeilt bin und ihn hierher wohlbehalten zurückgebracht habe? Ist ja nichts Neues, daß einem eine Wohltat oft durch Verrat vergolten wird, aber ich finde, jetzt geht der Spaß nun wirklich zu weit!«

»Hat der Hundesohn seine Schandtat tatsächlich noch immer nicht begriffen! In alten Zeiten hieß es: hat man einmal gegen den Himmel gefehlt, nützt auch kein Gebet mehr; ich aber gab dir die Möglichkeit, die Schwere deines Vergehens zu mindern, und dann hast du auch noch die Dreistigkeit, diese Möglichkeit auszuschlagen. Los, Männer, drescht auf ihn ein, bis die Wahrheit aus seinem Munde nur so herausquillt!«

Erneut prasselten die Schläge auf Ma ein wie die Dreschflegel auf das Getreide. Er schien etwas an Selbstsicherheit einzubüßen, ohne indes zu begreifen, was mit ihm geschah.

»Guter Mann, warum sagen Sie mir nicht einfach, was ich verbrochen habe, statt mich so vermöbeln zu lassen? Was habe ich bloß getan, daß man mich derartig mißhandelt?«

»Weißt du wirklich nicht, was es bedeutet, den Kaiser zu täuschen und sich nicht an die Trennung zwischen dem Höheren und dem Niedrigeren zu halten? Glaubst du tatsächlich, du könntest hier vor uns den Unschuldigen mimen?«

»Ich kapier überhaupt nichts. Wer soll hier der Höhere, wer der Niedrigere sein, und wer mimt hier den Unschuldigen?«

»Diese Ausgeburt von Niedertracht gesteht also immer noch nicht! Schön. Aber wirf mir später bloß nicht vor, wenn du heut nacht zu Tode geprügelt wirst!«

Auf das Zeichen des Gelehrten Chông hin prasselten auf den Beschuldigten erneut die Knüppelschläge ein. Im Angesicht der Zuchtrute fängt jeder Recke zu schlottern an, heißt es, und so geriet auch Ma in Panik bei dem Gedanken, unter dem Prügelhagel eventuell sein Leben zu lassen. Und wie die Sache aussah, konnten sie es durchaus fertigbringen, einen Unschuldigen noch vor Tagesanbruch totzuprügeln.

So rang sich Ma doch lieber zu einem Geständnis durch und flehte um Vergebung. Er beichtete sämtliche Missetaten gegen den Kaiser und winselte mit einer Stimme, die er so jammern ließ, wie nach seinem Dafürhalten ausgereicht hätte, um die Absolution von noch ganz anderen Vergehen zu erlangen. Doch der Gelehrte Chông schien da ganz anderer Ansicht zu sein und brüllte: »Aha, wolltest also deine Schandtaten vor uns verheimlichen! Los, Männer! Schnappt Euch den Dreckskerl und hackt ihm den Kopf ab und stellt ihn dann auf dem Marktplatz zur Schau, damit jeder im Dorf begreift, was demjenigen blüht, der es wagt, den Kaiser hinters Licht zu führen!«

Sofort trat ein stämmiger, hinkender Mann hervor, im Fakkelschein ein blitzendes Schwert schwingend und tatsächlich bereit, diesen Befehl auszuführen. U Palsan war dies, der in den Plan des Gelehrten Chông und seines Sohnes, des Kaisers, nicht eingeweiht worden war. Wie heißt es so schön: Die Vögel setzen, wenn sie nach Körnern suchen, ihr Leben aufs Spiel, und die Menschen steuern auf ihren Untergang zu, wenn sie nach Reichtum gieren; dies traf auf niemanden besser zu als auf Ma. Er befand sich nun in den Fängen dieser verrückten Hinterwäldler, die übers Ohr zu hauen er sich vorgenommen hatte, und drohte umzukommen, ohne daß es – wie ein anderes Sprichwort lautet – eine Maus oder ein Vöglein mitbekommen würden. Und er bemerkte nicht einmal, wie sich sein Beinkleid von innen mit einer warmen Flüssigkeit durchtränkte.

In diesem Augenblick trat der Kaiser auf den Plan. Er tat, als sei er eben erst erwacht. U Palsan gebot er, einzuhalten, dann verneigte er sich tief vor dem Gelehrten Chông und fragte ihn: »Vater, aus welchem Grunde behandelt Ihr derartig einen so weisen Mann?«

»Angesichts des unehrenhaften Benehmens dieses Hundesohns habe ich ihn herbringen lassen und ihn verhört, worauf sich mein Verdacht bestätigt hat. Wie konntest du nur eine solche Ausgeburt an Niedertracht in dein eigenes Reich einlassen?«

»Vater, Ihr nennt diesen Mann niederträchtig, doch wie könnt Ihr Euch sicher sein, daß so etwas wie Niedertracht in der Natur des Menschen überhaupt vorkommt?

Maengja (Mencius) sagt, alle jungen Menschen sind gut in Zeiten der Blüte und sie sind schlecht, wenn die Zeiten rauh sind. Auch unterscheidet sich ihm zufolge die Natur eines Menschen nur wenig von der eines anderen, und durch bestimmte Ursachen wird ein Naturell gut und das andere schlecht. Es ist dasselbe wie mit der Erde: welche Erträge sie liefert, hängt ab von Regen und Tau und davon, wie die Hände sie bearbeiten.

Desweiteren sagt Maengja, in den Bergen U gab es einmal sehr schöne Bäume, nur wurden diese wahllos der Reihe nach abgeholzt, weil sie in der Nähe einer Stadt wuchsen, und der Berg war somit nicht mehr schön. Mochten auf ihm auch Tag und Nacht die Pflanzen wachsen und mochten Regen und Tau noch so sehr die Knospen sprießen machen, so wurde er dennoch von den Kuh- und Schafherden der Menschen kahlgeweidet. Kann man indes sagen, die Kahlheit sei die wahre Natur des Berges? Kann man sagen, es fehle dem Menschen völlig an Bewußtsein? Der Mensch geht seines Bewußtseins verlustig, so wie der Baum von der Axt gefällt wird, Tag für Tag. Sagt Maengja.

Dies sind sehr wahre Worte, und ich meine, das Mißverhalten von Herrn Ma kann auf diese Weise erklärt werden. Gewiß hat er mich in einer Phase der Not hintergangen, aber kann man daraus schon auf seine wahre Natur schließen? Meinem beschränkten Urteilsvermögen nach hielte ich es für besser, einen Mann, der gefehlt hat, aber dennoch auch ein fähiger Mann ist, vor dem Tod zu bewahren und ihn nicht den Tieren zum Fraß vorzuwerfen, sondern stattdessen seine herausragenden Talente in den Dienst einer noblen Sache zu stellen.«

»Großmut ist eine Tugend des Königs, eine andere aber ist die Fähigkeit, zwischen denen zu unterscheiden, die des Lobes wert sind, und denen, die eine Bestrafung verdienen. Wenn dieser Mann nicht zur Sühnung seiner Missetaten hier und heute enthauptet wird: Wie viele üble Menschen werden es ihm nachtun?«

»Es lassen sich auch andere Beispiele anführen. Kwan Chung sprang dem Prinzen bei seiner Auseinandersetzung mit Hwan Kong von Che (Qi) bei, wurde jedoch von letzterem zum Gouverneur der Festungen des Ostens ernannt, und Wi Ching unterstützte Kronprinz Kôn Sông, welcher ihn hinterging, wurde aber aus diesem Grunde vom ersten Tang-König nicht angegangen, sondern half diesem bei der Errichtung von dessen berühmtem Vollkommenen Palast.

Auch wenn er sich nach meiner Einschätzung mit einem Kwan Chung oder einem Wi Ching nicht wird messen können, weist der werte Herr Ma doch ausreichend Talente auf, um den Hauptbalken oder den Stützpfeiler des kaiserlichen Mausoleums zu fertigen. Er ist so redegewandt, als wäre er bei dem großen Rhetoriker Kwi Kok (Kuei Ku) in die Schule gegangen, und sein Improvisationsvermögen steht dem der Schüler des Wi Cho (Cho Cho) in nichts nach. An Ritterlichkeit überragt er Maeng Pun (Meng Fen) und Ha Yuk (Xia Yu), mit seiner Auffassungsgabe und seinem Wissensschatz läßt er den Chronisten der *Berichte aus der Stadt der alten Zeit* weit hinter sich. Er ist also von der Sorte von Männern, die unser Dorf dringend benötigt. Ich bitte Euch darum inständig, Euren Zorn zu unterdrücken und Euch der Ansicht Eures unterwürfigen Sohnes anzuschließen.«

Erst in diesem Augenblick begann die Wut des Gelehrten Chông abzuschwellen, und er wandte sich an Ma: »Ich wollte Dir den Kopf abschlagen lassen, als Exempel für künftige Generationen, aber mein Sohn fleht mit einer solchen Beharrlichkeit um Gnade für dich, daß du dieses Mal noch einmal davonkommst. Sei jedoch gewarnt davor, dieses Wohlwollen nicht zu enttäuschen.«

Bei diesen Worten eilte der Kaiser zum Delinquenten und band ihn eigenhändig los.

»Ich hatte schon geschlafen, habe es zugelassen, daß Ihr littet. Mein Vater mag Euch zu streng erscheinen, aber er handelt nur nach den gerechten Regeln eines Herrschers, ich bitte Euch, ihm nicht übelzuwollen und Euch uns bei der Erschaffung einer gemeinsamen Zukunft anzuschließen.«

Von dieser Treuebekundung des Kaisers konnte Ma nicht anders als gerührt sein. Der Mann, den er skrupellos in große Not gebracht hatte, hatte ihn soeben vor dem sicheren Tod errettet.

»Ich danke Euch, habt Dank. Wenn ich Euch in irgendeiner Weise zu Diensten sein kann, werde ich tun, was Ihr befehlt.«

Ma war, als er sich bei diesen Worten zu Boden warf, beinah aufrichtig. Dieser Gemütszustand gründete sich vor allem auf eine ganz andere Ursache: Es war dies die Aussicht eines beständigen und annehmlichen Lebens bei dem Gelehrten Chông und in dessen Dorf der Weißen Steine, bei dem alle Verbindungen zu seinem bisherigen erbärmlichen Dasein auf den untersten Stufen der Gesellschaft gekappt waren, zu einem Dasein voller Mißtrauen, Geringschätzung, Hunger, Unruhe und Angst, zur Existenz eines ewig von den Folgen seiner Missetaten Getriebenen.

Wie gut das Dorf der Weißen Steine diesen Mann, der von nun an nur noch Ma Suga sein wollte und dem war, als wäre er ein zweites Mal auf die Welt gekommen, brauchen konnte, sollte sich schon bald zeigen. Bis zu jenem Tage ein paar Jahrzehnte später, als sein Leben auf fremder Erde ein Ende nahm, stellte er die einzige Verbindung zwischen der unwirklichen, auf sich selbst konzentrierten Gemeinschaft des Dorfes und der Außenwelt dar, die sich unaufhörlich veränderte.

Der Kaiser hatte also wieder einmal seinen grenzenlosen Scharfsinn bewiesen, als er Ma Sugas rasche Auffassungsgabe und profunde Kenntnisse der realen Welt erkannt hatte.

Im Jahre Ûlmyo befaßt sich der Kaiser mit den praktischen Wissenschaften und erweitert sein Wissen.

Die drei Wanderjahre hatten zwar an seinen Kräften gezehrt, sie hatten den Kaiser aber auch in günstiger Weise verändert und geistig reifen lassen. War er früher noch dem Studium der unzähligen Klassiker zugewandt, richtete sich seine Neugier nun auf die Künste, die sich mit den wirklichen Dingen beschäftigten. Zehn Tage nach seiner Wiederkehr ins Dorf der Weißen Steine sprach er vor den versammelten Familienangehörigen und Nachbarn folgende Worte: »Menschenliebe und Gerechtigkeit sind der einzig angemessene Weg des Menschen, und die Lehre von Kongmaeng (Konfuzius und Mencius) wird ewig gültig bleiben; das tägliche Leben allerdings berührt sie nur unzureichend. Wir wurden einzig erzogen, miteinander Essen, Kleidung und Wohnstatt zu teilen, was zweifellos richtig ist, aber indem wir das gemeine Volk und die Menschen niederer Abkunft mit der Lösung der Fragen betrauten, wie man höhere Erträge ernten, wärmendere

Kleider schneidern und behaglichere Behausungen errichten könnte, treten wir in diesen Bereichen seit langer Zeit auf der Stelle.

Unsere Bauern benutzen noch immer dieselben Pflüge für ihre Reisfelder und Gemüseacker wie einst König Sun bei der Bestellung des Yôk-Bergs. Die Dämme, die wir zum Schutz vor Überschwemmungen aufschütten, und die Gräben, die wir zur Wassergewinnung anlegen, unterscheiden sich nicht von den Flußregulierungstechniken, wie sie zur Zeit König Us angewendet wurden. Wir befördern Güter mit keinem anderen Vieh und keinen anderen Fuhrwerken als in der Epoche der Drei Kaiser und bewohnen noch immer Lehmhütten, wie sie schon zur Zeit der Fünf Kaiser in Gebrauch waren.

Unter der Regentschaft der Yi-Könige Yôngjo und Chôngjo entwickelten in Armut gefallene Gelehrte das sogenannte *Praktische Wissen*, auch *Wissen des Nordens* genannt, welches sich mit den konkreten Gegebenheiten des Seins befaßte.* Aber mochte es zunächst noch ein guter Ansatz gewesen sein, die Weisheit von Kongmaeng mit dem wirklichen Leben in Einklang zu bringen, wurde es mit der Zeit immer mehr eine reine Lehre, was sie wieder zum alten Denken zurückführte. Pange, Sôngho und Tasan mahnten in einer Vielzahl von Schriften Reformen an, Sunam, Yôngnyôshil, Okyudang und Naengje erarbeiteten eine neue Geschichtsdeutung, und Ch'ojông, Tamhôn, Hyôngam und Yônam riefen das Ziel einer Kulturstufe nach dem Vorbild der exzellenten Zivilisation der Ch'ong-Dynastie (Qing) aus, aber alle verhedderten sich in einem Wirrwarr von Forderungen, die nur schwerlich zu verwirklichen waren. Daß sie scheiterten, lag nicht nur an der Unbelesenheit des Volkes, sondern auch an fehlenden Erfahrungen und mangelndem Durchsetzungsvermögen.

Auf meiner Weltreise jedoch erkannte ich, wie staunenswert

* Diese *Shirhak* (»Praktisches Wissen« bzw. »Praktische Schule«) genannte und sich in der kulturellen Blütezeit des 18. Jahrhunderts entfaltende philosophische Richtung bemühte sich zuvorderst um Lösungsansätze für konkrete Alltagsprobleme sozialer wie politischer Art.

Techniken und Wissen der Menschen aus dem Westen sind. Sie haben eine Maschine erfunden, die mehrere hundert Personen an einem Tag über tausend *Ri* weit befördern kann, und ein Transportmittel, das mit einem Satz die große See überwindet, als handele es sich bei ihr nur um einen kleinen Fluß, es fliegt durch den Himmel wie ein mit Menschen beladener Vogel.

Nach dem, was ich hörte, wurden diese erstaunlichen Dinge nicht an einem einzigen Tag erfunden, sondern sind das Ergebnis einer langwährenden Aneinanderreihung kleiner Versuche und Erkenntnisse. Diese Leute stellen angeblich niemals etwas her, ohne sich zu fragen, wie sie – etwa eine so simple Sache wie ein Wagenrad – noch weiter verbessern könnten, und anstatt sich mit dem Blendwerk klassischer Dichtung abzutun, befassen sie sich lieber mit den Prinzipien der Zahlen, wobei eine gewichtige Rolle das Experiment spielt. Sie als Barbaren des Westens und ihre technologisierte Zivilisation als Produkt primitiver Handwerkskunst zu bezeichnen, ist Ausdruck chinesischer Borniertheit und Selbstsucht; die Japaner hingegen haben mit ihrer Klugheit und raschen Auffassungsgabe ihren ganzen Fleiß dafür aufgewendet, sich die Methoden und Techniken des Westens anzueignen.

Unsere Niederlage im Tal der Vernichtung der Japaner ist daher nicht auf das Fehlen der Himmelsstunde oder die ungünstige Beschaffenheit des Geländes oder gar auf mangelnde Einmütigkeit unsrer Leute zurückzuführen, ihre Ursache liegt vielmehr im waffentechnischen Wissen, das die Japaner so emsig bei den Westmenschen studiert haben. Es heißt, man soll sich einen Kupferspiegel herstellen, seine Gewandung überprüfen und sein früheres Verhalten in Augenschein nehmen und sich dann bemühen, einen geeigneteren Weg einzuschlagen: Auch ich werde mich daher nun ausgiebig mit dieser nutzbringenden Weisheit befassen und mit neuerworbenen Kenntnissen den Japanern die Macht auf Erden streitig machen.«

Diese Rede findet sich in der *Chronik*, zweifelhaft ist allerdings, ob der Kaiser sie wirklich in einer derartig scharfsinnigen und wohlkonzipierten Weise vorgetragen hatte. Mag ihr Inhalt durchaus der Wahrheit entsprechen, so ist doch auch eindeutig die Handschrift eines Historikers zu erkennen, der sein Handwerk versteht. Gesichert ist jedoch die Tatsache, daß der Kaiser das ganze Jahr Ûlmyo die Lehren der westlichen Zivilisation studierte.

Zuallererst versuchte er, die Funktionsweise der Eisenbahn zu ergründen. Daß der Zug mit Kohle gefüttert werden wollte, begriff er in etwa, allerdings mußte Ma Suga ihm erläutern, daß die Maschine erst durch den von Kohle und Wasser erzeugten Dampf in Gang kam. Zu diesem Zwecke füllte er zwei Messingtöpfe mit Wasser, deckte sie gut verschlossen ab, stellte sie auf den Ofen der Schmiede und ließ den Blasebalg betätigen.

Dampf entwickelt wahrlich eine große Kraft. Noch vor Ablauf eines halben Tages waren die beiden Behälter in die Luft geflogen und hatten dabei auch das Dach der Schmiede mit sich genommen. Bis zum Himmel erstreckte sich beeindruckend eine Wolke aus Dampf, Rauch und Staub. Daß der Kaiser nicht zusammen mit dem Blasebalg zerfetzt worden war, bewies einmal mehr seine Auserwähltheit als Sohn des Himmels.

Das praktische Studium der Eisenbahn endete an diesem Punkt. Manche Leute wagten die Behauptung aufzustellen, der Kaiser habe bei diesem ersten Experiment zu große Angst gehabt – die Wahrheit aber ist wohl, daß er seine Versuche nicht fortführen und Kolben und Zylinder untersuchen konnte, da es an diesem Material im Dorf schlichtweg mangelte.

»Mit einem guten Pferd kann ein Mensch an einem Tag tausend *Ri* reiten, und mit ein paar hundert Pferden können ein paar hundert Menschen am Tag tausend *Ri* zurücklegen. Welchen Sinn hat es, wertvolles Metall zu vergeuden und kluge Köpfe zu verschleißen für die Fabrikation einer Maschine, deren Leistung zu erbringen auch mehrere hundert Pferde imstande sind? Und dazu kommt noch, daß es eines ganzes Volkes bedarf, um eine tausend *Ri* lange Trasse aufzuschütten und auf ihr die Schienen zu verlegen, und noch mehr Arbeiter müssen Tag und Nacht in einer dunklen Höhle Kohle fördern, damit diese Züge sich vorwärtsbewegen können, und es ist offensichtlich, daß die Westmenschen mit ihrer Erfindungslust zu weit gehen. Wenn auch unstrittig ist, daß die zehntausend *Ri* lange Große Mauer die Invasion der Barbaren verhinderte, so überdauerte Kaiser Shis Traum eines tausend Jahre währenden Reiches gerade wegen dieser Mauer keine zwei Generationen, und mochte der Große Kanal auch als Transportweg für die Ernteerzeugnisse aus Kwandong (Guangdong) großen Nutzen gehabt haben, so trug er doch wesentlich zum Untergang der Su-Dynastie (Sui) bei. Wenn die Menschen des Westens aus diesen Menetekeln nicht ihre Lehren ziehen, werden ihnen eines Tages ihre Erfindungen noch großes Unheil bringen.

Ein gutes Pferd kann, egal wie das Gelände beschaffen ist, nach allen vier Richtungen gehen, ein Zug aber kann nur auf einer Eisenschiene fahren, und das ist sehr unpraktisch. Um die Macht eines Souveräns zu festigen, ist es zweifellos vorteilhafter, ein paar hundert edler, über die Felder galoppierender Rösser zu unterhalten als sich einem Haufen Stahl anzuvertrauen.«

Nachdem der Kaiser dem Eisenbahnbauprojekt den Rükken gekehrt hatte, wandte er sich dem Stahlschiffbau zu. Da das Land an drei Seiten von Meer umgeben war, wohnte einer schlagkräftigen Marineflotte nach seinem Dafürhalten eine größere Bedeutung inne als einer mächtigen Festung.

Dieses Unternehmen war allerdings noch schwerer in die Tat umzusetzen als die Sache mit der Eisenbahn, schon allein wegen der Unmengen an Stahl, die für den Bau eines derartigen Schiffes benötigt werden. Aber auch wenn es gelungen wäre, dieses Material in ausreichender Menge zu beschaffen, hätte sich dann das Problem gestellt, daß niemand in dem rings von Bergen eingefaßten Dorf der Weißen Steine über das erforderliche Fachwissen eines Schiffbauers verfügte.

»Stahl ist zwar fest und robust, aber auch schwer und träge, und dringt einmal Wasser ein, kann nichts mehr es aufhalten. Und genau aus diesem Grunde haben nachfolgende Generationen das mit Eisenplatten abgedeckte Schildkrötenschiff von Chosôns Admiral Yi Sunshin nicht nachgebaut.*

* Mit Eisenplatten gepanzertes Schiff, mit dem sich dieser Admiral im 16. Jh. der Japaner erwehrte.

Jedem Ding soll, wie ich gehört habe, ein Prinzip innewohnen, das seiner Wirkung entgegenwirkt, es unter Kontrolle hält. In Anwendung dieses Prinzips möchte ich daher den Stahlschiffen der Menschen aus dem Westen nun die Stirn bieten mittels eines leichten und schnellen Wasserfahrzeugs.«

So kam es zu des Kaisers Unternehmen, ein Federbambusschiff zu fertigen. In Nachahmung des Körperbaus von Ente und Schwan, welche beide wendig und leicht sind, konstruierte er ein mit Federn bedecktes Boot aus Bambusholz. Zwei Monate brauchte es, bis sie ein Modell fertig hatten, das zwei Personen aufnehmen konnte. Denn es war nicht gerade einfach, genügend Federn für ein ganzes Boot zusammenzubekommen.

Als dieses Federbambusschiff endlich fertiggestellt war, testete der Kaiser es auf einem Dorfweiher und wäre um ein Haar ertrunken und, ohne Großes geleistet zu haben, ein einsamer Geist geworden. Zwar war das Boot wie geplant leicht und flink, allerdings auch undicht, und noch ehe es die Mitte des Tümpels erreicht hatte, war es bereits untergegangen. Angeblich murmelte der Kaiser, als er das Ufer erklomm, nicht ohne ein *Mal* Wasser verschluckt zu haben: »Wie groß, wie herrlich war doch der Weg der Weisen! Es geht um nichts anderes, als nicht mehr und nicht weniger vom Weg der Mitte abzuweichen. Eben deshalb verwendeten die Ahnen einzig Holz zum Bau ihrer Schiffe.«

Als letztes sammelte der Kaiser praktische Erfahrungen mit dem Flugzeug. Den Leser mag dies befremden, aber der Kaiser stürzte sich in dieses Unternehmen mit noch größerer Zuversicht als bei den Versuchen, einen Zug oder ein Schiff zu konstruieren. Denn während seiner Wanderzeit war er am Rande von Seoul an einem stolz auf einem provisorischen Flugplatz zur Schau gestellten japanischen Doppeldecker vorbeigekommen, welchen er aus der Ferne ausgiebig in Augenschein genommen hatte.

Erneut kam ihm für dieses Projekt sein Gedächtnis zugute, dessen Vortrefflichkeit wir schon einige Male bewundern konnten. Auch wenn das Rohmaterial gegen Ende des dritten Monats immer knapper wurde, gelang es ihm doch, etwas herzustellen, das einem Flugzeug recht ähnlich sah. Anstelle von Duralumin hatte er Eichenholz für den Rumpf verwendet und ihn außen mit weißem Baumwollstoff bespannt.

Ein Problem stellte das Fehlen eines Motors dar. Nachdem der Kaiser tief in sich gegangen war, beschloß er, sich an der Flugtechnik der Fledermäuse zu orientieren: Er ließ das Flugzeug an die Kante einer Steilwand stellen, wickelte sich als Helmersatz ein paar Lappen um den Kopf und nahm auf dem Pilotensitz Platz, woraufhin seine Gehilfen das Gerät mit aller Kraft ins Leere schoben. Ohne nach dem Absprung sein Gleichgewicht gefunden zu haben, stürzte es dank einer genau in diesem Augenblick wehenden Windböe aus einer Höhe von zwanzig Körperlängen steil ab.

Wäre der Kaiser ein gewöhnlicher Mann gewesen, hätte er an jenem Tage gewiß den Tod gefunden. Wieder einmal eilte der Himmel zu Hilfe und ließ das Flugzeug nicht auf dem harten Boden zerschellen, sondern in einem Wildrosenstrauch landen, so daß der Kaiser hernach aufgrund einiger geringfügiger Verletzungen das Bett nur ein paar Monate lang hüten mußte. Zur Heilung seiner Quetschungen soll er ein halbes *Mal* mit menschlichen Exkrementen gedüngten Bambussaft eingenommen haben; ob wahr oder falsch: nach drei Monaten war er gänzlich wiederhergestellt.

»Die Unsterblichen überwanden einst mit einem Satz tausend *Ri*, indem sie die Erde sich zusammenziehen ließen, oder flogen über den Himmel auf dem Rücken der Wolken oder Kraniche, und der Göttliche Mönch Talma (Dharma) überquerte einen Fluß auf einem Schilfrohr. Ich werde mir von nun an nicht mehr den Kopf über die Herstellung ausgeklügelter Maschinen zermartern und Gefahr laufen, mir sämtliche Knochen dabei zu brechen, sondern werde mich vielmehr dem Studium des *Weges* der Unsterblichen und der Göttlichen Mönche widmen.«

So sprach der Kaiser, als er sich von der Krankenstatt erhob. Doch einfach war es nicht gerade, sich eine solche übersinnliche Fähigkeit anzueignen. Wie sollte er es lernen, die

Erde sich zusammenziehen zu lassen, auf Wolken zu reiten oder einen Fluß auf einem Schilfrohr zu überqueren, wenn sogar hundert Kraniche zusammen nicht in der Lage gewesen wären, den über zwanzig *Kwan* schweren Kaiser zu tragen? Dutzende unglückseliger Vögel mußten ihr Leben lassen, ohne daß diese Versuche gefruchtet hätten.

Der Kaiser verabreichte sich wohl auch einen magischen Heiltrank, mit dem Ziel, den Körper leicht zu machen und den Geist zu läutern. Bedenkt man, daß eine ganze Reihe von Herrschern in Tang nach Einnahme eines solchen Tranks wahnsinnig geworden ist, beunruhigt einen dies schon etwas. Die Aufregung legt sich aber schlagartig wieder, wenn man erfährt, daß der Kaiser tatsächlich nach einigen Versuchen und Studien zum Rechten Weg die Erleuchtung erfuhr.

»Ach! Alles ist Illusion! Ein Kaiser ist ein Gefäß, das die ganze Welt faßt; wie kann er sich da von den Künsten eines einfachen Handwerkers blenden lassen, wie kann er da auf den Linken Weg geraten? Kongsu konnte am besten von allen das Holz verarbeiten, und Kuyaja (Chuyezi) fertigte die besten Schwerter, vor ihrem Kaiser aber waren beide niedere Untertanen; Ye ragte beim Bogenschießen über alle hinaus, und O war mit seiner Kraft imstande, ein Schiff zu bewegen, doch fanden beide einen erbärmlichen Verrätertod, da sie ihrem Souverän ungehorsam waren. Welcher namhafte Handwerker wird sich, wenn ich eines Tages den Thron mit dem Zeichen Neunfünf besteigen werde, meinem Ruf verweigern und mir nicht dienen wollen? Ich habe mich mit dem Erlernen von Dingen abgetan, welche herstellen zu lassen von den Talenten meines Volkes es nur eines einfachen kaiserlichen Edikts von meiner Seite bedarf.«

Einem praktischen Versuch widmete er sich noch, nämlich der Fertigung kugelsicherer Kleidung; da die *Chronik* hierzu nichts berichtet, werden auch wir uns nicht länger darüber auslassen. Er schichtete zwölf Lagen Baumwollstoff übereinander, nachdem er sie jeweils mit angerührtem Kalk bestrichen hatte, und als dies trocken war, prallte jede Kugel daran ab. Gut, dieses Experiment mag bereits von Taewôngun durchgeführt worden sein; die Zeit des praktischen Ausprobierens endete damit jedenfalls, das Jahr Ûlmo war gegangen, und das Jahr Pyôngjin auch schon zur Hälfte verstrichen.

Im Jahre Chôngsa Wehklagen über das eigene Unvermögen und Zechgelage im Dorf der Weißen Steine.

Die zweite Hälfte des Jahres Pyôngjin und die ersten Monate des Jahres Chôngsa verliefen aus Sicht der Ehrenwerten Dame Hwang, deren künftige Rolle als Mutter des Reiches allerlei Pflichten bereithielt, in ungewohnter Eintracht. Nach all den mißglückten Experimenten kehrte ein desillusionierter Kaiser in den Schoß der Seinen zurück. Mit seinen dreiundzwanzig Jahren war er ja auch im besten Alter für die Freuden des Familienlebens, zudem berauschte der Kaiser sich auch am niedlichen Betragen seines inzwischen geborenen ersten Sohnes Yung. Vergleicht man ihn mit den Helden vergangener Tage, die sich zu sehr von ihrer Bestimmung in Anspruch hatten nehmen lassen, verhielt sich der Kaiser in jener Phase der Verbitterung durchaus als fürsorglicher Gatte und Familienvater.

Die *Chronik* schildert ihn nicht als heldenhaft und vom Himmel berufen, sondern als gewöhnlichen Mann. Im Kreis der Seinen war er aufmerksamer Ehemann, liebender Vater und gehorsamer Sohn, bei der Feldarbeit ein tüchtiger Bauer an der Seite von U Palsan. Rief ihm jemand einmal besorgt das Himmlische Mandat in Erinnerung, erwiderte er nur matt: »Es heißt, man soll erst den Körper stärken und für das Wohlergehen der Familie sorgen, ehe man die Regierung des Landes übernimmt und die Welt unterwirft. Wie kann ich mich der Welt zuwenden, wenn ich nicht wenigstens etwas für das Wohl des Leibes tue und den Bedürfnissen meiner Familie nachkomme?«

Ein wenig klang in diesen Worten noch seine heldenhafte Veranlagung nach, doch ist nicht zu überhören, wie liebgewonnen er bereits die Behaglichkeit des Familienlebens hatte. Und der Körper spiegelte diesen Gemütswandel bald wider. Die Muskeln schwanden, trotz Bauersarbeit, und um die Hüfte setzten sich Polster an.

Doch als er eines Tags zusammen mit U Palsan von den Feldern zurückkehrte, erblickte er zufällig die Silhouette seines Körpers im Wasser eines Baches, den er Stein für Stein überquerte, und erschrak. Das beinahe stehende Gewässer gab die Gestalt eines plumpen, feisten Ackerers wieder. Der Kaiser ging auf einem der Übergangssteine tief in die Hocke und besah sich aufmerksam das Gesicht. Es bot sich ihm ein leicht gegerbtes Bauerngesicht dar. Jeglicher Glanz und alle Würde vergangener Tage waren aus ihm gewichen.

»O weh, ist dies also das Leben, das zu führen bis ans Ende meiner Tage mir vorbestimmt ist? Stellt dies wirklich mein wahres Antlitz dar?«

Der Kaiser tat einen tiefen Seufzer. Dann faßte er den Entschluß, das Leben in der Familie und als Bauer aufzugeben und erst zu ihm zurückzukehren, wenn er den Willen des Himmels erfüllt hätte.

»Rostet der Degen, ist er weniger zu gebrauchen als ein Rinderschlachtmesser, verfettet ein edles Roß, nützt es weniger als ein Esel oder ein Maultier, und genauso ist es um mich bestellt.«

Mit diesen Worten verwarf er die Lebensweise dieser letzten Zeit und widmete sich wieder mit aller Kraft der Erfüllung des Himmlischen Mandats.

Aber die Lage in der Welt war in der Zwischenzeit noch düsterer geworden. Revolten hatten die Yi-Dynastie zu Grabe getragen, und Japan war dank seiner militärischen Erfolge noch mächtiger geworden. Das koreanische Volk wurde mit unvorstellbarer Grausamkeit niedergehalten und mußte die bittere Erfahrung machen, kolonisiert zu werden, und selbst einige der größten Gelehrten drängte es, sich den Japanern zu unterwerfen und ihre Kultur anzunehmen. U Palsan zufolge, dem der Kaiser den Großteil dieser Nachrichten verdankte, war nicht ein Gerechter mehr verblieben in diesen Landen.

Letzte Hoffnung schöpfte der Kaiser aus der sogenannten Reform der Grundstücke, die die Japaner eins nach dem anderen aufkauften. Alles Land, auch die Militär- und Weidegebiete, reklamierten die Japaner für sich, und das Generalgouvernement riß sich als kaiserliches Hoheitsgebiet aufgewertetes Privatland selbst unter den Nagel. Dazu kam, daß die nicht privaten Grundstücke, wie die Ländereien der Großfamilien und die Gebiete, die einem ganzen Dorf gehörten, und manchmal sogar das Land der Bauern einfach enteignet wurden, weil die Bauern sich, entweder aus Unwissenheit oder aber wegen ihrer antijapanischen Haltung, ihre Rechte nicht eintragen ließen.

Der Kaiser erwartete infolge dieser Aufkauf- und Enteignungspolitik einen Aufstand der Bauern. In seinen Augen schaufelten sich die Japaner ihr eigenes Grab. Ungeduldig harrte er daher des Tages, an dem sich die aufgestaute Wut der Bauern in einer großen Explosion entladen würde. Gelänge es ihm, sich an ihre Spitze als vom Himmel auserkorener Anführer zu stellen, würden sämtliche Familien ihm, so war er sich sicher, folgen wie die Schafe ihrem Hirten. Diese Gewißheit zerstob jäh wie eine Staubwolke.

Das Jahr Chôngsa ging ohne Aufstand vorüber, die Grundstücksreform wurde zu Ende geführt, und der Kaiser spürte seine ganze Ohnmacht, war verzweifelt. Manche Bauern, denen das seit Urzeiten weitervererbte Land genommen worden war, machten gedemütigt als Pachtbauern weiter, andere packten ihre Bündel und zogen ins Ausland, doch keiner von ihnen schien bereit zu sein, aktiven Widerstand zu leisten. Mochte die Mehrheit der Bewohner des Dorfes der Weißen Steine unverändert zu ihrem Kaiser stehen und an ihn glauben, so wußte er, der bekanntlich die ganze Welt bereist hatte, nur zu gut, wie wenig er mit seinen Leuten gegen die Übermacht der Japaner ausrichten konnte. Diese Erkenntnis stürzte ihn ein ganzes Jahr lang in das Dasein eines Trinkers.

Indes war der Kaiser nicht der erste, der sich dem Trinken ergab, auch die Helden und Recken früherer Zeiten kannten derartige Phasen. Auch Kaiser Wi war erst eine stadtbekannte Schnapsnase, ehe er dank der Anstrengungen von Vater und Großvater ein ehrfürchtiger Weiser wurde, und auch Meister Yôk (Li) war der Säufer von Koyang (Kao Yang), bevor er den Han-Kaiser Kojo traf. Wie konnte der Kaiser da anders sein? Doch er gab sich nur vorübergehend dem Trinken hin, zu dem Zwecke, die Depressionen zu lindern; das Bewußtsein um seine Bestimmung war gleichwohl nicht so einfach auszulöschen. Zum Beweis dessen führt die *Chronik* zwei Beispiele vom Beginn des Jahres Muo an.

Im dritten Monat des Jahres Muo Zurückweisung der Ketzer und Zerschlagung des Westens. Im zehnten Monat stellt sich der Fürst der Schriften Shin Kijuk in seine Dienste.

Gegen Frühjahrsende des Jahres Muo tauchten im Dorf der Weißen Steine christliche Missionare auf. Der Kaiser, wie üblich schon früh am Tag betrunken, torkelte gerade vor sich hin summend durch das Dorf, als er zwei europäisch gekleidete Fremde sah, wie sie Reden schwangen am Waschplatz vor dem Dorfeingang. Trotz ihrer westlichen Anzüge erkannte er von weitem, daß sie keine Europäer waren. Dachte er zunächst, da die Frauen sich nicht zurückzogen, an Japaner, so hörte er sie zu seiner Verwunderung beim Näherkommen reinstes Koreanisch sprechen.

»Glaubt an Jesus, unseren Herrn. Er ist Jehovas einziger Sohn, gestorben für die Armen und für die Schwachen. Er bestärkt die Mißhandelten und Leidenden und richtet diejenigen wieder auf, die gefallen sind. Unser in diesen Zeiten so hartgeprüftes Volk kann sein Heil einzig in der Stütze unsres Herrn Jesus Christus finden.«

Es waren tatsächlich Koreaner. Ihr Anblick stimmte den Kaiser traurig. Mehr jedoch berührte ihn die Erwähnung jenes Mannes mit Namen Jesus.

Auf seiner Wanderschaft hatte er von *Yaso* und dem Christentum schon gelegentlich gehört. Dieser Jesus war ihm allerdings, so wie er sich ihm in den prachtvoll errichteten Kirchen oder in den Schilderungen der westlichen Missionare dargeboten hatte, wie ein furchterregendes Gottmonster vorgekommen, das er mit Asura oder dem mehrarmigen und vieläugigen Großen Himmelsmeister Taejajaechôn in Verbindung brachte. Doch jener Jesus, von dem diese Leute in den europäischen Anzügen sprachen, weckte seine Neugier, denn er erkannte in ihm einen machtvollen Konkurrenten.

»Herrn Jesus Yaso (Jesus Christus) kenne ich, wer aber ist

Jehova?« erkundigte sich der Kaiser, indem er diesem eindrucksvollen Namen ein ehrendes *Herr* voranstellte.

»Er ist der allmächtige und einzige Gott, der Schöpfer des Universums.«

»Meines Wissens hat Pango (Panku) als erster Himmel und Erde aufgetan. Dann kamen die Drei Kaiser und die Fünf Kaiser.«

»Ein irriger chinesischer Mythos. Jehova ist der einzige und wahre Schöpfer der Welt.«

»Habt Ihr selbst ihm dabei zugesehen? Bin ich dabeigewesen? Gebt mir einen Beweis, wenn Ihr Euch dessen so sicher seid.«

»Allein wer an Ihn glaubt, wird seine Allmacht erkennen.«

»Aha! Ihr könnt es also gar nicht beweisen! Kann Glaube etwa weiße Bohnen in rote und rote Bohnen in schwarze verwandeln? Und wenn dieser Herr Yaso Jehovas Sohn ist, wer ist dann seine Frau Mutter?«

»Die Heilige Jungfrau Maria. Sie war verlobt mit Josef, wurde aber vorher schon vom Heiligen Geist befruchtet …«

»Also das ist ja merkwürdig! Was ist Euer Herr Jesus denn nun? Ist er ein Mensch oder ist er ein Geist?«

»Jesus Christus ist Mensch und Gott.«

»Dann ist es also völlig falsch, ihn als heiligen Mann zu bezeichnen.«

»Was wollen Sie damit sagen?«

»Heilige Männer reden weder von übernatürlichen Kräften noch von gestörten Geistern, heißt es. Aber wie könnte man bei diesem Herrn Yaso, der auf höchst befremdliche Art geboren wurde und trotz seines menschlichen Leibes die Merkmale eines Geistes aufweist, von einem heiligen Mann sprechen?«

»Wie können Sie es wagen, Ihn, der vereint ist mit Gott dem Vater und dem Heiligen Geist, mit irgendwelchen Heiligen zu vergleichen? Von allen Sünden ist der Zweifel die größte, und wenn Sie nicht bald Buße tun, werden Sie selbst nach Ihrem Tod keinen Frieden finden.«

»Eure Worte entfernen sich immer mehr von dem, was

unsere heiligen Männer gelehrt haben. Als Kero (Zilu) Meister Kong (Konfuzius) über den Kult der Geister befragte, antwortete dieser: Wenn du schon nicht die Bergmenschen verehren kannst, wie willst du dann die Geister verehren? Bei der Frage nach dem Tod erwiderte er: Wie soll man über den Tod sprechen können, wenn man das Leben nicht kennt? Ihr sprecht zuerst von Verehrung der Geister und vom Tod; wie könnten wir da annehmen, daß Eure Lehre gerecht ist?«

Die gekonnte Argumentation des Kaisers löste bei den ringsumher versammelten Frauen leichte Unruhe aus. Die neuartigen Ausführungen der Missionare hatten zunächst durchaus ihre Neugier geweckt, rasch aber neigten sie wieder der Meinung des Kaisers zu. Die beiden Männer in den westlichen Anzügen, verwirrt durch diesen unvorhergesehenen Gegenangriff, feuerten scharf zurück, indem sie auf die Schwachpunkte ihres Widersachers zielten. Ein solcher war zum Beispiel des Kaisers Hang zum Trinken. Stümperhaft versuchten sie alles, was der Kaiser bis dahin gesagt hatte, als Gelalle eines Säufers schlechtzureden.

»Sie sind von bösen Geistern besessen! Alkohol ist der Trank des Teufels. Alle Ihre Worte sind Worte des Teufels.«

»Wenn der Himmel den Alkohol nicht schätzt, wieso gibt es dann am Firmament einen Weinstern? Wenn die Erde den Alkohol nicht schätzt, wieso gibt es auf Erden dann eine Weinquelle? Warum sollte ich mich darum vor dem Himmel für meine Liebe zum Wein schämen, wenn schon Himmel und Erde selbst ihn lieben? Es heißt, klarer Wein ist zu vergleichen mit den heiligen Männern und selbst trüber Wein noch mit den Weisen. Was soll ich, da ich mich schon mit Heiligkeit habe vollaufen lassen, nun noch mit Geistern? Auch heißt es, der Große Weg sei bereits mit drei Schälchen Wein zu erlangen, und nur mit einem *Mal* könne man eins werden mit der Natur.«

Der Kaiser hatte bei seiner eleganten Replik I Paek (Li Po) zitiert. Die Missionare schienen trotz allem ein wenig beeindruckt zu sein von seinen launigen, aber wohlformulierten Widerworten. Einigen der umstehenden Frauen gelang es nicht, ein Lachen zu unterdrücken, weshalb sie, wie es sich ziemte, den Kopf senkten.

»Da seht ihr, auf welch lasterhafte Bahn unser Morgenland geraten ist und weshalb wir den Zorn Jehovas verdient haben und warum es mit dem Großen und mit dem Kleinen China so weit gekommen ist!«

»Wenn dem so wäre, wieso glänzte dann die Welt so sehr unter der Regentschaft von Shinnong und Uha, und weshalb blühte dann die Kultur der Sang- und Chu-Dynastien (Shang und Zhou) und die der Han-, Tang- und Song-Dynastien in einer solchen Blüte? Verdanken wir das auch diesem Herrn?«

»Selbstverständlich. Sein Plan war, die Menschen so schnell wie möglich heranwachsen zu lassen, um sie in seinem Schoße aufnehmen zu können.«

»Hätte er sich nicht noch etwas Zeit lassen können? Wieso läßt er gerade jetzt, in diesen schweren Zeiten, seinen Zorn heraus?«

»Wer sich seinem Sohne, den Er hinabgesandt hat, anvertraut, wird augenblicklich erlöst werden.«

»Sie beziehen sich auf diesen Herrn Yaso. In den *Gesprächen* heißt es, jede Verehrung anderer Dinge als die der Geister der Ahnen ist eine Schmeichelei. Aber erzählt uns doch, was Herr Yaso denn so lehrt. Was ist für uns so Bedeutendes an ihm?«

»In einem Satz ausgedrückt: Es geht darum, die anderen zu lieben.«

»Was soll daran neu sein? Lehren die Barmherzigkeit des Buddhismus und der Edelmut des Konfuzianismus etwa, daß man andere hassen soll?«

»Aber Jesu Liebe ist unendlich größer und tiefer als all das. Er lehrte uns, unsere Nächsten wie uns selbst zu lieben und die anderen zu behandeln, wie wir gerne von ihnen behandelt werden möchten. Er trug uns auf, unsre Feinde zu lieben und auch die linke Wange hinzuhalten, wenn jemand uns auf die rechte schlägt.«

»Ich sehe wirklich nicht, was daran neu sein soll. In den *Gesprächen* steht: *Tue einem anderen nicht an, was du nicht möchtest, das er dir antut*, und auch: *Da ich nicht möchte, daß jemand mir Schlechtes tut, möchte auch ich niemandem etwas Schlechtes tun.* Und Noja (Laozi) sagte, *vergelte mit Tugendhaftigkeit statt mit Feindschaft*, und Kongja, daß man sein Leben dem Vergeben weihen solle; und worin unterscheiden sich bitte diese Maximen von dem, was jener zu seiner Zeit gelehrt hat?«

Die Fremden schienen zu erkennen, daß sie gegen die Eloquenz des Kaisers nicht ankamen. Doch konnten sie sich auch nicht einfach auf das Pech berufen, ausgerechnet dieser zynischen Schnapsnase über den Weg gelaufen zu sein, aufgrund deren Reden bereits die eine oder andere der anwesenden Frauen, deren Aufmerksamkeit erst so mühevoll gewonnen werden mußte, Anstalten machte, zu gehen. Sie verschärften ihre Feindseligkeit noch und gingen, gereizt und in Not, den Kaiser persönlich an: »Ihnen wohnt doch der Teufel inne! Gehn Sie weg, verschwinden Sie! Ehe Gottes Zorn Ihren Kopf sonst mit seiner Eisenstange entzweihaut!«

Wenn sie tatsächlich geglaubt hatten, ihm mit diesem Argument beizukommen, hatten sie sich ordentlich verrechnet, denn der Kaiser, im Bewußtsein, der Auserwählte des Himmels zu sein, dachte gar nicht daran, sich einschüchtern zu lassen. Ganz im Gegenteil, die Kämpfernatur begann in ihm zu frohlocken, er stürzte sich auf die beiden Missionare, packte sie an den Kragen und schleuderte sie einen nach dem anderen in den Bach neben dem Waschplatz.

»Der Himmel hat mir eine Weisung erteilt. Jetzt seid Ihr an der Reihe, zu zeigen, ob Euer Gott Euch aus dieser Patsche herausholen wird.«

Trotz des fortgeschrittenen Frühlings war es noch etwas zu früh für ein Bad im Bach. Die beiden Männer verweilten einen Moment bestürzt und hilflos im Wasser, konnten dann aber von selbst und ohne Beistand von droben wieder heraussteigen. Mochten sie zwar als Apostel der Liebe gekommen sein, war es ihnen doch auch nicht zu verdenken, wenn sie nun ein allzu menschliches Gesicht aufsetzten. Der Kaiser aber sagte beim Anblick ihrer zerknirschten Miene nur gehässig: »Gerade lehrtet Ihr noch die Liebe zum Feind, und ein paar harmlose Worte bringen Euch gleich aus der Fassung!«

Wie heißt es so schön: sie konnten weder vor noch zurück, saßen in der Klemme. Auf sie waren die gespannten Blicke der umstehenden Frauen gerichtet, die die Szene neugierig beobachteten, was die beiden vollends ratlos machte. Ihre Verwirrung nutzte der Kaiser aus, packte sie erneut am Schlafittchen und schleuderte sie ein weiteres Mal in den Bach.

Als sei ihnen, da sie nun zum zweiten Mal im Naß saßen, etwas klargeworden, verständigten sie sich kurz im Flüsterton und verlautbarten: »Unser Herr Jesus Christus verjagte mit einer Peitsche die Taubenhändler und Wechsler. Dies lehrt uns, daß wir uns in unserem Glauben nicht beirren lassen und uns dem Feind nicht beugen dürfen. Wenn wir diesen Kerl nun nicht davonjagen, werden all unsre Mühen fruchtlos bleiben.«

Wutentbrannt entstiegen sie dem Wasser und stellten sich auf, wie um zum Angriff überzugehen. Doch es war schon zu spät für derlei Anstalten. Die Frauen lachten sich beim Anblick der beiden wie zwei begossene Pudel triefenden Missionare krumm und schief, und den Kaiser schirmten inzwischen zu beiden Seiten zwei finster dreinblickende junge Männer ab. Es waren dies U Palsan und Ma Suga, die auf einen Wink hin herbeigeeilt waren. Den beiden Verkündern blieb nichts anderes übrig, als ihre Kampfbereitschaft aufzugeben, aber während sie sich über das weitere Vorgehen unschlüssig waren, stürzte sich der Kaiser ein drittes Mal auf sie und warf sie ins Bachwasser.

»Wie ich hörte, sollen die Barbaren des Westens, bevor sie das Morgenland heimsuchten, eine Gruppe treuloser Glaubensverräter vorausgeschickt haben, um Verwirrung beim Volke zu stiften. Chosôns Yi-Dynastie verhängte in den Jahren Shimhae und Shinyu strenge Strafen über alle Häretiker, aber wenn ich Euch so sehe, frage ich mich, ob diese Strafen auch hart genug waren.

Ihr belegt den unendlichen und unfaßbaren Himmel mit dem Namen Jehovas und der Gestalt eines Menschen. Verlogen behauptet Ihr, sein tiefer und unergründlicher Sinn sei in Euren wenigen Büchern enthalten: Kann man dies anders nennen als Verwirrung der Gesellschaft und Täuschung des Volkes? Spricht der Himmel? *Die Jahreszeiten wechseln einander ab, und die Pflanzen sprießen, aber hat der Himmel je gesprochen?* Ihr habt einfach ein paar Sätze unserer Weisen genommen und umformuliert und haltet Euch nun für die Entdecker der Wahrheit, doch selbst wenn die Netze des Himmels zu grobmaschig wären, entginge ihnen nicht die kleinste Sünde.

Ein Tag reichte nicht aus, um alle Eure Sünden aufzuzählen, ich werde daher nur die drei schwerwiegendsten anführen. Höret genau hin und lauschet mit Demut: Erstens habt Ihr Euch die Haare abgeschnitten, die Euch Eure Eltern gegeben haben, und die Gewänder abgelegt, die einst die Weisen bestimmt hatten. Hier seht Ihr, was die verschwörerischen Umtriebe der Barbaren aus dem Westen anrichten, die unserem Volk ihre Sitten aufdrängen, was selbst die mongolischen Horden nicht zu tun wagten, die unser Land während der Koryô-Dynastie heimsuchten. Sogar den Ahnenkult habt Ihr abgeschafft. Zweitens: Habt Ihr irgendwo schon einmal einen Baum gesehen, der nicht aus einem Samen emporgewachsen wäre oder keine Wurzeln hätte? Gibt es irgendwo auf der Welt einen Bach, der keiner Quelle entspringt? Wie könnten sie, auch wenn ihre Geister machtvoll und ihre Worte verlockend sind, uns einen Schutz bieten, der der Seelenwärme unserer Ahnen gleichkäme? Und drittens diese haltlose Liebeslehre: Wenn Ihr sagt, man solle seine Feinde lieben, wie verfahrt Ihr dann mit den Leuten, die Tugendhaftes taten? Warum sollte Euer Feind, wenn er schon so niederträchtig war, Euch auf die rechte Wange zu schlagen, die linke, wenn Ihr sie ihm hinhaltet, nicht gleichermaßen behandeln? Eine derartige Lehre schwächt unser Volk nur noch mehr und macht es vollends unfähig, sich seinen Feinden zu widersetzen.

Ihr seid daher nichts weiter als deren Handlanger, sie benutzen Euch zur Verbreitung ihrer Irrlehren. Ihr hättet verdient, aufs Schafott geführt zu werden, aber ich lasse Euch Gnade zuteil werden; Ihr dürft von dannen ziehen unter der Bedingung, nie wieder in meinem Volk Verwirrung zu säen.

Und sollte ich, wenn ich mich nach der Vernichtung der Japaner daran mache, die Barbaren aus dem Westen zu schlagen, Euch in deren Lager wiederbegegnen, werden Eure Köpfe keine Sekunde länger auf ihren Schultern ruhen.«

Die beiden Männer hatten die Donnerrede des Kaisers im kalten Bachwasser gehört, hastig kletterten sie nun ans gegenüberliegende Ufer und machten sich, sobald sie wieder festen Boden erreicht hatten, eiligst aus dem Staub. Ob sie den Kaiser für einen Verrückten hielten oder zu dem Schluß gekommen waren, daß das Dorf der Weißen Steine ein Pfuhl des Teufels war: sie wurden in dieser Region nie wieder gesichtet.

Im zehnten Monat des Jahres Muo kam es zur Begegnung des Kaisers mit dem berühmten Schriftgelehrten Shin Kijuk, einmal mehr hatte der Wein seinen Anteil daran. Der Kaiser pflegte in dieser Zeit, auf der Suche nach Trinkgesellschaft, die Märkte abzuklappern, eine Gewohnheit noch aus der Periode der Wanderschaft. Nicht ausgeschlossen ist, daß die Umtriebe von Ma Suga, selbst kein Trinker von schlechten Eltern, diese Neigung noch befördert haben, wiewohl es hauptsächlich der Gelehrte Chông war, der seinen trinkfreudigen Sohn in einem gewissen Abstand vom Dorf der Weißen Steine wissen wollte, da dessen Bewohner mit der Ernte beschäftigt waren und die Arbeitsmoral nicht unter dem schlechten Beispiel des Kaisers leiden sollte.

Dieser trank einige Tage hintereinander, schlief zwischendurch etwas und trank weiter zusammen mit den Bauern des Dorfes, in dem er sich gerade befand. Eines späten Nachmittags, allein, er hatte, dessen Gesellschaft überdrüssig, Ma Suga fortgeschickt, stieß er auf eine kleine Schenke. Da aber am nächsten Tag Markttag war, war diese Weinstube gerammelt voll und bot für den Kaiser nicht einen freien Platz. Die Schankwirtin führte ihn in einen anderen Raum, der nicht Teil der Schenke war, sondern zu ihrem eigenen Haus gehörte. Dort stieß der Kaiser auf einen sitzenden Mann mittleren Alters mit zerzaustem Haar und stockbetrunken.

»Ja, ja, wie alle Tage voll bis oben hin ...«

Offensichtlich lebten die Frau und dieser Mann ohne feste Bindung zusammen.

»Was haste jetzt schon wieder zu meckern?«, lallte er ihr entgegen, die Augen blutunterlaufen.

»Sei still, geh dich lieber waschen und fang an zu denken. Bis morgen mußt du den Vier-Pfeiler-Brief an den Gerber verschickt haben, und ebenfalls morgen besucht die Schwiegertochter der Changs zum ersten Mal wieder ihre Eltern.«

»Wegen so was brauch ich mich nicht waschen. Bring mir einfach Papier. Brauchst mich gar nicht so bloßstellen vor einem Fremden ...«

Der Mann sah zum Kaiser auf und sagte zu ihm ohne jede Förmlichkeit: »Ist bißchen kühl in diesem Raum, aber kommt ruhig rein. Ich wohne hier zwar, aber auch ich bin kein Eingesessener.«

»Dann werde ich mir erlauben, mich Euch hinzuzugesellen.«

Von diesem Mann ging, so fühlte der eintretende Kaiser, eine Ausstrahlung und Autorität aus, die er sich noch nicht erklären konnte.

Kurz darauf kam die Wirtin mit einem Tablett und mit Papier zurück. Während der Kaiser seine kollernden Gedärme mit Reissuppe und Alkohol zu beruhigen versuchte, nahm der Mann aus dem Wandschrank einen Tuschreibestein und einen Pinsel heraus. Es schien auf der Tuschetafel bereits Wasser zu sein, der Mann tunkte den Pinsel ein und begann gleich zu schreiben.

Im lockeren Gespräch mit der Wirtin erfuhr der Kaiser, daß jener einen Vier-Pfeiler-Brief sowie ein Schreiben an die Schwiegerfamilie pinselte. Als sein Blick über das Papier streifte, schrak er zusammen, wurde jäh aus seiner Dumpfheit gerissen: Jener Mann, der eben noch einen so volltrunkenen Eindruck gemacht hatte, schrieb die Vier Pfeiler im schönsten *Haeja*-Stil des An Chingyông und den Schwiegerfamilienbrief im elegantesten *Haengsô*-Stil des Hwang Sangok. Auch dem Kalligraphen selbst schien's zu gefallen, mit weingeschwängerter Stimme rief er aus: »Fast zu gelungen für die Vier Pfeiler eines Gerbers und den Schwiegerfamilienbrief eines einfachen Kaufmanns.«

Dann wandte er sich mit kaum merklicher Stimme wieder

an den Kaiser: »Den Wein habe ich mir aber jetzt verdient, ich werde ihn entgelten, wenn der meinige eintrifft. Junger Herr, ob Ihr mir ein Becherchen anbieten könntet?«

Der Kaiser, dessen Herz bereits ungestüm klopfte, schenkte ihm hastig ein. Wie ein General, der sich freute, ein schnelles Roß gefunden zu haben, war er froh, einem solch fähigen Manne begegnet zu sein. Dieser allerdings schien sich nicht besonders für den Kaiser zu interessieren und begnügte sich damit, dessen Wein zu trinken.

»Wahrhaftig ein Zeichenstil, der dem der Königsbriefe der Drei Beamten nicht nachsteht«, freute sich der Kaiser, indessen der andere ihm nur schmunzelnd den leeren Becher entgegenhielt. Dann legte er sich auf die Matte auf dem Boden und begann vor sich hin zu murmeln:

»Phönix, Phönix,
Was solln wir tun gegen den Niedergang der Tugend?
Ich schelte dich nicht wegen Gestern,
Doch wieder gutmachen kannst du das Morgen,
Halte ein und entfliege.
Steinig ist der Staatsweg.«

Ein Lied des verrückten Chôp Yô (Quie Yu) von Ch'o (Chu). Eine eigenartige Stimmung erfaßte einen kurzen Augenblick den Kaiser, und er versuchte erneut, eine Unterhaltung in Gang zu bringen. Doch der Mann schnarchte bereits.

Das Verhalten des Kaisers diesem trunkenen Gelehrten gegenüber zeigte, daß er, wie wir es oben bereits sagten, dem Alkohol nicht verfallen war, sondern sich ihm aus reiner Laune hingab. Geduldig und fürsorglich wartete er, mochte er auch aufgrund seines unmäßigen Trinkgebarens an den vorangegangen Tagen selbst ermattet sein und an Bauchweh leiden, so lange, bis jener wieder erwachte, was sich nur durch seine Hochachtung vor einem großartigen literarischen Talent erklären läßt. Zwar standen einige fähige Männer bereits in seinen Diensten, doch war eine schreibende Größe noch nicht unter ihnen, wiewohl der Kaiser eine solche sich immer gewünscht hatte, nicht zuletzt für die Erledigung seiner hoheitlichen Dokumente.

Der Säufer tat die Augen gegen Mitternacht wieder auf.

»Junger Herr, ich bin Euch sehr verbunden.«

Dem Ausdruck seiner Augen nach schien er zu wissen, daß der Kaiser bei ihm Wache gehalten hatte.

»Ihr schuldet mir keinerlei Dank ... Ich habe mir derweil erlaubt, Euch einen Katertrunk zubereiten zu lassen, den nicht abzulehnen Ihr die Güte habet, er würde Euren Gedärmen guttun.«

Der Kaiser nahm das vorbereitete Trinktischchen und stellte es zwischen den beiden ab. Sein Gegenüber wirkte erstmals ein wenig bewegt.

»Weshalb ein junger Herr einem gewöhnlichen Wurm wie mir eine derartige Aufmerksamkeit zukommen läßt, begreife ich nicht; jedenfalls bin ich Eurer Zuvorkommenheit nicht würdig.«

»Ich empfinde große Bewunderung für Eure außerordentliche Gelehrsamkeit, was ich tue, ist daher nicht der Rede wert, möget Ihr es ohne Zurückhaltung annehmen.«

Indes verbarg der Mann, während er das dargereichte Getränk des aufrecht sitzenden Kaisers entgegennahm, noch immer beharrlich sein wahres Gesicht.

»Ich hege die Befürchtung, daß Ihr mich für jemanden haltet, der ich nicht bin. In meiner Jugend habe ich als Diener in einer Konfuzianerschule gearbeitet und das eine oder andere Schriftzeichen dabei gelernt, aber Gelehrsamkeit kann man dies sicher nicht nennen.«

»Ich selbst bin ungebildet, vermag aber doch zu erkennen, daß Eure meisterhafte Schrift sich nach dem *Haesô*-Stil aus dem *Kûnnebi (Qin Li Bei)* des Gelehrten An richtete, während mich Euer *Haengsô* an das *Gedicht vom Pavillon der Tanne und des Windes* von Hwang Sangok erinnert, wobei Euer Werk noch erstaunlicher ist.«

»Für die hohe Meinung, die Ihr von mir habt, sei Euch gedankt, aber ich kenne nicht einmal die Namen der Meister, die Ihr da nennt.«

Erwähnt werden muß an dieser Stelle, daß der Kaiser selbst nie die Schriftzeichenstile gesehen hatte, von denen er gerade gesprochen hatte. Einen Augenblick lang verspürte er daher bei den Worten seines Gegenübers leichte Verlegenheit, ließ sich aber nichts anmerken und lenkte das Gespräch in eine andere Richtung: »Wie ich hörte, ist nichts besser, als den *Weg* ohne Studium zu erreichen. Mit dem Lied, das Ihr vor dem Einschlafen summtet, wurde übrigens Meister Kong von Chôp Yô aus Ch'o geschmäht. Auch dies hat große Achtung vor Euch in mir erweckt.«

»Ach, das habe ich nur irgendwo aufgeschnappt. Wie sollte ein ungebildeter Wurm wie ich auch sonst zu Dergleichen kommen?«

Wenngleich er nicht gerade in der Stimmung war, sein wahres Gesicht zu enthüllen, gab er schließlich dem Drängen des Kaisers nach. Er stürzte ein weiteres Schälchen Katerwein hinunter und begann mit unversehens trübseligem Gesichtsausdruck zu erzählen: »Weshalb Ihr einem Nichtsnutz wie mir ein solches Interesse bezeugt, ist mir zwar schleierhaft, aber da Ihr so darauf beharrt, werde ich ganz offen zu Euch sprechen.

Ich bin der Sproß einer Adelsfamilie, mein Name ist Shin Kijuk, ich habe die ersten Beamtenprüfungen bestanden. Obschon ich kein herausragendes Talent war, bildete ich mir doch einiges auf mein Wissen ein und sehnte den großen Tag herbei, an dem ich mich in den Dienst meines Landes stellen könnte, aber es ist ja nie dazu gekommen, und heute bin ich ein Heimatloser in meinem eigenen niedergegangenen Land. Wiewohl ich wußte, daß alles verloren war, brachte ich es nicht fertig, zu sterben wie der frei heraus tadelnde Pi Kan oder in die Ferne zu ziehen wie Kija, sondern überlebte jämmerlich wie ein Wurm. Bietet dies nun Anlaß zur Hochachtung? Ich ertränkte meinen Kummer in Wein, bis Frau und Kinder das Weite suchten, und landete schließlich hier, wo ich mich von einer Marktschankwirtin aushalten lasse und mit abnehmender Gelehrsamkeit und alterndem Leib den Tod erwarte, und ich frage mich wirklich, was ein junger Mann wie Ihr von einem wie mir wohl wollen mag.«

Nun war der Kaiser an der Reihe, von sich und seinen Zukunftsplänen zu erzählen.

Ohne dies als Hirngespinst abzutun, lauschte Shin Kijuk

des Kaisers langen Schilderungen, wobei manche diesen mangelnden Unglauben der Wirkung des Alkohols zuschrieben. Zumindest seufzte Shin Kijuk, nachdem der Kaiser geendet hatte: »Ich zweifle ja nicht an Eurem Himmlischen Mandat, aber vor vielen Jahren legte ich meinen Eid auf die Yi-Dynastie ab. Eine treue Frau gibt sich nicht zwei Männern hin, und ein loyaler Untertan dient nicht zwei Königen; ich weiß Euer Lob wohl zu schätzen, wie aber könnte ich es Euch vergelten? Lieber ende ich als namenloser Untertan der Yi-Dynastie, als daß ich meinen Grundsatz aufgäbe und zwei verschiedenen Herren diente.«

»Auch wenn ein Jadestein am liebsten in der Erde vergraben bleiben möchte, lassen ihn die Menschen dort dennoch nicht, und ein Gewicht, das auf dem Boden einer Tasche versteckt ist, kommt letztlich immer zum Vorschein. Meister Kong sagt, ein studierender Gelehrter ist wie ein Händler, der für seinen wohlbehüteten Jadestein Ausschau hält nach einem gut bietenden Käufer.

Ihr, werter Meister, sprecht von Pflichttreue und Hochachtung, aber noch ehe Ihr von der Yi-Dynastie dafür entlohnt werden konntet, hat der Himmel dieser das Mandat entzogen. Lehntet Ihr mein Angebot ab, verhieltet Ihr Euch wie der einfältige Händler, der es vorzieht, seinen Jadestein versteckt zu halten, als ihn zu einem sehr guten Preis zu veräußern. Bitte überdenkt es noch einmal.«

»Die Frau von Maeng Kang (Meng Qiang) blieb ihm schon allein aus dem Grunde treu, daß sie sein Handgelenk gesehen hatte. Ein Gelehrter ähnelt dieser Frau; ich betrachte mich schon allein deshalb als Untertan der Yi-Dynastie, weil ich in deren Hoheitsgebiet zur Welt kam.«

»Aber habt Ihr, auch wenn Ihr recht haben möget, den Gesang des weisen Fischers vergessen? *Ist das Meerwasser klar, reinige ich meine Hutbinde in ihm; ist es trübe, wasche ich darin meine Füße.*«

»Kul Wôn (Qu Yuan) allerdings hat folgendes gesungen: *Wer sich den Kopf gewaschen hat, klopft den Staub von seinem Hut, und wer sich den Körper gewaschen hat, schüttelt die Kleider aus, bevor er sie wieder anlegt.* Er hat sich in den

Sangsu (Xiang Shui) gestürzt, weil er nicht in einem Fischbauch bestattet werden und seinen sauberen Leib nicht besudeln wollte.«

Shin Kijuk hatte diese Worte mit vor Ergriffenheit zitternder Stimme gesprochen. Doch der Kaiser war viel zu redegewandt, um sich deshalb von seinen Absichten abbringen zu lassen: »Einen Heiligen, der nicht geschmeidig wäre, gibt es nicht, ein Heiliger geht mit dem Lauf der Welt. Kongja selbst war bereit, dem Ruf des Rebellen Kongsanburyo (Kongshanfurao) von Pi zu folgen. Weshalb also, wenn sogar der Heilige sich nicht dem Ungerechten verweigert, wenn es nur dem Ideal des *Weges* dient, wollt Ihr, werter Meister, Euch mir, der ich ein Himmlisches Mandat erhielt, nicht anschließen?«

In diesem Wechsel ging es noch die ganze Nacht, bis Shin Kijuk sich schließlich den Argumenten des Kaisers ergab und sich bereit erklärte, mit ihm ins Dorf der Weißen Steine zu ziehen. Der Kaiser war mit einer wahrlich herausragenden Überredungsgabe gesegnet, noch erstaunlicher indes war der Menschenkennerblick des Gelehrten Chông. Nach einem kurzen Zusammentreffen ließ dieser Shin Kijuk plötzlich und zur allgemeinen Überraschung einsperren und verwahrte ihn zwei ganze Monate bei Wasser und Reis nur. Den Dorfbewohnern erklärte der Gelehrte Chông, er wolle damit einen bösen Geist aus jenem austreiben, wahrscheinlicher aber ist, daß er vorhatte, ihn von seiner Trunksucht zu heilen.

Dem Kaiser brachte Shin Kijuk noch mehr Nutzen als einst der Große Meister in den Tagen der Kindheit. Seine Gelehrsamkeit war so außergewöhnlich, daß er später den Titel Munchanghu, *Fürst der Schriften*, erhalten sollte. Sehr wahrscheinlich wurde die *Chronik*, derer ich mich für diesen Bericht bediene, zum größten Teil von seiner Hand redigiert. Sein Hauptwesenszug war die unbedingte Loyalität, was gescheite Gegenwartsmenschen schlicht als Dummheit bezeichnen mögen. Als er nach zwei Monaten wieder aus seiner Zelle gelassen wurde und geläuterten Geistes die ganze Geschichte um den Kaiser und das Dorf der Weißen Steine hörte, verfinsterte sich sein Gesicht einen kurzen Moment; gleich darauf aber sprach er mit entschlossener Stimme: »Auch als

Pôm Chûng (Fan Cheng) erfuhr, daß Hang U (Xiang Yu) gar kein Himmelsmandat hatte, half er ihm bis zuletzt, eben weil er ihm sein Wort gegeben hatte. Und auch wenn ich meins in trunkenem Zustand gegeben habe, werde ich Euch bis zum Ende treu bleiben, weil ich Euer Angebot angenommen habe. Dies eben ist die Loyalität eines Ehrenmannes.«

Im zweiten Monat des Jahres Kimi enthauptet der Kaiser kraft himmlischer Stärke Japaner. Im sechsten Monat Umsiedelung nach dem Norden, Tae Sshis Traume folgend.

Wie schon erwähnt, hatte Shin Kijuk sein halbes Leben mit dem Trinken zugebracht, doch war er von einem anderen Schlage als Männer wie Pang Ryang, U Palsan oder Ma Suga. Dank des Gelehrten Chông war er vom Alkohol losgekommen, er kehrte nie wieder zu ihm zurück. Er vertiefte sich in das Studium der vielen Bücher im kaiserlichen Anwesen, denn nicht unwürdig des Vorruhmes eines Dynastie-Gelehrten wollte er sich erweisen und vergessen machen wollte er, daß er bereits über vierzig Jahre alt war.

Der Lebensstil des Kaisers indes änderte sich vorerst nicht. Er verpraßte weiterhin das Vermögen des Schwiegervaters, des Gebildeten Hwang, durch unmäßigen Genuß von Wein. Als es ganze zwei Jahre wurden, die er auf diese Weise zugebracht hatte, erfaßte große Unruhe die Dorfbewohner, auch den Gebildeten Hwang und den Gelehrten Chông. Da schaltete sich Shin Kijuk ein: »Mir ist zu Ohren gekommen, ein großer Vogel dieses Dorfes der Weißen Steine habe seit zwei Jahren nicht mehr gesungen, auch geflogen sei er nicht. Kennt Ihr diesen Vogel?«

Shin Kijuk hatte diese Frage dem einmal mehr zu später Stunde und wie üblich volltrunken heimkehrenden Kaiser mit ernstem Gesichtsausdruck gestellt.

»Ich mag nicht König Wi (Wei) von Che (Qi) sein, wohl aber weiß ich, wer dieser Vogel ist. Zwar steigt er selten auf, aber fliegt er doch einmal, legt er neunzigtausend *Ri* zurück; zwar singt er selten, aber gibt er doch einmal seinen Gesang von sich, erschaudert die ganze Welt.«

Grandiose Antwort des Kaisers. Dann sagte er noch, indem er den noch immer sorgenvoll dreinblickenden Shin Kijuk ansah: »Viel geschieht, aber ist zu ändern, was ohnehin entschieden ist?«

Wenig später geschah etwas Unerwartetes, das diese Worte des Kaisers an Shin Kijuk in einem wahrhaft prophetischen Lichte erscheinen läßt. Denn zu Beginn des Jahres Kimi fegte der Sturm der Unabhängigkeitsbewegung des 1. März 1919 übers Land. Die Flamme entzündete sich gegen Ende des ersten Monats besagten Jahres in Seoul, doch ehe sich das Lauffeuer über die gesamte Halbinsel ausgebreitet und schließlich das Dorf der Weißen Steine erreicht hatte, war es bereits Mitte des zweiten Monats.

Auch an jenem denkwürdigen Tag betrank sich der Kaiser in einer Schenke am Markt des Nachbardorfes. Er war schon benebelt, noch bevor das Treiben am Markt überhaupt begonnen hatte. In Gesellschaft von U Palsan und einiger Herumstromer, die sich für ein paar Schmeicheleien bereitwillig einladen ließen, wurde des Kaisers Stimmung immer beschwingter, als plötzlich ein tosendes Schlachtengeschrei ausbrach, als brächen Himmel und Erde entzwei.

Eine riesige Menschenmasse kam einer Flutwelle gleich zum Marktplatz herangerollt, Männer und Frauen jeden Alters stürzten herbei, entrollten die Nationalflagge* und skandierten: »*Manse!***, Hurra!«

Dem Kaiser, dessen Sinne vom Alkohol getrübt waren, schien es, daß dieser Trubel ihm galt. Ihm kam es vor, als rufe die Menge ihn und seinen Namen.

»Es lebe das freie Chosôn!«

»Es lebe der Kaiser!«

Seinen Augen und Ohren zunächst nicht trauend, fragte er U Palsan, ob er Gleiches sehe und höre. Doch da dieser etwa in demselben Maße betrunken war wie der Kaiser, wich seine

* Die heutige südkoreanische Nationalflagge, das alte taoistische Symbol des großen Absoluten, der Vereinigung von Yin und Yang.

** Wörtlich: »Zehntausend Jahre«, bedeutet hier »Hurra« und »Es lebe [Korea]«.

Einschätzung der Lage kaum von der seines Herrn ab. Ja, nicht nur daß er der Sinnestäuschung des Kaisers nicht widersprach, er spornte ihn sogar an, vor die Volksmassen zu treten und zu ihnen zu sprechen.

Das Herz des Kaisers begann heftig zu schlagen. *Sie rufen nach mir. Ah, mein geliebtes Volk, meine treuen Untertanen! Sie wußten, daß ich gewiß eines Tages kommen würde, sie hatten ihren Kaiser nicht vergessen ...* Es war ihm, als regierte er schon lange über sie.

»Oh, ich komme ja schon. Euer Kaiser ist ja bei Euch.«

Tränenüberströmt warf sich der Kaiser in die Menschenmenge. Ein junger Mann hielt, von einem Holzstapel aus, inmitten der tobenden Leute eine Ansprache. Tollkühn sprang der Kaiser zu ihm hinauf.

»Meine treuen ...«

Doch angesichts dieser riesigen Menschenmenge übermannten ihn die Gefühle und schnürten ihm die Kehle zu, und er konnte nicht weitersprechen. Dabei wollte er sein Volk doch so gerne zu seiner Loyalität und Tapferkeit beglückwünschen, wollte ihm die Bitternis klagen, die er auszustehen hatte beim Warten auf diesen großen Tag, und wollte ihm schließlich verheißen, welch Ruhm und Glück ihm nun bevorstand. Doch nicht ein Wort wollte aus seinem Munde kommen, und er stand nur da und ließ die Tränen laufen.

Die Menge hielt den Kaiser, als sie ihn mit seinem feuerroten und tränenüberströmten Gesicht sah, für einen der jungen heißspornigen Patrioten und spendete ihm sogleich warmherzigen und begeisterten Applaus. Sie dachte wohl, die kaiserlichen Tränenbäche seien Ausdruck eines über eine so lange Zeit zurückgehaltenen Zorns und Kummers, und seine Unfähigkeit, zu sprechen, beeindruckte die Leute viel mehr als die Rede des anderen jungen Mannes, und des Kaisers Herz erwärmte sich mit einer ganz neuen Gefühlswallung vor dieser Huldigung seines Volkes ... Welch wortlose Sympathiebekundung, basierend auf einem kolossalen Mißverständnis!

Da tauchten japanische Polizisten auf. Sie mußten den

großgewachsenen Kaiser für den Hauptaufwiegler halten, dessen glänzende Tränen weithin zu sehen waren, dessen Gesicht vom Wein feuerrot leuchtete ... Ein jeder, der ihn so sah, hätte dasselbe gedacht.

Ein paar Warnschüsse lähmten die Menge, und die Polizisten nutzten deren Schreckstarre und stürzten geradewegs zum Kaiser hin. Indes handelte es sich nur um einzelne Dorfpolizisten, die rasch von der Menge verschluckt wurden, ein einziger nur kam bis zum Kaiser durch. Dieser Polizist versuchte zunächst, dem Kaiser durch Anbrüllen zu imponieren; dessen kräftige Statur sowie dessen funkelnde Augen aber ließen ihn sogleich kleinlaut werden.

»*Kora!* (He!)«

Zu mehr Worten war er nicht in der Lage, und überstürzt zückte er den Säbel, das Schlimmstmögliche, was er tun konnte. Er konnte gar nicht ahnen, welche Zornesflamme in diesem Augenblick in der kaiserlichen Brust emporloderte. Gerade jetzt, da mein Volk mir endlich huldigt, da ich mit ihm zusammen endlich den Willen des Himmels vollstrecken wollte, wagst du, elendiges Barbarenschwein, dessen Verbrechen der Vergangenheit bereits unermeßlich sind, mir dazwischenzufunken!

»Unverfrorener!«

Mit einer für einen Betrunkenen erstaunlichen Reaktionsschnelligkeit griff sich der Kaiser einen Scheit aus dem Stapel, auf dem er stand, und ließ ihn auf seinem japanischen Gegenüber niedergehen, und zwar so heftig, daß der Säbel des Polizisten, der die Waffe zum eigenen Schutz vor sich hielt, gegen diesen zurückschnellte und ihm in die Kehle schnitt. Dabei schien eine Ader getroffen worden zu sein, das Blut schoß heraus, und der Mann brach zusammen. All dies hatte sich in Sekundenbruchteilen abgespielt.

Beim Anblick des spritzenden Blutes erschauderte der Kaiser und erwachte augenblicklich aus seinem Rauschzustand. Von einem instinktiven Grauen ergriffen, mengte er sich in die auseinanderstiebende Volksmasse. Nach und nach faßte er sich und gewann seinen ihm eigenen klaren Verstand wieder. Und ohne sich darum zu kümmern, wo U Palsan abgeblieben war, rannte er in einem Stück zum vierzig *Ri* entfernten Dorf der Weißen Steine zurück.

Aus dem Schlaf, in den ihn Wein und Erschöpfung sofort nach seiner Ankunft fallen ließen, wurde er gerissen, als auch U Palsan endlich im Dorf auftauchte und gleich begann, in großen Worten von den Ereignissen, die sich im Nachbarort zugetragen hatten, zu berichten.

Erregt und außer sich entrollte U Palsan die Szenerie, wie das Volk zusammengeströmt sei und dem Kaiser, Nationalfahnen schwenkend, gehuldigt habe, wie der Kaiser zu ihnen geeilt sei, mit tränenüberströmtem Antlitz, wie plötzlich eine Einheit japanischer Polizisten aufgetaucht sei und der Kaiser sich dieser entgegengestellt und mit bloßen Händen einen großen Kampf, als einer gegen hundert, geliefert und es geschafft habe, eine große Zahl von ihnen zu erledigen, und wie am Ende der Marktplatz überströmt gewesen sei mit dem Blut der Feinde. Der Gelehrte Chông ahnte, daß dieser Bericht nicht ganz der Wahrheit entsprach, und rief U Palsan zu sich heran; dieser jedoch bestand darauf, daß er nichts als die reine Wahrheit gesagt habe. Und er übertrieb ja auch gar nicht, es haperte bei ihm bloß ein wenig mit der richtigen Wahrnehmung.

Das Dorf war von dieser packenden Tatsachenschilderung tief beeindruckt. Einige forderten sogar, die Gelegenheit zu nutzen und gegen die Japaner zu Felde zu ziehen und sie aus dem Land zu jagen. Der Bericht vom siegreichen Kampf mit bloßen Händen gegen hundert Gegner bewies eindeutig: Der Himmel hatte helfend eingegriffen. Der Gelehrte Chông indes war ein bedachtsamer Mensch, er suchte die erregte Menge zu beruhigen und entsandte Ma Suga an den Ort der Geschehnisse, um sich selbst ein Bild zu machen.

Der Bericht, den Ma Suga bei seiner Rückkehr am Tag darauf erstattete, machte die Sache allerdings noch unklarer. Zwar wich er in einigen Punkten von dem von U Palsan ab, doch förderte er nichts Widersprüchliches zum neuen Mythos um den Kaiser zutage. Die einzigen Unterschiede zum ersten Bericht waren, daß die Menschen *Manse!* gerufen und die Unabhängigkeit Koreas gefordert (und nicht *Es lebe der*

Kaiser! gebrüllt) hätten, daß die Volksmenge nicht zusammengeströmt wäre, um dem Kaiser zu huldigen, und daß es keine japanische Einheit von hundert Soldaten gewesen sei, sondern sich nur wenige Polizisten gehandelt habe. Ansonsten aber bestätigte Ma Suga die Angaben, der Kaiser sei der Anführer dieser Volkserhebung gewesen, seine herzentflammende Rede habe dem Gebrüll eines Löwen geglichen, wie ein Tiger sei er die Japaner angesprungen und habe mindestens fünf von ihnen unschädlich gemacht.

Ma Suga hatte es bei seiner Untersuchung durchaus nicht an Ernsthaftigkeit fehlen lassen, war aber einigen Ausschmükkungen seitens der Bewohner jenes Nachbardorfes aufgesessen. Da in keiner offiziellen Akte über den Aufstand des Ersten März etwas über einen japanischen Polizisten vermerkt ist, der von einem Einheimischen in jener Bergdorfregion erschlagen worden wäre, ist anzunehmen, daß der Polizist, den der Kaiser angegangen war, überlebte. Ma Suga wurden derartige Übertreibungen sicherlich aus dem Grunde aufgetischt, daß die Leute von diesem jungen Heißsporn, der dem mächtigen und gefürchteten Feinde so unerschrocken eins versetzt hatte, nicht wenig beeindruckt waren.

Die Gemüter des Gelehrten Chông und des Gebildeten Hwang beruhigten sich jedenfalls durch dieses Ereignis, denn sie sahen nicht nur, daß der Kaiser an Außergewöhnlichkeit in den beiden trinkseligen und untätigen Jahren zuvor nichts eingebüßt hatte, sondern auch, daß der Glaubenseifer der Dorfbevölkerung, der unter dem Eindruck ihres herumlotternden Kaisers ein wenig abgekühlt war, wieder von neuem entfacht war. Die neuentflammte Loyalität der Bewohner des Dorfes der Weißen Steine äußerte sich in beeindruckender Weise, als mehrfach japanische Polizisten auftauchten, um einer Spur nachzugehen, die sie bei ihren Ermittlungen zum Kaiser als verdächtigten Aufwiegler führte; jene lieferten ihm geschlossen ein so eindeutiges Alibi, daß die japanischen Ermittler gezwungen waren, ihre Untersuchungen einzustellen.

Auch die Prahlereien des Kaisers vor den Taugenichtsen des Marktes trugen dazu bei, daß er einer Festnahme entging. Selbst diejenigen dieser Leute, die ihn oftmals Reden schwingen hörten, wußten nicht, wer er in Wahrheit war. Man sagte sich, er sei ein zum Keryong-Berg niedergefahrener Gottmensch oder stehe in Verbindung mit dem Königshause Yi, doch kam keinem der Gedanke, daß es sich bei ihm um einen einfachen Bauern aus einem kleinen, kaum vierzig *Ri* entfernt gelegenen Bergdorf handeln könnte.

Dennoch war es dem Kaiser nicht mehr möglich, länger im Dorf der Weißen Steine zu bleiben. Aus irgendeinem Grunde hielt die japanische Polizei es für angebracht, dem Vorfall am Marktplatz weiter nachzugehen, und da diese Region nur spärlich besiedelt war, richtete sie ihr Hauptaugenmerk auf das Kaiserdorf und seine Umgebung.

In dieser Zeit war es, als Shin Kijuk seinen Antrag niederschrieb, in dem er dem Kaiser die Verlegung der Hauptstadt vorschlug. Die *Chronik* verzeichnet dieses Schreiben, das schlicht Vorschlag genannt wurde, da der Kaiser noch nicht offiziell als solcher gekrönt war, unter dem Titel *Vorschlag einer Hauptstadtverlegung nach dem Norden*. Aus dem Gedächtnis sei es im folgenden grob wiedergegeben:

Geboren wurde ich auf dem Boden der Yi-Dynastie, indes erstrebte ich keine Besoldung meiner Dienste für sie, so daß ich ein Trunkenbold wurde, der von einem Markt zum anderen zog. Gleich dem Phönix, der nichts anderes frißt als ab und an einen Bambussproß und einzig auf einer Palownia nistet, oder gleich der Giraffe, die nichts säuft, außer es ist das heilige Wasser des Friedens, wollte ich nicht auf Kosten der Yi-Dynastie leben und niederer Beamter eines dem Untergang geweihten Staates werden.

Dann ward ich gerufen von meinem Herrn, dessen Schmeicheleien über das hinausgingen, womit Könige ihre Minister bedenken, und wiewohl ich weder U Palsan an Kraft ebenbürtig bin noch Ma Suga an Verstand, folgte ich diesem Ruf. Einige Monate sind seitdem verstrichen, während der ich viel nachdachte, aber kaum etwas tat, während der ich Lohn erhielt, ohne daß ich ihn verdient hätte. So ist es, wie ich meine, an der Zeit, meinem Herrn diesen Vorschlag zu unterbreiten, und sollte er Ihn erzürnen, böte ich Ihm meinen alten Hals dar, auf daß er ihn durchtrenne.

Wie ich hörte, erhielt mein Herr den tausendjährigen Spiegel, und Schritt für Schritt habe Ihm der Himmel seinen Willen kundgetan; auch habe sich mein Herr in vielerlei siegreichen Schlachten den Ruf eines ruhmreichen Kriegers erworben, doch sind Worte und Schriften stets heimtückisch. So wurde Wang Mang in den Tagen seiner Blüte wie ein Heiliger verehrt, nach dem Verlust der Macht indes wurde er der unehrenhafteste Ehrenmann aller Zeiten, und selbst die Lobreden und aufrichtigen Bekundungen der Konfuzianer wurden am Ende der Lobhudelei und Lügenhaftigkeit geziehen. Diese alte Geschichte sei meinem Herrn ein Spiegel: Gelingt es Ihm nicht, die Welt unter seine Herrschaft zu scharen, werden auch Seine Großtaten von der Nachwelt ins schlechte Licht gezogen und lächerlich gemacht werden.

Mein Herr hat mit göttlicher Kraft furchtgebietende Feinde niedergerungen, wovon er nun besessen ist, was einerseits gewisse Schwierigkeiten nach sich zog, andererseits meinem Herrn aber auch eine Chance sein kann, indem nämlich der Himmel Ihn dazu verleitet, sich auf einen Heldenflug emporzuschwingen. Das Böse in Gutes umzuformen ist die Tugend des Kaisers, und es ist zum Wohlgefallen des Himmels, wenn sein Wille dabei umgesetzt wird.

Mein Herr möge den Blick nun über die unfruchtbare Erde von Samhan hinaus bis hin zur weiten Ebene von Yodong (Liaodung) richten. Es ist dies die alte Erde, auf der sich einst die Koguryô-Dynastie einen erbitterten Kampf mit den Su (Sui) und Tang lieferte, und als gegen Ende der Zeit der Drei Königreiche das Tang-Heer in unser Land einfiel, blieben Parhaes dreißigtausend Ri *der Tae-Dynastie unbeschadet.*

Betrachte ich mir den Zustand der Welt, dann sehe ich, wie die Japaner damit beschäftigt sind, die Halbinsel im Zaume zu halten, und trotz ihrer Stärke nicht in der Lage sind, weiter vorzurücken. Und China seinerseits ist zu sehr von seinen inneren Wirren eingenommen, um sich für das Gebiet im Nordosten zu interessieren. Auch ist mir zu Ohren gekommen, daß eine beträchtliche Zahl unserer Landsleute schon vor einiger Zeit in dieses Gebiet gezogen sei und sich momentan wanderndem Volk aus Sandong (Shantung) sowie man-

dschurischen Banditen zu erwehren habe. Hielten sich daher nicht also, wenn auch Er dorthin zöge, bereits Untertanen von ihm an diesem Orte auf?

Ehrerbietigst lege ich meinem Herrn nahe, ohne zu säumen gen Norden aufzubrechen und jenes noch herrenlose Land in Besitz zu nehmen. Es wäre nicht nur eine kluge Maßnahme, die Erfüllung der Bestimmung meines Herrn in die Wege zu leiten, sondern auch eine Chance für das Volk, welches hier doch recht ertragsarme Böden zu beackern hat, und eine günstige Gelegenheit, jenes Land wiederzuerlangen, das einst unser war und von dem nicht wenige unserer Monarchen seit dem Fall Koguryôs geträumt haben. Wir, Seine Untertanen, blieben dann in diesem Land, ohne im Innern müßigzugehen, ohne im Äußeren unsere Körper zu schonen und um die Großtaten unseres Herrn hochzuhalten.

Die Gegner des Kaisers haben ihre eigene Version dieses *Vorschlags einer Hauptstadtverlegung nach dem Norden.* Ebenso wie sie den Kaiser für einen Besessenen hielten, kamen sie nach der Lektüre dieses Schreibens überein, Shin Kijuk als größenwahnsinnigen Alkoholiker einzustufen. Befaßt man sich mit der Sache indes etwas ausführlicher, kann man gar nicht anders, als zu dem Schluß kommen, daß die rationalen und kleinsichtigen Argumente dieser Verräter einzig ihre Unfähigkeit offenlegen, den visionären Geist und die Tatkraft von Shin Kijuk zu begreifen.

Der Kaiser und der Gelehrte Chông aber waren von diesem Vorschlag tief bewegt. Zudem tauchten auch wieder die Ermittler im Dorf auf, nach neuen Untersuchungsergebnissen, die sie vom Polizeihauptquartier bezogen hatten. Der Kaiser verstand, er konnte nicht länger bleiben, er beschloß daher, am Morgen des sechsten Tages des sechsten Monats des Jahres Kimi, das ist nach dem Sonnenkalender der 4. Juli 1919, den Aufbruch gen Norden.

III

Die Reichsgründung

Im Jahre Kyôngshin Harren auf blühendere Zeiten in nordöstlichen Landen der Mandschuren

Engstirnig denkende Menschen schrieben des Kaisers Aufbruch gen Norden dem Drängen von Shin Kijuk zu, doch wie hätte derjenige, der kraft Himmlischen Mandats nach hienieden herabgestiegen ist, von etwas anderem geführt werden können als von der Hand des Himmelswillens? In der ursprünglich aus der Feder des Bonzen Shinmyông stammenden und an Powôn und von diesem wiederum an den Großbonzen Yogong übermittelten *Geheimschrift der Berge und Wälder von Samhan* heißt es:

Kommt es an T'oyang zu Tumulten, ergießt sich das Blut rechtschaffener Menschen über die Wiesen der Ebene.

Nimmt man an, daß T'oyang für das Jahr Kimi steht, dann kündigte diese Voraussage das Massaker des Jahres Kimi an, am Vorabend des 1. März 1919. Ferner heißt es im *Kajanggyôl* von T'ojông, dem Sonderling der Welt:

Sobald einmal Barbarengeld in Umlauf sein wird, säumt der Tugendhafte nicht, sogleich fortzugehen, aber sollte er nicht nach Nordosten, nach Yodong (Liaodung), ziehen, dann ....

Das kann dahingehend ausgelegt werden, daß dieses Yodong im Nordosten das für eine Besiedlung günstigste Barbarenland bildete.

Am Fuße des Berges Paektu gibt es Fleisch und Salz im Übermaße, und im Tuman-Fluß ist reichlich zu fischen, und an der tiefsten Stelle des Anmok-Flusses tönen die Stimmen derer, die einst aus Südosten kamen ...

Dies wiederum meint, daß zahlreiche Leute in diesem Gebiet Zuflucht gesucht haben. Eine vergleichbare Passage findet sich auch im *Chônggamnok;* dort heißt es, wenn das Land in Aufruhr gerate, *sind die Körner der Pflanzen in Sampung zu suchen und die Körner der Menschen in Yangbaek.*

Sampung war der Sammelbegriff für die drei Bezirke Ober-, Mittel- und Unter-P'ung nördlich des Amnok-Flusses, und Yangbaek bezeichnete die Berge Changbaek und Paektu. Nach Ansicht mancher steht Yangbaek auch für die Taebaek- und Sobaek-Berge, doch weshalb ein so kleines Gebiet, wenn das ganze Land bereits in der Gewalt der Eindringlinge war?

Ausschlaggebend für den Aufbruch des Kaisers gen Norden waren wohl diese geheimen und häretischen Zukunftsschriften, weniger der Vorschlag von Shin Kijuk. Der Kaiser machte sich samt Gefolge zunächst in eine Gegend zwischen den Bergen Changbaek und Paektu auf, gemäß den Angaben im *Kamgyôl*. Sein Gefolge setzte sich aus Shin Kijuk und Ma Suga zusammen. Des Kaisers ergebenster Mitstreiter, U Palsan, war nicht mit ihnen gekommen, weder konnte er es an literarischem Können mit Shin Kijuk aufnehmen, noch war er Ma Suga ebenbürtig, was das Wissen in Geldfragen und den Dingen der Welt betraf.

Indes war es auch mit Begleitern wie dem weltkundigen Ma Suga und dem Schriftgelehrten Shin Kijuk dem Kaiser kein Leichtes, ein Stück Land ausfindig zu machen, einige tausend *Ri* von der Heimat entfernt. Schon einige Tage nach ihrem Aufbruch gen Nordosten trafen die Reisenden auf eine Gruppe koreanischer Emigranten, denen sich Kaiser und Gefolge anschlossen, wodurch sich auch das Ziel der Reise änderte: Sie zogen von nun an in Richtung Kando (Chientao). Der Grund hierfür war nicht nur die mangelnde Kenntnis, wie man zum Berg Changbaek gelangen könnte, sondern auch, daß in Kando bereits Landsleute lebten.

Als sie die Gegend um Hoeryông erreichten, geriet der Kaiser einen kurzen Moment ins Zögern. Er hatte irgendwo aufgeschnappt, daß in Schanghai eine provisorische Regierung gebildet worden war*, und wollte sich nun unbedingt

* 1919 konstituierte sich in Schanghai eine Exilregierung um den späteren südkoreanischen Diktator Yi Sûngman (bekannter unter der Transkription Rhee Syngman).

selbst dorthin begeben; glücklicherweise aber gelang es Ma Suga, wenngleich unter Mühen, ihn von dieser Idee wieder abzubringen: »Diese Leute ahmen nur die Regierungsformen der Barbaren aus dem Westen nach, den König und die drei Hohen Beamten ersetzten sie durch einen Präsidenten und Minister. Dieser offensichtliche Wandel ihrer Gesinnung läßt befürchten, daß sie Eurer Majestät nicht die gebotene Loyalität erweisen würden. Im Gegenteil handelt es sich bei ihnen um aufrührerische Kriegsfürsten, die Eure Majestät werdet vernichten müssen, wenn Ihr Euren großen Auftrag erfüllt und die Ordnung im Lande wiederhergestellt habt. Wie könnten jene sich also vor Eurer Majestät ehrerbietig zeigen?«

So sprach Shin Kijuk, von Ma Suga angewiesen, den Kaiser umzustimmen.

Doch als sie ans Ziel, Kando, gelangten, sahen sie, daß bereits viele Koreaner dort waren und es nicht einfach werden würde, in diesem Land zu leben und zu arbeiten. Als der Kaiser, einen Monat nach dem Aufbruch aus dem Dorf der Weißen Steine, endlich den Ort Yongjông (Longjing) erreichte, mußte er die betrübliche Feststellung machen, daß in diesem verlassenen und abgeschnittenen Städtchen fern der Heimat sein Volk ebenso unwissend und unaufgeklärt war wie bei ihm. Es zerriß ihm das Herz: Als Shin Kijuk ihnen die Ankunft ihres Souveräns zu verkünden suchte, erntete er nur Hohn und üble Zwischenrufe.

»Hä? Was ist denn das für ein Unsinn? Anscheinend habt ihr sonst nichts zu tun, ich aber hab keine Zeit für so was, also laßt mich bloß in Ruhe!«

»Was sagen Sie? Ihr durchgeknallter Kumpel da ist ein edler Chông vom Keryong-Berg? Statt sonst für welche Geschichten von sich zu geben, sollten Sie lieber schauen, wie Sie sich auf anständige Weise etwas zu beißen verdienen.«

Auch erntete er allerlei spitze Bemerkungen: »*Hüpft die Äsche, springt auch die Grundel.* Laßt das Gequassel, paßt lieber auf, daß sie euch dafür nicht den Kopf abschlagen.«

»Sind Sie fürs Senilsein nicht noch bißchen zu jung? Aber warum nicht: wenn's hier schon koreanische Saukerle gibt, die die koreanischen Freiheitskämpfer verjagen, und koreanische Opiumhändler und koreanische Diebe und koreanische Huren, warum dann nicht auch koreanische Spinner? …«

»Ja, toll! Dann würde dieses Drecksloch hier ja'n richtiges Land werden«, höhnte es ihnen entgegen.

Sympathie und Mitgefühl wurde ihnen einzig von ein paar Chinesen entgegengebracht, mit denen der Kaiser und Shin Kijuk auf schriftlichem Wege kommunizierten.* Manche schrieben dies der exzellenten Kalligraphie des Kaisers und Shin Kijuks zu, welche die Chinesen, die gemeinhin die Gelehrsamkeit anderer zu achten wissen, nicht wenig beeindruckte, andere indes wagten doch tatsächlich zu behaupten, daß zwischen zwei verschiedenen Völkern eine Geistesverwirrung nicht so sehr auffalle. Die überzeugendste Erklärung hierfür ist jedoch, daß die Chinesen eben so klug waren, es offen anzuerkennen, wenn sie einen edelherzigen und großen Mann sahen.

Auch der Kaiser und Shin Kijuk mochten diese Chinesen leiden und fanden rasch Gefallen an der schriftlich geführten Unterhaltung. Nur wenige der Mandschus waren dazu in der Lage. Bisweilen hielten sich, aus verschiedenen Gründen, auch Reisende aus Han (China) in dem Bezirk auf, und mit diesen war diese Art der Verständigung möglich.

* Wiewohl die Systeme der verschiedenen chinesischen Sprachen und das der koreanischen höchst verschieden sind, stellt die chinesische Schrift (*Hanmun* im Koreanischen genannt) im ostasiatischen Raum eine Art scriptura franca dar, die in Korea v.a. von der sich stark an China orientierenden konfuzianischen Gelehrtenschicht verwendet wurde – während die erst im 15. Jh. eigens für das Koreanische entwickelte *Hangûl*-Buchstabenschrift erst in der Moderne den Ruf einer Volks- und Frauenschrift abstreifen und sich durchsetzen konnte. Heutzutage benutzt man in Korea je nach intellektueller und politischer Ausrichtung entweder die reine *Hangûl*-Schrift (wie in Nordkorea seit 1949) oder eine Mischschrift aus *Hangûl* und chinesischen Zeichen, wobei letztere der Wiedergabe von Begriffswörtern und Namen dienen. Unser Kaiser verfaßt selbstverständlich alle seine Texte in chinesischer Schrift, mit deren Hilfe er auch mit den Chinesen schriftlich kommunizieren kann, da es sich bei diesen Zeichen um Ideogramme handelt, die – bei variabler, von der jeweiligen Sprache abhängiger Lautung – sprachübergreifend weitgehend fixe Bedeutungen vertreten.

Der Kaiser und Gefolge mieden von nun an immer mehr die koreanischen Landsleute, auch aus diesem Grunde zogen sie langsam immer weiter gen Norden, bis sie am Ende des Jahres Kimi in Yônggotap (Ningguta) angelangt waren. Etwa drei Tage nach ihrer Ankunft suchte Ma Suga, der eine Weile selbständig umhergestromert war, mit sorgenvoller Miene den Kaiser auf. Bis dahin hatte Ma Suga den Kaiser und Shin Kijuk tun lassen, wonach ihnen der Sinn stand, solange sie nicht verschwenderisch mit dem Geld umgingen.

»Am Tag unsres Aufbruchs gab mir Euer ehrenwerter Vater die Weisung, über Euer Vermögen zu wachen, da es für den Unterhalt von uns dreien bestimmt sei. Zwar haben wir die Reise mit ausreichenden Geldmitteln angetreten und diese sparsam eingesetzt, doch fürchte ich, da wir in fünf Monaten nichts hinzuverdienten, wir werden bald nichts mehr zum Leben haben.«

»Nur keine Aufregung. Es heißt, dem Glücklichen steht der Himmel bei, und warum sollen wir uns nicht, falls wir in Not geraten, vom Dorf der Weißen Steine etwas nachschikken lassen?«

»Dies wird nicht gehen. Nicht nur wäre bis dorthin ein Weg von mehreren tausend *Ri* zurückzulegen, auch ist die Frage zu stellen, ob die Reichtümer, die unser Dorf hervorbringt, unerschöpflich sind. Könnten wir es uns überhaupt leisten, zurückzukehren, ohne etwas erreicht zu haben, und diejenigen um noch mehr Geld zu bitten, die bereits große Opfer gebracht haben, damit wir diese Wanderschaft überhaupt antreten konnten?«

Mit ruhiger Stimme hatte Ma Suga diese letzten Worte vorgetragen, dem Kaiser stachen sie dennoch ins Herz.

»Ihr habt recht. Wie steht es denn nun mit unseren Mitteln?«

»Die Hälfte haben wir bereits aufgebraucht.«

»Habt Ihr, werter Herr Ma, einen Vorschlag, wie wir diesem Problem begegnen könnten?«

»Dies ist der Grund, aus welchem ich Euch aufsuchte. Ich möchte mich im Handel versuchen. Die Einstellung der chinesischen Behörden und einfachen Leute zu den Koreanern wandelt sich in letzter Zeit, man kann von ihnen nicht mehr so leicht Land erstehen, aber auch wenn uns dies gelänge, erlaube ich mir zu bezweifeln, daß es uns am Leben erhielte, hat doch keiner von uns dreien ausreichend Erfahrung in der Landarbeit und unterscheiden sich die klimatischen Verhältnisse hier doch von denen bei uns.«

»Im Handel?«

Der Kaiser ging einen Moment in sich und erwiderte dann: »Hervorragende Idee. Mun Shinhu (Wen Xinhu) von Jin (Qin) war anfangs ein einfacher Händler, später aber gelang es ihm, zu einem der einflußreichsten Männer seines Landes aufzusteigen, Pôm Yô (Fan Ao) von Wôl (Yuan) stand Ku Ch'ôn (Ju Jian) bei und bewahrte ihn in den Hoege-Bergen (Huaiji) vor einer Schmach, lehnte aber einen hohen Beamtenposten ab und erwarb sich statt dessen als Kaufmann eine um so höhere Reputation. Neben der Heeresmacht hat den Finanzen die größte Aufmerksamkeit eines Landesfürsten zu gelten. Werter Herr Ma, an welche Art von Handel hattet Ihr gedacht?«

»Zuerst hatte ich vor, den Mandschuren Salz oder Öl zu verkaufen, doch nachdem ich die Gebräuche dieser fremdartigen Gegend studiert habe, sah ich lieber davon ab. Gestern allerdings bin ich auf der Straße einem gewissen Yi begegnet, einem Koreaner, der mir einen Vorschlag unterbreitet hat.«

»Dieser wäre?«

»Ein Gasthaus. Es wird von einem Chinesen betrieben.«

»Ihr wollt sagen, wir Koreaner sollen Chinesen chinesisches Essen verkaufen?«

»Der Koch wird derselbe bleiben, Yi wird unser Partner, und ich werde mich einzig um die Buchhaltung kümmern.«

Der Kaiser, der schon von einer Herde Tausender Pferde, getrieben von Hunderten von Knappen und angeführt von einem Handelsfürsten, geträumt hatte, wirkte nach dieser Auskunft ein wenig enttäuscht.

»Ich habe dieses Gasthaus schon seit einiger Zeit im Auge, es ist zwar nicht groß, würde uns aber ein Weilchen über Wasser halten. Was ist also Eure Meinung?«

Ma Sugas Frage war eher eine Aufforderung. Da der Kaiser keinen besseren Vorschlag zu machen wußte, blieb ihm nichts anderes übrig, als zuzustimmen. Nachdem Ma Suga einige Tage lang geschäftig sich hier und da um dies und jenes gekümmert hatte, wurde der Kaiser also Teilhaber eines bescheidenen chinesischen Gasthauses. Dies als sozialen Abstieg zu bezeichnen, traf auch nicht so ganz zu, doch was der Kaiser noch am Abend des Umzugs in die neue Heimstatt von sich gab, zeugte schon von einer gewissen Niedergeschlagenheit: »Der Wert eines Herrschers bemißt sich an seinem ruhmreichen Ende, nicht an dem verdrießlichen Weg dorthin. Chang Sasông (Chang Shicheng) und Pang Kukjin (Fang Guozhen), die heldenhaften Recken am Ende der Wôn-Zeit (Yuan), waren anfangs auch nur Salzverkäufer, und Chu Wônjang (Zhu Yuanzhang), der Gründer der Myông-Dynastie (Ming), war sogar ursprünglich ein umherziehender Bettelmönch aus Hapbi (Hebei) ...«

Sein Reden war bestimmt, doch klang die Stimme, einem Ohrenzeugen zufolge, schwach. Unterdessen war jenes Jahr zu Ende gegangen und das Jahr Kyôngshin angebrochen.

Aufgrund seines Vergehens, den Kaiser nicht als solchen anzuerkennen, wird Herr Yi, der Sozius des Kaisers und dessen Gefolges, in der *Chronik* nicht mit seinem vollständigen Namen verzeichnet. Er scheint aber dennoch ein rechtschaffener Mann gewesen zu sein. Das Gasthaus war klein und ungünstig gelegen, doch erwirtschaftete Yi weit mehr für den Kaiser und die Seinen, als sie Ausgaben hatten. So ergab es sich, daß einzig Ma Suga benötigt wurde, um Yi bei der Führung des Lokals zur Seite zu stehen; für den Kaiser und Shin Kijuk waren bald alle Tage Feiertage.

Kultur, so hat es den Anschein, ist das Produkt von Muße, und die in dieser Periode neuaufgekommene Begeisterung des Kaisers für das Studium steht in direktem Zusammenhang mit der Freizeit, die er nun genoß. Zum ersten Mal seit der Schlacht im Tal der Vernichtung der Japaner, zehn Jahre zuvor, vertiefte er sich wieder in die Welt der Bücher. Auch wenn Shin Kijuk ihn darin bestärkte, wurzelte diese neuerliche Studierfreude doch im Kaiser selbst.

Die Lektürestimmung an diesem Ort war mit derjenigen damals im Dorf der Weißen Steine nicht zu vergleichen.

Mochte er auch durch gelegentliches Heimweh vom Studium abgehalten werden, so war dieser Zeitverlust ungleich geringer als früher, da zahllose Sorgen und Probleme niederer Art ihn belästigt hatten. Nicht nur bekam er nun Bücher einzusehen, die niemals bis in sein entlegenes Bergdorf gelangt wären; auch war es ihm dank den Fortschritten des Buchdrucks möglich, gut erhaltene Bücher zu erstehen oder auszuleihen.

Das ganze restliche Jahr Kyôngshin verwandte der Kaiser also darauf, sich wieder mit den alten und neueren Denkern vertraut zu machen. Um eine Idee davon zu geben, womit er sich in jener Zeit neben dem Bücherstudium beschäftigte, sei sein Kommentar zum Wirken von General Kim Chwajin* angeführt: »Ein Mann, der das Zeug zu einem großen Krieger seiner Zeit hatte. Hätte ich ihn an meiner Seite gehabt, dann hätte ich niemals die Schmach im Tal der Vernichtung der Japaner erlitten.«

Er hatte im Gasthaus einen Gast, einen jungen Koreaner, von der unheilvollen Schlacht zu Ch'ôngsanni (Ch'ing Shan Li) erzählen hören; zu Shin Kijuk sagte er außerdem: »Merkt Euch den Namen dieses Mannes. Sollte ich ihn später einmal auf meine Seite ziehen, werde ich ihn zum Oberbefehlshaber der Drei Armeen und zu meinem Kriegsminister ernennen.«

Im Jahre Imsul zieht der Kaiser plötzlich in den grünen Wald und schart unzählige tapfere Recken um sich.

Die im Jahre Kyôngshin entfachte Lesewut des Kaisers hielt das ganze Jahr Shinyu an und selbst noch das Jahr Imsul. Die Fülle der Bücher, die er in diesem Zeitraum verschlang, hätte einen Ochsen, wenn man ihn denn mit ihnen beladen hätte, einknicken lassen oder, hätte man sie dort eingelagert, ein ganzes Waffenlager ausgefüllt. Weder las er sie gänzlich

* Unabhängigkeitskämpfer, der mit den vielen koreanischen Widerstandsbewegungen in der Mandschurei den Japanern schwere Verluste zugefügt haben soll, was bei den Besatzern brutale Vergeltungsmaßnahmen hervorrief.

durch, noch lernte er sie alle auswendig, unaufhörlich aber diskutierte er sie mit Shin Kijuk und bildete sich über jedes Werk ein kritisches Urteil. Diese Diskussionen verliefen teilweise recht lebhaft. Einmal zerriß Shin Kijuk des Kaisers Gewandschlaufe, als sie sich über die Bedeutung von Religion und freiem Willen im *Munshimjoryong* ereiferten, ein andermal zerrte der Kaiser Shin Kijuk wutentbrannt am Haarknoten, als sie während der Lektüre der *Geschichte der Myông* (Ming) über Sông Cho und Pang Hyoyu stritten. Des Kaisers Begeisterung für die Schriften ließ die Sorge, daß er sein Leben auch als verarmter Gelehrter hätte beschließen können, nicht unbegründet erscheinen.

Doch der Himmel bereitete insgeheim schon eine Wendung im Leben des Kaisers vor, und zwar in Form eines Überfalls durch Banditen. Eines Abends im Frühherbst jenes dritten Jahres seit dem Bezug des Turmes des Friedens und des Alters wandelte der Kaiser in Begleitung von Shin Kijuk am Ufer des Mokdan-Flusses, das Prosagedicht *Die rote Wand* rezitierend. Auch wenn dort keine rote Wand und der Kaiser nicht Soja (Suzi) war, so neigte das herbstliche Jahr Imsul sich doch seinem Ende zu, und auch wenn die Mondsichel keine abnehmende war, so hing sie doch an der Westseite des Himmels.

Plötzlich hallte im Westen eine ganze Salve von Schüssen wider und flackerten hie und da Blitze auf. Ein Überfall der von den Japanern so genannten Reiterdiebe. Die chinesischen Beamten und Soldaten sowie die an diesem Ort stationierten Japaner hatten rasch das Weite gesucht und waren untergetaucht, und ehe der Kaiser und Shin Kijuk zum Gasthaus zurückgeeilt waren, war die Plünderung der Stadt an verschiedenen Orten bereits in vollem Gange.

In Gruppen zu fünft oder sechst oder zu zweit oder dritt durchkämmten die Banditen die Lager und Privathäuser nach allem, was sie zu Geld machen konnten. Auch das kaiserliche Gasthaus wurde nicht verschont. Bald schon stießen ein mit einem blauen Drachensäbel, einer chinesischen Waffe, bewaffneter Räuber sowie einer mit einem Gewehr die Eingangstür auf und stürmten herein.

Als habe er schon eine gewisse Erfahrung mit Situationen wie dieser, hatte Herr Yi mit Hilfe von Ma Suga eine reichlich mit Wein und Fleisch gedeckte Tafel für die Eindringlinge vorbereitet, wurde allerdings bei deren Auftauchen dennoch aschfahl im Gesicht. Die Stimme, mit der er sie zu Speis und Trank einlud, und die Hand, mit der er ihnen Geld entgegenstreckte, waren zittrig. Die Banditen würdigten das Aufgetischte keines Blickes, sondern verlangten noch mehr Geld. Trotz der beidhändig gezückten blauen Drachensäbel machten sie keinen allzu furchteinflößenden Eindruck. Den Kaiser und Shin Kijuk hatten Ma Suga und Yi gebeten, sich im Hinterzimmer zu verbergen; die Sache konnte also rasch über die Bühne gebracht werden.

Doch wieder einmal zeigte sich die edle und heldenhafte Gesinnung des Kaisers auf eigenartige Weise. Er trat gerade in dem Augenblick aus seinem Versteck, als Ma Suga und Yi nach etwas Wertvollem suchten, womit sie die Räuber zufriedenstellen konnten. Möglicherweise trieb ihn das Pflichtgefühl des Herrn seinem in Todesgefahr geratenen Untertanen gegenüber, Ma Suga in diesem Fall. Er stand jedenfalls unversehens im Zimmer mit einem Fetzen Papier in der Hand, auf dem mit noch feuchter Tusche gepinselt stand:

Selbst der Jäger schießt kein verschrecktes Vöglein, heißt es. Ich wurde zum König über Chosôn berufen; verfolgt von den Japanern aber bin ich in Euer Land gekommen, um Zuflucht zu suchen.

Wie ich hörte, seid Ihr die unerschrockenen Krieger des grünen Waldes, wo Ihr des günstigen Augenblickes harret, in Ruhestarre gleich den Drachen, auf der Lauer gleich den Tigern. Ich hoffe, Ihr möget mir, den es hier ins Exil getrieben hat, Eure Gastlichkeit zuteil werden lassen und möget mich, der ich Tausende Ri *zurücklegte, aufnehmen, auf daß ich die Gastfreundschaft des Großen Reiches erfahre.*

Im Unterschied zu Ma Suga hatte der Kaiser sich geweigert, sich die Sprache der Barbaren anzueignen, er verständigte sich nach wie vor nur schriftlich. Die Banditen allerdings, denen er das Papier darreichte, waren Schriftunkundige. Mit ausdruckslosen Augen glotzten sie ihn ein paar Sekunden lang an, ehe einer der beiden nach knapper Anweisung des anderen hinausrannte.

Kurz darauf kam er mit einem weiteren Kumpanen wieder herein. Dieser war ordentlich gekleidet, sah nicht wie ein Bandit aus und schien ihr Anführer zu sein. Ausführlich besah er sich den Kaiser und gab dann einen zackig vorgetragenen Befehl. Sofort stürzten sich die beiden Untergebenen auf den Kaiser, fesselten ihn und zerrten ihn hinaus. Shin Kijuk war unterdessen ebenfalls herausgekommen und warf sich nun vor die Füße der Räuber, um diese an der Verschleppung seines Herrn zu hindern, erhielt aber einen Schlag mit dem Gewehrkolben und verlor das Bewußtsein, während Ma Suga auf die Knie fiel und händeringend um Verschonung flehte, worauf einer der Banditen kühl erwiderte: »Wir werden ihn nicht töten. In sieben Tagen könnt ihr ihn in Kesugu gegen zweitausend *Wôn* in japanischer Währung wiederhaben.«

Er hatte diese Worte auf mandschu gesprochen. Wie es schien, war der Kaiser ihre Geisel geworden. Sein Zettel schien sie zu der Annahme verleitet zu haben, es handele sich bei ihm um eine Art koreanischen Prinzen. Deshalb diese Forderung an den vermeintlichen Diener Ma Suga. Das löste große Bestürzung aus, aber natürlich ahnten Ma Suga und Shin Kijuk nicht, daß der Himmel über Glück und Unglück waltet, wie es ihm beliebt. Denn das Schicksal kann sich wenden wie beim Pferde von Se Ong (Se Weng), dem es gelang, das Leben seines Kaisers zu retten.

Die erste Nacht und den ganzen darauffolgenden Tag mußte der Kaiser zusammen mit anderen Geiseln eine äußerst beschwerliche Reise überstehen. Nachts war er, die Hände gefesselt, auf einen Pferderücken gebunden, tagsüber mußte er sich zu Fuß durch dichtgewachsenen Wald kämpfen. Als am Abend das Lager der Banditen nahe des Chôkdo-Bergs erreicht war, begann sich die Lage des Kaisers Stück für Stück zu bessern, nachdem er sich zum ersten Mal mit dem Anführer namens Tong auf schriftlichem Wege hatte unterhalten können. Tong war jener edel wirkende Mann, der den Befehl zur Entführung des Kaisers gegeben hatte, er wurde von seinen Leuten »Weißer Fächer« genannt. Er wärmte sich gerade am Feuer, zusammen mit seinen Untergebenen, die entspannt miteinander flachsten, da sie sich nicht mehr verfolgt wähnten, als ihm plötzlich ein Gedanke durch den Kopf zu gehen schien und er zum Kaiser ging. Mit einem Stück Kohle zeichnete er auf die Mitteilung des Kaisers, dort, wo noch Platz war:

Haben Sie das geschrieben?

Der Kaiser nickte.

Stimmt das, was hier steht?

Der Kaiser bejahte erneut. Tong musterte ihn ein weiteres Mal ausführlich und schrieb:

Ist Ihnen die Fessel unangenehm?

Der Kaiser zog eine bewußt übertriebene Grimasse und schüttelte vehement den Kopf. In Wahrheit fühlte er sich elendig, war er doch schon den ganzen Tag angebunden.

Ihre Leute haben mir ihr Wort gegeben, kann ich annehmen, daß auch Sie sich daran halten würden?

Nach kurzem Innehalten stimmte der Kaiser kopfnickend zu. Daraufhin rief Tong einen seiner Männer zu sich und ließ dem Kaiser die Fessel abnehmen. Dann schrieb er:

Ihre Leute haben versprochen, in sieben Tagen das Lösegeld besorgt zu haben. Sie haben sich hiermit ebenfalls an dieses Versprechen gebunden.

Auf diese Weise kam also die schriftliche Verständigung zwischen dem Kaiser und Tong zuwege.

Herr und Untertan sind eins. Mag es auch ungerecht sein, so bindet das Wort meiner Untergebenen auch mich.

Ich glaube Ihnen. Sie sehen aus, als seien Sie aus vornehmem Hause. Ich halte Sie nicht für so verrückt, daß Sie Ihr Versprechen brechen und durch einen Fluchtversuch Ihr Leben aufs Spiel setzen würden.

Verstehe. Auf wieviel belaufen sich denn Eure Lösegeldforderungen?

Auf zweitausend Wôn *in japanischer Währung.*

Das ist viel zu wenig. Wenn Ihr den Preis für mich derart niedrig ansetzt, ermangelt es Euch am Scharfsinn des Weisen. Mag ich auch zugrunde gehen, weil das Lösegeld nicht für mich aufgebracht werden kann, bitte ich Euch dennoch inständig, es zu verzehntausendfachen.

Tongs Gesicht nahm einen Ausdruck der Bewunderung an.

Schon zweitausend Wôn *sind nicht eben wenig.*

Auch das Zehntausendfache der zehntausendfachen Summe wäre nicht angemessen, um einen Kaiser freizukaufen.

Tong zog es vor, das Thema in eine andere Richtung zu lenken:

Wieso sind Sie in dieses Land gekommen?

Ich habe eine Armee ausgehoben und mit ihr die Japaner bekämpft, allerdings reichten unsere Kräfte nicht aus. Ich gedenke aus diesem Land mein P'achok *zu machen.*

Die Banditen machten sich bereit zum Weitermarsch, daher endete das Gespräch an diesem Punkt.

Es dunkelte schon, als sie an ihrem Hauptquartier ankamen, einer Höhle in einem Berghang weit hinten im Tal. Die Höhle schien natürlichen Ursprungs, aber zum Zwecke der Bewohnbarkeit ausgebaut worden zu sein; im Unterschied zu anderen mandschurischen Banden hatte diese ihren Stützpunkt nicht in der Nähe eines Dorfes. Es waren auch einige Frauen zu sehen, sie trugen aber keine häusliche, sondern kriegerische Tracht wie die Männer. Ohne Zweifel lebten sie von den Erträgen ihrer Beutezüge, auch wenn es auf den ersten Blick gar nicht den Anschein danach hatte.

Des Kaisers Vermutungen bestätigten sich bald. Für die Nacht wurde er zusammen mit sieben weiteren Geiseln in einer wenig wohnlichen Zelle der Höhle untergebracht, aus der Tong ihn nach kurzer Zeit zu sich holen ließ. Dieses Mal war auch der von den Banditen so genannte Große Vater, der Chef der Truppe, anwesend. Es lag etwas zum Schreiben bereit.

Seid Ihr ein Prinz aus Chosôn?, fragte das Banditenoberhaupt, ein kräftig gebauter Krieger in den Vierzigern. Tong transkribierte:

Ich sagte nicht, ich sei Prinz. Aber ich werde König sein.

Gehört Ihr dem Hause Yi an?

Nein. Ich bin ein Chông. Die Königsenergie der Yi ist beinah aufgebraucht. Ich habe das Himmlische Mandat erhalten, an ihre Stelle zu treten.

In die Mienen Tongs und des Oberhauptes zeichnete sich Zweifel.

Ein Mandat des Himmels?

Ich kann Euch jetzt nicht alles erklären, wohl aber kann ich Euch drei Zeichen zeigen: diesen alten Spiegel, diese Geheimschrift und meine Stirn.

Der Kaiser zog den seit dem Aufbruch vom Dorf der Weißen Steine wie einen Talisman getragenen Kupferspiegel sowie eine zum Zwecke der Reise zusammengebundene Kopie des *Kamgyôl* heraus.

Der Spiegel wurde im zweiten Jahr der Regentschaft von Kôn Nyông (Jian Ning) vom Hause der Tang gefertigt und dann von einem seltenen Mann in den Bergen versteckt. Dieses Buch hier ist eine Geheimchronik von tausend Jahren von Haedong (Korea). Und was das Zeichen auf meiner Stirn betrifft, so gab der Große Bergkönig dem Tiger die Weisung, es mir einzuritzen.*

Tong und der Bandenchef ließen sich vom kaiserlichen Antlitz, Spiegel und *Kamgyôl* nur mäßig beeindrucken. Schweigend beäugten sie die drei Zeugnisse der himmlischen Manifestation, aber hätte nicht auch jeder grobschlächtige Räuber das Zeichen für *wang* – »König« – auf der Stirn und den Wert des alten Spiegels erkennen müssen? Außerdem mußte doch ein jeder aufmerken bei dem Satz, mit dem die *Kamgyôl*-Geheimschrift eingeleitet wurde: *Kam ist Samahwi (Sima Huai) und Chegalyang (Zhuge Liang) überlegen.*

Nachdem sie einige Worte gewechselt und sich gegenseitig zugenickt hatten, ging die Befragung des Kaisers weiter:

Habt Ihr viele Anhänger?

Nicht viele, aber genügend, um tausend Kriegswagen mit je tausend Mann zu bestücken. Und dereinst werden sämtliche zwanzig Millionen Koreaner meine Untertanen sein.

Um tausend Kriegswagen à tausend Mann einsetzen zu können, bedurfte es weiterer zwanzig-, dreißigtausend Mann, um diese Gefährte zu lenken und zu eskortieren. Mit anderen

* Sinozentristischer Name Koreas mit der Bedeutung »Ostmeer«.

Worten: der Kaiser log. Aber die Prahlerei gehört nun einmal zur Kunst des Kriegführens.

Weißer Fächer sagte mir, Ihr hättet Euch mit den Japanern geschlagen. Stimmt das?

Es stimmt.

Wieviele Male?

Zweimal.

Mit welchen Ergebnissen?

Das eine Mal verloren, das andere Mal gesiegt.

Und der Kaiser schilderte ihnen, was sich im Tal der Vernichtung der Japaner zugetragen hatte. Im großen und ganzen hielt er sich dabei an die Tatsachen, nur die Truppenstärke erlaubte er sich zu verhundertfachen.

Wir hatten ja schon von den verschiedenen Aufständen gegen die Japaner seitens der Gerechtigkeitskämpfer gehört, aber von einer Schlacht solchen Ausmaßes wußten wir nichts. Und wie war's beim anderen Mal?

Auch zu den gewaltigen Ereignissen des Jahres Kimi erfand der Kaiser nichts hinzu. Sein ganzes Volk habe sich vor ihm versammelt und die Nationalflagge geschwenkt und *Manse!* gerufen, einzig die Zahl der japanischen Polizisten verhundertfachte er.

Dieser Aufstand Eures Volkes hat sich tatsächlich im Jahre Kimi ereignet. Aber warum seid Ihr nach einem solchen Triumph hierher geflüchtet?

Weil ich trotz meines Sieges über die Japaner nicht in der Lage gewesen wäre, gegen ihre nachrückenden Streitkräfte anzukommen, die die von mir bezwungenen schon bald darauf ersetzt hätten. Sich einem mächtigen Feind entgegenzustellen und sich von ihm versehren zu lassen, ist der törichte Übermut des gewöhnlichen Mannes. Außerdem hätte, wäre ich im Lande geblieben, zuerst mein Volk dafür büßen müssen. Für das Volk bedeutet Krieg immer Unheil.

Bei diesen Worten des Kaisers schien sich das Gesicht des Banditenoberhauptes ein wenig aufzuhellen. Er ließ sich aber nichts anmerken und fragte weiter:

Werden die Leute, die mit Euch gekommen sind, die Lösegeldsumme aufbringen können?

Glaubt Ihr wirklich, daß Leute, die Tausende von Ri *zurückgelegt haben, über einen solchen Betrag verfügen könnten?*

Aber hattet Ihr Euch nicht bei Weißer Fächer beschwert, der Preis für Euch sei viel zu niedrig angesetzt?

Für einen Preis für ein ganzes Land ist er auch viel zu niedrig. Wie könnte man es überhaupt mit dem Geld von Inselbarbaren bemessen? Alle meine Reichtümer befinden sich in Chosôn. Ihr werdet bekommen, was immer Ihr verlangt, sobald ich mein Land wiedergewonnen haben werde.

Während Tong dem Banditenchef diese niedergeschriebene Antwort weitervermittelte, sah dieser den Kaiser mit ausdruckslosen Augen an. Der Kaiser fuhr fort, zu schreiben:

So wie Geld sogar auf einem Misthaufen nicht verrottet, vergißt der Tugendhafte den Weg *auch dann nicht, wenn er bedroht wird. Auch wenn Ihr Euch im grünen Wald verborgen haltet, weiß ich nun, Ihr seid ein Tugendhafter und ein großer Held. Mir scheint, als hätte ich nach langer Trennung meine Freunde wiedergefunden.*

Ein altes Sprichwort besagt, wenn die Kiefer sprießt, freut sich die Pinie, und wenn die Lilie welkt, trauert die Orchidee; *ähnlich verhalten sich China und Chosôn zueinander. Auch heißt es,* wenn einer keine Lippen mehr hat, werden ihm die Zähne kalt, *und auch dieses Bild beschreibt die Beziehung zwischen China und Chosôn. Wenn dies stimmte, hätte ich dann nicht allen Grund zur Klage, daß das Große Reich untätig zusieht, wie Chosôn von den Japanern gebrandschatzt wird, und wäre es nicht um so betrüblicher, wenn Ihr Euch an einem Mann bereichern wolltet, der in Euer Land gekommen ist, voll des Vertrauens, bei Euch Zuflucht zu finden?*

Aber auch das Haupt einer Räuberbande durfte nicht ausschließlich an Geld und Gewinn denken.

Auch mir ist nicht entgangen, daß Ihr kein gewöhnlicher Mann seid. Außer einem Kupferspiegel und einem Wahrsagebuch habt Ihr nur Euer Wort, um zu beweisen, wer Ihr seid. Was sollte ich aber, wenn ich Euch nun die Freiheit gäbe, meinen Männern sagen?

Es heißt, gewöhnliche Leute tauschen Besitztümer aus, und weise Leute schöne Worte. Nur die Gewöhnlichen plagen Zweifel und Unglaube. Schenkt Ihr mir Euer Vertrauen, wird es Euch mit dem Zehnfachen vergolten werden. Solltet Ihr einmal mein Land besuchen kommen, würde ich Euch willkommen heißen mit dreitägigen kleinen Festmahlen und fünftägigen großen Festessen, und solltet Ihr gar für immer in meinem Reiche bleiben wollen, gäbe ich Euch, auch wenn der Boden nicht sehr fruchtbar wäre und Euch meine Heimat etwas beengend vorkäme, Ländereien über tausend Ri.

Es beeindruckt mich, wie Ihr in solch schwieriger Lage noch den Willen des Himmels zu erfassen vermöget. Ich werde meine Leute zu einer Versammlung einberufen.

Es sollte in dieser Nacht kein weiteres Gespräch zwischen diesen beiden Helden mehr geben. Tags darauf wurden alle vom Alarmsignal hochgeschreckt, auf welches unmittelbar eine Maschinenpistolensalve folgte. Der Kaiser, zusammen mit den anderen Geiseln in der wenig behaglichen Zelle eingesperrt, begriff zunächst gar nicht, was außen vor sich ging. Dann aber erkannte er, daß die Schüsse von einer Strafexpedition stammten, die das Tal umzingelt hatte.

Es handelte sich um den Überraschungsangriff einer japanischen Einheit, ohne daß klar war, ob sie sich damit ein für alle Mal des Banditenproblems in der Ostmandschurei entledigen wollte oder es bloß auf diese eine Räuberbande abgesehen hatte. Jedenfalls aber überstieg ihre Kampfkraft bei weitem die der Angegriffenen, sogar eine Maschinenpistole hatte sie. Die Banditen wehrten sich tapfer, unter Ausnutzung der vertrauten Grottenlandschaft, doch war ihre Lage so aussichtslos, daß selbst der Mann, der mit der Bewachung der Höhle betraut war, sich am Gefecht beteiligen mußte.

Sobald die Banditen allesamt das Weite gesucht hatten, schritten die zurückgelassenen Gefangenen ihrerseits zur Tat. Sie verrenkten sich nach allen Richtungen, um sich ihrer Fesseln zu entledigen, was sie nach reichlicher Anstrengung und mit gegenseitiger Hilfe auch schafften; dann gelang es ihnen, die Eichenholzwand aufzubrechen, die den Eingang zur Höhle versperrte.

»Nun aber schnell weg hier!«

Da der Kaiser unbeweglich vor den wild gestikulierenden Mitgefangenen sitzenblieb, schrieb es einer in den Sandboden.

Wohl bin ich hierher mit Gewalt verschleppt worden, gehen aber will ich mit Anstand. Außerdem gab ich jenen mein Wort.

Verwirrt sah die Mitgeisel, die sich an den Kaiser gewandt hatte, diesen an, machte sich aber eiligst davon, noch ehe der Kaiser zu Ende geschrieben hatte.

Doch die Ausbrecher kamen nicht weit. Nur wenige Minuten nach Antritt ihrer Flucht hallten Gewehrschüsse wider, und Tong kam in die Höhle hereingestürmt in Begleitung eines anderen Banditen, dessen Flinte noch rauchte. Als er den Kaiser ohne seine Fesseln entdeckte, fragte er ihn: »Was ist passiert?«

Auch ohne daß der Kaiser seine Sprache verstand, glaubte er zu wissen, was er gefragt wurde. Wortlos zeigte er auf den Boden vor ihm. Als Tong dorthin sah, spiegelte sich echte Ergriffenheit in seinem Gesicht wider.

Ohne ein Wort zu sagen, führte er den Kaiser aus der Höhle und zum Anführer, der gerade damit beschäftigt war, die Verteidigung zu organisieren. Die beiden Banditen führten eine kurze und heftige Diskussion, bis das Oberhaupt plötzlich einem gefallenen Mitstreiter das Gewehr entriß und es dem Kaiser reichte. Dieser verstand sogleich, ohne daß es eines Wortes bedurft hätte. Ohnehin hatte sich seit langem in ihm ein ungestillter Haß gegen die Japaner aufgestaut, er nahm daher die Waffe entgegen, bezog eine freigewordene Stellung und begann zu schießen.

Das Gefecht währte noch eine gute Stunde. Doch aller Geländevorteil nutzt letztendlich nichts, wenn das Kräfteverhältnis derart unausgeglichen ist. Dazu kam, daß das Maschinengewehr immer besser traf und die Banditen regelrecht niedermetzelte.

Schließlich schien es ihrem Anführer unvermeidlich, das Hauptquartier aufzugeben, und er gab das Signal zum Rückzug, der einzig über den langgezogenen Felsen möglich war.

Er bot kaum die Aussicht, daß sich viele Menschen über ihn würden hinüberretten können, aber die Vorkehrungen, die für einen solchen äußersten Notfall getroffen worden waren, machten diesen Weg passierbar. Dennoch stellten sie auf ihrem langsamen und beschwerlichen Aufstieg für die Japaner leicht zu treffende Zielscheiben dar, und die flüchtenden Räuber, die bereits die Hälfte ihrer Leute verloren hatten, wurden um weiter dezimiert bis auf ein Viertel der ursprünglichen Truppenstärke. Sie hatten kaum diesen todbringenden Aufstieg hinter sich gebracht, da standen sie auch schon unter dem Feuer von entlang des Bergkamms im Hinterhalt liegenden Schützen. Als sie schließlich auch diesem Beschuß entrinnen konnten, war nur noch ein Dutzend der anfangs zweihundert Kämpfer übrig, darunter der Kaiser und Tong, neben einigen anderen unversehrt; die restlichen Überlebenden hatten Verletzungen davongetragen. Auch den Großen Vater, das Haupt der Banditenbande, hatte es schwer an Schulter und Brust getroffen.

Was habt Ihr nun vor? Wozu Euch noch an das Versprechen Eurer Leute halten? fragte Tong den Kaiser.

Dieser hatte bis zu diesem Augenblick nur daran gedacht, so schnell es ging davonzukommen, so daß er zunächst keine Antwort zu geben wußte. Jeder Berg, jeder Fluß waren ihm fremd, und er befand sich zwei Tagreisen von dem einzigen Ort dieses Landes entfernt, den er kannte. Offen erwiderte er daher:

Ich bin völlig hilflos. Auch wenn Ihr mich gehen ließet, wüßte ich nicht, welche Richtung ich einzuschlagen hätte.

Warum kommt Ihr dann nicht mit uns? Zu gegebener Zeit werden wir Euch schon helfen, wieder zurückzukehren.

Wohin gedenkt Ihr zu ziehen?

Wir rechnen mit der Unterstützung durch das Haus Ch'ôk (Ch'i).

Wo residiert dieses?

An einem Ort eine gute Tagreise von hier entfernt. Zwischen dem Großen Vater und den Ch'ôks besteht ein Band. Ihr könnt dort warten, bis der Augenblick gekommen ist, an dem es möglich sein wird, wieder heimzukehren.

Eine Alternative zu diesem Vorschlag gab es nicht. Die *Chronik* spielt auf diesen erzwungenen Aufenthalt beim Hause Ch'ôk höchstwahrscheinlich mit der Feststellung an, der Kaiser *schart im grünen Wald tapfere Recken um sich.* Mag diese Einschätzung auch ein wenig übertreiben, so entbehrt sie auch nicht gänzlich einer Grundlage, wenn man bedenkt, was sich hernach abspielte.

Im Jahre Kehae wird der Kaiser Meister der Ostgemarkung durch die Gunst des Herrn der Ch'ôk.

Das Haus Ch'ôk war ein recht umfassendes Landgut, etwa fünfzig *Ri* südwestlich von Palli gelegen. Nach ihm war auch das Dorf in jenem Bezirk benannt, es bestand aus ungefähr hundert Häusern, deren Anordnung den Ort wie eine kleine Festung wirken ließ. Ein dicker Erdwall umgab die dicht miteinander verwachsenen Häuser, und nur vier aus soliden Holzstämmen gebaute und nach Osten, Westen, Süden und Norden gehende Tore gab es. Dazu waren zahlreiche Schießluken in die Mauer gemeißelt, und über jedes der vier Eingangstore ragte ein altes Maschinengewehr, was den Eindruck einer Festung noch verstärkte.

Das Familienoberhaupt der Ch'ôk, ein Onkel des Banditenchefs Großer Vater, hatte das sechzigste Lebensjahr bereits überschritten. Mit offenen Armen empfing er seinen Neffen und dessen Mannen, als tue er dies nicht zum ersten Mal. Ebenso herzlich hieß er auch den Kaiser willkommen, wobei er sofort zu ahnen schien, daß ihre Beziehung eine besondere sein würde. So wenig der Kaiser in ihm nur ein einfaches Sippenoberhaupt sah, so wenig erkannte der Herr der Ch'ôk im Kaiser einen gewöhnlichen Mann.

So seid Ihr wohl der Übergangskönig von Chosôn?

Mit dieser Frage leitete der Herr der Ch'ôk die schriftliche Unterhaltung mit dem Kaiser ein, nachdem er am Tag ausgiebig Tong nach jenem ausgefragt hatte.

Wie könnte ich, auch wenn mein Reich verloren ist, nur ein Übergangskönig sein? Meine Zeit ist eben noch nicht angebrochen.

Aber ist denn die Sippe der Yi nicht mehr das Königshaus von Chosôn?

Ihr hat die Stunde geschlagen. Meine Zeit wird bald anbrechen.

Ein weiteres Mal zog der Kaiser den kupfernen Spiegel und den *Kamgyôl* hervor und erzählte seinem Gegenüber vom Himmlischen Mandat, das er empfangen. Dieser besah sich, nachdem er noch neugieriger und aufmerksamer den Worten des Kaisers gelauscht hatte als zuvor Tong und der Banditenchef in der Räuberhöhle, ausgiebig das kaiserliche Antlitz, vor allem die Stirn. Dann las er die Handlinien, studierte die Fußsohle und betastete den Knochenbau.

Wahrlich seid Ihr beschaffen wie ein König. Das koreanische Volk hat Glück, schrieb der Herr der Ch'ôk schließlich, indessen ein Schatten über sein Gesicht huschte.

Kann es ein Land ohne König geben? Gewiß wird auch in China bald ein geheiligter Himmelssohn herabsteigen.

Zehn Jahre ist es nun schon her, daß Mandschus Kaiser Sôntong (Xundi = Xuantong) abdankte, doch die Han-Generäle streiten noch immer miteinander. Es heißt, sie versuchten die Gebräuche des Westens einzuführen, indem sie das Amt des Himmelssohns abschafften und das Volk sich seine Führer selbst wählen lassen wollten. Ich fürchte, in naher Zukunft werden wir weder Sonne noch Mond mehr sehen können.

Wie könnte, solange der blaue Himmel über sie wacht, die Macht über die Welt in den Händen des unverständigen Volkes liegen? Gewiß hat jemand das Mandat des Himmels bereits empfangen.

Über die Person und das Verhalten des Herrn der Ch'ôk gehen die Meinungen weit auseinander. An dieser Stelle der Episode sei ein Wort über die Ansicht dessen verloren, der den Herrn der Ch'ôk für eine Art Spinner mit einer starken Neigung zum Aberglauben hält. Außer Frage steht es, daß sie von einem Gegner des Kaisers stammt, denn wie anders erklärte man die Maßnahmen, die der Herr der Ch'ôk gleich nach dieser ersten Unterhaltung ergriff? Und wurden ohnehin nicht alle, die in näheren Kontakt mit dem Kaiser kommen durften, pauschal als Betrüger, Idioten, Phantasten oder Säufer diffamiert?

Die besondere Beziehung zwischen dem Kaiser und dem Herrn der Ch'ôk wurde noch enger, als ein paar Tage später Shin Kijuk auftauchte. Der vierte Tag nach der Ankunft des Kaisers im Hause Ch'ôk war der Tag, an dem Ma Suga mit den Banditen im Hafen von Kesu verabredet war, und der Kaiser hatte eigentlich vorgehabt, ihn nach Yônggotap zurückzubringen, lag aber seit dem Vortag krank zu Bett, weil ihnen die Strapazen der vorangegangenen Tage noch in den Knochen steckten. So blieb Tong nichts anderes übrig, als einen seiner Männer mit der Order loszuschicken, Ma Suga nach Ch'ôk zu holen, doch war es unerwarteterweise nicht dieser, sondern Shin Kijuk, den der Bandit mitbrachte.

Shin Kijuk erregte bei seinem Einzug ins Dorf allgemeines Aufsehen, trug er doch ein Trauergewand und einen Bambusstock, die Augen rot unterlaufen. Kaum in den Raum eingetreten, in dem der Kaiser lag, warf er sich auf den Boden und begann zu flennen wie ein kleines Kind.

»Werter Meister Shin, beruhigt Euch, was habt Ihr?« fragte der Kaiser, dem es schon wieder besser ging.

»Seit jeher wird der Tod eines Monarchen gleichgesetzt mit dem Fall des Himmels, und als Ihr, mein Herr, verschleppt wurdet, war mir wirklich, als sei der Himmel herabgestürzt. Ich bin überall gewesen und hin- und hergerannt, ohne daß es mir gelungen wäre, die Lösegeldsumme zusammenzubringen, und als Ma mir auch noch erzählte, wie er Euch einmal Schlechtes angetan habe, gingen die Nerven vollends mit mir durch, und ich fühlte mich, als platzten zehntausend Adern in mir.

Doch gibt es auf der Welt einen Knecht ohne Herrn, einen Untertan ohne König? Ich beschloß daher, mich dem Schwert der Banditen darzubieten, solltet Ihr noch am Leben sein, oder meinen alten Körper an die Seite Eures Leibes zu legen, sollte Euch Leid angetan worden sein.

Nicht im geringsten reute es mich, fände ich nun, da ich Euch wohlbehalten wiedersah, den Tod.«

Man erzählt sich, daß Ka Ûi (Jia Yi) von Han im Alter von

dreiunddreißig Jahren vor Gram zugrunde ging, nachdem Ûp (Yi), König von Yang, dem er als Minister diente, vom Pferd zu Tode gestürzt war, und die Treue von Shin Kijuk zu seinem Kaiser stand der von Ka Ûi in nichts nach. Dem Kaiser schossen bei diesen Worten die Tränen in die Augen: »Ja. Ja. Ihr seid wahrlich mein Mil U und mein Yu Yu! Gäbe es noch einen zweiten von Eurem Schlage an meiner Seite, hätte ich wahrlich keine Sorgen mehr! Ich werde Eure Ergebenheit in der Kaiserchronik vermerken lassen, auf daß der Nachwelt von ihr berichtet werde. Nur wenn Ihr Euch des Hochverrats schuldig machen solltet, erführet Ihr vor dem Richter keine Gnade.«

Waren diese Worte zwar an Shin Kijuk gerichtet, fragte sich der Kaiser doch plötzlich, wo Ma Suga wohl abgeblieben war.

»Und Ma Suga?«

»Wohl ist mir bewußt, daß es sich nicht gehört, gegen einen Gleichrangigen Tausende von *Ri* vom Heimatland entfernt Anklage zu erheben, aber da nichts über der Wahrung der Interessen meines Herrn steht, werde ich meine Beschuldigung offen aussprechen.

Mir ist klargeworden, daß in Ma bereits seit dem Aufbruch aus Paeksôngni der Gedanke der Rebellion keimte. Während wir gen Norden zogen, verbreitete er hie und da Schlechtes über Eure Majestät, und nachdem wir uns niedergelassen hatten, hielt er sich nicht mehr zurück, Herrn Yi gegenüber Bemerkungen zu machen, die wenig vorteilhaft für Euch waren und den Eindruck erwecken sollten, Ihr seid ein Schmarotzer.

Als das Unheil über uns hereinbrach, machte er nicht die geringsten Anstalten, die Wirtschaft zu verkaufen, um so wenigstens einen Teil des Lösegelds aufbringen zu können – obwohl ich ihn immer wieder darum gebeten hatte, und am Morgen meines Aufbruchs galt seine einzige Aufmerksamkeit dem Zählen seines Geldes und der Handhabung des Rechenbretts. Auch wenn er ein Fachmann der Finanzen und der Buchhaltung ist, scheint es mir doch vonnöten, die schlechten Triebe auf dieser Welt zu beschneiden, ehe sie sich im Erdreich ausbreiten.«

Bei diesen Worten erfüllte des Kaisers Brust kochend heiße Wut. Doch die Unerschütterlichkeit dessen, der berufen ist, dereinst die Welt zu regieren, unterscheidet sich eben vom Temperament eines Konfuzianers vom Schlage eines Shin Kijuk. Als sich sein Zorn wieder abgekühlt hatte, sprach er mit ruhiger Stimme: »Ich verstehe. Die wichtigste Handlung bei der Errichtung eines neuen Reiches ist die Beseitigung derer, die die Ämter der Fürsten bekleiden. Han-Kaiser Kojo (Gaozu), der Einiger der Welt, ergriff Han Shin (Han Xin), König von Ch'o (Ch'u), mittels einer List und degradierte ihn, vertrieb Shin (Xin) als einen Barbaren, entthronte O (Ao), den Sohn von Chang I (Zhang Er) und König von Cho (Chu), ließ das Fleisch von P'aeng Wôl (Peng Yue), dem König von Yang (Liang), kochen, tötete Yông P'o (Ying Bu), König von Hoenam (Huainan), und löste die Königreiche Yôn (Yan) und Changsa (Chang Sha) auf.

Auch der Gründer der Myông-Dynastie (Ming) tötete rund zwanzig hochrangige und ruhmvolle Minister, als er ihre Verstrickung in den Mord an Ho Yuyong (Hu Weiyung) aufdeckte, und nach der Ermordung von Nam Ok (Nan Yü) entging kaum einer der Staatsmänner und Generäle, die sich bei der Reichsgründung noch hohe Verdienste erworben hatten, dem Tod.

Diese Beispiele mögen hier nicht ganz angebracht sein, doch wie könnte Ma nun, da sein Verrat bereits unstrittig ist, noch verziehen werden? Es ist aber jetzt keine Zeit, diese Angelegenheit zu regeln, Ihr werdet sie daher einstweilen für Euch behalten und niemandem etwas davon erzählen.«

Diese Unterredung der beiden machte auf die Bewohner von Ch'ôk keinen geringen Eindruck. Ohne daß sie ihre Sprache verstanden, rührten sie die ehrfurchtgebietende Würde des Kaisers und die inbrünstige Ergebenheit des Shin Kijuk. Nachdem er diese Szene mitangesehen hatte, verflogen beim Herrn der Ch'ôk die letzten noch verbliebenen Zweifel.

Im Leben des Kaisers gehörte die Zeit im Hause Ch'ôk zu den glanzvollsten. Als er ein paar Tage später das Krankenbett verlassen konnte, suchte er den Herrn der Ch'ôk auf, um

Abschied von ihm zu nehmen; dieser fragte ihn, nachdem er die Diener zu seiner rechten und linken fortgeschickt hatte:

Was gedenkt Ihr nun zu tun nach Eurer Rückkehr?

Ich werde mich dem Bücherstudium widmen und warten, bis meine Zeit gekommen ist. Ihr kennt ja die Sprichwörter: Ist deine Zeit gekommen, hilft dir die ganze Welt *und* Ohne Schicksalsglück erreicht auch der Held nichts.

Die Zeit des Helden ist, wenn die Welt im Chaos versinkt und seiner Stärke bedarf, um sich wieder aufzurichten. Das Große und das Kleine China befinden sich seit geraumer Zeit in Aufruhr; was sie jetzt dringend benötigen, ist Stärke. Ich könnte Euch dazu verhelfen, diese Stärke zu erlangen; würdet Ihr daher geruhen, mich anzuhören?

Ich wasche mir die Ohren und lausche ehrfürchtig, was Ihr, werter Herr, zu sagen habt.

Ich möchte Euch eine Frage stellen. Ihr sagtet, Ihr hättet in Chosôn viele Anhänger; könntet Ihr sie hierherkommen lassen?

Ein versiegelter Brief, und es kämen weit mehr Menschen, als Ch'ôk aufnehmen könnte.

Gut. Etwa dreißig Ri *östlich von hier besitze ich Ländereien, die sich über mehrere hundert* Ri *erstrecken und brachliegen. Seit langem schon gehört mir dieses Land, doch konnte ich es nie bestellen, da die Einwohnerschaft in Ch'ôk viel zu klein ist. Warum macht nicht Ihr dieses Land urbar und legt somit die Grundlagen für Euer großes Unternehmen? Es ist zwar schmal, aber eine Armee könnte auf ihm bestens ausgebildet werden. Notfalls könntet Ihr auch noch Menschen aus den umliegenden Höhlen anwerben.*

Die Gegner des Kaisers deuteten die Sache wieder einmal gänzlich anders und bezweifelten die Aufrichtigkeit dieses freundschaftlichen Angebots des Herrn der Ch'ôk. Ihrer Auffassung nach soll der Sippenchef, nachdem Gerüchte ihm von der erfolgreichen Anbauweise koreanischer Einwanderer im Süden der Mandschurei berichtet hätten, im Schilde geführt haben, den Kaiser für die Umwandlung vernachlässigten Bodens in ertragbringende Reisfelder auszunutzen. Eingedenk der geringen Bevölkerungsdichte in jener Gegend seien preiswerte Landarbeiter natürlich sehr gefragt gewesen. Andere Zweifler vertraten die Meinung, der Herr der Ch'ôk habe nach einer Lösung gesucht, wie die Banditen aus seinem Dorf ferngehalten werden konnten, da diese allmählich zu einem Problem geworden waren. Diese Kritiker scheuten sich also nicht, einen Mann, den sie gerade erst einen Spinner schmähten, auf einmal als gewieften und mit allen Wassern gewaschenen schlauen Fuchs darzustellen. Die Worte, die der Herr der Ch'ôk dem Kaiser aufpinselte, beweisen, wie unbegründet all diese Zweifel sind:

Zehn Jahre seid Ihr von jeder Pacht freigestellt. Dann werden die Erträge durch vier geteilt, und zwei Teile gehen an die Bauern und je einer an uns beide.

Sieht man einmal vom Anteil des Kaisers ab, erscheint dieser Vorschlag doch außerordentlich großzügig, wenn man bedenkt, welche Konditionen in dieser Region sonst üblich waren. Und wie kann man bei zehn pachtfreien Jahren noch den Großmut des Herrn der Ch'ôk in Frage stellen?

Der Kaiser wirkte von diesem Vorschlag ziemlich überrumpelt, indessen sein Gegenüber weiterschrieb:

Um Euch jeden noch verbliebenen Zweifel zu nehmen, werde ich etwas ausholen. Ich möchte Euch unbedingt helfen, weil ich, wenn ich Euch so sehe, an meine Jugendzeit erinnert werde, und ich verspüre echte Zuneigung zu Euch, auch wenn Ihr aus einem anderen Land kommt.

»…?«

Habt Ihr schon einmal von einem Geheimbund mit Namen Yômja *(Nianzi) beziehungsweise* Yômbi *(Nianfei) gehört?*

In meiner geringen Gelehrsamkeit hörte ich noch nicht von einem solchen.

Das Wort Yômja *leitet sich von* yômji *ab, womit in Hoebuk (Hebei) das Papier bezeichnet wurde, mit dem man beim Drachenspiel das Öl anzündete. Die Gruppe, deren Einfluß immer größer wurde, nannte sich selbst* Yômja, *während die mandschurischen Behörden sie mit der Bezeichnung* Yômbi, *»Yôm-Banditen«, belegte.*

Im dreißigsten Jahr der Regentschaft von Kaiser To Kwang (Tao Guang) stellte der Himmelskönig Hong Sujôn (Hong

Xiuquan) in Kepyônghyôn (Guipinxian) eine Friedenstruppe (T'aepyông (Taiping)) auf, und der Yôm-Verband tat es ihm nördlich von Anhwi (Anhui) unter dem Kommando von Chang Nakhaeng (Zhang Luoxing), dem König von Taehan, nach.

Als im zweiten Jahr der Regentschaft von Kaiser Tong Ch'i (Tung Chi) der König im Kampf gegen den Ch'ông-General Sûnggyôkimshim (Senggelinquin) fiel, wurde die Yôm-Truppe vorübergehend aufgelöst, schloß sich aber wenig später mit der T'aepyông-Armee zusammen, beseitigte Sûnggyôkimshim und nahm Sandong (Shandong) ein. Erschrocken entsandte die Mandschu-Regierung einen Trupp unter der Führung von Chûng Kukbôn (Zeng Guofan) zur Zerschlagung der Aufständischen aus, infolgedessen die Yôm-Armee zweigeteilt wurde: ein Teil der Yôm floh nach Sômsô (Shensi) und wurde zur West-Yôm, und der andere blieb in Sandong und trug fortan die Bezeichnung Ost-Yôm.

Die Ost-Yôm fochten weiter unter dem Kommando von Anführern wie Yim Chu (Ren Chu) oder Noe Mungwang (Lai Wenkuang), wurden aber erneut zerrieben, von Yi Hongjang (Li Hungchang), der Chûng Kukbôn nachgefolgt war, und ihre Führer wurden einer nach dem anderen von den Hundesöhnen der Regierung getötet …

Welche Verbindung besteht zwischen Yômja und Euch?

Hier trage ich zwar den Namen Ch'ôk, eigentlich aber ist mein Familienname Yim (Ren), und Yim Chu (Ren Chu), der frühere Anführer der Ost-Yôm, war mein Vetter. In jungen Jahren kämpfte auch ich unter seinem Kommando.

Als im sechsten Jahr der Regentschaft von Kaiser Tung Ch'i mein Cousin von Yi Hongjang getötet und die Yôm-Armee zerschlagen wurde, trug ich etwas Gold zusammen und fuhr mit den Kindern meines Cousins über den Golf von Parhae (Pechili). Ich zog durch die ganze Provinz Tongsam, ehe ich mich an diesem Ort hier niederließ, in dessen Nähe mein Neffe Yim Ho den Höhlenstützpunkt einrichtete. Es ist der, den sie Großer Vater nennen.

Im Vergleich zu meiner Blütezeit bin ich nicht mehr so stark, aber lange Zeit hegte ich die Hoffnung, daß wir, mein

Neffe und ich, mit vereinten Kräften etwas Neues aufbauen könnten, doch mein altes Herz ist nun voll der Bitternis.

An welch geschichtsträchtigem Orte bin ich hier! Daß der Große Vater Ch'ôk kein gewöhnlicher Räuber sein konnte, war mir nicht entgangen …

Die Welt hält uns, die Yôm-Truppe, für unfähig, Gerechtigkeit walten zu lassen, aber hätten wir so viele Anhänger, wenn wir nichts vom rechten Regieren verstünden? Unseren Kampf gegen die Mandschu-Dynastie und für die Wiederherstellung der Han-Vormacht kann uns niemand absprechen.

Ein eines Han würdiger Kampf um das Gebot der Gerechtigkeit. Einst las ich im Yangjushibilgi (Zehntagebuch von Yangju *(Yangzhou)) von Wang Sucho (Wang Xiuchu), die Mandschu-Armee sei die Geißel der Menschheit. Allein in Yangju seien achthunderttausend Menschen zu Tode gekommen, um wieviel mehr wären es, rechnete man die Toten in der gesamten weiten Ebene Chinas hinzu? Sogar Kaiser Yôl (Lie) trieben sie auf dem Mae-Berg (Mei) in den Selbstmord und metzelten in ihrer Mordgier Hunderttausende und Aberhunderttausende von Landsleuten nieder.*

Glücklicherweise sind sie inzwischen untergegangen, doch gibt es nicht wenige, die ihre Wiederherstellung anstreben, und ohnehin sind diejenigen, die heute die militärische Macht innehaben, keine anderen als die Hundesöhne jener Mandschu-Armee. Die Banditen sowieso, aber auch die von Chang Changnim (Chang Cuolin) angeführte Pongchôn-Armee (Fengtian) interessieren nur die eigenen Belange. Die Mandschurei ist heute daher ein herrenloses Land, was die Japaner vortrefflich erkannten, indem sie es sich, von Süden kommend, praktisch einverleibt haben.

Wäre ich nur zwanzig Jahre jünger, hätte ich mich ja aufgelehnt, aber mein Körper ist alt und mein Blut erkaltet, nur alte Träume und meine Seufzer bleiben mir noch …

Spätestens jetzt dürfte klar geworden sein, daß die üblen Kommentare, die die edlen Absichten des Herrn der Ch'ôk anzweifelten, nur von Windfressern und Wolkenfurzern stammen können. Wie dem auch sei, der Herr der Ch'ôk war von Anfang an der ideale Mann für den Kaiser. Man kann nicht anders als ehrfürchtig staunen, wie atemraubend genau es der Himmel verstand, inmitten der wilden, weiten Mandschurei die Begegnung dieser beiden Männer zu arrangieren.

Der Kaiser nahm das wohlwollende Angebot des Herrn der Ch'ôk an, ließ sich also in dieser Region des Hauses Ch'ôk nieder. Der in der *Chronik* verwendete Titel *Meister der Ostgemarkung …* erklärt sich dadurch, daß das Land, auf dem die zweite Dynastiegründung erfolgte, östlich von Ch'ôk lag.

Im Jahre Kapja Gründung der Ostgemarkung und Annahme der Edlen Dame Ch'ôk

Der Kaiser hatte zwar nun sein Land, viele Probleme aber erwarteten ihn. Dieses Land, dem der Herr der Ch'ôk und er selbst den Namen Ostgemarkung gegeben hatten, war nichts weiter als ein aus Sumpf und Gestrüpp bestehendes Ödland, für dessen Urbarmachung reichlich Mühen und Mittel aufzubringen waren. An Arbeitskräften standen dem Kaiser das Gefolge und ein Dutzend Banditen zur Verfügung, und ein kleines Startkapital konnte aus dem Verkauf des von Ma Suga geführten Gasthauses gewonnen werden. Bei rationaler Betrachtungsweise indes fragte sich der Kaiser, ob alle erbringen konnten, was er sich von ihnen erwartete. Zweifellos kannten sich die Banditen bestens mit Pferden aus und verstanden sich vortrefflich aufs Räuberhandwerk, aber ob sie zur Landarbeit an immer demselben Orte imstande waren? Und was Ma Suga anging, so war er, wenn die Worte von Shin Kijuk der Wahrheit entsprachen, ein Verräter, weshalb es keine Gewähr dafür gab, daß der Kaiser von ihm sein Geld zurückbekommen würde.

Nachdem er nachgedacht hatte, beschloß der Kaiser, sich erst einmal um das Problem Ma Suga zu kümmern und sich selbst, in Begleitung zweier Banditen, nach Yônggotap zu begeben. Falls Ma Suga sich dann widersetzen sollte, ihm zu folgen, würde er sich seiner eben entledigen.

Des Kaisers Sorgen waren unbegründet. Sobald Ma Suga seines Herrn ansichtig wurde, stürmte er ihm entgegen, ohne sich die Zeit zu nehmen, die Schuhe anzuziehen, und unverzüglich ließ er sich, nachdem er die Rede des Kaisers vernommen hatte, von Yi die ihnen zustehenden hundertfünfzig *Wôn* (Yuan) Kapitalerlös aus dem Gasthaus auszahlen sowie dreißig *Wôn* in der Zwischenzeit erwirtschafteten Profits und ging mit dem Kaiser. Daß er sich diesem so bereitwillig wieder anschloß, ließ Gerüchte aufkommen, er habe sich wohl von den beiden Räubern an der Seite des Kaisers eingeschüchtert gefühlt, und andere, seine Erfahrung habe ihn einmal mehr gelehrt, daß der Kaiser ihm von Nutzen sein würde. Diese Stimmen sind aber mit Leichtigkeit zu widerlegen.

Die Haltlosigkeit dieser Gerüchte decken bereits die Loyalitätsbekundungen auf, die Ma Suga erwiderte, als der Kaiser ihn mit dem Verdacht der Untreue konfrontierte: »Da die hiesigen Banditen im großen und ganzen in Diensten der Japaner stehen, habe ich mir gedacht, daß Geld gar nichts nützen würde, um Euch, meinen Herrn, dessen hoher Stand jenen nicht mehr unbekannt war, zu retten. Selbstverständlich hätte ich dem Beispiel von Shin Kijuk folgen und um jeden Preis – auch um den des Todes – versuchen können, zu Euch zu gelangen, aber eine solche Aktion, so heilig und hehr sie auch erscheinen mag, kann man auch als schwachsinnig und naiv bezeichnen. In dem Fall, daß Ihr, mein Herr, noch lebtet – woran ich nicht einen Augenblick lang zweifelte –, hätte mein Tod nur eine unnötige Verschwendung von Leben bedeutet, und für den undenkbaren Unglücksfall Eures Ablebens dachte ich mir, es wäre sicherlich in Eurem Sinne gewesen, wenn ich all meine beschränkten Fähigkeiten fortan in den Dienst des jungen Prinzen gestellt hätte. Unter allen Umständen also war der Erhalt meines Lebens und des Geldes vonnöten, um entweder Euch, meinem Herrn, oder aber dem jungen Prinzen zur Seite stehen zu können.«

Mit dem jungen Prinzen war Yung, der im Dorf der Weißen Steine zurückgebliebene Erbprinz, gemeint. In den nun schon einigen Jahren in Diensten des Kaisers hatte auch Ma Suga sich, ohne davon Aufhebens zu machen, einen derartigen Redestil angeeignet. Der Kaiser war von seiner Ergebenheit tief bewegt.

Die Hingabe, mit der Ma Suga sich gleich nach der Ankunft im Hause Ch'ôk in die Arbeit stürzte, bewies die Aufrichtigkeit seiner Worte. Er kümmerte sich um die Urbarmachung der Ostgemarkung, um den hin und her laufenden Kaiser von dieser Sorge zu entlasten. Als erstes plante er, Hütten für die Landarbeiter errichten zu lassen. Natürlich konnten diese den Winter auch in Ch'ôk verbringen, doch wollte er mit der gröbsten Arbeit noch vor Einbruch der nordmandschurischen Eiseskälte fertig werden. Was dann noch getan werden mußte, konnte im Laufe des Winters erledigt werden, so daß im Frühling, wenn für den Hausbau keine Zeit mehr war, alles abgeschlossen sein würde.

Als nächstes galt es, die Disziplinlosigkeit der Banditen zu bekämpfen. Ma Suga lud sie alle zu einem kaiserlichen Trinkgelage ein, und als der letzte von ihnen stockbetrunken umkippte, entwendete er ihnen sämtliche Waffen: sieben Gewehre, drei blaue Drachensäbel, zwei Lanzen, eine Pistole und mehrere Dolche. Die Waffen wurden den Banditen weggenommen, weil diese sie immer bei sich hatten und sich das eine oder andere Mal schon an den Bewohnern von Ch'ôk vergriffen hatten. Ma Suga hatte diese Aktion mit Tong abgesprochen, der bereits ein eifriger Gefolgsmann des Kaisers geworden war. Die Waffen wurden zunächst im Magazin des Herrn der Ch'ôk verwahrt, wenig später aber zur Ostgemarkung gebracht, wo sie dem Kaiser noch wertvolle Dienste leisteten.

Als dritte Maßnahme machte sich Ma Suga daran, auf raschem Wege die noch viel zu geringe Zahl der Arbeitskräfte zu erhöhen. Manche von ihnen vermochten sich freilich nicht an die Fron auf dem Felde zu gewöhnen, sie zogen, zusammen mit einigen der Banditen, nach ein oder zwei Monaten wieder ab. Sie versuchten sich in der Folge entweder als Handlanger auf dem Markt von Puksamjoja (Beisantiaozi) zu verdingen oder sie schlossen sich der Pongchôn-Armee an, die am Vorabend des zweiten Chikbong-Krieges (Zhi Feng) noch verzweifelt nach Soldaten Ausschau hielt. Da nur Freiwillige mit Gewehren aufgenommen wurden, verlangten sie die Rückgabe ihrer Waffen, aber Ma Suga, ohne daß er versucht hätte, sie zum Bleiben zu überreden, zahlte ihnen je zehn *Wôn* für die Waffen aus, die wiederum er einbehielt.

Am Winterende des Jahres Kehae waren nur noch der unerschrockene Tong sowie ein gewisser Ch'ae übrig, der seinen rechten Arm im Kampf gegen die Japaner verloren hatte. Praktisch gab es also niemanden mehr für die Urbarmachung der Ostgemarkung. Doch Ma Suga wußte auch diesen Mißstand zu beheben. Im unerbittlich kalten Schneegestöber der nordöstlichen Mandschurei suchte er zwecks Anwerbung koreanischer Einwanderer bis zu dreimal Orte wie Yôngil oder Yongjông auf. Die meisten von ihnen waren zwar mittellose und ungebildete Bauern, aber die Verehrung und Gefolgschaft, die sie vom ersten Augenblick an dem Kaiser bezeugten, hätte sogar die Bewohner des Dorfes der Weißen Steine erstaunt.

Auf die Gefahr hin, ein wenig von der Geschichte abzuschweifen, sei kurz erläutert, welche Stimmung in jener Zeit herrschte, die es möglich machte, daß diese Leute dem Kaiser so rasch ergeben waren. Ein Ausländer, der an der *Mandschurischen Jesus-Fachschule* unterrichtete, schildert wie folgt die Lebensbedingungen der koreanischen Immigranten:

... *Von den entbehrungsreichen Lebensumständen der koreanischen Einwanderer in dieser Gegend weiß ich genauestens zu berichten, oft genug war ich ihr Zeuge. Im Winter, bei Temperaturen von bis zu minus vierzig Grad, zogen weißgekleidete Gruppen von zehn, zwanzig und sogar fünfzig Leuten schweigend über die Bergkämme. In ihrer Not erkletterten sie die steinigen Hänge der Berge, um den verzweifelten Versuch zu unternehmen, beinah mit bloßen Händen, nur mit Hacken und Picken bewehrt, den unwirtlichen Boden in Ackerland zu verwandeln. Sie aßen, was Menschen nur in äußerster Verelendung tun, sie aßen Graswurzeln und Baumrinden. Viele verhungerten. Frauen, Kinder und sogar junge Männer erfroren. Aufgrund dieser Lebensbedingungen hatten sie unentwegt mit Krankheiten zu kämpfen. Bisweilen sah ich Koreaner, die sich die Hose aufkrempelten, barfüßig einen halb gefrorenen Fluß durchwateten, sich am anderen Ufer die Hose wieder langzogen und in die Schuhe schlüpf-*

ten. Die Frauen in zerlumpten Kleidern trugen ihre Kinder auf dem Rücken, um sich gegenseitig zu wärmen. Da die Lumpen indes die Kinder nicht vollständig bedeckten, waren ihre nackten Füßchen der Kälte ausgesetzt, so daß die Zehen rasch zusammenfroren. Die Alten – Männer wie Frauen – waren so lange Zeit mit krummem Rücken und zugekniffenen Augen marschiert, daß sie vor lauter Erschöpfung keinen Fuß mehr vor den anderen setzen konnten. Alle, ob alt oder jung, ob stark oder schwach, all diese Entwurzelten und Heimatlosen, teilten sie dasselbe erbärmliche Los …

In einem anderen Bericht schreibt ein Gelehrter, der sich mit der Lage in der Mandschurei genauestens befaßt hat:

… Die große Mehrheit der koreanischen Einwanderer kommt in der Winterszeit in die Mandschurei. Hier finden sie eßbare Pflanzentriebe vor, die ihnen zwar ein klägliches Mahl und geringes Einkommen ermöglichen, aber immerhin das Überleben sichern. Im Herbst verkaufen sie stets ihre gesamte Habe und geben den ganzen Erlös für die Rückreise per Eisenbahn und Schiff aus. In die Mandschurei kommen sie dann in den allermeisten Fällen wieder völlig mittellos zurück. Aus diesem Grunde gestaltet sich ihr Leben äußerst mühselig, viele kommen durch die Strapazen sogar um. In besonders strengen Wintern führen sie ein Bettlerdasein oder verpflichten sich den hiesigen Gutsherren, gegen ein Darlehen später für sie zu arbeiten und es ihnen zu überlassen, welcher Art diese Arbeit sein und zu welchen Bedingungen sie geleistet werden soll. Diese armseligen Koreaner leben daher wie Knechte, denen die chinesischen Grundbesitzer Akkerland verpachten, wobei diese nicht selten als Pachtgeld den gesamten Ertrag einfordern …

Angesichts dieser Situation mochte sich für diese Koreaner die kaiserliche Ostgemarkung wie das Paradies ausnehmen, wurde ihnen doch bis zur Ernte die Versorgung mit Lebensmitteln zugesichert und waren doch die Pachtpreise außerordentlich niedrig. Wie hätten diese Leute da nicht alles getan, um dort leben zu können?

Bei Anbruch des Frühlings, beim Einsetzen des Tauwetters, hatten sich in sechs Hütten sieben Familien niedergelassen, von denen sechzehn Personen, sowohl Männer als auch Frauen, kräftig genug für die Feldarbeit waren. Alle stürmten sie hinaus. Die Bestellung des Bodens gelang mit weniger Mühen als angenommen, die Erde war durchaus fruchtbar. Reichlich vorhandenes Wasser und günstiges Klima versprachen eine gute Ernte. Zwar hielten sich die Reiserträge aufgrund der späten Urbarmachung der Felder in Grenzen, waren aber beachtlich, bedenkt man die Umstände des Anbaus. Da Glück selten allein kommt, nahm sich der Kaiser – seit fünf Jahren, seit dem Aufbruch vom Dorf der Weißen Steine, allein – die bildschöne Tochter des Herrn der Ch'ôk zur zweiten Gemahlin. Es war das goldene Zeitalter des Kaisers angebrochen.

Das Mädchen Ch'ôk, deren spätere Anrede Edle Dame Ch'ôk wurde, war ein uneheliches Kind des Herrn der Ch'ôk. Dieser hatte sechs Kinder ehelichen und außerehelichen Ursprungs, der älteste Sohn war Regierungsbeamter in Kilim (Jilin), vom zweitältesten, der im chinesischen Landesinnern studierte, hatte man seit einigen Jahren keine Nachricht mehr erhalten. Die Töchter waren alle verheiratet, mit Ausnahme dieser jüngsten, die noch bei ihm im Hause Ch'ôk wohnte.

Selbst die ewigen Kritiker des Kaisers stellten die Schönheit des Mädchens Ch'ôk nicht in Abrede. Sie hatte eine Erziehung genossen, die über dem durchschnittlichen Niveau mandschurischer Frauen lag, sie konnte sich mit dem Kaiser auf schriftlichem Wege verständigen. Einen einzigen Makel hatte sie, sie war stumm. Doch fiel dieser Makel viel weniger ins Gewicht als bei den meisten anderen Stummen, die gleichzeitig taub sind, was dieses Mädchen aber nicht war.

Die *Chronik* verzeichnet die Verbindung zwischen der Edlen Dame Ch'ôk und dem Kaiser kommentarlos und ohne jede Ausschmückung, aber einiges deutet darauf hin, daß es zwischen ihnen beiden eine echte Hinneigung gab. Der Knüpfung dieser Bande scheint auch der Herr der Ch'ôk nachgeholfen zu haben.

Der Kaiser sah sie zum ersten Mal, als er gleich nach seiner Ankunft im Hause Ch'ôk das Bett hüten mußte. Das Sippenoberhaupt hatte trotz vielköpfigen Gesindes seine jüngste Tochter mit der Aufgabe betraut, dem Kaiser Heilkräutermixturen herzustellen und darzubringen; wahrscheinlich gehörte schon dies zum geheimen Plan des Herrn der Ch'ôk. Falls ja, dann war es ihm vortrefflich gelungen, denn als er, wie der Kaiser später einmal erzählen sollte, der betörenden Schönheit des Mädchens Ch'ôk zum ersten Mal ansichtig wurde, habe er plötzlich das Gefühl gehabt, die Luft bleibe ihm weg, so als hätte ihm jemand einen Hieb auf die Brust versetzt.

In der Folge fand der Herr der Ch'ôk immer wieder einen Vorwand, um das Mädchen in die Nähe des Kaisers zu bringen, allerdings waren meist zu viele Leute zugegen und hatte der Kaiser auch reichlich zu tun. Ab dem darauffolgenden Frühjahr, gleich nach dem Umzug des Kaisers in die Ostgemarkung, begann indes beider Verbindung rasche Fortschritte zu machen. Wieder hatte dabei der Herr der Ch'ôk seine Hand im Spiel.

Eines Tages in jenem Frühling, Shin Kijuk und Ma Suga überwachten gerade die Feldarbeiten, während der Kaiser sich allein in seiner Hütte aufhielt, hielt eine Kutsche vor dieser mit einer Nachricht vom Herrn der Ch'ôk, er möge doch zu ihm kommen. Der Kaiser fand ihn bei seiner Ankunft im hinteren Garten vor, sitzend hinter einer reich gedeckten Trinktafel. An seiner Seite seine Tochter, das Mädchen Ch'ôk, schön wie der junge Morgen.

Der Herr der Ch'ôk stellte zunächst ein paar belanglose Höflichkeitsfragen und bot dem Kaiser zu trinken an. Wie konnte er da, in einem Garten voller blühender Frühlingsblumen, im Beisein eines Freundes und eines bezaubernden Mädchens, dem Weine entsagen? So trank er, wie es ihm angeboten wurde, Schälchen um Schälchen, mit der Übung eines Mannes, der sich auf diesem Gebiet auskannte.

Als er den Zustand eines angenehmen Vorrausches erreicht hatte, erhob sich der Herr der Ch'ôk wortlos von seinem Platz, ging hinaus und kam nicht wieder. Der Kaiser schenkte sich noch eine Weile selbst nach, wurde dann aber von einer Vorahnung ergriffen, woraufhin er auf das Papier, mit welchem er mit dem Herrn der Ch'ôk zuvor kommuniziert hatte, schrieb:

Weshalb kommt Euer Herr Vater nicht wieder?

Ruhig ging das Mädchen Ch'ôk, nachdem sie die Frage gelesen hatte, in das Haus, kehrte kurz darauf zurück und erwiderte mittels des Pinsels:

Meinem Herrn Vater scheinen der Frühling und der Wein etwas zu Kopfe gestiegen zu sein, er wünscht sich ein wenig auszuruhen. Er hieß mich, Euch zu Diensten zu sein und zu bewirten, und ich ersuche Euch, junger Edelmann, nicht eher zu gehen, bevor Ihr den Krug ausgetrunken habt.

Ihr Zeichenstil war anmutig, der Ausdruck poetisch. Während sie anstelle des Herrn der Ch'ôk den Wein nachschenkte, zuckte, kaum merklich, über ihre fein geschwungenen Augenbrauen ein Funke fleischlicher Lust.

Ich trinke gerne, doch fürchte ich, wenn ich mich in Eurer Gegenwart berausche, mich Euch gegenüber ungebührlich zu verhalten.

Wang Wigun schrieb, Wein führt den Menschen zu einem Zustand höchster Eleganz. Und seid Ihr, junger Edelmann, nicht auch ein Mann von höchster Redlichkeit?

Diese Antwort löste den letzten Rest der kaiserlichen Starre und Befangenheit, und frohgemut begann er, ein Schälchen nach dem anderen hinunterzustürzen. Dann nahm er erneut den Pinsel zur Hand und zeichnete einen Vers von Cham Ch'am (Chen Can) von Tang:

»Je mehr Blütenblätter in den Jadekrug fallen, desto mehr duftet der Frühlingswein.«

Ohne zu zögern, antwortete das Mädchen Ch'ôk mit einem anderen Vers von Cham Ch'am:

»Was kümmert mich das eitle Berühmtsein?«

»Erwecke nicht die Nachtigall, um sie auf einem Ast singen zu lassen.«

»Aus meinem Traume hat mich dieser Gesang erweckt, in das Land meines Geliebten kann ich ja doch nicht zurück.«

Unvermittelt mußte der Kaiser an Eltern, Weib und Kind denken, die er im fernen Dorf der Weißen Steine zurückgelassen, und sein Herz betrübte sich. Er kippte ein weiteres

Schälchen hinunter und schrieb: *»Die ferne Heimat, wie finde ich sie wieder? Mein Herz vergeht nach ihr.«*

»Auf die Blüte folgen Sturm und Regen, Abschied und Trennung sind unser aller Los.«

Das Mädchen Ch'ôk schien die Gedanken des Kaisers lesen zu können. Noch wehmütiger schrieb dieser weiter: *»Ich weiß nicht, welcher Weg in meine Heimat führt; der Anblick der verschneiten Berge stimmt mich trübe.«*

»Wer ist nicht Wanderer auf dieser Welt? Das Haus, in das Ihr eintretet, sei Eure Heimat.«

»In zehn Jahren erreichte ich nichts, und selbst mein altes Roß ist des ziellosen Hin und Hers überdrüssig.«

Grämt Euch nicht zu sehr, denn »Aufschwung und Niedergang sind wie der Wechsel von Morgen und Abend, und die Dinge der Welt gleichen den Linsen auf dem Wasser.«

Diese Sätze waren dem Kaiser wahrhaftig ein warmer Trost. Dem Kaiser übelwollende Leute stießen sich an den großen Schwierigkeiten des stummen Mädchens, sich auszudrücken. Eben dies kann aber auch als Grund dafür gesehen werden, daß sie so emsig studierte und so gut zu schreiben wußte, wodurch sie erst in der Lage war, auf so stilvolle Weise mit dem Kaiser zu kommunizieren. Da sich der Kaiser zudem weigerte, die Sprache der Barbaren zu erlernen, erwies sich die schriftliche als die ideale Form der Unterhaltung zwischen den beiden.

Das Band zwischen ihnen jedenfalls wurde seit jenem Tage immer fester, bis ihre Beziehung ein Stadium erreichte, an dem sich ihre Unterhaltung wie folgt gestaltete: *»Man kann auf einmal eine Million* Chôn *ausgeben, aber zu beschreiben, was ich in diesem Augenblick fühle, vermag ich nicht.«*

»Mir ist, als würde mein Herz zerbersten. Ob mein geliebter Gemahl wohl je davon erfahren wird?«

Als der Herr der Ch'ôk von seinem Nachmittagsschläfchen an die Trinkstätte wiederkehrte, ergriff der Kaiser höchstselig den Pinsel: *»Mein werter Gastgeber machte mich trunken, daher wünsche ich, daß dieser Ort hier meine Heimat wird.«*

Die an jenem Tage entfachte gegenseitige Zuneigung des Kaisers und des Mädchens Ch'ôk gedieh fortan, mit stiller Billigung des Herrn der Ch'ôk. Außerdem kümmerte sich Shin Kijuk um die moralische Absicherung einer zweiten Ehe des Kaisers und Ma Suga um die förmliche und materielle Erledigung der Brautwerbung. Als schien er nur darauf gewartet zu haben, stimmte, als der Kaiser sich endlich erklärte, der Herr der Ch'ôk sogleich dem Antrag zu, so daß die Vermählung des Kaisers mit der Tochter des Hauses Ch'ôk an einem Tag im zehnten Monat jenes Jahres vonstatten gehen konnte.

Alle, Vater und Tochter Ch'ôk, waren durchaus von Anfang an im Bilde gewesen, daß der Kaiser bereits verheiratet war und einen Sohn hatte. Dennoch waren sie es gewesen, die hinter dem Plan dieser Vermählung standen und alles taten, damit diese zustande kam, mag dies auch den ewigen Kritikern Nahrung für ihre üblichen Schmähungen geboten haben. Die einen vertraten die Ansicht, der Herr der Ch'ôk, vom Himmlischen Mandat des Kaisers überzeugt, habe seiner Tochter als Kaiserin zu Reichtum und Glanz verhelfen wollen, andere sahen darin nur den Versuch, seine schon bald dreißigjährige und obendrein behinderte Tochter loszuwerden. Allerdings muß eingestanden werden, daß diese zweite Heirat auch dem Kaiser wohlgesonnene Leute befremdete. Dies berechtigt die Ungläubigen aber noch lange nicht, den Herrn der Ch'ôk als Idioten oder Bösewicht darzustellen. Viel angemessener wäre es, in ihm den Sproß einer gewöhnlichen chinesischen Adelsfamilie zu sehen und anzunehmen, daß die Hochzeit mit guter Absicht arrangiert wurde, mögen auch einige Sitten und Aspekte dabei sich uns, die wir bereits einer anderen Kultur angehören, nicht auf Anhieb erschließen.

Was das Mädchen Ch'ôk anbelangt, so wäre es wünschenswert, wenn man ihre Liebe zum Kaiser nicht als Ausdruck der Verzweiflung einer Behinderten ansieht, sondern vielmehr als natürliches Hingezogensein einer jungen Frau zu einem schönen Mann aus der Fremde. Denn haben wir nicht auch bei uns diese jungen Frauen, die sich stark zu ausländischen Männern hingezogen fühlen, sei es zu ungebildeten und aus Armenvierteln stammenden amerikanischen GI's oder sei es zu japanischen Tagelöhnern, die es sich auf ihre Kosten gutgehen lassen? Unstrittig ist, daß der Kaiser mit seinen dreißig Jahren ein außergewöhnlich stattlicher Mann war und das Mädchen Ch'ôk der Ausstrahlung eines Prinzen, der sich im freiwilligen Exil befand, erlegen war.

Vom Jahre Ûlchuk bis zum Jahre Shinmi widmet der Kaiser sich nach der Errichtung des Staates im Nordosten der Lehre und dem Wohlergehen seines Landes.

Die Blütezeit des Kaisers, die im Jahre Kapja angebrochen war, dauerte in derselben prächtigen Weise an. Im Jahre Ûlchuk ließen sich fünf weitere koreanische Emigrantenfamilien in der Ostgemarkung nieder, worauf diese um zusätzliche sechzigtausend *Pyông* Ackerland erweitert wurde, und als später weitere sieben Familien auftauchten, kamen noch einmal hunderttausend *Pyông* Anbaufläche hinzu. Am Ende des Jahres Ûlchuk gebot der Kaiser über zwanzig Familien, die etwa dreißig Landarbeitskräfte stellten, und über mehr als zweihunderttausend *Pyông* Ackerland.

Die ersten Bewohner des Dorfes der Weißen Steine kamen im Jahre Chôngmyo. Im zehnten Monat des Jahres Ûlchuk nutzte Ma Suga das Ende der Ernte, um sich besonnen an den Kaiser zu wenden: »Es sind nun schon sechs Jahre vergangen seit unserem Aufbruch vom Dorf der Weißen Steine, jetzt, wo hier etwas aufgebaut ist, wäre es, denke ich, an der Zeit, sich wieder unserem Heimatdorf zuzuwenden. Wie ich hörte, wird die Unterdrückung seitens der Japaner täglich unbarmherziger und brutaler und wird die Lage derer, die in Chosôn verblieben sind, immer unerträglicher. Das Dorf der Weißen Steine bildet da keine Ausnahme, weshalb lassen wir dessen Bewohner nicht hierher kommen? Es stünden uns hier noch einige hunderttausend *Pyông* Anbaufläche zu Verfügung, und fürs erste böten unsere gerade gefüllten Speicher allen genügend Nahrung.«

»Aber dort ist doch der Hauptsitz unseres künftigen Reiches, wie könnten wir ihn so einfach aufgeben?«

Trotz der würdevoll gesprochenen Worte zeichnete sich Sorge auf dem kaiserlichen Antlitz. Als hätte er eine solche Antwort erwartet, erwiderte Ma Suga mit breitem Lächeln: »Von Aufgabe des Ortes sprach ich ja gar nicht, ich meinte vielmehr, daß wir zeitweilig Arbeitskräfte von dort kommen lassen sollten, die hier dringend benötigt werden. Reichte es nicht aus, wenn der Gelehrte Chông und der Erbprinz sich um die Geschicke im Dorf der Weißen Steine kümmern?«

Als er diese Worte vernahm, hellte sich das Antlitz des Kaisers auf. Tatsächlich war auch ihm schon die Notwendigkeit bewußt geworden, die Dorfbewohner nachkommen zu lassen. Zwar war ihm das Volk in der Ostgemarkung ergeben, doch ohne echte Bindung zur neuen Heimstatt, ohne Wurzeln. Und in dem Maße wie die anfängliche Begeisterung und der Zauber des Geheimnisses um die Errettung aus der Not verflogen, nahm auch die Verehrung für den Kaiser ab, bis manche sogar versuchten, direkt mit dem Herrn der Ch'ôk ins Geschäft zu kommen. Für sie waren der Kaiser und sein Gefolge nur überflüssige Mittelsmänner, und die unüblich geringe Pacht war, im Unterschied zur anfänglichen Stimmung, in ihren Augen reine Geldverschwendung.

Der Zuzug der Bewohner des Dorfes der Weißen Steine war also angebracht, und sei es auch nur, um jene in Schach zu halten. Ganz ohne Vorbehalt zustimmen konnte der Kaiser indes nicht, da sich dadurch ein neues Problem auftun würde. Ohne Zweifel wären auch der Gebildete Hwang und die Ehrenwerte Dame Hwang unter den Neuankömmlingen. Er hatte sich ohne ihr Wissen ein zweites Mal vermählt, und des Kaisers und der Edlen Dame Ch'ôks gegenseitige Zuneigung wurde immer inniger. Den Schwiegervater Hwang glaubte er sich ja noch geneigt zu machen, ratlos aber war er, wie er der Ehrenwerten Dame Hwang gegenübertreten sollte.

Wir haben diesen Punkt bisher schweigend übergangen, schließlich handelte es sich bei ihr um die künftige Landesmutter, aber die Ehrenwerte Dame Hwang hatte, offen gesagt, einen recht hitzigen gewalttätigen Charakter. Nicht daß der Kaiser Angst vor ihr gehabt hätte – wie der Pantoffelheld im *Hoepasa* (einem Spottgesang über einen Mann, dessen Frau die Hosen anhat) oder wie Wang To (Wang Tao) oder Ch'a Yun (Che Yin) –, aber wer so lange Zeit von der finanziellen Unterstützung der Schwiegerfamilie profitierte, hatte sich vor der Angetrauten durchaus ein wenig in acht zu nehmen. In der Zeit, als er das Dorf der Weißen Steine verlassen hatte, war ein Zustand erreicht, an dem *sie den Gemahl allenfalls kurzzeitig benötigte, ihn aber unbegrenzt einschüchtern konnte,* und an dem die Ehrenwerte Dame Hwang *die Holzrollen nicht nur zum Wäschewalken einsetzte und mit ihren lackierten Fingernägeln gelegentlich sein edles Antlitz zerkratzte.*

Ma Suga jedoch versicherte ihm, er könne ruhigen Gewissens die Leute aus dem Dorf der Weißen Steine kommen lassen, und trotz der Bindung an die Ehrenwerte Dame Hwang stehe einem glücklichen Leben mit der Edlen Dame Ch'ôk nichts entgegen.

»Wahrhaftig seid Ihr mein Chabang (Zifang). So laßt also nur meine jungen Getreuen aus dem Dorf kommen, mein Herr Vater und der Herr Schwiegervater sowie alle anderen Sippenmitglieder aber sollen bleiben und eine Hauptstadt bereiten, die unseres künftigen Reiches würdig ist.«

Die ersten Neuankömmlinge aus dem Dorf der Weißen Steine erreichten die Ostgemarkung im nachfolgenden Frühling, insgesamt kamen etwa zwanzig Familien, darunter gut fünfzig Arbeitskräfte. Der Gelehrte Chông hatte diejenigen auserwählt, die dem Kaiser am ergebensten waren.

Ihre Ankunft veränderte, ihres Glaubens und ihrer Ergebenheit wegen, die Stimmung in der Ostgemarkung und in Ch'ôk grundlegend. Sie staunten über das Ackerland, das sich ihnen, die sie aus einer kargen Bergregion stammten, weitläufig und äußerst fruchtbar darbot. Allein die Sümpfe, die die Bewohner von Ch'ôk als Ödland betrachteten, boten in ihren Augen Land für sich weit erstreckende Reisanbauflächen. Auch waren sie erstaunt über die Ehrfurcht der Menschen des Großen Reiches dem Kaiser gegenüber, standen diese doch im Rufe, mächtig und gewalttätig zu sein. Sogar die kräftigsten Mandschus des Hauses Ch'ôk und die

Mitglieder der Sippe des Herrn der Ch'ôk blickten alle zum Kaiser auf. Zu dieser Aura um den Kaiser trug schließlich noch die frisch vermählte Edle Dame Ch'ôk bei. Da sie ohnehin nicht dieselbe Sprache sprachen, schmälerte es nicht im geringsten den guten Eindruck von ihr, daß sie stumm war, und himmlisch erschienen ihnen Schreibstil und Schönheit dieser Frau. Glaube und Loyalität der Leute aus dem Dorf der Weißen Steine dem Kaiser gegenüber waren durch seine mannigfaltigen Großtaten immer wieder aufs neue bestätigt worden und hatten den Zweifeln und Anfechtungen standgehalten, und so war der Mythos um den Kaiser nicht künstlich erschaffen worden, sondern wahrhaftiger Wille des Himmels.

Für die früher aus Chosôn Eingewanderten stellten die neuen Immigranten aus dem Dorf der Weißen Steine zunächst eine Bedrohung dar. Denn mit dieser neugewonnenen Unterstützung war der Kaiser nun in der Lage, sich ihrer jederzeit zu entledigen. Je mehr Alteinwanderer aber mit den Bergdörflern in Kontakt kamen, desto mehr ließen sich von der Begeisterung der Neuen anstecken. Und als ihnen die großartigen Mythen und Glanztaten des Kaisers geschildert wurden, ging ihnen allmählich auf, weshalb die Einwohner des Hauses Ch'ôk dem Kaiser eine solche Ehrfurcht zollten. So kam es schließlich, daß sie nicht nur bleiben wollten, um sich den Lebensunterhalt zu verdienen, sondern auch um dem Kaiser treue Untertanen zu werden. Es entbrannte gar ein Wettstreit um die Frage, wer jenem am ergebensten und gehorsamsten sei.

Dieser Eifer erfaßte bald auch die Einheimischen von Ch'ôk, zum Wohlgefallen des Herrn der Ch'ôk, der beim Anblick der von Ma Suga angeführten und sich tränenüberströmt vor dem Kaiser niederwerfenden Neuimmigranten aus Chosôn regelrecht in Verzückung geraten war. Nur der Held erkennt den Helden, heißt es, und trotz des etwas absurden Pathos des Kaisers rühmte er sich seines eigenen Scharfblicks. Von nun an bezweifelte er nicht mehr, daß überall in Chosôn Unmengen von Anhängern des Kaisers des historischen Augenblicks harrten, an dem jener, der das

Himmelsmandat erhalten, das Signal zur Volkserhebung geben würde. Die Begeisterung des Herrn der Ch'ôk übertrug sich unmerklich auf die Bewohner von Ch'ôk, und so schwappte die Begeisterungswoge zwischen dem Hause Ch'ôk und der Ostgemarkung hin und her ...

An dieser Stelle möchte ich einem Mißverständnis vorbeugen. Ein bekannter Forscher, ein Herr Dr. Kim, stellte kürzlich in einer Arbeit über Sekten und pseudoreligiöse Gruppierungen fest, daß die Verbindung von blindem Gehorsam und Glauben an den Sektenstifter oftmals in Fanatismus münde. Klargestellt sei, damit kein Zweifel aufkeimt, daß sich diese Forschungsergebnisse mitnichten auf unseren Kaiser und die Beziehung zu seinem Volke anwenden lassen, da die Begriffe Sekte oder Pseudoreligion hier unpassender nicht sein könnten.

Die fünf oder sechs Jahre zwischen dem restlichen Jahr Ûlchuk und dem Jahr Shinmi standen im Zeichen der Erziehung des Volkes, des Ausbaus der Armee und der Wohlstandsmehrung des Landes. Durch die tatkräftige Hilfe von Ma Suga, Shin Kijuk und dem Meeresfischhändler Pae, der unter den ersten Neueinwanderern war, und dank der freigebigen Unterstützung durch den Herrn der Ch'ôk war die Ostgemarkung binnen kurzem urbargemacht und bewirtschaftet, und die Macht des Kaisers erreichte eine Fülle, wie er sie in früherer Zeit im Dorf der Weißen Steine nie gekannt hatte. Er gebot nun über mehr als hunderttausend *Pyông* Reisfelder, eine Million sonstigen Ackerlandes und mehr als fünfzig Familien, die zusammen etwa dreihundert Menschen ergaben und über hundert Arbeitskräfte stellten. Die Getreidesäcke stapelten sich bis oben hin in den kaiserlichen Speichern, unter denen in Höhlen, gut verborgen, hochmoderne Waffen lagerten, bestimmt für einen späteren Zeitpunkt. Sie waren, wann immer sich die Gelegenheit bot, von Tong beschafft worden, der aus seinen Banditenjahren über reichlich Erfahrung auf diesem Gebiet verfügte, und sie umfaßten mit der Zeit gut fünfzig Gewehre allerlei Bauarten, darunter eins, das einer tschechischen Brigade gehört hatte, sowie fünf aus Taeryôn (Dairen) erschmuggelte Mauserpistolen. Zusammen mit den Waffen, die von den Banditen einbehalten worden waren, konnte die Mehrheit der wehrfähigen Männer ausgerüstet werden, wodurch sich, wenn man noch das Verteidigungscorps von Ch'ôk hinzurechnete, eine Streitmacht von über zweihundert Mann ergab.

Erstaunen mag, daß Tong, der als eine Art ausländischer Berater doch wesentlich zur Aufrüstung des kaiserlichen Heeres beitrug, in der *Chronik* kein einziges Mal namentlich erwähnt wird. Wahrscheinlich wirkte hier der Einfluß der konfuzianischen Geschichtsschreibung, unter dem der Chronist jeden Hinweis auf Personen tilgte, die sich etwas zuschulden kommen ließen, auch dann, wenn sie sich zuvor hohe Verdienste erworben hatten. Daher wurde wohl auch der Name Tong trotz aller Meriten ausgelöscht, weil Tong den Kaiser später verriet. Wegen der Strenge der Chronisten fürchten daher die meisten Akteure der Historie die Geschichtsschreibung.

Das wichtigste Ereignis der Periode zwischen den Jahren Ûlchuk und Shinmi war das Erscheinen des in der *Chronik* als besten aller Strategen bezeichneten Kim Kwangguk. Der Herr der Ch'ôk fand ihn an einem Schneesturmtag im Jahre Kyôngo schwerverwundet in der Nähe von Ch'ôk. Den im Delirium gestammelten Worten entnahm er, daß er aus Chosôn stammte, er ließ ihn daher in die Ostgemarkung bringen mit der Botschaft an den Kaiser, er möge den Landsmann pflegen, bis dieser wieder gesund sei und ihm zu Diensten sein könne.

Wie hätte einer, in dessen Adern das Blut eines Tangun floß, nicht dem Volke des Kaisers angehören können? Dieser ließ nichts unversucht, um Kim Kwangguk den Klauen des Todes zu entreißen. Zweifelsohne verdankte er sein Leben nicht nur der Widerstandskraft eines jungen Mannes von fünfundzwanzig Jahren, sondern wesentlich auch der aufwendigen Fürsorge, die ihm der Kaiser angedeihen ließ.

Dennoch zögerte Kim Kwangguk, als er wiederhergestellt war, sich der Sache des Kaisers zu verschreiben. Als Sohn eines am Ende der Yi-Dynastie ins freiwillige Exil gegangenen Patrioten und als aktives Mitglied des Neuen T'ongûibu-

Verbands* haßte er die Japaner nicht minder als der Kaiser. Der Vater war bei der Zerschlagung der Rebellen durch die P'andong-Armee nach den Manse-Aufständen im Jahre Kimi gefallen. Die Schußverletzung, derentwegen er zu der Ehre der kaiserlichen Pflege kam, hatte ihm ein Spion in Diensten der Japaner zugefügt. Seine Vorstellungen von einem Staat unterschieden sich indes von denen des Kaisers. Der T'ôngûibu-Verband, der sich aus acht Verbänden und neun Gesellschaften zusammensetzte, hatte sich in einen Neuen und einen Alten Verband aufgespalten, infolge des Konflikts zwischen dem Alten Verband um Chôn Tôkwôn, der die Rückkehr zur Monarchie anstrebte, und dem Neuen Verband von Yang Kitak. Es nimmt daher nicht Wunder, wenn sich Kim Kwangguk, der den Ansichten des Neuen T'ôngûibu-Verbands anhing und den fünfhundert Jahren der Yi-Dynastie ablehnend gegenüberstand, sich nicht sogleich für den Himmelsmandatsbegriff des Kaisers erwärmen konnte. Außerdem gehörte er den sogenannten »Neuen Früherwachsenen« an, hatte als Erster die fünfjährige Mittelschulzeit in Nordkando abgeschlossen.

»Ich habe mich in Euch geirrt. Was aber versteht Ihr eigentlich unter einem *Land des Volkes*, einem *Land durch das Volk* und einem *Land für das Volk?*

Nehmen wir zuerst einmal das *Land des Volkes.* Tyrannen wie Kôl Chu und Weise wie Kongmaeng (Konfuzius und Mencius) konnten gleichermaßen diesen Begriff gebrauchen. Doch taten letztere dies nur im Rahmen eines Gleichnisses, zur Warnung der Regierenden, und nicht etwa, weil sie der Auffassung gewesen wären, daß die Herrschaft über die Welt dem einfältigen Volk zustünde.

Zum *Land durch das Volk:* Gewiß kommt ein Kaiser nicht gegen das Volksempfinden an, doch folgt daraus keineswegs, daß das Volk selbst bestimmen könnte, von wem es regiert wird. Zwar gab es Staatsformen, wie Ihr sie schildert, durch-

* 1922 in der Mandschurei gegründete, mehrere nationalistische Gruppierungen vereinigende Sammelbewegung. 1924 Eintritt in die Exilregierung von Schanghai.

aus, wie das Hwabaek-System von Shilla oder die Stammesversammlungen bei den Mongolen, aber es handelte sich dabei um nichts weiter als um barbarische Gebräuche, denen jeder Bezug zu den Himmlischen Mandaten fehlte. Sicherlich ist es nicht unvernünftig, zum Regieren den Rat aller einzuholen, wie aber ließe sich die Summe all dieses Wissens vergleichen mit der Weisheit des Himmels?

Wenden wir uns schließlich dem *Land für das Volk* zu. Haben dies nicht alle Regierenden immer und überall angestrebt? Es geht indes nicht darum, ob ein Herrscher diese Maxime gut findet, sondern ob er es ehrlich mit ihr meint, denn die meisten von ihnen haben sich nur darauf berufen, um die Zustimmung des Volkes zu erlangen, benutzten sie aber lediglich als Vorwand, um sich an ihm zu bereichern, um die Macht über das Volk auszubauen, um es auf die todbringenden Schlachtfelder zu führen. Gäbe es sonst, wenn es ihnen ehrlich um das Volk gegangen wäre, so viele tausend mit dem Vermögen des Volkes errichtete Prunkpaläste mit unzähligen Dienern und Eunuchen? Wie könnte dann so vieles Blut in den Tälern und Flüssen geflossen sein, wie könnten dann so viele Schädel in den ehemaligen Schlachtfeldern liegen?

Eure drei Schlagworte klingen hübsch, sind aber heuchlerisch und leer. Die Vorstellung von einem souveränen Volk wird von denen verbreitet, die sich selbst, anstelle der legitimen Herrscher, an die Macht intrigieren wollen, und dahinter stekken natürlich die Barbaren des Westens, die, um sich das Morgenland einmal einverleiben zu können, voller List und Ränke ihre Marionetten an die Regierung zu bringen suchen.

Mir ist das beunruhigende Gerücht zu Ohren gekommen, daß in Schanghai mehrere Gruppen eine provisorische Regierung gebildet haben sollen, aber was Ihr heute von Euch gabt, mehrt meine Unruhe noch. Den, der gekommen ist, um Zuflucht bei ihm zu suchen, darf der Tugendhafte nicht abweisen, aber um zu vermeiden, daß sich mein Volk an Euren Ideen ansteckt, bitte ich Euch, von hier fortzugehen, sobald Ihr dazu imstande seid. Und solltet Ihr dennoch leichtsinnig Reden schwingen, wird kein Ort sein, an dem Ihr vor dem Zorn des Himmels in Sicherheit seid.«

Diese strengen Worte sprach der Kaiser eines Abends zu Kim Kwangguk, als dessen Wunde noch nicht verheilt war. Ma Suga indes konnte ihn noch am selben Tag überreden, sich dem Kaiser anzuschließen. Er mochte ihn von Anfang an leiden und hatte ihn am Krankenbett umschmeichelt und zu gewinnen gesucht. Im Morgengrauen ergab sich Kim Kwangguk schließlich, bittersüß lächelnd, der Überzeugungsarbeit von Ma Suga und ging zum Kaiser und warf sich vor diesem nieder: »Blind war ich vor dem unergründlichen Willen des Himmels und vor der unermeßlichen Macht des Herrschers. Geruhtet Ihr dennoch, mich als Euren Untertanen aufzunehmen, würde Ich Euch mit all meiner wertlosen Kraft zur Verfügung stehen.«

Über den Inhalt der Worte, mit denen Ma Suga Kim Kwangguk in dieser Nacht bearbeitete, sind mehrere Gerüchte in Umlauf. So habe er, wie üblich, die immer wiederkehrende Schicksalsbegünstigung des Kaisers sowie die glänzenden Aussichten der Ostgemarkung übertrieben dargestellt, und versprochen soll er ihm sogar haben, im Bedarfsfall über die eingelagerten Waffen verfügen zu dürfen. Zudem fühle er selbst sich, müsse er ihm gestehen, bei der Aufgabe, für das Große Werk des Kaisers mehr als dreihundert junge und gebildete Männer anzuführen, zunehmend überfordert und zu alt. Ob diese Argumente einen jungen Mann, der mit den neuen Erziehungsprinzipien aufgewachsen war und der Idee eines demokratischen Staatswesens anhing, tatsächlich so weit bringen konnten, sich als Untertan in die Dienste des Kaisers zu stellen, wissen wir nicht; halten wir uns darum, wie immer in solchen Fällen, an die *Chronik.*

In dieser erscheint Ma Suga als ein Mann, der mit all seiner Kraft Kim Kwangguk zu überzeugen sucht – so wie einst Che Kalyang (Zhuge Liang) inständig den jungen Kang Yu (Jiang Wei) bat –, ihm, der dem Tod nicht mehr allzu ferne sei, nachzufolgen, aus Loyalität zu seinem Kaiser. Wie wir noch sehen werden, sollte sich Kim Kwangguk in seiner Arbeit für den Kaiser derartig auszeichnen, daß davon sogar die Verdienste des unermüdlichen Ma Suga überstrahlt wurden.

Im Jahre Imshin Aushebung der Himmelsarmee, jedoch Feststellung, daß der richtige Moment noch nicht gekommen war; und Ma Suga stirbt vor der Zeit.

Die Aufgabe in dem Zeitraum zwischen den Jahren Ûlchuk und Shinmi, die Ma Suga die meisten Mühen abverlangte, bestand darin, des Kaisers Verlangen nach Aushebung einer Armee zu zügeln. Diese beinahe jedes Jahr auftretende Anwandlung, sein Volk zu den Waffen zu rufen, hatte zweierlei Ursachen.

Die erste war die immer unerbittlichere Unterdrückung durch den japanischen Militärstaat. Zur Verzweiflung all der bewaffneten Gruppierungen hatten die Japaner, die ihre Polizei- und Armeepräsenz unter dem Vorwand, das Banditenproblem bekämpfen zu wollen, beständig ausbauten, begonnen, einzelne Räuberbanden zu kaufen mit dem Ziel, ihre Vormacht auf die ganze Mandschurei auszudehnen. Lokale bewaffnete Verbände wie die *Bauerngesellschaft* oder das *Verteidigungskorps* lösten sie auf, und welche Gruppe sich ihnen dabei widersetzte, wurde als Banditenbande angesehen und gewaltsam zerschlagen. Als in Ch'ôk in dieser Zeit die alten Maschinengewehre und alle anderen Waffen beschlagnahmt wurden, mußte Ma Suga tagelang hin- und herrennen und unter großen Mühen den Herrn der Ch'ôk und den Kaiser, der eine wie der andere außer sich vor Wut, beschwichtigen. Im neunten Monat des Jahres Shinmi hatten die Japaner, nachdem sie provoziert hatten, was als Mandschurischer Zwischenfall in die Geschichte einging*, es in nur wenigen Monaten geschafft, die gesamte Mandschurei unter ihre Herrschaft zu bringen, wodurch es Ma Suga immer schwerer fiel, den Kaiser im Zaum zu halten.

Dazu trieb den Kaiser das Pflichtbewußtsein gegenüber den Leuten von Ch'ôk und der Ostgemarkung und auch der Edlen Dame Ch'ôk zum Handeln. Insbesondere die aus dem

* Im Jahre 1931 gab es einen fingierten, von den Japanern zur Rechtfertigung ihres Vorgehens in der Mandschurei selbst verübten Anschlag auf die eigenen Eisenbahnlinien.

Dorf der Weißen Steine Hinzugezogenen hegten eine immer größere Erwartung an den Kaiser, dem immer bewußter wurde, daß es an der Zeit war, etwas zu tun. Und gerade der Edlen Dame Ch'ôk, die ihm so viel Vertrauen und Zuneigung entgegenbrachte, wollte er sich als unerschrockener Anführer seines ihn verehrenden Volkes beweisen.

»Aber gerade jetzt sind doch die Japaner in der Lage, einen verheerenden Flächenbrand auszulösen. Ihre Kwangdong-Armee hält sich sogar für stark genug, es mit der ganzen Welt aufnehmen zu können. Großchina und die Weltmacht Arasa (Rußland) im Norden hüten sich, die Schlagkraft der Japaner zu unterschätzen. Würden wir nun alles, was wir haben, aufbieten und sie angreifen, wäre dies nichts anderes, als wollte man mit einem Ei einen Felsen zerschlagen oder als attackierte eine Heuschrecke ein Wagenrad.

An der Niederlage im Tal der Vernichtung der Japaner trugen weder General noch Fußvolk die Schuld, sie wurde auch nicht von einer falschen Strategie verursacht. Weshalb wollt Ihr daher denselben törichten Fehler ein zweites Mal begehen? Vor uns liegen so viele Tage wie Sandkörner am Meeresufer, wir können nichts anderes tun, als vorübergehend die Holzbrücke zu kappen und unsere Kräfte beharrlich zu erweitern.«

Auf diese Weise versuchte Ma Suga, wobei er wechselseitig Shin Kijuk um Hilfe anging und die Edle Dame Ch'ôk umschmeichelte, dem Kaiser das Vorhaben der Mobilmachung auszureden. Doch es kam der Moment, zu Beginn des Jahres Imshin, daß alle Argumente nichts mehr halfen, den Kaiser von seinem Tun abzuhalten. Denn es gab da jene Prophezeiung aus dem *Kamgyôl*:

Der Gelehrte trägt seine Kopfbedeckung schräg, der Göttliche entkleidet sich; verbinde das Zeichen 己 (ki) *mit* 走 (chu) *und füge* 八 (p'al) *zum Tabunamen des Heiligen hinzu.*

Dies läßt sich wie folgt interpretieren: Legt man eine schräge Kopfbedeckung auf das Zeichen 士 (*sa*, »Gelehrter«), erhält man das Zeichen 壬 *(im)*. Entnimmt man vom Zeichen 神 *(shin)* von 神人 (*shinin*, »Göttlicher«) die Kleidung (示,

shi, »das Sichtbare«), bleibt das Zeichen 申 *(shin).* 己 *(ki)* dem Zeichen 走 *(chu)* hinzugefügt, ergibt 起 (*ki,* »Aufrichtung«). Und durch die Zusammensetzung des Heiligennamens von Kongja (Konfuzius) – 丘 (ku) – mit 八 (*p'al,* »acht«) erhält man 兵 (*pyông,* »Armee«). Dies alles vereinigt als 壬申起兵 *(imshingibyông)* bedeutet eindeutig »Aushebung einer Armee im Jahre Imshin«.

Gegen diese keinerlei Mißdeutung zulassende Voraussage des *Kamgyôl* kam auch das Überredungsgeschick des Ma Suga nicht an. Obendrein begeisterten sich Shin Kijuk und der Herr der Ch'ôk für die Idee einer Mobilmachung noch mehr als der Kaiser. Auch die Koreaner in der Ostgemarkung, ja selbst, ohne zu wissen, weshalb, die Chinesen von Ch'ôk ließen sich von dieser Stimmung anstecken.

Ma Suga wurde unvermittelt krank, gleich nachdem der Zeitpunkt für die Truppenaushebung – nach Einfuhr der Ernte – festgesetzt worden war. Man dachte zunächst an eine harmlose Erkältung, doch das Fieber stieg und stieg und rote Flecken übersäten den ganzen Körper, bis Ma gar das Bewußtsein verlor. Er hatte sich eine endemische Krankheit zugezogen, die die Mandschus fürchteten, da neun von zehn Betroffenen sie nicht überlebten.

Die *Chronik* verzeichnet eine Unmenge loyaler Untertanen, doch verdient kaum einer diese Bezeichnung so sehr wie Ma Suga. Einen Tag vor seinem Tod erlangte er kurzzeitig das Bewußtsein wieder und erwies dem Kaiser einen letzten Dienst. Er ließ zunächst Kim Kwangguk zu sich kommen, der als einziger seine Ansichten teilte und für den Fall eines Waffengangs großes Unheil kommen sah.

»Junger Meister, Ihr müßt mit allen Mitteln den Auszug dieser Armee verhindern. Auch wenn mir dieser Gedanke nicht behagt, er muß notfalls mit Gewalt verhindert werden. Ihr, junger Meister, wißt es noch besser als ich: ein einziger Mann, der waffenschwingend hinauszieht, und eine Katastrophe bricht über uns herein, nach welcher nichts mehr wiederzuerkennen sein wird.

Niemals allerdings dürft Ihr Euch ihm (dem Kaiser) widersetzen und seinen Zorn erregen. Es mag schwer zu verstehen sein für Euch, aber er ist tatsächlich vom Himmel auserwählt. Ich habe ihn dereinst einmal getäuscht, und bevor wir uns hier niederließen, hatte ich nichts anderes im Sinn, als Nutzen von seiner eigenartigen Schicksalsbegünstigung zu ziehen. Nun aber verehre ich ihn von Herzen und glaube an ihn. Auf dieser unbarmherzigen Welt sah ich keinen Mann, dessen Wesen tugendhafter gewesen wäre als das seine. Keine Ahnung habe ich, was der *Weg* ist, jedoch ahne ich, daß es jener reine und gesegnete Strom sein muß, der in seinem Herzen fließt. Ich bitte Euch, nehmt Euch seiner an und beschützt ihn.

Solltet Ihr ihn jemals verlassen müssen, tut dies nicht, wenn er sich gerade in einer schwierigen Lage befindet. Verlaßt ihn nicht, ehe Ihr jemanden gefunden habt, der ebenso weise und scharfsichtig ist wie Ihr und ihn vor den Gefahren zu schützen vermag. Zwar glaube ich nicht, daß Ihr so unbeseelt sein könntet, den, der Euch am Leben erhalten hat, im Stich zu lassen, doch bitte ich Euch noch einmal, sorgt für sein Wohlergehen.«

Nach dieser eindringlichen Bitte an Kim Kwangguk rief er Tong zu sich, der aufbrechen wollte, um mit den unterdessen gesammelten Geldmitteln noch mehr Waffen und Munition zu beschaffen.

»Großer Bruder Tong, lauschet, ohne Euch zu befremden, meiner letzten Bitte an Euch. Solltet Ihr gerade vorgehabt haben, Euch auf den Weg zu machen, so bitte ich Euch: kommt nicht zurück! Nehmt das Geld, das Ihr bei Euch habt, und laßt Euch irgendwo nieder. Euer Glaube gleichermaßen wie Eure Loyalität unserem Herrn gegenüber treibt mir Tränen der Rührung in die Augen, doch danke ich Euch und flehe Euch an, tut, was ich Euch sage. Die Japaner haben in dieser Region mehrere Dutzend Einheiten zusammengezogen, um ihre Krallen auf das chinesische Kernland auszustrecken. Wenn Ihr nun mit dem Geld Waffen und Munition besorgen und unseren Herrn damit bei der Errichtung einer Armee unterstützen würdet, hätte dies die Auslöschung sowohl von uns Koreanern als auch von den Bewohnern des Hauses Ch'ôk zur Folge. Großer Bruder Tong, um das Wohl unseres

Herrn willen und aus Erbarmen für die Volksmasse, die ihm blindlings folgt: kommt nicht wieder! Dies ist die letzte Bitte, die ich auf dieser Welt an Euch richte.«

Der Kaiser erzürnte sich sehr, als er davon Wind bekam, und auch der Verfasser der *Chronik* schreibt hierüber in dem gleichen entrüsteten Tone, aber bei nüchterner und objektiver Betrachtung der damaligen Situation in der Mandschurei kann man Ma Suga ob dieses letzten Dienstes gar nicht hoch genug rühmen.

Dies war indes noch nicht alles, was er für den Kaiser tat. Am Morgen des Tages, an dem er seinen letzten Seufzer tat, sagte er zum ans Totenbett gekommenen Kaiser: »Jetzt, da ich nun sehr bald dieses fleischliche Gewand abstreifen und Euch verlassen werde, erlaube ich mir, die Förmlichkeit der kaiserlichen Anrede beiseite zu legen und zu Euch wie damals, als wir einander zum ersten Mal begegneten, als einem Bruder zu sprechen.

Oftmals habe ich Euch, Bruder, einst betrogen, Ihr aber bewahrtet mich vor der Schwertklinge des zürnenden Meisters Chông und gabt mir Kost und Kleidung, damit ich nicht mehr, wie in den ersten zwanzig Jahren meines Lebens, Hunger und Kälte leiden mußte. Meine arglose Meinung zu den wichtigen wie zu den nichtigen Dingen hörtet Ihr stets an, Trauer und Gram durchlittet Ihr mit, ebenso wie Ihr die Freuden und Genüsse teiltet. Ihr vertrautet mir, ganz gleich, ob ich Euch treu sein oder ob ich Euch verraten würde, und ob ich versagte oder Erfolg hatte: immer bedachtet Ihr mich mit Eurem milden Lächeln.

Zwar muß ich gestehen, daß es mir noch immer nicht gelungen ist, die bornierten Ansichten eines gewöhnlichen Mannes zu überwinden und ans Himmlische Mandat zu glauben, das Ihr, Bruder, erhieltet, doch hege ich keinen Zweifel an der goldenen Zukunft, die Euch bevorsteht. Existiert der Himmel abgetrennt, für sich alleine? Der Mensch ist der Himmel, und eines Tages werdet Ihr, Bruder, Euch mit Eurer Rechtschaffenheit, Eurer Gerechtigkeit, Eurem Herzensadel, Eurer Milde und Eurer Großmut emporschwingen, und Euer Licht wird weithin erstrahlen.

Ich möchte Euch lediglich zu bedenken geben, daß Geheimschriften wie das *Kamgyôl* alle uralt sind und daher keine allzu genauen Informationen enthalten, man sollte sie also nicht wörtlich nehmen. Ihr laßt nun wegen der vier Schriftzeichen 壬申起兵 *(imshingibyông)* überstürzt eine Armee ausheben, ich aber halte den richtigen Zeitpunkt keineswegs für gekommen. Brechen die Deiche am Fluß, gilt es, der ersten Woge auszuweichen, bricht ein Feuer aus, darf man sich nicht gleich in die ersten Flammen stürzen. Die Japaner sind wie diese erste Woge oder diese ersten Flammen, und ich fürchte, Eure Schlagkraft ist im Vergleich zu der ihren nur ein Sack Erde oder ein Krug Wasser. Vergeudet doch nicht Eure ganze Kraft, indem Ihr die erste Angriffswelle des Feindes brechen wollt, wartet lieber auf eine günstigere Gelegenheit. So wie eine Blume letztlich welkt und ein lustiges Festmahl nicht ewig währt, werden die Japaner eines Tages ihre Macht aufgezehrt haben. Zöget Ihr dann mit Eurer Armee hinaus, fiele der Feind allein durch den Widerhall Eurer Trommeln in sich zusammen wie eine Sandburg.

Eine weitere Bitte habe ich an Euch, Bruder, wegen der Verwendung Eurer Gefolgsleute. Es ist sehr weise, alles, was mit dem Schreiben zu tun hat, Shin Kijuk zu überlassen, mit den finanziellen und militärischen Aufgabenbereichen aber sollte vernünftigerweise Kim Kwangguk betraut werden. Er mag zwar noch jung sein, sein weitreichendes Wissen und seine Klarsicht indes haben mich überzeugt. Ich scheide nun dahin und übergebe ihm mein Amt; möget Ihr ihn mit der gleichen Zuneigung bedenken wie mich, auf daß er sich nicht vernachlässigt fühle.«

Kurz darauf hauchte Ma Suga sein Leben aus, er wurde zweiundvierzig Jahre alt. Diese seine letzten Worte sind, so wie sie uns vermittelt wurden, zu wohlformuliert, als daß ein ungebildeter Mann wie er sie tatsächlich in dieser Form gesprochen haben könnte, doch zweifle ich nicht daran, daß der Verfasser der *Chronik* einzig den Stil verfeinerte, den Inhalt aber unverändert ließ.

»Der Gesang des sterbenden Vogels ist traurig, die Worte eines sterbenden Menschen zeugen von seiner Güte, und so ist dies auch bei Euch, werter Herr Ma. In Eurem Spiegel habe ich in der Vergangenheit meine Erfolge und Mißerfolge beobachten können, wie kann ich nun, da dieser Spiegel zerbrochen ist, sehen, ob ich hinzugewinne oder verliere?« sprach der am Leichnam von Ma Suga Wache haltende Kaiser, am zwölften Tag des neunten Monats des Jahres Imshin.

Ma Sugas plötzlicher Tod erwischte das für die bewaffnete Erhebung in feuriger Begeisterung entflammte Volk wie ein kalter Wasserstrahl. Während der Wert von Shin Kijuk sich in seiner Rolle als Widerpart in den Wortgefechten mit dem Kaiser bemaß, füllte Ma Suga in der Ostgemarkung die Rolle des Verwalters aus, und sein Ableben wurde als Vorbote eines Unheils gedeutet. Der Kaiser respektierte die Bitte von Ma Suga und erhob Kim Kwangguk in den Rang des Beraters, worauf dieser ebenfalls den Worten seines Fürsprechers Folge leistete und sich bemühte, dem Kaiser die Aushebung auszureden. Tongs Verrat und der dadurch zu gravierend gewordene Mangel an Waffen half ihm dabei, so daß dem Kaiser nichts anderes übrig blieb, als das Unternehmen abzublasen.

Im Jahre Keyu endgültige Aufgabe des Dorfs der Weißen Steine als Sitz des Reiches.

Im Frühjahr des folgendes Jahres, Keyu, tauchte in Ch'ôk die im Dorf der Weißen Steine zurückgebliebene Kaiserfamilie um den Gelehrten Chông auf. Die Einwohner von Ch'ôk, deren Kriegslust vom Ende des Vorjahres sich wieder gelegt hatte, bestellten gerade die Felder für die Saat, als sie eine Gruppe zerlumpter Menschen aus Chosôn erblickten. Es waren dies der Gelehrte Chông, die Ehrenwerte Dame Hwang, U Palsan und noch andere aus dem Dorf der Weißen Steine.

Je mehr das kaiserliche Gebiet in der Mandschurei gedieh, desto mehr verfiel das Dorf der Weißen Steine, hauptsächlich deshalb, weil die meisten und besten Arbeitskräfte in den Norden ausgewandert waren. Seiner treuesten und kräftigsten Männer beraubt, mühte sich der Gelehrte Chông mehrere Jahre lang, mit Hilfe von U Palsan und anderer gebliebener Gefolgsleute, eine einsatzfähige Truppe aus den Schwachen und Alten zu bilden. Doch die Gegner des Kaisers waren bald so zahlreich geworden, daß sie sich in ihrer Mitte wie eine Insel im Meer vorkommen mußten.

Einen weiteren Grund für die Aufgabe des Dorfs der Weißen Steine als Hauptsitz des Kaisers stellte der Ruin der Familie des Gebildeten Hwang dar. Dessen Vermögen, schon zuvor um die Hälfte geschmolzen, wurde für die Vorbereitungen zum Aufbruch des Kaisers gen Norden beinahe gänzlich aufgebraucht. Kurz darauf erkrankte der Gebildete Hwang schwer, woran, wußte man nicht, und drei Jahre lang, völlig ruiniert, waren er und seine Familie auf den Unterhalt durch den Gelehrten Chông angewiesen. Ein weiteres Jahr darauf starb der Gebildete Hwang, ohne seine Tochter als gekrönte Kaiserin gesehen zu haben, genau in demselben Jahr, in dem der Kaiser sich in der Ostgemarkung mit der Edlen Dame Ch'ôk vermählte. Für den Gelehrten Chông bedeutete dies den Verlust einer Geldquelle, von der er nicht geglaubt hatte, daß sie eines Tages versiegen könnte.

Nichtsdestotrotz tat der Gelehrte Chông alles Erdenkliche für die Erhaltung seines Lebenswerks. Aber für einen alten Mann wie ihn, der nur noch auf die Hilfe des hinkenden U Palsan bauen konnte, war diese Aufgabe nicht mehr zu bewältigen. Es gab daher keinen anderen Ausweg, als dem Kaiser in die Mandschurei nachzuziehen.

Auch wenn der Kaiser seine persönlichen Gefühle unter der Maske der kaiserlichen Würde zu verbergen suchte, konnte er nicht unberührt davon bleiben, daß seine Familie Tausende von *Ri* zurückgelegt hatte, um zu ihm zu gelangen. Gleich nach Erhalt der Nachricht eilte er nach Ch'ôk, um sie unter Tränen willkommen zu heißen.

Der Gelehrte Chông war ein alter Mann geworden. Das große Werk im Dorf der Weißen Steine mit dem Ziel der Errichtung einer Dynastie forderte nun seinen Preis, es hatte ihn schwach und gebrechlich gemacht. Die größte Verwunderung beim Kaiser löste indes die Ehrenwerte Dame Hwang aus, an deren Rocksaum sich gleich drei verzagte Kindlein klammerten. Yung, der Erbprinz, war beim Weggang des Kaisers drei Jahre alt gewesen, Hwi, der zweite Sohn, war damals gezeugt und hatte darum bereits einen Namen erhalten, an den dritten jedoch, der sich noch kaum selbst auf den Beinen halten konnte, hatte er keinerlei Erinnerung.

Wie der Kaiser diesen Kleinsten argwöhnisch musterte, stammelte die Ehrenwerte Dame Hwang verschüchtert und mit erstickter Stimme: »Ihr hattet uns ja vor fünf Jahren, im Winter, besucht ...«

Während dabei der kritische Blick des Gelehrten Chông hin und her von der Ehrenwerten Dame Hwang zum Kaiser wanderte, zog U Palsan den Kopf ein, als hätte er etwas angestellt.

»Wie, das weißt du gar nicht mehr? Du sollst danach sogar noch öfters vorbeigekommen sein ...«, gebot der Gelehrte Chông unvermittelt streng dem Kaiser, dem nichts anderes übrig blieb, als, überrumpelt, zu stottern: »Ach so, ja.«

Auch wenn man dies kaum als Antwort bezeichnen konnte, riefen, als sie es hörten, die Leute aus dem Dorf der Weißen Steine einhellig und voller Bewunderung aus: »So habt Ihr also tatsächlich die Fähigkeit erlangt, die Erde sich zusammenziehen zu lassen und mit einem Satz zehntausend *Ri* zu überwinden? Wieso habt Ihr Euch uns denn nie gezeigt, wenn Ihr so oft gekommen seid?«

Der Kaiser, dem allmählich ein Licht aufging, war einen Moment lang völlig verwirrt. Zorn, Scham und Verlegenheit ... Rasch aber hatte er sich wieder unter Kontrolle: »Ich hatte eben viel zu tun, außerdem mußte ich auf die japanische Polizei achtgeben ... Aber jetzt sind wir ja alle wieder beisammen, nicht wahr?«

Nach dieser Ausflucht hob er unbeholfen das dritte Kind in die Höhe. Während das Knäblein dabei aufbrüllte, spiegelte sich Erleichterung im Gesicht des Gelehrten Chông, indes sich die Augen der Ehrenwerten Dame Hwang und die von U Palsan aus irgendeinem Grunde trübten.

Das wahre majestätische Wesen des Kaisers trat erst nach Ende des Willkommensfestmahls zutage. Als er, angetrunken, nach dem Aufbruch der Gäste den Raum betrat, in dem die Ehrenwerte Dame Hwang ihn bereits erwartete, warf diese sich ihm schluchzend zu Füßen: »Seit langem schon verdiene ich den Tod, doch nahm ich die Tausende von *Ri* lange Reise auf mich, um, ehe ich sterbe, Euch unter die Augen zu treten und um Gnade anzuflehen. Die Erinnerung an die Großmut, die Ihr mir erwiesen, indem Ihr mich vor der Schande bewahrtet und mein Vergehen nicht verurteiltet, werde ich im Reich der Toten immer in Ehren halten.«

Still weinte sie in sich hinein, von der herrischen Dame, die sie einmal gewesen, war nichts mehr zu erkennen. Sie war nur noch eine müde und welk gewordene Frau aus Chosôn, eine klägliche Untertanin des Kaisers.

»Eine verheiratete Frau, die ihre Tugend verloren hat, darf eigentlich nichts mehr sagen, doch flehe ich Euch an, laßt den Kindern, die nicht einer Sünde entsprungen sind, Eure Liebe angedeihen.

Glücklicherweise hörte ich, Ihr habt Euch eine kluge und edle zweite Frau genommen, an deren Tugendhaftigkeit ich keinen Zweifel hege, das Band zwischen Mutter und Kindern jedoch zwingt mich, Euch in dieser Weise anzuflehen. Bitte!«

Sie zog plötzlich einen Dolch unter ihrem Kleid hervor, und der Kaiser wollte sich auf sie stürzen und ihr die Waffe aus der Hand reißen, als die Tür aufgeschlagen wurde und ein Schatten ihm dabei zuvorkam. Es war U Palsan. Er entrang der Ehrenwerten Dame Hwang den Dolch und bot ihn dem Kaiser mit den Worten dar: »Richtet mich. Sie trägt keine Schuld. Ich bin es, der den Tod verdient, und zum Sterben bin ich nun gekommen zu meinem Herrn. Der Trieb übermannte mich ...«

Weiter konnte er nicht reden, denn es unterbrach ihn das jäh aufbrausende Gebrüll des Kaisers: »U Palsan, du Dreckskerl! Wie kannst du es wagen, den Mund aufzutun? Willst du dich mit deiner kindischen Zunge lustig machen über mich? Ich bin im Dorf der Weißen Steine sowohl im Jahre Mujin als auch im Jahre Kisa gewesen, es besteht also keinerlei Anlaß zu irgendeinem Verdacht über den Ursprung unseres dritten Kindes. Wie könnte es jemand wagen, zu behaupten, meine kluge und edle Gemahlin hätte ihre Tugend verloren? Solltest du je einen derartigen Schwachsinn unters Volk bringen, werde ich dir nicht nur die Zunge abschneiden, sondern auch dafür sorgen, daß du kein Begräbnis erhältst!«

Dann wandte er sich wieder an die Ehrenwerte Dame Hwang, die sich blöde glotzend an U Palsans Seite hielt, und sprach zu ihr mit sanfter Stimme: »Werte Gemahlin, was redet Ihr da so unschön von verlorener Tugend? Welch unsinnige Worte. Hattet Ihr einen Alptraum? Was sprecht Ihr so eigenartig über unser Kindelein, einer gemeinsamen Frucht von Euch und mir? Möget Ihr niemals mehr Derartiges von Euch geben.«

Nach diesen Worten legte der Kaiser sich auf seine Schlafstatt nieder und begann gleich darauf zu schnarchen.

Das Gerede, die Ehrenwerte Dame Hwang und U Palsan hätten schon vor der Heirat von ersterer eine Beziehung gehabt und seit der Abreise des Kaisers im Grunde genommen zusammengelebt, ist ein ebenso haltloses Märchen wie der Glaube an die Fähigkeit des Kaisers, per Verkürzung des Raumes in nur einer Nacht viele tausend *Ri* zu überwinden. In Wirklichkeit begingen die Ehrenwerte Dame Hwang, die zehn Jahre lang die Nacht allein und einsam verbringen mußte, und U Palsan, ein vierzig Jahre alter Junggeselle, die Schandtat nur ein einziges Mal, in einer einzigen Nacht. Die kaiserlich großherzige Vergebung ihres Vergehens hatte zur praktischen Folge, daß der ohnehin schon ergebenste U Palsan noch ergebener wurde und daß die herrische Ehrenwerte Dame Hwang sich in ein treues und folgsames Eheweib verwandelte.

Im ersten Jahr des Neuen Himmels, im Jahre Kapsul, gründet der Kaiser das Reich Süd-Chosôn.

Der Kaiser proklamierte sein Reich im neunten Monat des Jahres Kapsul, was da wäre, nach dem Sonnenkalender, im Oktober 1934.

Die ursprünglich geplante Vorgehensweise des Kaisers bestand darin, zuerst eine Armee auszuheben, dann die Feinde zu vernichten und schließlich das Reich auszurufen. Zehn Jahre wurde nun schon in jedem Jahr von der Aufstellung einer Streitmacht und der Durchführung des Großen Unternehmens gesprochen, doch mit Ausnahme des Jahres Imshin, als heftige Debatten hierüber im Gange waren und Ma Suga größte Mühen aufzubringen hatte, um den Kaiser an der Umsetzung der Mobilmachung zu hindern, handelte es sich nur um folgenlose Reden.

Zu jener Zeit war es um das Wohl des Kaisers und seines Volkes bestens bestellt. Die Ernte war reich, die Familien lebten in Eintracht, und das Volk in der Ostgemarkung und sogar im Hause Ch'ôk verehrte ihn. Jeder andere hätte sich mit dem zufriedengegeben, was er erreicht hatte.

Doch als vom Himmel Entsandter in einem beliebigen Flecken Erde sich behaglich einzurichten und zu sterben, ohne Großes getan zu haben, war des Himmels Wille nicht. Zwei Ereignisse während des Jahres Kapsul spornten den Kaiser an zu handeln.

Zum einen wurde Pu Ûi (Puyi), der entthronte Kaiser Ch'ông (Qing), im neugeschaffenen und formal unabhängigen Staat Mandschurei als abhängiger Kaiser Kangdôk (Kangte) wieder eingesetzt. Denn dem Kaiser ging es sehr nahe, daß ein Souverän erst vom Zorn des Volkes hinfortgejagt und später, mit welchen verwickelten politischen Hintergründen auch immer, rehabilitiert werden konnte.

Das andere Geschehnis war der Tod des Gelehrten Chông. Bereits bei seinem Erscheinen in Ch'ôk im Jahr zuvor hatte er mit seinen siebzig Jahren ein vorgerücktes Alter erreicht. Der Anblick all dessen, was der Kaiser sich aufgebaut, hatte noch einmal seinen Eifer entfacht, was jedoch dazu führte, daß er sich über die Maßen verausgabte.

Freilich hatte der Gelehrte Chông vor seiner Ankunft in der Ostgemarkung so seine Zweifel wegen des neuen Mythos um den Kaiser. Denn zuvor war noch jeder Mythos, direkt oder indirekt, auf seine Veranlassung hin geschaffen worden.

Aber was er nun zu sehen bekam, hatte er sich nicht auszudenken vermocht; der Kaiser hatte innerhalb weniger Jahre unendlich mehr aufgebaut, als er selbst im Dorf der Weißen Steine in Jahrzehnten zuwege gebracht hatte. Besonders beeindruckten ihn die nagelneuen und glänzenden Gewehre und die unzähligen Munitionskisten, versteckt unter den riesigen Getreidehaufen. Aber trotz der Hochachtung für seinen Sohn, den Kaiser, fragte er sich doch auch, weshalb dieser seine ganze Schlagkraft noch nicht eingesetzt hatte.

Als wollte er seinem Sproß etwas Besonderes vermachen, ersann er eine weitere Legende. Sein baldiger Tod sei auf die jahrelange Vergiftung seitens der Japaner zurückzuführen; natürlich wollte er damit die Aversion seines Sohnes gegen die Japaner noch befördern und ihn anstacheln, endlich zur Tat zu schreiten.

Der Hintergrund dieser Mär liegt in der Zeit, als der Gelehrte Chông Anstrengungen unternommen hatte, im Dorf der Weißen Steine die Methode der Brandrodungsbewirtschaftung einzuführen. Er war damals wegen der Verletzung von Grundeigentumsrechten verhaftet worden, wobei dies nach Meinung des Gelehrten Chông nicht der wahre Grund gewesen sei, sondern die Tatsache, daß er der Kaiservater war, und als er den Japanern jede Aussage verweigert habe, hätten diese ihm ein schleichend wirkendes Gift verabreicht. Der Mangel an Zeugen erschwert es, diese Behauptung zu bestätigen, weist doch die Geschichte einige dunkle Punkte auf, wie zum Beispiel, welche Fragen die Japaner gestellt hatten, ob ein solches Gift wirklich existierte, was sich die Japaner überhaupt von ihm versprechen konnten. Möglicherweise hatte sich der Gelehrte Chông auch von den Gerüchten um eine Vergiftung von Chosôns Kaisern Kojong und Sunjong durch die Japaner inspirieren lassen.*

Er erzählte diese Geschichte dem Sohne in jenem Frühling, als er schon, vom Alter geschwächt, daniederlag, und noch viele weitere Male bis zu seinem Ableben ein paar

* Die Japaner sollen die beiden letzten Könige Koreas, Kojong und Sunjong, die, ohne daß sie wirklich mehr etwas repräsentierten, zu Kaisern aufgewertet worden waren, vergiftet haben; diese Gerüchte trugen zum Ausbruch der Unruhen vom 1. März 1919 bei.

Monate später. Anfangs noch skeptisch, schenkte der Kaiser in dem Maße, wie sich der Zustand seines Vaters verschlechterte, der Giftmordlegende schließlich immer mehr Glauben. Und als der Gelehrte Chông im Sommer aus dem Dasein schied, kochte im Kaiser die Wut auf die Japaner so sehr, daß er gar nicht mehr daran dachte, wie alt, nämlich über siebzig, der Vater bei seinem Tod gewesen war.

Im Unterschied zu anderen Vätern hatte der Gelehrte Chông seinem Sohn das Ziel eines glorreichen Lebens nicht nur gesetzt, sondern auch vorbereitet und vorgelebt. So war der Traum des Kaisers der Traum des Gelehrten Chông und der Wille des Kaisers der Wille des Gelehrten Chông. Im Dorf der Weißen Steine natürlich und später in der Mandschurei richtete sich alles Denken und Handeln des Kaisers nach dem vor langer Zeit erarbeiteten großen Plan des Vaters. Nach dessen Ableben war dem Kaiser, als wären ihm die Fundamente weggebrochen. Wie hätte er da, bei dem Leid und dem Verlust, den sie ihm zugefügt hatten, auch nur eine Sekunde den Vergeltungsfeldzug gegen die Japaner aufschieben können? Die Armee sollte, so beschloß er, gleich nach dem Aufbruch des Leichenzuges aufgestellt werden, er berief zu diesem Zwecke Shin Kijuk und Kim Kwangguk zu sich ein.

»Einst sagte man, unmöglich sei, unter demselben Himmel zu leben wie derjenige, der den Vater getötet hat. Noihapjôk (Nurûhachi), der Gründer der Ch'ông-Dynastie (Qing), mochte ein Barbar gewesen sein, aber er vernichtete, nachdem er die Sieben Haßklagen an den Himmel gerichtet hatte, die Myông (Ming), die Mörder seines Vaters. Ich gedenke nicht unbedingt auf dieselbe Weise vorzugehen, wohl aber richte ich an die Japaner, ehe ich sie niederwerfe, meine sieben Klagen. Diese lauten: Erstens die Schandtat, sich dieses dreitausend *Ri* weite Land einverleibt zu haben. Zweitens die Schandtat, mein Volk mißhandelt und niedergemetzelt zu haben. Drittens die Schandtat, die Güter des Volkes gebrandschatzt und geplündert zu haben. Viertens die Schandtat, die Gesetze der Weisen abgeschafft und die jämmerlichen Sitten und Lehren der Barbaren des Westens verbreitet zu haben.

Fünftens die Schandtat, den Titel des Kaisers als Gesandter des Himmels mißbraucht zu haben. Sechstens die Schandtat, sich der königlichen Armee entgegengestellt zu haben. Und siebtens die Schandtat, den Giftmord an meinem verblichenen Vater verübt zu haben. Diese sieben Schandtaten wiegen schwer und sind unverzeihlich, besonders aber für den Meuchelmord an meinem verblichenen Vater gilt es Vergeltung zu üben, und die Tafeln zur Erinnerung an ihn werden an der Spitze unserer Armee sein, wenn wir zum Angriff blasen. Möget Ihr beide den tiefen Sinn meines Willens verinnerlichen und mir bei seiner Vollstreckung zur Seite stehen.«

Die Anschuldigung, sich der königlichen Armee entgegengestellt zu haben, spielte natürlich auf die Schlacht im Tal der Vernichtung der Japaner an. Es scheint, der Tod des Gelehrten Chông hatte eine genau gegenteilige Wirkung wie das Ableben von Ma Suga. Kim Kwangguk, mit der Ausdrucksweise des Dorfes der Weißen Steine noch nicht gänzlich vertraut, schwieg erst einmal, fragte sich, was der Kaiser denn nun wolle, indessen Shin Kijuk sich beeilte, dem Kaiser seine vollste Zustimmung zu bekunden. In seiner Stimme schwang noch mehr Pathos mit als in der des Kaisers. Dieser jedoch schien sich der letzten Worte von Ma Suga zu erinnern, er wandte sich darum an Kim Kwangguk: »Als der werte Herr Ma im Sterben lag, anempfahl er mir, bei den Dingen, die das Äußere betreffen, immer Euren Rat einzuholen. Ich rechne in dieser Sache mit Eurer Unterstützung, vorenthaltet mir daher nicht Euer Wissen, sprecht frei heraus und belehrt mich, wie dem üblen Feind am besten beizukommen ist.«

Diese Aufforderung war für Kim Kwangguk so unerwartet wie sinnfrei. Die Kwangdong-Streitmacht hielt die gesamte Mandschurei, während die Unabhängigkeitsarmeen immer weiter in Richtung Noryông oder Hwabuk zurückgetrieben wurden. In Frage kam höchstens eine Partisanenkriegstaktik, wie sie die antijapanischen Widerstandskämpfer des Nordostens praktizierten, doch standen dem Kaiser hierfür zu wenig Leute zur Verfügung. Kim Kwangguk blieb nichts anderes übrig, als auf die Überzeugungstaktiken des Ma Suga zurückzugreifen und die dem Kaiser am nächsten Stehenden dazu zu bringen, auf ihren Herrn dahingehend einzuwirken, daß er von dem Vorhaben Abstand nehme.

Wie es ihm gelang, Shin Kijuk, die Edle Dame Ch'ôk und die Ehrenwerte Dame Hwang für sich zu gewinnen, weiß man nicht. Doch der Kaiser war entschlossener und schwerer zurückzuhalten denn je. Shin Kijuk war es, der den Einfall hatte, dem Kaiser die Ausrufung eines neuen Reiches nahezulegen. Eine andere Möglichkeit, den Kaiser daran zu hindern, die vielen hundert Landsleute zu den Waffen zu rufen, sah er nicht. Auch wenn dies für Kim Kwangguk unverständlich war, schloß er sich diesem Plan an, in der Hoffnung, so das alles vernichtende Unheil des Krieges abzuwenden. Frohgemut eilte Shin Kijuk zum Kaiser und warf sich vor ihm nieder: »Eure Majestät gabt den strikten Befehl, Eure Armee zum Auszug zu rüsten. Wichtig ist jedoch, daß alles in geregelten Bahnen vonstatten geht. Es müßten, wie ich meine, zuerst die formellen Grundlagen für ein solches Unternehmen geschaffen werden, das heißt, Ihr, Majestät, solltet diese vorher klar und eindeutig bestimmen.

Gewiß, Ihr erhieltet das Himmlische Mandat, und der Klang Eures Namens tönt nach allen vier Richtungen, doch tragt Ihr noch immer die Tracht eines gewöhnlichen Mannes, mit der Folge, daß Eure Anhänger nur als aufrührerischer Pöbel angesehen werden können. Wie wollt Ihr sie da zu Disziplin und Respekt vor Eurer Majestät erziehen? Ich erlaube mir deshalb, Euch nahezulegen, erst Euer Reich auszurufen, um den Generälen und gemeinen Soldaten die Würde einer kaiserlichen Armee verleihen und sie mit den Bannern des Himmelsheeres ausstatten zu können, ehe sie hinaus in den Kampf ziehen.«

»Dieser Gedanke ging auch mir schon durch den Kopf, unser Gebiet aber ist klein, wir haben keine Reichtümer, und unserer Untertanen sind nicht sehr viele; unter diesen Umständen ein Kaiserreich zu gründen, würde uns zum Gespött der Welt machen.«

»Diese Sorge ist unbegründet. Bei Mukja (Mozi) heißt es, die Urkönige Yosun (Yao und Shun) hätten einst ein nur drei *Cha* hohes Haus mit drei Erdstufen und einer Abdeckung aus Steppengras bewohnt. Gegessen hätten sie gemahlenen Reis und Hirse aus einem Tonkrug, angereichert mit Gänsefuß- und Bohnenblättern. Im Sommer trugen sie Pfeilwurzkleider, im Winter Hirschfelle. Dennoch wurden sie in allen Zeiten als geheiligte Söhne des Himmels verehrt. Hingegen starben, wie in der *Geschichtschronik* nachzulesen ist, T'aksshi von Ch'ok, immerhin Herr über tausend Sklaven und über mehr Ländereien als der König, und Sasa von Chu, dessen Reichtum siebzig Millionen *Sôk* Getreide überstieg, beide als einfache Kaufleute. Weshalb sollte der Aufschwung eines Reiches davon abhängen, ob das Land groß oder klein ist, ob der Güter viele oder wenige sind, ob ein Volk sich aus vielen oder wenigen Untertanen zusammensetzt? Es gab nicht wenige große Monarchen, die als miserable Herren eines Schlosses und eines Städtchens oder sogar nur mit den zehn Fingern ihrer beiden Hände anfangen mußten.«

Auf diese Weise stritten sie noch einen halben Tag lang. Wahrscheinlich ging es dabei auch um die Tradition des dreimaligen Ablehnens, welches man vor der Thronbesteigung kundtat. Doch tief in der Nacht willigte der Kaiser endlich in die Gründung seines Reiches ein.

Von diesem Augenblick an stand Shin Kijuk vor vielerlei Aufgaben. Die *Chronik* weist Kim Kwangguk eher selten eine gewichtige Rolle zu, während die Taten des Shin Kijuk in höchstem Lichte erstrahlen.

Zunächst regte er als Reichsgründungsbeauftragter an, den Namen des Kaisers beziehungsweise der neuen Dynastie zu bestimmen. Der Kaiser indes äußerte folgenden gründlich erdachten Gedanken: »Wer sich hoch emporschwingen will, wird von allen gesehen, und dem, der von allen gesehen wird, erwachsen viele Feinde. Wôn Sul am Ende der Han, Yi Kwe am Ende der Su (Sui) und Han Lima am Ende der Wôn sind abschreckende Beispiele dafür, welche Katastrophen eine voreilige Ausrufung nach sich ziehen kann. Gemäß der alten Gepflogenheiten unseres Samhan sei der Titel König ausreichend.«

Es mußten sodann die Namen des Landes und der Ära bestimmt werden. Nachdem er drei Tage und drei Nächte tief in sich gegangen war, schlug Shin Kijuk folgendes vor: »Chosôn ist der Landesname, der die Gunst aller Dynastien seit Tangun hatte. Er bezeichnete ursprünglich das helle und weite Land östlich des Yoha (Liao)*, doch seit der Yi-Dynastie bezieht er sich auf die schmale und dunkle Halbinsel südlich des Apsu (Amnok). Führte Eure Majestät nun diesen Namen fort, könnten die habgierigen Chinesen glauben, er stehe weiterhin allein für die Halbinsel, was es uns erschweren würde, Anspruch auch auf das Gebiet östlich des Yoha-Flusses (Liaodung) zu erheben.

Ihr könntet Euch bei der Wahl des Landesnamens vom Königreich Paekche anregen lassen, welches vorübergehend den Namen Süd-Puyô führte. König Sông von Paekche stellte dem Namen Puyô ein *Süd-* nicht als Abgrenzung von dem früheren Reich Puyô voran, sondern um die Erinnerung daran wachzuhalten, daß sich das Land ursprünglich noch weiter gen Norden erstreckt hatte.

Obschon die Erde, auf der wir momentan weilen, einst unseren Ahnen gehörte, habt Ihr, Majestät, sie nur von einem anderen Volk gepachtet, wohingegen Euer Volk mehrheitlich auf der Halbinsel geblieben ist; sollten wir daher nicht den Apsu als Grenze des neuen Reiches festlegen und den Namen *Süd-Chosôn* wählen? Wir könnten uns somit auf die Vernichtung der Großen Feinde konzentrieren und einen Streit mit China vermeiden, ohne daß wir unseren Anspruch auf das uns angestammte Yadong-Gebiet aufgeben müßten. Auf diese Weise könnten wir die Sehnsucht Eures Volkes nach dem Reiche Süd-Chosôn stillen und es immer noch in Chosôn umbenennen, sowie die japanischen Feinde bezwungen sind und das Land östlich des Yaho wieder unter Eurer Hoheit ist.

Als Äraname böte sich *Ch'ôngae*, *Öffnung des Himmels*, an, da sich ja in der Tat ein neuer Himmel auftut, allerdings verwendeten ihn bereits Bonzen wie unter anderem Myochông von Yôjo während der Koryô-Dynastie bei der Grün-

* Fluß westlich der Mandschurei, im ersten Jahrtausend die Grenze des Königreichs Koguryô.

dung des Reiches Taewiguk. Auch gäbe es noch die Namen T'aecho, T'aegôn, Kaewôn oder Kaetae, die aber ebenfalls schon von früheren Dynastien benutzt wurden, genau wie Chônjin oder Namjo. Noch unbesetzt hingegen wäre *Shinchôn*, *Neuer Himmel*, was zudem hervorragend die Bedeutung der Gründung eines neuen Reiches betonen würde, ich plädiere daher für diesen Namen.«

Der Kaiser fand diese Anregungen so großartig wie einleuchtend. Angestachelt von der Billigung seines Herrn, machte Shin Kijuk sich sogleich daran, seine Studien und Überlegungen weiterzutreiben, und kam zehn Tage später mit einem Konzept des Regierungssystems wieder: »Ich habe gründlich die Geschichte der Regierungsformen unseres Samhan studiert, dabei ist mir aufgefallen, daß sie sich, mit Ausnahme der ältesten, über die nichts Genaueres mehr bekannt ist, durchweg an die Systeme in China anlehnten. Würden wir uns an den früheren Regierungsformen unseres Landes orientieren, imitierten wir sozusagen Imitationen, ich halte es daher für angebracht, wenn wir uns einmal die ursprünglichen, also die chinesischen, Systeme selbst ansehen.

Das Feudalsystem von Chu (Chou) war bestimmt von großzügigen Zuwendungen an die Gründungsminister und -generäle zum Lohn für ihre Meriten, was anfangs noch in geordneten Bahnen verlief, im Laufe der Zeit indes großes Unheil verursachte. Denn als dadurch das Land und das Volk und sogar die Königsherrschaft unter vielen verschiedenen Feudalherren aufgeteilt worden waren, gebot das Königshaus Chu nur noch über klägliche tausend *Ri*, und die Ausgeburt dieses Regierungssystems waren die fünfhundertjährigen Frühlings- und Herbst-Kriegswirren.

Die Regierungen der Han-Dynastie setzten sich aus drei Ministern, drei Rechtsbeamten, neun Staatsbeamten und zahlreichen niederen Beamten zusammen, doch lag die Schwäche dieser Regierungsform darin, daß sie keinen Mechanismus vorgesehen hatte, mit dem ein unfähiger Herrscher abgesetzt werden konnte. Nach einer anfänglichen Blütezeit verfiel das Königshaus im Zuge des Machtgerangels zwischen den Angehörigen der Königin und den Eunuchen, aus dem letztere siegreich hervorgingen und das Land mit ihrer Gier und Gesetzlosigkeit zugrunde richteten.

So wie Han sich am Regierungssystem von Chin (Ch'in) orientierte, adaptierte Tang (T'ang) das von Su (Sui). Aber auch hier fiel die Macht im Laufe der Jahre von den wohlkonzipierten Beamtenebenen in die Hand von Usurpatoren und über mehrere Zwischenstufen letztlich erneut den Eunuchen zu, was zur Folge hatte, daß die legitimen Minister des Hofes das mächtige Heer von Pônjin um Hilfe ersuchten, womit das Ende der Tang-Zeit besiegelt wurde.

Ähnlich war das Szenario während der Song-Dynastie (Sung).

In der Myông-Zeit (Ming) gab es mit der Abschaffung der höheren Beamtenposten eine wichtige Veränderung im Regierungssystem, infolge derer der Kaiser in die Lage versetzt wurde, direkt durch sechs Verwaltungsbereiche hindurch zu regieren. Diese Neuerung wurde durchgeführt, nachdem der Dynastiebegründer seinen obersten Minister, Ho Yuyong (Hu Weiyung), hatte hinrichten lassen, wodurch der Kaiser erreichte, daß seine Machtposition gestärkt wurde, auf Kosten der Stellung der Beamten.

Allerdings barg diese Systemreform auch das Risiko großer späterer Wirren, wenn Herrscher den Thron bestiegen, die dank der glänzenden Vorarbeit ihrer Ahnen, der Dynastiebegründer, sich niemals der schweren Aufgabe echten Regierens stellen mußten und lieber in Genüssen schwelgten. Besonders in der Myông-Zeit konnten meines Erachtens aufgrund dieser Systemschwäche die Eunuchen walten, wie sie wollten, und konnte das Cliquenwesen so ungehemmt gedeihen.

Aus all diesen Beispielen können wir folgendes lernen: Obschon die Macht weitgehend in den Händen des Herrschers liegen sollte, ist im Regierungssystem doch auch für den Fall vorzusorgen, daß die loyalen Minister ihre Weisheit einbringen, wenn der Souverän es an Regierungsgeschick mangeln läßt. Und auch wenn nichts gegen eine bevorzugte Behandlung der Zivilbeamten zu sagen ist, sollte doch auch der Militärapparat nicht vernachlässigt werden, und auch wenn es erstrebenswert ist, die Familie der Kaiserin und die Eunuchen zum Wohle der Regierung einzusetzen, sollten Vorkehrungen getroffen werden für den Fall, daß sie erneut wider die Gesetze handeln.«

Aber könnte man ein derartiges System wirklich so einfach auf die Beine stellen, wie man eine ausgestreckte Hand umwendet? Und benötigte das im Entstehen begriffene Reich des Kaisers dergleichen in so kompliziertem Ausmaße schon jetzt? Wie vernünftig war dagegen, was der Kaiser aus Shin Kijuks Ausführungen folgerte: »Ist die Zahl der Regierungsbeamten im Verhältnis zur Bevölkerungszahl zu hoch und ist das Regierungssystem angesichts der geringen Größe eines Landes zu komplex, dann wäre dies, als bürde man einem Pferd eine zu schwere Last auf. Unser neues Reich gleicht diesem Pferde, es reicht daher aus, wenn wir die Verwaltung unseres Landes in Ost und West einteilen, das heißt, in zwei Bereiche: einen für die zivilen und einen für die militärischen Angelegenheiten, wobei ein Minister je Aufgabenbereich im Moment ausreichen dürfte.«

Weit ausholend legte Shin Kijuk sodann seine Vorstellungen über die Organisation des Armeewesens, über das Steuersystem, die Rechtsordnung und so weiter und so fort dar. Doch um den geneigten Leser nicht zu langweilen, belasse ich es bei der verkürzten Wiedergabe der obigen Ausführungen.

Der Kaiser und Shin Kijuk füllten den Spätsommer und den überwiegenden Teil des Herbstes mit ihren endlosen Diskussionen aus, während der Tag der Reichsgründung immer näher rückte. Unterdessen war Kim Kwangguk mit der Organisation der Feierlichkeiten befaßt, er legte die Aufwendungen auf drei Schweine sowie zwei *Sôm* Wein fest und wachte darüber, daß die Chinesen in der Nachbarschaft keinen Wind davon bekamen. Immer wieder blitzte das ihm eigene bittere Lächeln auf, immer wieder wurde dabei auch seine grenzenlose Verwunderung sichtbar.

Die Thronbesteigungszeremonie sollte nach den Vorstellungen von Shin Kijuk eigentlich nach den alten Riten abgehalten werden, doch sperrte sich Kim Kwangguk wegen der Kosten und aus Sicherheitsgründen dagegen, weshalb beschlossen wurde, daß der Kaiser als Dynastiebegründer des Reiches Süd-Chosôn die Huldigung seines Volkes im gewöhnlichen Gewande entgegennehmen sollte. Hernach finde die Designierung des Erbprinzen statt, gefolgt von der Ehrung der Verdienten, im Anschluß das Bankett.

Die feierliche Einsetzung als Höhepunkt eines ereignisreichen Tages war prachtvoll, spektakulär und wortreich. Zuerst wurden postume Ehrentitel an Ma Suga, den Gebildeten Hwang sowie den Verblichenen Kaiservater (den Gelehrten Chông) und die Verblichene Kaisermutter verliehen. Ma Suga erhielt den Titel Chôngbukjanggun Poguggong *(General der Eroberung des Nordens und Landesverteidigungsminister)*, und der Gebildete Hwang den des Inhûngbuwôngun Hoedôkhu *(Kaiserlicher Schwiegervater Inhûng)*, dem Verblichenen Kaiservater Gelehrter Chông wurde der Titel König Shinmu verliehen und der Verblichenen Kaisermutter der Titel Königin Shindôk, ihr Grabhügel bekam den Namen Sungnûng. Shin Kijuk wurde sodann, zur Rechten des Kaisers, Munchanghu *(Fürst der Schriften)*, und Kim Kwangguk wurde, zur Linken, Muwihu *(Fürst der Armee)*, um sowohl den zivilen als auch den militärischen Bereich abzudecken. U Palsan wurde zum P'awaejanggun *(General der Vernichtung der Japaner)* und Yodongbaek *(Herzog von Yodong)* ernannt, wodurch er in der Hierarchie knapp unterhalb von Shin Kijuk und Kim Kwangguk stand. Die Ehrenwerte Dame Hwang wurde zur Kaiserin Ûimyông, die Edle Dame Ch'ôk erhielt den vornehmen Adelstitel Insungungju *(Herrin des Insun-Palastes)*, und der Herr der Ch'ôk trug ab diesem Tage den Beinamen Kleiner Schwiegervater, um ihn vom Gebildeten Hwang zu unterscheiden. Die Koreaner insgesamt, nicht nur diejenigen aus dem Dorf der Weißen Steine, sondern selbstverständlich auch alle übrigen in der Ostgemarkung, erhielten den Ehrentitel Höheres Volk und wurden von Steuern und Fronarbeit freigestellt. Es war dies der fünfte Tag des zehnten Monats des Jahres Kapsul.

Die Menschen im Umfeld des Kaisers reagierten auf dieses Ereignis in unterschiedlicher Weise. Die Kaiserfamilie und

Shin Kijuk waren außer sich vor Begeisterung, die Leute aus dem Dorf der Weißen Steine waren feierlich bewegt, während die übrigen koreanischen Emigranten von dem Spektakel zwar leicht befremdet wirkten, es aber auch genossen, und die nicht so sehr eingeweihten Bewohner von Ch'ôk einigermaßen verdutzt waren. Kim Kwangguk hingegen schien dies alles lächerlich und aberwitzig zu finden, er sah dem Treiben mit einer tiefen Melancholie zu.

Im vierten Jahr des Neuen Himmels weist der Kaiser eingedrungene kommunistische Banden aus. Erbprinz Yung verläßt die Ostgemarkung.

Neue Sorgen brachte unserem Kaiser im dritten Jahr Shinchôn *(Neuer Himmel)*, 1936, eine Bande von Kommunisten. Natürlich waren ihm früher schon Gerüchte über diese Leute zu Ohren gekommen, doch erst im achten Monat jenes Jahres bekam er einen von ihnen leibhaftig zu Gesicht, dank des Yanghyôngwan, welches einzurichten Kim Kwangguk den Kaiser überredet hatte.

Yanghyôngwan, *Haus zur Förderung der Weisheit*, hatte Kim Kwangguk diese Einrichtung genannt, um mit diesem Namen alten Stils die Zustimmung seines Herrn zu erlangen; es handelte sich in Wirklichkeit indes um eine Mittelschule moderner Ausprägung. Wie vorausgesehen hielt die Ausrufung des Reiches den Kaiser erst einmal davon ab, eine Armee auszuheben. Mit der Etablierung eines stabilen Staatswesens war er fürs erste einige Zeit beschäftigt, doch als nach gut zwei Jahren die Ordnung im Lande gesichert war und die Bevölkerung allmählich zunahm (ohne jedoch die Grenze von hundert Familien zu überschreiten), regte sich im Kaiser erneut das Verlangen, ein Heer aufzustellen. Dies war der Augenblick, als Kim Kwangguk, nachdem er zuvor Shin Kijuk dafür gewinnen konnte, mit seinem Schulprojekt vor den Kaiser trat: »Ein Land kann auf verschiedene Arten gestärkt werden. Die erste und beste davon ist, dem Volk Weisheit und Loyalität anzuerziehen. König Sun wies Ik an, mit Hilfe des Feuers die Vögel und Tiere zu jagen, er ließ durch

U an neun Stellen den versiegelten Fluß öffnen, beauftragte Hujik, das Volk die Kunst des Feldbestellens zu lehren, damit es in Eintracht lebe, und stellte sicher, daß die Leute in Moral und Ethik erzogen wurden, denn auch wenn sie ausreichend zu essen hatten, warme Kleider trugen und behagliche Behausungen bewohnten, hätten sie sich ohne diese Unterweisung kaum von den Tieren unterschieden.

Die Fundamente des neuen Staates sind gelegt, und die Herrschaft seines Monarchen ist tugendvoll, doch wissen die Kinder des Volkes einzig zu arbeiten, da ihnen anderes nicht beigebracht wurde. Welchen Nutzen hätten all die eingelagerten vortrefflichen Waffen und die vielen Soldaten, die sie bedienen könnten, wenn das Volk unwissend wäre und es an Ergebenheit mangeln ließe? Weder bemißt sich die Stärke eines Landes an seiner Ausdehnung, noch ist für die Kampfkraft einer Armee die Anzahl ihrer Soldaten ausschlaggebend.

Eure nichtswürdigen Untertanen haben sich erlaubt, ein wenig nachzudenken, mit dem Ergebnis, Euch nahezulegen, daß die vordringlichste Aufgabe in diesem Lande derzeit, zur Förderung der Talente, die Schaffung eines Lehrhauses ist. Eure niederen Untertanen berufen sich hierbei auf bekannte Vorbilder sowohl aus dem großen als auch aus dem kleinen China, auf Einrichtungen wie beispielsweise das Kukjagam oder das Sônggyungwan.

Glücklicherweise erleben wir einen Moment des Wohlergehens, das Volk muß nicht fronen; daher bitte ich Euch, Majestät, einen geeigneten Ort für eine solche Lehrstätte aussuchen zu dürfen. Hernach möget Ihr unter den Menschen dieser Erde einen Großen Meister erwählen, der sich auf die Suche nach klugen und gelehrsamen Männern begeben würde, um mit ihnen unser Volk zu unterweisen, auf daß es weiser und ergebener werde.«

Richtige und vernünftige Worte waren dies. Der Kaiser willigte mit Freuden ein, ja er ermutigte Shin Kijuk und Kim Kwangguk sogar, indem er höchstselbst auf das fürs Lehrgebäude bestimmte Schildchen die Zeichen 養賢館 *(Yang Hyôn Kwan)* kalligraphierte.

Allerdings war die Schaffung einer Schule, so klein sie auch sein mochte, kein einfaches Unternehmen. Es wurde praktisch der gesamte Etat, der für die Ausstattung der Armee vorgesehen war, benötigt, und alle Anstrengungen hatten sich in dieser Zeit auf den Bau von drei Klassensälen à zehn *Pyông* und einem zwei *Pyông* großen Raum für die Lehrer zu richten. Für die nächsten Jahre war es somit dem Kaiser erst einmal unmöglich, sein Verlangen nach einer Armee zu stillen. Dies genau beabsichtigte Kim Kwangguk.

Beruhigt und zufrieden bereitete er die Eröffnung der Schule vor. Die sechzig Schüler wurden, von den jüngsten Rotznasen bis zu den älteren, in drei Gruppen eingeteilt, in eine Grund-, eine Mittel-, eine Oberklasse. Ungelöst war noch das Problem der Lehrkräfte. Von den Gefolgsleuten des Kaisers waren einzig Shin Kijuk und Kim Kwangguk in der Lage, Unterricht zu geben. Der zum Großen Meister ernannte Shin Kijuk wurde mit der Lehre der chinesischen Schrift und der Moral betraut, Kim Kwangguk mit Koreanisch und Geschichte, jedoch fehlte noch jemand für Arithmetik und Naturwissenschaften. So kam es, daß in der Ostgemarkung der Kommunist Yi Hyônung auf den Plan trat.

Yi Hyônung, ein Jahr jünger als Kim Kwangguk, hatte als Mitglied der Dienstags-Gesellschaft (Hwayohoe) am Kando-Aufstand des Jahres 1930 teilgenommen. Seine Schulbildung hatte er in einem von koreanischen Immigranten geführten Lehrhaus erhalten, und mehr als der Theorie neigte er der Praxis zu. Nach dem Kando-Aufstand hatte er sich noch an einer Reihe anderer Erhebungen gegen die Japaner beteiligt, infolge derer er gezwungen war, in die Horim-Region (Tigerwald) am Usuri-Fluß zu flüchten, wohin auch die Armee des Yi Hangman sich zurückgezogen und wieder gesammelt hatte und wo auch er und Kim Kwangguk sich erstmals begegnet waren.

Kim Kwangguk, dessen Träume und Ideale mit der Schaffung der modernen Schule sich immer mehr verwirklichten, erzählte Yi Hyônung, den er als jungen Gelehrten aus Chosôn schätzte, ausführlich von diesem Projekt. Yi Hyônung nahm das Stellenangebot, das Kim Kwangguk ihm unterbreitete, ohne zu zögern an. Was ihn dazu bewog, behielt er für sich.

Wahrscheinlich ist, daß Yi Hyônung den Lehrerposten am Yanghyôngwan antrat, um nach all den Jahren auf der Flucht für eine Weile in der Ostgemarkung unterzuschlüpfen. Inmitten der im blutigen Chaos versinkenden Mandschurei nahm sich die Region um Ch'ôk wie eine Insel des Friedens aus, in einer Weise, die eine Beschirmung seitens des Himmels nicht undenkbar erschienen ließ. Gleich nach seiner Ankunft in der Ostgemarkung wandelte sich jedoch die Gemütslage des Yi Hyônung. Der Kaiser war in seinen Augen ein Verrückter, von Shin Kijuk und dem Rest der Horde ganz zu schweigen. Mit seiner ganzen Erfahrung als Organisator und Aufwiegler würde er für eine Bolschewisierung der Ostgemarkung nicht lange brauchen. Sodann würde er ein neues *Sa* aufstellen (eine Kompanie des nordöstlichen Freiwilligenheeres, die sich anfangs nur aus zweihundert Mann zusammensetzte, später aber eine größere Einheit darstellte) und sich auf diese Weise innerhalb des Nordost-Freiwilligenheers auszeichnen.

Yi Hyônungs Umtriebe in der Ostgemarkung waren in den ersten Monaten auch recht erfolgreich. Er verhielt sich dem Kaiser gegenüber exakt so ehrerbietig, wie er es Shin Kijuk abgeschaut hatte, er redete ihn mit *Chônha* (Kaiserliche Hoheit) oder *Chugun* (Majestät) an, im Unterschied zu Kim Kwangguk, der es vorzog, seine Anliegen dem Kaiser durch Shin Kijuk vorbringen zu lassen. Angesichts einer solchen Untertänigkeitsbezeugung kam der Kaiser nicht umhin, zu schwelgen: »Mir ist, als hätte ich an meiner Seite Pong Nyong (Chegalyang), Pong Ch'u (Pang T'ong) und nun sogar Sô Sô!«

Dabei wurde Shin Kijuk mit Pong Nyong (Zhuge Liang), Kim Kwangguk mit Pong Ch'u und Yi Hyônung mit Sô Sô verglichen.

Bei den Schülern des Yanghyôngwan war Yi Hyônung äußerst beliebt. Im Gegensatz zu Shin Kijuk, der die Lernenden mit endlosen und unverständlichen Sätzen in chinesischer Schrift langweilte, und zu Kim Kwangguk, dessen Unterrichtsstil arg trocken und dröge war, wußte Yi Hyônung mit der langjährigen Erfahrung als Organisator sein Publikum zu begeistern. Wie er es verstand, Zahlenkunde und Naturwissenschaften für die Verbreitung seiner politischen Ansichten einzusetzen, war aller Ehren wert. Seine Mathematikstunde zum Beispiel hielt er folgendermaßen: »Ein Grundbesitzer verpachtet einem Bauern sein Land zu den Bedingungen, ihm die Hälfte des Ernteerlöses sowie weitere fünfzehn Prozent für die Benutzung von Pflug und Ochsen und noch einmal zehn Prozent Zinsen für das im Jahr zuvor ausgeborgte Saatgut zu zahlen. Was ergibt das?«

Einhellig erwiderten die Schüler: »Daß er ein Schwein ist.«

Worauf sie Yi Hyônung mäßigte: »Falsch. Wir sind hier im Mathematikunterricht. Der Grundbesitzer streicht fünfundsiebzig Prozent der Ernte ein, das heißt, genau dreiviertel.«

Zu einer antijapanischen Gefühlsäußerung stachelte er sie auf diese Weise an: »Während der Invasion im Jahre Imjin führten die Japaner die *Pichong* ein, das sind Gräber für Nasen. Ja, es gab nicht nur Nasengräber, sondern auch welche für Nase und Ohren. Bei hunderteinundreißigtausend begrabenen Ohren und Nasen in Osaka: Wievielen Leuten aus Chosôn wurde die Nase abgeschnitten, wievielen wurden die Ohren abgehackt, und wieviele Nasen und Ohren macht das zusammen? – Insgesamt wurden hundertsiebentausend Menschen von Chosôn umgebracht, davon sind diejenigen, die ihre Nase verloren haben, zehntausend mehr als diejenigen, denen die Ohren abgeschnitten wurden.«

Eine antijapanische Erziehung unter Verwendung von Gleichungen mit mehreren Unbekannten sozusagen. Der Unterricht der Naturwissenschaften gestaltete sich nach demselben Muster. Er lehrte beispielsweise, zwei Magnetpole »stoßen sich gegenseitig ab wie die Reichen und Armen«, eine Erzader sei wie »ein ursprünglich den Bauern gehörendes Land in den Händen einiger weniger ausbeuterischer Grundbesitzer«. Auch Kim Kwangguk erklärte bisweilen seinen Schülern die Notwendigkeit von Unabhängigkeit und Freiheit, doch waren seine Ausführungen zu abstrakt, als daß sie die Gemüter der Eleven hätten berühren können.

Ohnehin wurde Yi Hyônung von allen Bewohnern der

Ostgemarkung geachtet und geschätzt, von Männern und Frauen, Alten und Jungen. Der Kaiser, aber auch Shin Kijuk und Kim Kwangguk gingen beinah nie auf die Felder, im Gegensatz zu Yi Hyônung, der bei der Arbeit mithalf, wann immer er etwas Zeit übrig hatte. Er bezweckte damit natürlich, dieselbe Gedankensaat auszusäen wie bei seinen Schülern. Die ahnungslosen Menschen auf den Feldern aber sahen es mit großem Wohlwollen, wenn dieser gelehrte junge Mann die Erde mit bloßen Händen bearbeitete.

In diesem Stile brachte Yi Hyônung einige Monate zu, in denen er seine hinterlistige Natur hinter einem Mantel aus Loyalität und Bescheidenheit verbarg. Aber so wie das Wasser stromabwärts zu fließen hat, muß das Volk sich nach der Weisung des Himmels richten. So umsichtig Yi Hyônung im verborgenen vorgehen mochte, hatte er doch seine Schwachpunkte. Er besaß keine besonders große Menschenkenntnis. Ein Irrtum war es, den Kaiser und Shin Kijuk für verrückt zu halten, ein noch schwerwiegenderer war es, wie er Kim Kwangguk und U Palsan einschätzte. Völlig daneben lag er, wenn er geglaubt hatte, Kim Kwangguk so ohne weiteres auf seine Seite ziehen zu können, und U Palsan als den Trottel anzusehen, der zu sein dieser im Rufe stand. Auch bei der Beurteilung des kaiserlichen Volkes irrte er, und das sollte er bald zu spüren bekommen.

Zum ersten Mal erfuhr der Kaiser von dem entsetzlichen Ränkespiel des Yi Hyônung aus dem Munde von U Palsan.

An einem Tag im dritten Monat des vierten Jahres Shinchôn war Yi Hyônung, wie es seine Gewohnheit war, auf die Felder gegangen, um beim Pflügen mitzuhelfen. Die Arbeitspausen nutzte er für seine Umtriebe. Das Niveau der Propaganda hatte er inzwischen angehoben, sie konnte nun schon fast Aufwiegelung genannt werden.

»Es mag anmaßend von mir sein, aber ich kann bisweilen nicht anders, als euch zu bedauern. Tag und Nacht plagt ihr euch bei eisigem Wetter ab, doch ernährt ihr euch dreimal am Tag nur von Getreidereis und tragt schäbige Baumwollkleidung, wohingegen gewisse andere keine anderen Sorgen haben, als im Winter einen warmen und im Sommer einen kühlen Platz für ihr Mittagsschläfchen zu finden, und sie dank eures Pachtgeldes, das mindestens die Hälfte eurer Erträge darstellt, Seidengewänder tragen und weißen Reis essen. Findet ihr das denn gar nicht ungerecht?«

Die Antworten überraschten. Ein Mann mittleren Alters sah ihn mißtrauisch an und erwiderte: »Ist das nicht schon immer so üblich gewesen, daß wir, die Bauern, unsere Ernte mit dem Grundbesitzer teilen? Früher mußten wir hungern, hatten nichts, irrten in einem fremden Land umher. Wir sind froh und dankbar, auf diese Weise überleben zu können. Wieso sollten wir da jammern und uns ungerecht behandelt fühlen?«

»Warum soll Land nur einigen wenigen gehören? Es gehört uns allen. Die Leute, die es im Moment besitzen, haben euren Teil einfach genommen, ja gestohlen. Trotzdem seid ihr dankbar für drei karge Mahlzeiten am Tag, ohne euch zu fragen, wie ihr wiedererlangen könnt, was euch zusteht. Was habt ihr doch für eine erbärmliche Sklavenmentalität! Alle Menschen haben die gleichen Rechte, jeder darf Anspruch darauf erheben, so glücklich zu sein wie der andere.«

»Ihre Worte sind weich wie Seidenstoff, aber was soll das alles bedeuten? Soll diese Welt in ein Himmelreich verwandelt werden?«

»Nein. An einem einzigen Tag kann man natürlich nicht gleich alles verändern, aber wenn ihr eure Kräfte bündelt und gemeinsam kämpft, wird der Tag gewiß kommen.«

»Kämpfen? Gegen wen?«

»Na gegen die, die sich angeeignet haben, was unseres ist. Gegen solche Leute ganz in der Nähe hier, wie den alten Ch'ôk oder diesen verrückten Gutsverwalter, den ihr Eure Majestät nennt.«

Vor dem, den er einen verrückten Gutsverwalter nannte, dem Kaiser nämlich, war er noch am Morgen heuchlerisch im Staube gekrochen. Obwohl sich in den zehn Jahren, die die Ostgemarkung nun schon bestand, der Kaiser und der Herr der Ch'ôk den Erlös aus der Ernte geteilt hatten, belegte Yi Hyônung den Kaiser mit dieser Bezeichnung, um ihn zu verspotten. Die Leute sahen ihn entsetzt und mit offenen Mündern an. Doch Yi Hyônung wollte darin nur ihre Zustimmung erkennen und fuhr mit noch fiebrigerem Eifer fort: »Natürlich will ich euch damit nicht zum Blutvergießen und zum gewaltsamen Kampf aufrufen. Wir wären dazu auch gar nicht in der Lage, da die imperialistische Armee und die Polizei auf ihrer Seite stehen. Wir können aber mit kleinen Aktionen anfangen. Eine solche wäre zum Beispiel, keine derartig hohe Pacht mehr zu entrichten. Denn was ihr ihnen momentan abtretet, kommt einem Diebstahl gleich. Gar nichts dem Grundbesitzer zu zahlen, geht freilich auch nicht, aber es sollte doch möglich sein, wenigstens das zurückzubekommen, was dieser komische Gutsverwalter euch abgeknöpft hat.«

Als ein auf dem Gebiet der Pachtstreitigkeiten sehr erfahrener Aufwiegler konnte Yi Hyônung in dieser Tour in einem fort reden. Nicht aufgefallen war ihm jedoch, daß seit geraumer Zeit schon U Palsan sich unter die versammelten Leute gemischt hatte. Erstaunlicherweise aber stürzte sich dieser, wie man es von ihm erwartet haben könnte, nicht voller Entrüstung auf den Kommunisten, er hörte vielmehr regungslos und mit leerem Blick zu, was auch als Zustimmung aufgefaßt werden konnte und wohl der Grund dafür war, daß Yi Hyônung ihn nicht gewahrte.

Voller Abscheu über dessen Ruchlosigkeit eilte U Palsan noch in derselben Nacht vor den Kaiser, um ihn von den Umtrieben des Aufwieglers in Kenntnis zu setzen. Der Kaiser erzürnte sich heftig, doch zügelte er sich und ergriff, um unnötigen Aufruhr zu vermeiden, vorerst keine Maßnahmen. U Palsan erlegte er Stillschweigen auf, dann gab er Befehl, die Aktivitäten des Verräters zu überwachen, und beauftragte Shin Kijuk, eine antikommunistische Lektion und einen Plan zur Beseitigung dieses hinterhältigen Störenfrieds zu erarbeiten.

All dies nicht ahnend und in der Überzeugung, daß die Zeit reif war, um zur Tat zu schreiten, beging Yi Hyônung seinen zweiten schweren Fehler, indem er Kim Kwangguk zu einem Spaziergang einlud. Als sie an eine ruhige Stelle kamen, sprach Yi Hyônung in einer vertrauten Weise zu Kim Kwangguk, als hätten die beiden bereits eine Übereinkunft erzielt: »Großer Bruder Kim, ich denke, es ist an der Zeit, zur Tat zu schreiten.«

»Es ist Zeit? Zeit wofür?«

»Ich weiß schon. Sie haben sich diesem Verrückten angeschlossen, weil Sie in Bedrängnis waren, ewig aber halten Sie sich damit nicht bei Laune.«

»Verrückt? Meinen Sie etwa den Ehrwürdigen Meister Chông?«

»Ehrwürdiger Meister ... Gutsverwalter von Chinesien würde eher zutreffen ...«

Daraus, daß Kim Kwangguk vom Kaiser nicht als Seine Majestät sprach, folgerte Yi Hyônung, seine wahre Gesinnung erkannt zu haben. Eine, wie schon gesagt, folgenschwere Fehleinschätzung.

»Hüten Sie sich, so zu reden. Wenn seine Leute Sie hören könnten, würden sie Sie sofort verprügeln und davonjagen.«

»Nur keine Sorge. Hatten Sie wirklich geglaubt, ich wäre ohne jeden Hintergedanken ein ganzes Jahr zu diesen stinkenden Bauern aufs Feld gegangen? Die sind inzwischen auf meiner Seite.«

»Dann schätzen Sie sie schlecht ein. Der Mythos dieses Mannes, an den sie glauben, währt bereits einige Jahrzehnte. Ein paar Worte des großen Bruders Yi reichen da kaum aus, um diesen Glauben zu erschüttern.«

»Großer Bruder Kim, ich weiß, Sie sind ihm zu einigem Dank verpflichtet und daher nicht ganz unvoreingenommen, aber daß er verrückt ist, können Sie ja wohl nicht abstreiten. Sie sollten mich lieber unterstützen und auf diese Weise aus Ihrem Leben etwas Sinnvolleres machen. Schicken wir den Spinner in die Wüste und versuchen wir, beim alten Ch'ôk unsere Rechte einzufordern.«

»Auch wenn wir es schaffen sollten, ihn davonzujagen, hätten wir keine Chance, beim Herrn der Ch'ôk etwas zu erreichen.«

»Auch nicht, wenn wir die Pacht erhöhten?«

»Wie das?«

»Indem wir unseren Anteil verringern. Drei Teile für ihn, zwei für uns.«

Über Kim Kwangguks Gesicht huschte ein Schatten: »Und nach einer solchen Übereinkunft?«

»Dann würde ich die sozialistische Revolution in die Wege leiten. Wir alle zusammen werden die Vorkämpfer bei der Niederschlagung der Imperialisten sein!«

»Ich hegte ja schon einige Zeit gewisse Zweifel, aber ... ich bereue jetzt, daß ich Sie hier eingeführt habe.«

»Daß wir beide unterschiedliche Ausrichtungen verfolgen, war mir bereits bewußt, aber laßt uns doch eine Links-Rechts-Koalition bilden. Verbünden wir uns zu einer antijapanischen Front.«

»Bedaure. Nicht aus ideologischen Gründen, welcher Art auch immer, könnte ich so etwas nicht tun, sondern weil es für die Menschen hier keinen Unterschied darstellen würde, ob sie Ihnen oder ihm dienen. Eine solche Veränderung änderte nichts an ihrer Situation.«

»Was wollen Sie damit sagen?«

»Gründen sich Ihr historischer Materialismus und sein Himmelsmandat nicht auf ein und dasselbe Bedürfnis? Sind die Unterschiede zwischen Ihrer leidenschaftlichen Hingabe an die proletarische Revolution und seinem Glauben an den *Chônggamnok* wirklich so groß, erfordert die Realisierung beider Ideen nicht ähnlich viel Mühsal?

Werden sie in idealer Weise verwirklicht, sind sie für das Volk durchaus ein Segen; sobald sie jedoch mißbraucht werden, hat das Volk unter ihnen, so schön sie sich als Ideologie auch anhören mögen, schwer zu leiden. Ich will damit sagen, Ideologien oder idealisierte Regierungsformen dienen immer nur als Vorwand und Legitimationstrick für die Herrschenden, für die Beherrschten aber stellt sich die Lage immer gleich dar, egal, unter welcher Regierung sie gerade stehen. Sie, großer Bruder Yi, führen jetzt die Forderung nach Pachtminderung im Munde, sobald Sie aber Ihre Ziele erreicht haben, nehmen Sie sich, was, wie Sie jetzt noch sagen, dem Volke gehört, und die Leute werden weiterhin ihre fünfzig Prozent abführen müssen.«

»Niemals würde ich so viel wie er verlangen. Obwohl ich, offen gesagt, seinen momentanen Anteil erst einmal einbehalten würde, natürlich nur mit Zustimmung des Volkes und natürlich nur, bis die Revolution Früchte getragen hat.«

»Die Ausdrucksweise ist verschieden, der Inhalt bleibt derselbe. Jeder Tyrann verspricht dem Volk, eines Tages zurückzugeben, was er sich von ihm holt. Doch die Revolution wird niemals durchgeführt werden können, denn ihre Feinde überleben immer und die ideale Gleichheit aller ist nicht zu verwirklichen.«

»Da spricht entweder ein sentimentaler Nihilist oder ein verzweifelter Pessimist.«

»Mag sein. Vollkommen sicher aber bin ich mir, daß Sie mit Ihrem Plan scheitern werden. Ich kenne diese Leute hier. Ich appelliere an Ihre Vernunft und beschwöre Sie, falls Sie auch auf andere in derselben Weise eingeredet haben wie auf mich, schleunigst und noch in dieser Nacht das Weite zu suchen.«

»Sie sind seinem Wahn ja richtig verfallen. Stellen Sie sich mir nicht entgegen. Ich kann für mich bereits fünf Pachtminderungskämpfe und einen Angriff auf ein Konsulat verbuchen. Und alles mit Leuten, die noch ahnungsloser waren als diese Bauern hier, bevor ich mich um ihre Erziehung gekümmert habe.«

Mit diesen wütend ausgestoßenen Worten stapfte Yi Hyônung davon, in Richtung der Felder, auf denen die Bauern hart arbeiteten.

Die von Kim Kwangguk befürchtete Katastrophe trat früher ein, als er erwartet hatte. Die Ereignisse überschlugen sich bereits, als er die kaiserliche Residenz betrat, unschlüssig, ob er von der Unterhaltung mit Yi Hyônung Bericht erstatten sollte oder nicht. Der Kaiser und Shin Kijuk berieten sich mit großem Ernst, indessen U Palsan, das blaue Drachenschwert gezückt, und zwei mit Flinten bewaffnete Männer finsteren Blickes Wache hielten.

»Ihr kommt genau zur rechten Zeit. Wir wollten gerade jemand nach Euch schicken.«

»Ist was passiert?«

»Der Meister des Hauses zur Förderung der Weisheit, Yi Hyônung, hat uns verraten. Die Verschwörung ist uns schon vor ein paar Tagen gemeldet worden, und wie es scheint, ist er nun zur Tat übergegangen. Unter diesen Umständen ist er erst einmal zu verhaften, dann sehen wir weiter.«

»Ist die Lage ernst?«

»Den letzten Meldungen zufolge plant er, noch in dieser Nacht mein Volk zu versammeln und es zum Aufstand anzustacheln. Sogar eine Liste der Rebellen soll in Umlauf sein.«

Wie es schien, hatte Yi Hyônung seine Unternehmungen nach der Absage von Kim Kwangguk forciert. Das mit der Rebellenliste war sicherlich nur ein Gerücht, wobei er durchaus auch eine Art Pachtbauernrat ins Leben gerufen haben konnte. Kim Kwangguk war von der Agilität des Yi Hyônung ebenso beeindruckt wie von der Allwissenheit des Kaisers.

Während er stumm dessen Vorkehrungen beobachtete, zerrte U Palsan schon kurz, nachdem er den Befehl dazu erhalten hatte, den im Gesicht blutenden Yi Hyônung herein, der sich seiner Verhaftung anscheinend widersetzt hatte.

»Elendiger, großzügig nahm ich dich auf, und doch hast du dich in schändlicher Weise gegen mich verschworen?« donnerte der Kaiser, auf den drei Erdstufen in seiner dem Modell der Könige Yao und Shun nachgebauten Strohdachhütte stehend. Yi erwiderte: »Passen Sie mal gut auf. Hören Sie auf mit diesem Unsinn und lassen Sie mich frei. Wenn Sie mich nicht gehen lassen, bekommen Sie große Schwierigkeiten.«

»Diese Ausgeburt an Niedertracht zeigt nun endlich sein wahres Gesicht. Und was soll uns bitte schön passieren?«

»Ich geh zur japanischen Militärpolizei, und die wird hier alles, einschließlich das Haus Ch'ôk, dem Erdboden gleichmachen. Ich brauche der bloß von den Waffen- und Munitionsvorräten erzählen, und kein Koreaner, Sie natürlich auch nicht, käme lebend davon. So läuft das nun mal auf der Welt, heutzutage!«

»Ich sehe, die Sprache hat es dir noch immer nicht verschlagen. Zur Verschwörung kommt also erschwerend die geheime Zusammenarbeit mit dem Feind hinzu. Hört meinen Befehl, Yodongbaek U Palsan: Der Beschuldigte wird mit der verschärften Prügelstrafe belegt, auf daß sein Mund für alle Zeiten geschlossen bleibe!«

Unverzüglich wies U Palsan seine beiden Schergen an, das bereits vorbereitete Schafott aufzustellen. Es war unter der Anleitung von Shin Kijuk konstruiert worden, der zu diesem Zweck seine alten Schriften konsultiert hatte, ein Gerüst aus Weidenholz mit einer Länge von fünf *Cha* und sechs *Ch'i*, einer Breite von fünf und einer Dicke von einem *Ch'i*. Zwar hätte es auch ein größeres und schwereres Schafott gegeben, doch schien dessen Bezeichnung »Diebzüchtigungsschafott« unangebracht.

Yi Hyônung sah nicht seiner ersten Leibesstrafe entgegen, je unvermeidlicher diese aber schien, desto unruhiger wurde er nun doch. In demselben aufmüpfigen Ton wie zuvor schrie er in Richtung Kim Kwangguk: »Großer Bruder Kim, wollen Sie mitschuldig an einem Mord werden? Was bleiben Sie da untätig stehen? Haben Sie vergessen, daß Sie Ihrem Meister dazwischenfahren müssen, wenn er durchdreht?«

»Habe ich Sie nicht nachdrücklich gebeten, von hier zu verschwinden? Jetzt kann ich nichts mehr für Sie tun. Sie haben das Unheil selbst heraufbeschworen, und an Ihrer Stelle würde ich, um weitere Bestrafungen zu vermeiden, meine Worte vorsichtiger wählen.«

Während dieser kühlen Belehrung durch Kim Kwangguk kam eine Gruppe von Leuten aus der Ostgemarkung angestürmt; sie waren in selbiger Nacht erst von Yi Hyônung angeworben worden.

»Gut, daß ihr kommt. Der Spinner hier mißhandelt mich dafür, daß ich versucht habe, euch das Leben zu erleichtern. Weil ich eure Pachtabgaben senken und euch nicht mehr so sehr schuften lassen wollte …«

Doch alles, was er damit erreichte, war ein weiterer Prügelhagel. Diejenigen, von denen er angenommen hatte, sie stünden, von seinen Versprechungen überzeugt, an seiner Seite, sahen untätig und mit ausdrucksloser Miene zu.

»Was ist denn nun? Wollt ihr euch von diesem Spinner ewig ausbeuten lassen? Holt Euch doch endlich, was euer ist.«

Ohne jeden Erfolg wiederholte er seine Provokationen noch einige Male. Dann aber schien er völlig erschöpft zu sein, er verstummte und starrte nur noch mit feuerroten Augen und keuchte schwer. Da gebot der Kaiser den Schlägen Einhalt und fragte den Delinquenten: »Ich frage noch einmal: Weshalb diese Verschwörung?«

»Zum Wohle der unwissenden und schwachen Massen.«

Yi Hyônung antwortete in einer schon wieder viel ruhigeren Weise.

»Wie könnte es zum Wohle meines Volkes sein, wenn es mich fortjagte?«

»Wie ich schon sagte, ich könnte ihm dann die fünfundzwanzig Prozent zurückgeben, die Sie ihm abnötigen, und es von der unentgoltenen Fron erlösen, die Sie ihm unter dem Vorwand aufzwingen, eine Festung zu errichten, Renovierungsarbeiten zu leisten und das *kaiserliche Ackerland* zu bebauen.«

»Ich gab denen, die schutzlos unter fremdem Himmel irrten, ein Zuhause und Essen und Ackerland. Da die kaiserliche Schatzkammer nicht sonderlich voll ist, verlange ich von ihnen eine kleine Abgabe und Extraarbeit, aber kann man deshalb gleich behaupten, ich beute mein Volk aus?

Was ich dieser Tage lernte, ist, daß die Methoden des Westens sich zwar fortschrittlich geben, aber allesamt nur oberflächliche Verbesserungen bieten. Das Geld aus der fehlenden Besteuerung des Einzelnen holt sich bei ihnen der Staat durch hohe Abgaben auf Waren wie Salz, Alkoholika und so fort zurück, wodurch ihre Bevölkerung eher noch mehr zu zahlen hat, als mein Volk an Pachtgeld entrichtet. Und was ihr System der allgemeinen Wehrpflicht anbelangt, so ziehen sie einen jeden Mann ein, sobald er das entsprechende Mindestalter erreicht hat; ist es dann nicht viel entgegenkommender, so wie ich es handhabe, indem ich nämlich mein Volk nur im Bedarfsfalle zu den Waffen rufe?

Außerdem erhob ich mein gesamtes Volk in den Rang des Höheren Volkes, und ist mein Reich einmal stark und erblüht, werden die fähigsten unter ihnen zu Ministern und Generälen ernannt und die weniger guten als Gouverneure der Städte und Dörfer eingesetzt. Somit werden alle teilhaben an meinem Ruhm und Wohlergehen. Wie könnte man daher von Ausbeutung und Knechtschaft sprechen?«

»Ich sehe schon, Sie sind kein gewöhnlicher Spinner. Sie sprechen von nichts anderem als vom patriarchalischen Feudalsystem. Aber ist die Welt wirklich nur zum Wohle einiger weniger Menschen geschaffen worden? Der Boden und alles Vermögen jedenfalls gehört dem Volk. Was die Erde ihnen gibt, haben alle gleichermaßen unter sich aufzuteilen. Solche Ausbeuter wie Sie sind schuld daran, daß diese Leute an Hunger und Kälte leiden müssen.«

»Wann soll ich ihnen denn genommen haben, was ihres ist?«

»Wer nicht arbeitet, bekommt nichts zu essen, und wer nichts verdient, hat auch kein Recht, etwas auszugeben. Dennoch haben Sie mehr zu essen und tragen Sie schönere Kleider als jene, obwohl Sie nicht arbeiten und sich Ihr Leben nicht verdienen. Zeigt das nicht deutlich, daß Sie ihnen wegnehmen, was sie unter Mühen produziert haben?«

Yi Hyônung schien ihn wenigstens mit Argumenten niederringen zu wollen. Doch war unser Kaiser in Sachen Wortstreit kein Anfänger mehr.

»Mir ist nun klargeworden, du hast dich einfach bei den Gedanken des Hô Cha (Xuzi) bedient.«

»Mit diesem verstaubten feudalistischen Gequatsche habe ich nichts am Hut, mein gedankliches Fundament ist die Ethik des Marxismus.«

»Seit langem schon lese und lausche ich, wirklich Neues aber habe ich unter diesem Himmel nicht entdeckt. Diejenigen, die sich heute aufführen, als wären sie auf eine gänzlich neue Wahrheit gestoßen, wiederholen, bei Lichte besehen, nur, was die Heiligen und Weisen längst beschrieben haben, indem sie deren Worte entweder verfeinern oder aber verunstalten.

Ich kenne nichts von dem, was du Malgismus oder wie auch immer nennst, doch handelt es sich dabei zweifelsfrei um einen Abklatsch der Sprüche des Hô Haeng.

Zwar vertrat Meister Kong die Ansicht, die Bekämpfung

der Häresie führe zu gar nichts, doch werde ich dir etwas von dem Weisen zitieren, der dem Meister am nächsten kommt.«

Er erteilte Shin Kijuk den Befehl: »Minister zur Rechten, holt den Maengja (Mencius) und schlagt das Kapitel *Tûngmungong* auf.«

Als sei auch dies vorher abgesprochen worden, zog Shin Kijuk ein Buch aus dem Ärmel. Auf eine weitere Anweisung des Kaisers hin begann er mühelos vorzutragen: »... *Chin Sang (Zheng Xiang) traf Maengja und sprach mit ihm über die Lehre des Hô Haeng.*

›Der König von Tûng mag ein weiser Mann sein, aber er versteht nichts von der Kunst des Regierens. Ein weiser Mann hat erst zusammen mit dem Volk das Land zu bestellen und die morgendliche und abendliche Mahlzeit selbst zuzubereiten, ehe er regiert. Im Königreich Tûng jedoch gibt es einen Getreidespeicher und einen Speicher für den Staatsschatz. Er läßt sein Volk fronen, um selbst gut leben zu können; wie könnte man diesen Weg einen weisen Weg nennen?‹

Maengja fragte: ›Ißt Meister Hô erst, nachdem er selbst die Körner ausgesät hat?‹

›Ja.‹

›Webt Meister Hô das Tuch mit eigenen Händen, ehe er es sich überstreift?‹

›Er trägt ein Hanfgewand, das er selbst nicht gewebt hat.‹

›Trägt Meister Hô eine Kopfbedeckung?‹

›Er trägt eine.‹

›Welcher Art?‹

›Einen weißen Kwan.*‹*

›Hat er ihn mit eigenen Händen hergestellt?‹

›Nein. Er hat ihn gegen Korn eingetauscht.‹

›Weshalb hat Meister Hô ihn nicht selbst gefertigt?‹

›Es hätte ihn von der Landarbeit abgehalten.‹

›Bereitet Meister Hô seine Mahlzeiten im eigenen Dampftopf zu und pflügt er mit dem eigenen Eisenpflug?‹

›Ja.‹

›Hat er diese Geräte selbst hergestellt?‹

›Nein. Er hat sie gegen Korn eingetauscht.‹

›Der Tausch Korn gegen Pflug oder gegen Kochgeschirr

bedeutet mitnichten die Ausbeutung des Schmieds oder des Töpfers. Und beuten im Gegenzug etwa Töpfer und Schmied den Bauern aus, wenn sie ihren Topf und ihren Pflug gegen Korn eintauschen? Weshalb aber stellt Meister Hô all dies nicht selbst bei sich her, aus welchem Grunde treibt er Handel mit den Handwerkern? Ist es, weil Meister Hô sich scheut, hart zu arbeiten?‹

›Nein, weil die Arbeit verschiedener Handwerker nicht zur gleichen Zeit wie die Arbeit auf dem Felde verrichtet werden kann.‹

›Das Regieren der Welt aber soll als einzige Arbeit gleichzeitig mit der Arbeit des Bauern möglich sein?‹«

Natürlich hatten der Kaiser und Shin Kijuk diesen Schlag gegen Yi Hyônung gründlich vorbereitet. Gleich nachdem Shin Kijuk die Lesung beendet hatte, nahm wieder der Kaiser das Wort: »Auf den ersten Blick mögen sich die Lehre des Hô Haeng und die Häresie, die du vertrittst, klar voneinander unterscheiden, doch sind ihre Ursprünge gar nicht einmal so verschieden. Ich vermute, auch bei euch wird es einen Anführer geben, und angenommen, sich den Kopf zu zerbrechen, wie das Land vernünftig regiert werden kann, stellt eine Arbeit dar, so arbeite auch ich Tag und Nacht. Ich zermartere mir den Kopf, wie ich die Mühsal im Lande verringern kann, wenn ich wach bin. Und wenn ich träume, denke ich an das Wohl meines Volkes. Wie also kann meine Kost und meine Gewandung überhaupt mit einem Diebstahl in Verbindung gebracht werden?«

Aber Yi Hyônung war nicht erst seit vorgestern ein mit allen Wassern gewaschener Kommunist. Auch er wußte stundenlang mit Argumenten um sich zu werfen und den Ansichten den Kaisers entgegenzutreten, doch da es seiner Rhetorik an Substanz ermangelte und sie daher auf Dauer ermüdet, kürze ich den Wortstreit ab und gebe hier nur noch die Urteilsverkündung durch Shin Kijuk wieder: »Nach ausführlicher Betrachtung der Fakten können wir die Verbrechen des Yi Hyônung in drei Kategorien unterteilen. Die erste heißt Verschwörung, die zweite Täuschung des Volkes und die dritte Zusammenarbeit mit dem Feind. Zwar könnten wir jedes dieser drei Verbrechen einzeln für sich bewerten, doch um das Verfahren zu beschleunigen, werde ich die Schwere seiner Schuld in ihrer Gesamtheit bemessen, und zwar unter dem Gesichtspunkt des kapitalen Verbrechens Hochverrat.

Hochverrat wurde seit ältester Zeit als das schwerwiegendste Vergehen gegen einen Staat erachtet und ausnahmslos mit der Todesstrafe geahndet. Einzig die Art der Sühnung variierte im Laufe der Dynastien.

So wechselten zum Beispiel während der Han-Zeit – ausführlich nachzulesen in der klassischen Rechtsliteratur – die Bestrafungsarten häufig einander ab. Beliebt war etwa, Schmähzeichen in das Gesicht des Delinquenten einzuritzen, ihm dann die Nase und sämtliche Zehen abzuschneiden und schließlich den Kopf abzuschlagen, welcher dann zur Schau gestellt wurde. War er wegen Beleidigung oder Verleumdung verurteilt worden, wurde ihm zudem die Zunge herausgeschnitten, was, wenn ich nicht irre, auch die Strafe für Hochverräter darstellte.

Die Tang-Rechtssprechung mochte im großen und ganzen etwas milder gewesen sein, indes wurde der Hochverrat auch hier als die kapitalste der zehn Todsünden angesehen, für die sogar nicht mehr die Anwendung der *p'al ûi* (der acht Bedingungen, zu denen der Kaiser eine Begnadigung aussprechen konnte) in Frage kam. Das Urteil wurde entweder durch Hängen, Enthauptung oder In-Stücke-Hacken vollstreckt.

Die Myông- und Ch'ông-Dynastien kannten wieder ein strengeres Rechtssystem, und Hochverrat wurde selbstverständlich auch in diesen Epochen mit äußerster Härte bestraft. Erst gegen Ende der Ch'ông-Zeit wurde der Tod durch Zerstückelung des Körpers abgeschafft.

Wir sehen, Hochverrat wurde immer mit dem Tode bestraft, wenngleich die Art der Hinrichtung an Milde gewann. Daher kommt für den Verräter Yi Hyônung kein anderes Strafmaß in Betracht als der Tod. Wird er mit einem einzigen Schwerthieb enthauptet, so daß sein Leiden kurz sein wird, und wird sein Vergehen nicht drei Generationen lang gesühnt, kann er sich der unendlichen Güte glücklich schätzen, die Seine Majestät ihm erwiese.«

Sodann wurde das Strafmaß Enthauptung gefällt, und Yi Hyônung sollte bis zu seiner Hinrichtung bei Anbruch des Folgetages im Kornspeicher verwahrt bleiben. Yi bekam es nun doch mit der Angst zu tun, er flehte um Gnade, jedoch vergeblich.

»Das Gesetz ist so klar wie der Mondschein zwischen Himmel und Erde, und dürfen persönliche Gefühle bei der Anwendung des königlichen Gesetzes eine Rolle spielen? Wiewohl ich um dein Talent weiß, muß ich dich bestrafen, so wie Kongmyông unter Tränen Ma Sok hinrichten ließ.«

Dies waren die letzten, strengen Worte des Kaisers.

Als der Morgen graute, erschütterte die Ostgemarkung ein unvorhergesehener Zwischenfall. Die Tür zum Speicher stand sperrangelweit offen, und Yi Hyônung, den man doch eigentlich gefesselt hatte, war verschwunden. Manche verdächtigten Kim Kwangguk, andere die Tochter eines koreanischen Immigranten, die unsterblich in Yi Hyônung verliebt gewesen sein soll; in Wahrheit aber war es Erbprinz Yung gewesen, der ihn gerettet hatte.

Es heißt zwar, der königliche Bambus sprießt im königlichen Bambuswald, doch war seit einiger Zeit schon zu beobachten, daß der Erbprinz weder die Tüchtigkeit noch den Ehrgeiz von Vater und Großvater aufwies. In den ersten drei Lebensjahren, bis der Kaiser gen Nordosten aufbrach, ließ nichts auf ein Auserwähltsein schließen, und in der Zeit danach wuchs er als gewöhnlicher Bub heran, aufgezogen vom Gelehrten Chông.

Dieser hatte für die Erziehung seines Enkels übrigens keine so große Sorgfalt aufgewendet wie für die des Kaisers. So hatte er ihn nicht auf traditionelle Weise erzogen, sondern, als er acht Jahre alt war und die ersten tausend chinesischen Zeichen gelernt hatte, auf eine gewöhnliche Schule in einer benachbarten Stadt geschickt. Der Gelehrte Chông brachte ihm nur einen geringen Teil dessen bei, was er den Kaiser einst hatte studieren lassen.

Haltlos ist die Ansicht mancher, der Gelehrte Chông sei aufgrund der wiederholten Mißerfolge seines Sohnes, des Kaisers, verbittert gewesen; denn wie wir wissen, schwanden seine Hoffnung bis zu seinem Tode kein bißchen und werkelte er noch bis zuletzt an einem neuen Mythos über den Kaiser, um diesen bei der Stange zu halten. Wahrscheinlich wollte er seinen Enkel für die neue Epoche vorbereitet wissen, wobei die geringe Sorgfalt bei der Erziehung nach traditionellem Muster möglicherweise mit der Vorahnung zu tun hat, daß der Erbprinz eines späteren Tages dem Kaiser vielleicht nicht nachfolgen würde.

Wie dem auch sei, Yung war, als er im Alter von vierzehn Jahren zusammen mit den Großeltern in die Ostgemarkung kam, ein ganz gewöhnlicher Junge. Beunruhigt vergab der Kaiser das Amt des Hofmeisters für seinen Erstgeborenen an Shin Kijuk, aber der Sohn machte bei der kaiserlichen Unterweisung nur langsam und widerwillig Fortschritte. Es hatte den Anschein, als glaubte er nicht, daß auch ihm der Himmel eine Aufgabe zugewiesen hatte, ja er wagte es gar vor Shin Kijuk, seine Bestimmung als Erbprinz in Frage zu stellen.

Er ging allerdings auch nicht mehr aufs Land, um, wie die anderen Kinder seines Alters, die Kunst der Feldbestellung zu erlernen. Als er im Alter von siebzehn Jahren mit der Tochter des Meeresfischhändlers Pae, die als das hübscheste Mädchen weithin galt, vermählt werden sollte, widersetzte er sich so heftig, daß dieser Plan aufgegeben wurde. Eher schien er Büchern in koreanischer Schrift zugeneigt zu sein, wenngleich er sie nur mit Mühe lesen konnte, da er dabei die meiste Zeit irgendwelchen törichten Gedanken nachhing. Zwar mochte es den Eindruck erwecken, er habe von seinem Vater die Liebe zu den Schriften geerbt, doch war es gerade diese Neigung, die den Kaiser so beunruhigte.

Als dann Yi Hyônung auftauchte, nahm diese Unruhe noch zu. Yung hieß diesen wie einen lange ersehnten Erlöser willkommen, er verschlang sämtliche Ketzerschriften, die Yi ihm zusteckte.

Zwar studierte er auch auf der Schule, dem Yanghyôngwan, eine Unmenge von Büchern, entfremdete sich wohl aber gerade dadurch immer mehr dem Kaiser, der den modernen Lehrmethoden, nach denen die Schüler unterrichtet wurden, nicht sehr viel abgewinnen konnte. Die Kunde, daß Yung in nicht geringem Maße in die Verschwörung des Yi Hyônung verwickelt war, stürzte den Kaiser in einen Zustand tiefer Seelenpein und großer Qualen. Zur Wiederherstellung der Ordnung war er eigentlich verpflichtet, seinen Sohn so zu bestrafen wie Yi Hyônung, doch hinderte ihn daran die Liebe zum eigen Fleisch und Blut.

Die Art und Weise, wie der Kaiser mit Yi Hyônung ins Gericht ging, hatte ihre Ursache in dieser Seelenqual. Sein Plan war es gewesen, im Beisein des Sohnes Yi Hyônung auf rhetorischem Wege niederzuzwingen, um Yung vor der Verlogenheit von dessen Gedankengut die Augen zu öffnen. Denselbem Zweck, nämlich den Erbprinzen wieder auf die Geleise der rechten Überzeugung zu bringen, dienten das einschüchternde Gebaren des U Palsan sowie der lange Vortrag des Kaisers über die Bodenlosigkeit von Yis Irrlehre.

Durch Yi Hyônungs kalkuliertes Nachgeben (oder das Desinteresse an diesem Wortstreit) ging der Kaiser siegreich aus der Diskussion hervor, er schenkte, als glaubte er dies wirklich, dem Sohn, der das Spektakel aus einiger Distanz verfolgte, ein triumphierendes Lächeln. Yung wandte sich mit kaltherzigem Blick von ihm ab und befreite noch in derselben Nacht den Verurteilten, mit dem zusammen er dann das Weite suchte. Der Kaiser ärgerte sich, daß der Verräter entkommen konnte, noch mehr grämte ihn, einen Sohn verloren zu haben, die tiefste Wunde aber wurde ihm von der Tatsache zugefügt, daß er in dem unsichtbaren Duell mit Yi Hyônung dann doch unterlegen war.

Nicht verschwiegen werden sollen die von verschiedener Seite lancierten Gerüchte, Kim Kwangguk sei bei dem Ausbruch behilflich gewesen. Tatsächlich wurden Yi Hyônung und Erbprinz Yung auf ihrer frühmorgendlichen Flucht vom gegen sie gerichteten Gewehrlauf des Kim Kwangguk aufgehalten.

»Großer Bruder Kim, sind Sie verrückt? Würden Sie mich wirklich über den Haufen schießen?« stammelte Yi Hyônung erschrocken.

»Nicht unbedingt, nein. Aber Sie müssen mir etwas versprechen.«

»Versprechen? Was?«

»Sie schulden Ihr Leben dem Herrn dieses Gebiets, Meister Chông. Seien Sie sich immer bewußt, daß Sie es ihm schuldig sind, und ich fordere von Ihnen, diese Schuld bei ihm eines Tages, bei Gelegenheit, zu begleichen.«

»Nicht bei Ihnen?«

»Nein. Er ist im Bilde. Schon seitdem Sie ausgebrochen sind.«

»...«

Verlegenes Schweigen lähmte einen Moment lang Yi Hyônung und Yung.

»Sie müssen zu gegebener Zeit diese Schuld abgelten.«

Da antwortete Yi Hyônung gewichtig: »Ich gebe Ihnen mein Wort.«

Kim Kwangguk wandte sich daraufhin an Yung und steckte ihm etwas zu: »Nehmt dies hier an Euch. Es ist von Eurem Vater.«

»Was ... was ist das?«

»Geld und Goldschmuck. Euer Vater läßt Euch auch folgendes ausrichten: Paßt auf Euch auf, wohin auch immer es Euch zieht, und wann immer es Euch danach verlangt, zögert nicht, zurückzukommen. Die Pforte zur Ostgemarkung wird Euch immer offenstehen.«

»...«

»Auch ich habe Euch noch etwas zu sagen. Es stimmt schon, Euer Vater weist gewisse irrationale Züge auf. Er mag auch etwas von einem Spinner haben. Niemand auf dieser Welt aber ist ohne Fehler. Die allermeisten dieser Fehler fügen anderen Schaden zu. Der Eifersüchtige verleumdet andere, der Habgierige bestiehlt seinen Nachbarn. Besonders die Vorurteile anderen Bevölkerungsgruppen gegenüber und Ehrgeiz und Ruhmsucht können großes Leid verursachen, wenn sie sich unter der Maske einer Ideologie verstecken.

Die Fehler Eures Herrn Vaters hingegen wiegen viel weniger schwer als all die unsrigen zusammen. Solange er von jemandem vernünftig beraten wird, tut er niemals einem anderen etwas zuleide. Ich sage dies nicht etwa, weil ich ihm mein Leben verdanke, sondern weil ich ehrlich fühle, daß von ihm eine nicht zu beschreibende Erhabenheit und Herzensgüte ausgeht. Wenn es wirklich einen waltenden Himmel gibt, dann ist Eurem Vater dieser Edelmut unzweifelhaft vom Himmel verliehen worden.

Wenn Ihr nun unbedingt fort wollt, dann geht, aber kommt wieder, wenn Ihr genug von der Welt gesehen habt. Denn er ist, weil er eben zu großmütig und zu erhaben ist, einsam und bedarf daher Eurer Unterstützung. Geht also.«

Kim Kwangguk wandte sich darauf jäh von ihnen ab und überließ sie ihrem Schweigen und kehrte zurück ins Herz der Ostgemarkung. Offensichtlich hatte ihn jemand mit den beiden Flüchtigen gesehen und das Gerücht in die Welt gesetzt, er habe am Ausbruch mitgewirkt.

Das dritte Kapitel ende an dieser Stelle, und da ich mich nun einmal für die Textform des klassischen Kommentars entschieden habe, halte ich mich auch haargenau an den Stil der Fortsetzungsromane der Ming-Zeit:

Wünscht Ihr zu erfahren, wie es weitergeht, dann harret des folgenden Kapitels.

IV

Tausende *Ri* Wind und Wolken

Im siebenten Jahr des Neuen Himmels festigt der Kaiser in seinem Reich die Rechtsordnung und erweckt den Hauptsitz, das Dorf der Weißen Steine, zu neuem Leben.

Aufgrund der Strenge, mit der er den Kommunisten Yi Hyônung bedachte, wurde der Kaiser häufig mit T'ae Kongmang verglichen, der einst die Brüder Kwanghyul und Hwasa enthaupten ließ. Als T'ae Kongmang gleich nach seinem Antritt als Oberhaupt von Che ein Exempel statuieren wollte und die beiden Brüder, Anarchisten alten Stils, hinrichten ließ, entsandte der sich in No aufhaltende Chu Kongdan einen Eilboten zu ihm: »Dies waren zwei Weise. Aus welchem Grunde brachtet Ihr ihnen gleich nach Eurem Amtsantritt den Tod?«

T'ae Kongmang erwiderte: »Die beiden Brüder erklärten, sie sähen sich nicht als Untertanen des Himmelssohnes, sie erachteten den Fürsten nicht als Freund, sie ernährten sich einzig aus eigenem Anbau und vom Wasser aus eigenem Brunnen, sie verzichteten auf die Hilfe anderer und machten sich nichts aus den Zuwendungen und Ehrungen seitens des Souveräns; sie wollten einzig kraft der eigenen Arbeit leben. Da sie ausgesagt hatten, sie sähen sich nicht als Untertanen des Himmelssohnes, habe auch ich mich geweigert, sie als meine Untertanen zu betrachten, und da sie den Fürsten nicht als Freund erachteten, wollte auch ich sie nicht als Freunde. Da sie erklärten, sie äßen nur, was sie selbst angebaut hätten, und tränken nur das Wasser aus dem eigenen Brunnen und wollten keinerlei Hilfe in Anspruch nehmen, konnte ich sie nicht mehr durch Zuwendungen gewinnen oder durch Sanktionen an mich binden. Da sie sich ihrem Herrn gänzlich verweigerten, konnten sie mir keine Dienste mehr leisten. Da sie mir nicht mehr dienen wollten, konnte ich nicht mehr über sie gebieten. Da sie jedes öffentliche Amt ablehnten, konnten sie mir nicht mehr ihre Ergebenheit bezeugen.

Meine verstorbenen Vorgänger regierten, indem sie Posten und Pensionen, Geschenke und Strafen vergaben. Wie soll ich daher regieren, wenn ich diese Hilfsmittel nicht mehr einsetzen kann? Wie könnte ich noch regieren, wenn sich die Menschen meines Landes dem Kriegsdienst verweigerten, wenn sie nicht mehr den Boden bestellen wollten, wenn sie nicht mehr nach Karriere und Ruhm strebten?«

Wenn also selbst ein geehrter Monarch wie T'ae Kongmang zwei Leute allein deshalb hinrichten ließ, weil sie sich weigerten, regiert zu werden, kann man schon nachvollziehen, daß der Kaiser Yi Hyônung wegen des Verrats an ihm beseitigt wissen wollte.

Unsere Quelle dieser historischen Präzedenzfälle ist übrigens Han Pija (Han Feizi). Es gab ohnehin kaum ein Gebiet, auf dem sich der Kaiser keine profunden Kenntnisse erworben hatte. Besonders gut aber kannte er die Schriften der Legalisten, wie man spätestens bei der Diskussion mit Yi Hyônung feststellen konnte. Diese Vorliebe trat auch zutage, als er im siebten Jahr Shinchôn Shin Kijuk infolge eines Schriftstreits mit einer Strafe belegte.

An einem Tag im Herbst jenes Jahres wagte es Shin Kijuk, der ein wahrhaftiges literarisches Talent war, den Kaiser mit einem besonders gut gelungenen Beispiel seiner Wortkunst bloßzustellen. Die beiden waren gerade wechselweise damit befaßt, Verse zum Thema Herbstwind zu schmieden. Sie hatten sich vorgenommen, ein Meisterwerk vom Range eines *Yangboûm* von Kong Myông oder eines *Paekduûm* von T'ak Mungun zu schaffen, als dem Kaiser die Eingebung versagte und er unvermittelt eine ernste Miene aufsetzte und Shin Kijuk anging: »Es ist ausgesprochen unhöflich, wenn ein Untertan seinen Herrn beleidigt, indem er ihm grundlos sein unnützes Talent demonstriert, ja, es kann sogar lebensgefährlich sein. Yang Su (Yang Xiu) aus der späteren Han-Zeit wurde von Wi Cho (Wei Zu) enthauptet, weil er die Zeichen 鷄肋 *(kye-nûk)* zu deuten vermochte, und Sôl Tohyông (Xue Tao Heng) wurde von Su-Kaiser Yang auch noch nach seinem Tod gehaßt, zu dem er verurteilt worden war nur wegen des einen Verses 空梁落燕泥 *(Kongyangnakyônni)*.

Ihr möget den Titel Munchanghu tragen, doch berechtigt dies Euch nicht, zu vergessen, daß die Demut eines Mannes größer zu werden hat, je höher er aufsteigt. Ihr habt, da Ihr mich heute mit Eurem Talent bloßstelltet, schwer gefehlt, es sei Euch aber eingedenk Eurer Verdienste verziehen. Geht jetzt und kommt nicht wieder, ehe man Euch gerufen hat.«

Es vergingen beinah drei Monate, bis der Kaiser Shin Kijuk gestattete, ihm wieder unter die Augen zu treten. Die ewigen Diffamierer deuteten die Strenge des Kaisers bei einem solch nichtigen Fall als Ausdruck seines Neids auf das Talent des Shin Kijuk, doch wie könnte man den Kaiser mit solch engstirnigen Herrschern wie Cho Cho (Cao Cao) oder Yanggwang (Sui-Kaiser Yang) vergleichen? Dem Kaiser war das kleine Vergehen von Shin Kijuk nur ein willkommener Vorwand, um die moralische Disziplin seiner Untertanen zu erneuern, welche unter Frieden und Wohlergehen ein wenig gelitten hatte. Diese Methode stand ganz in der Tradition der Regierungslehren der Legalisten.

Die legalistische Tendenz des Kaisers äußerte sich mehr noch mit der Verkündigung des *Myôngchôllyul (Gesetz des Klaren Himmels)* im achten Jahr Shinchôn. Er hatte es in den drei Monaten ausgearbeitet, in denen Shin Kijuk sich vom Kaiser fernhalten mußte. Die Chinesen lasen seinen Titel auch als *Mingtian*-Gesetz, als »Morgengesetz«* oder, davon abgeleitet, als »Zukunftsgesetz«; tatsächlich aber entstand es nach dem Vorbild des *Taemyôngnyul*, des *Großen Klaren Gesetzes*, welches sechshundertsechs Artikel, verteilt auf dreißig Bände, umfaßt. Sein Prinzip fußte auf dem Zusammenspiel abstrakter Worte und flexibler Anwendungen. Leider ist dieses Dokument der Nachwelt nicht erhalten geblieben, so daß wir seinen Inhalt und Charakter nicht genauer beschreiben können. Zu sagen ist zudem, daß durch die Tat-

* Die Zeichen 明天 werden von den Koreanern *myông-chôn* ausgesprochen (verstanden als »klarer Himmel«), von den Chinesen hingegen *ming-tian*, was bei ihnen auch »morgen« bedeutet.

sache, daß der gesamte Text in chinesischen Zeichen verfaßt war, die große Mehrheit der Leute ihn selbst nicht zu studieren vermochte, ja wahrscheinlich einzig Shin Kijuk im Gefolge des Kaisers in der Lage war, diese ausgefeilte Gesetzesschrift zu entziffern. Aus diesem Grunde wohl erhielt sie beim Volk auch keine allzu große Zustimmung.

Ein weiteres Mal ging der Kaiser nach den Prinzipien der Legalisten vor, als er sich die Dienste zweier junger Soldaten sichern wollte, die von der Kwangdong-Armee (Kuantung) desertiert waren. Wohl wissend um ihren Scharfsinn, ihren Groll gegen die Japaner und ihre Erfahrung auf dem Schlachtfeld, hieß er sie, was auf den ersten Blick befremden mag, als Ehrengäste willkommen.

»Cho Po von Che (Chao Fu von Chi) beherrschte bestens die Kunst, einen Vierspänner zu lenken. Er verstand es auf ausgezeichnete Weise, sich der Zügel und der Peitsche zu bedienen. Wang Ryang besaß eine Vielzahl von Pferden, er setzte niemals Zügel und Peitsche ein, brachte sie aber dazu, zu tun, was immer er von ihnen verlangte. Denn er führte sie mittels Futter und Wasser.

Cho Po und Wang Ryang wurden dadurch die besten Wagenlenker auf Erden. Wären Wang Ryang indes die linken Zügel für das Lenken anvertraut worden und Cho Po die rechten Zügel samt Peitsche, hätten die Pferde kaum mehr als zehn *Ri* hinter sich gebracht. Zwei zusammen können eben keine Pferde führen.

Chôn Ryôn und Sông Kyu waren die größten *Kômungo*-Virtuosen. Hätte aber Chôn Ryôn auf den oberen Saiten des Instruments spielen sollen und Sông Kyu auf den unteren, wären sie nicht imstande gewesen, ein Stück zu spielen. Zwei Leute zusammen können eben nicht auf einem Musikinstrument spielen.

Bei einem Land verhält es sich ähnlich. Momentan ist unser Minister zur Linken (Kim Kwangguk) mit den äußeren Angelegenheiten betraut und unser Minister zur Rechten (Shin Kijuk) mit den inneren. Würden die beiden Neuankömmlinge noch so exzellente Fähigkeiten aufweisen, wäre es dennoch nicht ratsam, sie nach demselben Prinzip wie meine beiden

Minister einzusetzen, denn dies wäre, als stellte man Wang Ryang dem bereits lenkenden Cho Po zur Seite oder als hieße man Sông Kyu auf dem Kômungo spielen, das Chôn Ryôn schon benutzt. Behandelt sie daher wie Ehrengäste.«

Des Kaisers Argumente gemahnten auffällig an den *Oejôsôl (Waich'ushieh)*. Durch die konsequente Anwendung der legalistischen Prinzipien festigte der Kaiser weiter seine ohnehin schon ungefährdete Macht.

In einer Sache jedoch konnte er nicht handeln, wie er es gern gewollt hätte. Es war dies die Frage der Aushebung einer Armee gegen die Japaner. Die Ordnung im Reiche etabliert und die Verluste infolge von Tongs Verrat mehr als wettgemacht, gelüstete es den Kaiser einmal mehr, gegen den verhaßten Feind zu Felde zu ziehen.

Kim Kwangguk beeilte sich sogleich, ihn über die allgemeine Lage in der Region zu unterrichten. Die japanische Nordarmee brachte Nordchina immer mehr in Bedrängnis, und die Kwandong-Armee hatte im Bündnis mit dem Mandschu-Reich den Nordosten vollkommen im Griff. Die antijapanische Allianz des Nordostens, die bis 1936 noch für einige Unruhe gesorgt hatte, war beinah gänzlich aufgelöst, und die Japaner hatten zudem infolge eines Nichtangriffspakts, den sie im Frühling jenes Jahres mit den Russen abgeschlossen hatten, begonnen, Truppenteile in den Süden zu verlegen.

Doch alle Mühen von Kim Kwangguk, dem Kaiser das Unternehmen auszureden, wurden zunichte gemacht, als in der Ostgemarkung die Kunde von der siegreichen Schlacht zu P'yônghyônggwan (Pinghsinkuan) eintraf. Die kommunistischen Propagandisten versahen den Bericht von diesem Sieg der Roten Armee an den Grenzen von Sansô (Shanxi) und Habuk (Hebei) mit allerlei Übertreibungen, so daß die Menschen in Ch'ôk und in der Ostgemarkung zu hören bekamen, der Gegner sei völlig ausgemerzt worden. Tatsache zumindest ist, daß der Sieg der Chinesen über die Japaner als sehr bedeutend einzustufen war – er war der erste und auch einzige Sieg. Der Kaiser indes fühlte sich von der Nachricht, eine kleine Truppe habe eine zahlenmäßig weit überlegene Armee bezwungen, in seiner Ansicht bestätigt, daß Sieg oder

Niederlage nicht allein von Ausrüstung und Heeresgröße abhingen. Wieder einmal war es an Shin Kijuk, sich einzuschalten: »In den *Gesprächen* heißt es, in der Blüte der Jugend soll man sich vor dem Weibe hüten, da das Blut dann allzu sehr in Wallung ist, als Erwachsener vor dem Kampf, da das Blut dann allzu mächtig ist, und im Alter davor, sich dem Ehrgeiz zu ergeben, da das Blut dann schon allzu schwach ist. Da Eure Majestät sich auf der Höhe der Manneskraft befindet, solltet Ihr Euch vor dem Kampfe hüten.

Sonja (Sunzi) stellte seinem Buch das *Shigepyôn* voran, und Oja (Wuzi) leitete seins mit dem *Togukpyôn* ein, denn Sieg und Niederlage werden nicht immer auf dem Schlachtfeld entschieden. In der verlorenen Schlacht zu *P'awaegwan*, im Tal der Vernichtung der Japaner, verloren wir die jungen Männer des Dorfes der Weißen Steine, und bei dem letztlich gescheiterten Aufstand unseres Samhan gegen die Japaner im Jahre Kimi ließen wir unseren Verstand vom Zorn leiten.

Auch wenn im Moment in unserem Land Frieden herrscht und das Volk keinerlei Not zu leiden hat, sind wir dennoch nicht stark genug, um ein richtiges Heer aufzustellen, denn mag unser Reich inzwischen zwar auf festen Beinen stehen, so bedrängen uns doch auch die mandschurischen Barbaren des Nordostens, wodurch wir nicht absehen können, was eine Veränderung der Lage nach sich ziehen würde. Das Volk, über das Ihr hier gebietet, setzt sich mehrheitlich aus ehemals mittellosen Immigranten zusammen, der Grad seiner Loyalität erreicht im Ernstfall vermutlich nicht den der verwandtschaftlich gewachsenen Ergebenheit einst im Dorf der Weißen Steine. Eine voreilige Aushebung der Armee ist deshalb um so bedenklicher.

Ich bitte darum Eure Majestät inständig, Euer jugendliches Ungestüm noch eine Weile im Zaume zu halten und Euren treuen Untertanen eine Nachdenkensfrist zu gewähren. Gewiß sind wir unwissend und borniert, und wenn wir uns hundertmal umwenden und tausendmal nachdenken, werden wir schließlich doch ein Mittel finden, wie wir den mächtigen Feind niederzwingen können.«

Die Antwort des Kaisers war nicht minder redegewandt.

Shin Kijuks Rede erwiderte er in feierlichem Tone: »Das Volk mißt dem Wissen eine große Bedeutung bei und hält den für weise, dessen Worte es nicht gleich begreift, es himmelt denjenigen an, der seine Kenntnisse vor ihm ausbreitet. Auf die Handlungen bezogen, glaubt das Volk, ein Mann sei weise, wenn er nur irgend etwas tut, und hält denjenigen für edelherzig, der sich gegen seinen Herrn auflehnt.

Ich mag bisweilen törichte Dinge tun, doch kann ich diesen Zustand der Welt nicht länger dulden. Ich rede nun schon seit zehn Jahren von der Idee, eine Armee aufzustellen, und auch wenn dies eine schlechte Entscheidung sein sollte, werde ich dieses Vorhaben jetzt endlich in die Tat umsetzen.«

Kim Kwangguk erschütterte diese Verkündung zutiefst. In der Situation, in der sich die Mandschurei befand, ein Heer auszuheben, bedeutete in seinen Augen nichts anderes, als mit Reisig bepackt ins Feuer zu springen.

Um Zeit zu gewinnen, stand ihm nur noch ein Mittel zur Verfügung. Nach angestrengtem Nachdenken beauftragte er Shin Kijuk, seinen Standpunkt mit Textpassagen aus dem *Chônggamnok* zu belegen. Shin Kijuk übernahm diese Aufgabe bereitwillig und präsentierte seine Ergebnisse ein paar Tage darauf. Ein Gedicht aus dem *Geheimbuch* des Muhak:

Im Jahre Shinyu aufstehen allerorten die Soldaten …

Wann anbeginnen die Jahre Kap und Ûl? Von Süden kommen tausend Schiffe. Auf dem weiten, fernen Meere wogen tausend Schiffe …

Diese und weitere Auszüge hatte Shin Kijuk miteinander verbunden. Man konnte aus ihnen herauslesen, daß in den Jahren Kapshin und Ûryu ein großer Krieg sein und von Süden her eine verbündete Armee zu Hilfe kommen würde. Kapshin und Ûryu entsprachen dem elften und zwölften Jahr Shinchôn, brachen also aus damaliger Sicht in drei beziehungsweise vier Jahren an. Bedenkt man, daß sich dies nach dem Sonnenkalender auf das Jahr 1945 bezog, das Jahr, in dem Amerikaner und Russen in Korea intervenierten, so traf diese Deutung genauer zu, als Shin Kijuk selbst vielleicht für möglich gehalten hatte.

Denn er versuchte mit diesen Referenzen die Verschiebung

der Armeeaushebung um ein paar Jahre zu erreichen. Zu diesem Zwecke zitierte er auch eine Stelle aus dem *Kamgyôl*:

Im dritten Monat des Jahres Shin und im achten Monat der weisen Regierungszeit landen nachts tausend Schiffe zwischen Chemulpo (Inchôn) und Pupyông, stapeln sich die Leichen zwischen Ansông und Chuksan, kommt nicht einmal ein Schatten über die Linien zwischen Yôju und Kwangju, fließt ein Fluß voller Blut zwischen Susông und Tansông, verstummen Hühner und Hunde über hundert Ri *entlang des südlichen Han-Flußufers und ist jede Menschenspur verwischt.*

Das Jahr Shin wurde in diesem Satz als Jahr Kapshin gedeutet, um es geeignet zu machen als Anspielung auf des Kaisers Kampf gegen die Japaner.

Schließlich hatte Shin Kijuk zur Unterfütterung seiner Überzeugungsarbeit noch einen Orakelgesang ausgegraben. Dieser entstammte nicht dem *Chônggamnok*, sondern war ein Lied aus der Yi-Dynastie, an das sich einige ältere Bewohner der Ostgemarkung noch erinnern konnten:

Ich sinne und sinne über die Lage der Welt
In dieser wirren, wirren Zeit.
Das Herz muß sein recht, ja recht,
Die Worte seien bedacht, bedacht.
Die Menschen gehen und gehen, wohin sie wollen,
Ich aber schleiche sachte, sachte.
Geh ich hierhin, geh ich dorthin,
Das Kommende wird aufgehen, geht auf.

Shin Kijuk interpretierte diesen Gesang keineswegs nur als philosophische Manifestation der apathisch an der Tyrannei der Yi-Dynastie leidenden Menschen, er legte ihn auch als angedeutete Ermahnung des heutigen Volkes an den Kaiser aus, sich in Vorsicht zu üben.

Diese Argumentationstechnik zeitigte tatsächlich Erfolg. Die legalistische Sturheit des Kaisers ließ sich doch noch erschüttern. Nun war Kim Kwangguk wieder an der Reihe: »Zwar bin ich überaus geneigt, mich den Japanern entgegenzustellen, doch scheint mir die Aufgabe, für unsere Erde von Chosôn zu sorgen, vordringlicher. Jeder noch so ruhmreich errungene Sieg wäre wertlos, wenn wir nicht mehr in unser angestammtes Land heimkehren könnten. Weshalb ziehen wir darum nicht ins Dorf der Weißen Steine zurück, um den kommenden Tagen den Boden zu bereiten?«

Etwas anderes, als diesem Vorschlag zuzustimmen, blieb dem Kaiser auch nicht übrig. Daß sie um einen Aufschub seiner Kriegspläne baten, war keineswegs Ausdruck einer Gehorsamsverweigerung, sondern speiste sich aus dem ehrlichen Willen, jedes Begehr Seiner Majestät zu erfüllen. Ohnehin äußerten einige der Älteren aus dem Dorf der Weißen Steine, vor allem diejenigen, die dem Gelehrten Chông nahegestanden waren, den Wunsch, in die Heimat zurückzukehren, um dort die letzte Ruhestätte zu finden. Aber auch der Kaiser selbst sehnte sich nach dem Dorf, wann immer er von ihm sprechen hörte.

Somit wurde die Wiedererlangung des Dorfes der Weißen Steine in Angriff genommen, fast zehn Jahre, nachdem der Gelehrte Chông es hatte aufgeben müssen. Der Kaiser schickte zunächst einige ältere Ehepaare voraus, darunter auch den Meeresfischhändler Pae und seine Frau. Diese aus etwa zwanzig Personen bestehende Gruppe wurde von Prinz Hyomyông Hwi und U Palsan angeführt. Sie erhielten das Geld aus dem Fonds, der für das militärische Unternehmen bestimmt war.

Kim Kwangguk hatte wahrlich weise gehandelt. Indem er die überschüssige Energie der Ostgemarkung zum Dorf der Weißen Steine hin lenkte, gelang es ihm nicht nur, dem Kaiser die Schnapsidee eines Waffengangs auszutreiben, sondern auch den Wiederaufbau der Erde in die Wege zu leiten, welche das Fundament der Zukunft bilden würde.

Im siebten Monat des achten Jahres des Neuen Himmels zwingt der Kaiser den Feind endlich in die Knie und stellt die Ehre des Landes wieder her.

Die Tage lösten im Eiltempo einander ab, das Jahr Kapshin ging, und es brach das Jahr Ûryu an.

Wie der Kaiser diese Zeit in der Ostgemarkung verbrachte, wissen wir nicht. Die *Chronik* verzeichnet nur die wichtigsten Geschehnisse, und das Gedächtnis des alten Grabwächters U Palsan hatte, was diese Periode betraf, einige Aussetzer. Verständlicherweise lag dies hauptsächlich daran, daß er, wie schon gesagt, im siebten Jahre Shinchôn zusammen mit Prinz Hyomyông Hwi den Voraustrupp ins Dorf der Weißen Steine angeführt hatte.

Dem nachfolgend Geschilderten liegt daher die eine oder andere Vermutung zugrunde. Daß sich im Jahre Kapshin kaum etwas Gravierendes ereignete, hatte möglicherweise mit der letzten Unterdrückungswelle seitens der japanischen Besatzer zu tun. Der Kaiser empörte sich natürlich, und Kim Kwangguk mußte ihn wieder und wieder mit aller Kraft beruhigen, aber die Härte, mit der die Japaner bei der Ausbeutung des Landes vorgingen, ließ an einen bewaffneten Aufstand nicht einmal denken. Nur Vermutungen liegen uns über die geheimen Aktivitäten von Kim Kwangguk vor. Die *Chronik* und der Bericht des alten U Palsan stellen ihn nur in seiner Rolle als kaiserlichen Höfling dar, doch hat er vermutlich noch auf einer anderen Bühne gewirkt. Eine Frucht dieser Nebenaktivitäten ist die Schaffung der neuzeitlich ausgerichteten Schule, eine große Hilfe wohl waren ihm, später vor allem, seine Beziehungen zu diversen chinesischen Widerstandsgruppierungen, die er außerhalb seines Ministeramtes unterhielt. Ein Beleg für diese Vermutung ist das Radio, das er eines Tages präsentierte.

»Durch den *Weg* des unsterblichen Buddha kann man Klänge über tausend *Ri* weit hören, und die Westmenschen haben diese Methode einfach durch eine Maschine ersetzt. Das ist schon eine erstaunliche Neuerung.«

So oder ähnlich drückte der Kaiser wohl seine Verblüffung aus, doch diente Kim Kwangguk das Radio für einen ganz bestimmten Zweck. Denn wie wir wissen, verbrachte er im Jahre Ûryu praktisch jede Nacht an diesem Gerät.

Dann kam der Tag, an dem er völlig aufgewühlt zum Kaiser eilte: »Wie es aussieht, ist es bald soweit. Der Tag, an dem Japan untergehen wird, scheint nicht mehr fern zu sein.«

Diese Nachricht löste beim Kaiser, der von der Lage draußen in der Welt keinerlei Ahnung hatte, große Verwunderung aus.

»Was sagt Ihr da, Minister zur Linken? Wie könnte es untergehen, wo ich doch noch gar nichts unternommen habe?«

»Die Sowjetunion hat Japan nun ebenfalls den Krieg erklärt. Schon der Kampf gegen Amerika und China setzt ihm ja ordentlich zu.«

Der Kaiser konnte ja gar nicht verstehen. Daß sich Japan im Süden mit den chinesischen Streitkräften schlug, hatte er zwar mitbekommen, doch waren dies nur vage Informationen für ihn. Seine Vorstellung von einem Krieg schloß es aus, daß Japan sowohl im Pazifik als auch auf chinesischem Boden kämpfte. Noch weniger konnte er begreifen, welche Rolle das Land mit dem wunderlichen Namen Sowjetunion spielen sollte.

»Sowjetunion?«

»Das ist das Land, das früher Arasa hieß. Leute mit der Gesinnung eines Yi Hyônung benannten es um, nachdem sie ihren Kaiser aufs Schafott geführt hatten.«

»Dann wird dieses Reich nicht lange Bestand haben. Haben Pyôngûp und Shinyu zur Zeit des Yi-Dynastie-Königs Hyojong das Land Nasôn (Rußland) nicht sogar zweimal erobert? Wie sollte ein derartig schwaches und von Verrätern nur so wimmelndes Land sich gegen die Japaner behaupten können?«

»Das sind alte Kamellen. Im Moment ist es stark, es hat sogar die Deutschen besiegt, die die Länder des Abendlands in Schutt und Asche legten.«

»Tatsächlich?«

»Seine Armee zählt einige Millionen Soldaten.«

»Und verglichen mit Amerika?«

»... ist seine Kampfkraft nicht minder hoch.«

»Na, das ist ja auch keine Kunst. Denn haben sich die Amerikaner im Jahre Shinmi* nicht auf jämmerliche Art und Weise von der Insel Kanghwa verjagen lassen? Und verglichen mit China?«

»Ich schätze es dreimal mächtiger ein. Es könnte auch, so wie die Lage sich entwickelt, inzwischen noch mehr geworden sein.«

* 1871.

Der Kaiser wirkte noch verblüffter.

»Ist das wahr?«

»Ganz bestimmt.«

Kim Kwangguk wirkte weder, als lüge er, noch, als sei er zum Scherzen aufgelegt. Da schien der Kaiser im Nebel seiner Verwirrung etwas zu erfassen, energisch gebot er: »Minister zu Linken, ich befehle den unverzüglichen Abmarsch! Ich fürchte sonst, Japan wird zusammenbrechen, ehe ich mich ihm entgegengestellt habe. Welch eine Schmach, wenn dies wirklich geschähe! Wie könnte ich, wenn der Tod mich nun ereilte, dann noch meinem verblichenen Vater gegenübertreten?«

Den Kaiser schien die Möglichkeit, daß Japan in jedem Augenblick kapitulieren könnte, außerordentlich zu beunruhigen. Wie üblich reagierte Kim Kwangguk mit einem reichlich verwirrten Gesichtsausdruck. Dann ging er tief in sich, bedachte die Lage. Sie hatte sich geändert inzwischen.

»Wenn die Sache schiefgeht, wird von der Ostgemarkung nichts mehr übrig bleiben. Das wißt Ihr, nicht?«

»Wie könnte der Bezwungene erwarten, daß alles so ist, wie es vor der Schlacht war?« erwiderte der Kaiser ebenso bestimmt, wie Kim Kwangguk zuvor mit ihm geredet hatte.

Dieser nahm sich erneut viel Zeit, um in sich zu gehen, und fragte dann: »Würdet Ihr mich mit der vollen Verantwortung für das Unternehmen betrauen?«

»Selbstverständlich. Mit Freuden anvertraue ich das Beil und die Insignien des Generals meinem Minister zur Linken.«

Erneut verfiel Kim Kwangguk in ein langes, nachdenkliches Schweigen. Dann sprach er feierlich: »Na gut. Aber ich habe drei Bedingungen.«

»Welche?«

»Die erste ist, das Unternehmen geheim zu halten. Wenn andere davon Wind bekommen, sind wir schon gescheitert, noch ehe wir überhaupt begonnen haben.«

»Ich verstehe. Die nächste?«

»Ich möchte die Soldaten selbst aussuchen. Da wir in keinen traditionellen Krieg ziehen werden, brauchen wir die fähigsten Männer.«

»Das ist das Recht eines jeden Generals. Und schließlich?«

»Stellt Euch auf die Möglichkeit ein, daß Ihr die Ostgemarkung aufgeben und ins Dorf der Weißen Steine zurückkehren müßt. Ihr solltet nicht zu sehr an diesem Ort hier hängen.«

»In Ordnung. Dieses Land hier ist ohnehin nur geliehen, wie könnte ich da zu sehr an ihm hängen?«

»Ich danke Euch. Ich werde mich sogleich an die Arbeit machen.«

Auf der einen Seite ist das Verhalten von Kim Kwangguk unschwer nachzuvollziehen, auf der anderen Seite mag es auch argwöhnisch machen. Unklar bleibt bis heute, ob seine Bereitwilligkeit, den lange aufgeschobenen Krieg nun doch in die Wege zu leiten, der Feindseligkeit gegen die Japaner, dem Streben nach Ruhm oder der Verbundenheit mit dem Kaiser entsprang. Zu dessen Verblüffung stürzte er sich unverzüglich in die Vorbereitungen. Dies trug sich zu Beginn des siebten Monats des elften Jahres Shinchôn zu, nach dem Sonnenkalender etwa um den 10. August 1945.

Kim Kwangguk arbeitete zwar sehr emsig, doch nahmen die Vorbereitungen mehr Zeit in Anspruch, als gedacht. Als erstes stellte sich das Problem des Waffenmangels. Nicht daß man die vorhandenen nicht gewartet hätte, aber ein Großteil von ihnen hatte zu lange in den zu feuchten Verstecken gelagert und war daher unbrauchbar geworden. Auch die Mobilisierung der Soldaten gestaltete sich schwierig, im Unterschied zu damals im Dorf der Weißen Steine, als dessen Bewohner dem Kaiser bereitwillig gefolgt waren, in der Überzeugung, das Schicksal der Welt in den Händen zu halten und Ruhm und Wohlstand zu ernten. Diese Männer waren alle inzwischen entweder gestorben oder ins Heimatdorf zurückgekehrt, um in ihm die letzte Ruhestatt zu finden, und es war nur noch die zweite Generation übriggeblieben, die dem Kaiser allerdings zuvorderst aus dem Grunde ergeben war, daß sie sich bei ihm nicht um Speis und Trank sorgen mußte. Ohne die Schüler des Yanghyôngwan hätte Kim Kwangguk für die Gewehre, deren Zahl sich dennoch auf kaum mehr als fünfzig belief, nicht genügend Leute zusammenbekommen.

Die Vorkehrungen beanspruchten einen größeren Zeitraum als den, für den Kim Kwangguk sich Stillschweigen erbeten hatte. Der Kaiser und Shin Kijuk beklagten unaufhörlich die Verwässerung des kaiserlichen Mythos und die mangelnde Loyalität des Volkes. Diese Bemängelungen schienen Kim Kwangguk durchaus zupaß zu kommen, war doch eine Armee, die sich überwiegend aus den von ihm rekrutierten jungen Leuten zusammensetzte, leichter zu führen. Vermutlich spekulierte er auf ein baldiges Eintreffen der Russen und wollte bis dahin die abziehende Nachhut der Japaner mittels einer Guerillataktik piesacken. Als am Morgen des Abmarsches Kaiser und Shin Kijuk sich an die Spitze des Heeres stellen wollten, kam es neuerlich zu einer Unstimmigkeit, und Kim Kwangguk erklärte ihnen mit verdrießlicher Miene: »Dies wird kein Krieg mit Schlachtfeldern und Positionskämpfen sein. Wir werden es hier mit ständigen Stellungswechseln zu tun haben, bei denen wir immer wieder überraschend auseinandergehen und uns unversehens wieder zusammenschließen, weshalb ich vor allem junge Leute dabei haben wollte. Leuchtet Euch dies nicht ein?«

»Ich habe den Plan des Ministers zur Linken in etwa begriffen. Ihr wendet die sogenannte Spatzen- und Mühlsteinstrategie an, entwickelt vom Abkömmling von Meister Mo (Mao), nicht wahr?«

Der Tonfall des Kaisers ließ erkennen, wie wenig er es guthieß, daß Kim Kwangguk ihn bei der Vorbereitung des Unternehmens niemals konsultiert hatte. Mit Meister Mo war Tae Mo (Ta Mao), der Verfasser des *Chôn von Shigyông (Zhuan von Shijing)*, gemeint, bei dem erwähnten Abkömmling handelte es sich um Mo T'aekdong (Mao Zedong), mit dem der Kaiser in jener Epoche durchaus sympathisierte. Ja, es hat sogar den Anschein, als hätte er ihn nicht nur geschätzt, sondern auch seine Kriegstaktiken studiert.

»Das war es nicht, was ich sagen wollte, aber Ihr beide seid nun mal schon alt …«

»Minister zur Linken! Was redet Ihr da? Ich mag bereits einige Jahre vergeudet haben, doch habe ich die fünfzig ja wohl noch nicht erreicht. Ich bin noch immer imstande, zehn *Kûn* Fleisch und ein *Mal* Wein zu verzehren.«

»Aber Euer Körper kann nicht mehr immerfort auf der Höhe Eures Geistes sein. Der Fisch kann nur im Wasser leben. Wenn wir der Fisch sind, dann ist dieser Ort hier das Wasser, das uns am Leben erhält. Ich meine, es wäre besser, wenn Ihr die Geschicke hier überwachtet und auf die Kunde unsres Sieges wartetet.«

Als er dies hörte, geriet der Kaiser vollends in Rage: »Wie kannst du es wagen, so unverfroren mit mir zu sprechen? Was erlaubst du dir, mich wie einen alten Reissack zu behandeln? Ich weiß wohl, daß auf dem Schlachtfeld die Befehlsgewalt des Generals vor dem Himmelssohne kommt und daß derjenige, der bis an den Himmel und bis in die Tiefen der See reichen wird, das Kriegsrecht zu respektieren hat.

Wir sind aber noch nicht auf dem Schlachtfeld, mit welchem Recht also sprichst du mit deinem Herrn in einer so grobschlächtigen Weise?«

Des Kaisers Schultern bebten förmlich vor Zorn, und Kim Kwangguk fügte sich. Er mußte sich damit zufriedengeben, daß nur Shin Kijuk zurückgelassen wurde, und so führte er an der Seite des Kaisers den Abmarsch der Armee aus der Ostgemarkung an. Wie der Zufall es wollte, geschah dies, nach dem Sonnenkalender, im Morgengrauen des 15. August.

Nachdem er ausführlich einen Deserteur der Kwandong-Armee befragt hatte, der zu jener Zeit in der Ostgemarkung weilte, entschied sich Kim Kwangguk für eine Route etwa dreißig *Ri* südöstlich von Ch'ôk. Seit Beginn der Kampfhandlungen mit der Sowjetarmee mußten die Japaner Soldaten und Material auf einer Straße befördern, die durch ein Tal ganz in der Nähe ging, welches eine hervorragende Sicht bot. Die Strategie sah vor, die Japaner nach Art einer Guerillaeinheit immer wieder aus dem Hinterhalt heraus zu attackieren und auf das Eintreffen der russischen Streitmacht zu warten. Trotz aller Vorbehalte gegen deren Ideologie gaben sie sich der Illusion hin, die Russen als Befreier anzusehen.

Am Zielort indes bot sich ihnen ein unerwartetes Spektakel dar. Eine mehrere hundert Mann umfassende japanische

Einheit kampierte über das ganze Tal verstreut und in größter Unordnung. Nicht ein Wachposten war aufgestellt, nicht einmal auf dem Bergrücken, auf dem der Kaiser und seine Kämpfer sich heranpirschten. Die Soldaten unten im Tal rechneten offensichtlich nicht mit einer feindlichen Attacke.

Wie später in Erfahrung gebracht wurde, handelte es sich bei diesen Leuten um die letzten Soldaten der aufgegebenen Garnison von Horim (Hu Lin), dem Tigerwald. Da die besten Waffen in den Süden geschafft worden waren, hatten sie sich den Russen nur schlecht bewehrt entgegenstellen können und schon nach dem ersten Angriff das Segel streichen müssen. In dieser Gegend hielten sie sich erst seit zwei Tagen auf, sie versuchten hier, aus den zersprengten Gruppen eine neue Einheit zu bilden und sich auf einen Verzweiflungsangriff gegen die Russen vorzubereiten, die nördlich der Gebirgskette Stellung bezogen hatten. Sie rüsteten sich mit pathetischer Hoffnungslosigkeit für das »erste Jadezerbrechen auf dem Kontinent«: für den Heldentod. Aber die am frühen Morgen per Radio verbreitete Kapitulationsansprache des himmlischen Herrschers machte diese Vorkehrungen zunichte. Der kommandierende Offizier richtete sich vor der in Flammen aufgehenden Standarte selbst, und seine bestürzten Männer warteten von nun an nur noch darauf, sich den Russen ergeben zu können.

Der Kaiser und Kim Kwangguk, die von all dieser Entwicklung nichts mitbekommen hatten, trauten, wie sie die Japaner so zu Gesicht bekamen, kaum ihren Augen. Sobald alle Männer beisammen waren, machten sie sich bereit für den Angriff. Im Bewußtsein ihrer zahlenmäßigen Unterlegenheit hatten sie für eine Taktik optiert, nach der sie sich nach nur einem Angriff bereits wieder zurückziehen würden. Von ihren Schüssen wurden das ganze Tal erschüttert.

Die Reaktion der Japaner machte sie erneut fassungslos. Die mit Granatwerfern und schweren Maschinengewehren bewehrten Soldatenjünglinge schleuderten ihre Waffen fort und rannten wild umher auf der Suche nach Deckung, und die Burschen, die ein Gewehr umgeschultert hatten, versuchten sich zu retten, ohne auch nur Anstalten zu machen, es an die Wange zu legen. Nicht einer von ihnen verhielt sich, als wollte er Widerstand leisten.

Aus der Sicht des Kaisers war dies ein wahrhaft großartiger Vernichtungskampf. Da es in diesem Tal so gut wie keine Stelle gab, hinter der man Schutz finden konnte, sackten die Japaner einer nach dem anderen zusammen wie Strohbündel. Als der Kaiser sah, wie das Gelände sich vom Blut des Feindes rot färbte, vergoß er, ohne daß er sich dessen gewahr wurde, Sturzbäche von dicken Tränen, Freudentränen, die all den Zorn und all den Groll hinfortspülten, der sich in dreißig langen Jahren in ihm aufgestaut hatte. *O Himmel, o Himmel! Es war also nicht gelogen! Du hast dein Wort also gehalten.*

Doch währte seine Begeisterung nicht allzu lange. Die unter Beschuß stehenden feindlichen Soldaten begannen, überall im Tal weiße Fähnchen zu schwenken, und diejenigen, die noch immer keine Deckung gefunden hatten, hoben zum Zeichen, daß sie sich ergaben, die Arme.

»Was für Schurken! Kaum wird es brenzlig für sie, flehen sie schon um ihr Leben. Selbst die Mäuse wehren sich gegen die Katze bis zum Schluß, aber diese Elendigen sind noch geringer als Mäuse ...«

Der Kaiser fand ihre in seinen Augen heimtückische Memmenhaftigkeit noch abscheulicher als all die von ihnen in den Vorjahrzehnten begangenen Schandtaten. Doch da meldeten sich die ihm eigene tiefe Menschlichkeit und sein einzigartiger Edelmut zurück: »Für die Weisen gibt es ein Wort, das ein Herrscher allezeit bei sich führen muß: *Kisôho,* Vergebung. Diese Leute hatten das Pech, unter der Regentschaft einer Barbarensippe auf die Welt zu kommen, doch erstreckt sich meine Tugendherrschaft einmal bis auf ihr Land, werden auch sie Teil meines geliebten Volkes sein. Der Himmel wacht über aller Leben und stellt sich gegen das Töten, daher könnte ich, der kraft seiner Weisung nach hienieden entsandt wurde, diejenigen, die sich ergeben, nicht derartig abschlachten. Mein Groll ist zwar groß und tief, doch darf ein Kaiser sich von ihm nicht leiten lassen.«

Dann befahl er Kim Kwangguk: »Minister zur Linken,

laßt das Feuer einstellen. Die Feinde haben ihre Waffen von sich geworfen und flehen um Verschonung.«

Auch Kim Kwangguk, den das Verhalten des Gegners äußerst befremdete, war der Gedanke, das Feuer einzustellen, schon gekommen.

Nach dem letzten Widerhall der Schüsse versank das Tal in totaler Stille. Beinahe im selben Augenblick noch kam von der anderen Seite des nördlichen Bergkamms das Geräusch von Motoren herüber, und eine breite Reihe von Panzern erschien auf der Bildfläche, gefolgt von Infanteristen. Russen.

Während der Kaiser beim Anblick der Panzer, dergleichen er zuvor nie gesehen hatte, mit weiten Augen staunte, verfielen seine Krieger in einen Freudentaumel. Selbst Kim Kwangguk schwenkte mit bewegtem Gesichtsausdruck das Gewehr zum Gruße der Fahrzeuge, die sich wieder in Gang gesetzt hatten und nun den Hang hinabrollten, woraufhin auch des Kaisers Mannen ihre Position oben auf dem Bergrücken aufgaben und hinabrannten. Jetzt, da die Russen eingetroffen waren, konnte der geplante Rückzug ja entfallen.

Die Krieger des Kaisers und die Sowjetsoldaten erreichten fast zur gleichen Zeit den Bereich, in dem die Japaner verharrten. Letztere reagierten, als sie der Gruppe des Kaisers ansichtig wurden, auf interessante Weise. Natürlich hatten sie, als sie unter kaiserlichen Beschuß geraten waren, geglaubt, von der russischen Armee eingekreist zu sein, wodurch sich erklärt, daß sie keinerlei Kampfeswillen zeigten. Und nun bekamen sie keine Soldaten in sowjetischer Uniform zu Gesicht, sondern nur ein paar Dutzend jämmerlicher und armselige Waffen schwingender chinesischer Zivilisten. Manche der Japaner, deren Wut beim Zählen der Toten, derer mehr als hundert waren, noch anschwoll, schienen sogar zu erwägen, das Feuer zu eröffnen.

Doch war es dazu nun viel zu spät. Ein sowjetischer Offizier sprang vom vordersten Panzer, gefolgt von einem chinesischen Dolmetscher. Der junge Unteroffizier, der nach dem Harakiri seines Vorgesetzten das Kommando übernommen hatte, erledigte die förmliche Übergabe seiner Truppe in die Gewalt der Russen, nicht ohne bei diesen wegen der kurz zuvor erlittenen Verluste Beschwerde einzureichen. Nach einer daraufhin erfolgten raschen Inspektion der Leichen wandte sich der sowjetische Offizier wutentbrannt an den Kaiser. Was er ihm entgegenbrüllte, übersetzte der Dolmetscher ins Chinesische: »Sie möchten geruhen, herzukommen. Treten Sie bitte näher.«

Kim Kwangguk, der fließend chinesisch sprach, zog den Kaiser am Ärmel, der ihn, fasziniert von der Erhabenheit der Panzer und der Erscheinung des rothaarigen und blauäugigen Offiziers, gewähren ließ.

»Wieso haben Sie diese Leute angegriffen?«

In abgeklärtem Tone übersetzte Kim Kwangguk dem Kaiser weiter, was ihm zuvor vom Russischen ins Chinesische übertragen worden war, und gab in umgekehrter Richtung die Antwort zurück: »Weil dies die Soldaten eines Landes sind, das sich mit dem unseren im Krieg befindet.«

Der chinesische Übersetzer wurde, als ihm Kim Kwangguks Aussprache auffiel, hellhörig, er fragte ihn daher: »Sie scheinen keine Chinesen zu sein.«

»So ist es. Wir sind vom Volk der Han.* Unsere provisorische Regierung in Schanghai hat Japan vergangenen Februar den Krieg erklärt.«

Der Dolmetscher übersetzte dem russischen Offizier weiter.

»Korejcy?«

Neugierig musterte letzterer daraufhin den Kaiser und Kim Kwangguk. Die Wut der Japaner schwoll noch mehr an, als herauskam, daß sie von einer bewaffneten Horde aus Chosôn attackiert worden waren. Ein paar ihrer Leute durch Koreaner verloren zu haben, stellte für sie eine ungleich größere Schmach dar als der Verlust von Millionen von Soldaten im Kampf gegen Amerikaner und Russen. Als der sowjetische Befehlshaber aufgrund des Verhaltens der Japaner der zunehmenden Gespanntheit der Lage gewahr wurde, brüllte er dem Kaiser

* Sowohl die Koreaner als auch das Mehrheitsvolk in China verwenden, unter anderem, die Eigenbezeichnung *Han;* allerdings benutzen sie verschiedene Ideogramme: 韓 (wie an dieser Stelle im Text) das koreanische, 漢 das chinesische Han-Volk.

barsch etwas entgegen. Der Chinese übersetzte weiter: *»Er sagt, er nimmt Sie als Kriegsverbrecher gefangen.«*

»Aber wir haben einen vollkommen legitimen Kampf geführt. Bitte sagen Sie ihm, wir sind keine Kriegsverbrecher.«

»Japan hat heute morgen um null Uhr bedingungslos kapituliert. Wie es aussieht, haben Sie Soldaten getötet, die bereits den Status von Gefangenen erlangt hatten.«

Diese Worte ließen Kim Kwangguk große Augen machen. Die Vorbereitungen des Abmarsches hatten ihn in der Vornacht davon abgehalten, das Radio einzuschalten und die Verkündung der japanischen Kapitulation mitzubekommen. Doch die Freude über diese Neuigkeit verdrängte die Verwirrung über ihren groben Verstoß, und laut rief er aus: »*Manse!* Es lebe das unabhängige Korea! *Manse!*«

Dann wandte er sich an den Kaiser und seine Soldaten, die ihn verdutzt anstarrten, und überbrachte ihnen mit zittrig-bewegter Stimme die frohe Kunde: »Freut Euch allesamt! Die Japaner haben endlich kapituliert. Wir sind frei! Es lebe das unabhängige Korea!«

Der Kaiser und seine Mannen trauten zunächst ihren Ohren nicht. Nach einem kurzen Moment ungläubigen Staunens sprudelten die Fragen, ob es wirklich wahr sei, nur so hervor, und hallte bald das ganze Tal von lautem Jubel und Freudenschreien wider. Einige sprangen wild umher, *Manse!* grölend, anderen fehlten die Worte, noch andere fielen sich in die Arme ... Welcher Abkömmling des Tangun hätte bei einer solchen Nachricht keine Tränen der Freude vergossen?

»Ich habe meinen Feind also endlich vernichtet ...«

Aus einem langen Traum erwachend schien der Kaiser endlich in der Wirklichkeit anzukommen, er weinte heiße Tränen. Aber es waren dies nicht mehr Tränen des Grams und des Kummers, er vergoß sie aus der tiefen Befriedigung, sein Werk endlich vollbracht zu haben. Die Kapitulation der Japaner bot sich ihm dar als siegreicher Abschluß seines langen Kampfes gegen sie. Zum Zeichen des Dankes fiel er darum unter dem Blauen Himmel neunmal nieder.

Dieses Jauchzen und diese Freudebekundungen stachelten die Feindseligkeit der Japaner noch mehr an, und ihr Befehlshaber setzte den sowjetischen Offizier über ihren Gefühlszustand auf energische Weise in Kenntnis. Er forderte die Russen auf, wenn sie die Kriegsverbrecher schon nicht bestrafen wollten, diese dann wenigstens ihrer Gewalt zu überstellen.

Zum Glück für den Kaiser und die seinen erhielten sie Unterstützung seitens des chinesischen Übersetzers, der mit den Russen ideologisch nicht ganz auf einer Linie zu sein schien und dem Kaiser von Anfang an freundschaftlich gesinnt war. Als er erkannte, daß der sowjetische Offizier den Protesten der Japaner stattgeben und die Gruppe um den Kaiser bestrafen wollte, übernahm er ihre Verteidigung und konnte den Offizier schließlich wieder umstimmen. Dieser flüsterte seinem Dolmetscher etwas ins Ohr und brüllte dann in grobem Tone in Richtung Kaiser: »Legt eure Waffen nieder!«

Der Chinese ging auf den noch immer freudetrunkenen Kim Kwangguk zu und übermittelte ihm diesen Befehl. Der bemerkte gleich, daß die Stimmung wieder umzukippen begann, er wollte daher zum Protest anheben, als der Dolmetscher ihm mit einem Zwinkern zuflüsterte: »Nur keine Sorge. Ich habe ihm erzählt, Sie sind koreanische Freiwillige der achten Roten Armee. Wenn Sie genau tun, was er befiehlt, wird Ihnen nichts passieren.«

Seine Worte klangen ehrlich und wohlwollend.

»Tut, was er sagt, und gebt alle Eure Waffen ab!« befahl Kim Kwangguk, der dem Chinesen Glauben schenkte, seinen verwirrten Männern in zugleich beschwichtigendem Ton. Von dieser unerwarteten Anweisung verunsichert, blickten die Getreuen alle zusammen zu ihrem Kaiser, welcher, nicht minder überrascht als sie, entgegnete: »Minister zur Linken, was redet Ihr da? Wie können wir einfach die Waffen niederlegen, wenn jene die ihren, auch wenn sie sich ergeben haben, noch immer in den Händen halten?«

»Die Russen wollen es so. Es wäre besser, ihnen erst einmal zu gehorchen.«

»Welch ein Unsinn! Wie könnten sie mich, den legitimen Souverän eines einigen Reiches, zu irgend etwas zwingen, wenn nicht einmal ihr Herrscher, dessen Name Sôtarin (Stalin) oder so ähnlich lautet, das Recht dazu hätte?«

»Noch kurz vor unserem Aufbruch habt Ihr mir versichert, daß selbst der Himmelssohn auf dem Schlachtfeld sich den Weisungen des Generals zu fügen hat. Tut, was Euch beliebt, mit mir aber braucht Ihr dann nicht mehr zu rechnen.«

Da er ahnte, daß er mit der üblichen Argumentationstechnik die Lage nur noch verkomplizieren würde, hatte Kim Kwangguk zum ersten Mal einen solch aufmüpfigen Ton gewählt. Trotz seines Unmuts darüber gab der Kaiser seinem Feldherrn schließlich nach. Somit wurde der Vorliebe des Kaisers, brenzlige Situationen noch zu verschärfen, einzig durch den Umstand Einhalt geboten, daß sämtliche Schriften zur Kunst des Kriegführens die unbedingte Notwendigkeit der absoluten Befehlsgewalt des obersten Generals betonen.

Sobald die Koreaner einer nach dem anderen ihre Waffen abgaben, begannen die Russen mit der Entwaffnung der japanischen Gefangenen. Die Armee des Kaisers wurde sodann zum sowjetischen Hauptquartier jenseits der nördlichen Bergflanke geführt. Kim Kwangguk und seinen Soldaten war etwas unbehaglich zumute, doch beruhigte sie die Miene des chinesischen Dolmetschers, und die Russen wurden, sobald sie aus dem Gesichtskreis der Japaner verschwunden waren, rasch freundlicher.

Bei Ankunft im russischen Hauptquartier wurden der Kaiser und Kim Kwangguk in ein größeres Zelt geführt, wo sie ein hinter einem Schreibtisch sitzender Politoffizier mit einem freundlichen *Towarischtsch* begrüßte.

»Er nennt Sie deswegen so, weil er annimmt, Sie gehören zur achten Armee. Er möchte wissen, von welcher antijapanischen Sektion Sie sind. Könnten Sie sich nicht irgend etwas ausdenken?«, redete ihnen der Übersetzer wohlmeinend zu.

Wie bereits erwähnt, stand Kim Kwangguk in Kontakt zu einigen antijapanischen Widerstandsgruppierungen in der Gegend um Ch'ôk, er war somit in der Lage, den Namen einer zivilen Einheit anzugeben, die an die Rote Armee angeschlossen war. Nach dieser Auskunft sagte der russische Politoffizier etwas mit lauter Stimme und wild gestikulierend.

»Er bietet Ihnen an, Sie mit besseren Waffen auszurüsten. Auch können Sie sich soviel Munition nehmen, wie Sie möchten, sagt er.«

Der Politoffizier schien es dem Dolmetscher, der möglicherweise auch der KMT-Armee zuarbeitete, tatsächlich abzunehmen, daß der Kaiser und seine Mannen eine Zivileinheit der achten Armee darstellten, und ließ ihnen anstelle ihrer alten Wehr die Waffen aushändigen, die zuvor den Japanern abgenommen worden waren. Er handelte damit lediglich, im Vorfeld der innerchinesischen Konfrontation zwischen Nationalisten und Kommunisten, im Sinne einer geheimen Übereinkunft zwischen dem Kreml und Mo T'aekdong (Mao Zedong).

Der Kaiser sah dies alles indes von seiner eigenen Warte aus. Überwältigt von der Fülle der frohen Ereignisse und auf allen Wolken schwebend, brachte er Kim Kwangguk mit einer so plötzlichen wie unerhörten Forderung erneut ins Gedränge: »Sagt ihnen, sie sollen uns die japanischen Gefangenen aushändigen, da schließlich wir es waren, die sie überwältigt haben. Sie werden bei unserer feierlichen Rückkehr ins Reich an der Spitze des Zuges stehen.«

Zu gleichen Teilen zornig und bestürzt versuchte Kim Kwangguk, den Kaiser mit einem Lächeln zu beschwichtigen. Nur zu genau war ihm bewußt, daß sie aus dem sowjetischen Lager eher früher als später verschwinden sollten.

»Und wie könnten wir fünfhundert Mann versorgen, wenn wir nicht einmal in der Lage sind, uns selbst genügend Proviant zu beschaffen? Wenn sich schon freundlicherweise die Russen bereit erklärt haben, diese Aufgabe zu übernehmen, sollten wir sie ihnen doch wohl überlassen.«

Aber der Kaiser ließ sich dieses Mal nicht umstimmen: »Lieber übergäbe ich sie meinem Volke als Sklaven, als daß ich sie in ihre Heimat ziehen ließe. Pucha wurde in Kosodae übel mitgespielt, weil er Ku Ch'ôn, der sich ergeben hatte, zu sehr vertraute, und Hang U ließ sich von den Verbrüderungsanwandlungen des Yu Pang täuschen, weshalb er als Futter für die Fische im Fluß O endete. Trotz der Tatsache, daß die Japaner sich ergeben haben, sollten wir nicht den Fehler begehen, unsere Wachsamkeit zu mindern. Wir könnten dies später schwer bereuen, denn ließen die Russen sie in ihr Heimatland ziehen, würden diese sich wieder zu einer Heereseinheit von fünfhundert Mann formieren. Darum müssen wir sie unbedingt mitnehmen.«

Was der Mann denn da so langatmig erzähle, wollte in diesem Augenblick der sowjetische Politoffizier wissen.

»Er bekundet gerade Ihnen und sämtlichen Soldaten der Roten Armee im Namen des Volkes von China und Chosôn seinen tiefsten Dank.«

Nach dieser Verlegenheitsantwort redete Kim Kwangguk wieder auf den Kaiser ein: »Der sowjetische Offizier hat mir gerade nachdrücklich versichert, daß er die japanischen Soldaten niemals in ihr Heimatland zurücklassen wird. Um zu vermeiden, daß er glaubt, wir wollten mit ihm eine oberflächliche Diskussion um die Meriten im Krieg führen, sollten wir nun lieber aufbrechen.«

Der Kaiser gab schließlich nach und erlebte zusammen mit seiner Armee eine triumphale Rückkehr in die Ostgemarkung, am Abend, um die Stunde Sul. Im Triumphmarsch zogen sie ein *nach der Vernichtung des großen Feindes*, berichtet die *Chronik*. Doch wenn der Chronist außerdem noch schreibt, der Kaiser habe *die Ehre des Landes wiederhergestellt*, dann kann man nur schwer umhin, dies, wie man es auch dreht und wendet, als leicht übertrieben zu bewerten. Bei aller Zuneigung, die wir für den Kaiser hegen, läßt sich nicht gerade sagen, er habe Japan in einer einzigen Schlacht in die Knie gezwungen.

Im zehnten Monat des elften Jahres des Neuen Himmels fegt der kalte Winterwind des Nordens über Yodong (Liaodung). Der Kaiser wird ein einsamer Wandersmann über Tausende von Ri.

Das genaue Datum, an dem der Kaiser und sein Volk die Ostgemarkung verließen und gen Heimat aufbrachen, ist nicht überliefert. Sie traten die Reise vermutlich im siebten Monat jenes Jahres (nach dem Sonnenkalender im August) an, als die

Unabhängigkeitsfeiern überall im Land in vollem Gange waren.

Der lange kaiserliche Zug muß bei seinem Aufbruch von der Ostgemarkung wahrlich beeindruckend gewesen sein.

Der Herr der Ch'ôk gab den gut hundert Reisenden – mehrheitlich Frauen, Kinder und Alte – soviel mit auf den Weg, wie er konnte. Er tat dies aus Liebe zur Tochter und zum Schwiegersohn und aus Hochachtung vor diesem fremden Monarchen, der, nachdem er endlich sein Werk vollbracht hatte, wieder einzog in sein Reich. Mit seinen fast neunzig Jahren ließ der Herr der Ch'ôk bereits erste Anzeichen von Verkalkung erkennen, davon gänzlich unberührt aber waren seine Freundschaft und sein Vertrauen zum Kaiser.

Da die Koreaner ihr Hab und Gut, und sei es auch nur ein Strohhalm, nicht einfach zurücklassen wollten, setzte sich ein langer Zug von vor Proviant und allerlei anderen Dingen überbordenden Fuhrwerken in Bewegung, gefolgt von den Frauen und Kindern, die in der Zugmitte auf den Pferden oder den Rindern ritten oder sie führten, indem sie an ihrer Seite gingen. Das Zugende bildeten die Alten, welche den Kaiser eskortierten.

Es war für ihn eigentlich ein Platz in einem Wagen an der Spitze des Zuges vorgesehen, doch zog er es vor, Freuden und Unbill der Reise zusammen mit seinem Volk zu teilen. Hätten indes nicht die fünfzig mit brandneuen Waffen ausgerüsteten jungen Krieger die Reisegesellschaft geleitet, so hätte diese ein nicht sonderlich erhabenes Bild abgegeben. Die Soldaten beschirmten diese Völkerwanderung mit der ganzen Würde der von den Russen erhaltenen modernen Wehr. Diese ganze Szenerie gemahnte durchaus an die Menschenströme der in das Rama-Reich (Rom) einfallenden Horden der Iriman (Germanen).

Betrachtet man sich ihre Route in Richtung der im Süden gelegenen Halbinsel, so fällt eine gewichtige Ungereimtheit auf. Anstatt über Yônggotap nach Nord-Kando und Hoeryông (Huaining) zu ziehen, wählten sie den Umweg um den Kyôngbak-See (Chingbo) herum nach Tonhwa. Mit anderen

Worten: Sie hätten den Zielort um einige Wochen früher erreichen können, wenn sie nicht geschlagene drei Monate lang auf den Ebenen von Yodong umhergeirrt wären. Da es Kim Kwangguk war, der sie anführte, gab es dafür sicherlich Gründe, über die wir nur spekulieren können.

Der erste Teil ihrer Wanderung verlief, allen Hinweisen zufolge, noch reibungslos. Dank der Findigkeit des Kim Kwangguk machten die russischen Kontrollposten und ihre Dolmetscher keine Schwierigkeiten, ja verhielten sich ihnen gegenüber sogar wohlgesinnt. Nicht nur Kim Kwangguk beherrschte das Täuschungshandwerk mit der Zeit immer besser, auch die neuen Waffen verliehen dem kaiserlichen Zug ein erhebliches Maß an Sicherheit.

Die Lage änderte sich, als mit Billigung der Russen die unter dem Kommando von Chu Tôk (Zhu De) stehende Rote Arme von Habuk (Hebei), Sansô (Shanxi) und Sandong (Shandong) die Kontrolle über die Mandschurei übernahm. Immer mehr Stellen wurden mit kommunistischen Politkommissaren besetzt, die Kontakt zu den ortsansässigen antijapanischen Widerstandsgruppen aufnahmen, infolgedessen alle Täuschungsmanöver von Kim Kwangguk ans Licht kamen. Zuerst wurden ihnen die Waffen abgenommen, dann die Viehwagen und der Proviant, schließlich alles, was sie sonst noch mit sich führten. Dank der Besänftigungspolitik, die die Kommunisten im Vorfeld des Krieges gegen die Nationalisten betrieben, kam der Kaiser selbst nicht zu Schaden, allerdings litt wegen dieser Vorkommnisse seine Meinung von Mo T'aekdong. Denn alles, was sein Volk auf dieser unwegsamen Reise zu erleiden hatte, geschah im Namen Maos und seiner Partei.

»Mag er auch ein Abkömmling von Meister Mo sein, so konnte ich ihm doch nie gänzlich vertrauen, da er zu seinen Ahnen auch einen gewissen Mun Ryong (Wen Long) zählt. Mun Ryong stand in Diensten der Myông (Ming), unterhielt aber gleichzeitig geheime Beziehungen zu den Ch'ông (Qing), und Mo T'aekdong verhält sich nun auf dieselbe Weise, indem er seine Erde und sein Volk an die Russen verschachert.«

Aber am Ende ihrer Rückkehr ins Heimatland, als sie der Nationalarmee des Chang Kaesôk (Chiang Kaishek) über den Weg liefen, kam es noch schlimmer. Vom Meer aus waren dessen Truppen nach Taeryôn (Dairen) gekommen und hatten sich in dieser Region gegen die sowjetischen Einheiten erst einmal behaupten können und sich festgesetzt. Auch wenn das ziehende Volk des Kaisers nur ein einziges Mal mit der Nationalarmee konfrontiert wurde, erlitt es durch diese einen noch größeren Schaden als durch die Kommunisten. Denn nicht nur entrissen die verdorbenen und habgierigen Offiziere und ihre rohen und disziplinlosen Männer dem Kaiser und den Seinen den letzten Rest dessen, was sie noch besaßen, sondern vergingen sich obendrein noch an den Frauen und Mädchen.

»Weshalb läßt dieser Herr Chang die Menschen dergestalt mißhandeln? Das Gerücht, er sei die herausragendste Persönlichkeit seit Yông Nak (Ming-Dynastie), ist ein irriges. Wenn er sich weiterhin so verhält, wird er die Macht bald verlieren. Unsere Länder und unsere Völker sind verschieden, beide aber haben wir ein Regierungsmandat, und ich werde ihn daher aufsuchen und beraten.«

Wie aber stellte er sich vor, Chang Kaesôk so leicht treffen zu können? Nicht nur daß dieser sich überhaupt nicht in der Mandschurei aufhielt, auch würde er gar keinen Grund sehen, warum er dieses Angebot annehmen sollte.

Das Kaiservolk mußte auf seiner Reise gen Süden noch eine Vielzahl weiterer schlimmer Erniedrigungen überstehen, ehe es endlich den gegenüber von Shinûiju gelegenen Grenzort Andong gegen Ende des zehnten Monats des Jahres Shinchôn erreichte, nach dem Sonnenkalender im Dezember. Groß war das Entsetzen des Kaisers, als Kim Kwangguk ihm auf seine Weisung hin Bericht über den Zustand der Untertanen und der mitgeführten Güter erstattete. Der hocheindrucksvolle Zug aus über hundert Menschen und einigen Dutzend Vieh- und Pferdewagen war auf kaum mehr als zehn Personen zusammengeschrumpft. Die große Mehrheit hatte ihn wegen der Kälte und des Hungers verlassen. Und weil der Kaiser nicht mehr in der Lage war, sie zu beschützen. Es waren nur noch Kim Kwangguk, Shin Kijuk und ein paar alte Getreue der Familie aus dem Dorf der Weißen Steine verblieben. Von den Frauen waren nur noch die beiden Gemahlinnen des Kaisers – die Ehrenwerte Dame Hwang und die Edle Dame Ch'ôk – sowie zwei Greisinnen übrig.

Mehr als drei Monate waren seit dem freudeschwangeren Tag des Triumphes über die Japaner vergangen, und der Kaiser war der festen Annahme gewesen, daß ganz Samhan ihm um den Hals fallen würde wie eine holde Maid, die sehnsüchtig ihres Geliebten geharrt hatte. Dicke, warme Tränen vergoß der Kaiser, als er in das Land hinüberblickte, in dem er geboren wurde und das sich nun vor seinen Augen jenseits des bereits gefrorenen Amnok-Flusses erstreckte.

»So hätte ich nicht zurückkehren dürfen. Besser, als mein Volk und mein Heer ohne jeden Kampf zu verlieren, hätte ich getan, wenn ich mit der Waffe in der Hand den Tod gefunden hätte, in Kauf nehmend, daß meine Gebeine in fremder Erde bestatten worden wären. Mir kommt es vor, als hätte ich gestern erst diesen Strom mit schwarzem Haar und roten Wangen überquert ... Und nun bin ich – ach! –, nachdem ich dreißig Jahre lang nur Wind gegessen und im Freien geschlafen habe, ein alter Mann mit weißem Haar und leeren Händen. Kalt fegt der Wind über die Ebenen von Yodong, auf denen ich einsamer Wandersmann umherirre ...«

Die Leute, denen er bislang noch keine Niederlage zuzufügen vermochte, waren die Kommunisten. Gegen sie richtete sich, nachdem die Japaner keinen Anlaß mehr dazu boten, von nun an des Kaisers ganzer Zorn.

Unbedingt hervorgehoben werden muß hier, daß der Kaiser ohne einen Kim Kwangguk niemals so wohlbehalten in sein Land zurückgekehrt wäre. Hätte dieser den Kaiser einfach im Stich gelassen, wäre er alleine viel rascher heimgekehrt und hätte er nicht zusammen mit den anderen ausstehen müssen, was sie beim Überschreiten des achtunddreißigsten Breitengrades noch ausstehen sollten, wobei das Schicksal des Kaisers dann eine noch viel schlimmere Wendung genommen hätte. Denn seine Zorneswallungen hätten unfehlbar die Feindseligkeit der Banden, die ihm über den

Weg liefen, noch weiter angestachelt, nicht nur die der chinesischen Kommunisten.

Aber Kim Kwangguk hatte den Kaiser nicht sich selbst überlassen und war nicht auf eigene Faust losgezogen, sondern führte die kaiserliche Reisegruppe pflichtbewußt und redlich durch alle Gefahren. Ob er sich an das dem sterbenden Ma Suga gegebene Versprechen gebunden fühlte oder ob er sich aus eigenem Antrieb entschlossen hatte, seine Landsleute vor einem schlimmen Schicksal zu bewahren, läßt sich nicht genau sagen, gewiß aber ist, daß Kim Kwangguk dem Kaiser ein Himmelsgesandter war. Mochten sich auch viele vom kaiserlichen Reisevolk im Laufe der Wanderschaft selbständig gemacht haben, so geschah dies erst, nachdem sie Kim Kwangguk hatten überzeugen können, daß sie in der Lage seien, alleine durchzukommen.

Im ersten Monat des elften Jahres Shinchôn durchbricht der Kaiser die tausend Ri *lange feindliche Linie mit einer Kraft, mit der er fünf Generäle hätte niederstrecken können.*

Der Kaiser und sein Gefolge verbrachten vor dem feierlichen Einzug nach Shinûiju noch einen ganzen Tag in Andong. Mit dem Geld aus dem Verkauf der letzten Juwelen erstanden sie neue Kleider und leisteten sie sich eine Übernachtung in einer Herberge, um all den auf der Reise angesammelten Schmutz und all die Müdigkeit hinfortzuwaschen.

Dank dieser Maßnahmen erreichten sie es, ein wenig würdevoller auszusehen als gewöhnliche Heimkehrer aus der Mandschurei. Der Kaiser führte den Troß im Festtagsgewand an, gefolgt von Kim Kwangguk im makellosen Anzug europäischen Stils. Ihnen nach kamen Shin Kijuk und ein Dutzend, zwei Reihen bildende Greise und dann die Damen Hwang und Ch'ôk, gesäumt von zwei alten Frauen. Alle setzten sie, auf Geheiß des Kaisers, der sie dazu anhielt, unter allen Umständen die Würde zu bewahren, eine hochfeierliche Miene auf, und dieser Zug von alten Leuten erweckte bei den Passanten sowohl Erstaunen als auch Bewunderung.

Doch Shinûiju bot sich ihnen ganz anders dar, als der Kaiser sich vorgestellt hatte. Die nordkoreanischen Sicherheitskräfte, die mit Unterstützung der Sowjets die Freiwilligenarmee von Chosôn entwaffnet und wieder nach Andong zurückgejagt hatten, überwachten nicht nur die Brücken, sondern auch zahlreiche andere Punkte entlang des Amnok-Flusses, um die bewaffneten Verbände und anderen Gruppen zu filzen, die hinüberwollten und die sie für verdächtig befanden.

Der Troß des Kaisers erregte ihren Argwohn sofort, sie wollten ihn daher einer Befragung unterziehen. Durch die Art, wie die kaiserlichen Reisenden dahergeschritten kamen, und ihr Aussehen, durch das sie sich von den anderen Flüchtlingen unterschieden, konnten sie der Aufmerksamkeit der Grenzwachen gar nicht entgehen. Dennoch hätten sie dank des fortgeschrittenen Alters der meisten unter ihnen sowie des diplomatischen Geschicks von Kim Kwangguk wohl ohne Schwierigkeiten passieren können, wenn sich nicht wieder ein ärgerlicher Zwischenfall ereignet hätte.

Einer der Sicherheitsposten hatte der noch vergleichsweise jung gebliebenen Edlen Dame Ch'ôk etwas Anzügliches zugeraunt, worauf der Kaiser, den im Zaum zu halten Kim Kwangguk ohnehin schon größte Mühen hatte, förmlich in die Luft ging: »Du elender Hund! Wie kannst du es wagen, dich so in meiner Gegenwart aufzuführen?«

Angesichts dieses kaiserlichen Wutausbruchs konnte auch Shin Kijuk sich nicht länger zurückhalten: »Schweinehund! Wirst du wohl niederknien und um Verzeihung flehen!«

Der derartig Angegangene, einen Moment lang von der unerwarteten Reaktion der beiden Alten perplex, erwiderte: »Na das sind ja Opas ...«

»Wie? Welch Unverfrorenheit! Führt ihn ab, auf der Stelle!«

Der Kaiser war geblendet vor Wut. Kim Kwangguk hatte keine Möglichkeit mehr, einzugreifen. Und der blind ergebene Shin Kijuk verschlimmerte die Situation noch, er packte den Grenzsoldaten an der Gurgel und begann zu krakeelen: »Was ist? Willst du wohl tun, was Seine Hoheit dir befiehlt?«

Alt waren sie geworden, die Männer im Gefolge des Kaisers, aber immer noch waren sie treue Untertanen und konnten eine derartige Kränkung nicht hinnehmen. Sie stürzten sich darum, auf Shin Kijuks Geheiß, ebenfalls auf den Mann, noch ehe dessen Kameraden oder Kim Kwangguk sie daran zu hindern vermocht hätten. In der Zeit, in der die Soldaten des Sicherheitstrupps aus ihrer Starre erwachten und mit Hilfe ihrer Gewehre die Alten bändigen konnten, lag ihr Kollege schon bewußtlos und blutend auf dem Boden.

Ein strenges Verhör war die logische Konsequenz. Gründlich filzten sie die Verdächtigen, bis sie schließlich auf eine in der Weste des Kaisers eingenähte kleine Pistole stießen und im Bündel von Shin Kijuk das kaiserliche Geheimsiegel und die Chronik der Ostgemarkung-Epoche entdeckten.

»Ja aber, was für Leute sind Sie denn eigentlich?« fragte der Chef dieser Einheit verwirrt, nachdem er sie zuerst für Minister der Exilregierung halten wollte.

»Elendiger, ist dir Leder über die Augen gewachsen? Erkennst du deinen Herrn sogar dann noch nicht, wenn er direkt vor deinen Augen steht?«

»Seid Ihr etwa Yi Ûn (König Yôngchin)?«

»Schweinehund, dir sollten die Ohren durchstochen werden! Weißt du etwa nicht, daß das Geschlecht der Yi vor langer Zeit ausgestorben ist?«

Der Kaiser entlud seinen seit langer Zeit angestauten ganzen Ärger auf den Vorsitzenden der Sicherheitssoldaten, ohne mehr auf die Wahl seiner Worte achtzugeben. Das verwirrte Schweigen des Verhörenden als Zeichen der Unterwürfigkeit deutend, sprang Shin Kijuk ihm bei: »Erbärmlicher! Auf die Knie vor deinem Herrscher!«

Eine wahrhaft staunenswerte Situation. Ratlos ließ er die Zorntiraden über sich ergehen, bis einer seiner Männer, dessen Geist besonders helle war, ihm ins Ohr flüsterte: »Und wenn das am Ende ein paar Irre sind?«

Seinem Vorgesetzten erschien diese Einschätzung zwar nicht ganz abwegig, doch traf sie für ihn auch nicht vollständig zu, da diese Leute sich weder wie Geisteskranke artikulierten, noch so aussahen. Verdächtig war zudem das Verhalten von Kim Kwangguk, der die ganze Zeit über schwieg und möglicherweise etwas verbarg.

Der oberste Sicherheitssoldat beschloß daher, den Kaiser und die Seinen zum Hauptquartier zu schicken, zum Zwecke eines gründlicheren Verhörs. Den geneigten Leser mag nun die Furcht beschleichen, daß unseren Helden durch diesen Verlauf der Dinge ein bösen Schicksal bevorstand, doch ist diese Sorge unbegründet, offenbarte sich doch wieder einmal, mit welch unergründlich staunenswerter Raffinesse der Himmel seinen nach hienieden Entsandten vor den Unwegsamkeiten des Lebens beschirmte: In eben diesem Hauptquartier hielt sich just auch Yi Hyônung auf, der entflohene Verräter, der sein Leben einzig der unendlichen Herzensgüte des Kaisers zu verdanken hatte.

Nach einer langen Verhörnacht wußten die Nordkoreaner endlich, mit wem sie es zu tun hatten. Ideen und Verhalten der Gruppe um den Kaiser waren für die ihm Entstehen begriffene Volksrepublik zwar schädigend, ohne daß indes von ihr eine wirkliche Gefahr ausging. In Erwartung von Anweisungen von oben wurden der Kaiser und sein Gefolge in einem von den Japanern errichteten Gebäude neben dem Hauptquartier der Sicherheitsgarde eingesperrt.

Als am Folgetag Kim Kwangguk sorgenvolle Blicke aus dem Fenster nach außen sandte, sah er Yi Hyônung aus dem Nachbargebäude herauskommen. Er rief seinen Namen mit aller Kraft. Yi Hyônung trug die gleiche Uniform wie der russische Offizier, mit dem er gerade eine Unterhaltung führte.

»Was rufst du mich, Kamerad?«

Seine Miene verriet Überraschung, als er Kim Kwangguk, der von einer Wache herausgeführt wurde, erkannte, obgleich die Stimme beherrscht und kalt blieb.

»Kennen Sie mich noch, großer Bruder Yi?« grüßte ihn Kim Kwangguk, bestrebt, sich nicht unterwürfig zu geben.

»Ich erinnere mich. Sie sind ein Volksfeind.«

Yi Hyônungs Stimme war unverändert kühl, doch schien er auch Neugier zu verspüren.

»Und, ist er immer noch nicht abgekratzt, der alte Spinner? Pardon, Ihr verehrter Meister.«

»Nein, noch nicht. Er ist übrigens ganz in der Nähe, mit mir zusammen hier eingelocht.«

»Hoho! Dann seid also ihr die ominöse Reisegruppe, von der hier alle sprechen!« rief Yi Hyônung aus.

Sein Grinsen deutete darauf hin, daß er seinen Erfolg auskostete.

»So haben Sie, großer Bruder Yi, Ihren Platz also gefunden?«

»Zumindest vergeude ich meine Zeit nicht wie Sie an der Seite eines Bekloppten. Ich mache nichts Großartiges, ich arbeite nur mit den sowjetischen Militärberatern zusammen.«

»Ich habe eine Bitte an Sie. Setzen Sie sich, wenn es in Ihrer Macht steht, dafür ein, daß wir unbeschadet in den Süden gelangen können.«

»Ich werde sehen, was sich machen läßt. Solange Sie sich nicht wie Feinde der entstehenden Volksrepublik verhalten.«

»Bruder Yi, vergessen Sie nicht das Versprechen, das Sie mir am Tag Ihrer Flucht gegeben haben.«

Als Ausdruck seines Unbehagens verzog Yi Hyônung das Gesicht. Kim Kwangguk fragte: »Was ist aus Yung geworden?«

»Er ist mit mir zusammen hier. Ich habe vor, ihn auf die demnächst einzuweihende Schule für Sicherheitsoffiziere zu schicken.

»Sagen Sie ihm, daß wir hier sind. Wenn sie diese Gelegenheit verpassen, wird es für Vater und Sohn sehr schwer werden, sich noch einmal wiederzusehen …«

Der russische Offizier, der mit Yi Hyônung aus dem Haus gekommen war, machte mit lauter Stimme auf sich aufmerksam, worauf Yi sogleich zu ihm eilte.

Der Bericht von dieser Begegnung schien den Kaiser zu erschüttern.

»Nun, welche Schandtaten heckt dieser Schurke im Moment aus?«

»Er meint, er arbeite jetzt mit den sowjetischen Militärberatern zusammen. Ein sehr einflußreicher Posten in diesen Zeiten.«

»Dieser Schweinehund!«

»Ich flehe Euch an. Provoziert ihn nicht. Sie haben im Moment auf der Welt das Sagen. Für uns ist es am wichtigsten, so schnell es geht von hier wegzukommen.«

»Wenn ihnen, wie Ihr sagt, die Welt gehört: wohin sollen wir dann gehen?«

»Es gibt eine andere Welt südlich des achtunddreißigsten Breitengrads. Dort können wir uns wieder niederlassen.«

»Des achtunddreißigsten Breitengrads? ...«

»Das ist eine Linie, die die Han-Halbinsel in zwei gleichgroße Hälften teilt. Sie entstand im Zuge eines Abkommens zwischen Amerikanern und Sowjets zum Zwecke der Entwaffnung der japanischen Armeen, nimmt nun allerdings immer mehr die Gestalt einer richtigen Grenze zwischen dem Norden und dem Süden unseres Landes an.«

»Wie traurig. Wie kann man nur den ohnehin schon so kleinen Flecken Erde, den Chosôn darstellt, zweiteilen? Das ist zweifellos das Werk der Sowjets oder der anderen Barbaren des Westens. Barbaren, die mit Hilfe anderer Barbaren die Macht an sich reißen, und das Prinzip, teile, um zu herrschen, kennen wir ja schon zur Genüge von den Japanern. Und wer kontrolliert den südlichen Teil?«

»Sicher bin ich mir nicht, aber ich vermute mal, die Schanghaier Exilregierung.«

»Das sind die, die das Königtum abschaffen und die Regierungsgewalt einem Präsidenten und einem Premierminister übertragen wollten, nicht wahr?«

Erneut barmte er: »Was für unruhige Zeiten. Auf der einen Seite die Häretiker von Hôjaryu, auf der anderen ein gieriger, machtlüsterner Haufen ... oh, oh, wo soll ich nur hin?«

»Nur nicht verzagen! Bleiben Euch nicht immerhin noch die Fundamente Eures Reiches am Keryong-Berg und im Dorf der Weißen Steine?« tröstete Kim Kwangguk den Kaiser, da er Mitleid für ihn empfand.

Unvermittelt gab dieser mit entzückter Miene preis, was ihm gerade durch den Kopf gegangen war: »Seit langem sann ich über die Bedeutung des blauen Hahns (des Jahres Ûryu, was da ist das Jahr 1945) im *Kajanggyôl* von Meister Yi Sôge nach. Endlich weiß ich, seine Prophezeiung ist eingetreten: Unser tausend *Ri* weites Land der Flüsse und Berge besteht nun aus drei Teilen, nämlich aus den Gebieten der Aufrührerbanden im Norden und im Süden sowie meinem Süd-Chosôn. Dies beunruhigt mich doch sehr. Welcher Ganove ist eigentlich der Anführer von Yi Hyônungs Horde?«

»Das scheint noch nicht ganz raus zu sein, aber dem Verhalten des russischen Hauptquartiers nach wird es wohl ein gewisser Kim Ilsông werden.«

»Ich meine, ich habe schon von ihm gehört. Ist das nicht der, der in einem anderen Land gelebt hat?«

»Er soll zuerst der kommunistischen Partei Chinas angehört haben, ehe er sich der Sowjetarmee angeschlossen und sogar an einer Schlacht um einen Ort namens Stalingrad teilgenommen haben soll. Aber wie kommt es, daß Ihr von ihm hörtet?«

»In der *Geheimschrift der Berge und Wälder von Samhan* heißt es, westlich von Kaema und südlich von Mulgil richtet der Hak-Berg sein Haupt gen Westen, und derjenige, der sich in Diensten eines anderen Reiches auszeichnet, wird sich auf den Kûm-Berg begeben und auf das östliche Han hinabschauen; und dies ist der Mann, von dem Ihr spracht. Außerdem ist die Erde im Norden von Sakjông und Anbyôn karg und voller tiefer Wasser, hochaufragender Berge und dunkler Wälder, und kein König wird es je ganz unterwerfen können, wohingegen der Revolten so viele sind, daß dieser Boden nach zweitausend Jahren schließlich in die Hände der Barbaren fallen wird, was sicherlich eine Anspielung auf die Besitznahme Pyôngyangs durch jene barbarischen Verbrecherbanden ist. Und im *Kamgyôl* heißt es ... Und im *Namsagobigyôl* steht ...«

Kim Kwangguk, der anfangs noch interessiert zugehört hatte, ermüdeten solche Reden inzwischen. Ihm war aufgefallen, daß der Kaiser, sobald die Rede von Wahrsagebüchern und Geheimschriften war, immer sonderlicher wurde, er wechselte daher das Thema: »Ach ja, ich habe Neuigkeiten von Prinz Yung.«

»Dieser undankbare, treulose ... Und was macht er so?«

»Er arbeitet, wie es scheint, für Yi Hyônung.«

»Damit ist er endgültig nicht mehr mein Sohn. Sobald wir im Dorf der Weißen Steine sind, werde ich ihn als Erbprinzen absetzen.«

Mehr Fragen stellte er nicht. Mochte er noch so starke Vatergefühle hegen, der Zorn über die Beziehungen seines Sohnes zu den Häretikern hinderte ihn daran, diese Gefühle zu äußern.

Der Kaiser und sein Gefolge wurden am nächsten Morgen in aller Frühe freigelassen. Die Sicherheitsmiliz gab ihnen, mit Ausnahme der Pistole des Kaisers, alles zurück, was sie ihnen abgenommen hatte. Yi Hyônung ließ sich nicht blikken, aber aufgrund der respektvollen Behandlung von Kaiser, Shin Kijuk und den anderen war ersichtlich, daß die Wachen Weisung von oben erhalten hatten.

Zu einer Begegnung zwischen dem Kaiser und Yi Hyônung kam es dann doch, als letzterer die Reisenden, die gerade den Stadtrand erreicht hatten, einholte und ihnen, als er auf gleicher Höhe war, aus seinem Jeep hochmütig zurief: »Hier, für euch.«

Er streckte Kim Kwangguk einen gut gefüllten Umschlag entgegen und fügte hinzu, wobei er den Kopf noch ein bißchen mehr in den Nacken warf: »Marken für die Sowjetzone und Passierscheine. Die Marken für Unterkünfte und Kost sollten, bis Sie die Grenze zum Süden erreicht haben, ausreichen. Die auf koreanisch geschriebenen Passierscheine sind für die Kontrollen durch die Sicherheitsmiliz bestimmt, die auf russisch zeigen Sie vor, wenn Sie von Soldaten der sowjetischen Armee aufgehalten werden. Benutzen Sie sie aber auf keinen Fall mehr, nachdem Sie den achtunddreißigsten Breitengrad überschritten haben. Sehen Sie selbst zu, wie Sie ihn überqueren können.«

»Danke«, erwiderte Kim Kwangguk bewegt und nahm den Umschlag entgegen.

»Damit sind wir quitt. Ehrlich gesagt war es ziemlich leicht, den Spinner und seine Jünger freizukriegen, Sie selbst müssen's viel schwerer gehabt haben. Machen Sie's gut. Beim nächsten Mal werde ich nicht so großzügig sein können.«

»Einmal ist schon genug. Allein wäre ich niemals in Ihre Hände gefallen.«

Dann wandte sich Yi Hyônung noch an den Kaiser, der ihn grimmig ansah: »Auf Wiedersehen, alter Mann. Seien Sie sich bewußt, daß Sie das Ihrem wohlerzogenen Sohn verdanken ... Hätte Yung mich nicht aufrichtig darum gebeten, hätte ich mich sicherlich nicht so gütig gezeigt.«

»Dieser Hund ist nicht mein Sohn.«

Die Stimme des Kaisers war leicht zittrig gewesen. Er fing sich jedoch rasch wieder und sprach mit Würde: »Ich werde mich immer deines Dienstes erinnern. Und solltest du einmal wieder mir in die Hände fallen, werde ich ihn dir vergelten. Du kannst nun gehen.«

Auf diese Worte hin wies der Kaiser sein Gefolge an, die Reise fortzusetzen. Niemand von ihnen gewahrte den Wagen, der ganz in der Nähe angehalten hatte und in dem ein hübscher junger Mann saß – Erbprinz Yung, der die Ostgemarkung neun Jahre zuvor verlassen hatte und nun mit Tränen in den Augen, das Gesicht in den Mantelkragen eingegraben, den von dannen ziehenden Seinen hinterherblickte.

Die *Chronik* vergleicht die kaiserliche Reise in den Süden zwar mit der Erstürmung der fünf Festungen durch Kwan Unjang, doch war in Wirklichkeit der Weg bis Shinmak, insgesamt tausend *Ri*, alles andere als beschwerlich. Die russischen Marken, mit denen sie überreichlich ausgestattet waren, erwiesen sich als hervorragendes Zahlungsmittel, der Kaiser und Shin Kijuk ließen sich von Kim Kwangguk weitgehend im Zaume halten, und die von Yi Hyônung beschafften Passierscheine ermöglichten es ihnen, durch sämtliche Kontrollen zu kommen. Und da sie obendrein einen Großteil der Strecke per Eisenbahn zurücklegen konnten, war diese Reise, verglichen mit der Durchquerung der Mandschurei, regelrecht angenehm. Die einzige Schwierigkeit ergab sich daraus, daß die meisten Mitglieder des kaiserlichen Trosses eins nach dem anderen den Strapazen des monatelangen Unterwegsseins Tribut zollen mußten, krank wurden und gezwungen waren, den Rest des Jahres im Norden zu verbringen.

Indes gestalteten sich die zweihundert *Ri* ab Shinmak bis zum achtunddreißigsten Breitengrad noch viel aufreibender als jeder Abschnitt auf der Durchquerung der Mandschurei. Die russischen Grenzwachen hatten nichts anderes im Sinn, als jeden Süd-Migranten, der ihnen in die Finger geriet, auszunehmen und die Frauen zu vergewaltigen, wobei sie ohne zu zögern erschossen, wer immer sich ihnen widersetzte. Die Sicherheitsmilizen, in regelmäßigen Abständen entlang der gesamten Demarkationslinie postiert, standen den Russen an Brutalität in nichts nach. Dank eines mit den verbliebenen russischen Soldatenmarken bezahlten Führers und zum Preis vieler klirrend kalter Winternächte im Freien gelang es dem Kaiser und den Seinen, diese Zone auf einer weniger gefährlichen Route zu überwinden.

Doch auch so waren sie nur mit Glück von keiner russischen Patrouille aufgespürt worden. Als sie das Ufer des zugefrorenen Grenzflusses erreichten, machte ihr Führer kehrt. Mit äußerster Vorsicht wagte sich die Gruppe des Kaisers auf das Eis hinaus. Sie waren fast in der Mitte des Flusses angekommen, als in ihrem Rücken Gewehrschüsse erschallten. Vielleicht waren die Grenztruppen in dem Maße verstärkt worden, daß nun auch diese Stelle überwacht werden konnte, oder aber dieser geheime Übergang war den Nordsoldaten inzwischen nicht mehr unbekannt.

Von diesem Moment an würde der Haß des Kaisers auf die Russen sich nicht mehr stillen lassen. Unter denen, die im Kugelhagel fielen, war auch die Edle Dame Ch'ôk. Der Kaiser hatte die Geistesgegenwart, sie auf die Schultern zu nehmen und zu rennen. Doch als er sie am anderen Ufer, in Sicherheit, wieder ablegte, sah er, daß sie tot war. Er hatte zuerst angenommen, sie sei nur am Bein getroffen worden, daher dachte er, als er ihre tödliche Schußverletzung im Rükken sah, es hätte sie erwischt, während er sie geschultert hatte, und sie, dies bezaubernd schöne Wesen, wäre an seiner Statt gestorben.

»Der Himmel war eifersüchtig auf mich! Ah ah! Meine Königin, was kann ich für dich tun? Was kann ich bloß für dich tun?«

Der Kaiser schien, wie er dergestalt um seine geliebte Edle Dame Ch'ôk wehklagte, den Verstand zu verlieren. Wir hatten noch kaum Gelegenheit, dies zu erwähnen, aber seine Liebe für diese junge Frau war eine ganz außerordentliche. Seitdem sie einst, im Jahre Kapja, im Frühlingsgarten von Ch'ôk ihre Bande geknüpft hatten, waren sie nie auch nur einen ganzen Tag voneinander getrennt gewesen und hatte er niemals hundert *Ri* ohne sie zurückgelegt. Mit all ihrer anmutigen Schönheit, die bei ihren vierzig Jahren noch in nichts zu verblassen begonnen hatte, und mit all ihrem feingeistigen Wesen war sie die Sonne in des Kaisers ansonsten trüben Leben. Nichts konnte seinen Schmerz noch mehr steigern als die Annahme, sie sei gestorben, weil sie eine ihm geltende Kugel abgefangen habe. Tausende von *Ri* hatten sie sich durch feindliche Linien gekämpft, *und nun dies, wo mein Reich schon so nah ist, nur noch einen Steinwurf entfernt ...*

Das Gefolge des Kaisers hatte unter den Auswirkungen seiner Trauer nicht wenig zu leiden. Als sie nach langer Mühe ein Grab im gefrorenen Boden ausgehoben hatten, weigerte sich der Kaiser, den Leib der Edlen Dame Ch'ôk aus den Händen zu geben, und als der Leichnam, den sie ihm beinah entreißen mußten, endlich beerdigt war, sah er sich außerstande, von dieser Stätte aufzustehen und zu gehen. Als er selbst die Nahrungsaufnahme verweigerte, kam Shin Kijuk zu ihm und sprach: »Die Natur des Menschen hängt an dem, was schön ist, doch es ist töricht, diese Neigung überzubewerten. Wenn dies bereits für den gewöhnlichen Mann gilt, dann ist dies um so gravierender für den Gebieter eines Volkes von Millionen Menschen.

Das lautstarke Wehklagen Eurer Majestät über das Ableben der verblichenen königlichen Dame Ch'ôk verstößt nicht nur gegen den Gesetzesweg des Souveräns, es verunglimpft auch die verstorbene Königin. Denn liefert Ihr, wenn Ihr dergestalt Eure Pflichten vergeßt und Euch durch die Weigerung, zu essen und zu trinken, das kostbare Gut der Gesundheit ruiniert, nicht der Nachwelt die Bestätigung für die Annahme, daß die verblichene königliche Dame Ch'ôk den Niedergang des Kaiserreiches Süd-Chosôn verursachte?«

Doch der Kaiser, tief versunken in seiner Trauer, erhob sich nicht. Nachdem er ihn noch einen Augenblick beobachtet hatte, richtete sich Shin Kijuk mit einer abweisenden Geste auf und sprach verärgert: »Ich habe mir meinen Herrscher schlecht ausgewählt. Wie konnte ich nur einem geringen Manne folgen, der es fertigbringt, die Angelegenheiten der Welt einer Frau wegen zu vergessen? Umsonst bin ich alt geworden. Welch ein Jammer!«

Er schien wirklich entschlossen, auf diese Worte hin alleine fortzugehen. Da erhob sich mit letzter Kraft der Kaiser und hielt ihn zurück: »Der Freimut des Ministers zur Rechten geht mir zu Herzen. Ich habe mich schlecht verhalten. Meine Trauer hat mich die wahren wichtigen Dinge vergessen lassen. Bitte zeiht mich nicht der Feigheit, sondern steht lieber diesem einsamen Körper bei, ich werde Euch auch niemals mehr Kummer bereiten wegen solcher Nichtigkeiten.«

Der Marsch gen Süden wurde genau vier Tage nach dem Tod der Edlen Dame Ch'ôk fortgesetzt.

Den Verlust seiner geliebten zweiten Gemahlin scheint der Kaiser allerdings nicht so leicht verwunden zu haben. Denn es findet sich in der *Chronik* auch ein *Gesang der Elstern*, den der Kaiser im Jahr darauf beim Anblick eines nistenden Elsternpaares verfaßt haben soll und welcher seine noch immer tiefe Trauer um die Edle Dame Ch'ôk zum Ausdruck gebracht habe:

翩翩乾鵲 *Flügelschlagende Elstern*
雌雄相依 *Weibchen und Männchen bilden ein liebend Paar*
念我之獨 *Mein einsamer Leib*
誰其與歸 *Mit wem wird er heimkehren?*

Auf seiner Wanderung quer durch die tausend *Ri* weite rote Erde der Halbinsel kam der Kaiser nach vielen Jahren ein weiteres Mal nach Seoul, und zwar gegen Ende des ersten Monats des elften Jahres Shinchôn, das heißt: Anfang März 1946. Doch das Seoul dieser unruhigen Epoche, am Vorabend der ersten amerikanisch-sowjetischen Konferenz, stellte sich ihm als Feindeslager dar. Denn es breitete sich damals in unserem Lande ein geheimnisvolles Übel aus – die Wucherung des Politischen.

Alle zusammengenommen betrug die Zahl der registrierten Verbände, Allianzen und Parteien mehrere hundert. Erfreulicherweise waren keine projapanischen mehr darunter. Ein jeder in dieser Stadt schien sich, wie von Geistern besessen, bemüßigt zu fühlen, unaufhörlich Reden zu schwingen und ohne Unterlaß zu zetern, entweder für oder gegen die Roten oder die Weißen, was nicht selten in blutige Handgreiflichkeiten auf offener Straße und am hellichten Tage mündete.

»Viele möchten gerne regieren, wenige aber wollen regiert werden; dem Volk stehen daher schwierige Zeiten bevor. Wie scharfsinnig ist doch, was in der *Geheimschrift der Berge und Wälder von Samhan* im Kapitel *Nonhan* geschrieben steht.« Betrübt blickte der Kaiser auf Seoul und zitierte die folgende Textpassage: *»In Richtung Kanbang (im Nordosten) ragt der Samgak-Berg empor, und bei Anbruch blühender Zeiten werden drei weise Könige sein, bei ihrem Ende wird die Dunkelheit dieser Herrscher sein, und nach ihrem Untergang werden drei Länder entstehen. Im Norden wird Paek Ak (der weiße Berg) sein, mit Paek Ak (hundert Dämonen), in Zeiten der Blüte wird es den Niedergang der edelherzigen Gelehrten geben, dann den Niedergang der Rebellen, zuletzt nur noch Grauen und Verrat. Im Süden wird Chongnam (das Ende des Südens) sein, in Zeiten der Blüte halten die Gelehrten des Südens das Land am Leben, dann spalten sich die Parteien des Nordens und des Südens, zuletzt geht auch im Süden alles zugrunde …«*

Doch des Kaisers Wehklagen ging noch weiter: »Und nicht nur dies. Die Leute fallen übereinander her wegen des Kommunismus oder anderen Unsinns aus dem Ausland. Sie glauben, sie hätten einen völlig neuen *Weg* ergründet. Dabei ist dies eine uralte Methode, die alle Mächtigen seit ewigen Zeiten eingesetzt haben, seit der Epoche, als Han-Kaiser Mu (Wu) in dieses Land einfiel.

Es ist überliefert, daß Chosôns Hof bei der Invasion des Han-Heeres aufgespalten war in eine Friedensfraktion, vertreten von Han Ûm, Yi Kesang und Wang Kyôp, und in eine unter anderen von Sông Yi angeführte Kriegsfraktion. Die

Friedensfraktion konnte das Volk für sich gewinnen und Sông Yi vernichten. Mochte ihr Streben nach Frieden sich auch aus ehrbaren Gründen gespeist haben, versprachen sie sich doch hauptsächlich persönlichen Nutzen vom Frieden. Anders ausgedrückt, Yi Kesang trachtete nach dem Titel des Hoekchônghu, Han Ûm strebte nach dem des Ch'ujôhu und Wang Kyôp gierte nach dem Posten des P'yôngjuhu.

Der Konflikt zwischen der Pro-Tang- und der projapanischen Fraktion gegen Ende der Drei-Reiche-Zeit, die Zersplitterung in die Pro-Song-, Pro-Kim-, Pro-Wôn- und Pro-Myông-Flügel während der Koryô-Dynastie, der Streit zwischen der Pro-Myông- und der Pro-Ch'ông- beziehungsweise zwischen der Pro-Ch'ông und projapanischen Fraktion während der Yi-Dynastie – alle diese Auseinandersetzungen wurden lautstark im Namen der Treue zu Land und Souverän, im Interesse des Volkes, mit der Forderung nach Reformen, zum Wohle der Nation und so weiter geführt. In Wahrheit indes verkündeten diese Heißsporne derartige Lautsprechereien einzig, weil sie eigene Interessen verfolgten.

Wozu also dieses Aufheben wegen des Kommunismus, unterscheidet er sich so sehr von den anderen politischen Forderungen? Schön klingen die Worte und geschickt formuliert ist die komplizierte Theorie, aber ich sehe darin nichts weiter als eine Finte, um sich Vorteile durch die Anbiederung an die Großmächte zu sichern.

Dennoch läßt sich das Volk von derartig hohlen Reden betören, und wenn die Leichen sich zu Bergen auftürmen und die Blutströme fließen, wird niemand mehr sein, dem man dies zur Last legen könnte.«

Interessant ist auch, was der Kaiser beim Anblick der durch die Straßen von Seoul fahrenden Jeeps der amerikanischen Soldaten sprach: »In der *Tosôn-Geheimschrift* heißt es, diejenigen, die blaugewandet von Süden her kommen, sind weder Japaner noch Chinesen, und im *Kajanggyôl* bestätigt Meister Yi Sôge, daß seltsame Leute aus dem Süden kämen, die den Japanern zwar ähnelten, indes keine Japaner seien und von Frieden und Eintracht sprächen, und ich verstand, als ich sie las, den Sinn dieser Sätze nicht, wohl aber erschließen sie sich mir jetzt. In der Tat: Leute aus dem Süden in blauer Tracht, weder Japaner noch Chinesen.«

Der Kaiser hatte diese Beobachtungen zur Lage in Seoul anstellen können, nachdem Kim Kwangguk die kaiserliche Reisegruppe für ein paar Tage in einer Herberge untergebracht hatte. Selbst sehr beschäftigt in dieser Zeit, ließ Kim Kwangguk sich erst fünf Tage später wieder blicken. Nachdem er die Rechnung für Kost und Logis beglichen, führte er den Kaiser und seinen Troß zum Seouler Bahnhof.

Niemand rechnete in dem Moment, als Kim Kwangguk die so schwierig zu beschaffenden Fahrkarten austeilte und mit in den Zug einstieg, damit, daß er sie nicht bis zum Dorf der Weißen Steine geleiten würde. Alle hatten ihre Plätze eingenommen, und die allgemeine Überraschung war groß, als er dem Kaiser mitteilte: »Es ist nun an der Zeit, voneinander zu scheiden. Wiewohl ich mir meiner Pflicht bewußt bin, Euch bis zum Dorf der Weißen Steine zu beschützen, bedaure ich zutiefst, Euch sagen zu müssen, daß ich etwas Wichtiges zu erledigen habe. Die Fahrkarten gelten bis Taejôn, von wo aus Ihr ohne Schwierigkeiten zum Dorf gelangen werdet.«

»Minister zur Linken, was redet Ihr da? Wie könnte ich jetzt, wo ich meiner Hauptstadt so nahe bin und in ihr mein Reich bald neu begründen werde, einen so vortrefflichen und unersetzlichen Gelehrten, wie Ihr einer seid, einfach ziehen lassen? Und Euch alleine lassen inmitten dieses abgestumpften Pöbels ... Eure Worte schlagen ein wie ein Blitz aus heiterem Himmel, ich traue meinen Ohren nicht. Minister zur Linken, sagt es mir offen ins Gesicht. Womit habe ich Euer Vertrauen mißbraucht, worin habe ich Euch enttäuscht, wodurch Euch erzürnt? ...«, bestürmte ihn der Kaiser ehrlich erschüttert.

Kim Kwangguk bekam ob dieser Reaktion feuchte Augen. Er sah den Kaiser einen Augenblick lang wortlos an und nahm dann dessen bereits welkende Hände in die seinen und sagte: »Hochbewunderter Alter Herr, liebend gerne würde ich mit Euch zum Dorf der Weißen Steine kommen und dort klaren Geistes und frischen Leibes bis zum Ausgang meines Lebens bleiben, wenn ich nur könnte! Aber ich habe zuviel unnützes Wissen angehäuft und trage nun schwerere Lasten, als ich mir gewünscht hätte. Wiewohl ich Euch viel verdanke, habe ich nun eine andere Schuld zu begleichen, die aus einer Zeit rührt, in der ich Euch noch nicht kannte.«

Diese Worte waren mit einer solchen Wärme ausgesprochen, daß dem Kaiser gar nicht die Anrede Alter Herr aufgefallen war. Zwar hatte Kim Kwangguk ihn auch nie mit Majestät oder Hoheit angesprochen, doch war dies das erste Mal, daß er eine derartige Anrede gewählt hatte.

»Alter Herr, fürwahr hat Euch der Himmel entsandt. Euch ist fraglos das Himmlische Mandat verliehen worden. Euer Königreich und Euer Volk sind in Eurem weiten und großmütigen Herzen. Ich ersuche Euch, trachtet nicht nach der schmutzigen Welt und ihren verruchten Bewohnern. Überlaßt die Welt dem Pöbel, dem auch ich angehöre, bleibt besser im Dorf der Weißen Steine und bewahrt Euch das großartige und heilige Königreich Eures Herzens.«

Dann verbeugte er sich vor dem verwirrt dasitzenden Kaiser und entstieg langsam dem Zug.

»Welch eine Unverfrorenheit! Wagt es, Seine Majestät mit Alter Herr anzureden!«

Während des Gesprächs zwischen den beiden hatte sich Shin Kijuk gerade noch zurückhalten können, nun aber war der Zorn aus ihm herausgebrochen, indessen der Kaiser fassungslos dem langsam davonschreitenden Kim Kwangguk nachstarrte.

»Wie kann mein Souverän jemandem nachtrauern, der es verdient hätte, enthauptet zu werden?«

»Minister zur Rechten, seid nicht so streng mit ihm. Er kehrt zurück in eine Welt in Aufruhr, doch ist er mir dadurch nicht weniger ergeben. Im Gegenteil, seinen Worten scheint ein verborgener Sinn innezuwohnen, hinter welchen ich gerne kommen würde.«

Während er dies sprach, spiegelte sich in seinen der immer kleiner werdenden Gestalt jenes Mannes nachblickenden Augen tiefes Bedauern. Grenzenlos wäre seine Trauer gewesen, hätte er gewußt, daß Kim Kwangguk sich einer die Interimsregierung unterstützenden Rechtspartei anschließen und in der wirren Zeit vor der Gründung der Republik eines gewaltsamen Todes sterben würde.

Im ersten Jahr Chunggwang ist das Dorf der Weißen Steine ein altes Land, doch erfüllt mit neuem Leben. Der Kaiser setzt den Erbprinzen ab und wählt einen neuen Äranamen.

Nach diesem Vorkommnis war die Stimmung während der restlichen Heimkehr des kaiserlichen Gefolges ernst und trübe; je näher sie indes dem Dorf der Weißen Steine kamen, desto mehr hellte sich das Gemüt des Kaisers auf. Die schon von weitem erspähten Berge, Bäche und Böden – was auch immer man davon halten mochte, für den Kaiser war dies ruhm- und mythendurchtränkte Erde. Auf ihr waren Leib und Geist herangereift, auf ihr hatte er das Himmlische Mandat erhalten, auf ihr seine vielen Minister und Generäle berufen. Es war dies die Erde seiner ersten Liebe, die Erde seines ersten Sieges. Er begriff nun, daß jede einst erlittene Niederlage und Schmach nur den Boden bereitet hatte, auf welchem all sein späterer Ruhm in um so hellerem Glanze erstrahlen konnte.

Aber der Gemütszustand des Kaisers begann umzuschlagen, sich langsam zu trüben. *Früh schon stieg ich auf von der Position eines amtlosen Gelehrten zu der eines Landesfürsten. Ein altes Wort besagt, in seine Heimat zurückzukehren, ohne zu Reichtum und Ansehen gelangt zu sein, ist, als ginge man mit einem Seidengewand im Dunkeln, und zu lange Zeit habe ich diesen heimatlichen Boden vernachlässigt. Das Land im Nordosten und mein Volk mag ich verloren haben, geblieben aber ist mir das Himmlische Mandat. Ich werde den Bewohnern ein großes Fest geben zum Zeichen, daß ich mich von nun an wieder des Dorfes der Weißen Steine annehmen werde.* – Das waren seine Gedanken, wobei er das Beispiel des Gründers der Han-Dynastie im Sinn gehabt haben mochte.

Indes hatte sich das Dorf der Weißen Steine im Laufe seiner zwanzigjährigen Abwesenheit in beträchtlichem Maße verändert. Infolge einer Reihe von Verwaltungsreformen trug es inzwischen einen anderen Namen, und dadurch, daß nun eine Landstraße direkt an ihm vorbeiführte, hatte sich auch sein Erscheinungsbild gewandelt. Auf der anderen Seite dieser Straße stand jetzt eine etwa hundert Häuser umfassende Siedlung, die, wie es aussah, das alte Dorf samt Namen beiseite gedrängt hatte.

Auch die Menschen waren nicht mehr dieselben wie an dem Tag, an dem der Kaiser aufgebrochen war. Die Einwohner des neuen Dorfes waren aus allen Gegenden des Landes hinzugezogen und hatten vom Kaiser wohl noch nie etwas gehört, und von den Leuten im älteren Teil am Fuße des Berges erinnerten sich seiner nur wenige. Es kursierten nur noch Legenden über ihn, die aber im Laufe ihrer Überlieferung immer mehr verzerrt worden waren und den Alten nur noch zur Erheiterung gereichten.

So konnte das dergestalt veränderte Erscheinungsbild des Dorfes natürlich nicht in Einklang gebracht werden mit dem, das der Kaiser noch in Erinnerung hatte. Da er den Zeitpunkt seiner Wiederkehr nicht hatte vorab vermelden lassen, erwartete er auch nicht, daß man ihm die gebotenen zehn *Ri* entgegenkommen würde, aber daß bei seinem Einzug ins Dorf niemand ihn wahrzunehmen schien, erregte dann doch seinen Unmut. Allein die Tatsache, daß da jemand einen ganzen Tag lang von Taejôn herbeimarschiert war, hätte die Menschen im Dorf doch zumindest einmal aufmerken lassen können.

»Das geht mir jetzt aber schon ein bißchen zu weit …«, murmelte der Kaiser, als er durch den Ort schritt, der so belebt war wie ein Marktplatz am Rande einer Landstraße. Ebenfalls tief getroffen, pflichtete Shin Kijuk ihm kopfnikkend bei. Noch bevor sie das ganze Dorf durchquert hatten, konnte der Kaiser seine Entrüstung nicht weiter verbergen. Denn ihm war von verschiedenen Seiten Geflüster zu Ohren gekommen: »Was sind denn das für ulkige Alte?«

»Ja, und wie sie so komisch in zwei Reihen daherwatscheln.«

Die Kommentare stammten von drei jungen Männern, die vor einer Schenke lungerten und einer dieser Sicherheitseinheiten, die es damals im Lande in Hülle und Fülle gab, anzugehören schienen. Die Gesichter waren rot vom Alkohol, die Augen blutunterlaufen. Das ungepflegte Aussehen und vulgäre Gebaren bedeuteten eine schwere Kränkung ihres Souveräns, den mit einer um so größeren Ehrerbietung nach einer solch langen Reise von Tausenden von *Ri* zu empfangen weit mehr als angemessen gewesen wäre.

»Du da, was hast du gerade gesagt?«

Der Kaiser hatte den Zug der Heimkehrer angehalten und sich an einen der jungen Leuten vor der Schenke gewandt. Alles andere als davon eingeschüchtert erwiderte dieser, die Augen weit aufreißend: »Wer, ich? Was soll ich gesagt haben?«

»Du Hundesohn, habe ich dir nicht befohlen, zu wiederholen, was du gerade gesagt hast?« herrschte ihn der Kaiser, der seinen Zorn nicht mehr zurückhalten konnte, noch lautstärker an. Der dem Anschein nach Älteste der drei antwortete: »Wir halten die öffentliche Ordnung aufrecht. Wir sind berechtigt, verdächtige Personen zu überprüfen.«

»Willst du damit sagen, wir sehen in deinen unverfrorenen Augen wie Diebe aus?«

»Natürlich nicht, aber Sie müßten uns halt einfach sagen, wer Sie sind.«

Noch verzwickter hätte er die Lage damit nicht machen können. Es meldete sich die anfangs bereits vernommene, leicht lallende Stimme zu Wort: »Hee, was stänkert der Opa hier so rum? Soll bloß aufpassen, der Alte!«

Die Drohung war lediglich als Einschüchterung gedacht, doch wirkte sie, als hätte man Öl ins Feuer gegossen. Shin Kijuk, der sich bis zu diesem Moment noch einigermaßen zurückzuhalten vermocht hatte, konnte eine derartige Impertinenz nun wirklich nicht mehr dulden: »Ihr respektlosen Kerle! Wen glaubt ihr, habt ihr vor euch? Was geht ihr nicht auf die Knie und werft euch vor ihm nieder?«

»He, he, was will der denn jetzt von uns?«

Und das Unvermeidliche geschah. Einer der am meisten aufgebrachten Greise aus dem Gefolge des Kaisers versetzte diesem dreisten jungen Mann einen Schlag auf den Kopf. Es handelte sich bei ihm um einen Neffen des Gebildeten Hwang, den es noch immer reute, sich bei der Auseinandersetzung mit den Kommunisten in Shinûiju nicht mit einer heroischen Aktion ausgezeichnet zu haben und der nun eine gute Gelegenheit gekommen sah, seine Ehre noch knapp vor dem Ende der langen Wanderschaft wiederherzustellen. Den nicht mehr ganz nüchternen jungen Mann traf diese Attacke gänzlich unvorbereitet, er sackte mit einem Ächzlaut zusammen, woraufhin der Kaiser einen Befehl so beißend wie die Herbstkälte erteilte: »Ihr da, fesselt ihn! Führt ihn zum Dorf der Weißen Steine, auf daß er das Königliche Recht zu fürchten lerne!«

Shin Kijuk spornte sie noch an: »Beeilt euch, dem Befehl Seiner Majestät Folge zu leisten! Solltet ihr einen dieser Verbrecher entkommen lassen, so werdet ihr es bitter bereuen!«

Die Getreuen des Kaisers gehorchten und stürzten sich auf die fragliche Person. Sie erwiesen sich dadurch nicht nur als die allertreuesten der Untertanen, auch ermutigte sie ihre in Shinûiju gemachte Erfahrung, wo es ihnen gelungen war, das Schicksal vom Schlechten zum Guten zu wenden. Nach einer kurzen Rangelei gewannen sie rasch die Oberhand. Freilich betrug, ehe einem der drei Sicherheitsbeauftragten die Flucht gelingen konnte, das Kräfteverhältnis eins zu zehn, wobei noch hinzukam, daß die jungen Männer damals noch stark den traditionellen Regeln der Achtung der Älteren verhaftet waren und somit nicht einfach zurückschlagen konnten, außerdem waren die Reisenden, bedingt durch ihren langen Fußmarsch, sämtlich bewehrt mit einer Art Wanderstock. Nachdem sie eine ordentliche Tracht Prügel überstanden hatten, fanden sich die beiden verbliebenen Opfer mit zusammengebundenen Händen an der Spitze des kaiserlichen Zuges. Mit ihren Beulen und blauen Flecken boten sie einen bedauernswerten Anblick.

Indes sollte dieser klare Sieg des Kaisers eine neuerliche Gefahrensituation heraufbeschwören. Es kam ihnen bereits ein Polizist entgegen, dem das Mitglied der Sicherheitswehr, das entkommen konnte, den Zwischenfall gemeldet hatte, begleitet von einem Dutzend mit Knüppeln bewaffneter Kollegen. Das Zusammentreffen fand in der Mitte des Reisfeldes statt, das genau zwischen dem alten Dorf der Weißen Steine und der neben der Landstraße errichteten neuen Siedlung lag.

»Halt! Wenn sich einer rührt, schieße ich!« brüllte der von der Meldung in höchste Nervosität versetzte Polizist, das Gewehr an die Wange gelegt.

Davon unbeeindruckt knurrte der Kaiser ihn an: »Unverfrorener, willst auch du die Erfahrung des Ch'inguk machen?«

Sein glühender Blick und die donnernd widerhallende Stimme kühlten schlagartig die Angriffslust des Polizisten ab und ließen ihn erst einmal sein Gedächtnis durchforsten. Er erinnerte sich vage an einen Bericht aus der Zeit der japanischen Besatzung, in dem es um einen für die Schanghaier Exilregierung streitenden Freiheitskämpfer gegangen war. Doch da Alter und Beschreibung eher nicht zutrafen, kam er nicht umhin, zu fragen: »Aber wohin zerren Sie denn diese beiden Männer? Das sind doch lediglich zwei Sicherheitsleute, die nur ihre Pflicht tun.«

»Und welcher Schweinehund hat euch solch einen jämmerlichen Auftrag erteilt? Bringt mir den Kerl her, damit ich Fischfleisch aus ihm machen kann!«

Den befehlshabenden Polizisten versetzte diese Replik in eine noch größere Verwirrung, die noch durch die Ahnung gesteigert wurde, daß er es bei diesem Herrn mit keinem gewöhnlichen Mann zu tun hatte.

»Könnten Sie mir wohl verraten, wie Ihr Name ist? Ich würde ihn dann in Kenntnis setzen.«

Er hatte sich für eine höfliche Ausdrucksweise entschieden, um herauszufinden, wer diese Leute waren und wie er sich am besten zu verhalten hatte. Doch Shin Kijuk verdarb alle zart aufkeimende Verständigung: »Unverfrorener! Wie kannst du es wagen, nach dem kaiserlichen Tabunamen zu fragen? Und wieso fällst du nicht auf die Knie?«

Den Polizisten, der sich der Bedeutung des Wortes *Ch'inguk* – »königliches Verhör« – nicht bewußt war und sich in diesem Dialog zunehmend verloren fühlte, verblüffte es, Ausdrücke wie »kaiserlicher Tabuname« oder »auf die Knie« zu hören. Um so befremdeter war er bei dem Gedanken, daß ihm nicht nur keinerlei Gerüchte von einer Rückkehr Seiner Majestät König Yôngchins zu Ohren gekommen waren, sondern auch daß dieser, falls er sich tatsächlich wieder im Lande aufhalten sollte, keinerlei Anlaß gehabt hätte, in einem so entlegenen Winkel wie diesem aufzutauchen. Aber weil die Ausdrucksweise der Neuankömmlinge derartig überspannt war, kannte die Verwunderung des Polizisten und der anderen herbeigeströmten Dorfbewohner keine Grenzen.

In diesem Moment der größten Konfusion erschien der zweite Sohn des Kaisers, Hwi (dessen offizieller Name in der *Chronik* Prinz Hyomyông lautete), auf dem Plan, um diese verworrene Angelegenheit zu entwirren. Er hatte das eigenartige Treiben auf dem Reisfeld seit geraumer Zeit schon aus der Ferne beobachtet, als ihm plötzlich ein Gedanke durch den Kopf geschossen war, der ihn dazu veranlaßte, sich in das Geschehen einzuschalten. Ihn hatte nämlich mit einem Mal die Ahnung beschlichen, daß sich inmitten dieser sonderbaren Reisegesellschaft die eigenen Eltern befinden könnten, deren Abwesenheit ihn zunehmend beunruhigt hatte, war doch seit der Befreiung bereits über ein halbes Jahr verstrichen. Außer sich vor Freude und ohne sich darum zu kümmern, wer recht und wer unrecht hatte und wer gut und wer böse war, stürzte er sich mitten hinein in die Menschentraube.

»Vater, wie froh bin ich, Euch wohlbehalten wiederzusehen!«

Nachdem er sich beim Vater nach dem Befinden erkundigt, umarmte er seine altgewordene Mutter, die er vier lange Jahre nicht gesehen hatte, und fragte: »Mutter, war diese lange Reise hoffentlich nicht allzu beschwerlich?«

Bäche von Freudentränen vergießend, strich die Ehrenwerte Dame Hwang ihrem Sohn über den Rücken. Aber auch der Kaiser konnte sich der Himmelsmoral nicht widersetzen. Schließlich war auch er ein Mensch, und während er tief bewegt auf Mutter und Sohn sah, vergaß er all seinen Zorn. Der einzige, der sich zu keinerlei Gefühlswallung hinreißen ließ, war Shin Kijuk.

»Der Prinz hat es nicht verstanden, zu grüßen, wie es sich geziemt. Mögen der Prinz und Eure Majestät auch Vater und Sohn sein, so steht Ihr in erster Linie doch zueinander wie Herr und Untertan, und wenn ich sehe, wie Ihr Euch wie eine gewöhnliche Frau und ein gewöhnliches Kind verhaltet, wird mir um die Zukunft bange«, empörte er sich ob der Mißachtung von Etikette und Würde.

Seine Laune besserte sich aber schlagartig wieder wegen U Palsan, der hinkend herbeigeeilt kam und sich, unbeirrt vom nassen Reisfeldboden, niederwarf.

»Oh, Yodongbaek. Wenigstens Ihr entsinnt Euch noch der höfischen Etikette!«

Ewig konnte es aber so nicht weitergehen. Der Polizist, zunächst von dem neuerlichen Verlauf der Ereignisse verwirrt, nahm sich wenigstens insoweit zusammen, als daß es ihm gelang, Hwi zu befragen: »Großer Bruder Chông, also ist dieser Herr – Ihr Vater?«

»So ist es, ja … aber, was ist denn hier eigentlich los?«

Hwi, dem die aus der Ferne beobachtete Auseinandersetzung wieder in Erinnerung kam, nahm den Polizisten zur Seite; nicht zu Unrecht befürchtete er, daß das aufbrausende Temperament seines Vaters und Shin Kijuks der Sache eine ungünstige Wendung geben konnte.

An dieser Stelle seien ein paar Worte zur Persönlichkeit Hwis, des Kaisers zweitem Sohne, verloren. Wenn die geistigen Grundlagen bei Erbprinz Yung von Yi Hyônung gelegt worden waren, so hatte sich Kim Kwangguk um die Erziehung von Hwi gekümmert. Während Yung für seinen Vater nur Haß und Geringschätzung übrig hatte, brachte Hwi ihm warmes Verständnis und Liebe entgegen. Beider Charaktere konnten unterschiedlicher nicht sein: Yung war radikal und voller Groll, indessen Hwi ruhig und nüchtern dachte; während Yung von hochtrabenden Ambitionen zerfressen wurde, stand sein Bruder mit beiden Füßen auf dem Boden der Realität. Es erscheint daher als weise Entscheidung, gerade ihn ins Dorf der Weißen Steine vorauszuschicken und mit der erneuten Urbarmachung des kaiserlichen Stammsitzes zu betrauen. Denn nicht nur hatte er das aus der Ostgemarkung mitgebrachte Vermögen vernünftig und solide angelegt, er hatte es sogar verstanden, das Kapital während der allgemeinen Rechtlosigkeit in den Monaten nach der Befreiung in beträchtlichem Maße zu mehren. So hatte er, angesichts der sich abzeichnenden Niederlage der Besatzer, nur wenige Tage vor der Befreiung einem sich notgedrungen zurückziehenden japanischen Grundbesitzer zum Schleuderpreis dessen Ländereien sowie eine Reisputzmaschine abgekauft. Da es Hwi immer an gerechten und harmonischen Beziehungen gelegen war, hatte er es im Dorf und in seiner Umgebung zum Zeitpunkt der Rückkehr des Kaisers zu einer allseits geachteten Respektsperson gebracht. Wenn man ihm nun doch etwas vorwerfen konnte, so war dies höchstens sein Versäumnis, sich nicht um die Auffrischung des kaiserlichen Mythos gekümmert zu haben.

»Herr Polizeibeamter Pak, ich werde heute abend zu Ihnen kommen und alles erklären. Jetzt aber gehen Sie bitte wieder und lassen Sie die Sache auf sich beruhen«, bat Hwi, der, ohne daß es näherer Erklärungen bedurft hätte, die Situation intuitiv erfaßt hatte, vertraulich leise den Polizisten. Da Hwi ihm in der Vergangenheit einige Male nicht nur ausgeholfen, sondern auch großzügig bevorteilt hatte, konnte ihm der so angesprochene Polizeibeamte Pak diese Bitte gar nicht abschlagen, er fragte lediglich: »Und was wird aus den beiden da?«

»Ich sorge dafür, daß sie augenblicklich freigelassen werden.«

»Meinetwegen können wir die Sache ja unter den Tisch kehren, nur .. die anderen sind ziemlich aufgebracht …«

»Darum kümmere ich mich schon. Melden Sie einfach nur, daß heute nichts los war.«

»Alles klar.«

Hwi wandte sich an die Sicherheitswehr: »Hört zu, das ist mein Vater. Sagen wir einfach, dumm gelaufen und Schwamm drüber. Ich gebe euch später auch einen aus.«

»Und was ist mit den beiden Verletzten?«

»Ist das in Ordnung, wenn ich jedem von ihnen einen Hund gebe? Daraus können sie dann eine kräftigende Suppe machen. Macht euch keine Gedanken, wir kriegen das schon wieder hin.«

Nachdem er auf diese Weise die Situation entspannt hatte, wandte er sich wieder dem Kaiser zu: »Vater, diese Männer sind alles ehrbare Bürger dieses Ortes. Sie haben sich nur wegen des Weines ein wenig danebenbenommen, seht es ihnen bitte nach.«

Doch wie der Kaiser keine Anstalten machte, die Angelegenheit so einfach auf sich beruhen zu lassen, versuchte er sich der rhetorischen Ausbildung aus der Zeit der Ostgemarkung zu erinnern. Es kam ihm wieder in den Sinn, was er bei Kim Kwangguk gelernt hatte.

»Soviel ich gehört habe, ist der Souverän wie ein Vater und das Volk wie seine Kinderschar. Was gibt es daher Größeres als die Liebe des Vaters zu seinen Kindern? Ist denn der Tag der triumphalen Heimkehr in Brokatgewändern wirklich der geeignete Zeitpunkt, um die Vergehen der Kinder dieser Erde zu sühnen?«

Da kühlte der kaiserliche Grimm endlich wieder ab, die beiden Gefangenen wurden laufen gelassen, und dieser Zwischenfall, der auch übel hätte ausgehen können, nahm ein gutes Ende.

... Auf den Feldern und Strohhütten wuchern die Gräser,
Weitverstreut sind die hundert Häuser meines Dorfes.
Manche mögen noch leben, doch wer, weiß ich nicht,
Zu Erde allesamt geworden sind die Toten.
In der Schlacht geschlagen, zum alten Dorf getrieben,
Dem leeren, wo selbst die Sonne ihren Schein verloren,
Wo einzig Fuchs und Katz das Fell sich zerraufen ...

Es handelt sich hierbei um die Verse eines Mannes, der sie verfaßte, als er einst nach langen Jahren aus dem Felde in die Heimat wiederkam, und dem Kaiser war bei seiner Heimkehr aus dem Exil recht ähnlich zumute. Doch der Recke darf nicht dasselbe empfinden wie der Schriftgelehrte, genausowenig wie die Regierungspflichten des Souveräns zu sehr den Aufgaben des Untertans ähneln sollten. Zehn Tage nach seiner Rückkehr ließ er das Weinen um den verlorenen

Glanz vergangener Tage sein, denn von neuem loderte in ihm das Feuer, sich an die Wiederherstellung seines Reiches, des Dorfes der Weißen Steine, zu machen.

Als erstes änderte der Kaiser den mit Unehre besudelten Äranamen Shinchôn (Neuer Himmel) in den Aufschwung verheißenden Namen Chunggwang (Zweifaches Licht) um. Dann machte er sich daran, die Prinzipien seiner Regentschaft neu zu definieren. Bisher konnte seine Politik mit dem einen Leitsatz »Vernichtung der Japaner« umschrieben werden, nun aber weitete er ihn aus durch die Umformulierung in »Vernichtung aller Häretiker und Häresien«, wobei er darunter nicht nur die Verräter aus dem eigenen Land verstand, sondern auch diejenigen, die sie unterstützen, nämlich die Sowjetunion, Rotchina und alle anderen ausländischen Mächte, ferner Religionen und Ideologien, die das kaiserliche Himmlische Mandat und des Kaisers Vorstellung einer einigen Familie unter dem Himmel nicht anerkannten.

Sodann wandte er sich der Belohnung und Ehrung derer zu, die mit ihm über einen so langen Zeitraum Freud und Leid geteilt hatten. Shin Kijuk, nach dem Fortgang von Kim Kwangguk der oberste Untertan des Kaisers geworden, erhielt zusätzlich zu seinem Titel T'aejasosa Munchanghu den Ehrennamen Kwangnokdaebu Tonghangaegukgong, *Ehrenminister der Gründung von Ost-Han*, und U Palsan wurde vom P'aewaegun Yodongbaek *(General der Vernichtung der Japaner)*, zum Haenggungdaesama Munyônghu, *Fürst des kraftstrotzenden Friedens*, befördert. Auch die anderen Greise wurden mit verschiedenen Titel ausgezeichnet, angefangen von Konggyông bis hin zu Taebu, dazu erhielten alle Haus und Land.

Schließlich enthob er Yung, den Erstgeborenen, des Erbprinzenranges und setzte an seine Stelle Prinz Hyomyông Hwi ein. Shin Kijuk hatte noch versucht, ihn – durch den Verweis auf die Fälle der Kaiser Chinshi und Wônso – von diesem Entschluß abzubringen, doch ließ sich der Kaiser nicht beirren: »Die beiden größten und unverzeihlichsten Vergehen überhaupt sind: erstens der Ungehorsam den Eltern gegenüber, zweitens die Untreue gegenüber dem Herrscher.

Wie könnte Yung, der diese beiden Sünden in einer Person vereinigt, da noch den Thron des Souveräns besteigen? Was das Unheil anbelangt, das angeblich eintreten soll, wenn ein anderer als der älteste Sohn die Thronfolge antritt, so irrt Ihr, wenn Ihr meint, daß dieses Unheil in der Geschichte ausnahmslos eintrat. Von den vier bedeutendsten Monarchen Chinas waren drei nicht die Erstgeborenen gewesen, nämlich T'aejong (Tai Zong) von Tang, Sôngjo (Sungzu) von Myông und Sejong (Shizu) von Ch'ông. Meine Entscheidung ist endgültig, und ich rate Euch, sich ihr nicht zu widersetzen, es könnte Euch eines späteren Tages zum Schaden gereichen.«

Das Dorf der Weißen Steine erlebte also tiefgreifende Veränderungen, die in der *Chronik* unter dem Namen *Chunggwangyushin*, »Erneuerung des Zweifachen Lichts«, verzeichnet sind.

Prinz Hyomyông Hwi vereinigte in sich die beiden Eigenschaften Elterngehorsam *(hyo)* und Scharfsinn *(myông)*, wie sein Prinzenname bereits andeutet. Nicht nur wachte er darüber, daß aus dem Innersten der Kaiserfamilie nichts nach außen drang, auch führte er umstandslos aus, was immer der Kaiser ihm auftrug. Besondere Erwähnung verdient, wie geschickt er es verstand, den Mitstreitern des Kaisers Land zuzuschieben – keine Selbstverständlichkeit, wenn man bedenkt, wie unsozial die jungen Leute sich heutzutage verhalten. Mochten manche auch die großmütige Landverteilung des neuen Erbprinzen von einer kühlen Berechnung in Vorahnung einer anstehenden Bodenreform motiviert sehen, so ist doch unbestritten, daß Hwi den Stützpfeiler der folgenden zwei Jahrzehnte des neuerblühenden Reiches Süd-Chosôn bildete.

Wünscht Ihr zu erfahren, wie es weitergeht, dann harret des folgenden Kapitels.

V

Die Zeit der Aufstände

Im fünften Monat des fünften Jahres Chunggwang befehden die Helden einander, entfesselt sind Wind und Regen. Die Feinde des Nordens überfallen den Süden, das Volk darbt.

Die im Jahre Pyôngsul eingeleitete Erneuerung der Ära des Zweifachen Lichts (Chunggwangyushin) mochte bei flüchtiger Betrachtung ein gewagtes Unterfangen sein, doch führte der Kaiser nur aus, was seit langen Zeiten der Himmel aus den Mündern der Geistvollen hatte verkünden lassen. Im *Kajanggyôl* von Meister Yi Sôge etwa heißt es:

Der Wahre kommt von Süden her und empfängt demütig das Himmlische Mandat. In den Jahren Sul und Hae ersteigt er den Keryong-Berg.

Möglicherweise spielt dies auf die Ereignisse im Jahre Pyôngsul an.

Aber auch in anderen Weissagungen finden sich Hinweise auf das Reich unseres Kaisers. So steht folgendes Gedicht im *Muhakbigyôl (Geheimbuch des Muhak)*:

Während Shinyu erhebt sich allerorten eine Armee, und während Sulhae sterben viele Menschen,
Während Chachuk bleiben [die Staatsangelegenheiten] unbeschlossen,
Während Inmyo aber werden sie bestimmt.

Es finden sich darin vielerlei Anspielungen auf die Kriegswirren im Zuge der Befreiung und die Machtkämpfe der bewaffneten Verbände in den Jahren Kapshin und Ûlyu (1945), auf den Terrorismus, der das Land in den Jahren Pyôngsul (1946) und Chônghae (1947) heimsuchte und dem unzählige Menschen zum Opfer fielen, auf die verworrene politische Lage in den Jahren Muja (1948) und Kichuk (1949) und schließlich auf den im Jahre Kyôngin, am 25. Juni 1950, ausgebrochenen Koreakrieg, der auch das ganze Jahr Shinmyo (1951) wütete, an dessen Ende die Verhandlungen zwischen dem Norden und dem Süden scheiterten, womit die Teilung des Landes besiegelt war.

Aus der Perspektive des Kaisers indes stellte diese Epoche eine nicht weniger blühende Zeit dar als jene in Ch'ôk. Durch das Dorf der Weißen Steine, diesen vom Himmel geweihten Hort der Glückseligkeit, wehte keinerlei politischer Wind, und Hungersnot und Cholera, die das ganze übrige Land verheerten, machten um diese Region einen Bogen. Die von Hwi (Prinz Hyomyông) befürchtete Agrarreform war bislang nur ein Gerücht geblieben, und dank seiner klugen Verwaltung und der Unterstützung durch die Getreuen des Kaisers festigte sich das Reich wie nie zuvor. Wie aus einer vom Regen getränkten Erde keimte, nach dem langen Heimweg über Tausende von *Ri* in Wind und Wolken, ein neues, goldenes Zeitalter empor.

Und im Jahre Kichuk stand das Reich des Kaisers bereits in einer höheren Blüte als einst in Ch'ôk. Nicht nur waren die Anhänger des Kaisers im Dorf der Weißen Steine wieder in der Überzahl, auch die Bewohner der neuen Siedlung an der Landstraße erwiesen dem Kaiser eine zunehmende Hochachtung, die sich in ihrem Wunsch an den Kaiser zeigte, er möge sich zur Wahl als Abgeordneter der verfassungsgebenden Volksversammlung stellen.

»Was ist ein Abgeordneter der verfassungsgebenden Volksversammlung?« fragte der Kaiser, als die Dorfbewohner jenseits der Landstraße ihm die Idee einer Kandidatur unterbreiteten.

»Er stimmt dort mit über die Gesetze ab, die das Fundament unseres Landes bilden sollen.«

»Das Gesetz sind die Weisungen des Monarchen. Welchen Sinn hätte es daher, jemanden zu wählen, der über die Gesetze abstimmen soll?«

»Die Welt ist eine demokratische Welt geworden. Da es weder König noch Untertanen mehr gibt, befindet das Volk darüber, wie es regiert werden soll.«

»Ohne Zweifel gehören die Leute, die dieses System etablieren wollen, dem demokratischen Flügel der Interimsregierung von Sanghae (Schanghai) an. Sie waren es auch, die im Namen des Volkes das Himmlische Mandat usurpierten. Es kommt immer besser. Das Gesindel im Norden führt mein Volk mit dem Staatsschatz hinters Licht, und das Pack im Süden täuscht es mit schönen Worten. Es kann dies alles gar keine andere Folge haben, als daß ein Sturm voller Blut über diese Erde hinwegfegen wird!

Im *Kajanggyôl* stellt Meister Yi Sôge die Frage, wer mich töten wird. Es ist *Sodumujok*, *Kleiner-Kopf-keine-Beine*, welches die Benennung in gebrochenen Zeichen von *Tang* (Partei) ist. Was ich bislang nicht begriffen habe, meine ich nun erfaßt zu haben. Diese beiden Verbrecherparteien sind es, die mein Volk ins Unglück stürzen werden.«

Mit strengen Worten schickte der Kaiser die Leute, die ihm die Kandidatur nahegelegt hatten, wieder fort: »Warum sollte ich, der ich kraft himmlischen Willens das Haus der Yi abgelöst habe, mich nun beim Volke einschmeicheln? Im *Kongne (Buch der Zeremonien)* steht geschrieben, Schmeichelei heißt, das Volk zu hintergehen, und würde ich nun kandidieren und vorgeben, Volkes Willen Folge zu leisten, so wäre dies nichts anderes, als dem Volk zu schmeicheln und es zu täuschen.«

Den Besuchern blieb nichts anderes übrig, als wortlos wieder abzuziehen. Sie waren ohnehin kaum in der Lage, ihn zu begreifen. Doch es hat immer Menschen gegeben und wird es immer geben, denen jedes Gefühl für Hochachtung abgeht. So soll einer aus der vor den Kaiser gekommenen Gruppe folgende unbedachten Worte ausgesprochen haben, mit denen er sich bei den anderen wohl wichtig machen wollte: »Der gute Herr Chông Hwi braucht sich nun gar nicht mehr die Mühe zu geben, uns glauben zu machen, sein Alter sei kein Spinner. Ob ihr zu ihm gegangen seid, um ihm ernstlich die Kandidatur anzutragen, weiß ich nicht; ich jedenfalls wollte sowieso nur schauen, ob er wirklich so durchgeknallt ist. Daran besteht für mich nun kein Zweifel mehr.«

Immer und immer wieder mag ich darüber geklagt haben, doch muß ich hier einmal mehr auf den beschränkten Geist derer hinweisen, die in ihrer Engstirnigkeit nicht in der Lage waren, die göttliche Erwähltheit unseres Kaisers zu erkennen. Aber vergeuden wir mit derlei Leuten nicht unsere Zeit und wenden wir uns lieber der Schilderung der Periode zu, in der zahlreiche Persönlichkeiten sich dem Kaiser anschlossen, die seiner Erhabenheit gewahr geworden waren. Das dritte Jahr Chunggwang – 1948 nach dem Sonnenkalender – stellte ein eher schlechtes dar für den Kaiser, da die Einsetzung der Regierung in der frischgegründeten Republik Korea ihm doch arg zu schaffen machte, hauptsächlich weil der zum Präsidenten gewählte Yi Sûngman (Rhee Syngman) der Sippe der Yi von Chônju angehörte, welche in direkter Verbindung zur alten Königsfamilie stand.

»Ach! Warum nur läßt der Himmel es zu, daß sein Wille so schleppend in Erfüllung geht? Warum nur ist das Volk mit einer solchen Dummheit geschlagen? Warum nur hat der Himmel diesen Kerl da entsandt, wo er dem Hause Yi das Mandat doch bereits entzogen hatte? Und warum nur unterwirft sich das Volk diesem Manne so leichtfertig wie einem König der Yi? Schwer genug, diesen Kim im Norden zu ertragen, muß ich mich nun auch noch mit dem falschen Monarchen im Süden auseinandersetzen. Was für ein verblödetes Volk, folgt ihm hirnlos und ohne zu denken ... «

Der erste, der in jener Zeit zum Troste des solcherart wehklagenden Kaisers im Dorf der Weißen Steine aufwartete, war ein gewisser Tu Ch'ung. Es handelte sich bei ihm um einen ehemaligen Bonzen, der es sogar zu dem buddhistischen Namen Hewôn gebracht, der sich aber eines Tages wieder, im bunten Gewande und mit beschopftem Haupt, der Welt zugewandt hatte. Statt die Erleuchtung im jenseitigen Nirwanareich zu suchen, strebte er sie nun in der diesseitigen Welt an, indem er seine ganze Kraft für die Erlösung der Welt und die Wohlfahrt der Menschen einsetzte. Wieder kursieren auch andere Versionen vom Vorleben dieses Mannes; so soll er Tempeldiener in einem kleinen Nebentempel gewesen sein, ehe er Schüler eines zum *Chônggamnok* übergetretenen Regionalbeamten geworden und mit diesem unaufhörlich den Keryong-Berg rauf und runter gerannt sei. Doch kann man dieser Darstellung kaum Glauben schenken, wenn man bedenkt, wie sehr er sich noch als ergebener Diener des Kaisers verdient machen sollte, ja, es besteht kein Zweifel daran, daß der Himmel ihn dem Kaiser gesandt hatte.

»Wiewohl mir immer klar gewesen ist, daß der Wahre im Jahre Sul das Himmlische Mandat erhalten würde, ermangelte es mir doch zu sehr an Wissen, so daß ich lange unnütz durch die Berge wanderte und erst jetzt ans Ziel, unter den Yonghwa-Baum, gelangte. Unermeßlich wäre die Ehre für mich, wenn Ihr mir erlaubtet, an Eurer Seite als ein Hund oder ein Pferd zu bleiben.«

Ohne daß er sich bei jemandem hätte erkundigen müssen, geradewegs an den kaiserlichen Hof gelangt, indem er der kaiserlichen Gesteinsader gefolgt war, hatte Tu Ch'ung diese Worte gesprochen, nachdem er den vor der kaiserlichen Kammer Wache haltenden U Palsan beiseitegestoßen hatte und vor dem Kaiser auf die Knie gefallen war. Dieser erwiderte, während er sich den außergewöhnlichen, noch keine vierzig Jahre alten Mann betrachtete: »Meinen Minister zur Linken, Kim Kwangguk, verlor ich, Munchanghu Munyông-hu ist in die Jahre gekommen, und so habe ich weder im Innern einen weisen Gelehrten noch im Äußeren einen tigerhaften General mehr – Ihr hättet daher nicht gelegener kommen können! Auf einen Blick schon kann man erkennen, daß Ihr kein gewöhnlicher Kämpfer seid, doch da die höheren Ränge den Älteren und Verdienten vorbehalten sind, ernenne ich Euch zunächst nur zum General, in Erwartung, daß Ihr Euch dereinst den Rang eines Ministers verdienen werdet, woran ich nicht zweifle, wenn Ihr nur Eure Energien gänzlich in meine Dienste stellt.«

Als zweiter nach Tu Ch'ung erschien ein gewisser Pae Taegi vor dem Kaiser. Dieser Pae Taegi stammte aus dem Dorf der Weißen Steine und war der Sohn des Meeresfischhändlers Pae, der dem Kaiser bis zu seinem Tode, kurz vor dieser Episode, zutiefst ergeben war. Im Unterschied zum Vater hatte er es dem Kaiser gegenüber an Achtung fehlen lassen. Er war gleich, nachdem er das Erwachsenenalter erreicht hatte, fortgegangen und hatte Vater und Souverän vergessen, war inzwischen aber wieder zurückgekommen. Seine Loyalität mag immer wieder fragwürdig gewesen sein, doch hatte er auf seinen Reisen Erfahrungen gesammelt, die die eines Ma Suga noch überstiegen. Für die bemerkenswerte Tatsache, daß jemand, den es bis nach Japan verschlagen hatte, zurückkehrte und sich in die Dienste des Kaisers stellte, gibt es zwei Erklärungen: Die erste ist, daß der im Sterben liegende Vater ihm befahl, heimzukehren, die zweite, daß Prinz Hyomyông Hwi, der Sorge für Pae Senior überdrüssig, ihn mit einer größeren finanziellen Zuwendung zum Bleiben und zur Übernahme der Pflege überredete.

Den sich voller Schuldgefühle vor ihm niederwerfenden Pae Taegi nahm der Kaiser mit all seiner unvergleichlichen Güte auf: »Seit der Epoche im mandschurischen Nordosten gehörst auch du zum höheren Volke. Aufgrund seiner tadellosen Loyalität ernannte ich deinen verblichenen Vater zum Fürsten von Honam und General der Eroberung des Nordens. Mögest du dazu beitragen, daß die Titel deines Vaters in noch höherem Glanze erstrahlen.«

Die fruchtbarsten Dienste dieser neuen Gefolgsleute sollte indes der *Pangsa** Pyôn Yagyu erbringen, welcher dem nun schon über siebzigjährigen Shin Kijuk nachfolgte. Shin Kijuk war, als hätte ihn das Schicksal dazu gedrängt, an einem Tag im Spätsommer jenes Jahres auf den Gipfel des Yônchôn gestiegen, um eine dort eingemeißelte Prophezeiung in Augenschein zu nehmen. Diese Inschrift – 方百馬角口或禾生 *(pangbaekmagakguhokhwasaeng)* – kündigte zwar den Untergang der Yi-Dynastie in ihrem vierhundertzweiundachtzigsten Jahr und den Anbeginn einer neuen an, doch war inzwischen das fünfhundertsechsundfünfzigste Jahr angebrochen, und noch immer stand ein Mitglied der Yi-Sippe,

* *Pangsa*, chin. *Fangshi* (方士): Taoist, der sowohl die Kunst des Heilens ausübt als auch wahrsagerische und magische Techniken (zur Erlangung der Unsterblichkeit) praktiziert und dadurch bisweilen über übersinnliche Kräfte verfügt.

das sich statt König Präsident nannte, an der Spitze des Staates. 方 *(pang)* bedeutete in diesem Fall 四 *(sa)*, »vier«, und 馬 *(ma)* 午 *(o)*, »Mittag«, wodurch sich in gebrochenen Zeichen 八十 *(p'alship)* – »achtzig« – ergab, und angenommen, 角 *(kak)* meinte hier 二 *(i)*, »zwei«, so konnte 方百馬角 *(pangbaekmagak)* nur »vierhundertzweiundachtzig« bedeuten. Die Zeichen 口 *(ku)* und 或 *(hok)* bildeten zusammen 國 *(kuk)*, »Land«, und die Zusammensetzung von 禾 *(hwa)* und 生 *(saeng)* ergab das frühere Zeichen für 移 *(i)*, »Wandel«, was nichts anderes bedeuten konnte, als daß das Land sich eigentlich hätte verändert haben müssen, aber da die Wirklichkeit ganz anders aussah, war Shin Kijuk aufgebrochen, um die Inschrift erneut in Augenschein zu nehmen.

Sein Ausbleiben bei Einbruch der Dunkelheit erweckte des Kaisers Sorge, und er entsandte einige seiner Leute nach der näheren Umgebung des Yônchôn-Gipfels, die ihn dann nach einer Weile ganz am Ende eines Tals fanden, während er sich gerade um einen jungen Verletzten kümmerte.

»Ich sah aus der Ferne, wie er den Hang hinabrollte, ich eilte ihm sofort zu Hilfe und fand ihn bewußtlos. Beim Betrachten seiner Gesichtszüge erkannte ich, daß die hohe Stirn auf einen scharfsinnigen Geist hinweist und die pfirsichfarbenen Wangen die vage Hautschattierung eines Eremiten haben. Auch wenn es mich Mühen kosten würde, ihn ins Dorf zu bringen, sagte ich mir, könnte Euch eine Hand mehr nicht schaden«, erläuterte Shin Kijuk dem Kaiser, nachdem er den versehrten jungen Mann ins Dorf der Weißen Steine hatte tragen lassen.

Auch der Kaiser konstatierte, trotz der Lumpen, in die der Verletzte gehüllt war, und der ausgemergelten Gestalt, die Außergewöhnlichkeit seiner Erscheinung. Der junge Mann erwachte am nächsten Morgen; was er sagte, bestätigte Shin Kijuks Vermutungen: »Ich entstamme einer Konfuzianerfamilie aus Yôngnam und studierte die *Hundert Klassiker*, ohne mich für sie besonders zu begeistern, bis ich Nojang (Laozi und Zhuangzi) für mich entdeckte, und diese Entdekkung war, als eröffnete sich mir eine neue, lichtdurchflutete Welt. Über das Studium des *Ch'amdongge* von Wi Paengyang und des *P'obakja* von Kal Hong gelangte ich zu den Künsten des *Weges* und übte mich zehn Jahre lang in den Techniken der taoistischen Eremiten wie der Erlangung des reinen Geistes, der Essensentsagung, dem Ertragen von Kälte und der Aussetzung der Atmung. Dann stieß ich vor ein paar Jahren auf die Schrift *Kûmdangyông (Das Buch des Goldtranks)* aus dem *Ungûpchilchôm* von Chang Kunbang und widme mich seitdem ausschließlich der Heilkräuterkunde und wandere über die heiligen Berge auf der Suche nach wundertätigen Kräutern. Wie mir zu Ohren kam, daß der Keryong-Berg die Form eines über die Yôûiju-Zauberperle gebeugten Drachens habe und sich dort auch der Teich der Unsterblichen befinde, verlegte ich meine Kräutersuche in diese Region, wobei mir das Mißgeschick passierte, an einem Hang abzurutschen und hinunterzustürzen. Aber glücklicherweise bin ich aus dieser mißlichen Situation errettet worden, und ich weiß gar nicht, wie ich Euch dafür danken soll.«

Wie findig doch immer wieder die Einfälle des Himmels sind! Drei Jahre zuvor hatten Atombomben Hiroshima und Nagasaki in Aschehaufen verwandelt, die Weisheit des Ostens wurde von diesem und jenem Holzkopf der Lächerlichkeit preisgegeben, unser Land drohte im Chaos zu erstikken, und genau dann schickt der Himmel dem Kaiser eine solche Persönlichkeit! Und glaubte der Kaiser nicht die Reinkarnation des Großen Kaisers Chami zu sein, der zugleich der Wahre Meister des Nordpols ist, gerade der, den der junge Taoist verehrte, und war dies nicht ein weiterer verblüffender Beweis für den ausgeklügelten Plan des Himmels?

Der Held erkennt bekanntlich den Helden, und so erfaßte der Kaiser unmittelbar die Außergewöhnlichkeit dieses jungen Mannes. Nach dem Verlust von Kim Kwangguk und aufgrund des fortgeschrittenen Alters von Shin Kijuk bekam der Kaiser den Mangel an fähigen Gefolgsleuten immer mehr zu spüren. Er hatte das fünfzigste Lebensjahr mittlerweile überschritten, vergaß nun aber Alter und Rang und verneigte sich vor dem jungen Mann, der noch zu schwach war, um sich aufrecht zu halten, und sprach zu ihm: »Seit langem schon sehne ich mich nach einem Meister, der tief in die

Kunst des *Weges* eingedrungen ist. Bitte weist meine Bitte nicht ab und nehmt mich zu Eurem Schüler.«

Dieser unerhörte Wunsch machte Shin Kijuk, der den Neuankömmling ja eingeführt hatte, eifersüchtig. Doch ließ der junge Mann es nicht weniger an Höflichkeit fehlen als der Kaiser, er stand trotz seiner Schwachheit auf, wich drei Schritte zurück und erwiderte: »Im *Buch der Zeremonien*, das ich als Kind studierte, steht geschrieben, erwidere den Gruß nicht dem, der dir höhersteht. Mein Alter beträgt kaum mehr als dreißig Jahre, es kommt dem Euren also längst nicht nahe, und mein Wissen ist mehr als mangelhaft und bietet keinerlei Anlaß zu einem Vergleich mit dem Euren. Verzeiht mir darum, wenn ich Euren Gruß nicht erwidere.«

Der Kaiser wurde immer begeisterter. Er grüßte ein zweites und dann noch ein drittes Mal, mit Tränen in den Augen, womit sein Verhalten unweigerlich an Yu Pi (Liu Bei) gemahnte, als dieser sich in der Strohhütte von Namyang niederwarf.

»Kann denn ein so großer und fähiger Recke in den Tiefen der Wälder altern, ohne seine Talente für die Unterwerfung der Welt einzubringen? Ich bitte Euch, verehrter Meister, denkt an die Menschheit unter dem Himmel und unterweist meine ungebildete und geistarme Wenigkeit.«

Der junge Mann war einem Chega Lyang (Zhuge Liang) ebenbürtig. Statt das Diskussionsritual fortzuführen, zog er aus seiner Tasche Wahrsagestäbchen hervor.

»Was Euer Ziel ist, verehrter Großvater, weiß ich nicht, aber da Eure Worte so liebenswürdig sind, werde ich mir Euer Schicksal einmal genauer ansehen.«

Er schloß daraufhin die Augen und begann, mit den Stäbchen aus Bambus zu hantieren. Nachdem er stumm aus ihnen das Weissagungs-Trigramm entnommen hatte, öffnete er langsam die Lippen und verkündete: »T'aeksugon, ein wasserarmer Teich: Ihr habt, verehrter Großvater, eins der Zeichen *sa tae nan kwae* aus dem *Buch der Wandlungen*. Das Bild zeigt harte Prüfungen an, die sich aus dem geringen Wasser im Teich ergeben, kann sich aber für einen Großen Mann gleichzeitig auch als sehr günstig erweisen. Setzt Ihr

Euer Leben aufs Spiel, werdet Ihr Euer Ziel erreichen, verzagt darum nicht.«

»Euch diese Worte sprechen zu hören mehrt meine Hochachtung für Eure Kunst noch. Da Ihr, verehrter Meister, genaustens erfaßt habt, in welcher Situation ich mich befinde, bitte ich Euch, führt mich auf dem Weg der Zukunft.«

Dann schilderte der Kaiser, auf den Knien und mit gesenktem Haupte, was er bis zu jenem Tag alles erlebt hatte. Nachdem er seinen langen Bericht geendigt hatte, schwieg der junge Mann eine ganze Weile, um sich aufmerksam das kaiserliche Antlitz zu betrachten, und fragte dann nach seinen Vier Pfeilern und Acht Zeichen. Als er im Geiste mit den Fingern das Hexagramm des Kaisers zeichnete, verzog er das Gesicht, starrte nach oben zur Decke und brach in Klagen aus: »Wegen dieses elenden Körpers wird es noch dazu kommen, daß der *Weg* der Unsterblichen verlassen werden muß! Wiewohl dieser Leib von den Eltern verliehen ward, hat jemand ihn doch mit einem anderen Leben ausgefüllt, denn wie sonst könnte man sich so undankbar erweisen?«

Er richtete seinen geschundenen Körper auf, ließ den Kaiser sich niedersetzen und entbot ihm die Drei Grüße und das Neunmalige Niederwerfen.

»Ihr habt das Antlitz des Himmelssohnes und die Vier Pfeiler eines Kaisers. Der Kaiser steht im Himmel an der Spitze der Geister, er führt sie an, und hätte ich mich, selbst wenn ich ein Unsterblicher geworden wäre, seinem Willen widersetzen können? Hoheit, empfanget den Gruß Eures törichten Untertans.«

Pyôn Yagyu, wie der Name des jungen Mannes fortan lautete, war, als er in die Dienste des Kaisers eintrat, gerade einmal fünfunddreißig Jahre alt. Es lohnt nicht, sich mit den böswilligen Behauptungen über ihn zu befassen, die gewisse Hohlköpfe in Umlauf bringen wollten. Sein Erscheinen auf der Bühne der kaiserlichen Zeitläufte stellte unstrittig eins der bedeutendsten und zukunftsweisendsten Ereignisse dar.

Ein paar Worte noch zu den eigenwilligen Namen derer, die neu waren im Gefolge des Kaisers. Während Pae Taegi als Sohn des Meeresfischhändlers Pae wohl gar nicht anders heißen konnte als Pae, ist die kaiserliche Wahl der Namen Tu Ch'ung und Pyôn Yagyu etwas rätselhaft. Der Kaiser schien ab diesem Zeitpunkt sich angewöhnen zu wollen, einem jeden neuen Mann in seinen Diensten die Namen zu verleihen, die in seinen Geheimschriften auftauchten. Wie in der Textpassage: *Nach Errichtung des Reiches am Keryong-Berg werden die höchsten Ämter ein General mit Namen Pyôn und ein General mit Namen Pae bekleiden, und ihre Arme und Beine werden sein ein gewisser Pang und ein gewisser U …* Oder an anderer Stelle: *Ein Mann namens Chôn (Chông) wird die Armee der Meeresinsel anführen zusammen mit den Generälen Pang und Tu …*

Während der Kaiser also damit beschäftigt war, seinen Hof neu zu besetzen, vergingen die Jahre Muja und Kichuk und brach die Zeit der Aufstände an. Es nahte das Jahr Kyôngin, der 25. Juni 1950.

Die Nachricht vom Ausbruch des Krieges erreichte das Dorf der Weißen Steine am Abend des neunten Tages des fünften Monats des Jahres Kyôngin. Prinz Hyomyông kam aus dem Dorf an der Landstraße zurückgeeilt und meldete dem Kaiser: »Vater, es ist Krieg. Die Armee des Nordens ist in den Süden eingefallen.«

»Damit habe ich immer gerechnet«, entgegnete der Kaiser ohne jedes Anzeichen der Bestürzung. »Dem *Kamgyôl* zufolge steigen die Barbarenpferde vom Paektu-Berg herab und es ergießt sich böses Blut am Himmel von Yangsô (den *zwei Westprovinzen*, Hwanghae und P'yôngan). Wie kann man sich auch bloß weniger als hundert *Ri* südlich von Hanyang niederlassen?«

»Wie wußtet Ihr dies?«

»Ich wußte es seit letztem Jahr, seit dem Mord an diesem Kim Ku. Auch wenn er in Schanghai mit dabei und Teil jener verlogenen Exilregierung war, konnte er sich auf die Zustimmung und das Vertrauen des Volkes berufen. Gewiß hat der Himmel sich seiner erinnert. Im Abschnitt *Kyôngin* in der *Geheimschrift* des Nam Sago heißt es, Kûmgae (Goldhund) legte ein Ei, Staub wurde in Okchôp (im Jadebrevier) aufgewirbelt, die weißen Gewänder wurden blau und die Blätter der Birnenblüte verloren ihre Farbe. Mit Kûmgae ist der sein Leben verlierende Kim Ku gemeint, mit dem Jadebrevier der Stammbaum der Kaiserfamilie, mit dem aufgewirbelten Staub meine Mühsal, mit den blaugewordenen weißen Gewändern mein zum Soldatenvolk gewordenes Volk und mit den ihre Farbe verlierenden Birnenblütenblättern der Ort, an dem dieser Yi (Yi Sûngman) sich aufhält, jener Birnenblütenpavillon, der in die Hände seiner Feinde fallen wird.«

Prinz Hyomyông, mit der Ausdrucksweise seines Vaters vertraut, lauschte ihm, ohne ein Wort zu sagen, wenngleich ihn das Gehörte doch auch befremdete. Das Jahr Kyôngin kehrte bekanntlich alle sechzig Jahre wieder und hatte sich darum schon etliche hundert Male ereignet, weshalb die Weissagung sich nicht unbedingt auf das Jahr 1950 beziehen mußte. Dennoch war erstaunlich, ja unerhört, daß diese Prophezeiung einen Krieg in einem Jahr Kyôngin beschrieb, der nun tatsächlich eingetreten war. Und was der Kaiser des weiteren sagte, machte ihn noch stutziger: »Auch im *Kajanggyôl* von Meister Yi Sôge findet sich hierzu etwas. Er fragt sich, wer loyal bleiben wird, wenn das Unheil über den Hohen Baum im Jahr des Tigers hereingebrochen ist, wobei ich zwar das aus zwei Ideogrammen bestehende Wort *Hoher Baum* (喬木) als gebrochene Zeichen von *Brücke* (橋) verstehe, aber nicht die Bedeutung des Ganzen erfasse.«

Der Kaiser schüttelte bei diesen Worten ratlos den Kopf, und Prinz Hyomyông begriff, daß der Vater sich wieder einmal in Erörterungen absurder Geheimschriften verlor, und er ging aus dem Raum, ohne sich mit den Gedankengängen des Kaisers weiter aufzuhalten. Drei Tage später machte die Nachricht die Runde, die große Eisenbrücke über den Han-Fluß sei zerstört worden.

Einerseits wurde das Gerücht gestreut, die südkoreanischen Truppen hätten Haeju eingenommen, andererseits versuchten der Präsident und die Regierung per Radiomeldung glauben zu machen, sie residierten noch immer in Seoul, wenngleich bekannt war, daß die zweite und dritte Verteidigungslinie durchbrochen worden war und die Regierung sich gerade nach Suwôn zurückzog.

Es hieß, die Seouler Bevölkerung habe sich ab dem 28. Juli auf die Flucht gemacht, seit von Norden kommend Soldaten und Flüchtlinge durch die Stadt schwemmten, und die Straßen seien bald verstopft gewesen, und nicht einmal die Hälfte dieser Menschenmassen habe die Brücke über den Han-Fluß überqueren können, ehe diese zerstört worden sei. Ein beträchtlicher Teil der Truppen und ihres Materials sowie unzählige Einwohner von Seoul saßen somit in der Hauptstadt fest. So lauteten die Gerüchte. Die Prophezeiung schien sich zu erfüllen.

Wer wird loyal bleiben, wenn das Unheil über den Hohen Baum (die Brücke) hereingebrochen sein wird?

Der Koreakrieg ... Es ist immer angebracht, die Wahrheit über dieses entsetzliche, tragische, bestürzende und zugleich lehrreiche Ereignis zu erzählen, das, solange die Geschichte dieses Volkes fortdauert, nie in Vergessenheit geraten wird.

Aus der Sicht des Kaisers stellte der Koreakrieg einen Aufstand gegen ihn höchstselbst dar, wobei sich sein Haß und seine Feindseligkeit vor allem gegen die kommunistischen Rebellen des Nordens richtete. Denn es war der Kommunist Yi Hyônung gewesen, der einst in Ch'ôk die erste Revolte überhaupt gegen ihn angezettelt hatte, und es war die kommunistische Ideologie, derentwegen Erbprinz Yung seine Pflichten als Sohn und Untertan vergessen hatte. Kommunisten, dieses elendige chinesische Kommunistenpack des Mo T'aekdong (Mao Zedong) nämlich, waren es auch, die seinen prachtvollen Heimkehrerzug in einen kleinen Haufen Bettler verwandelt und ihn gezwungen hatten, mitten in der Nacht bei Eiseskälte den zugefrorenen Fluß Imjin zu überqueren. Und, o weh!, war nicht auch die kaiserliche Edle Dame Ch'ôk, seine unendlich geliebte Gemahlin, von der Kugel eines von den Nord-Rebellen aufgehetzten russischen Kommunisten getroffen worden?

Am meisten jedoch erschütterte den Kaiser die von den Aggressoren zu Beginn des Krieges gebrauchte Wortwahl. Augenscheinlich strebten sie die Eroberung des Reiches Süd-Chosôn an, bezeichneten sie ihre eigenen Streitkräfte doch als *Volksarmee zur Befreiung von Süd-Chosôn*.

»Wenn dieser Kim Ilsông von einem Süd-Chosôn am Keryong-Berg weiß, dann ist ihm auch meine Existenz nicht unbekannt.«

In dem Maße, wie die Welle der Flüchtlinge heranrollte und das Donnergrollen der zurückweichenden Südarmee näherkam, verfinsterte sich die Laune des Kaisers bis hin zu unbändigem Zorn, besonders als ihn Berichte über das Leiden der Zivilisten und die Übergriffe auf sie durch die Nordrebellen erreichten.

»Seit am Ende der Zeit der Drei Reiche Shilla das Land mit Unterstützung des Tang-Heeres einigte, haben unfähige Herrscher immer wieder ausländische Mächte um Hilfe angerufen, wenn sie das Volk niederzwingen wollten. Seit dem sechzehn Jahre währenden Kampf zwischen dem Landgang der Tang-Armee auf der Insel Tôkjôk und der Kibôl-Schlacht, bei der es Shilla unter größten Mühen gelang, die von Sôl Ingwi angeführte Tang-Armee wieder außer Landes zu jagen, wurde durch die ausländischen Eindringlinge unendlich viel Blut vergossen. Diese Tragödie zieht sich durch die gesamte Geschichte unseres Landes bis hin zur Yi-Dynastie, die zur Niederschlagung der Tonghak-Bewegung japanische Truppen ins Land rief.

Es hat den Anschein, als fielen die kommunistischen Banden im Moment noch aus eigener Kraft in den Süden ein, doch um welche Kraft handelt es sich hierbei? Zweifelsohne werden sie von Mo (Mao) oder der Armee von Arasa (Rußland) unterstützt, aber sobald ihnen die Luft ausgeht, werden sie ausländische Truppen um Hilfe rufen und die eigenen Landsleute deren Befehlsgewalt unterstellen.«

Der Kaiser konnte in dieser Situation den Dingen nicht einfach tatenlos zusehen. Noch am selben Tag gab er den Befehl zur Mobilmachung. Seine Macht hatte er inzwischen ausbauen können, er konnte über hundert alte und junge Männer verfügen. Indes waren die Bedingungen nicht so, daß er sie alle in ausreichendem Maße ausrüsten konnte. Da Prinz Hyomyông und Pae Taegi möglichst nicht die Aufmerksamkeit von Militär und Polizei erregen wollten, war es dem Kaiser nicht einmal unmöglich, in den Besitz von Pfeil und

Bogen zu gelangen, geschweige denn in den von Schußwaffen.

»Vertraut Eurem Sohne. Ich werde schon einen Weg finden, wie ich das gesamte Dorf mit Gewehren bewaffnen kann, wenn die Zeit reif ist dafür«, suchte Prinz Hyomyông den Kaiser zu besänftigen, nachdem dieser ihm seine Sorgen dargelegt hatte.

Der Kaiser glaubte ihm nicht, konnte aber auch nichts dagegen unternehmen. Prinz Hyomyông hatte mittlerweile das dreißigste Lebensjahr erreicht, und seit geraumer Zeit schon war er für alles im Dorf der Weißen Steine verantwortlich. Mit Ausnahme von Pae Taegi, der es verstand, sich um die im Dorf anfallenden konkreten Aufgaben zu kümmern, wurden die übrigen Mitglieder des kaiserlichen Gefolges – so Shin Kijuk, U Palsan, Tu Ch'ung, Pyôn Yagyu – als Untertanen behandelt, die sich altersbedingt bereits zurückgezogen hatten. Ihr Aufgabenbereich beschränkte sich auf Arbeiten wie die Errichtung eines Erdwalls um das Dorf oder das Schleifen von Landarbeitsgeräten wie Äxte und Sicheln, für den Fall, daß sie für militärische Zwecke benötigt würden. Aber auch mit himmlischem Beistand konnten diese Vorkehrungen für den Kampf gegen die Aufständischen des Nordens nur mangelhaft bleiben.

Im sechsten Monat des fünften Jahres Chunggwang unterliegt die mächtige Feindesarmee dem Himmelsheer. Das Gebrüll des Löwens ertönt einmal, und zwei Rebellen fallen.

Wiewohl die Vorkehrungen abgeschlossen waren, ließ sich im Dorf der Weißen Steine zunächst kein Aufständischer blicken. Aus Rücksicht auf die mehr als fünfzig Lebensjahre des Kaisers und das vorgerückte Alter der meisten seiner Gefolgsleute wurde, im Unterschied zu früheren Feldzügen, von einer offensiven Kriegstaktik abgesehen und stattdessen eine Strategie der Verteidigung gewählt, indessen der fünfte Mondmonat beinah vorüber war und die Gerüchte sich überschlugen. Erst hieß es, die Nordarmee hätte die Truppen des Südens geschlagen, wann immer es zu Gefechten gekommen sei, und die Regierung des Südens sei nach Taegu geflüchtet oder sogar bis nach Pusan oder gar auf die Insel Cheju. Dann machten Gerüchte die Runde, daß Länder, in denen der Präsident Freunde hatte, wie Amerika, England, Frankreich, aber auch verschiedene südostasiatische Staaten, bereit seien, zur Unterstützung des Südens Truppen zu schicken.

Unterdessen war der sechste Monat angebrochen. Das Kanonengrollen war im Laufe des Vormonats immer vernehmlicher geworden und umschloß nun das Dorf bedrohlich von allen Seiten. Wie Prinz Hyomyông in Erfahrung bringen konnte, war der Feind nach der Einnahme von Taejôn am ersten Tag des sechsten Monats direkt weiter in Richtung Süden vorgerückt, ohne das Reich des Kaisers überhaupt eines Blickes zu würdigen.

Als dieser davon unterrichtet wurde, wunderte er sich sehr, da er annahm, der Feind habe ihn schlichtweg übersehen: »Was für Hohlköpfe! Wie wollen sie Süd-Chosôn befreien, wenn sie nicht einmal wissen, wo es liegt?«

Shin Kijuk pflichtete dem spottenden Kaiser bei und plädierte, indem er seinen alten Körper aufrichtete, für einen unverzüglich zu erfolgenden Ausfall: »Der Feind hat von den Prinzipien der strategischen Kriegführung keinerlei Ahnung. Einfach vorwärts zu stürmen, ohne zu wissen, wo der Gegner sich überhaupt aufhält, bedeutet nichts anderes, als sich das eigene Grab zu schaufeln. Ziehen wir hinaus, vernichten wir die Aufständischen, mehren wir das Ansehen unseres Süd-Chosôn und nutzen wir die Gelegenheit, ihren Anführer lebend zu fassen, um seinen Kopf auf dem Pranger auszustellen!«

Pyôn Yagyu, der sich im Dorf der Weißen Steine ohne besondere Aufgabe durchfüttern ließ, unterstützte Shin Kijuks Anregung: »Am Nachthimmel sah ich, das Rot, das sich bis zum Rande von Chami erstreckt hatte, war verschwunden, hingegen erstrahlte der Stern Eurer Majestät in höchstem königlichem Glanz. Ich befragte daraufhin das *Buch der Weissagungen* und fand heraus, daß Eure Majestät momentan unter dem Zeichen der Mine steht. Dies bedeutet, Euer Glück wird noch zunehmen. Ich lege Euch daher nahe, den Rat des Munchanghu zu befolgen.«

Dies war nach langer Zeit einmal wieder eine Empfehlung, die beim Kaiser große Freude auslöste. Ein Heer aufzustellen war genau, wonach dem Kaiser in dieser Zeit der Sinn stand. Noch in derselben Nacht plante er daher zusammen mit seinen betagten Höflingen in allen Einzelheiten den Aufbruch der Armee, und alle stimmten sie darin überein, daß der Abmarsch schnellstmöglich erfolgen sollte, solange der Feind noch in Reichweite war.

Tags darauf rief der Kaiser in aller Frühe Prinz Hyomyông zu sich und forderte von ihm die Waffen und die Munition, die zu besorgen er versprochen hatte. Dieser verzog, als er mit dem nächtens ausgeheckten Kriegsplan konfrontiert wurde, das Gesicht: »Es ist nicht so, daß der Feind von diesem Reich hier nichts wüßte, aber er ist wohl zu beschäftigt, um sich mit jedem einzelnen von Euch zu schlagen, und hat daher um diesen Ort erst einmal einen Bogen gemacht. Statt mit einem Heer hinauszuziehen und dabei möglicherweise beide Lager gegen uns aufzubringen, erscheint es mir weiser, die beiden Tiger sich erst einmal gegenseitig befehden zu lassen und abzuwarten, bis beide einigermaßen geschwächt sind, um dann loszuschlagen gegen sie. Möget Ihr dies bitte bedenken.«

Der Prinz bediente sich dabei der Methode seines Lehrmeisters Kim Kwangguk, der sie einst immer dann einsetzte, wenn es darum ging, das Ungestüm des Kaisers zu bremsen, doch waren dieser und seine Gefolgsleute bereits zu erregt, um sich auf solch simple Weise wieder zur Vernunft bringen zu lassen.

»Lassen wir die Gunst dieses Augenblicks, die der Himmel uns gewährt, verstreichen, werden wir keinen Ort mehr haben, an dem wir beten können. Stellst du dich mir weiterhin entgegen, werde ich mit meinen Leuten eben alleine in die Schlacht ziehen«, entgegnete der Kaiser barsch seinem zweiten Sohne, entschlossen, den Abmarsch koste es was es wolle durchzuführen.

Aber die Zeiten hatten sich geändert. Nur noch Shin Kijuk, Pyôn Yagyu und einige Weggefährten von der Heimkehr aus dem mandschurischen Nordosten waren bereit, bewaffnet mit Äxten, Knüppeln und Bambuslanzen dem Kaiser zu folgen.

»Gewiß, Zeiten der Blüte und des Niedergangs wechseln einander ab wie Aufgang und Untergang der Sonne, aber dies trifft mich zu hart«, klagte er, während er der frohen Tage in der Ostgemarkung gedachte, als er über wehrtüchtige Männer und Waffen im Überfluß hatte verfügen können.

Unbeirrt ließ der Kaiser die Banner seines Himmelsheeres hissen. Vor dessen Abmarsch meldete sich Pyôn Yagyu mit einer weiteren Anregung: »Als ich als einfacher Gelehrter ohne Amt über diese Lande hier zog, streifte ich eine Wiese, die Platz bietet für tausend Soldaten und zehntausend Pferde. Es ist dies der Ort, an dem einst Kebaek, der große General von Paekche, mit seinem tollkühnen, fünftausend Mann starken Heer das Blut nur so strömen ließ und an dem, wie ich zu spüren meinte, noch heute ein Hauch von Schlachtgeruch lieblich weht, weshalb ich es für angebracht halte, auf diesem einstigen Schlachtfeld Stellung zu beziehen. Der Feind mag Hanbat (Taejôn) bereits hinter sich gelassen haben, an dieser Stelle aber dürfte er noch nicht vorbeigekommen sein. Wir sollten daher unser Heerlager frohgemut dort aufschlagen.«

Ich habe mir kritische Bemerkungen zu den Persönlichkeiten in Diensten des Kaisers bislang verkniffen, nun aber müssen doch ein paar Worte zu dem eigentümlichen Gebaren des Pyôn Yagyu verloren werden. Trotz der erstaunlichen Leistung, in späteren Jahren tatsächlich die Unsterblichkeit erlangt zu haben, sind die wenig schmeichelhaften Kommentare der Leute über ihn – er sei ein Spinner und größenwahnsinnig – nicht gänzlich aus der Luft gegriffen. Eigentümlich daher auch seine Idee zur bevorstehenden Schlacht: Anstatt die Positionierung der eigenen Soldaten auf offenem Felde vorzuschlagen, wäre es, bedenkt man ihre kümmerliche Anzahl, doch viel angebrachter gewesen, für eine Guerillataktik einzutreten, bei der sie sich in den Berghängen auf die Lauer gelegt hätten. Und bei aller Sympathie, die der Kaiser für ihn hegte, konnte er eine derartige Anregung, die seinen Untergebenen nur zum Schaden gereichen würde, auf keinen Fall ernst nehmen: »Wiewohl ich die

Tapferkeit des Herrn Pyôn zu schätzen weiß, sprechen alle strategischen Überlegungen gegen eine Konfrontation auf offenem Gelände.«

Zu dem Ort, an dem die Schlacht stattfinden sollte, wurde eine Anhöhe auf der Nordseite des Nonsan auserkoren. Von ihr aus übersah man nach der einen Seite die Landstraße, nach der anderen ging sie in einen kleineren Nachbarberg über. Das Terrain eignete sich also bestens für die Anwendung der Guerillataktik.

Dem Bericht des greisen U Palsan zufolge gebot der Kaiser über ein Heer, das mit U Palsan, Tu Ch'ung, Pyôn Yagyu und anderen Veteranen der Ostgemarkung-Epoche aus kaum einem Dutzend Mann bestand. Pae Taegi fand einen Vorwand, um in den hinteren Linien, das heißt: im Dorf, bleiben zu können, und Shin Kijuk schob ein altersbedingtes Leiden vor. Die Schilderung dieses Feldzugs in der *Chronik* geht zweifellos auf Pyôn Yagyu zurück:

Am dritten Tag des sechsten Monats des fünften Jahres Chunggwang zog der weise Kaiser hinaus zur Vernichtung der in sein Reich eingefallenen roten Banditenbande. Da das einfältige Volk sich vor den roten Banditen fürchtete oder nicht an das Himmlische Mandat glaubte, folgte dem Kaiser einzig ein kleiner Verband alter Männer, die bereits an den Kriegen der Ostgemarkung teilgenommen hatten. Der Krieger waren mehrere hundert, und die Lanzen, Säbel und Bögen waren abgenutzt aufgrund der vielen Schlachten, in denen sie eingesetzt worden, und die Erdgötter der fünf Richtungen und die Himmelsgeneräle der achtundzwanzig Orte standen der kaiserlichen Armee mit einem dreitausend Krieger starken Gottesheer bei, und der Glanz der kaiserlichen Würde erstrahlte im gesamten Universum.

Zur Stunde In auf dem Gipfel des Shinmu-Berges angelangt, welcher als kaiserliches Schlachtfeld auserkoren war, ließ der Kaiser gerade seine Mannen Stellung beziehen, als mit einem Mal Kriegsgeschrei zu hören war und Gewehrdonner den Raum zwischen Himmel und Erde erbeben ließ. Aufklärer brachten die Kunde, daß die Rebellenbanden des Nordens und des Südens sich gegenseitig zwei Tigern gleich befehdeten, sich einen den Himmel zerreißenden und die Erde spaltenden Kampf lieferten und Ströme voll Blut des unschuldigen Volkes vergossen, und das himmelsreine Herz des Kaisers grämte sich sehr. Denn auch wenn die Menschen sich nicht an das wahre Himmelsmandat erinnern wollten und sich von den falschen Herren blenden ließen, war es doch immer noch das Blut seines geliebten Volkes, was da strömte.

Hätte der Kaiser abgewartet, bis die beiden Tiger sich gegenseitig niedergestreckt haben würden, hätte er mit Leichtigkeit deren Felle auflesen können, indes, angesichts seines verblutenden Volkes, entschied er sich anders. Er mußte ihm zu Hilfe eilen, er konnte nicht untätig zusehen und, es war zur Stunde Myo, er zückte sein Schwert und donnerte hinab ins Tal: »Hee, ihr Elendigen! Sehet hier das Königsheer, wollt ihr das Feuer wohl einstellen!«

Weder das Gebrüll des Son Ch'aek, mit dem er Pôn Nûng aus dem Sattel seines Pferdes warf, noch der Schrei, durch den es Chang Pi gelang, des Yu Tae habhaft zu werden, konnte es aufnehmen mit dem Löwengebrüll des Kaisers. Sofort erstarben die Schüsse, und das Tal versank in Stille gleich einem menschenverlassenen Dorf. Da trat Yodongbaek U Palsan nach vorn und brüllte hinab ins Tal: »Banditen! Fesselt euch selbst und harret Eurer Verurteilung!«

Bestürzt starrten die Banditen beider Lager hinauf zum Gipfel des Berges, wo, gesäumt von den Himmelsgenerälen, der Kaiser stand, auf einem Berg aus Schwertern, in einem Wald aus Säbeln, und voller Entsetzen und keines klaren Gedankens mehr fähig stoben sie auseinander wie die Sojasamen eines auf dem Lehmboden aufschlagenden Kruges, und der Kaiser scharte seine Himmelssoldaten um sich und kehrte im Triumphzug zurück in sein Reich.

Trotz alledem zog dieser großartige Sieg im Dorf der Weißen Steine keine großen Veränderungen nach sich. Nur der kleine Haufen betagter Kaisergetreuen schwelgte in Hochgefühl und Stolz, indessen die jüngeren Dorfbewohner, die die Nacht in Furcht und Sorge verbracht hatten, bei der Rückkehr der Krieger einander verlegene Blicke zuwarfen. Einzig Prinz Hyomyông staunte, wie auf eigenartige Weise das Glück sich im Laufe der Vornacht dem Kaiser zugeneigt hatte.

Da er dennoch nur zu gut wußte, es würde einem in den Zeiten, die da herrschten, nicht auf Dauer gewogen sein, tat er mit Unterstützung von Pae Taegi alles, um ein neuerliches Wagestück des Kaisers zu verhindern. So streute er, um dem erneuten Auszug des Kaiserheeres vorzubeugen, das Gerücht, ein feindlicher Trupp befinde sich im Anmarsch auf eine benachbarte Stadt. Er übertrieb damit lediglich die Tatsache, daß dort kurz zuvor mehrere aus dem Norden gekommene Funktionäre des Innenministeriums sowie einige Aufklärungsoffiziere aufgetaucht waren.

Den Kaiser und seine Getreuen, was die reale Situation betraf, völlig ahnungslos, versetzten diese Gerüchte in große Anspannung. Nach einer langen Beratungssitzung beschloß der Kaiser, die Seinen ausharren zu lassen, bis der dann ausgelaugte Feind in ihre Fänge geraten würde.

Der wahre Grund für diesen Entschluß war freilich, daß außer Pyôn Yagyu alle seine Gefolgsleute das sechzigste Lebensjahr überschritten hatten und darum dringend der Erholung von jenem letzten Abenteuer bedurften.

Doch der Feind ließ sich wider Erwarten nicht blicken. Die Beamten des Innenministeriums und die Parteifunktionäre hätten eigentlich längst im Dorf der Weißen Steine auftauchen müssen, um Volkskommission, Jugendorganisation und Frauenliga auf die Beine zu stellen, aber Prinz Hyomyông konnte verhindern, daß dergleichen geschah. Er erreichte dies, indem er zunächst das politische Vorgehen der Eroberer beobachtete und dann in die kommunistische Partei eintrat, um sich die volle Verantwortung für das Dorf der Weißen Steine übertragen zu lassen. Er versammelte einige junge, dem Kaiser und Gefolge unbekannte Leute, schuf mit ihrer Hilfe die genannten Parteiorganisationen und verhinderte auf diese Weise, daß die Funktionäre vom Innenministerium dem Dorf zu nahe kamen.

Es mag verwundern, wie leicht die für ihre organisatorische Gründlichkeit berühmten Kommunisten sich vom Manöver des Prinzen täuschen ließen. Aber da das Dorf der

Weißen Steine derart abgeschieden im hintersten Bergtal lag und auch weil sich an diesem Ort kein echter Kommunist aufhielt, konnte die wahre Situation verborgen bleiben und in Einklang gebracht werden mit der Weltsicht des Kaisers.

Unterdessen wurden dieser und seine greisen Getreuen angesichts des ausbleibenden Feindes, mit dessen Erscheinen sie in jedem Augenblick rechneten, immer ungeduldiger. Da tauchten im Dorf drei verlorene Soldaten der Nationalarmee des Südens auf. Es schienen dies sehr tüchtige und treue Soldaten zu sein, denn trotz allen Strapazen nach dem Verlust ihrer Einheit beim Kûm-Fluß und den Gefahren bei der Durchquerung der von den Rotgardisten gehaltenen Zone führten sie noch immer Waffen bei sich. Es waren ein Leutnant und zwei einfache Soldaten, mit Gewehren amerikanischen Ursprungs, hundert Kugeln Munition, fünf Handgranaten sowie einer Pistole.

Sie wurden vom Kaiser so unfreundlich empfangen, als handelte es sich bei ihnen um Aufständische aus dem Norden. Denn aus seiner Sicht machten diese sich nicht weniger schuldig als jene, nämlich dadurch, daß sie in Diensten eines anderen Herrn standen: »Ihr seid Verräter an unserem Reiche Süd-Chosôn, da ihr einem falschen Herrn dient. Für dieses schwere Vergehen am Mandat des Himmels hättet ihr die Enthauptung auf dem Marktplatz verdient, doch verschone ich euch eurer Unwissenheit wegen, und wenn ihr umgehend mein Himmlisches Mandat anerkennt, werde ich euch allesamt zu Manhohu-Generälen ernennen.«

Die drei Soldaten, die sich nach langer Zeit endlich einmal wieder richtig satt essen konnten, waren, als sie dies nach beendeter Speisung hörten, einigermaßen verdutzt. Ihre Verwirrung wurde durch Pyôn Yagyu, der sich zu einer Willkommensrede bemüßigt fühlte, noch gesteigert: »Seine Majestät ist der Wahre Meister des Nordpols, die Inkarnation des Großen Kaisers Chami. Jahrhunderte warteten die Untertanen von Haedong (Korea) auf ihn, der auch bekannt ist als der Erhabene Chông vom Berge Keryong. Im Jahre Kapsul schuf er das Reich Süd-Chosôn im Nordosten der Mandschurei, und wiewohl er über Jahre hinweg alles dafür tat, um unser gebeuteltes Land unter seiner weisen Führung zu einigen, herrscht heute Chaos und ist es zerstückelt in drei Teile; denn noch nicht angebrochen ist die Himmelsstunde.

Doch alles wird letztlich in den rechten Bahnen verlaufen, und der Himmel wird schon bald sämtliche Banditen des Nordens und des Südens vernichtet haben. Und auch wenn es einem Untertan widerstreben mag, sich von dem Herrn abzuwenden, dem er bislang ergeben war, so sei es euch dennoch dringend angeraten, dem Willen des Himmels Folge zu leisten, nun da ihr Seiner Majestät begegnet seid, welche ist Sonne und Mond ...«

Den drei Männern schwante allmählich, in welche Situation sie da geraten waren. Das Wohlbefinden nach der reichlichen Bewirtung schlug in blanke Verzweiflung um. Was aus ihnen werden würde, wenn sie einwilligten, wußten sie nicht, einen Weg, wie sie den Fängen dieser Irren entkommen könnten, sahen sie indes auch nicht. Eine Lösung dieser verzwickten Lage brachte der erst verspätet auftauchende Prinz Hyomyông.

»Eurem Sohn fehlt es gewiß an Verstand, doch bittet er Euch, das Überzeugen dieser drei Männer ihm zu überlassen. Vertraut sie bitte mir an«, sprach der Prinz zum Kaiser und führte die drei Gäste beiseite, um ungestört auf sie einreden zu können. In Abkehr von den wirkungslos gebliebenen Überredungskünsten von Kaiser und Pyôn Yagyu entschied er sich dafür, ihnen offen die Lage zu erklären: »Wie Sie schon bemerkt haben dürften, hat mein Vater sich zeit seines Lebens der Illusion des *Chônggamnok* hingegeben. Bis jetzt war das Glück ihm wohlgesonnen, doch für die Zukunft mache ich mir Sorgen. Ich arbeite mit den Kommunisten zusammen, zu dem einzigen Zweck, meinen Vater und die Seinen vor ihnen zu schützen. Ich habe hier in ihrem Auftrag offiziell die üblichen Parteiorganisationen aufgebaut, wodurch wir bislang von ihren Methoden verschont wurden, weder Schauprozeß noch Zwangsrekrutierung erleiden mußten. Aber ich stehe von ihrer Seite aus unter permanentem Druck. Und daß ich mich des Verrats an der Republik Korea schuldig mache, läßt sich auch nicht vermeiden.

Ich möchte Sie inständig bitten, sich in diesem Dorf versteckt zu halten und die Wahrheit über mich auszusagen, wenn die Nationalarmee das Gebiet hier wieder einnimmt. Wenn Sie hingegen vorhaben, sich zurück zu Ihrer Einheit durchzuschlagen, erlaube ich mir, Sie darauf hinzuweisen, daß die Front, die durchgehend vom Nakdong-Fluß gebildet wird, unpassierbar ist. Es wäre also auch für Sie am klügsten, wenn Sie hier auf die Rückkehr Ihrer Streitkräfte warteten. Für uns alle wäre dies die beste Lösung, um heil aus der Sache herauszukommen.«

Die drei Soldaten berieten sich daraufhin unter sich und beugten sich schließlich den Argumenten des Prinzen. Da sie besagten Fluß bereits überquert hatten, bestand keine Möglichkeit mehr, zu ihrer Einheit zurückzugelangen, außerdem war einer von ihnen verletzt. Einzig der junge Leutnant wollte versuchen, sich in Zivilkleidung nach Süden durchzuschlagen. Der Versehrte, ein Unteroffizier, und der andere, Freunde aus derselben Region, blieben, zusammen mit ihren Waffen, im Dorf der Weißen Steine.

Was immer sie zu diesem Entschluß bewogen haben mag – die Moral der Dorfbewohner wurde durch ihn in beträchtlichem Maße gestärkt, was einerseits mit den neugewonnenen Waffen zu tun hatte und andererseits mit dem Erfolgserlebnis, daß zwei Feinde sich den Kriegern des Kaisers ergeben hatten.

Im achten Monat des fünften Jahres Chunggwang sind die eingedrungenen roten Banditen hinfortgejagt, doch der Kaiser ist ungünstiger Vorzeichen wegen erneut gezwungen, hinauszuziehen.

Im Dorf der Weißen Steine schien, nachdem die Soldaten sich ergeben hatten, alles zum besten bestellt zu sein, doch bot sich in der Außenwelt nach wie vor eine völlig unterschiedliche Situation. Der siegreiche und stürmische Vormarsch der Feinde aus dem Norden geriet durch die Schlachten bei Tabudong und Kige ins Stocken, infolgedessen sie die Zügel in den besetzten Gebieten in den hinteren Linien anzogen.

Besonders das Dorf der Weißen Steine erregte zunehmend ihr Mißfallen, da entgegen aller Versprechungen sich nach Ablauf des siebten Monats noch immer kein einziger Freiwilliger für die Volksarmee gemeldet hatte. Nachdem sie sich lange Zeit von der Redegewandtheit des Prinzen hatten einwickeln lassen, begannen die Aufklärungsoffiziere nun zu tuscheln: »Hör mal, hast du irgendwas vorliegen über dieses Dorf der Weißen Steine oder wie das heißt?«

»Diese Schlitzohren, ich hab meine Leute schon öfters hingeschickt, aber aus keinem von denen haben sie was rausbekommen.«

»Dann bring mal in Erfahrung, was da los ist. Irgendwas ist da faul. Die machen nicht den Eindruck, als wären sie besonders glücklich mit der Landverteilung.«

»Daß der Komiteechef sich verdrückt hat, ist auch komisch. Weder hat er uns Reaktionäre ausgeliefert, noch hat er uns Freiwillige für die Volksarmee geschickt, obwohl er's uns immer wieder versprochen hat.«

Einer dieser Offiziere, mit einem Gewehr bewaffnet, und zwei junge Parteisoldaten machten sich daraufhin gegen Ende des siebten Monats – nach dem Sonnenkalender im September – auf den Weg zum Dorf der Weißen Steine. Zuerst einmal wollten sie der Sache mit den ausgebliebenen Freiwilligen auf den Grund gehen. Da sich bei ihrem Auftauchen weder Prinz Hyomyông noch Pae Taegi gerade im Dorf aufhielten, sollte diese Angelegenheit, die ohnehin nichts Gutes versprach, einen denkbar ungünstigen Verlauf nehmen.

Als sie nicht ein Mitglied der Volkskommission ausfindig machten, suchten sie nach denen der Jugendorganisation und der Frauenliga. Ihr Argwohn mehrte sich noch, als sie herausfanden, daß sämtliche Träger der Namen, die der Prinz als Verantwortliche für diese Einrichtungen angegeben hatte, entweder verschwunden, tot oder senile Greise waren.

Eingedenk ihres hauptsächlichen Auftrags, der Rekrutierung Freiwilliger, ließen sie aber zunächst an alle Männer unter vierzig Jahren den Befehl ergehen, sich umgehend vor dem Dorf zu versammeln. Niemand indes erschien. Nur ein, zwei Männer lugten kurz hervor und verschwanden dann gleich wieder, worauf die drei Parteifunktionäre jeden, der ihnen vors Gewehr lief, zum Dorfvorplatz zwangen, ohne jedoch mehr als zehn Leute zusammenzubringen. Aufgebracht gab der Aufklärungsoffizier ein paar Schüsse in die Luft ab und brüllte: »Sämtliche Männer haben sich augenblicklich hier einzufinden! Jeder, der sich der ideologischen Erziehung entzieht, gilt automatisch als Reaktionär!«

Nur wenige Leute mehr erschienen daraufhin am Versammlungsort, doch ahnten die Verursacher der Schüsse nicht, welches Unheil sie heraufbeschworen hatten. Denn der Kaiser vernahm die Schußsalve, während er gerade am Krankenlager von Shin Kijuk eine Unterhaltung mit Pyôn Yagyu und anderen Getreuen führte.

»Wer wagt es, auf meinem Land Schüsse abzugeben?«

Mühsam erhob sich U Palsan, um für den Kaiser Erkundigungen einzuholen: »Ich sehe mal nach.«

»Yodongbaek, laßt gut sein. Wir werden alle zusammen hingehen.«

Der Kaiser schien nicht warten zu wollen, bis er die Urheberschaft der plötzlich vernommenen Schüsse erfuhr, er machte sich gleich selbst auf den Weg, gefolgt von seinen Höflingen. Als sie am Ort des Geschehens eintrafen, schwang das, wie es aussah, für die Propaganda zuständige Mitglied der roten Dreimanndelegation gerade eine feurige Rede: »Unsere tapfere Volksbefreiungsarmee hat überall, wo sie war, heldenhafte Schlachten geschlagen und ist ihrem Ziele, der Befreiung von Süd-Chosôn, sehr nahe. Schon bald werden die Marionetten von Süd-Chosôn und die Handlanger der amerikanischen Imperialisten an der Küste vor Pusan ins Meer getrieben sein und werden überall die roten Banner wehen, auch auf dem Halla-Berg auf Cheju. Genossen! Laßt keine Zeit mehr verstreichen und meldet euch an die Front der glorreichen Revolution! Sieg und Ruhm sind euch gewiß!«

Aber es waren eben Untertanen des Kaisers, zu denen er da sprach. Sie bedachten seine Rede mit Schweigen, bis ein gewisser Kim, ein Mann in den Vierzigern, dessen Haus neben dem Dorfbrunnen stand, mit trotzigem Ton die Stille durchschnitt: »Wozu sollen wir tun, was schon geleistet worden ist?«

»Ihr müßt deswegen dort unbedingt hin, weil der Sieg unmittelbar bevorsteht. Eine andere Gelegenheit, die ruhmreiche Front zu erleben, wird sich nie mehr bieten ...«

In diesem Augenblick erschien der Kaiser auf dem Plan, er drängte die versammelten Dorfbewohner beiseite und fragte streng: »Was erzählst du da über Süd-Chosôn?«

»Ich sprach von den Süd-Chosôner Marionetten.«

»Und wie war das mit den amerikanischen Imperialisten?«

»Ich sprach über die Handlanger der amerikanischen Imperialisten.«

Am ganzen Leib bebend vor Zorn, verpaßte ihm der Kaiser eine schallende Ohrfeige.

»Unverfrorener! Du wagst es, mich zu beleidigen? Als Marionette bezeichnest du mich, als Handlanger dieser Hundesöhne aus dem Westen?«

Und er kanzelte die drei baß erstarrten Männer ab: »Als wäre das Vergehen, mein Volk dazu aufzustacheln, diese Erde in ein Meer aus Blut zu verwandeln, nicht schon unverzeihlich genug, habt ihr auch noch die Unverfrorenheit, in mein Hoheitsgebiet einzudringen, ihr Hundesöhne!«

Nun erst erwachte als erster der drei der Aufklärungsoffizier aus der Schreckstarre und machte Anstalten, sich der Waffe zu bedienen. Doch die Faust von U Palsan hatte in all den Jahren von ihrer Schlagkraft nichts eingebüßt, sie traf den Mann mit einer Wucht, daß diesem das Gewehr entwunden werden konnte wie den Händen eines Kindes.

Es erübrigt sich, zu berichten, was sich hernach abspielte. Oft genug schon waren wir Zeugen des Unheils, das denen widerfuhr, die sich auf dreiste Weise gegen den Kaiser aufgelehnt hatten, es erging diesen Missetätern in etwa so wie jenen einst in Shinûiju und andernorts. Glück hatten sie im Unglück durch die Rückkehr von Prinz Hyomyông und Pae Taegi am frühen Abend. Ein paar Krieger trugen zerrissene Kleider und die eine oder anderer Verstauchung davon, doch konnten alle wieder in ihre Quartiere zurück.

Die *Chronik* mochte zwar verzeichnen, daß *die roten Banditen bezwungen waren und der Kaiser eine weitere mächtige Waffe erwerben konnte;* die Niedergeschlagenheit bei Prinz Hyomyông indes konnte größer nicht sein. Ein paar Stunden, in denen er nicht im Dorf der Weißen Steine gewesen war, hatten ausgereicht, um das so mühsam aufgebaute knifflige und doch fragile System zum Einstürzen zu bringen, mit dem er den Kaiser und sein Volk aus den Wirren des Krieges herauszuhalten vermocht hatte.

Es war dringend geboten, einen neuen Weg zu erdenken, mit dem der Vater und das Dorf gerettet werden konnten. Doch er kam auf keinen.

Der Eindruck, daß von diesem Tag an der Kaiser und seine Getreuen die Geschicke des Dorfes in die Hand nahmen, steht höchstwahrscheinlich in direktem Zusammenhang mit der gleichzeitig einsetzenden tiefen Depression von Prinz Hyomyông. Während der Prinz ob dieser Niedergeschlagenheit wie gelähmt war, befanden sich Kaiser und Gefolge, in Unkenntnis der Realität draußen im Lande, in einem Rausch glückseliger Zuversicht.

Der Kaiser forderte seine Untertanen auf, sich auf einen möglichen erneuten Ansturm der roten Bande einzustellen und Verteidigungsvorkehrungen zu treffen. Sie errichteten daher rund um den Ort einen Schutzwall und brachten auf ihm nach allen Richtungen die vier Gewehre in Position, und das Dorf der Weißen Steine nahm mit seinen massiven Holzbarrikaden rasch die Züge einer Festung an.

Sonderbar aber gestaltete sich die Reaktion des Feindes. Trotz der sicheren Erwartung eines baldigen Vergeltungsschlags zeigte er sich nach drei endlosen Tagen noch immer nicht.

»Zweifellos sind sie erstarrt in Ehrfurcht vor dem göttlichen Glanze Eurer Majestät«, bemerkte Pyôn Yagyu.

Nach zehn Tagen in äußerster Anspannung geschah etwas Unerwartetes.

Mitten in der Nacht waren plötzlich Hufschläge zu vernehmen, ein berittener Offizier der Roten nutzte die Dunkelheit, um unbemerkt ins Dorf einzudringen. Er schien sich auszukennen, denn er lenkte sein Pferd auf direktem Wege zu Prinz Hyomyôngs Hütte.

»Hwi, Hwi, bist du da?«

Überrascht, eine vertraute Stimme ihn bei seinem Vornamen rufen zu hören, öffnete dieser die Türe.

»Erkennst du mich?«

»Großer Bruder!«

Barfuß stürzte der Prinz hinaus ins Freie. Es war tatsächlich Yung, der ehemalige Erbprinz und ältere Bruder, der unbewegt in seinem Sattel sitzen blieb.

»Treten Sie doch ein, großer Bruder.«

»Keine Zeit. Hör mir gut zu und mach genau, was ich dir sage.«

»Was wollen Sie mir sagen?«

»Wir ziehen uns zurück nach Norden. Das bedeutet, ich werde euch nun nicht mehr beschützen können.«

»Dann waren Sie das also, der ...«

»So ist es. Ich wurde als Politkommissar hergeschickt, weil ich von hier bin. Über euer unerhörtes Verhalten weiß ich genau Bescheid.«

»Danke, großer Bruder.«

»Aber auch meine Möglichkeiten sind, was euch betrifft, begrenzt. Solange noch einigermaßen Ordnung herrschte, konnte ich meine schützende Hand über euch halten, aber jetzt, wo der Rückzug begonnen hat, ist's vorbei mit der Gemütlichkeit.«

»Rückzug?«

»Die Amerikaner sind in Inchôn an Land gegangen. Wir sitzen wie die Maus in der Falle. Und werden immer tiefer in diese Falle, nach Norden, getrieben. Ihr müßt sofort weg von hier.«

»...«

»In Richtung Süden zu flüchten, ist zu gefährlich. Aber wenn Ihr mit der Nationalarmee zusammentrefft, könnt ihr wieder hierher zurückkommen.«*

* Durch den Landgang bei Inchôn (westlich von Seoul) fielen die UNO-Truppen unter General MacArthur den Nordkoreanern, die

»Großer Bruder ...«

»Ich muß los. Aber wir werden uns wiedersehen. Zum Flennen ist keine Zeit. Macht euch noch heute nacht davon, so schnell es geht. Sonst blüht euch eine gnadenlose Säuberungsaktion.«

Nach dieser Mahnung zog er die Zügel, um den Kopf des Pferdes in Richtung Norden zu wenden. Trotz der über zehn Jahre, die dieser Kommunist getrennt von den Seinen verbracht hatte, schien er sich der Familie noch immer verbunden zu fühlen. Und aufgrund dieser Sentimentalität sollte seine Laufbahn als Kommunist dann auch gründlich scheitern.

Prinz Hyomyông machte sich, nach einem Moment der Besinnung, in dem Traurigkeit und Freude einander abwechselten, sogleich daran, in die Wege zu leiten, was der Bruder ihm nahegelegt hatte. Doch gab es ein Problem: den Kaiser.

»Dieses Subjekt ist nicht mehr mein Sohn. Er hat sich gegen seinen eigenen Vater aufgelehnt, indem er sich dem Anführer der roten Banditen, diesem Kim Ilsông, angeschlossen hat. Bevor ich einen Vorschlag von diesem mißratenen Sohn befolge, gehe ich lieber hier, zusammen mit meinem Volk, zugrunde.«

Dem Kaiser schien es, so wie er sich ausdrückte, ernst zu sein damit. Da kam dem Prinzen die Idee, Shin Kijuk zu Rate zu ziehen. Seit längerem schon bettlägerig, hatte dieser zu den Ereignissen bislang gänzlich geschwiegen. Die meisten mochten dies auf seinen sehr schlechten Gesundheitszustand und das hohe Alter zurückführen, doch der Prinz kannte die wahre Ursache. So klar, wie sein Geist im Angesicht des Todes war, gab es keinen Anlaß mehr, mit dem Kaiser eine Konversation zu führen. Sofort suchte der Prinz ihn am Krankenlager auf. Glücklicherweise war gerade sonst niemand zugegen.

»Erkennt Ihr mich?« fragte der Prinz den alten Mann, als

die südkoreanischen Streitkräfte bis auf einen kleinen Flecken um Pusan (im Südosten der Halbinsel) zurückgedrängt hatten, von Norden kommend in den Rücken, zusammen mit Teilen der südkoreanischen Nationalarmee, wodurch sich Yungs Aufforderung erklärt, nach der Armee des Südens im Norden zu suchen.

dieser die Augen öffnete, da er wahrgenommen hatte, daß jemand hereingekommen war.

»Natürlich erkenne ich dich.«

»Wißt Ihr, wer mein Herr Vater ist?«

»Ein guter Mensch.«

»Und das mit seinem Himmlischen Mandat? Süd-Chosôn?«

»Nun ja ... ich weiß nicht.«

Dann fragte er, in verwundertem Tone: »Woher wußtest du, daß ich meine Sinne wiedererlangt habe? Und wieso stellst du mir auf einmal solche Fragen?«

»Empfindet Ihr zu meinem Herrn Vater noch immer Zuneigung?«

»Selbstverständlich.«

»Gut. Dann bitte ich Euch, etwas zu seinen Gunsten zu tun.«

Und der Prinz berichtete ihm von der Geschichte um Yung. Schweigend lauschte Shin Kijuk seinen Worten, ging dann eine ganze Weile tief in sich und sagte schließlich: »Hole zuerst Pyôn Yagyu. Bitte dann auch deinen Vater herein.«

Prinz Hyomyông tat, was Shin Kijuk ihm aufgetragen hatte. Kurz darauf saß Shin Kijuk wie ein kerngesunder Mann aufrecht, Pyôn Yagyu gegenüber, in seinem Bett, und um den eintretenden Kaiser zu empfangen, erhob er sich sogar.

»Munchanghu, hattet Ihr schwer an Eurer Krankheit zu leiden?«

Ohne den Eindruck eines Kranken zu erwecken, erwiderte Shin Kijuk mit klarer und milder Stimme: »Majestät, dies zu hören mag Euch nicht behagen, aber ich fürchte, ich werde um Eure Majestät trauern müssen, noch ehe Eure Majestät Euren siechen alten Diener betrauern werdet.«

»Was meint Ihr damit, daß Munchanghu zuerst um mich wird trauern müssen?«

»Als ich zwischen Traum und Wachsein hin- und herdämmerte, sah ich eigenartige Dinge und vernahm ich sonderbare Laute. Ein Pferd sprang in mein Zimmer, geritten von einem furchtgebietenden Manne, welcher mit donnernder Stimme brüllte: *Ich bin der Rote Kaiser! Nun, da das Schicksal des*

Weißen Kaisers besiegelt ist, bin ich gekommen, mir seinen Kopf zu holen! Am ganzen Körper zitternd erwachte ich und ließ gleich Pyôn Yagyu zu mir kommen, auf daß er mir diesen Alp deute, und in der Tat, es war dies keine gewöhnliche Vision.«

Der Kaiser wandte sich daraufhin an den am Rand sitzenden Pyôn Yagyu: »Welches Omen saht Ihr darin?«

»Der Himmel bedeutet Eurer Majestät, daß Ihr diesen Boden schnellstens fliehen solltet.«

»Ist dieser Traum nicht eher dem geschwächten Geist des Munchanghu geschuldet? Sollte ich das Werk von Jahrzehnten nur eines Nachtmahrs wegen aufgeben?«

»Darum geht es nicht. Beim Studium der Sterne kürzlich machte ich die Entdeckung, daß eine gewaltige Feuersbrunst den Chamiwôn Eurer Majestät attackieren wird. Ich befragte auch das *Yôk (Yi Qing)* und fand heraus, daß Ihr nach acht Richtungen von Todesland umgeben seid und Ihr Euer Heil einzig in der Flucht gen Nordosten finden könnt.«

Da nun also auch Pyôn Yagyu im gleichen Sinne wie die anderen sprach, konnte sich der Kaiser dem nicht mehr verwehren. So faßte er den bitteren Entschluß, ein zweites Mal fortzuziehen ins Exil.

Der Prinz berief eine Versammlung der Dorfbewohner ein, auf der er sie zur sofortigen Flucht aufforderte, und traf die Vorkehrungen für den Aufbruch seiner Familie und der Getreuen des Kaisers.

Ersparen wir uns nähere Einzelheiten über diese bittere und entbehrungsreiche Flucht. Trotz der Lehren, die man aus der Schilderung vom Bestehen schwierigster Lebensumstände ziehen könnte, besteht doch auch die Gefahr, daß das strahlende und ruhmgesättigte Bild des Kaisers dadurch von seinem Glanz verlöre. Wir beschränken uns daher auf zwei Ereignisse, die meines Erachtens im Leben des Kaisers von prägender Bedeutung waren.

Das erste war der Tod des Munchanghu Shin Kijuk. Das Überreden des Kaisers hatte ihn allem Anschein nach zuviel Lebensenergie gekostet, er verschied noch in der ersten Fluchtnacht auf einsamem Wege, ohne noch einmal den

Mund aufgetan und ohne ein Vermächtnis hinterlassen zu haben. Für die Nachwelt war dies ein enormer Verlust, denn mit seiner literarischen Meisterschaft und seiner ganzen politischen Erfahrung hätte er zweifelsohne ein Testament allererster Güte hinterlassen, wäre er in seinem eigenen Bett gestorben. Einem jeden, der des Kaisers tiefe Trauer sah, kamen die Tränen.

»In schwerer Zeit begegneten wir einander und sind drei Jahrzehnte lang kreuz und quer über alle Lande gezogen, mit Euch zusammen wollte ich das große Werk erfüllen und zu Ruhm und Herrlichkeit gelangen, doch nun seid Ihr schon vorher gegangen. Ach! Wie fremd und allein werde ich auf dieser weiten Erde nun sein! Auf wen kann ich mich jetzt noch stützen? Wo werde ich Euer gütiges Antlitz schauen können, wo dem Klang Eurer ergebenen Stimme lauschen? Wer wird für mich solch vortreffliche Texte verfassen, von wessen Erfahrungsschatz kann ich jetzt noch zehren? ...«

Dergestalt klagend, brachte der Kaiser es nicht fertig, sich von der eilig ausgehobenen Grabstätte loszureißen, in der Shin Kijuk lag, nicht einmal besargt. Als ihn die Seinen, angesichts eines in unmittelbarer Nähe einsetzenden Luftangriffs der UNO-Truppen, schließlich davonzerrten, vergaß er nicht, dies herzergreifende Gedicht zu rezitieren:

Meister Shins großer Name prangt im Universum.
Des treuen Mannes Bild ist edel und rein.
Der dreiteiligen Welt verworrener Plan
Ist nur eine Feder im Himmel voller Wolken.

Zehntausend Verse hätten nicht des Kaisers Kummer über Shin Kijuks Tod auszudrücken vermocht, und da es der Mensch im Zustand höchster Trauer an Redegewandtheit fehlen läßt, hatte er sich eines Gedichts von Tu Po (Tu Fu) bedient.

Ein weiteres erwähnenswertes Ereignis war die Begegnung mit der Frau, von der sich der Kaiser vierzig Jahre zuvor hatte trennen müssen: dem Fräulein Yun. Am dritten Tag nach dem Aufbruch vom Dorf der Weißen Steine zwangen Bombardements und Feuergefechte die kleine Gruppe um den Kaiser, in einem kleinen, abgeschiedenen Bergtempel Zuflucht zu suchen. Auf der Suche nach einem abendtaugeschützten Platz erkundeten sie gerade den verlassen wirkenden Tempel, als sie plötzlich, beim Betreten des Hauptsaals, menschliches Leben gewahrten. Sie entdeckten eine blendend aussehende, etwa fünfzigjährige buddhistische Nonne, die sie freundlich-milde mit gefalteten Händen willkommen hieß: »Was hat Euch an diesen nur von einer einsamen alten Nonne bewachten Ort verschlagen?«

Sie vollendete die Verneigung, hob den Kopf und besah sich aufmerksam die einzelnen Mitglieder der Reisegruppe. Als ihr Blick auf den Kaiser fiel, veränderte sich mit einem Mal ihr Gesichtsausdruck. Da trat der Prinz nach vorne: »Wir sind auf der Flucht. Wir suchen nach einem Nachtplatz, wo wir vor dem Abendtau geschützt sind.«

»Wenn dies der Fall ist, dann möget Ihr Euch in den allesamt menschenleeren Meditationsräumen niederlassen«, lud die Nonne sie ein und ging ins Innere.

Kurz darauf kam sie wieder heraus und ging hin zum Kaiser, der gerade durch den Garten schlenderte, und fragte ihn, nachdem sie ihm den Gruß mit gefalteten Händen entboten hatte: »Erkennt Ihr mich nicht wieder?«

Der an tiefer Seelenpein leidende Kaiser betrachtete die betagte Nonne, doch wiewohl sie ihm irgendwie bekannt vorkam, rief sie bei ihm keinerlei Erinnerung hervor. Die Nonne ergriff erneut das Wort: »Ich bin das dumme Töchterchen von Yun Sanin, mit der Ihr einst im Dorf der Weißen Steine aufwuchst.«

Nun erkannte sie auch der Kaiser: »O, o, Fräulein Yun …«

Erneut betrachtete sie der Kaiser, und es brach sich Bahn mit aller Schmerzhaftigkeit die Erinnerung an die Epoche vor so vielen Jahren. Aber auch wenn die Zeit ein bildhübsches Mädchen in eine alte Frau verwandelt hatte, konnte er doch auf ihrem Gesicht die Spuren vergangener Anmut erkennen.

»So habt Ihr Euren Leib also dem Buddhismus geweiht? Bin etwa ich dafür verantwortlich?«

»*Namuamitabul (Namah Amitabha)*, man spricht nicht leichtfertig über das allgütige Erbarmen Buddhas.«

»Wie kam es dann, daß Ihr diesen Weg wähltet?«

»Mein unseliges Schicksal – wozu sich noch mit der irdischen Welt befassen? Mein Los war es, den Ehemann zu verlieren, dem ich begegnet war, und das Kind sterben zu sehen, das ich geboren hatte, aber es ließ mich auch die Drei Edelsteine finden, und ich weihe mein Leben nun schon seit zwanzig Jahren dem Buddha.«

Sie tat einen leichten Seufzer und fragte, nach einem Moment des Schweigens: »Habt Ihr also, da Ihr nun wohltätig zu sein scheint, Euer edles Werk vollbracht?«

Des Kaisers Miene verfinsterte sich, und er schilderte ihr in groben Zügen die Geschehnisse vergangener Tage. Dann schlug er ihr voll des Erbarmens vor, mit ihm zusammen den Berg hinabzusteigen.

»Das Band zur irdischen Welt ist bereits durchschnitten. Meinem Leben stehen nicht mehr viele Jahre bevor, ich werde sie damit verbringen, daß ich Buddha wohlriechende Duftstäbchen darbiete«, schlug sie höflich sein Angebot aus, nachdem sie milde lächelnd der Lebensrückschau des Kaisers gelauscht hatte. Dann ging sie eilig fort und ließ sich erst wieder am Morgen des nächsten Tages blicken, als die kaiserliche Gruppe schon beinah an der Tempelpforte war. Mit Tränen in den Augen suchte sie die Augen des Kaisers und seufzte: »Es ist alles Illusion. Eine Illusion, aus der es zu erwachen gilt ...«

Im neunten Monat des fünften Jahres Chunggwang kommen aus dem Süden Menschen, die weder Japaner noch Chinesen sind. Ein Heer westlicher Barbaren wird festlich empfangen mit Wein und Fleisch.

Hin und her durch die Berge irrten der Kaiser und die Seinen auf der demütigenden Flucht vor den Invasoren des Nordens während zehn Tagen nach der Begegnung mit Yun Sanins Tochter. Angesichts der täglich heftiger werdenden Angriffswellen der UNO-Truppen mieden sie die Hauptverkehrswege, um nicht unversehens mitten in die Gefechte zwischen den beiden Kriegsparteien zu geraten.

Wo immer sie auch vorbeikamen, boten sich ihren Augen die Verwüstungen des Krieges dar. Ausgebrannte Häuser, Autowracks, zerstörte Geschütze, verlassene Stahlhelme … Am schmerzlichsten berührten indes des Kaisers Seele die überall verstreut liegenden und unbestattet verwesenden Leichen. Ob aus dem Süden oder aus dem Norden, ob Zivilisten oder Soldaten, ob Rote oder Weiße: alle hatten sie das Blut dieser Erde empfangen, alle gehörten sie daher dem geliebten Volk des Kaisers an. Auf dieser blutgetränkten Flucht rezitierte der Kaiser denn auch ächzenden Herzens einen Schlachtgesang von Yi Hwa, welcher in der *Chronik* in all seiner Länge verzeichnet ist, von uns aber verkürzt wiedergegeben sei:

Alle aus dem schwarz- oder blauhäuptigen Volke, die keine Eltern hatten, welche sich ob ihres kurzen Lebens gegrämt hätten. Die keine Geschwister hatten, welche herangewachsen wären, als seien sie ihnen wie Hände und Füße. Die nicht Gemahl oder Gemahlin hatten, welcher oder welche sie wie einen Gast geehrt und wie einen Freund geliebt hätte.

Was tat ihnen, solange sie noch lebten, der Staat Gutes, und für welches Vergehen mußten sie auf dem Schlachtfeld sterben? Ob sie noch leben oder ob sie gefallen sind, wissen die Ihrigen zu Hause nicht. Wenn jemand es ihnen sagt, können sie es ihm nicht recht glauben … Herz und Augen unentwegt voll bitterer Trauer, ist ihnen ihr Bild allgegenwärtig, ganz gleich, ob sie schlafen oder wachen.

Sie halten sie schließlich für tot und decken eine Opfertafel mit dem Weinbecher und schluchzen laut und starren hinauf zum weiten Himmel und sehen, wie auch Himmel und Erde in Kummer versinken und auch das Grün der Pflanzen vor Trauer und Leid vergeht. Ist es der fortgegangenen Seele versagt, heimzukehren trotz allen Opferns derer, die darum beten, wird sie ewig ohne Seelenkasten bleiben.

Auf die große Schlacht folgt eine furchtbare Hungersnot, und die überlebenden Untertanen werden auseinandergesprengt und verurteilt zum ziellosen Umherirren. Welch ein

Jammer! Welch eine Tragödie! Ist's der Epoche geschuldet, ist's der Himmelswille? Seit ewigen Zeiten ist's schon so, warum, weiß niemand ...

Die erste Begegnung mit Soldaten der Vereinten Nationen gab es höchstwahrscheinlich zu Beginn des neunten Monats. Sie hatten seit Tagen nichts mehr zu essen gehabt und stiegen darum aus den Bergen hinab in Richtung Ch'ônan, als sie auf der Landstraße mit einer UNO-Nachschubtruppe zusammentrafen. Von ihr erfuhren sie, daß deren Vorhut bereits zehn Tage zuvor durch diese Gegend gekommen war: Daß sie die ganze Zeit durchs Gebirge geirrt waren, so begriffen sie, war darum völlig sinnlos gewesen.

Für Prinz Hyomyông und Pae Taegi an der Spitze des kaiserlichen Trosses bedeutete die Begegnung mit der Armee der Vereinten Nationen indes noch nicht das Ende der entbehrungsreichen Flucht. Vor ihnen lag noch immer die schwierige Aufgabe, den Kaiser und die Seinen bis zum Dorf der Weißen Steine zwischen die jederzeit kampfeswilligen UNO-Einheiten und die sie unterstützenden und nicht minder schießwütigen Heeresteile der Nationalarmee hindurchzuführen.

Es heißt, der Blick des Kaisers sei bei diesem ersten Aufeinandertreffen mit der Armee der UNO nicht eben wohlwollend gewesen. Aus seiner Sicht stellten die Leute aus dem Süden keine geringeren Verbrecher dar als die aus dem anderen Landesteil, die ihnen zu Hilfe gekommenen Soldaten der Vereinten Nationen zu sehen, weckte bei ihm daher keine besonders großen Sympathien. Prinz Hyomyông und Pae Taegi wurden, wie sie aus den Augenwinkeln die Miene des Kaisers beobachteten, unruhig und fragten sich, wie er sich wohl verhalten würde, ob seine Neigung, brenzlige Situationen in Katastrophen zu verwandeln, sich wieder einmal Bahn brechen würde. Denn große Sorgen bereitete Prinz Hyomyông auch, wie sich in einem solchen Falle die ausländischen Soldaten verhalten würden, die den Seinen bislang nur fürchterliche Luftangriffe, hochmoderne automatische Feuergeschosse und die Erde bis ins Mark erschütternden Panzerdonner beschert hatten, aber mit den Gepflogenheiten dieses Landes vermutlich wenig vertraut waren.

Glücklicherweise wich die Feindseligkeit allmählich aus dem kaiserlichen Antlitz, und der Ausdruck angestrengten Nachdenkens schob sich an ihre Stelle. Erleichtert harrten Prinz Hyomyông und Pae Taegi aus, bis der Kaiser nach langem Schweigen und tiefer Einkehr fragte: »Prinz, wieviel Stück Vieh und wieviel Getreidesäcke könnten wir zusammenbringen?«

»Zwar verfügen wir noch über etwas Gold und Geld, doch ist es in Zeiten wie diesen nicht gerade einfach, dergleichen zu organisieren. Wozu benötigt Ihr plötzlich Wein, Fleisch und Reis?«

Die Gegenfrage des Prinzen verwundert nicht, denn bis zu jenem Tage hatte sich der Kaiser um die Versorgung seines Gefolges nie gekümmert. Aber statt hierauf zu antworten, rief der Kaiser die ihm am nächsten Stehenden, wie U Palsan und Pyôn Yagyu, zu sich.

»Wenn es nicht möglich ist, Wein, Fleisch und Reis zu kaufen, werden wir eben die Hilfe des Volkes in Anspruch nehmen. Minister: Geht in die Häuser der Nachbarschaft und schafft Rinder, Schweine, Hühner, Wein und Getreide herbei. Tut dies in meinem Namen und bescheinigt ihnen, nach dem Ende der unruhigen Zeit das Zehnfache des Normalpreises zu entrichten. Das Volk ist erschöpft, wir dürfen daher von ihm nicht zuviel verlangen, gerade soviel Lebensmittel, damit eine Einheit sich satt essen kann, und gerade soviel Wein, damit sie sich betrinken kann.«

Der Kaiser präzisierte seine Requisitionsorder auf zwei Rinder, fünf Schweine, fünfzig *Mal* Wein und dreißig Sack Reis. Selbst in einer friedlicheren Periode und mit einer noch höheren Geldsumme hätte die rasche Vollstreckung dieses Befehls kein leichtes Unterfangen dargestellt. Aber U Palsan, Pyôn Yagyu, Tu Ch'ung und die anderen Getreuen zögerten nicht, sogleich auszuschwärmen, loyal und ergeben, wie sie waren, und ohne die Weisheit der kaiserlichen Anweisung in Zweifel zu ziehen. Einzig Prinz Hyomyông war bei dieser Sache unbehaglich zumute. Er hielt die Getreuen zurück und fragte den Kaiser: »Vater, wozu soviel Wein und Fleisch?«

»Ich werde sie zu einem Festmahl einladen«, erklärte der Kaiser feierlich.

»Sie ... zu einem Festmahl einladen?«

»Ich möchte die Barbarensoldaten des Westens, die einen so langen Weg über Land und Wasser hinter sich gebracht haben, üppig bewirten, damit sie Zeugen meiner tugendhaften Königsherrschaft werden. Finde du heraus, wer diese ausländische Armee befehligt.«

Dem Prinzen schwante allmählich, was der Kaiser da im Schilde führte, ohne daß er den wahren Grund für seinen Plan erraten konnte. Da der Kaiser dessen gewahr wurde, enthüllte er ihm sein Vorhaben, als handelte es sich dabei um die raffinierteste aller Strategien: »Han-Kaiser Kojo bediente sich der Barbaren von Min Wôl (Min Yüe) und Tong Ku (Barbaren aus dem Süden Chinas), um siegreich aus der Schlacht gegen die Hang U (Xiang Yu) hervorzugehen, und auch sein Abkömmling Kyông Che (Ching Ti) schlug mit Hilfe der Wôl-Barbaren den Aufstand von König Pi (Pei) von O (Wu) nieder. Ich mag sie zwar nicht selbst gerufen haben, doch werde ich mir die Stärke der Barbaren des Westens zunutze machen, um die Banditen des Nordens niederzuringen.

So wie ich die Situation sehe, werden die Banditen des Nordens, auch wenn sie sich gerade auf dem Rückzug befinden, noch nicht allesamt die Waffen strecken. Schließlich steht im *Kamgyôl* geschrieben: *Nördlich des Paektu-Berges weint fortdauernd ein Barbarenpferd*, was da heißt, daß die roten Banden die Kommunisten von Mandschu und Arasa um Beistand anrufen werden. Ich gedenke mich also mit den Barbaren des Westens zu verbünden, um mit ihrer Kraft jene anderen Barbaren niederzuschmettern. Hatten etwa nur die Han das Recht, die Methode *Durch-Barbaren-gegen-Barbaren* anzuwenden?«

Dem Prinzen wurde schwindelig, als er diese Worte vernahm. Wahrscheinlich stellte dies die großartigste und ausgeklügelste Strategie dar, die der Kaiser je ersonnen hatte, aber gerade darum mußte der Prinz ihr um jeden Preis entgegenwirken, denn die Schwierigkeiten und Verwicklungen, die sie heraufbeschwören würde, könnten wirken, als *falle ihnen das Feuer direkt auf die Füße*, wie eine Redewendung lautet. Mit anderen Worten, denjenigen, die ihn liebten, machte der mangelnde Realitätssinn des Kaisers jener Epoche schwer zu schaffen.

»Eine Armee, die einen so langen Weg zum Ort der Schlacht auf sich genommen hat, wird unweigerlich nach einer Trophäe lechzen. Was tun, wenn sie nach dem Sieg gegen die Banditen des Nordens und deren chinesische Verbündete unsere Erde als Kriegsbeute einfordern?«

Aber dieses Argument, mit dem der Prinz dem Kaiser seinen Plan ausreden wollte, zeitigte keinerlei Wirkung. Der Kaiser hatte die Antwort schon parat: »Die Kraft der Barbaren des Westens dürfte die dieses Herrn Mo (Mao Zedong) und die von Arasa kaum übersteigen. Denn nach einem Sieg ihrer Armee wird diese völlig ausgelaugt und von Wunden übersät sein. Wäre ein erschöpfter Tiger, mag er noch so ausgehungert sein, in der Lage, ein Reh zu reißen? Deine Sorgen sind völlig unbegründet.«

»Aber besagt nicht auch das Sprichwort, *wenn zwei Wale miteinander kämpfen, zerbirst der Rücken der Garnele?* Und dachtet Ihr auch an all die bedauernswerten Menschenleben, die geopfert werden, wenn die beiden blutgierigen Barbarenhorden auf diesem Boden übereinander herfallen? Wenn Teile des Volkes sich untereinander befehden, ist es möglich, daß man einander die Hand zur Versöhnung entgegenstreckt, doch von den Barbaren läßt sich dergleichen nicht erwarten.«

»Natürlich bedaure ich sie, aber waren es nicht sie selbst, die, weil sie falschen Herren zujubelten, das Unheil heraufbeschworen haben? Dies wird ihnen eine Lehre sein, damit sie in Zukunft, wenn sich Teile des Volkes einmal erneut bekriegen, nicht wieder Barbarentruppen ins Land rufen.«

Die Antwort des Kaisers war mit einer solchen Entschlossenheit vorgetragen, daß den Prinz ein tiefes Gefühl der Ohnmacht beschlich. Der Kaiser jedoch faßte das bestürzte

Schweigen des Prinzen als Zustimmung zu seinem Plan auf und drängte Pyôn Yagyu und die anderen: »Was ist? Zieht los, Minister, geht in die Häuser und bringt Wein und Speisen herbei, damit wir ein Fest zu Ehren der westlichen Soldaten feiern können.«

Prinz Hyomyông und Pae Taegi waren außer sich vor Verzweiflung, ohne aber die Ergebenen des Kaisers am Aufbruch zu hindern. Denn die kaiserliche Reisetruppe selbst benötigte ja dringend neuen Proviant, und ein wenig erleichtert waren die beiden schon, daß sich einmal andere als sie darum kümmerten. Falls die Lebensmittel dann auch tatsächlich beschafft werden würden, hätten sie diese sogleich unter dem Vorwand einkassiert, sie würden die Darbietung des Requirierten an die UNO-Soldaten übernehmen. Und wenigstens hielt sich der Kaiser mit diesem launigen Plan selbst davon ab, seine Mannen in einen sinnlosen Kampf gegen die ausländische Einheit zu hetzen.

Als die Gruppe um U Palsan und Pyôn Yagyu den Befehl entgegengenommen hatte und hinausgezogen war, fragte er: »Hast du inzwischen herausgefunden, wer sie befehligt?«

Nachdem er den Namen des Kommandierenden der UNO-Streitmacht erfahren hatte, zog er die Schreibutensilien heraus, die er in all den Jahren der Wanderschaft immer bei sich getragen hatte, und begann zu schreiben. Der Inhalt dieser Niederschrift sei verkürzt und unbeholfen wiedergegeben:

An den Oberkommandierenden der amerikanischen Streitkräfte in Korea, General Maek Adô (MacArthur), ehrerbietigst.

Ihr seid über Tausende von Ri *auf gefährlicher See geschifft und habt tausend* Ri *auf dieser wüstengleichen Erde zurückgelegt, um die Verbrecherbanden niederzuschlagen, Euer Soldatenname erstrahle wie Sonne und Mond, Eure Taten mögen sich höher emporrecken als der Tae-Berg (Taishan). Lebten die dereinstigen Generäle Wi und Kwak P'yogi noch, sie wären angesichts Eures Ruhmes erblaßt, und die Kriegskunst des Chegalmu hätte gegen die Eure nichts auszurichten vermocht.*

Die Gelegenheit, um über die Dinge der Welt zu diskutieren, wird sich bieten, zuvor richte ich Euren Kämpfern ein bescheidenes Festmahl aus mit Speisen und Wein.

Vorne: Zwei Ochsen, fünf Schweine, fünfzig Tu *erlesenen Weines, dreißig* Sôk *weißen Reises.*

Hinten: Hundert Kûn *gelben Goldes, zweihundert Seidenrollen, drei* Tu *Perlen.*

Wisset allerdings, daß die hinteren Präsente Euch erst nach der vollständigen Vernichtung der Feindesbanden dargereicht werden.

Neuzeitlicher ausgedrückt: Der Kaiser wollte die weiter hinten zu postierenden Gaben auf Kredit verschenken; aber nach der Rückkehr seiner Leute war er ohnehin zur Revision seines Präsentekatalogs gezwungen. Denn nur U Palsan hatte irgendwo etwas Pferdefleisch, Tu Ch'ung ein *Toe* Hirse und einer der Greise eine tote Elster aufgetrieben. U Palsans Fleisch stammte von einem durch eine Bombe getöteten Armeepferd, und Tu Ch'ung hatte die Hirse gegen einen Goldzahn eingetauscht, den er sich für diesen Handel eigens herausgerissen hatte.

»Es heißt, die Kleinen tauschen einander Güter aus und die Weisen Gerechtigkeit. Ist man einmal General eines Landes geworden, zählt man nicht mehr zu den Kleinen und kann man sich nicht mehr mit der genauen Auflistung der Güter befassen, die einem gesandt wurden.«

Trotz dieser Worte ein wenig verstimmt, wie es schien, machte sich der Kaiser an die Überarbeitung seiner Geschenkeauflistung. Nachdem er das Schreiben versiegelt hatte, gab er die Sendung samt den sorgfältig verpackten Präsenten auf den Weg an den UNO-Kommandanten, ohne zu wissen, wo dieser sich aufhielt. Der Kaiser hatte Pyôn Yagyu als Boten auserkoren, doch wandte der düster dreinblickende Prinz Hyomyông ein: »Einen einfachen Beamten in einer so wichtigen Angelegenheit als Emissär zu bestimmen, erscheint mir wenig höflich. Darum werde ich zu ihnen gehen und versuchen, ihre Gunst zu gewinnen.«

Dem Kaiser leuchtete dieses Argument ein, und er entsandte den Prinzen, begleitet von Pae Taegi, woraufhin die beiden zwischen die UNO-Fahrzeuge hindurchschlüpften und den Blicken der Kaisergruppe entschwanden.

Nach ein paar Stunden kamen sie zurück, mit einem Arm voll Armeerationen, Konservendosen und Schokolade.

»Mag in seinen Adern auch westliches Blut fließen, so halte ich diesen Oberkommandierenden doch für einen weisen Mann. Er war von Eurem Schreiben und Euren Gaben sehr bewegt und möchte Euch im Gegenzuge dies hier darreichen«, berichtete der Prinz.

Der Kaiser geriet ob dieses unstrittigen Beweises in Verzückung: »Seht her! Hatte ich es nicht gesagt? Sagte ich nicht, daß dies der Mann ist, mit dem ich über die Dinge der Welt diskutieren würde?«

Doch es kursieren auch andere Versionen dieses Ereignisses. So behaupteten manche, der Prinz sei nie beim UNO-Oberbefehlshaber gewesen und habe ihm folglich nie den kaiserlichen Brief und die Präsente übergeben, sondern vielmehr die eigenen Mitbringsel auf dem Schwarzmarkt ertauscht oder von UNO-Soldaten erbettelt.

Im ersten Monat des sechsten Jahres Chunggwang erschüttert ein gewaltiger Sturm die einsame Fichte. Die unbarmherzige Südpartei zwingt Prinz Hwi ins Exil.

Zum wiederholten Male sei gesagt, für unseren Kaiser bestand Namhan (Südkorea) aus einer einzigen Bande von Verrätern, und auch die *Chronik* spricht meist von den Banditen des Südens oder den weißen Feinden. In diesem Bericht, der sich zum Ziele gesetzt hat, der Nachwelt von den Ruhmestaten des Kaisers zu künden, könnten auch wir diese eigentümliche Terminologie übernehmen, aber da in unserem Staate Recht und Ordnung herrschen, bezeichnen wir die Seite des Südens lieber mit Südpartei, damit uns niemand vorwerfen kann, wir verumglimpften die Würde des Landes.

Wie aus den vorangegangenen Schilderungen ersichtlich, war die Beziehung zwischen Südpartei und Kaiser bis dato verhältnismäßig entspannt. Abgesehen von der Bezeichnung Verräterbande, mit der der Kaiser sie bedachte, bestand das einzige Vergehen der Vertreter der Südseite darin, daß sie des Kaisers Himmelsmandat nicht anerkannten (ja nicht einmal erkannten). Indes, das Schicksal machte sich daran, zwischen ihnen und dem Kaiser einen unüberwindbaren Graben zu ziehen.

Der erste Konflikt zeigte sich an einem Tag im neunten Monat des fünften Jahres Chunggwang anläßlich einer Begegnung mit der Nationalarmee, die gerade Anschluß an die UNO-Truppen suchte. Der Kaiser und die Seinen, die nach dem Einvernehmen mit den ausländischen Soldaten wieder gen Süden gezogen waren, rasteten gerade auf einem Feld, auf dem sich auch ein Trupp der Nationalarmee erholte, der zuvor versprengte und nach Norden strebende Kommunistenhorden bekämpft hatte. Immer und immer wieder hatte Prinz Hyomyông auf den Kaiser eingeredet, sich nur ja nicht zu erkennen zu geben und nur ja nichts zu unternehmen, ehe die Nationalarmee nicht auch den letzten Kommunisten unschädlich gemacht habe, aber dem Kaiser stach es sofort ins Herz, sobald er der Soldaten der Nationalarmee ansichtig wurde. *Ach, diese jungen Männer, die Kinder meines geliebten Volkes, sie erkennen ihren wahren Herrn nicht, sie dienen einem falschen und widersetzen sich dem Himmlischen Mandat.* Solche Gedanken quälten da die kaiserliche Seele. Das Unheil nahm seinen Lauf, als ein Hauptmann, der in ihrer Nähe gerastet hatte, auf die Gruppe um den Kaiser zuging. Die *Chronik* erklärt dies mit der Anziehungskraft der kaiserlichen Ausstrahlung, doch war es eher Mitleid für die von der Kriegsnot gebeutelten Landsleute, die den Hauptmann trieb. Genau dieses Mitgefühl jedoch verursachte die Katastrophe.

»Alter Mann, die Zeiten sind hart, nicht wahr? Aber der Spuk ist bald vorbei. Nicht mehr lange, und wir haben sämtliche roten Hundesöhne entweder geschnappt oder über den Amnok-Fluß gejagt. Und dann brechen freie und glückliche Zeiten an.«

Seine Worte klangen aufrichtig und wohlmeinend. Der Kaiser mußte bei seinem Anblick an Kim Kwangguk denken, von dem er fünf Jahre zuvor getrennt worden war, und die Ähnlichkeit, die trotz sonnengebräuntem und magerem

Gesicht dieses Hauptmanns zu Kim Kwangguk bestand, rührte ihn.

»Einzig ich habe es an Tugendhaftigkeit fehlen lassen, wem könnte ich daher die Schuld geben, wem könnte ich etwas vorwerfen? An die jungen Burschen gilt es zu denken, die zwischen den Linien stehen und den Feinden als Kanonenfutter dienen. Es zerreißt mir schier das Herz, wenn ich an all die Menschenleben denke, die zertreten werden wie zarte Blumen.«

»Das ist leider unvermeidlich. Zwar habe ich meinen toten Kameraden gegenüber Schuldgefühle, daß ich noch am Leben bin, aber wen schert alles Leid noch, wenn wir gewonnen haben«, erwiderte der junge Hauptmann höflich, wenngleich ihn die Antwort des Kaisers ein wenig befremdete.

Doch was er dann zu hören bekam, verwirrte ihn noch mehr.

»Die erste Pflicht eines Untertans ist, niemals die Fehler seines Regenten anzuprangern, und die letzte ist, für ihn das Leben herzugeben. Wie ich sehe, hat dieser Herr Yi in Euch einen wahrhaft loyalen Untertan. Beneidenswert …«

»Wie? Was reden Sie da?«

»Ich spreche von dem, der Euer Souverän ist. Von diesem Herrn Yi, der sich Präsident oder so ähnlich nennt und sich an die Stelle des Königshauses eingesetzt hat.«

Wären Prinz Hyomyông oder Pae Taegi zugegen gewesen, hätte die Unterhaltung einen derartigen Verlauf nicht genommen. Doch die beiden waren ausgeschwärmt, auf der Suche nach Eßbarem.

»Nun, Sie meinen Seine Exzellenz, Präsident Yi …?«

Argwöhnisch sah der junge Hauptmann den Kaiser an. Die besonnene Ausdrucksweise seines Gegenübers indes ließ ihn sich fragen, ob er sich nicht vielleicht verhört hatte. In diesem Moment tauchte ein Verbindungssoldat auf, der vor dem Hauptmann salutierte und ihm mitteilte: »Kompaniechef, Sie möchten bitte zum Kommandanten kommen.«

»Wo finde ich ihn?«

»Er wartet dort hinten auf Sie, auf dem Kommandoposten.«

Durch das unvermittelte Erscheinen dieses Soldaten hätte es mit dem Gespräch sein Bewenden haben können, doch mitnichten, es sollte noch schlimmer kommen. Ursache hierfür war die Anrede »Kompaniechef«. Denn der Kaiser, mit der Nomenklatur der Nationalarmee nicht vertraut, hielt diese Bezeichnung für einen sehr ehrenvollen Titel, vergleichbar mit dem eines Generals, aufmerksam musterte er daraufhin das Gesicht des jungen Hauptmanns. Je genauer er es studierte, desto mehr erschien es ihm als das Antlitz eines seltenen Mannes, und innerlich klagte er: *Hätte Yu Pi (Liu Bei) sich Cho Charyong (Zhao Zilong) von Kong Sonchan (Kong Sun Quan) mehr gewünscht? Ein wahrhaft vortrefflicher Soldat.*

»Auf Wiedersehen, ehrwürdiger alter Mann. Ich muß nun gehen.«

Nicht ahnend, was in des Kaisers Seele vor sich ging, entbot ihm der Hauptmann einen einfachen Gruß und wandte sich von ihm ab. Noch ein wenig verwirrt über das, was er da aus dem Munde des Kaisers vernommen, hatte er es eilig, der Vorladung seines Vorgesetzten Folge zu leisten. Doch völlig ohne Not wurde der Kaiser mit einem Mal ungeduldig. Die eindringliche Mahnung von Prinz Hyomyông, nur ja nicht preiszugeben, wer er wirklich war, hatte er vergessen.

»Gnädiger Herr, gnädiger Herr. Wartet noch!«

»…?«

Der junge Hauptmann blieb stehen und drehte sich fragenden Blickes zum Kaiser um, der, als er gewahrte, wie unbeherrscht er seine Stimme hatte klingen lassen, sich sogleich bemühte, seine Fassung wiederzuerlangen: »Eure Ergebenheit diesem Herrn Yi gegenüber beeindruckt mich. Daß Ihr es in so jungen Jahren bereits zum General gebracht habt, beweist mir Eure Vortrefflichkeit und auch, daß Herr Yi imstande ist, die Verdienste anderer anzuerkennen. Aber der Phönix läßt sich auf keinem beliebigen Zweig nieder, und der Weise dient nicht irgendeinem Herrn. Dieser Herr Yi gehört dem alten Königsgeschlecht an und möchte die alte Dynastie unter dem Titel des Präsidenten fortführen, das Himmlische Mandat aber wurde dem Hause Yi schon vor langer Zeit entzogen. Mehr als zehn Jahre wird sich Herr Yi daher nicht mehr an der Macht halten.«

Der Kaiser hatte sich mit äußerster Höflichkeit ausgedrückt, und der junge Mann besaß entweder große Geduld oder aber er war ein neugieriger Mensch, denn wenngleich ihn sein Vorgesetzter einbestellt hatte, unterließ er es nicht, den Kaiser zu fragen: »Was reden Sie da? Wer bitte schön sind Sie?«

»Ich bin es, dem das Himmlische Mandat verliehen ward. Längst hat es der Himmel dem Hause Yi entzogen und es an unsere Familie, den Chông, weitergegeben. Angebrochen ist die achthundert Jahre währende Dynastie der Chông vom Keryong-Berg.«

Bis zu diesem Zeitpunkt war für den jungen Hauptmann der Sachverhalt noch immer nicht recht klar. Die Worte und das Verhalten des Kaisers waren zu würdevoll, um einen verdächtigen Eindruck zu machen. Doch da platzte mit einem Mal Pyôn Yagyu in das Gespräch: »Hört mal, junger Mann, Euch wurde die hohe Ehre zuteil, Seiner Majestät aufgefallen zu sein, also, was zögert Ihr noch? Was hält Euch noch immer davon ab, Euch dem Himmelsheer anzuschließen, anstatt auf ewig einen niederen Rang bei dieser Verräterbande zu bekleiden?«

Nun erst begriff der Hauptmann, mit welchen Leuten er es zu tun hatte, aber noch ehe er etwas erwidern konnte, wurde Pyôn Yagyu vom Kaiser gescholten: »Werter Herr Pyôn, sprecht nicht leichtfertig über die gewichtigen Angelegenheiten der Welt. Wie könnte er sich so einfach uns anschließen, wo doch seine jetzigen Soldaten über das gesamte Feld verteilt sind? Ich muß ihn doch erst einmal überzeugen, welch großartige Zukunft ihm verheißen sein würde.«

Dann wandte er sich wieder dem Hauptmann zu und sprach zu ihm in noch majestätischerem Tone: »Da Herr Pyôn es bereits enthüllt hat, werde ich Euch sagen, wer ich bin. Jener Chông, den der Himmel mit der Gründung einer Dynastie am Keryong-Berg betraut hat, bin ich. Sei es, weil ich es an Tugend fehlen ließ, oder sei es, weil der Himmel mir seinen Beistand verwehrte – meine Regentschaft erstreckte sich noch nicht über die gesamte Erde, als das große Morden einsetzte. Ich verlor mein Land, und mein Volk leidet, geblieben aber ist mir der Glaube. Was geteilt worden ist, kann wieder vereinigt werden. Die beiden Tiger vergießen bei ihrem Kampf gegeneinander Ströme voll Blut, doch einer von ihnen wird zugrunde gehen und der andere entkräftet sein. Diesen Tag wird der Himmel bestimmen und an ihm das Land in meine Hände übergeben. Kehrt Ihr, mein Herr, der Verbrecherhorde nicht beizeiten den Rücken, dann wird Euer Leichnam in dieser Erde keine Ruhestätte finden.

Ein altes Wort besagt, ein Held ist, wer den Siegesstrom der Welt zu erkennen vermag. Sein Leben und seinen Ruf einer alten Verbundenheit wegen opfert einzig der niedere Mann. Wie denkt Ihr? Seid Ihr bereit, mir bei der Aufgabe beizustehen, unser zerzaustes Samhan zu entwirren und in die Ruhmesfußstapfen eines P'aeng Wôl, Kyông P'o oder O Samge zu treten?«

P'aeng Wôl (Peng Yue) und Kyông P'o (Ching Pu), eigentlich Gefolgsleute von Hang U, liefen zu Han-Kaiser Kojo über und wurden später König Yang (Liang) und König Hoenam (Huai Nan). O Samge (Wu Sankuei) war ursprünglich ein Myông-General (Ming), lief aber über zu den Ch'ông (Ch'ing) und wurde nach der Niederschlagung von Nammyông (Nanming) König P'yôngsô (Ping Xi). Allerdings wurde P'aeng Wôl gemeuchelt und sein Fleisch eingesalzen und Kyông P'o durch den Verrat seines Schwagers O Shin (Wu Chen) in seinem Haus ermordet und starb O Samge getrieben und von allen verlassen in Honam (Hunan). Es wäre also zu fragen, ob diese Referenzen hier wirklich angebracht waren.

Glücklicherweise hörte der junge Hauptmann dieser Rede nicht sonderlich aufmerksam zu. Seine Sorge galt vielmehr, jemanden ausfindig zu machen, der ihm helfen konnte, sich aus den Fängen des Kaisers und Pyôn Yagyus zu befreien, und er wandte sich schließlich tuschelnd an Tu Ch'ung, der ihm, da er wortlos an der Seite des Kaisers saß, als ein besonnener Mann erschien: »Die beiden Herren haben offensichtlich unter diesem Krieg schwer zu tragen gehabt. Sie tun mir sehr leid. Jemand, dessen Verstand noch klar ist, sollte auf sie aufpassen. Denn meine Männer sind momentan nervlich in einem Zustand, in dem die kleinste Nichtigkeit sie zu einer überzogenen Reaktion verleiten kann. Ich habe große Bedenken, daß meine Leute sie für Rote halten könnten.«

Seine Menschlichkeit erscheint um so bemerkenswerter, wenn man bedenkt, welches Chaos und welche Gewalt ringsherum herrschte. Aber seine Worte hatten die Wirkung, als hätte er in ein Wespennest gestochen. Pyôn Yagyu, dem die mangelnde Unterwürfigkeit des jungen Hauptmanns ohnehin mißfallen hatte, explodierte förmlich: »Dreckskerl! Unverfrorener geht's wohl gar nicht! Wie kannst du dich angesichts der unendlichen Güte Seiner Majestät so respektlos verhalten?«

Auch aus Tu Ch'ung, mit dessen Beistand der Angegriffene gerechnet hatte, brach es heraus: »Was sagst du da? Was für eine Unverschämtheit! Seine Majestät, mit welcher zu sprechen du die Ehre hattest, ist der tapferste aller Krieger, fähig, mitten in der Wüste einen Wall von tausend Soldaten und zehntausend Pferden zu durchbrechen. Seine Majestät obsiegte in einer Schlacht, die so unerbittlich war, daß der Himmel einstürzte und die Erde sich umwendete, was also ginge Ihn euer lächerlicher kleiner Krieg an? Du hast keine Augen im Gesicht, sondern zwei Lederfetzen! Blind bist du, absolut blind!«

U Palsan schwieg, aber sein Mienenspiel verriet die Mordlust, die sich seiner bemächtigt hatte. Auch die übrigen Greise um sie herum sendeten flammende Drohblicke aus. Einzig die Kaiserin, die Ehrenwerte Dame Hwang, hatte einen anderen Gesichtsausdruck, unruhig spähte sie nach allen Richtungen, als sehnte sie jemanden herbei.

Verlegenheit blitzte kurz im Gesicht des Hauptmanns auf, doch war er so geistesgegenwärtig, ein Lächeln aufzusetzen und zum völlig verdutzten Meldegänger zu sagen: »Unteroffizier Chang, hören Sie einfach nicht hin. Die sind scheint's nicht ganz klar im Kopf, gehn wir.«

Aber der Hauptmann schien die Lage allzu optimistisch eingeschätzt zu haben.

»Bleibt ihr wohl stehen!«

Auf Pyôn Yagyus Gebrüll hin hastete U Palsan herbei, um trotz seines Hinkebeins den beiden Männern, denen der Ernst der Lage allmählich bewußt wurde, den Weg zu verstellen. Ohne sich darum zu scheren, was der Hauptmann und der Melder darüber denken würden, teilte Pyôn Yagyu dem Kaiser seine Ansicht in voller Lautstärke mit: »Nun, da sie wissen, wer Ihr, Majestät, seid, wäre es gefährlich, sie einfach ziehen zu lassen. Was könnten wir ausrichten, wenn sie Meldung erstatten und dadurch die Vergeltung einer ganzen Armee heraufbeschwören? Da sie sich uns offensichtlich nicht anschließen wollen, bleibt uns nichts anderes übrig, als ihnen für alle Ewigkeit den Mund zu versiegeln.«

Er meinte damit natürlich, sie zu töten. Die Tatsache, daß diese Drohung mitten auf einem Feld ausgestoßen wurde, auf dem eine veritable Heereseinheit kampierte, mag einen zum Schmunzeln bringen. Aber wie oft im Laufe der kaiserlichen Lebensbeschreibung haben wir nicht schon gesehen, wie eine an sich lächerliche Situation umgeschlagen war in echte und reale Gefahr?

Aber der Kaiser gab, in all seiner Güte und Barmherzigkeit, den beiden noch eine letzte Chance: »Hast du verstanden? Betrachte dich als unseren Gefangenen. Für welche Seite entscheidest du dich? Kôl bezwang das Yumin-Volk, verlor aber sein Land, und Chu blieb trotz seines Sieges gegen die Ostbarbaren nicht einmal der eigene Leib. Möchtest du durch die Wahl des Lagers von Verrätern wie Kôl und Chu wirklich dein Leben und deinen Ruf aufs Spiel setzen? Oder ziehst du es vor, Ruhm und Reichtum zu ernten, indem du dich in meine Dienste stellst?«

Unterdessen machte sich der Hauptmann heftige Vorwürfe, die Unterhaltung mit dem Kaiser überhaupt angefangen zu haben. Er fragte sich, wie es dazu hatte kommen können, daß er in eine so verzwickte Lage geraten war. Dann, plötzlich, hatte er einen Geistesblitz: Nur weg von hier!

»Unteroffizier Chang, laßt uns abhauen!«

Es klang dies wie ein Hilfeschrei, und er rannte los und stieß den sich in den Weg stellenden U Palsan beiseite.

Meldegänger Chang tat es ihm nach, das Gewehr an die Brust gepreßt. Aber die sich aus dem absoluten Gehorsam speisende Energie des kaiserlichen Gefolges war nicht zu unterschätzen.

Den vielen Männern auf diesem Feld bot sich mit den Reißaus nehmenden beiden Soldaten, verfolgt von den wild kreischenden Greisen des Kaisers, ein wahrhaft wunderliches Schauspiel. Wiewohl letztere die beiden Soldaten mit der Unerbittlichkeit und Gewaltbereitschaft jagten, mit der man entflohenen Sträflingen hinterherrennt, kam glücklicherweise niemand ernstlich zu Schaden. Die hie und da rastenden und auf der Wiese liegenden Soldaten brachen reihenweise in Gelächter aus, wobei einige auch neugierig wurden.

Wer diesen Wettlauf gewinnen würde, zeichnete sich indes rasch ab, denn die jungen Männer distanzierten ihre Verfolger mühelos binnen kurzem. Als dann endlich Prinz Hyomyông und Pae Taegi auftauchten, konnte man annehmen, daß es mit diesem Zwischenfall nun sein Bewenden haben würde. Doch weit gefehlt, die Ankunft der beiden neuen Akteure verschärfte die Lage sogar noch. Militärpolizisten, die die Szene beobachtet hatten, stellten sich mit ihrem Jeep der Meute in den Weg und verlangten, da sie einen Übergriff der Soldaten auf Zivilisten vermuteten, von den Beteiligten, sich zu erklären.

Zwei geschlagene Stunden dauerte es, bis die Gruppe um den Kaiser die schwerwiegenden und auch lebensbedrohlichen Verdächtigungen ausräumen konnte. Einen jedoch, Prinz Hyomyông, behielt die Militärpolizei in Gewahrsam. Es war aus ihrer Sicht höchst befremdlich, daß ein noch nicht einmal Dreißigjähriger mit einer Gruppe betagter Flüchtlinge durch die Gegend zog statt an der Front zu kämpfen oder wenigstens in einer Einheit zu dienen, die mit der Aufrechterhaltung der nationalen Sicherheit betraut war. Ja, es konnte noch schlimmer kommen, wenn sie ihn nämlich gar für einen ins Hintertreffen geratenen Feind oder womöglich auch für einen entflohenen Kriegsgefangenen halten mochten. Die Festnahme des Prinzen rief beim Kaiser und den Seinen selbstredend größte Empörung hervor. Aber was unseren Kaiser endgültig dazu veranlaßte, die Vertreter der Republik Korea nur noch als »Süd-Banditen« oder »weiße Diebe« zu bezeichnen, ereignete sich erst nach der Rückkehr ins Dorf der Weißen Steine.

Sie waren aus ihm keinen ganzen Monat zuvor aufgebrochen, aber die Verwüstungen des Krieges hatten dem Dorf ein völlig neues Gesicht gegeben. Die meisten Häuser waren abgebrannt, die noch vorhandenen stark beschädigt, der Hausrat lag überall herum, und es sah aus wie in einer von Trollen heimgesuchten Höhle. Einem Dorfbewohner zufolge, der sich rechtzeitig hatte retten können, hätten dies die Aufklärungsoffiziere sowie die Mitglieder von Jugendorganisation und Frauenliga angerichtet, ehe sie, da sie sich nicht mehr in den Norden retten konnten, untergetaucht seien. Unter ihnen seien auch diejenigen gewesen, die die männlichen Dorfbewohner hatten rekrutieren wollen und die der Kaiser hatte hinausprügeln lassen. Diese waren es auch gewesen, die die anderen Genossen dazu angestiftet hatten, sich vor dem Rückzug noch das Dorf vorzuknöpfen. Als sie es verlassen vorfanden, ließen sie ihrer Zerstörungswut freien Lauf und brannten und rissen nieder, was sie konnten.

Der Kaiser erzürnte sich ob dieser von den roten Banditen verübten Schandtat mit einer solchen Heftigkeit, daß er für eine Weile sogar vergaß, in welcher Lage sich Prinz Hyomyông befand. Das wahre Leiden indes begann erst drei Tage, nachdem die Rückkehrer sich notdürftig in den noch bewohnbaren Häusern eingerichtet hatten – als die Armee des Südens auftauchte. Ihre Polizei machte sich sofort daran, Kollaborateure der Kommunisten aufzuspüren. Sie begannen mit der Festnahme von Pae Taegi und einigen anderen Dorfbewohnern, die sie zwei Tage später halbtot wieder laufen ließen. Dieses Verhalten mochte auf diverse Schriftstücke der Invasoren aus dem Norden zurückzuführen sein, die diese in der Hektik des Abzugs nicht mehr hatten vernichten können und auf denen die Vertreter der Südarmee nun die Listen der verschiedenen Parteiorganisationen samt den Namen der Verhafteten fanden. Um so mehr wurde den Betroffenen Unrecht getan, als alle, mit Ausnahme von Pae Taegi vielleicht, gar nicht wußten, daß ihr Name als Parteimitglied oder in sonstiger Funktion verwendet worden war. Sie hatten einfach das Pech, von Prinz Hyomyông auserwählt worden zu sein, als es galt, die Kommunisten mit falschen Listen zu versorgen.

Nun war der kaiserliche Zorn aber endgültig entfacht. Denn nicht nur war sein Reich unerhörterweise militärisch besetzt worden, zu allem Überdruß stellte sich nun auch noch heraus, daß Teile seines eigenen Volkes gemeinsame Sache mit den Rotbanditen gemacht hatten. Dabei waren es doch die Kommunisten, die seine loyaleren Untergebenen am meisten verabscheuten.

»Kwanja (Kuanzi) zufolge vermag die Strafe den Willen nicht zu bändigen und kann auch kein Massaker Gehorsam erzwingen, und im *Chwajôn* heißt es, wer den nachahmt, den er selbst verurteilt hat, macht sich noch schuldiger. Wie also kann das Volk nur denen vertrauen, die sich aufführen wie diejenigen, die es eben erst gepeinigt und niedergemetzelt haben? Daran, wie sie sich benehmen, sieht man, wie wenig ihr Anführer, dieser Yi, taugt.«

Hernach verkündete der Kaiser noch Maximen, die für alle Zeiten und alle Orte gelten: »Regieren heißt, dem Willen des Himmels zu gehorchen. Darum nennt man Regierende auch Himmelsbeamte. Im *Ch'unggyông* (Chung Ching) steht geschrieben, die Tugend ist das Fundament einer guten Regierung. Jene aber wissen von alledem nichts. Auch heißt es, *ermangelt der Himmelsbeamte der Tugend, ist er grausamer als wild loderndes Feuer*, und dies trifft auf jene genau zu. Ändern sie nicht den *Weg* ihres Regierens, wird das Volk die Arbeit einstellen und singen: *Der Tag klingt aus, und ich und du gehen gemeinsam zugrunde …«*

Aber jenes Feuer erfaßte auch den Kaiser höchstselbst. Die Polizei verhaftete ihn zusammen mit U Palsan und Pyôn Yagyu. Es schien, als würde das Prinzip der Sippenhaftung greifen.

Was die Ermittler stutzig machte, war die Unstimmigkeit zwischen der Liste der Kollaborateure und den Informationen, die sie im Dorf zutage förderten. Am sonderbarsten erschien ihnen die Volkskommission. Von den sechs als Mitglieder angegebenen Männern waren zwei bereits seit einer Weile tot, wenngleich ihr Ableben nicht registriert worden war, und hatten zwei weitere das Dorf bei Kriegsausbruch verlassen. Und von den beiden übrigen existierte einer gar nicht. Blieb nur der Vorsitzende der Volkskommission, Chông Hwi, Prinz Hyomyông also. Zu ähnlichen Ergebnissen führte sie die Untersuchung von Jugendorganisation und Frauenliga.

Die Polizei erklärte es sich Stück für Stück. Chông Hwi hatte sich in weiser Voraussicht der politischen Entwicklung bereit erklärt, zum Wohle der Dorfbewohner das Kreuz ganz alleine zu tragen. Indes warf diese Hypothese zwei Fragen auf. Wenn, erstens, dieser Chông Hwi tatsächlich ein solch ehrbarer Mann war, wieso hielt er sich dann versteckt? Und zweitens, wie war es ihm gelungen, auch in einem entlegenen Dörfchen wie dem seinen, die Kommunisten, deren Grausamkeit weithin bekannt war, dergestalt zu täuschen?

An diesem Punkt der Ermittlungen verschlimmerte Pae Taegi die Lage wieder, als er unter Folter preisgab, der Kaiser habe im Norden einen Sohn, der in der Nacht vor dem Rückzug in einer Roten Armee-Uniform ins Dorf gekommen sei und dabei seinen Bruder Chông Hwi getroffen und diesem, bevor er wieder aufgebrochen sei, auch etwas übergeben habe. Die Dorfbewohner hätten unmittelbar danach die Flucht angetreten, und zwar in Richtung Norden, und erst nachdem sie in der Nähe von Ch'ônan einer Einheit der UNO über den Weg gelaufen seien, hätten sie wieder kehrtgemacht.

Nach Pae Taegis Geständnis verfolgten die Polizisten nur noch ein Ziel, nämlich diese geheimnisumwobene Person namens Chông Hwi dingfest zu machen, denn nach allem, was sie über ihn in Erfahrung gebracht hatten, erschien er als eine zu bedeutende Figur, um diese Angelegenheit einfach auf sich beruhen lassen zu können. Natürlich setzte Pae Taegi sie auch in Kenntnis, daß der Prinz längst von der Militärpolizei abgeführt worden war. Aber die Männer, die ihn verhörten, interessierte diese Auskunft gar nicht, ihnen ging es einzig darum, des ominösen Verschwundenen habhaft zu werden, sie beschlossen daher, auch den Kaiser und dessen Mitstreiter auszuhorchen.

Ich möchte mich gar nicht lange bei der Beschreibung dessen aufhalten, was der Kaiser und seine Getreuen nach der Vorladung durch die Polizei der Südarmee und die sie unterstützenden Sicherheitskräfte erdulden mußten. *Östliche Fragen, westliche Antworten* – wie es im Volksmund heißt –, die Zornesausbrüche des Kaisers, die Gegengewalt der anderen Seite, die Erschöpfung des Kaisers, das Aufgeben der Verhörenden, ein Teufelskreis ... Nachdem sie alle Gesichtspunkte bis zur völligen Ermattung abgewogen und diskutiert hatten, kamen sie zur Übereinkunft, den Kaiser für harmlos zu befinden. Nein, ich erspare es mir, das erhaben-strahlende Bild unseres Kaisers durch die Schilderung seines Aufenthalts bei der Polizei zu besudeln; der Leser wird wissen, daß man mit heiler Haut und intakten Knochen selten aus derlei Sitzungen davonkommt. Es sei nur gesagt, daß nach diesem dreitägigen Verhör durch die Polizei der Kaiser nach seiner Rückkehr ins Dorf der Weißen Steine erst einmal das Bett hüten mußte.

Noch leidvoller und niederschmetternder indes waren für ihn zu Beginn des sechsten Jahres Chunggwang – im Februar 1951 – das kurze Wiedersehen mit Prinz Hyomyông und die erneute Trennung auf unbestimmte Zeit. Zu den Süd-Streitkräften eingezogen nach seiner Überstellung ins Hauptquartier der Militärpolizei, war es dem Erbprinzen gerade noch vor der Verschiffung zur Insel Cheju gelungen, sich abzusetzen. Eine instinktive Furcht hatte ihn zunächst drei Monate lang davon abgehalten, dem Dorf der Weißen Steine zu nahe zu kommen, erst im Anfangsmonat des Folgejahres wagte er sich um die Mitternachtsstunde dorthin, wo sein Vater war, und auch nur über einen kaum vorhandenen Bergpfad.

In dieser Nacht ließ der Kaiser die Würde seines Amtes ruhen und schloß den Prinzen weinend in die Arme. Er war außerstande, beim Anblick dieses Sohnes, den er verloren geglaubt hatte, und eingedenk der Leiden, die sie beide nach ihrer Trennung durchzustehen hatten, die Tränen zurückzuhalten. Auch den Prinzen überkam eine tiefe Traurigkeit, als er sah, wie der Kaiser binnen drei Monaten gealtert und abgemagert und wie dessen grenzenlose Zuversicht aus dem kaiserlichen Antlitz gewichen war.

Doch das Dorf der Weißen Steine bot Prinz Hyomyông gewiß keine sichere Zuflucht. Als er aus Pae Taegis Munde die Sache mit der polizeilichen Untersuchung erfuhr, wurde er kreidebleich. Die Erinnerung an den vielerorts erlebten Haß war ein Grund für sein Grauen, der andere die übertriebene Darstellung seiner Situation durch Pae Taegi. Warum dieser dem Prinzen weismachte, dieser würde, wenn man ihn faßte, auf der Stelle an die Wand gestellt werden, sollte sich bald herausstellen.

»Vater, die Welt ist zu sehr in Aufruhr, als daß wir etwas unternehmen könnten. Die Weisheit lehrt uns, das oberste Gebot in solch chaotischen Zeiten ist, am Leben zu bleiben. Euer Sohn wird darum aufbrechen ins ziellose Exil. Vater, haltet Euch fern von dieser Welt, ich flehe Euch an, führt das Leben eines einfachen Bauern, bis Euer Sohn wieder zurück sein wird.«

Vom Bericht des Pae Taegi eingeschüchtert, entbot der Prinz noch in derselben Nacht dem Kaiser seinen Abschiedsgruß und verschwand auf demselben Wege, auf dem er gekommen war, erneut aus dem Dorf der Weißen Steine. Man kann sich vorstellen, daß der Kaiser sich hernach ein ums andere Mal fragte, ob er dieses flüchtige Wiedersehen und die anschließende Trennung nicht bloß geträumt habe. Das Schicksal wollte es, daß sich Vater und Sohn auf dieser Welt kein weiteres Mal begegnen würden. Der Weg des Thronfolgers barg wahrlich Gefahren …

Im achten Jahr Chunggwang nimmt die Zeit der Aufstände einfach kein Ende, denn Pae Taegi macht gemeinsame Sache mit der Südpartei und übt Verrat am Himmlischen Mandat.

Über eine gewisse Zeitspanne nach dem Fortgang von Prinz Hyomyông scheint der Kaiser tatsächlich seine Lebensaufgabe, den Vollzug des himmlischen Willens, hintangestellt und das Leben eines Bauern geführt zu haben. Weder war er auf die Wahrung der kaiserlichen Würde bedacht, noch sprach er vom Himmlischen Mandat. Alle seine Gedanken galten dem Los des Prinzen, all sein Kummer erwuchs aus dem Zustand der Welt. Prinz Hyomyông war dem Kaiser sein einzig eigen Fleisch und Blut, der einzig verbliebene Sohn. Denn den Erstgeborenen, Yung, hatte ihm der kommunistische Bandit Yi Hyônung geraubt, und der dritte Sohn, Mo, der, so munkelten die Ungläubigen, in Wahrheit von U Palsan gezeugt worden sei, war noch im mandschurischen Nordosten einer Krankheit erlegen. Eine Weile hatte sich der Kaiser ein Kind von der Edlen Dame Ch'ôk erhofft, doch diese starb kinderlos gleich anderen Schönheiten wie Sô Shi (Xi Xiu) oder Yang Kwibi (Yang Guifei).

»Es heißt, der Himmel wendet sich von denen ab, die nutzlos sind. Aber er behütet auch gewöhnliche Männer und Frauen, wenn sie sich dereinst als nützlich erweisen sollten. Weshalb also sollte sich der Himmel des Prinzen, der Euch doch einmal als Herrscher dieses Reiches beerben wird, nicht erinnern? Ihr tätet, Majestät, besser daran, Euch zuvörderst um Eure Erde zu kümmern, welche zum Kampfplatz Hunderter Barbarenhorden geworden ist. Anlaß zur Sorge gibt die täglich wachsende Disziplinlosigkeit im Volke.«

Wer so auf den Kaiser einredete, war Pyôn Yagyu, der die Niedergeschlagenheit seines Herrn nicht mehr ertrug. Hunderte Barbarenhorden bezogen sich auf die Beteiligung der Streitmacht Rotchinas und der UNO-Truppen am Koreakrieg, und mit der wachsenden Disziplinlosigkeit im Volke meinte er, daß seit der Flucht von Prinz Hyomyông Loyalität und Gehorsam der Dorfbewohner in bedenklichem Ausmaße schwanden. Aber alles Mahnen nutzte nichts.

»Über alles befindet der Himmel. In der *Geheimschrift der Berge und Wälder von Samhan* steht geschrieben, *das Land wird nach der Vereinigung der Drei Reiche erneut für tausend Jahre aufgespalten, und von Parhae im Norden bis Ungjin im Süden wird es erneut im Herrschaftsbereich der Malgal liegen, und erreichen vierhunderttausend chinesische Krieger das Blaue Meer, werden der König und sein Hof dreimal mit der Schmach der Verbannung geschlagen sein. Dreht sich der Himmelsstern über dem Land der Sechs Häuser des Ostens am Fuße des Taebaek-Berges einmal um sich selbst, werden drei Generäle dem Meer entsteigen und die Banditen vernichten, ohne indes in der Lage zu sein, sich selbst zu schützen.* Der Sinn dieser Sätze mag etwas vage erscheinen, und doch scheinen sie sich auf die Gegenwart zu beziehen.

Ähnlich verhält es sich mit der abnehmenden Disziplin des Volkes. Ke Ryang zufolge ist das Volk der Herr der Götter, und auch Chu-König Mu bekräftigt, daß der Himmel sich dem Willen des Volkes beugt. Was also könnte ich tun, wenn das Volk mich verläßt?« erwiderte der Kaiser mit einem tiefen Seufzer.

Nichts war mehr zu sehen bei ihm vom einstigen Stolz, der bis zum Himmel gereicht hatte, und von der durch nichts zu erschütternden früheren Entschlossenheit.

»Auch heißt es, das Unheil, das vom Himmel kommt, kann man abwenden, nicht aber das selbst heraufbeschworene. Weshalb aber spricht Eure Majestät nur vom abwendbaren Unheil, wenn es dadurch gar ein unabwendbares Unheil heraufbeschwört? Mir scheint, der wahre Unsegen hat mit der Katastrophe der Welt nichts zu tun, sondern er nistet im Geiste Eurer Majestät«, gab sich Pyôn Yagyu ein weiteres Mal alle Mühe, den alten Willen des Kaisers zu befeuern.

Doch dessen Mut- und Willenlosigkeit währten den ganzen Winter über, und auch, als das Frühjahr schon weit fortgeschritten war, hatte sich sein Zustand nicht gebessert.

Es war dies auch die Zeit der umstrittenen Agrarreform der Regierung Yi Sûngman. Fünf Jahre lang wurden die Reformen unter verschiedenen Vorwänden immer wieder aufgeschoben, so daß die Großgrundbesitzer nach Belieben die kleinen Bauern übers Ohr hauen konnten, da für sie die Grundbriefe austauschbar waren. Gravierender noch wirkte sich die Unfähigkeit der Regierung aus, den Kleinbauern rechtlichen Schutz zu bieten, weshalb diese, ohnehin benachteiligt durch den Zwang zur sofortigen Zahlung, förmlich erdrückt wurden von den Schuldzinsen, die das Pachtgeld, das sie vor der Reform zu entrichten hatten, noch überstiegen.

»Im *Buch der Wandlungen* steht, die wahren Einbußen werden unten abgezogen und oben addiert. Wenn dieser Herr Yi, wie ich hörte, tatsächlich unter dem Vorwand, den Armen beizustehen, den Reichen dazu verhilft, noch reicher zu werden, wird er sich nicht mehr lange halten.«

Man mag die Worte aus dem Munde des Kaisers dahingehend deuten, daß er den Kritikern dieser von der Regierung veranlaßten Reformen zustimmte. Tatsächlich aber lehnte er jegliche Reform per se ab, möglicherweise traute er es der neuen und alten Südregierung zu, es den Banditen des Nordens gleichzutun und die lange aufgeschobene Reform nun rasch durchzusetzen, ehe der Krieg zum Erliegen gekommen sein würde. Es scheint also, als wäre der Kaiser gegen jegliche Art der Reform, auch dann, wenn sie das Volk begünstigt hätte.

»Nicht minder ungerecht, als es mit Gewalt zu unterdrükken, ist es, das Volk mittels finanzieller Zugaben zu lenken. Hat es einmal vom Reichtum gekostet, geht die Welt unweigerlich zugrunde. Denn da das Verlangen nach Reichtum unstillbar ist, wird das Volk dem zujubeln, der es mit Geld in Versuchung führt. Daher wird ja auch im *Sô* betont, daß ein Herrscher sich beim Volke niemals durch unredliche Mittel einschmeicheln darf. Der Anführer der Nordbanditen, dieser Kim, verlockte die Leute mit Grund und Boden, und Herr Yi ahmt ihn nun nach. Die Grundlagen einer guten Regierung sind Menschlichkeit und Gerechtigkeit; wissen sie denn nicht, daß was durch den Boden gewonnen wurde, durch ihn auch wieder verloren werden kann?«

Hehre Standpunkte vertrat der Kaiser mit den Schlagworten Menschlichkeit-Gerechtigkeit und Tugend, doch war er weit davon entfernt, wie einst mit aller Entschiedenheit von der Idee einer Familie unter dem Himmel zu sprechen. In einem letzten Anflug von altem Stolz und Ehrgeiz schüttelte er den Kopf: »Unter dem Himmel ist kein Land, das nicht des Königs. Wer wagt es überhaupt, es zu verleihen und es verliehen zu bekommen?«

Aber nach diesen Worten verfiel der Kaiser wieder in den Zustand der Sorge und der Schwermut. Sein Schweigen und seine Apathie glichen einem tiefen Winterschlaf.

Es scheint, als habe die kaiserliche Verfassung Pae Taegis Verschwörung begünstigt. Seit dieser Chông Hwi (Prinz Hyomyông) dazu gebracht hatte, erneut die Flucht zu ergreifen, schielte er auf die Gelder und Besitztümer, die der Prinz stetig gemehrt hatte auf der Basis des Kapitals, das zuvor von Kim Kwangguk in der Ostgemarkung erwirtschaftet und ins Dorf der Weißen Steine gerettet worden war. Die Reisputzanlage im Nachbardorf und die tausend, auf verschiedene Namen eingetragenen *Pyông* Reisfelder mochten gewiß kaum als Basis für das künftige Reich des Kaisers taugen, für eine einzelne Person aber stellten sie eine sichere Existenzgrundlage dar. Dank dieses Besitzstandes und seiner klugen Verwaltung durch Prinz Hyomyông hatte das Ansehen des Kaisers nach seiner Heimkehr aus dem Exil fortbestehen können und war auch das Überleben des kaiserlichen Gefolges, von U Palsan, Pyôn Yagyu, Tu Ch'ung und mehreren Greisen, die Obdach und Familie verloren hatten, gewährleistet. Und aus diesem Grunde auch hatte Pae Taegi, der die himmelsmandatsgläubige Gruppe um den Kaiser in Wahrheit für einen Haufen seniler Spinner hielt, bislang getan, als sei er dem Kaiser zutiefst ergeben.

Ohne Chông Hwi hatte dieser Besitz im Grunde keinen Besitzer mehr, denn der Geist von Kaiser und kaiserlichem Gefolge stand zu hoch, um sich mit Verwaltungsaufgaben zu befassen.

Die Agrarreform stellte für Pae Taegi eine willkommene Gelegenheit dar, sich das kaiserliche Eigentum einzuverleiben. Als erstes zog er auf seine Seite einen Taugenichts mittleren Alters, der gerade erst aus fremden Landen ins Dorf zurückgekehrt war und nun seinen alten Eltern auf der Tasche lag, nachdem er im Krieg alles Hab und Gut sowie Frau und Kinder verloren hatte. Mit der Aussicht auf einen Teil der Beute ließ er sich bereitwillig anwerben, wenngleich ihm jeglicher Sinn für die Landwirtschaft abging.

Als im dritten Monat des sechsten Jahres Chunggwang, also am 28. April 1951, kraft der Weisung des Landwirtschafts- und Forstministeriums das Agrarreformgesetz Nr. 18 in Kraft trat, versammelte Pae Taegi am Abend sämtliche kaiserlichen Pachtbauern bei sich im Hause. Obschon sie einst durch Hwis weise Voraussicht der Entwicklung zu Grundbesitzern aufgestiegen waren, bezeichne ich sie noch immer als Pachtbauern, da einzig der jeweilige Grund auf ihren Namen eingetragen war, die Summe ihrer Schuldzinsen den Grundstückspreis aber bei weitem überstieg.

»Da ich annehme, daß keiner von euch was von Süd-Chosôn, dem *Chônggamnok* oder der Sache mit dem Himmel mehr wissen will, möchte ich mit euch heute mal gewisse Dinge besprechen«, begann Pae Taegi seinen Vortrag, als alle Bauern eingetroffen waren.

Hätte er vor dem Krieg derartig gegen die Majestät gelästert, wäre gewiß über die Hälfte der Bauern vor Schreck und Entsetzen erstarrt. Doch die Not des Krieges und der Fortgang ihrer großen Stütze Chông Hwi hatten ihre Loyalität und ihren Glauben sinken lassen. Und einem aufrührerischen Pöbel gleich zuckten sie nun nicht mehr ängstlich zusammen, sondern nickten mit den Köpfen und kicherten in sich hinein.

»Haben wir daran je wirklich geglaubt? Wir haben ja nur so getan, um was zum Beißen zu kriegen ... wie wären wir sonst an ein paar *Majigi* Ackerland gekommen? ... Aber sagen Sie uns, Meister Pae: was hat das auf sich mit dieser Bodenreform, was wird die uns bringen?« taten sie gleich kund, daß sie ahnten, worum es an jenem Abend ging.

Geschmeichelt, mit »Meister« anstelle von »Herr« angesprochen zu werden, strich sich Pae Taegi über das glattrasierte Kinn und legte ihnen in groben Zügen seine Pläne dar: »Wegen seiner Zusammenarbeit mit den Roten ist Chông Hwi zu einem Dasein als Flüchtling verurteilt. Wer weiß, vielleicht ist er schon geschnappt und erschossen worden. Wie auch immer, am Tag seiner Flucht hat er alle seine Verwaltungsaufgaben mir übergeben. Ja mir, Pae Taegi, der, wie ihr wißt, sich sein Haus aus eigener Tasche aufgebaut hat und es verstanden hat, alles zu vernünftigen Preisen zu kaufen. Wer die Flucht antritt, braucht viel Geld, meint ihr? Er trug mir nur auf, für seinen alten und geistesgestörten Herrn Vater zu sorgen, den Rest des Vermögens überließ er mir.«

Dann präsentierte er ihnen eine gefälschte Überlassungsurkunde zusammen mit einigen anderen Dokumenten von Chông Hwi. Niemand glaubte, was Pae Taegi ihnen da auftischte, doch von der Beweiskraft dieser Schriftstücke gebannt und in Erwartung, wie es weiterging, rührten sich die Bauern nicht. Pae Taegi fuhr fort: »Folglich ist alles, was früher Chông Hwi gehörte, nun Eigentum von Pae Taegi. Eine Frage aber ist ungeklärt: die Beziehung zwischen euch und mir. Eigentlich betrifft euch die Bodenreform gar nicht. Das Land, das ihr bestellt, gehört euch ja selbst, ich dagegen habe nun diesen Packen Schuldscheine hier am Hals.«

Dabei wedelte Pae Taegi mit den Dokumenten, legte sie wieder ab und sprach weiter: »Auch wenn ihr mir tausendmal beschwört, daß die Bodenreform euch sehr wohl betrifft, müßtet ihr der Regierung die nächsten fünf Jahre dreißig Prozent des Ernteertrags abführen. Aber ich erzähle euch da vermutlich nichts Neues. Bei Abzug der Kosten für Saatgut, Tagelöhner und Düngemittel bleibt euch davon, wenn die Ernte obendrein nicht besonders war, höchstens ein Drittel, und dann kommen ja noch die Steuern dazu. Wie wollt ihr euch damit über Wasser halten? Mir persönlich ist das einerlei. Die Fläche meines auf euch aufgeteilten Landes beläuft sich auf einundzwanzig *Majigi* Reisfelder und sechzehntausend *Pyông* sonstigem Ackergrund. Mit den gesammelten Schuldbriefen wäre ich durchaus in der Lage, mir eine hübsche, kleine beschlagnahmte Fabrik unter den Nagel zu reißen.

Es klang dies in der Tat glaubwürdig. Sie mußten sich also mit Pae Taegi arrangieren. Kriecherisch lächelnd sagte einer der Zuhörer: »Unser Mund ist versiegelt. Sprechen Sie nur weiter, Meister Pae.«

Darauf dieser, zufrieden grinsend: »Ich habe lange nachgedacht, folgendes habe ich beschlossen. Alles, was ich erstanden habe, konnte ich nicht bezahlen, da das Ganze doch sehr plötzlich geschah. Darum möchte ich euch Land zu einem günstigen Preis anbieten. Hier habe ich die Bescheinigungen eurer Schulden an Chông Hwi, ich werde sie um ein Drittel vermindern und die Zinsen drei Jahre lang aussetzen.

Ihr könntet also Land zum Preis von weniger als die Hälfte seines aktuellen Wertes erwerben und hättet drei Jahre lang nichts zu zahlen. Allerdings gäbe es eine Bedingung ...«

Statt ihrer Freude und Erleichterung freien Lauf zu lassen, erstarrten die Bauern. Pae Taegi zog ein weiteres gefälschtes Dokument hervor: »Dies ist eine fünf Jahre alte Übereinkunft zwischen Chông Hwi und mir. Denn inzwischen darf man mit keinem Land mehr handeln, das man als Entschädigung bekommen hat. Ihr müßtet dieses Datum dann vor der Landwirtschaftskommission bestätigen. Vertraut ihr Pae Taegi nicht, macht das auch nichts. Egal, ob der Wisch echt ist oder gefälscht, ich kann in jedem Fall über Chông Hwis Grund verfügen und von euch die Begleichung der Schulden samt Zinsen verlangen.«

Er hatte wirklich alles bedacht. Daß er in Osaka im Gefängnis gewesen war und von der Welt allerhand gesehen hatte, wußte man ja, aber hätte selbst Chông Hwi geahnt, wie verschlagen dieser Mann sein würde?

»Also, was ist nun?« drängte sie Pae Taegi mit härter gewordenem Blick.

Die Dorfbewohner gingen mehrere Lösungsmöglichkeiten durch, fügten sich seinem Vorschlag aber schließlich doch.

Von diesem Tage an herrschte im Dorf der Weißen Steine eine neue Ordnung. Pae Taegi übernahm die Macht von Chông Hwi, und der Kaiser und seine Getreuen trugen fortan das Los von *Eßgästen* von Pae Taegis Gnaden.

Aber in einem so kleinen Nest wie dem Dorf der Weißen Steine konnten derartige Machenschaften nicht lange im Verborgenen bleiben. Der Kaiser erfuhr vom Verrat des Pae Taegi aus dem Munde derer, die sich nicht hatten einwickeln lassen. Sowie ihm diese Ungeheuerlichkeit zu Ohren gekommen war, erteilte er wutentbrannt U Palsan und Tu Ch'ung den Befehl, Pae Taegi augenblicklich herbeizuschaffen.

Dieser aber war ein ganz durchtriebener Bursche. Er erwartete U Palsan und Tu Ch'ung bereits mit Wein und gebratenem Schwein und machte sich, noch im selben Augenblick, in dem die beiden bei ihm eintrafen, flinken Schrittes auf zum Kaiser, gefolgt von U Palsan, den er den Weinkrug tragen ließ, und von Tu Ch'ung, den er mit dem Schweinefleisch beladen hatte.

»Euer Diener Pae Taegi entbietet Euch unterwürfigst seinen Gruß. Gerade war ich dabei, für Eure Majestät etwas Wein abzufüllen und ein Schwein zu rösten, als die kaiserlichen Gesandten mir Eure Vorladung überbrachten, woraufhin ich mir nicht einmal die Schuhe zuband, um so rasch ich konnte vor Euch zu erscheinen. Weshalb aber bestellte Eure Majestät Euren unwürdigen Untertan denn ein?«

Gleichermaßen bewegt vom Anblick der flugs vor ihm ausgebreiteten Köstlichkeiten wie von den hinterlistigen Worten aus Pae Taegis Munde schmolz des Kaisers Zorn im Nu dahin wie Schnee unter der Sonne. Wie einsam und allein hatte er sich im vergangenen halben Jahr doch gefühlt! Wann hatte ihm, abgesehen von den engsten Getreuen, zuletzt jemand eine solche Ehrerbietung bezeugt?

Aber da er ihn aus einem bestimmten Grunde hatte kommen lassen, mußte er nun doch auch prüfen, ob die Gerüchte der Wahrheit entsprachen oder nicht.

»Mir kam zu Ohren, Ihr hättet Euch gegen mich verschworen, ist dem so?«

Streng wollte er sich geben, seine Stimme indes klang milde wie der Frühlingswind.

»Die Worte, die mich des Verrats an Euch zeihen, entbehren jeder Grundlage. Eine böse Verleumdung vonseiten derer, die Eurem untertänigen Diener übelwollen, ist das. Habt Ihr etwa schon vergessen, wie loyal dieser Pae Taegi Eure Majestät auf den vielen tausend *Ri* durchs Feindesland eskortierte?«

Er sprach diese Widerworte voller Empörung und Bitterkeit, als sei er unschuldig der Untreue seinem Herrn gegenüber verdächtigt worden. Des Kaisers Miene wurde darob um so milder.

»Wie kommt es dann, daß man von Euch sagt, Ihr hättet mein Land und mein Volk gestohlen?«

»Je mehr ich darüber nachdenke, desto klarer wird mir die Sache. Die Wahrheit ist simpel: Der Haufen um diesen Yi plante, unter dem Deckmantel einer Agrarreform sich das Hoheitsgebiet Eurer Majestät einzuverleiben. Vorigen Monat erteilte mir deshalb der Prinz die geheime Weisung, zum Schutze des kaiserlichen Bodens die Namen auf den Grundbriefen abzuändern, damit das gewiß noch immer weite Land Eurer Majestät in ihren Augen viel kleiner erscheine.«

»Wie? Der Prinz?«

Der Kaiser sprang von seinem Sitz auf, als die Rede auf den Prinzen gekommen war. Pae Taegi wich der Zwischenfrage aus und fuhr fort: »... ich bin darum tief betrübt, wie Eure Majestät überhaupt an meiner Ergebenheit zweifeln und solch übler Nachrede Glauben schenken kann.«

»Ihr wollt sagen, der Prinz war letzten Monat hier?«

»Zum Beweis meiner Unschuld wäre ich sogar bereit, mein Leben herzugeben.«

»Werter Herr Pae, ich habe mich geirrt. Ich ließ mich von den Verleumdungen, die mir zu Ohren kamen, täuschen. Schon Euer verstorbener Herr Vater gehörte meinem höheren Volke in der Nordost-Epoche an, zweifellos ist er nach seiner Bestattung in den Rang eines Chôngbuk Changgun Honamhu erhoben worden. Wie konnte ich an Eurer Ergebenheit nur zweifeln? Aber traft Ihr wirklich den Prinzen?«

Des Kaisers Stimme war immer flehender geworden. Weil sie Pae Taegi hatte sprechen hören, kam Kaiserin Ûimyông (die Ehrenwerte Dame Hwang) aus der Küche gerannt und bestürmte ihn mit Tränen in den Augen: »Herr Pae, ist unser Sohn Hwi wirklich noch am Leben? Habt Ihr ihn gesehen?«

Pae Taegi setzte ein noch ernsteres Gesicht auf: »Bevor ich weiterrede, schickt bitte die anderen hinaus. Nach Seiner Hoheit dem Prinzen wird von denen fieberhaft gefahndet. Mein eigenes Leben bedeutet mir nicht allzuviel, aber sollte ein Wort von hier nach draußen dringen, befürchte ich das Schlimmste für den Prinzen.«

Natürlich wußte er, daß außer den allervertrauenswürdigsten kaiserlichen Gefolgsleuten Pyôn Yagyu, U Palsan und Tu Ch'ung niemand sonst zugegen war. Dennoch tat er seinen Mund nicht eher wieder auf, bis er allein mit dem Kaiser war; nachdem er diesem etwas ins Ohr geflüstert hatte, ging er fort.

Eine großartige Komödie, die Pae Taegi da spielte. Der Kaiser verschloß sich fortan jedweder Kritik an jenem Mann. Nicht nur untersagte er es seinen Getreuen, schon das Gerücht eines Verrats durch Pae Taegi auszusprechen, auch vermied er es strikt, über den Prinzen zu sprechen. Er hatte sich tatsächlich von Pae Taegi einreden lassen, dieser habe auf Anweisung des Prinzen hin gehandelt, was unbedingt geheim gehalten werden müsse, da letzterer sonst in höchster Gefahr schwebe. Wie grenzenlos wären Wut und Bitternis bei Prinz Hyomyông gewesen, der seinen Häschern zur gleichen Zeit an Bord eines Schiffes in Richtung Japan zu entkommen suchte, hätte er von alledem erfahren!

Pae Taegi beging den Verrat im sechsten Jahr Chunggwang, wenngleich die *Chronik* dies für das achte Jahr verzeichnet, da erst dann das ganze fürchterliche Ausmaß dieser ruchlosen Tat zutage trat, als der Kaiser tief hinabsank in den Morast der Armut.

Beinah drei Jahre lang hatte Pae Taegi mit seinem geschickt inszenierten Theater den Kaiser und dessen Höflinge mühelos im Griff. Aber er konnte nicht ausschließen, daß es nicht doch zu einer unerwarteten Rückkehr des Prinzen kommen könnte. Zwar waren die Fälschungen durchaus gelungen und gab es auch nicht wenige, die bereit waren, zu seinen Gunsten auszusagen, doch mußte er immer damit rechnen, daß der Kaiser und die Seinen ihm auf die Schliche kamen.

Im achten Jahr Chunggwang dann sah Pae Taegi seine Besitzstände nicht mehr gefährdet, und auch seine Macht im ganzen Umkreis war in dem Maße gefestigt, daß er nun sein wahres Gesicht zeigen konnte. Nicht nur reduzierte er die Versorgung von Kaiser und Gefolge immer mehr, auch nötigte er U Palsan und Tu Ch'ung zur harten Feldarbeit. Die übrigen Greise schickte er unter irgendeinem Vorwand zu Verwandten. Unerbittlich verfolgte er das Ziel, die Macht des Kaisers so weit zu zerschlagen, daß dieser nicht mehr imstande sein würde, sie noch einmal an sich zu reißen.

Stumm ertrug der Kaiser Pae Taegis Demütigungen, er

schenkte noch immer dessen Ammenmärchen von der geheimen Weisung des geliebten Sohnes, des Prinzen, und seiner angeblichen Gefährdung Glauben. Aber es kam der Tag, an dem auch für ihn das Maß voll war, als nämlich Pae Taegi es schließlich nicht nur wagte, das Kaiserehepaar aufzufordern, sich an der Feldarbeit zu beteiligen, sondern auch Anstalten machte, den arbeitsunfähigen Pyôn Yagyu fortzujagen.

»Nacheinander verlor ich mein eigen Fleisch und Blut, dann verlor ich auch die vielen Untertanen, die mir waren wie Hände und Füße. Nicht einmal einen Sohn habe ich mehr bei mir, wie könnte ich da einen so wertvollen Mann wie Herrn Pyôn fortschicken!«

Wutentbrannt widersetze sich der Kaiser endlich doch. Er stand auf, um Pae Taegi zu unterwerfen, und hieß U Palsan, Tu Ch'ung und auch den schwachen Pyôn Yagyu, zu den Waffen zu greifen. Sich selbst stellte er an die Spitze. Aber die Welt hatte sich gewandelt. An Waffen standen ihm einzig noch U Palsans Beil und der eigene Silberdolch zur Verfügung, zudem waren seine Krieger alte Männer geworden. Der jüngste, Pyôn Yagyu, war um die vierzig, Tu Ch'ung um die fünfzig, und der Kaiser und U Palsan hatten das sechzigste Lebensjahr überschritten.

»Wenn du auf Anweisung des Prinzen handelst, beweise es. Wenn du sagst, du hättest ihn gesehen, dann möchte auch ich ihn sehen. Gehorchst du mir nicht, vernichte ich dich!«

Wahrlich imponierend war das Gebrüll des Kaisers, das Ergebnis indes kläglich.

»Dreht der Alte jetzt völlig durch? Mir, der ich für seinen Unterhalt sorgte, zu befehlen, ihm seinen roten Hund von Sohn zu bringen, der weiß Gott wo wahrscheinlich längst unter der Erde liegt!« spuckte Pae Taegi verächtlich aus und gab seinem jungen Knecht und dem Müller einen Wink, worauf die beiden sogleich flink wie Tiger herbeisprangen.

U Palsan fiel, getroffen vom Knüppel des Knechts, hinterrücks auf den Boden, ohne überhaupt Gelegenheit gehabt zu haben, sein Beil zu schwingen, und Tu Ch'ung und Pyôn Yagyu wurden, nachdem sie sich an ihm wie Zikaden an einem morschen Baum festgeklammert hatten, vom bullenstarken Müller hochkant hinausgeworfen. Den Kaiser zerrte Pae Taegi am Bart hinaus, nachdem er ihm mit Leichtigkeit den Silberdolch entwunden hatte. Ach! Eine fürchterliche Szene. Sie gemahnt mich an jenen alten Trauergesang:

Wälzen sich Himmel und Erde um, wenden sich auch Sonne und Mond.
Zehntausend Krieger verloren, ist der Fürst nicht mehr Herr.
Die Untertanen darben, nicht lange währt ihr Leben.
Die Blütezeit verronnen, fließen die Tränen ohne Grund.

Am Tag darauf trug sich eine noch betrüblicher stimmende Szene zu. Auf eine Beschwerde Pae Taegis hin drang ein örtlicher Polizeibeamter in den Raum ein, in dem der Kaiser und seine drei Getreuen, von der Schlappe des Vortags gezeichnet, daniederlagen. Widerstandslos ließ sich der Kaiser unter den Schmähungen des Verräters Pae Taegi abführen.

Glücklicherweise war die Polizei in der Zwischenzeit merklich besonnener geworden. Der Kaiser und die Seinen hätten unter anderem wegen Hausfriedensbruch, versuchter Körperverletzung und Gewaltandrohung belangt werden können, doch die Polizei ließ sie, zweifelsohne in Anbetracht ihres Alters, nach einem halben Verhörtag wieder laufen, nicht ohne dem Kaiser eine Warnung mit auf den Weg zu geben: »Alter Mann, in Ihr Haus dürfen Sie nun nicht mehr zurück. Sollten Sie diesen Rat nicht befolgen, werden Sie das nächste Mal nicht so leicht davonkommen.«

Zurück im Dorf, mußten der Kaiser und sein Gefolge feststellen, daß sie kein Obdach mehr hatten. Das Haus, das sie bislang bewohnt hatten, gehörte längst Pae Taegi. In der Zeit, in der sie verhört wurden, war Kaiserin Ûimyông, von Pae Taegi bedrängt und hinausgeekelt, in einen Kohleverschlag hinter dem Dorf umgezogen.

Und dann ... Ach, ich möchte gar nicht fortfahren! Aber auch über diese Episode im Leben des Kaisers muß berichtet werden, denn so dunkel diese Zeit auch erscheinen mag, ihre Schilderung läßt den künftigen Ruhm des Kaisers in einem um so ruhmreicheren Lichte erstrahlen.

Trotz dieser ersten kläglichen Niederlage unternahm der Kaiser zusammen mit seinen Mannen noch eine Reihe weiterer *Strafexpeditionen gegen Pae Taegi*, ohne daß es ihm gelungen wäre, wieder in den Besitz von Vermögen und Boden zu kommen. Erfolg zeitigte weder die direkte Konfrontation, noch erreichte er mit Prozessen etwas. Sogar die Demütigung, die Gerichte des Südens anzurufen, nahm der Kaiser in Kauf, vergebens, verfügte er doch weder über Dokumente noch über Beweise. Da dies alles in Pae Taegis Hand war und folglich er recht bekam, spricht die *Chronik* von der *Unterstützung seitens der Südpartei*, die der Verräter genossen habe.

Nach dem Scheitern dieser Wiedererlangungsbemühungen versanken der Kaiser und die Seinen nicht unmittelbar in bitterer Armut, da der eine oder andere Dorfbewohner sie aus Mitgefühl (aus Loyalität, sagt die *Chronik*) noch eine Weile mit Essen und Kleidung versorgte. Doch als diese Hilfe verebbte, wurde das Kaiserpaar samt Gefolge immer mehr zu einer Rotte von Bettlern. Zum Wohle des Kaisers verdingten sich U Palsan und Tu Ch'ung als Tagelöhner, lasen heruntergefallene Reisähren auf, ja bettelten sogar in den Nachbardörfern. Auch Pyôn Yagyu tat an der Seite des Kaisers sein Bestes, um ihn zu bestärken. Nichts traf auf diese drei Getreuen mehr zu als das Sprichwort: Erst nach dem Schiffbruch erweist sich, wer ein guter Schwimmer ist, und erst nach dem Niedergang eines Reiches zeigt sich der wahre Untertan.

Erläutert werden muß hier noch, weshalb sie trotz allen Leids und aller Schmach das Dorf der Weißen Steine nicht verließen. Es war dies die vom Himmel eigens für den Kaiser bestimmte Erde, nämlich das Land, das ihm gegeben wurde zur Gründung seines Reiches – aber auch der Ort, am den eines Tages Prinz Hyomyông wieder auftauchen konnte. Mit seiner Rückkehr, so war der Kaiser überzeugt, käme auch die Blüte vergangener Tage zurück, ja, die Erwartung seiner Rückkehr nahm mitunter am kaiserlichen Hof Züge echter Gläubigkeit an. Gewiß würde er eines Tages zurückkommen. Er würde zurückkommen und in allen vier Richtungen die

Feinde vernichten und Frieden stiften und des Kaisers Werk neu errichten so strahlend wie nie zuvor. Eine der ergreifendsten Szenen, die man in jener Zeit im Dorf der Weißen Steine beobachten konnte, war, wie der Kaiser und die Kaiserin auf einer kleinen Anhöhe an der Stelle, an der von der Landstraße der Weg zum Dorf abging, stundenlang in die Ferne starrten und regungslos auf die Ankunft des Prinzen, ihres Sohnes, warteten. *Warum nur hast du uns erst mit Wohlergehen gesegnet, um es uns dann wieder zu nehmen? Ach Himmel, ach Himmel.*

Wünscht Ihr zu erfahren, wie es weitergeht, dann harret des folgenden Kapitels.

VI

Der finale Triumph

Im zehnten Jahr Chunggwang haben sich die Maschen des Himmlischen Netzes geweitet, doch entrinnt ihnen niemand. Der Schurke erliegt endlich dem Zorn des Himmels.

Wenngleich sämtliche Versuche des gewaltsamen Widerstands durchweg scheiterten und auch der Gang vor die korrupten Gerichte der Südpartei keinen Erfolg zeitigte, setzte der Kaiser seinen Kampf gegen Pae Taegi, wie es schien, unbeirrt fort. Klare Hinweise darauf finden sich in der *Chronik* sowohl durch eine *Blutschrift* als auch durch einen *Aufruf zum Kampf gegen den Banditen Pae*.

Bei der *Blutschrift* handelte es sich um eine geheime Botschaft an die im Dorf der Weißen Steine verbliebenen loyalen Patrioten; ihr Titel erklärt sich wohl aus dem Schlußsatz. Ich übertrug sie, so gut es ging:

Als Gewöhnlicher geboren, wurden wir vom Himmel auserwählt und haben, auf die flehentlichen Bitten unseres Volkes, im Nordosten der mandschurischen Landen ein Reich gegründet, vor über zwei Jahrzehnten. In dieser Zeit umzingelten uns Mächte wie Nasôn (Rußland), Manchông (China) und Towae (Japan) und säten des Himmelsmandats unkundige Verräterbanden Unruhe im Lande, und wenngleich die kaisertreuen Krieger die Sicherheit im Äußeren vernachlässigten und die kaiserlichen Leibwächter im Inneren müßiggingen, waren die Fundamente dieses Reiches so unerschütterlich wie ein Fels.

Tatsächlich schienen eine gewisse Zeit über Haedong (Korea) die goldene Herrschaft von Yosun (Yao und Shun) und die von den Drei Heiligen geweissagte Blüte zu walten, doch ach! – was birgt mehr Gefahren als das Werk zu bewahren, für welches der Himmel ein achttausendjähriges Zeitalter vorsah? Wiewohl wir unter vielen Mühen den Großen Feind

(Japan) niederrangen, riefen die Schurkenbanden, die es nicht unterlassen konnten, einander zu bekämpfen, fremde Barbaren ins Land, wodurch sie jenen fürchterlichen und verheerenden Krieg um Himmel und Erde auslösten. Drei Jahre lang barst die Erde und siedete alles Wasser und flossen Ströme voll Blut und erschütterten herzzerreißende Wehklagen den Himmel.

Der Himmel gibt, der Himmel erntet, der Himmel nährt, der Himmel zerstört; wir zogen uns in Erwartung besserer Zeiten an den Fuß des heiligen Berges zurück, als der infame Bandit Pae auftrat. Sein Vater gehörte seit der Nordost-Epoche dem höheren Volke an, wir erwiesen ihm unsere Großmut, da wir auch ihn in diesem Range sahen. Vermutlich heckte er seine schäbigen Machenschaften aus, als er den Niedergang unseres Reiches gewahrte, der uns zwang, unsere Hauptstadt aufzugeben und ins zeitweilige Exil zu gehen. Auf der einen Seite betörte er unser Volk mit süßen Verheißungen, auf der anderen Seite raubte er mit Unterstützung der Südbande die kaiserlichen Besitztümer, welche ohnehin arg geschrumpft waren. Wäre der Diebstahl schwerwiegender gewesen, hätten wir das Licht von Sonne und Mond verloren? Ehe wir uns versahen, waren wir arm, heimatlos und alt.

Erst nach dem Schiffbruch erweist sich, wer ein guter Schwimmer ist, und erst nach dem Niedergang eines Reiches kennt man den wahren Untertan, heißt es. Aber wir wollen all unseren Kummer und allen unseren Zorn unterdrücken, denn wisset, unser Land durchleidet im Moment eine Krise ernsten Ausmaßes. Gewiß ließen wir es an Tugend fehlen und sind die Zeiten und Reiche nicht vergleichbar, doch wagen wir zu behaupten, daß tugendeifrige Gelehrte vom Schlage eines Kwak Chaûi (Guo Ziyi) oder Sa Kabôp (Shi Kefa) und unerschrockene Krieger gleich Punyuk (Meng Ben und Xai Yu) oder Hyông Ka (Ching Ke) unter uns weilen. Inniglich beschwören wir Euch, uns zu Hilfe zu eilen, um den infamen Banditen Pae zu vernichten und das kaiserliche Werk zu retten – wenn Ihr kräftig seid, mit all Eurer Kraft, wenn Ihr weise seid, mit all Eurer Weisheit. Geschrieben mit dem eigenen Blut am Anfang des Frühlings des neunten Jahres Chunggwang …

Der Tonfall dieser Botschaft verrät des Kaisers Gram, der Geist indes brilliert wie ehedem. Der *Aufruf zum Kampf gegen den Banditen Pae* stammt vermutlich aus der behenden Feder des Pyôn Yagyu. Er sei in groben Zügen wiedergegeben:

Ist der Bestand eines Reiches in Gefahr, obliegt es einem jeden Gelehrten, sein Leben einzusetzen und es zu opfern, wenn seinem König Schande angetan wird.

Da die Alten sagten, selbst ein Korb mit Erde kann zu einem Berg anwachsen, wenn man nur genügend Körbe aufeinanderstapelt, kann auch ein Geistesschwacher so findige Pläne ersinnen wie Yang und Shin, wenn er sich nur in ausreichender Zahl mit Seinesgleichen zusammentut. Wie könnten wir uns also zurückziehen in die hintersten Täler und Wälder und winseln über unsere Schwäche und Einfalt?

Indem wir uns nach oben hin auf das Himmlische Mandat und nach unten auf die Blutschrift Seiner Hoheit stützen, halten wir die Fahne des Kampfes gegen den Banditen Pae hoch, auf daß die Treuen und Gerechten der Welt und die stürmische Jugend den Kampf um das bedrohte Kaiserhaus fechten, auf daß Sonne und Mond, von schweren Wolken verhangen, von neuem diese Erde bescheinen! …

Jeden, der diese beiden Texte liest, werden sie zutiefst ergreifen.

Aber leider scheint es im Dorf der Weißen Steine weder die treuen und gerechten Männer noch die stürmische Jugend gegeben zu haben, auf die der Kaiser gezählt hatte. Selbst nachdem die rührend loyalen U Palsan und Tu Ch'ung die Botschaften den Dorfbewohnern auf geheimem Wege hatten zukommen lassen, scharte sich nicht ein Patriot unter das Banner des kaiserlichen Heeres.

Was sich hernach ereignete, kann nur mit den kaiserlichen *Himmelsanrufungen* erklärt werden. Der Kaiser hatte sie ersonnen, als er alle Hoffnungen, seine Erde wiederzuerlangen, hatte fahren lassen. Mittels dieser Anrufungen beschwor er unter Aufzählung all der Sünden, die Pae Taegi begangen, den Himmel, dem Verräter seine gerechte Strafe hinabzusenden.

Dieser allerdings kam unterdessen Tag für Tag zu immer größerem Wohlstand. Durch die Enteignung des Kaisers hatte er nicht nur ein beträchtliches Vermögen erlangt, sondern mehrte dieses auch mit verblüffender Schnelligkeit. Im zehnten Jahr Chunggwang zählte er bereits zu den reichsten Männern im Dorf der Weißen Steine, ja selbst im Bezirk. Er eröffnete einen Laden in der Marktstraße der Bezirkshauptstadt, den er einer hübschen, jungen Konkubine anvertraute. Für jemanden, der zehn Jahre zuvor mit leeren Händen ins Dorf zurückgekehrt war und erst eine ganze Weile für Chông Hwi als Buchhalter gearbeitet hatte, stellte dies einen wahrhaft erstaunlichen Aufstieg dar.

Aber er litt auch. In dem Maße, wie sein Reichtum anschwoll, aß er mehr und mehr und wurde immer dicker. Anfangs störte ihn dies noch nicht allzu sehr, er fand sogar, die Rundlichkeit verkörpere seinen sozialen Aufstieg, indes je beschwerlicher er ging und je mühsamer er atmete, desto unruhiger wurde er. Fleischlose Diäten verschafften keinerlei Besserung.

Folgendes ereignete sich an einem Tag im sechsten Monat. Der besonders schwülen Witterung wegen schleppte er sich gerade keuchend nach Hause, als ein Dorfbewohner auf ihn zukam, eine Art Bediensteter, der ein Stück Land von ihm nutzte und sich durch die eine oder andere Arbeit für ihn ein Zubrot verdiente. Pae Taegi dachte zuerst, seine Frau habe ihn geschickt, doch irrte er.

»Meister Pae, Sie sollten was unternehmen gegen sie.«

»Gegen wen?«

»Na gegen die alten Spinner in der Kohlehütte.«

»Was stellen die denn jetzt schon wieder an?«

Im Jahr zuvor war ihm berichtet worden, U Palsan und Tu Ch'ung würden sonderbare Handzettel im Dorf verteilen, er hatte daraufhin gedacht, sie würden Unterschriften sammeln für einen weiteren Anlauf vor Gericht, was ihn ein wenig beunruhigte, denn wenngleich die Sache längst nicht mehr anzufechten war und er von ein paar tattrigen Gelehrten nichts zu befürchten brauchte, konnten sie ihm ein paar Unannehmlichkeiten bereiten. Aber als er sah, daß sie nur ein paar lächerliche Aufrufe in bester Gelehrtentradition in Umlauf gebracht hatten, die zu entziffern die einfache Dorfbevölkerung gar nicht in der Lage war, konnte er darüber nur lachen – bis er nun erneut von ihnen sprechen hörte.

»Nun ja, das ist so ...«

Die ernste Miene, die Pae Taegi aufgesetzt hatte, machte den Mann verlegen, er antwortete schließlich: »Nach der Geschichte im vorigen Jahr beschwören die Spinner nun den Himmel, er möge Meister Pae mit der Himmelsstrafe schlagen.«

»Wie bitte, was für 'ne Himmelsstrafe?«

Pae Taegi lachte kurz auf, als belustige ihn diese Neuigkeit.

»Das ist nicht zum Lachen, so einfach abtun kann man das nicht.«

»Wieso sollte man darüber nicht lachen?«

»Die fabrizieren Strohpuppen nach Ihrem Bilde und verbrennen sie dann oder stechen Bambusnägel in deren Brust.«

Pae Taegi erschauderte unwillkürlich, er fragte nach: »Hast du das selbst gesehen?«

»Ob ich das selbst gesehen habe? Nicht nur einmal! Sie können da mit eigenen Augen zuschauen, Sie brauchen nur heute abend mal dort hingehen.«

So memmenhaft war Pae Taegi nicht, daß er sich von einem solchen Gerede um Himmelsstrafen und Verwünschungen gleich bange lassen machen würde. Doch einfach durchgehen lassen, daß man Strohpuppen abfackelte oder mit Nägeln durchlöcherte, konnte er ja auch nicht.

Am selbigen Abend noch schleppte er seinen aufgedunsenen Körper zum Gelände hinter dem Dorf und wartete dort, bis es dunkelte, um sich dann an den Kohleverschlag heranzuschleichen, in dem der Kaiser und seine Höflinge hausten.

Es war noch nicht gänzlich Nacht geworden, doch fand bereits ein sonderbarer Ritus statt. Auf einem Tisch waren Früchte und getrocknete Fische ausgebreitet und brannte Kerzenlicht, und auf einem anderen Tisch davor stand eine recht große Strohpuppe, und der alt gewordene Kaiser murmelte, dem Himmel zugewandt: »... Der Weise, so sagt man, vermeidet es, sich mit gestörten Geistern oder übermenschlichen Kräften zu befassen, aber da der Himmlische Hof sich in Schweigen hüllt, beschwöre ich nun ihre Macht, um diesen hinterlistigen Schuft niederzustrecken. Möge der Himmel uns dabei gewogen sein!«

Der Wortlaut dieser eigentümlichen Zeremonie deutet darauf hin, daß die Idee dazu wohl nicht vom Kaiser selbst stammte. Sodann schritt murmelnd ein taoistischer Magier in schwarzem Gewande und mit zerzaustem Haar und in der einen Hand einen Kürbis in die Mitte des Raumes: Pyôn Yagyu. Pae Taegi, der in ihm bislang nur einen wirres Zeug stammelnden und gebrechlichen Gelehrten gesehen hatte, beschlich beim Anblick seiner luziden Augen und würdevoll sicheren Bewegungen ein Gefühl der Beklemmung in der Brust. Besonders die scharf blitzende Klinge des Schwertes, das jener schwang, machte ihm das Atmen schwer, als bedrohte es genau ihn, nur ihn. Zwar handelte es sich hierbei lediglich um einen irgendwo aufgelesenen einfachen Soldatensäbel, doch sein Griff war mit einem edlen Stoff besetzt worden.

Vor den Zeremonietischen angelangt, fuhr Pyôn Yagyu mit der Verwünschung fort: *Kuchônûngnoesôngbohwachônjon Sangchônyôngbochônjon Taechôngdodôkchônjon Manbôpgyoju Tonghwagyoju Taebôpchônsa* ... Es hatte den Anschein, als beschwöre er damit die achtundvierzig Generalsgeister. Dann trug er mit Inbrunst einen auf blaues Papier geschriebenen Text vor, die Aufzählung der von Pae Taegi begangenen Sünden, und entrichtete gen Himmel ein Gebet um Pae Taegis Sühnung.

Schließlich zündete Pyôn Yagyu das blaue Papier an und verneigte sich mehrmals vor den Zeremonietischen. Plötzlich zückte er das Schwert und hieb, begleitet von einem Kampfschrei, die Strohpuppe mit einem Schlag entzwei.

»Pae Taegi, du übelster Verräter der Welt, im Namen des Himmels streckte ich dich nieder!«

In diesem selben Augenblick setzte Pae Taegis Atmung aus, und er verlor das Bewußtsein. Als er seine Sinne wiedererlangte, wurde die zerstückelte und mit Bambusnägeln durchstochene Pae Taegi-Puppe gerade ins Feuer geworfen. Er wollte hinrennen und sie davon abhalten, doch sein Körper gehorchte ihm nicht.

Mit letzter Kraft schleppte er sich nach Hause, so als erwache er gerade aus einem entsetzlichen Alptraum. In dem Maße, wie er sich beruhigte, wuchs sein Verlangen, es diesen Leuten, die seinen Tod herbeizaubern wollten, heimzuzahlen. Hätte er ihrem Treiben nicht zugesehen, hätte er es vielleicht einfach ignorieren können, nun aber, als Zeuge ihrer Voodoo-Zeremonie, war dies nicht mehr möglich.

Zunächst kam ihm die Idee, von ein paar seiner Leute die Zeremonietische umwerfen und am besten gleich zu Kleinholz hacken zu lassen. Aber als er sich an die sinnverwirrten Blicke des Kaisers und seiner Jünger erinnerte, nahm er von diesem Gedanken wieder Abstand. Denn eine solche Aktion konnte auch wer weiß was für eine Katastrophe nach sich ziehen, für die man ihn dann verantwortlich gemacht hätte.

Als nächstes kam ihm in den Sinn, sich auf dem Rechtsweg schützen zu lassen. Er kannte sich zwar nicht sonderlich gut aus, doch irgendein Gesetz gegen geistige Gewaltanwendung mußte es ja geben. Er suchte darum den örtlichen Bezirksvorsteher auf, dem er freundschaftlich verbunden war.

Nachdem dieser seinen Schilderungen aufmerksam gelauscht hatte, setzte er eine Miene auf, die zu bedeuten schien, er könne in dieser Sache nichts unternehmen. Mit seinen geringen juristischen Kenntnissen sah er keine rechtliche Handhabe für diesen Fall eines *versuchten Mordes durch Verwünschen*. Im Gegenteil, Pae Taegi hatte sogar das Gefühl, sein hochrangiger Kumpel schmunzelte innerlich über ihn.

Ein sonderlich abergläubischer Mensch war Pae Taegi eigentlich nicht, aber die Bilder des irrwitzigen Treibens der Kaiserbande konnte er einfach nicht verdrängen, er war mit den Nerven am Ende. Als er dann in der Nacht einen immer größer werdenden Druck auf der Brust verspürte, erstand vor seinem inneren Auge wieder das Bild des Schwertes auf, das ihn als Strohpuppe entzweigehauen hatte, und seine

Beklommenheit verschlimmerte sich noch bei dem Gedanken, ob sie wohl genau in jenem Augenblick die gleiche Handlung erneut vollzogen.

Objektiv gesehen hätte Pae Taegi, statt sich aus Sorge wegen der kaiserlichen Verwünschungen derartig zu verausgaben und seine Nerven überzustrapazieren, lieber einen Kardiologen aufsuchen sollen. Wenn man denn seinen Tod schon unbedingt als Strafe des Himmels deuten will, dann dafür, daß er es, als sich sein Gesundheitszustand immer mehr verschlechterte, fahrlässig versäumte, zum Arzt zu gehen.

Er verstarb noch vor Ende des Sommers. Jemand, der erfahren hatte, daß Pae Taegi beim Wasserlassen gestorben war, behauptete, ein Totengeist habe ihn besessen; ein anderer, der von einem Besuch bei einer trauernden Familie am Todestag wußte, erklärte, er sei vom Trauergeist befallen worden; medizinisch gesprochen aber erlag er einer Gehirnblutung. Wie auch immer, für den Kaiser war die Sache eindeutig: Der Himmel hatte den, der sich dem Auserwählten entgegengestellt hatte, mit strenger Hand bestraft.

Im elften Jahre Chunggwang findet sich nach einer Überfahrt über tausend Ri *rauher See ein Emissär des Prinzen ein, und endlich siedelt der Kaiser um.*

Die Himmlische Bestrafung des Pae Taegi hatte mitnichten zur Folge, daß der Kaiser wieder in den Besitz seines Eigentums gelangte. Ganz im Gegenteil, Pae Taegis plötzliches Ableben machte dies nun völlig unmöglich. Der kaiserliche Grund und das Vermögen gehörten nun einem Verwandten des Toten, der, auch wenn er zur Familie Pae zählte, nichts mit der alten Geschichte zu schaffen hatte, dem aber, da Pae Taegi mit nicht einmal fünfzig Jahren verstorben war, die Sympathie der Dorfbevölkerung galt.

Der Kaiser und sein Gefolge blieben so arm wie gehabt. U Palsan und Tu Ch'ung verdingten sich für den Kaiser weiterhin als Tagelöhner oder bettelten schlichtweg, und Pyôn Yagyu sammelte zusammen mit der Kaiserin Brennholz und Kräuter. In einem erbärmlichen Zustand waren Behausung und Kleider. Das Dach ihrer Hütte hatte viele undichte Stellen, und durch die abgewetzten Beinkleider des Kaisers sahen die Knie heraus.

Noch schlimmer indes war der Wegfall aller hehren Ziele, auf deren Erreichen alle Kräfte hätten konzentriert werden können. Pae Taegi war tot, und jede weitere Unternehmung, so machtlos wie sie geworden waren, aussichtslos. Des Kaisers Leben wurde eine lange Nacht der Tatenlosigkeit, des dunklen Verfalls.

An einem Abend im zehnten Monat des elften Jahres Chunggwang bat ein Geheimbote des nach Japan geflohenen Prinz Hyomyông am kaiserlichen Kohleverschlag um Einlaß. Es war dies ein – höchst ungewöhnlich in der Region des Dorfes der Weißen Steine – westlich gekleideter junger Mann, der, als er mit dem Kaiser allein im Raum war, sich vor ihm niederwarf und sagte: »Herr Chông Hwi schickt mich. Seid gegrüßt, ehrenwerter alter Mann.«

»Dann ... lebt er also noch? Und wo ist er jetzt?«

Vordem hätte sich der Kaiser ob der Unverschämtheit des jungen Mannes, ihn lediglich mit *alter Mann* anzureden, erbost, nun aber nagte in ihm zu sehr die Ungeduld, das Schicksal des geliebten Sohnes zu erfahren, und mit zittriger Stimme bestürmte er den Gesandten mit Fragen. Einzig die über so lange Jahre verinnerlichte kaiserliche Würde und Zurückhaltung hinderte ihn daran, die Hände seines Gegenübers in die seinen zu nehmen.

»Er hält sich zur Zeit in Hagwan (Shimonoseki) auf.«

»In welcher Gegend liegt dieses Hagwan?«

»Das ist eine Stadt in Japan.«

»In Japan, sagt Ihr? Wie hart muß es für ihn sein, in einem so fernen Reiche.«

Schwermut legte sich über das kaiserliche Antlitz.

»Ist es anfangs nicht immer hart und entbehrungsreich? Aber seine Lage hat sich schon gebessert. Man kann sogar sagen, es geht ihm gut jetzt.«

Die Stimmung des Kaisers schien sich durch diese Antwort aufzuhellen.

»Heißt dies, er hat dort die Dynastie neu begründet?«

»Ob der Ausdruck *Dynastieneugründung* der passende ist, weiß ich nicht, auf jeden Fall aber kommt er ganz gut zurande. Ein bemerkenswerter Mann, Euer Sohn.«

Der junge Bote hütete sich, Chông Hwis Aktivitäten genauer zu beschreiben, denn der Prinz hatte sich nach der illegalen Einreise in Japan zunächst als Hafenarbeiter verdingt und es dann zu einem Vermögen im Dienste koreanischer Schmuggler gebracht. Die Laune des Kaisers, der von alledem nichts ahnte, wurde immer besser.

»Das wundert mich gar nicht. Kann der Sohn eines Tigers ein Köter sein? Wahrlich ein würdiger Erbprinz.«

Unversehens jedoch trat Verlegenheit auf sein Antlitz, und er klagte: »Und sein nichtsnutziger Vater sitzt hier herum und hat sich alles entwenden lassen, was seines war ...«

Glücklicherweise schien der junge Mann vorab bestens über die Exzentrik des Kaisers informiert worden zu sein.

»Nur nicht verzagen. Genau aus diesem Grunde übrigens schickt mich Chông Hwi.«

»Dann ist er also im Bilde?«

»Ich habe mich letztes Jahr hier umgesehen und ihm die Situation ausführlich geschildert.«

»Ach ja? Was hat er daraufhin gesagt?«

»Dieser Ort sei nicht mehr angemessen für Euch, er legt Euch daher nahe, umzusiedeln. Ich traf darum auch bereits einige Vorkehrungen ...«

Unwirsch unterbrach ihn der Kaiser: »Unmöglich. Dieser Boden wurde auserwählt als Hauptstadt der achthundert Jahre währenden Chông-Dynastie. Wie kann der Prinz nur ...«

Der Kaiser wollte die Rede auf den *Chônggamnok* bringen, als die Tür aufgeschoben wurde und Kaiserin Ûimyông, der Ohnmacht nahe, hereinplatzte. Das Gespräch zwischen beiden Männern mußte ausgesetzt werden, solange die Ehrenwerte Dame Hwang den jungen Mann weinend und flehend mit Fragen bestürmte. Dabei erfuhr das Kaiserpaar von Chông Hwis Heirat und der Existenz eines Kronprinzensohnes, ehe sie wieder auf den eigentlichen Gegenstand der Unterhaltung kamen.

»Ich habe ausreichend Geld mitgebracht, um etwas Land zu kaufen. Ihr braucht Euch nicht sofort zu entscheiden, besprecht Euch mit den anderen, wenn sie zurück sind. Ich komme wieder«, beschloß der junge Mann das Gespräch.

Beim Gehen sagte er zur Ehrenwerten Dame Hwang, die ihm, wie Chông Hwi wahrscheinlich vorausgesagt hatte, hinausgefolgt war: »Ihr müßt ihn vom Umzug unbedingt überzeugen. Dann könnte auch Chông Hwi heimkehren. Solange Ihr aber hier bleibt, ist ein Wiedersehen mit ihm nicht möglich.«

Dies deutet darauf hin, daß der Prinz bis zu diesem Zeitpunkt tatsächlich beabsichtigte, in sein Heimatland zurückzukehren.

In der kaiserlichen Kohlehütte wurde in jener Nacht eine hitzige Debatte geführt, in der der Kaiser und seine vier Getreuen über das Für und Wider einer Hauptstadtverlegung stritten. Außer dem Kaiser waren alle für einen Umzug, auf U Palsan und Tu Ch'ung hatte die Kaiserin eingeredet, und Pyôn Yagyu sprach sich von selbst, aus persönlichen Gründen, dafür aus, da er seine immer wiederkehrenden Gebrechen auf die erschöpfte Erdenergie des Dorfes der Weißen Steine zurückführte.

Der Kaiser hatte in dieser Diskussion daher von vornherein einen schweren Stand. Während er verzweifelt das Argument des *Chônggamnok* bemühte, priesen die anderen die Vorzüge der Errichtung einer neuen Hauptstadt mit Namen *Shindoan*, »Neue Hauptstadt des Friedens«.

»Es heißt, Pong Ch'u und Pang T'ong wußten schon bei der bloßen Erwähnung des Namens Nakbongpa, daß dies die Erde war, auf der sie sterben würden. Der Ortsname Shindoan nun verweist auf die Bedeutung jenes Bodens als unseren neuen Hauptsitz. Wie könnte dieser, wenn sogar der königliche Gelehrte Muhak ihn einst als Hauptstadt bestimmte, noch mit dem Dorf der Weißen Steine verglichen werden?« argumentierte Pyôn Yagyu.

»In den Kapiteln über die Jahre Pyôngshin und Chôngyu in den *Alten Geheimschriften* des Nam Sago steht geschrieben, *der Königsenkel werde den Thron besteigen und das*

Reich befrieden. Eine Hungersnot fordert Menschenleben, die Kriege kommen nicht zur Ruhe, die eine Hälfte des Volkes überlebt, die andere kommt um, Unruhen erschüttern beide Westseiten, und in Samnam stellen sich Armeen auf. Wir befinden uns im Jahre Pyôngshin, und das Jahr Chôngyu wird ihm nachfolgen. Was mit *der Königsenkel wird den Thron besteigen* gemeint ist, erschließt sich mir nicht, die übrigen Verkündigungen jedoch stellen meines Erachtens eindeutige Warnungen dar und lassen keine andere Schlußfolgerung zu, als daß wir umsiedeln und uns die frische Energie der neuen Erde zunutze machen sollten«, plädierte auch Tu Ch'ung für die Hauptstadtverlegung, indem er sich des Kaisers eigener Waffe, des *Chônggamnok*, bediente. Die vorzügliche Erdenergie hatte er selbst einst konstatiert, als er in seiner Zeit als Bettelmönch auch durch Shindoan gekommen war, wohin nicht zufällig schon nach dem Krieg zahlreiche Menschen geströmt waren.

Als sich dann auch die Ehrenwerte Dame Hwang auf ungewohnt energische Weise für den Umzug aussprach, mußte der ermattete Kaiser schließlich klein beigeben.

Der junge Mann, der, wie versprochen, tags darauf wiederkam, wirkte nicht sonderlich begeistert von dem Vorhaben, nach Shindoan umzusiedeln, das von dem Dorf der Weißen Steine keinen Tagesmarsch entfernt lag, er widersetze sich ihrem Entschluß aber nicht. Er schien durch das Vorhaben, das Dorf der Weißen Steine zu verlassen, wenigstens den Kernpunkt seines Auftrags erfüllt zu sehen, und nachdem er ihnen einen größeren Geldbetrag für den Kauf von mehreren *Majigi* Reisanbaufläche bescheidener Qualität sowie eines kleinen Häuschens und von Nahrungsvorräten für einen längeren Zeitpunkt ausgehändigt hatte, brach er wieder auf. Er gab ihnen das Versprechen, im darauffolgenden Jahr wiederzukommen, welches er jedoch nie einlösen sollte. Er und Chông Hwi kannten sich aus der Schmugglerbande, deren Mitglieder beide waren, und kurze Zeit nach seiner Rückkehr aus Korea wurde er verhaftet. Nach seiner Entlassung aus dem Gefängnis hatte er den Kontakt zu Chông Hwi verloren.

Über die Hauptstadtverlegung im elften Jahr Chunggwang kursiert noch eine weitere Geschichte. Sie handelt von einem Disput über die Wahl der neuen Behausung.

Als Tu Ch'ung und U Palsan den Kauf eines Hauses vorschlugen, schüttelte der Kaiser energisch den Kopf: »Kongja (Konfuzius) betonte immer, wie wichtig es ist, seine Heimstatt sorgfältig auszuwählen. Nach meiner Beobachtung enthält dieser Ort, mag auf ihm auch Yi T'aejo die Fundamente seiner Regentschaft gelegt haben, kaum Berggeistenergie. Wir müssen das Königliche Loch finden und in ihm die Grundsteine unseres neuen Hauptsitzes legen.«

Einen Monat lang wanderte er hierauf zusammen mit Pyôn Yagyu suchend umher, bis er schließlich seinen Stock in einen Hang südöstlich des Yônchôn-Gipfels bohrte. Zwar lag diese Stelle in einem von Tannen und Büschen dichtbewachsenen Nationalpark – doch wer konnte es wagen, dem Kaiser zu widersprechen? Zur Gewinnung des Baugrundes legten die Untergebenen des Kaisers ein Feuer, rodeten Bäume und gruben Wurzeln aus. Nachdem alle diese mühevollen Arbeiten, an denen sich außer U Palsan, Tu Ch'ung und Pyôn Yagyu auch die Ehrenwerte Dame Hwang beteiligte, getan waren, erteilte der Kaiser weitere Weisungen: »Es seien drei Erdstufen zu bauen, und die Höhe des Anwesens übersteige nicht drei *Cha*. Die Sparren sollen nicht gehobelt werden und das Stroh auf dem Dach soll keinen gleichmäßigen Schnitt bekommen.«

Wie einst in der Nordost-Epoche bezog er seine Inspiration aus dem bei Mokja (Mozi) beschriebenen Baustil der Könige Yosun (Yao und Shun), doch nach seiner Fertigstellung bot das Gebäude einen recht eigentümlichen Anblick, es sah aus wie ein Zwischending aus Lehmhütte und Kuhstall. Bald schon ergab sich ein Problem. In einem Nationalpark ein Feuer zu machen, Bäume zu fällen und ein Häuschen zu bauen, konnte nicht unbemerkt bleiben. Die Lehmmauern waren noch nicht trocken, als ein Parkwächter hereinplatzte und Pyôn Yagyu festnahm, der zu diesem Zeitpunkt allein im Hause weilte.

Der Kaiser stürmte, als er dies erfuhr, sofort in Begleitung von U Palsan und Tu Ch'ung zum Dorf. Seit er die Kunde vom Wohlbefinden des Prinzen erhalten hatte, war er wieder allerbester Stimmung und voller Zuversicht. Er fühlte sich gerüstet zum Kampf gegen jedweden Feind, sei es gegen die Banditen des Nordens oder die der Südpartei, und bei der Gelegenheit konnte man mit letzterer ja gleich anfangen.

So schnell er nach jenem Dorf auch geeilt war, er konnte nur noch in Erfahrung bringen, daß der Parkwächter, zu seinem eigenen Glück, mit Pyôn Yagyu bereits auf dem Weg zur Bezirkshauptstadt war. Weit entfernt von dem Gedanken, aufzugeben, marschierte der Kaiser – wie die *Chronik* es ausdrückte – sodann mehrere Dutzend *Ri* ebenfalls dorthin. Die Behörden dieser Stadt hatten an jenem späten Nachmittag das schlimmste Erlebnis seit dem Krieg.

»Wer ist euer Anführer? Wieso wartet er mir nicht auf?« fiel der Kaiser mit Gebrüll bei seinem neuesten Feind, den Bezirksbehörden, ein, hinter ihm die blutdürstig das Beil beziehungsweise den Eichenknüppel schwingenden U Palsan und Tu Ch'ung.

Entsetzt starrten die wegen der Nachmittagsschwüle und der Frühlingsbrise vor sich hindösenden männlichen wie weiblichen Beamten die Eindringlinge an. Niemand wagte es, sich zu rühren, bis einer schließlich all seinen Mut zusammennahm und fragte: »Großvater, was können wir für Sie tun?«

Noch ehe er seine Frage beenden konnte, schlug Tu Ch'ung mit dem Eichenknüppel auf den nächstgelegenen Schreibtisch ein: »Du ungehobelter Dreckskerl, Seine Majestät mit *Großvater* …«

Drohend schwang U Palsan seine Axt in Richtung dieses Mannes und schien kurz davor, sich auf ihn zu stürzen. Eingeschüchtert verkroch sich ein Beamter unter seinem Tisch, und auch der eben noch so wagemutige Mann wich verunsichert zurück.

»Darf sich ein Löwe oder ein Tiger auf Kaninchen oder Mäuse stürzen? Laßt die Niederen. Ich wünsche das Haupt dieser Leute zu verhören.«

Majestätisch gebot der Kaiser U Palsan und Tu Ch'ung Einhalt und wandte sich an denselben jungen Mann wie zu

Beginn: »Wo ist nun euer Anführer? Schafft ihn her, und keinem von euch geschieht etwas.«

Sein Vorgesetzter hielt sich in jenem Augenblick in einem Büro ganz in der Nähe auf. Doch aus Angst, die verwirrten Greise könnten seinem Chef etwas antun, erwiderte der Angesprochene nach einigem Zögern: »Der Herr Bezirksdirektor ist momentan außer Haus. Aber wenn Sie mir den Grund Ihres Besuchs mitteilen würden, könnte ich ihn davon in Kenntnis setzen, sobald er wieder zurück ist.«

Sie mochten alt sein, aber sie trugen auch gefährliche Waffen und wirkten entschlossen, sie nötigenfalls einzusetzen. Der junge Beamte schien es sich daher vorgenommen zu haben, die Eindringlinge behutsam wieder zum Gehen zu bewegen. Unvermittelt drehte sich der Kaiser zu U Palsan und Tu Ch'ung um und erteilte ihnen lautstark den Befehl: »Nehmt ihn gefangen. An seinen unruhigen Augen und seinen zittrigen Händen erkenne ich, daß er lügt.«

Wahrlich gut beobachtet. Aber die Reaktion des jungen Mannes war nicht minder bemerkenswert. Ehe U Palsan und Tu Ch'ung seiner habhaft werden konnten, war er aus dem Fenster gesprungen.

»Ergreift lieber den hier!« hielt der Kaiser seine beiden Krieger, die dem Flüchtigen hinterherjagen wollten, mit einer kleinen Befehlskorrektur zurück. Aber der nun Betroffene machte sich nicht weniger flugs davon, und das ganze Büro verwandelte sich im Nu in einen veritablen Kriegsschauplatz. Die *Chronik* beschreibt diese Szenerie mit: *Der Kaiser unternahm einen Überraschungsangriff gegen den Regierungspalast der Südpartei und errang einen großen Sieg.*

Schließlich bekamen die Mannen des Kaisers einen etwa fünfzigjährigen einfachen Beamten zu fassen, den sie unverzüglich ins Verhör nehmen wollten, als plötzlich die Tür des Direktorenbüros aufging und sich aus dem Innern eine besonnene Stimme vernehmen ließ: »Nur keine Sorge, Herr O, bitten Sie die Herrschaften herein.«

Erleichtert wies ihnen der Angesprochene den Weg und sagte: »Das ist der Herr Bezirksdirektor. Gehen Sie bitte dort hinein.«

Verächtlich ließen der Kaiser und sein Gefolge von dem nutzlos gewordenen Mann ab und stürmten ins Büro des Direktors.

»Dann herrschst also du über diesen Bezirk?«

»Wenn Ihr es so ausdrücken wollt, ja … Aber was führt Euch zu uns, ehrenwerter alter Mann«, entgegnete der etwa vierzigjährige Direktor gütlich lächelnd.

Sein Gesicht kam dem Kaiser bekannt vor, ohne daß dieser gewußt hätte, woher er es kannte. Eigenartigerweise begann von diesem Eindruck an der kaiserliche Zorn abzuflauen.

»Gut. Welchen Titel du auch tragen magst, ist unerheblich, da du ohnehin dem falschen Souverän dienst. Aber sei dir gewiß, wenn ihr meinen Munsukgong auch nur anrührt, wird dein Kopf die längste Zeit auf dem Hals geblieben sein.«

Munsukgong war Pyôn Yagyus offizieller Titel im Amt des Ministers zur Rechten, in das er Shin Kijuk nachgefolgt war, was der Direktor natürlich nicht wissen konnte: »Also dieser Munsukgong …?«

»Einer deiner Untergebenen besaß heute morgen die Frechheit, in mein hoheitliches Territorium einzudringen und Munsukgong Pyôn Yagyu zu verschleppen. Wo ist er jetzt?«

Einem jedem anderen in dieser Situation wäre der Sinn der kaiserlichen Worte gewiß entgangen, aber der Direktor wußte sie genau zu deuten.

»Mag es auch ein einfacher Beamter sein, so hatte er sicher einen Grund, um einen Eurer Untertanen zu verhaften. Hättet Ihr vielleicht selbst eine Erklärung?«

»Mir kam Gerede zu Ohren, demzufolge mein Hoheitsgebiet sich in einem Nationalpark befinden soll. Kann man, nur weil ich dort etwas Wald roden und ein Haus errichten ließ, deswegen gleich festgenommen werden? Ist denn, auch wenn wir im Moment ein zurückgezogeneres Leben führen mögen, nicht alles Land unter dem Himmel Königsland?«

Wiewohl sich dem Direktor der Sinnzusammenhang auch dieser Worte zu erschließen schien, antwortete er nicht, unschlüssig, wie er die Angelegenheit lösen konnte. Der Kaiser deutete dieses Schweigen als Verlegenheit und fuhr mit erhabener Stimme fort: »In einem Begleittext zum *Sôljonûi* schreibt Yu Chahu (Yu Chongwôn), das Volk entrichtet Steuern an die Beamten, damit diese über sein Wohl wachen. Auch wenn Munsukgong Pyôn Yagyu ein Gewöhnlicher wäre ohne Titel und ohne Amt, hättest du also nicht das Recht, ihn dergestalt zu behandeln. Denn wer außer dem Volk gebietet denn über die Berge und Flüsse und die Pflanzen und Bäume? Somit ...«

Endlos ergoß sich ein langer Strom voll kaiserlichen Tadels. Nachdem er ihm eine Weile gelauscht hatte, unterbrach ihn der Direktor schließlich mit teilnahmsvoller Miene: »Ehrenwerter alter Herr, wer in einer Räuberhöhle lebt, hat sich den Gesetzen der Räuber zu unterwerfen, und wer im Reich der Affen lebt, hat sich den Affengesetzen zu beugen. Ihr wißt nur zu genau, daß Eure Zeit abgelaufen ist, weshalb weigert Ihr Euch, die Gesetze Eurer Gegner anzuerkennen? Ich werde Pyôn Yagyu dieses eine Mal noch gehen lassen, aber Ihr habt nicht das Recht, das öffentliche Eigentum des Nationalparks zu beschädigen. Bis Eure Zeit erneut gekommen ist, müßt auch Ihr Euch den Gesetzen derer beugen, die das Land im Moment regieren.«

Ohne dem Kaiser die Möglichkeit eines Widerwortes zu geben, rief er in Richtung seines Personals, das von außen die ganze Zeit zum Spalt seiner Bürotür gespäht hatte: »Der Chef der Forstabteilung bitte in mein Büro!«

Die Tür ging auf, und ein Mann mittleren Alters und mit einer Halbglatze betrat das Direktorenbüro.

»Liegt ein Fall der Verletzung der Nationalparkordnung bei Shindoan vor?«

»Ja, einer meiner Leute ist mit einem Verhafteten unterwegs, ist aber noch nicht wieder zurück.«

»Lassen Sie ihn laufen, sobald die beiden da sind, und erachten Sie die Angelegenheit für nicht stattgefunden.«

»Aber ...«

»Sie können die Formalitäten wohl einmal beiseite lassen, oder nicht?«

Im Triumphzug kehrten der Kaiser und seine Mannen, einschließlich Pyôn Yagyu, zurück, nachdem letzterer gleich nach seinem Eintreffen freigelassen worden war.

Die *Chronik* berichtet von diesem Ereignis mit den Worten: *Schließlich unterwarf sich der Anführer der Südpartei dem Kaiser.*

Wie üblich meldeten die Ungläubigen, ohne daß sie sie näher definierten, ihre Zweifel an diesem großartigen Erfolg an. Sie hätten sie nicht gehegt, wenn sie gewußt hätten, daß der Bezirksdirektor einer jener beiden Studentensoldaten war, die einst, Jahrzehnte zuvor, in der Ostgemarkung, nahe Ch'ôk, Zuflucht gefunden hatten. Der Kaiser hatte den jungen, ausgemergelten und eine zerschlissene Uniform tragenden Deserteur in dem ehrbaren Amtsträger, zu dem er sich in der Zwischenzeit gemausert hatte, nicht wiedererkannt, und weil sein ehemaliger Schützling neuerliche Scherereien vermeiden wollte, hatte er sich dem Kaiser nicht zu erkennen gegeben.

Im zwölften Jahre Chunggwang verwirft der Kaiser den Buddhismus und richtet in seinem Palast ein Samchôngjôn ein.

In einer schwierigen Lebenslage befassen sich Menschen mit Göttern oder Buddhas in der Hoffnung auf übernatürlichen Beistand, und Monarchen bilden da keine Ausnahme. Man denke nur an die neunstöckige Pagode, die die Shilla-Königin Sôndôk beim Hwangnyongsa errichten ließ, oder an die Tempel oder das Buch der Achtzigtausend Sutren der Koryô-Zeit.

Unserem Kaiser erging es nicht anders. Seit dem Exilgang von Prinz Hyomyông Hwi, von dem er nicht wußte, ob er lebte oder tot war, und dem Raub des Kaisergutes durch den Verräter Pae Taegi nahmen des Kaisers Lehren vom Himmlischen Mandat und einer Einigen Familie unter dem Himmel nach und nach eine immer religiösere Färbung an. Betrachtet man sich aber den Gegenstand der kultischen Verehrung, kommt man nicht umhin, ein wenig zu staunen.

Wie schon der *Chônggamnok* war auch die Süd-Chosôn-Doktrin des Kaisers von Anfang an buddhistischer Natur. So finden sich im Kaisermythos zahlreiche Hinweise auf den

Einfluß der Bergbonzen und der Meister des Sôn-Buddhismus (Zen). Allerdings wuchs in den Legenden über den Kaiser im Laufe der Jahre auch das taoistische Element, deutlich daran zu erkennen, daß der Kaiser als Inkarnation des Großen Kaisers Chami, des Wahren Meisters des Nordpols, angesehen wurde. Der Grund hierfür mag in einem Glaubenswechsel des Gelehrten Chông, des Kaiservaters, liegen, aber dies ist nur Spekulation.

Die Zunahme des taoistischen Einflusses in dem ihn betreffenden Mythos bedeutete indes nicht, daß der Kaiser dem Buddhismus weniger wohlwollend gesinnt gewesen wäre. So wenig wie er etwas gegen die glühende Buddha-Verehrung der Ehrenwerten Dame Hwang einzuwenden hatte, so wenig fand er etwas dabei, den ehemaligen Bonzen Tu Ch'ung in seine Dienste zu nehmen. Und während der Zeit, in der sie im Kohleverschlag hinter dem Dorf der Weißen Steine hausten, billigte er es, daß Tu Ch'ung im Mönchsgewand betteln ging.

Nach der Hauptstadtverlegung jedoch trat beim Kaiser plötzlich eine Abneigung gegen alles Buddhistische zutage. Er erlaubte Tu Ch'ung nicht mehr, Mönchskleidung zu tragen, und seiner Gemahlin untersagte er es, nur Buddhas Namen auch auf den Lippen zu führen.

Dieser Sympathiewandel hatte sicherlich mehrere Gründe, doch weist einiges auf den wachsenden Einfluß Pyôn Yagyus hin. Ihre nun seit zehn Jahren Tag und Nacht geführten Diskussionen schienen beim Kaiser tiefe Spuren hinterlassen zu haben. Sich selbst gleich hinter Nojang (Laozi und Zhuangzi) einordnend, vermittelte Pyôn Yagyu dem Kaiser taoistische Methoden und Techniken. Zudem hatten Pyôn Yagyus Fertigkeiten und magischen Fähigkeiten bekanntlich den elendigen Verräter Pae Taegi zur Strecke gebracht und den Geheimboten des Erbprinzen herbeigezaubert.

All dies stimmte Tu Ch'ung, der in einem buddhistischen Tempel aufgewachsen war, gar nicht froh. In seinen Augen machte sich Pyôn Yagyu schlichtweg die Kraft von Buddhas Gesetz zunutze, welches durch seine und der Ehrenwerten Dame Hwangs Mildtaten erst herabgekommen war.

Zudem hatte Tu Ch'ungs Hingabe an den Buddhismus auch ein ganz konkretes Motiv. Sie besaßen inzwischen das Ackerland, das der Gesandte von Prinz Hyomyông ihnen in dessen Auftrag versprochen hatte, das allerdings nicht genügend abwarf, um alle fünf zu ernähren.

Um zu vermeiden, daß er und U Palsan zur Behebung dieses Versorgungsmangels wieder betteln gehen mußten, kam Tu Ch'ung auf die Idee, in dem neuen kaiserlichen Domizil einen buddhistischen Betsaal einzurichten, da ihm aufgefallen war, daß kleine Tempel oder abgeschiedene Klausen, in denen man zu einer Statue oder einem Bildnis von Buddha beten konnte, durch die Gaben der Gläubigen in der Regel recht profitabel waren.

Vor diesem Hintergrund also wurde im zwölften Jahr Chunggwang offiziell der Buddhismus verworfen. An einem Tag im fünften Monat jenes Jahres, die Reisfelder waren gerade neu besät worden, trat Tu Ch'ung mit ernster Miene vor den Kaiser: »Majestät, ich meine, wir sollten eine der Kammern leerräumen und in ihr einen Buddha aufstellen.«

Kalt wehrte der Kaiser dieses Ansinnen ab: »Einen Buddha in meinem Haus aufstellen? Wie kamt Ihr auf diesen Einfall?«

Für den Kaiser stand Buddha keinen Rang höher als dieser Yaso (Jesus), und er tat dies Tu Ch'ung auch offen kund. Dieser hatte sich vorgenommen, dem Kaiser auf direktem Wege den Zweck seiner Idee zu erläutern, nämlich daß die Möglichkeit bestand, weil die eigenen Ernteerträge für sie alle fünf nicht genügend abwarfen, durch fromme Besucher etwas hinzuzuverdienen. Doch die kaiserliche Schroffheit verärgerte ihn, sie verletzte den Stolz seiner einstigen Frömmigkeit.

»Wie könnt Ihr dem Buddha eine solche Geringschätzung entgegenbringen, wo er es doch ist, von dem das Los des Landes und Glück und Wohlbefinden Eurer Majestät abhängen?«

»Daß Buddha sich um das Los des Landes und um meine Wenigkeit kümmern soll, ist mir neu. Die Könige U (Yu), T'ang (Tang), Mun (Wen) und Mu (Wu) genossen allesamt ein langes Leben, und ihre Völker lebten in Wohlstand, aber von einer Unterstützung seitens eines Buddha hörte ich noch nie. Im Gegenteil, nach Einführung des Buddhismus in China erlebten die spätere Han- und die Myông-Dynastie eine Phase des Chaos und des Verfalls, und mit den besonders buddhahörigen Dynastien Song (Sung), Che (Zhou), Yang (Liang), Chin (Jin) und Wôn (Yüan) ging es noch rascher bergab. Yang-Kaiser Mu schor sich selbst dreimal den Kopf kahl und gelobte seine Treue zu Buddha, starb aber während des Aufstands von Hugyông (Hujing) in Taesông (Taisheng) eines Hungertodes.«

Pyôn Yagyu sprang dem Kaiser zur Seite: »So ist es. Dieser Buddha ist nur etwas für Barbaren. Vielen Leuten brachte er Unheil, und als unter Han-Kaiser Myông (Ming) der Buddhismus Einzug hielt, neigte ihm von den Prinzen besonders König Yông (Ling) von Ch'o (Zhou) zu, was ihn dann auch nach kurzer Zeit den Kopf kostete. Er war es auch, der einen buddhistischen Betsaal im Kaiserpalast einrichten ließ, welcher allerdings schon bald darauf im Zuge der Revolte der Gelben Turbane demoliert wurde, und keiner der drei Könige Sôk Rûk (Shi Le) mit dem buddhistischen Meister Puldojing (Fo Tu Cheng), Pu Kyôn (Fu Jian) mit To An (Tao An) und Yo Hûng (Yao Xing) mit Kumaraship (Jiu Mo Luo Shi) wurde dadurch stärker, und keiner von ihnen regierte das Land über einen längeren Zeitraum.«

»Ihr übertreibt, Meister Pyôn. Jedes einzelne Verdienst der unerschöpflichen Lehre des Buddha abwägen zu wollen hieße, die gesamte Welt mit dem Sandkorn eines Bachufers zu bemessen. Mit den beiden Begriffen Ursache und Wirkung löst man jedes Problem, warum also sagt Ihr nicht einfach, Ihr habt vom Buddhismus keine Ahnung, statt daß Ihr unüberlegte Worte schwingt. *Ich weiß*, zu sagen, wenn man weiß, und *ich weiß nicht*, wenn man nicht weiß, zeichnet einen weisen Mann aus, aber ob Ihr je einer werdet, bezweifle ich!« entgegnete Tu Ch'ung schroff.

Auch Pyôn Yagyu war kein Mann, der so leicht nachgab: »Von allen buddhistischen Thesen stellt die mit Ursache und Wirkung die findigste dar. Jedesmal, wenn Ihr Buddhisten etwas nicht erklären könnt, kommt Ihr damit an, aber wenn tatsächlich alles auf der Welt auf das Prinzip von Ursache und Wirkung zurückginge, wozu dann all unsere Mühen und all unsere Sorgfalt? Und wirklich angenommen, daß keine Krankheit ohne Grund und Nutzen ausbricht, sollten die Ärzte sie dann statt mit Heilmitteln nicht besser mit dem Prinzip von Ursache und Wirkung bekämpfen?«

Die Experten unter den Lesern werden es schon erkannt haben: die Standpunkte von Kaiser und Pyôn Yagyu stammen geradewegs aus dem *Pulsshijapbyôn (Verschiedene Gedanken zum Buddhismus)* von Chông Tojôn. Sie hatten dieses Werk seit geraumer Zeit schon studiert und diskutiert. Da er davon nichts wußte, fühlte sich Tu Ch'ung von der eigenartigen Argumentationsweise der beiden anderen natürlich einigermaßen überrumpelt. Er war eben nur ein einfacher Exbonze, der sich sein Wissen selbst angeeignet hatte.

»Wenn Kongmaeng (Konfuzius und Mencius) und Noja (Laozi und Zhuangzi) Heilige sind, dann ist unser Sôkjon (Shakyamuni = Buddha) auch einer. Selbst ein größerer Gelehrter als Ihr würde es kaum wagen, so leichtfertig über Ihn zu reden, warum also, Herr Pyôn, schmälert Ihr in einer derartigen Weise den *Weg* des Heiligen?«

Tu Ch'ung hatte bei diesen Widerworten die Fassung gerade noch wahren können, doch ergriff erneut der Kaiser das Wort, um zu zeigen, daß er auf Pyôn Yagyus Seite stand: »Ich höre zum ersten Mal von Buddha als einem Heiligen reden. Zu einem Heiligen jedoch wird man üblicherweise nicht durch die Verletzung der Regeln des menschlichen Miteinanders, aber genau dies tat Herr Buddha, als er in jungen Jahren den Wünschen der Eltern zuwiderhandelte, indem er die Regeln der Beziehung zwischen Vater und Sohn brach, als er Heimatland und Souverän verließ und dadurch gegen die Regeln der Beziehung zwischen Monarch und Untertan verstieß. Dann verletzte er auch die Regeln zwischen Eheleuten, als er Frau und Kind verließ, um sich auf den Berg zurückzuziehen, durch die Abkehr vom irdischen Leben verstieß er gegen die Regeln zwischen Gefährten, und indem er sich weder um Leben noch um Tod mehr sorgte, handelte er den Beziehungsregeln zwischen Jungen und Alten zuwider. Wie könnte man also Herrn Buddha, der diese fünf Hauptregeln des menschlichen Miteinanders allesamt verletzte, als einen Heiligen bezeichnen?«

Da endlich erkannte Tu Ch'ung, wie Kaiser und Pyôn Yagyu in diesem Wortstreit mit ihm spielten. Der Kaiser ging nun sogar dazu über, sich über das wichtigste Element der Lehre Buddhas, die Barmherzigkeit, lustig zu machen: »Genau wie der Liebesbegriff dieses Herrn Yaso ist die buddhistische Barmherzigkeit nur ein Abklatsch des guten alten *In* (仁), der Menschlichkeit. Yasos Liebe macht den Menschen schwach und kraftlos, und Buddhas Barmherzigkeit macht aus ihm einen vernunftlosen Menschen, dem nicht zu trauen ist. Durch ebendiese buddhistische Barmherzigkeit wurde der Menschlichkeitsbegriff immer mehr aufgebläht, bis er für einen zu geringen Inhalt eine zu große und darum nutzlos gewordene Hülle wurde.«

Das Wortgefecht dauerte noch einen halben Tag an, bis Tu Ch'ung erschöpft den eigentlichen Grund für sein Vorhaben anführte. Aber das Argument der angespannten Versorgungslage überzeugte weder den Kaiser noch Pyôn Yagyu.

»Natürlich ist es für den Menschen wichtig, zu essen, da er, wenn er nicht ißt, sein Leben gefährdet, doch kommt er auf unwerte Art zu seinem Essen, beschädigt er die Gerechtigkeit. Seit jeher verdienten sich die Himmelssöhne und ihre Minister den Unterhalt gemäß den Regierungsfunktionen, während die Bauern, Handwerker und Kaufleute sich ihr Mahl ihrer Arbeit entsprechend verdienten, und die Gelehrten erwarben es sich durch den Gehorsam den Eltern und dem Souverän gegenüber, womit sie künftigen Gelehrten als Vorbild dienten, und immer schon lehrten die Weisen, nur ja keinen Tag die Nahrungsaufnahme zu vernachlässigen.

Buddha indes hielt sich an keine einzige dieser Regeln, stattdessen zog er bettelnd mit einem leeren Scheffel umher, aber hätte er, wären alle auf Erden seinem Beispiel gefolgt, dann noch etwas bekommen? Außerdem ernähren sich Leute, die täglich nur ein paar Reiskörner zu sich nehmen, schlecht. Am schlimmsten aber ist, daß die Buddhisten heutzutage nicht einmal mehr betteln gehen, sondern nur noch untätig dasitzen und Essen und Kleidung verbrauchen, ja mit den Almosen höchst verschwenderisch umgehen, denn sie zerreißen die Seidenstoffe, um damit ihre Altäre zu dekorieren, und verschleudern an einem einzigen Morgen ein Vermögen, wie es im Volke nur zehn Familien aufbringen könnten. Hättet Ihr deshalb nicht besser daran getan, die Trommel zu schlagen und diesen Mißstand anzuprangern, als nur wegen ein paar Reiskörnern einen derartigen Plan zu ersinnen?« krittelte Pyôn Yagyu lang und breit, wobei er sich, wie gesagt, der Leitsätze des Chông Tojôn bediente.

Mit entschiedenen Worten schloß der Kaiser den Disput ab: »Lieber ernähren wir uns auf kümmerliche Weise von Wurzeln und Rinde, als unsere Mahlzeiten mit Hilfe einer Buddhastatue aus Kalk zu erschleichen. Werter Herr Tu, verschont uns bitte künftig mit einer solch wirren Rhetorik.«

Hernach diskutierte er noch bis tief in die Nacht mit Pyôn Yagyu weiter, mit dem Ergebnis, daß sie am Morgen darauf einen Raum leerräumten und in ihm ein *Samchôngjôn*, einen taoistischen Altar, aufstellten. Nach all den konfuzianischen Argumenten, die am Vortag zur Widerlegung des Buddhismus vorgebracht worden waren, mag die Weihung eines Altars taoistischer Ausrichtung überraschen. Stand der Kaiser hierbei zwar wohl unter dem Einfluß des *Pulsshijapbyôn*, so schienen seine Sympathien für den Taoismus doch auch schon seit längerem herangereift. Dies mag das *Samchông*-Gedicht belegen, das der Kaiser zu diesem Anlaß vortrug. Da auf die Schnelle keine *Samchông*-Statue beschafft werden konnte, rezitierte der Kaiser vor einer Okchôngwônshichônjon-T'aesangnogun-Hochônsangje-Gedenktafel:

Dem heiligen Quell entspringen die klaren Wasser der Erde.
In den Bergen, die das Tao bergen,
Sei dieser kostbare Altar geweiht.
Fern liegt der Staub der Welt,
Fern liegt auch der Garten der Unsterblichen,

Durch die Wolken reiten die Unsterblichen auf Kranichen.
Der Wege, die Welt zu lehren, sind viele,
Mögen uns tausend Herbste des Glücks gesandt werden.

Dieses Gedicht stammt aus der Feder von Kwôn Kûn, und daß der Kaiser imstande war, es gebührend vorzutragen, weist auf eine lange Vertrautheit mit dem taoistischen Denken hin.

Im dreizehnten Jahre Chunggwang fügt der Kaiser dem Samchôngjôn ein T'aeiljôn und ein Chiksukjôn hinzu und jagt hinfort alle Häretiker der Region.

Die wichtigste Entwicklung in der Außenwelt stellte in dieser Zeit die Stabilisierung des Kräftegleichgewichts zwischen dem Norden und dem Süden dar. Fünf Jahre nach Inkrafttreten des Waffenstillstands lagen, entgegen der kaiserlichen Voraussage, weder die Banditen des Nordens noch die des Südens entkräftet und ausgelaugt am Boden, sondern sie erstarkten sogar wieder, während das Volk sich mit seinem Los abgefunden hatte und vom Himmlischen Mandat noch immer nichts wußte. Der Kaiser hätte die Welt auf gewaltsamem Wege einen können – wäre dies nicht so schwierig gewesen. Der Ergebenen waren, nimmt man auch Kaiserin Ûimyông hinzu, nur noch vier, zudem waren Tu Ch'ung und Pyôn Yagyu seit der Errichtung des Samchôngjôn einander nicht mehr gewogen. War der Kaiser zwar wieder in den Besitz eines königlichen Bodens gekommen, so handelte es sich bei diesem nur um ein paar *Majigi* steinigen und abschüssigen Geländes, das zu wenig hergab, um den Fünf-Personen-Hof ausreichend zu ernähren, geschweige denn eine ganze Armee. Weitere Nachrichten von Prinz Hyomyông aus dem japanischen Exil erhielten sie nicht mehr.

Es scheint, als hätte die unstillbare Ruhmessucht des Kaisers ein Ventil in der leidenschaftlichen Hinwendung zur Religion gefunden, worauf die Hinzufügung eines *T'aeiljôn* zum bereits geweihten Samchôngjôn hindeutet. T'aeil ist der Gott des Himmels, auch *Kaiser des Ostens* genannt, da sein

Tempel in Ost-Ch'o steht. Er ist der am hellsten leuchtende Stern in der aus den Palästen der Fünf Kaiser und den Polsternen gebildeten T'aeil-Konstellation. Mit T'aehwi wird der Hof des T'aeil bezeichnet, mit Purpurpalast sein Domizil. Auf die Idee, als zweiten Altar dieses T'aeiljôn einzurichten, kam der Kaiser, weil dem T'aeil der zweitwichtigste Kultraum im Sogyôksô gewidmet war.*

»In den Schriften von Han (China) heißt es, Kaiser Mu (Wu) huldigte einmal dem Gott T'aeil, und in unserem Haedong (Korea) gab es während der Koryô- und Yi-Dynastie für Kulthandlungen das T'aechônggwan. Da dieser Kult vor allem gefeiert wurde, wenn die Armee hinaus in die Schlacht zog, war T'aeil wohl einer der ersten Kriegsgötter. Wie könnte ich, der ich dereinst die Welt mit der ganzen Macht meiner Heere zu unterwerfen gedenke, da die Verehrung dieses Gottes vernachlässigen?«

Gleich nach dieser Rede machte sich der Kaiser an die Schaffung des T'aeiljôn in seinem arg beengtem Domizil, weshalb für Tu Ch'ung und U Palsan innen kein Platz mehr war und sie die Nacht draußen verbringen mußten. Wenig feinfühlig plädierte Pyôn Yagyu dafür, noch eins draufzusetzen: »Wäre es nicht angebracht, wenn wir nun schon ein Samchôngjôn und ein T'aeiljôn haben, zur Vervollständigung des Ganzen noch ein *Chiksukjôn* aufzustellen? Ich wage zu wissen, der Chiksukgûmdôk Eurer Hoheit ist der Stern des Nordpols, und im Verbund mit den sieben Sternen T'amnang, Kômun, Nokjon, Mungok, Yômjông, Mugok und P'agun ist das Heil Eurer Majestät unermeßlich.«

Sein religiöser Eifer war schon so weit gediehen, daß der Kaiser dieser Anregung von Pyôn Yagyu nicht widerstehen konnte, und es entstanden zwei weitere Altäre im engen kaiserlichen Anwesen, welches hernach als taoistischen Tempel zu bezeichnen nicht abwegig war. Am meisten frohlockte darüber natürlich Pyôn Yagyu. Er trug von nun an, nach Art

* Das *Sogyôksô* (auch *Sogyôkjôn* genannt) war das offizielle Zentrum des Taoismus während der Yi-Dynastie bis zur japanischen Invasion 1592.

der taoistischen Mönche, ein weißes Gewand und einen schwarzen Hut. U Palsan und Tu Ch'ung aber mußten sich notgedrungen einen ganzen Frühling lang neben dem Haus des Kaisers eine neue Schlafstätte in Form einer Lehmhütte bauen.

Der Ausdruck »Häretiker« in dem Satz *»und jagt hinfort alle Häretiker der Region«* ist hier zuvörderst im religiösen Sinne zu verstehen. Wie schon angedeutet, wimmelte es in dem Tal, in dem der Kaiser sich niedergelassen hatte, von Kultstätten aller möglichen Glaubensrichtungen, gegen welche eine Art heiligen Krieg zu führen der Kaiser sich bemüßigt fühlte.

Der *Chronik* zufolge zählten hierzu hauptsächlich die sechs Irrlehren T'aehyôngyo (»Großer-Himmels-Religion«), Ch'ungûishinmugwansôngdaejegyo (»Religion des Heiligen Großkaisers und ergebenen und gerechten Himmelssoldaten«), Paengnyôngyo (»Weißer-Lotus-Religion«), Samsônggyo (»Drei-Heiligen-Religion«), Immanuelgyo (»Immanuel-Kirche«) und Kûmnyonggyo (»Religion des Goldenen Drachens«). Ob der Kaiser wirklich stark genug war, all diese Sekten zu zerschlagen, bezweifelten die üblichen Skeptiker.

In gewisser Weise sind diese Zweifel auch nachvollziehbar. Aber man muß auch dem vertrauen können, der zuerst sein Vertrauen äußerte. Statt den Chronisten der Wahrheitsverzerrung zu zeihen, sollten wir lieber fragen, ob diese Häretiker überhaupt so mächtig waren. Tatsächlich zählte die Ch'ungûishinmugwansôngdaejegyo genannte Sekte ein einziges Mitglied, ihren Gründer nämlich, der angab, Kwan U zu verehren, und die Anhängerschar des Paengnyôngyo setzte sich aus nur einer Familie zusammen, die, arm wie sie war, in ihrer Lehmhütte zu Ehren Buddhas einen Altar aufgestellt hatte, um durch die Opfergaben ihre tägliche Kost etwas vielfältiger zu gestalten …

Die Zerschlagung des Kûmnyonggyo wurde, dies sei zur Rettung der kaiserlichen Ehre gesagt, mit einem strahlend glatten Sieg vollzogen. Auch wenn sich der eine oder andere Zweifel an seiner Wahrhaftigkeit auftun mag, sei im folgenden geschildert, wie es zum Triumph des Kaisers über die verschiedenen Irrlehren kam.

Das Kûmnyonggyo, die *Religion des Goldenen Drachens*, stand von den genannten Sekten der kaiserlichen Ausrichtung am nächsten, da es sich ebenfalls auf den *Chônggamnok* als Ausgangspunkt seiner Lehre berief. Es vertrat den Glaubenssatz, der Goldene Drache sei noch vor dem Erhabenen Chông nach hienieden entsandt worden, um das Volk auf dessen Ankunft vorzubereiten, allerdings hatte dieser Goldene Drache einen kleinen Makel: Er war, trotz seiner Bezeichnung, nichts weiter als ein Riesenfrosch von beinah ein *Cha* Länge.

Der Sektenstifter, etwa selben Alters wie der Kaiser, behauptete, ihm sei eines Nachts gegen Frühlingsausklang der Erhabene Chông im Traum erschienen. Darin habe ihm der Erhabene Chông einen goldenen Drachen anvertraut mit dem Auftrag, ihn bis zu seiner Ankunft zu hüten, und am nächsten Morgen sei im Garten dann ein Frosch umhergehüpft. Wahrscheinlich hatte es sich dabei um einen zum Verzehr bestimmten Frosch gehandelt, der von einer benachbarten Farm ausgebüxt war; den alten Mann aber versetzte der Anblick der Amphibie in helle Aufregung. Gleich am Folgetag verließ er Heim und Familie, die ihn natürlich zurückzuhalten versuchte, und machte sich auf in Richtung Keryong-Bergregion, wo er sich in dem Tal, in dem seit kurzem auch der Kaiser residierte, eine Lehmhütte baute.

Darin bestand sein erstes Unglück, denn seine Hütte lag dem kaiserlichen Domizil viel zu nahe. Als die Ehrenwerte Dame Hwang ihrem Gemahl von jenem Manne und seiner Geschichte erzählte, begab sich der Kaiser sofort zu dem Nachbarn – allein, da U Palsan und Tu Ch'ung auf den Feldern arbeiteten und Pyôn Yagyu wie üblich in das Studium der taoistischen Magie vertieft war.

»Hallo! Jemand da?« brüllte der Kaiser herrisch in die Nachbarhütte.

Nach einer Weile kam der Stifter des Kûmnyonggyo, er hatte gerade den Goldenen Drachen mit Heuschrecken und Fliegen gefüttert, mit belästigter Miene zum Vorschein.

»Wen suchen Sie?«

»Wir wünschen diesen ruchlosen Greis zu sprechen, der sich Gründer der Sekte des Goldenen Drachens nennt.«

Bei diesen Worten riß der Religionsstifter die Augen weit auf.

»Der Meister des Goldenen Drachens bin ich, was wollen Sie?«

Angesichts des unhöflichen Auftretens des Besuchers versuchte er die Formen zu wahren. Doch sowie der Kaiser wußte, wer der andere war, fuhr er in gebieterischem Ton fort: »Wir wissen um deine Sünde, Schurke.«

Nun brach es aus dem Sektenstifter heraus: »Jetzt reicht's aber! Wer glaubst du, bist du, daß du dich an diesem geweihten Ort so aufführen kannst?«

»Nein, was für ein niederträchtiger Schurke ...«

Der Kaiser geriet über das Gebaren des anderen derart in Rage, daß er zu ersticken drohte. Doch sein Widersacher hatte auch noch die Stirn, ihn zu tadeln: »Die Weisen sagten, tue einem anderen nicht an, was du nicht möchtest, das er dir antut. Der Jüngste scheinst du nicht mehr zu sein, weshalb also bekundest du überhaupt keinen Respekt vor meinem Alter, wieso beleidigst du mich so?«

»Dieser Hundesohn ist sich seiner Sünde doch tatsächlich nicht bewußt ...«

»Gewiß überhäufte ich andere nicht mit Wohltaten, aber den Blick gen Himmel emporrecken und zur Erde senken und schwören, daß ich nichts tat, wofür ich mich schämen müßte, kann ich wohl. Was also willst du, du ungehobelter Kerl?«

Trotz seines Ärgers bewahrte der Sektenstifter die Fassung. Da der Kaiser begriff, daß sein Gegner so geistlos nicht war, raffte er sich zu einer Erläuterung auf: »Ich bin es, welcher im Himmel der Wahre Meister des Nordpols ist und auf Erden der Erhabene Chông, dessen Ankunft Leute wie du erwarten. Es heißt, du verbreitetest das Gerücht, du hättest mich im Traume gesehen, und nun – bist du nicht in der Lage, mich mit wachen Augen zu erkennen! Was dein erstes Vergehen wäre. Und dann vertrittst du, als zweite Sünde, den

Irrglauben, dieses gräuliche Viech sei der Goldene Drache, den ich dir anvertraut habe!«

Nachdem er dies gehört, brach der Begründer des Kûmnyonggyo in ein gen Himmel gerichtetes Gelächter aus und erwiderte in aufgeräumter Stimmung: »Ich sag dir die Wahrheit. Die Inkarnation des Erhabenen Chông sah ich tatsächlich, aber das war nicht so ein Tattergreis wie du. Du bist nichts weiter als ein Hochstapler, wie hättest du mir eine solch heilige Gabe wie den Goldenen Drachen darbieten können?«

Dies ging nun selbst für einen so duldsamen Edelmann wie den Kaiser entschieden zu weit. Wer so viele siegreiche Schlachten geschlagen und Ruhm um Ruhm angehäuft hatte, konnte die Unverfrorenheit dieses schäbigen Sektenstifters nicht länger hinnehmen.

»Saukerl, niederträchtiger!«

Wutentbrannt und mit Gebrüll stürzte sich der Kaiser auf seinen Gegner. Dieser allerdings war auch nicht unbedingt erpicht darauf, Prügel einzustecken.

»Na komm doch, schlag zu!« entgegnete er und ging seinerseits den Kaiser an, worauf ein kurzes Gerangel entstand. Aber es machten sich bald beider mehr als sechzig Lebensjahre bemerkbar, und zehn Minuten reichten aus, um ihre Kräfte aufzuzehren und sie beide keuchend und gegenseitig in die Kleider des anderen gekrallt innehalten zu lassen. In diesem Kräftegleichgewicht verharrten sie weitere zehn Minuten.

»Schön, aber du wirst noch sehen«, stieß der Kaiser den Meister des Goldenen Drachens ächzend mit letzter Kraft von sich.

»Komm du nur, mir jagst du keine Angst ein«, gab dieser unumwunden zurück.

Diese erste Konfrontation sah also noch keinen Sieger, und auf den abgebrochenen Kampf folgte eine überraschend lange Phase, in der nichts passierte. Seinem Gefolge verheimlichte der Kaiser den Zwischenfall, schließlich gebot es die Würde des kaiserlichen Amtes, daß eine Schlacht entweder mit einem klaren Sieg oder einer eindeutigen Niederlage ausging.

Indessen machte sich an seinem Hofe Kriegsstimmung breit. Als erstem regte sich Feindseligkeit gegenüber dem Begründer des Kûmnyonggyo bei Pyôn Yagyu. Während sich in den eigenen Kultraum nicht einmal ein Ameisenjunges verlor, hielten sich im Tempel der Sekte des Goldenen Drachens zu jeder Zeit Andächtige auf. Denn Speisefrösche waren in jener Zeit noch etwas Ungewöhnliches, das Tier, das den Goldenen Drachen darstellen sollte, war eine richtige Attraktion. – Ein schändliches Mittel, um das Volk hinters Licht zu führen, grollte Pyôn Yagyu.

Dann entzündete sich auch Tu Ch'ungs Unmut. Bei ihm, der sich Tag für Tag auf dem Feld abmühte, um den Kaiser und die Seinen nicht verhungern zu lassen, wirkten die Geldgaben, die die vielen Besucher vor den Goldenen Drachen warfen, wie blanker Hohn. Und ebenfalls U Palsan fand einen Anlaß zum Groll gegen den Sektengründer. Denn dieser machte sich zum eigenen Unglück dadurch schuldig, daß er U Palsan nicht seinem Rang gebührend behandelte, nämlich dem des P'awaejanggun Yodongbaek, des »Generals der Vernichtung der Japaner«, und des Haenggundaesama Munyônghu, des »Fürsten des kraftstrotzenden Friedens«. Der ganzen Vorgeschichte unkundig, erachtete er ihn allerhöchstens als Handlanger des Kaisers, was U Palsan natürlich nicht auf sich sitzen lassen konnte.

Ein Feldzug zur *Vernichtung des Goldenen Drachens* war somit nach Meinung der drei unabwendbar, und der Kaiser, dessen Feindseligkeit dem falschen Stifter gegenüber ohnehin kaum noch zu zügeln war, pflichtete ihnen unbedingt bei. Nach der Bestimmung der rechten Strategie und des günstigsten Tages und nach einer Andacht vor dem T'aeiljôn zogen sie hinaus zum Hauptquartier der feindlichen Sekte des Goldenen Drachens. Es geschah dies am siebten Tag des sechsten Monats des dreizehnten Jahres Chunggwang.

Die Sache war rasch entschieden. Was hätte der Sektenstifter der geballten kaiserlichen Heeresmacht in Gestalt von U Palsan, Tu Ch'ung und Pyôn Yagyu auch entgegensetzen können, wo er nicht einmal imstande gewesen war, sich gegen den Kaiser allein zu behaupten? Während Tu Ch'ung und U

Palsan ihn festhielten, holte der Kaiser den Frosch aus seinem Holzkäfig und zerquetschte ihn auf dem Boden, woraufhin das vormalig als Goldener Drache vergötterte Tier noch kurz zuckte und schließlich erstarrte. Ein erbärmliches Ende, verglichen mit all der Ehre, die ihm in den Monaten zuvor zuteil geworden war.

Der Sektenführer, der sich während dieses Vorgangs verzweifelt der Umklammerung durch Tu Ch'ung und U Palsan zu entwinden versucht hatte, fiel, als er sah, was dem ihm vom Himmel anvertrauten Goldenen Drachen widerfuhr, in Ohnmacht. Als er wieder zu sich kam, errichtete er einen Altar, bahrte auf ihm die sterblichen Überrestes des Frosches auf und betete vor ihm den ganzen Tag, den Kaiser und dessen Komplizen möge der Zorn des Himmels treffen und der Goldene Drache möge zu neuem Leben erwachen. Ohne Erfolg. Denn die Geisteskräfte der Kaiserseite überstiegen die seinen um ein Vielfaches, und bald schon stieg von der Froschleiche ein ätzender Verwesungsgestank auf.

Am fünften Tag nach dem Ableben des Goldenen Drachens streckte der Begründer des Kûmnyonggyo schließlich die Waffen, er begrub den Frosch an einem sonnenbeschienenen Ort und kehrte wehmütig seufzend heim zu den Seinen, die ihn schon erwarteten.

Der Kaiser hatte auf der ganzen Linie obsiegt.

Im fünfzehnten Jahre Chunggwang beträgt sich das Volk immer törichter. Wiewohl es den falschen König hinfortjagte, vermag es seinen wahren Herrn nicht zu erkennen. Die Zukunft ist ungewiß.

Einmal in den Taoismus eingedrungen, stand der Kaiser viele Jahre unter seinem Einfluß. Die *Chronik* vermeldet für das vierzehnte Jahr Chunggwang die Abhaltung zahlreicher großer und kleiner Zeremonien. Die großen Zeremonien umfaßten unter anderem das *Samgedaecho*, ein Ritus zu Ehren von Sternen wie Pukdu, Chiksông, Hyônghok oder T'aeûm, oder das dem Kaiser huldigende *Chôngmyôngcho* oder das den Königskindern gewidmete *Kaebokshincho* oder das gegen

Krankheiten gerichtete *Tobyôngcho* sowie auch das *Kichông-cho* zur Eindämmung des Regens.

An Zeremonietagen trug Pyôn Yagyu ein schwarzes Gewand, ein weißes Tuch und einen *Kwan*-Hut, in der Hand den Zeremonienstab. Als Opfergaben dienten Früchte, Reiskuchen, Teesuppe und Wein, die er regelgerecht auf dem Opfertisch anordnete, worauf er Weihrauchstäbchen ansteckte und sich hundertmal zu Boden warf. Auch der Kaiser war schwarzgewandet und trug einen *Soyogwan*, er rezitierte aus dem *Togyông (Taojing)*, zeichnete die heiligen Worte auf ein blaues Blatt und verbrannte es. Unverkennbar gingen sie nach der Ritenlehre des *Yongjechonghwa* von Sông Hyôn vor.

U Palsan und Tu Ch'ung sahen diesem Treiben nicht sonderlich begeistert zu, schließlich waren sie es, die Tag für Tag und unter großen Mühen für den Lebensunterhalt des Kaisers sorgten. Durch die kostspieligen Opfergaben verschlimmerte sich ihre Armut noch. Aber alles Klagen von Tu Ch'ungs Seite half nicht, im Gegenteil, der Kaiser wies ihn barsch zurecht und forderte seine Getreuen sogar noch auf, ihm eine Vielzahl taoistischer Schriften zu beschaffen, deren Titel beispielsweise *Hwangjeûmbugyông (Huangdi-yinfu-jing), Kûmbyôkyonghogyông (Chingbilong-hu-jing), Hwangjông-naeoegyông (Huang-ting-nei-wai-jing), Ch'oegongipyakgyông (Cui-gong-ru-yao-jing), T'aeshikshimingyông (Taixi-xin-yin-jing)* oder *Tonggojônggwangyông (Donggu-ding-guan-jing)* lauteten, sowie eine Reihe von in Haedong (Korea) verfaßten taoistischen Texten mit Titeln wie *Posayuinsul* (aus der Feder des Shilla-Mönchs Hyôn Chun), *Kayaboinbôp*, *Yangsushi-hae, Songyôpshihae* oder *Chôndungômbôpyônmagyôl*, um nur einige wenige zu nennen. Dies alles und noch manche Utensilien zum Zweck der taoistischen Praktiken mehr verlangte der Kaiser von den Seinen, in deren Augen das die reinste Verschwendung darstellte. Aber sie fügten sich dem Willen ihres Gebieters und bewiesen ihm einmal mehr ihre grenzenlose Loyalität.

Und dann erwachte der Kaiser im fünfzehnten Jahr Chunggwang plötzlich aus den Niederungen dieser Geisteswirren, anläßlich der Studentenunruhen des 19. April 1960. Pyôn Yagyu brachte die Kunde. Er war nach Taejôn gereist, um nach neuen taoistischen Geheimpraktiken zu forschen, war aber eiligst noch vor Sonnenuntergang wieder zurückgekommen, um dem Kaiser zu vermelden: »Majestät, es gibt freudige Nachrichten! Der Himmel hat Eure Gebete endlich erhört. Das ganze Land ist in Aufruhr und scheint im Begriff, diesen falschen König Yi vom Thron zu stürzen.«

Pyôn Yagyu standen die Tränen in den Augen, doch nüchtern sprach der Kaiser, als erwache er aus einem Traum: »Würde der Himmel die Welt jemandem anvertrauen, der darauf untätig sitzend wartete? Wir hätten auf ein solches Ereignis vorbereitet sein sollen, stattdessen befehligen wir nicht einen Soldaten, über nicht einmal ein scharfes Schwert verfügen wir als Waffe ...«

Dennoch fragte er nach: »Welcher Bevölkerungsgruppe gehören die Aufständischen denn an?«

»Es soll sich bei ihnen hauptsächlich um Studenten handeln, doch hat es den Anschein, als erhebe sich das ganze Volk.«

»Die Studenten ...«

»Vor allem die Studenten der Universitäten.«

»Ihrem Urteilsvermögen kann man durchaus vertrauen. Schon in der Song-Zeit wurde der Meinung der höheren Studenten sogar am Hofe Gehör geschenkt, und im Volk wurden sie aufgrund ihres Scharfsinns und ihrer Redlichkeit *Langhaarbonzen* und *amtlose Königsemissäre* genannt. Zwar leben wir in einer anderen Epoche und einem anderen Land, doch sind vermutlich die Studenten, von denen Ihr spracht, kaum minder vertrauenswürdig als jene Gelehrtenklasse einst.«

Dann verfinsterte sich des Kaisers Miene wieder: »Aber während der Song-Dynastie wurde mit diesem guten Ruf auch Mißbrauch getrieben, denn einige von ihnen machten willfährig mit den Machthabern gemeinsame Sache, sie ließen sich von ihnen kaufen, um unter ihresgleichen Unruhe zu stiften und das Volk hinters Licht zu führen. Da die Regierung nicht in der Lage war, sie zu kontrollieren, nahm der

Niedergang dieser Dynastie unweigerlich seinen Lauf. Wie sehr wünsche ich mir doch, daß es mit den Studenten dieses Landes so weit noch nicht gekommen ist ...«

»Wäre dies vorstellbar? Soviel ich weiß, bestechen sie alle durch Ehrbarkeit und guten Willen. Habt keine Sorge, Majestät, geruhet lieber, einen Ritus zur Erlangung des Himmlischen Mandats abzuhalten.«

Des Kaisers Gesichtsausdruck wechselte erneut, und er sprach: »Die Vergeudung unsrer Mittel und Kräfte muß sofort aufhören. Seit Alters her wurde uns gelehrt, die Pflichten zu erfüllen und der Weisungen des Himmels zu harren, wie könnten wir da uns darauf beschränken, untätig gen Himmel zu blicken? Kein einziges Reiskorn und nicht ein Metallsplitter wird von nun an vergeudet. Von einem Ritus möchte ich nichts mehr hören.«

In diesem Moment kehrten U Palsan und Tu Ch'ung von der Feldarbeit zurück; der Kaiser wandte sich gleich an sie mit dem Edelmut eines Prinzen, welcher sich nicht zu schade ist, die eigenen Fehler einzugestehen: »Werter Herr Tu, ich bedaure aufrichtig, Eure Ratschläge mißachtet zu haben.«

»Was ... wie meint Ihr?« stammelte Tu Ch'ung verwirrt.

»Es scheint, Unruhen erschütterten das ganze Land, und die Macht kann dem falschen Königs Yi heute oder morgen schon abhanden kommen. Sobald er gestürzt ist, breiten sich in alle Winde die Machthungrigen Wolken gleich aus ... Und wir, wir befehligen nicht einen Soldaten und über nicht einmal ein scharfes Schwert verfügen wir ...«

Wie lange hatte Tu Ch'ung den Kaiser nicht mehr so freimütig reden hören. Erfreut und ermutigt zugleich nutzte er die Gelegenheit, um mit Pyôn Yagyu ins Gericht zu gehen: »Du pflichtvergessener Taoist, großes Unheil hast du uns heraufbeschworen! Könntest du es überhaupt noch wagen, vor deine Ahnen zu treten?«

Endlich hatte sich der ganze in den Vorjahren angestaute Zorn einmal entladen können.

»Meister Tu, wozu noch die Fehler der Vergangenheit bemäkeln? Die Schuld liegt gänzlich bei mir, also müßtet Ihr zuerst mich tadeln. Ich meine, wir täten besser daran, über die Zukunft zu reden. Was nützt ein Streit in solch schwieriger Lage?«

Eine beratende Versammlung wurde einberufen, und nach einer langen Diskussionsnacht wurde folgendes beschlossen:

– Verkauf allen Ackergrundes durch Tu Ch'ung zur Schaffung eines Kriegsfonds.

– Rasche und diskrete Rekrutierung von Soldaten durch Pyôn Yagyu.

– Erwerb von Waffen, wenn möglich von Gewehren, nötigenfalls auch von Säbeln und Pfeil und Bogen, durch U Palsan.

– Fertigung von Standarten, Uniformen und Ehrenzeichen durch Kaiserin Ûimyông, die Ehrenwerte Dame Hwang.

– Erledigung dieser Vorkehrungen bis zum Tage Muin des dritten Monats, wenn die Vertreter des Volkes den Kaiser zum Throne geleiten.

Dem Tag Muin des dritten Monats entsprach der 20. April des Sonnenkalenders, und bedenkt man, daß Präsident Yi am 27. April zurücktrat, gerät man schon ins Staunen.* Aber das Unternehmen Armeeaushebung war von Anfang an zum Scheitern verurteilt. Es war Frühling, und Tu Ch'ung mochte noch so beflissen die kaiserlichen Felder anpreisen, einen Käufer fand er nicht; der Kriegsfonds, die Triebkraft eines jeden militärischen Unternehmens, konnte somit nicht geschaffen werden. Dazu kam, daß trotz der Kunde, Präsident Yi sei aus dem Amt gejagt worden, kein Volksvertreter auf die Idee kam, dem Kaiser die Thronbesteigung anzutragen.

Schließlich wurden sie doch noch ein Eckchen Ackergrund los, mit dessen Erlös versucht werden konnte, wenigstens ein paar der eingeplanten Ausrüstungsgegenstände zu erstehen. Ein neues Problem indes tat sich durch die Verhaftung von U Palsan auf, der losgezogen war, um Gewehre zu besorgen.

* Der autoritär regierende, greise Präsident Yi Sûngman (Rhee Syngman) wurde nach seiner dritten, manipulierten Wiederwahl im März 1960 durch Studentenunruhen zum Rücktritt gezwungen. Bei den Neuwahlen Ende Juli 1960 siegte die oppositionelle Demokratische Partei; neuer Staatspräsident wurde im August 1960 Yun Posôn.

Trotz eines wenig zimperlichen Verhörs seitens der Polizei gab der noch immer stramme U Palsan nicht preis, zu welchem Zweck er Waffen kaufen wollte. Die Befreiungsaktion von Kaiser und Gefolge ein paar Tage später war zwar imponierend, seelisch wie materiell indes kostete sie sie einiges.

Die Zeiten hatten sich gewandelt, die Rekrutierung von Soldaten erwies sich als äußerst schwierig. Pyôn Yagyu bemühte sich redlich, aber außer ein paar Kranken und einigen jungen Spunden, denen der Sinn nach Schabernack stand, konnte er niemanden auftreiben.

So verstrichen mehrere Monate in Trübsal und Schwermut. Im siebten Monat etwa – das heißt: Mitte August – befehligte der Kaiser endlich eine armeeähnliche Truppe, mit der er dann aus seinem Tal hinauszog. Den Kaiser miteingerechnet bestand der Verband nur aus einem Dutzend Mann, bewaffnet mit mühselig erworbenen Pfeil und Bogen und ein paar Säbeln, die aus einer Schmiede in der Nachbarschaft stammten und eher als Küchenmesser zu bezeichnen waren, aber wenigstens konnte man von einem echten Himmelsheer sprechen, setzte es sich doch aus Taoisten, Erhabenen Männern, lebenden Buddhas und Religionsstiftern zusammen.

Aber es war längst zu spät für derlei Unternehmungen. Auf dem Marsch in Richtung Seoul ereilte den Kaiser die schlimme Nachricht, die Demokratische Partei habe die Macht an sich gerissen und ein gewisser Yun habe das Präsidentenamt übernommen. Es hieß, ein dem Kaiser Wohlgesinnter, der zugleich über die Situation im Land im Bilde war, habe ihn aus Mitleid darüber aufgeklärt. Der Kaiser indes entrüstete sich sehr: »Ach, was ist das Volk doch wieder blöde, entledigt sich mit solcher Mühe ihres falschen Königs und erkennt dann noch immer nicht seinen wahren Herrn! Ungewiß ist die Zukunft, und der Tag wird kommen, an dem sie lieber tot sein wollen als lebendig!«

Sodann hieß er das Heer kehrtmachen, nicht ohne zu geloben, eines Tages wiederzukommen. *Ach, in weiter Ferne liegt die Wahrheit! Ach, Himmlisches Mandat! Ach, du herzloser Himmelsweg!*

Im zwanzigsten Jahre Chunggwang straft der Kaiser Gesetzesbrecher und legt sein Schwert nieder.

Auch wenn im fünfzehnten Jahr Chunggwang die Expedition nach der Hauptstadt abgebrochen worden war, gelangte der Kaiser durch sie zu neuer Macht und neuem Ansehen. Allerdings zogen all die Taoisten und lebenden Buddhas bald wieder von dannen, als die Begeisterung im kaiserlichen Lager wieder abflaute und auch die Verpflegung nicht mehr gewährleistet werden konnte, so daß Tu Ch'ung und U Palsan erneut gezwungen waren, betteln zu gehen und sich als Tagelöhner zu verdingen, denn der größte Teil ihres Ackerlandes, aus dem ohnehin nicht genügend Nahrung gewonnen werden konnte, war ja verkauft worden. Die Heeresexpedition bewirkte gleichwohl auch Gutes, die Stimmung am Hof des Kaisers hatte sich ihretwegen gebessert, und es stand nun immerhin ein aus Säbeln und Pfeil und Bogen bestehendes Waffenarsenal zur Verfügung. Und daß der Kaiser in den folgenden drei Jahren praktisch das Leben eines Eremiten führte, ist jenem klugen Mann zu verdanken, der ihn mit folgenden Worten vom Marsch auf die Hauptstadt abgeraten hatte: »Hô Yu (Xu You) und So Pu (Chao Fu) wuschen sich die Ohren und suchten das Weite, als König Yo (Yao) ihnen die Regentschaft über die Welt anvertrauen wollte, und Mu Kwang (Wu Guang) sprang wutentbrannt in den Nosu (Lu Shui), als Kaiser T'ang ihn auf den Thron setzen wollte. Als der fromme Ki T'a (Chi Ta) Wind davon bekam, stürzte er sich wiederum aus Furcht, es könne auch ihm der Thron angetragen werden, zusammen mit seinen Schülern in den Kwansu (Guan Shui). Gewiß kann man diesen fünf Männern vorhalten, daß sie ihrem vom Himmel verliehenen Leben eigenmächtig ein Ende setzten, statt ihren Namen in künftigen Generationen in hellem Glanze erstrahlen zu lassen, doch sie hielten lediglich an ihrem Ziel fest: dem Erreichen des *Weges*.

Wie kann Eure Majestät annehmen, die aufgewühlte Welt befrieden zu können, ohne auf die Himmelsstunde gewartet zu haben? Wir leben in einer Zeit, in der die unnütze Menschenmasse wuchert wie Beifußkraut. Warum gedenkt Ihr diese unschuldigen Krieger so unbedacht zu opfern? Kehrt um. Zieht Euch zurück und harret aus. Ist die Zeit reif, wird der Himmel Eure Majestät hinaus aus dem Tal rufen, hin zu Eurem Volk.«

Wer der besonnene Mann, der mit diesen Worten den Kaiser zur Umkehr bewogen hatte, war, behält die *Chronik* leider für sich, wiewohl sie klarstellt, daß er ein Gesandter des Himmels war; zweifellos handelte es sich bei ihm um einen guten Bekannten des Kaisers. Er trat genau im rechten Augenblick in Erscheinung und erfüllte die nie genug zu rühmende Aufgabe eines Ma Suga, eines Kim Kwangguk oder eines Prinz Hyomyông Hwi.

Der Kaiser fügte sich der Empfehlung dieses Mannes mit erstaunlichem Gleichmut, einer Geistesverfassung, die sich von seiner Kriegsbegeisterung beim Auszug von der Lehmhütte scharf unterschied. Seine Gegner, die das ganze Unternehmen Hauptstadtmarsch als Aktion eines Geisteskranken ansahen, deuteten dieses Verhalten dahingehend, daß der Kaiser seit langem einmal wieder einen lichten Moment hatte, doch beweist dies wie schon so oft nur, wie beschränkt ihr Urteilsvermögen doch war.

In Wahrheit nahm der Kaiser diesen aufrichtigen Rat mit all seiner unendlichen Weisheit an, die ihn dazu befähigte, sich über das vehemente Drängen von rechts wie links hinwegzusetzen. Wie könnte man überhaupt bezweifeln, daß der Kaiser, der einst an allen Ecken der Welt an der Spitze eines Heeres von Hunderten von Schlachtrössern und mit nagelneuen Waffen bewehrten Soldaten sich auf den Feind gestürzt hatte, sich nicht der momentanen Schwäche seiner Armee und der mangelnden strategischen Findigkeit der Getreuen um U Palsan, Tu Ch'ung und Pyôn Yagyu bewußt gewesen wäre?

Mit einem tiefen Seufzer ob der Einfalt im Volke gab der Kaiser also den Befehl zum Rückzug und führte fortan das bittere Leben eines Einsiedlers. Der 16. Mai im Jahr darauf*

* Am 16.5.1961 putschte sich eine Militärjunta an die Macht und beseitigte die demokratischen Institutionen.

ging vorüber, ohne ihn zu irgendeiner Reaktion zu veranlassen. Die *Chronik* enthält eine weitschweifige Rede des Kaisers über die Pflichten der Gelehrten und Soldaten, doch ist sie viel zu lang, als daß ich sie hier aus dem Gedächtnis wiedergeben könnte, und auch wenn ich es vermocht hätte, bezweifle ich, ob das in ihr Gesagte wirklich so erbaulich gewesen wäre.

Nach dieser völligen Abkehr von der Außenwelt schwang sich der Kaiser in den Folgejahren in nie erreichte Höhen geistiger Macht empor. U Palsan und Tu Ch'ung schindeten sich klaglos für ihn, und Pyôn Yagyu lehrte seine in dieser Zeit stetig wachsende Jüngerschar (was die üblichen Kritiker des Kaisers einzig auf deren Neugierde zurückführten), der Kaiser sei die Inkarnation des Großen Kaisers Chami, des Wahren Meisters des Nordpols, der Erhabene Chông vom Berg Keryong. Zutiefst ergeben war dem Kaiser auch Kaiserin Ûimyông, die Ehrenwerte Dame Hwang, mochte sie die Sehnsucht nach ihrem Sohne auch, je weiter die Zeit voranschritt, immer mehr härmen.

Die profane Lehmhütte des Kaisers mauserte sich allmählich zu einer heiligen Stätte. Nachdem Pyôn Yagyu zornig in den Finger eines Mannes gebissen hatte, der während seines Vortrags zu lachen gewagt hatte, traute sich niemand mehr, im Bereich des Samchôngjôn auch nur zu grinsen. Ein besonders bezaubernd schöner und sich über etwa tausend *Pyông* erstreckender Talabschnitt, den der Kaiser *Garten der Himmlischen Gabe* taufte, wurde, nachdem noch einige Konfliktsituationen zu meistern waren, zur Tabuzone erklärt, in der der Kaiser und die Seinen ungestört meditieren konnten. Der Name des Kaisers erstrahlte nicht nur bei den taoistischen Priestern und lebenden Buddhas, sondern auch bei den Einwohnern der Dörfer im Umkreis in höchstem Glanze. Wenn die Leute dem Kaiser und den Seinen diese Sonderzone zubilligten – behaupteten die Ungläubigen –, dann nicht aus Ehrfurcht vor dem weithin erklingenden Namen, sondern vielmehr, »weil sie was mieden? Weil sie den Schmutz mieden«. Einmal mehr wird dadurch ihre Böswilligkeit belegt.

Dann drang urplötzlich, im zwanzigsten Jahr Chunggwang, eine Rotte männlicher und weiblicher Störenfriede in das heilige Land des Kaisers ein. An jenem Tage fertigten U Palsan und Tu Ch'ung gerade, da sie eine Königin gefangen hatten, aus einem Baumstumpf einen Bienenstock, indessen der Kaiser halb dösend der klaren Stimme Pyôn Yagyus lauschte, der aus dem frisch erworbenen *Yonghobigyôl (Geheimformel des Drachens und des Tigers)* von Chông Ryôm vorlas: »... *Wer die Atmung aussetzen möchte, muß zunächst den Geist zur Ruhe bringen und die sogenannte Tischsitzposition einnehmen. Als nächstes hat er die Augen zu senken, so wie man eine Bambusjalousie hinabläßt, er visiere dann die Nasenspitze an, lenke sie bis zum Bauchnabel, atme tief ein und atme nur kurz aus, damit die heilige Luft ein* Ch'i *im Bereich unter dem Nabel und drei* P'un *im Unterleib verweile.*«

Dann geschah es. Unvermittelt störte den kaiserlichen Halbschlaf ein eigenartiges Geräusch. Als sei eine Herde von Abermillionen von Dämonen und bösen Geistern zusammengeströmt.

»Was ist dort los?« fragte der aufwachende Kaiser Pyôn Yagyu.

Dieser, unter den Getreuen des Kaiser noch am ehesten über das Geschehen in der Welt im Bilde, legte das Buch beiseite, spitzte die Ohren und antwortete stirnrunzelnd: »Es scheint, als hätten Unerwünschte verbotenen Boden betreten. Der Lärm kommt, wenn ich nicht irre, von einem Grammophon genannten Gerät, das von den Menschen des Westens ins Land gebracht wurde.«

»Grammophon – ist dies wohl eins dieser von den Buntaugen erfundenen elektrischen Spielzeuge? Verursacht es immer einen derartigen Lärm?«

»Nicht immer dieselbe Art von Lärm. Es gibt viele verschiedene Geräusche, und das, welches wir gerade hören, nennt sich, glaube ich, *Chaji* (Jazz).«

»Klingt dies immer so vulgär?«

»Soviel ich hörte, Majestät, sollen diese Klänge nicht aus dem Westen selbst stammen, sondern von schwarzen Sklaven aus einem Gebiet namens Abuliga (Afrika) mitgebracht worden sein. Diese Musik soll anfangs nur von den Sklaven untereinander gesungen worden sein, ehe sie auch bei ihren Herren Verbreitung fand und dann in unser Land gelangte«, prahlte Pyôn Yagyu mit Informationen, die er in der Stadt bezogen hatte.

Das Antlitz des Kaisers indes verfinsterte sich: »Dies ist nicht gut. Die Weisen sagten einst, um den Verstand des Volkes zu führen, bedarf es der Riten, um sein Betragen zu lenken, bedarf es der Gesetze, um das Böse zu bekämpfen, bedarf es der Strafen, und um Volkes Stimmen zu harmonisieren, bedarf es der Musik. Nach Ansicht Kongjas (Konfuzius) werde man von der Dichtung inspiriert, durch die Riten geistig geschärft und durch die Musik vollkommen. Heute indes sehe ich, wie die Musik noch vor Abhaltung der Riten zugrunde geht. Dieser Lärm erinnert nur zu deutlich an den *Chôryang* und den *Hwanggwa*, zwei vulgäre und liederliche Musikstile, auch ähnelt er den Klängen des *Chôngûm*. Die Westmenschen setzen diese Musik als Waffe gegen unser Land ein. Wenn sie schon nicht in der Lage sind, uns mit so bezaubernden Musikstilen zu beglücken wie dem *Hamji* (Xianchi) von Yo (Yao) oder dem *Taeso (Taishao)* von Sun (Shun), hätten sie uns doch wenigstens mit etwas von der Art des *Mu (Wu)* von Chu (Chou) oder des *Kwanjô (Kuanju)* von Shigyông (Shijing) bedenken können.«

Nach diesen Worten erhob sich der Kaiser und machte sich auf in die Richtung, aus der der Lärm kam. Pyôn Yagyu vermutete ihn in dem Waldstück, das seit einiger Zeit schon zum Tabubereich gehörte. Sie entdeckten etwa sechs bis sieben junge Männer und Frauen, die um eine viereckige Kiste und mehrere Proviantbeutel herum eigenartige Körperverrenkungen ausführten: Sie tanzten zu einem Twist, der damals groß in Mode war, doch in des Kaisers Augen verhielten sie sich wie Geisteskranke unter dem Einfluß der liederlichsten Musik, die es je geben konnte.

»Ihr niederträchtigen …«

Mit dem Gebrüll eines Tigers stürzte er mitten in sie hinein und hieb auf das tragbare Grammophon ein. Augenscheinlich hatte er aber nicht stark genug auf das Gerät eingeschlagen, denn es verrutschte einzig die Nadel ein wenig, so daß der Lärm nach einem kurzen Kratzgeräusch gleich wieder einsetzte. Ein besonders Wagemutiger unter den jungen Leuten hatte zu tanzen aufgehört, um sich vor den Kaiser aufzubauen: »Was ist los, Opa?«

»Was los ist, fragt er? Für wen haltet ihr euch, daß ihr es wagt, am hellichten Tag den verbotenen Boden meines Reiches zu betreten?«

»Wir sind Studenten. Wir wollten uns heute am Sonntag unter Freunden ein bißchen hier amüsieren, und was für ein verbotener Boden von wessen Reich soll das sein, warum sollen wir uns hier nicht bißchen amüsieren dürfen?«

»Nun reicht's aber! Das also sind die höheren Studenten, die einst einmal die Gelehrtenschicht dieses Landes bilden werden ... Ihr Elendigen, seid ihr wirklich zu blind, um zu erkennen, daß ihr euch im Hintergarten eures Souveräns befindet? Wie könnt ihr es wagen, euch dergestalt hier aufzuführen?«

»Hä?«

»Und stellt endlich den unsäglichen Lärm ab!«

Die Musik verstummte. Die anderen Studenten, die dem Auftritt des Kaisers bislang keine große Aufmerksamkeit erwiesen hatten, kamen daraufhin näher heran.

»Hee, was soll das denn jetzt?« erkundigte sich einer von ihnen.

»Keine Ahnung, ich begreif selbst nichts.«

Der Antwortende beschrieb mit den Fingern einen Kreis über dem Ohr, begleitet von einer vielsagenden Miene.

»Großvater, was ist los?«

Wie auch dieser Student ihn auf direktem Wege angesprochen hatte, ging der Kaiser förmlich in die Luft: »Unverfrorene, wollt ihr wohl niederknien vor mir! Ich werde euch aburteilen lassen wegen Verletzung des kaiserlichen Hoheitsgebiets!«

»Was?«

»Ganz zu schweigen von den beiden anderen Vergehen, die ihr begangen habt. Erstens schockiertet ihr das Kaiserohr mit euren Vulgärklängen, zweitens widertet ihr das kaiserliche Auge mit unzüchtigen Gesten an. Erkennt ihr Hundesöhne noch immer nicht die Schwere eurer Vergehen?«

Die Studenten beschlich allmählich eine Ahnung.

»Oje, das nervt jetzt aber. Laßt uns woandershin gehen!« meldete sich einer zu Wort.

Eine der Studentinnen zog einen Schmollmund und protestierte: »Woandershin? Ist doch schön hier!«

Einer ihrer männlichen Kommilitonen pflichtete ihr bei: »Finde ich auch, ignorieren wir diesen alten Spinner halt einfach und machen wir weiter! Wo gibt's denn sonst so ein lauschiges Plätzchen wie hier?«

Diese wenig bedachten Worte brachten den Zorn des Kaisers endgültig zum Sieden, und weit ausholend drosch er wild mit seinem Stock auf den jungen Mann ein.

»Ungehobelter Kerl, unverfrorener. Alter Spinner? Du wagst es, mich so zu nennen?«

Sein Stock war aus Eschenholz gefertigt, der Kaiser hatte ihn mit all seiner Kraft eingesetzt, so daß der andere aus der Attacke schmerzfrei sicherlich nicht herausgegangen war. Als der Geprügelte wieder zur Besinnung kam, stürzte er sich auf den Kaiser, entwand ihm den Stock und schleuderte ihn im hohen Bogen ins Weite.

»Nein, was für ein verrückter Alter – Kriegen Sie sich wieder ein, alter Mann. Das ist ein Nationalpark hier. Solange wir die Natur nicht in Mitleidenschaft ziehen, dürfen wir solange hier bleiben, wie wir wollen, klar? Mann! Ein Hintergarten von wem auch immer ist das jedenfalls nicht.«

Die Situation wurde immer ernster.

»Ihr Unverfrorenen seid wie Welpen, die erst einen Tag alt sind und den Tiger noch nicht zu fürchten wissen, und genauso ahnt ihr gar nicht, wie furchtbar das Königsgesetz walten kann. Ich werde meine Garde rufen und euch bestrafen lassen!«

Zornesflammen loderten in den kaiserlichen Augen, mit energischen Schritten machte er kehrt in Richtung seines Domizils.

»O ha! Also mir wird langsam etwas mulmig …«, tat einer der Studenten seine wachsenden Beklommenheit kund.

Derjenige aber, den der Kaiser mit den Stockschlägen bedacht hatte, beschwichtigte ihn: »Ganz ruhig, keine Sorge. Das muß einer dieser Irren sein, die sich hier rund um den Berg rumtreiben. Solche Typen kommen normalerweise nicht mehr dahin zurück, wo sie Streß gehabt haben. Laßt uns was trinken und tanzen wir weiter.«

Sie hatten gerade wieder, nachdem sie sich ein paar Schlückchen Reiswein genehmigt und die Grammophonnadel auf die Platte gelegt hatten, zu tanzen begonnen, als sie erneut ein Brüllen vernahmen: »Niederträchtige Hunde! Wollt ihr wohl aufhören damit!«

Als sie in die Richtung sahen, aus der das Donnergrollen des Kaisers gekommen war, erblickten sie an der Seite des Greises, dessen Bekanntschaft sie bereits gemacht hatten, zwei rüstige ältere Herren, der eine mit einer Axt bewaffnet, der andere mit einem großen Küchenmesser. Ihnen nach folgte ein Mischlingshund von der Größe eines Kalbs, zusammen mit einem Mann mittleren Alters und mit gefährlich lauernden scharfen Augen. Den Göttlichen Hund, den Pyôn Yagyu da an der Leine hielt, hatte Tu Ch'ung im Jahr zuvor aufgelesen.

Die jungen Leute erschraken nun doch ein wenig. Der Student, der sich dem Kaiser gegenüber so ungehobelt betragen hatte, ahnte, daß es die Alten besonders auf ihn abgesehen hatten, er versuchte daher, ihnen zu entkommen. Umsonst natürlich.

»Faß ihn!«

Auf diesen Befehl Pyôn Yagyus hin schoß der Göttliche Hund, den manche geringschätzig als Mischling abtaten, los wie der Blitz. Im Nu hatte er sich im Hosenhinterteil des Flüchtenden festgekeilt, der im Unterholz nicht schnell genug vorangekommen war. *Ratsch* – die Hose riß entzwei, ein nackter Hintern kam zum Vorschein, der junge Mann schien immerhin unverletzt. Noch im selben Augenblick zischte ein Pfeil haarscharf an seinem Ohr vorbei und bohrte sich direkt neben ihn in den Stamm einer Fichte, und er sank nieder und gab jeden weiteren Gedanken an Flucht auf. Bald schon hatte ihn der mit dem Gebirgsterrain bestens vertraute Tu Ch'ung gestellt und hielt ihm das Messer unter die Nase: »Na, Bürschchen, willst du immer noch abhauen?«

»Hö ... hören Sie auf. Ich mach ja nichts. Der Hund ...«

Der in der Patsche sitzende Student versuchte, den Vierbeiner abzuschütteln, der sich mittlerweile an seinem Ärmel festgebissen hatte.

»Ruft den Göttlichen Hund zurück!« wies der Kaiser Pyôn Yagyu an, der dem Tier sogleich den entsprechenden Befehl gab, während Tu Ch'ung den jungen Mann, der so gut es ging die Reste seiner Hose zusammenhielt, vor den Kaiser zerrte. Die Stimmung unter den Studenten hatte sich völlig gewandelt, ihr Unbehagen war zunächst in Verwirrung umgeschlagen, dann in Panik. Ein wenig unreif waren sie für ihr Alter noch, sie gehörten vergleichsweise wohlhabenden Familien an und waren strenge Behandlung nicht gewohnt. Für die Studentinnen stellte sie eine Katastrophe sondergleichen dar. Eine von ihnen brach in Tränen aus und hielt sich schluchzend die Hände vors Gesicht.

Der Kaiser deutete auf den Jüngling zu seinen Füßen: »Fesselt den Schurken!«

Unverzüglich wurde dieser von U Palsan gepackt und verschnürt wie ein Frischling.

»Wir bitten um Verzeihung, Großvater. Vergeben Sie uns dieses eine Mal noch. Wir werden auch sofort von hier verschwinden«, versuchte einer den Kaiser zu beschwichtigen.

Doch des Kaisers Zorn wurde dadurch noch angestachelt: »Unverfrorener, noch immer sprichst du mich mit Großvater an? Welcher Klasse von höheren Studenten gehört ihr eigentlich an, daß ihr von den Pflichten eines Untertans nichts wißt?«

Dem Poltern des Kaisers fügte Pyôn Yagyu mit harter Stimme hinzu: »Da ihr unfähig sein, selbst mit weit aufgerissenen Augen den Himmel zu sehen, dürftet ihr nicht einmal jammern, wenn man euch zum Tode verurteilte!«

Doch die Vertreter der jüngeren Generation sind nicht allesamt verblödet, und auch in dieser unreifen jungen Schar gab es einen ganz besonders Listigen. Er hatte ungewöhnlich glänzende Augen und eine hohe Stirn, ihm kam der Einfall, den Kaiser einfach als solchen anzuerkennen: »Wie es scheint, waren wir nicht in der Lage, zu erkennen, welch hochwohlgeborene und ehrwürdige Person Ihr seid. Kommt, laßt uns alle zusammen auf die Knie gehen und Seine Hoheit um Gnade anflehen.«

Mit dieser Aufforderung, so sagten manche später, habe das Spielchen, das sie mit dem Kaiser trieben, seinen Anfang genommen, indem nämlich der junge Mann seinen Kommilitonen dabei heimlich zugezwinkert habe, doch wer schenkt einer solchen Behauptung schon Glauben? In jedem trüben Flusse fließt auch eine Strömung reinen Wassers, heißt es, und so einfältig das Volk auch sein mochte, so mußte es in ihm doch auch immer einen oder zwei geben, die imstande waren, den Kaiser als solchen zu erkennen. Und es war eben jener Jüngling, der eine solche Geistesklarheit besessen hatte und dessen Beispiel die anderen Studenten sogleich folgten.

»Majestät, wir ahnten wirklich nicht, daß wir uns hier auf verbotener Erde befinden. Das unreife und törichte Volk weiß die Höhe des Himmels nicht zu erfassen, möge Euer unendlicher Edelmut unseren Frevel vergeben!«

Er kniete daraufhin nieder, die anderen taten es ihm nach.

»Majestät, wir wußten es wirklich nicht! Habt Erbarmen!«

»Sind eure Worte auch aufrichtig?« fragte sie der Kaiser in einem bereits sanfter gewordenen Tone.

Es rührte ihn, mit Majestät angesprochen zu werden, denn wie lange hatte er diese Ehrenbekundung nicht mehr aus einem anderen Munde als aus dem seiner Höflinge vernommen? Noch dazu standen diese jungen Leute gar nicht unter seiner direkten Hoheit. Der Zorn des Kaisers schien sich bei diesem Gedanken noch mehr zu verflüchtigen. Gleichwohl wahrte er die Würde seines kaiserlichen Amtes und verhielt sich, wie es einem Monarchen gebührte.

»Augen zu haben und nicht sehen zu können, belegt die Einfalt des Volkes. Ist dies nicht der Grund, weshalb sich Millionen von Menschen aus dem niederen Volk der Gnade Eurer Majestät ergeben?«

Ein Mitglied der Universitäts-Theatergruppe soll diese Schmeichelei bekundet haben, doch ist diese Vermutung anzuzweifeln. Denn hätte sich unser Kaiser, dessen Scharfsinn unbestechlich war, von einer schauspielerischen Darbietung rühren lassen? In Wahrheit verspürte er das tiefe Bedürfnis, Gnade walten zu lassen.

»Wenn ihr tatsächlich Studenten einer dem *T'aehak** vergleichbaren Einrichtung seid, solltet ihr eigentlich von euren Eltern und Lehrmeistern gut erzogen worden sein. Dennoch habt ihr euch solch schwerwiegender Vergehen schuldig gemacht, wie ist dies nur möglich?«

Geschickt deutete der Kaiser Versäumnisse der erziehenden Eltern an, um sich so die Möglichkeit zu schaffen, den jungen Leuten zu verzeihen. Der Student, der sich kurz zuvor schon hervorgetan hatte, schickte sich sogleich an, seine Rolle weiter auszufüllen: »Mein Vater bekleidet einen niederen Posten auf dem Steueramt.«

»Auf dem Steueramt ... Dann ist er ein *Seri*, ein Steuerbeamter. Einer von denen, die sich im Auftrag der Südpartei den Kopf zermartern, wie man am besten das Volk schröpft. Dies erklärt deine mäßige Erziehung. Ich habe von diesem Unwesen gehört, dessentwegen ein jeder, ob Kaufmann oder Handwerker, regelrecht zum Betrug gezwungen wird, diese Steuerbeamten hecken immer neue Steuern aus, irrwitzig deklariert als *Totengewandsteuer* oder mit so betörenden Namen wie *Hwangguchômjông*, *Chokjing* oder *Injing* versehen.«

Der junge Mann tat mit zum Boden gesenkten Augen, als fühle er sich von einem Kaiser getadelt, wenngleich es ihm nicht gerade behagte, wie jener über seinen eigenen Vater urteilte. Die anderen Studenten indes schienen dem Kaiser mit zunehmendem Interesse zu lauschen.

»Und du mit schon im jungen Alter schwachen Augen, was macht dein Vater?« wandte sich der Kaiser an einen Jüngling mit Brille, der ohne zu zögern antwortete: »Mein Vater hat eine Handelsfirma.«

* *Taehak*: »Große Lehre« bzw. »Höhere Schule«, heute in Gebrauch als Kurzform von *taehakgyo* (大學校), »Hochschule«, »Universität«. Der Kaiser erhöht seine Bedeutung eigenmächtig, indem er *tae*, »groß«, durch *t'ae* (太), »sehr groß«, ersetzt.

In Wirklichkeit war sein Vater auch Beamter, was dieser Student verheimlichte, da ihm aufgefallen war, daß der Kaiser den Beamtenstand kritisierte, zugleich aber Partei für die Kaufmannszunft zu ergreifen schien.

»Nachts sind alle Katzen grau. Ist *Weg* in der Welt, wissen selbst die Diebe und Schlachter um ihn, ist kein *Weg* in ihr, wissen dies selbst die Gelehrten und Minister nicht, wieso sollten dies dann gerade die Kaufleute tun? Die Großhändler wetteifern um die Erträge der Welt, die Kleinhändler streiten um ihren eigenen Profit. Im Moment soll die Welt von Kleinhändlern wimmeln, die nichts anderes im Sinn haben, als sich zu niedrigsten Preisen zu ergattern, was die Bauern und Handwerker unter großen Anstrengungen produziert haben, um es so gewinnbringend wie möglich wieder zu verkaufen. Auch hörte ich, sie importierten verbotenerweise Güter aus dem Ausland, mit denen sie illegalen Profit machten. Zu Lasten der Erträge der Welt mästen diese Diebe also sich selbst. Was verwundern da noch all die Katastrophen? Mich überrascht, daß ein solcher Vater keinen übleren Sproß als dich hervorgebracht hat.«

Und er wandte sich einem weiteren jungen Mann zu: »Als was arbeitet dein Vater?«

»Er ist Weber, Majestät.«

In Wahrheit besaß besagter Vater eine Textilfabrik ganz in der Nähe, doch spekulierte dieser Student, als er den Vater als Handwerker beschrieb, auf ein größeres Wohlwollen des Kaisers dieser Zunft gegenüber. Aber wieder reagierte der Kaiser mit einem unerwarteten Kommentar: »So, ein Handwerker ist er? Der Handwerksmeister Kuyaja (Chuyezi) warf einst, um die beiden Schwerter Ôjang (Yu Chang) und Maksa (Mo Xie) herstellen zu können, sein Weib in die glühende Schmiedemasse, was beweist, welche Opfer große Handwerker bringen müssen, wollen sie Meisterwerke schaffen. Aber die heutigen Handwerker benutzen einzig Maschinen und fertigen täglich Tausende und Zehntausende Dinge in immergleicher Ausführung. Sie versuchen die Kosten so niedrig zu halten, wie es geht, und stören sich nicht an der erbärmlichen Qualität ihrer Erzeugnisse. Sie geben den höchsten Anteil der Kosten für das Anpreisen und Volkes Täuschung aus, sie bringen die Menschen dazu, ihnen für ihre Produkte das Zehnfache dessen zu zahlen, was sie an Material- und sonstigen Ausgaben investieren mußten. Gibt es größere Betrüger? Mit welcher Hoffnung könnte man da noch die Erziehung des Sohnes eines solchen Vaters angehen?«

Nachdem er den letzten der männlichen Studenten, den wie einen Frischling verschnürten, ausgefragt und, da der Vater in einer Bank arbeitete, als Sprößling eines Wucherers gerügt hatte, knöpfte er sich die Mädchen vor, aus deren Gesichtern die Panik mittlerweile gewichen war.

»Und ihr, was ist mit euch?«

»Wir studieren ebenfalls an der Universität«, antwortete eine von ihnen mit einem strahlenden Lächeln (in der *Chronik* steht, sie habe ihm einen koketten Blick zugeworfen). Erneut geriet der Kaiser in Rage:

»Welch eine Liederlichkeit! Wen glaubst du damit zum besten haben zu können? Ich habe ja schon von vielen sonderbaren Dingen gehört, nicht aber davon, daß in welchem Land auch immer eine Frau auf ein *T'aehak* aufgenommen worden wäre. Solltet ihr mir nicht die Wahrheit sagen, wird euch schon mein Henker die rechten Fragen stellen!«

Verstört hörte das Mädchen auf zu lächeln, und eine andere Studentin meldete sich an ihrer Statt: »Wie könnten wir es wagen, Eurer Majestät, die Ihr mit Euren scharfblickenden Augen in unser tiefstes Inneres zu schauen vermöget, irgend etwas zu verheimlichen? Ein finsteres Los hat uns in den Blauen Pavillon getrieben, nichts weiter als *Weiden am Wegesrand und Blumen auf der Hecke* sind wir.* Als Unterhalterinnen dieser jungen Gelehrten betraten wir versehentlich den verbotenen Boden Eurer Majestät, worum wir untertänigst um Verzeihung bitten.«

Nach diesen flehentlich vorgetragenen Worten tat das Mädchen einen tiefen Seufzer. Wie hätte sich das edelmütige Herz des Kaisers davon nicht erweichen lassen können?«

* Traditionelle Umschreibung des Standes der *Kisaeng*, der Kurtisanen.

»Ich dachte mir es schon. Schön wie du bist, liegen dir in der Stadt sicher nicht wenige Männer zu Füßen. Wie ist dein Name?« fragte er sie mit einer Stimme so sanft wie die Frühlingsbrise.

»Man nennt mich Ch'unhwa (Frühlingsblume).«

Es wurde gemunkelt, dieses Mädchen habe ebenfalls der Studentenschaupielgruppe angehört, aber bestätigt ist dieses Gerücht nicht. Zwar war ihr Name nicht gerade zeitgemäß, doch er paßte hervorragend zu ihr.

»Majestät, wie gedenkt Ihr nun mit diesen Leuten zu verfahren?«

Der väterlich lächelnde Kaiser schien durch Tu Ch'ungs drängende Frage wieder zu sich zu kommen und sich der Würde und Strenge zu erinnern, die einen Monarchen zu zieren haben.

»Munsukgong, wie denkt Ihr darüber?«

»Dem, der es wagte, die Hand gegen seinen Monarchen zu erheben, seien beide Hände abgehackt, damit ein jeder die Strenge des kaiserlichen Gesetzes zu fürchten lerne; die übrigen gehören mit jeweils achtzig Stockschlägen bestraft, damit sie sich bewußt werden, wie schwer die Verletzung der Sitten wiegt«, antwortete Pyôn Yagyu gestreng.

Die Studenten, die, je mehr die Konversation mit dem Kaiser an Schärfe verlor, zunehmend guter Dinge gewesen waren, erstarrten, als sie dies hörten. Mehr noch als Furcht lähmte sie das Gefühl, nichts entgegnen zu können. Drückende Stille lastete einen Moment über ihnen. Dann trat erneut der junge Mann hervor, der dem Kaiser als erster gehuldigt hatte: »Mögen wir zwar ungelehrt sein, so wissen wir dennoch auch um die uralte Gepflogenheit, nach der es einem Verurteilten, mit Ausnahme eines Hochverräters, möglich ist, sich von seiner Strafe durch einen angemessenen Geldbetrag zu entbürden. Die Verbrechen, die wir heute zusammen begingen, sind unserer profunden Unwissenheit und grenzenlosen Dummheit geschuldet, wir flehen Eure Majestät darum an, uns die Gnade dieser Strafmilderungsmöglichkeit zu gewähren.«

Sollte er diese Redeweise tatsächlich, wie gewisse dem Kaiser übelwollende Leute behaupteten, bei einen im Radio ausgestrahlten Historienstück aufgeschnappt haben, dann besaß er durchaus Talent. Der vorgebliche Handwerkersohn löste ihn ab: »Majestät, angenommen, zehn *Nyang* sind so viel wert wie ein Stockschlag, biete ich Euch hiermit achthundert *Nyang* dar.«

Er streckte ihm darauf besagte achthundert Münzen entgegen, die anderen taten es ihm augenblicklich nach. Der Bankierssohn, der seine beiden Hände zu verlieren drohte, schrie: »Und ich biete untertänigst tausend *Nyang* pro Arm, macht zweitausend zusammen. Ich flehe Eure Majestät an, gewährt mir diese Gnade.«

Insgesamt belief sich der Geldbetrag, mit dem sich die Studenten von ihrer Sühne freizukaufen suchten, auf dreitausendachthundert *Wôn* – ein kleines Vermögen in den Augen von U Palsan und Tu Ch'ung, die bekanntlich betteln gehen mußten, aber höchstens die Hälfte dessen, was die Studenten für ihren Ausflug veranschlagt hatten, ein Verlust, der unvermeidlich war wegen des gefesselten Kommilitonen und der Mädchen, die wohl kaum erfolgreich hätten fliehen können.

Wie sie sahen, daß U Palsan und Tu Ch'ung beim Anblick des Geldes zufriedene Gesichter machten, löste sich ihre Anspannung wieder ein wenig, bis der Kaiser unvermittelt das Verhör fortsetzte: »Da Männer und Frauen verschieden sind, muß sich auch ihre Bestrafung unterscheiden. Welche Strafe käme für letztere in Betracht?«

Der Kaiser deutete auf die Mädchen, die es den männlichen Studenten nachtaten und in ihren Taschen nach Geld wühlten. Nie erwartet hätten sie, was Pyôn Yagyu erwiderte: »Warum behaltet Ihr sie nicht als Hofsklavinnen bei Euch ein?«

Es wurde gemunkelt, Pyôn Yagyu, der am wenigsten betagte Höfling des Kaisers, habe ein fleischliches Verlangen zu diesem Vorschlag verleitet, wahrscheinlicher aber ist seine Erwägung, daß es für Kaiserin Ûimyông aufgrund ihres Alters mittlerweile zu mühselig war, sich um den Viermannhaushalt zu kümmern. Der Kaiser schien diese Idee für nicht abwegig zu halten, er sprach: »Es wäre allerdings schade, sollten alle drei als Sklavinnen eingesetzt werden. Munsukgong, Muganghu, Yodongbaek, Ihr seid alle alt geworden, ohne einen rechtmäßigen Erben in die Welt gesetzt zu haben; solltet Ihr sie Euch nicht lieber als Konkubinen nehmen?«

Ein alter Gaul verschmäht keine Sojabohne, heißt es, und auch wenn Pyôn Yagyu als jüngster unter ihnen das fünfzigste Lebensjahr bereits überschritten hatte, hellten sich bei dieser kaiserlichen Idee die Gesichter der drei Getreuen augenblicklich auf. Die männlichen Studenten indes waren einigermaßen verwirrt, und für die Mädchen wurde die Lage allmählich kritisch.

»Das wäre aber mehr als ungerecht. Die einen wollt Ihr für achthundert läppische *Nyang* einfach ziehen lassen, und die anderen sollen dafür zur lebenslänglichen Sklaverei verdammt sein?« machte eine der Studentinnen ihrem Unwillen Luft, während U Palsan, Tu Ch'ung und Pyôn Yagyu ihr lüstern-schmachtende Blicke zuwarfen.

Der Kaiser wies sie zurecht: »Unverfrorene! Wie kannst du es wagen, du, die du nicht einmal etwas sagen dürftest, wenn wir dich auf dem Marktplatz enthaupten ließen, die Gerechtigkeit des kaiserlichen Urteils in Frage zu stellen? Soll ich diese jungen Männer etwa zu Hofsklaven mit geschorenen Häuptern und kurzen Gewändern machen?«

»Das meinte ich doch gar nicht ...«

»Außerdem würden sich meine drei Minister euer annehmen und euch behüten, als wäret ihr Blumen und Edelsteine. Wie unverständlich wäre es, würden Weiden am Wegesrand und Blumen auf der Hecke nicht außer sich sein vor Freude über die Ehre, von meinen drei ranghöchsten Ministern umhegt zu werden ...«

»Wir mögen zwar nur niedere Kurtisanen sein, aber auch wir haben ein rotes Herz. War nicht auch die unvergeßliche Ch'unhyang aus der Provinz Namwôn eine solche *Kisaeng*?*

* Legendäre Kurtisane (bzw. in Wirklichkeit Kurtisanentochter), deren Geschichte erstmals wohl als *P'ansori* (eine in darstellender Liedform vorgetragene Erzählung) verbreitet wurde und im Lauf der Jahrhunderte unzählige Bearbeitungen und Variationen erfuhr: Zwischen dem Mädchen Ch'unyang und einem jungen Gouverneurssohn entspinnt sich eine zarte Liebe, die enorme soziale und

Ich gelobte bereits diesem jungen Herrn hier meine Treue und kann darum dem Befehl Eurer Majestät nicht Folge leisten. Und so wie ein loyaler Untertan nicht zwei Herren zugleich dienen kann, ist es auch einer ehrenwerten Dame unmöglich, sich zwei Männern hinzugeben.«

Sie hatte während ihrer Rede auf einen der männlichen Studenten gedeutet. Ein schlagfertiger Gegenangriff. Der Kaiser schien einen Augenblick lang um eine Antwort verlegen. Als sie sah, wie ihre Worte wirkten, legte sie noch nach: »Nehmt Ihr, Majestät, Eure Weisung nicht zurück, ziehe ich es vor, um die Reinheit meiner Treue nicht zu besudeln, mir ein Messer in den Leib zu stoßen.«

Sie griff sich ein Messer aus dem Proviantbeutel und hielt es sich an die Kehle. Wiewohl es zu stumpf war, um sie ernstlich verletzen zu können, erschrak der Kaiser angesichts der Worte und der Gestik des Mädchens. Den Gedanken, sie könne sich etwas antun, ertrug seine unendliche Herzensgüte nicht.

»Halt ein. Deine Keuschheit bedarf keines Beweises mehr. Ich verzeihe dir.«

Des Kaisers Stimme verriet echte Erschütterung, die noch zunahm, als die beiden anderen Studentinnen die erste nachahmten. Da kein weiteres Messer vorhanden war, streckte eine die Zunge heraus und drohte, sie sich herauszureißen und sich verbluten zu lassen, während die andere hastig einen Plastikstab in die Hand nahm und erklärte, sie wolle ihn als Dolchersatz verwenden, was seine Wirkung keineswegs schmälerte.

»Euer Leben ist zu kostbar. Euch allen sei verziehen.«

Alle waren sie von dieser Erklärung zutiefst ergriffen, mit vereinter Stimme priesen sie des Kaisers unendliche Güte und wünschten ihm noch viele Lebensjahre. Kein Monarch erfreute sich je einer größeren Beliebtheit im Volke.

politische Widerstände zu überwinden hat. In jüngerer Zeit (2000) setzte zum Beispiel der Regisseur Im Kwon-Taek diesen Stoff filmisch um, was der Fernsehsender *Arte* dann unter dem Titel *Das Lied der treuen Chunyang* ausstrahlte.

Ohne das dargebotene Lösegeld anzunehmen, schenkte er allen die Freiheit, auch dem jungen Mann, den er hatte fesseln lassen. Sein Triumph erstrahlte dadurch in einem noch ruhmreicheren Lichte. U Palsan, Tu Ch'ung und Pyôn Yagyu vergaßen ihren Mißmut, je mehr die jungen Frauen ihnen artig zulächelten und zu trinken gaben, und alle waren bald wieder bester Laune. Zwar mag hierzu ein leichter Widerspruch bestehen, wenn die *Chronik* von einer *Politik der Strenge* spricht, doch ist der Glanz des kaiserlichen Sieges unbestreitbar.

Diese letzte Schlacht bedeutete für alle Zeiten das Ende der kaiserlichen bewaffneten Auseinandersetzungen.

»Der Rücken eines Monarchenschwertes ist aus dem Himmel gemacht, seine Klinge aus der Erde und sein Griff aus dem Volk. Es werde mit Hilfe der Fünf Verhaltensregeln gebändigt, mit Strafe und Vergebung beherrscht, mit der Energie von Ûmyang (Yin und Yang) gezückt, mit der Harmonie von Frühling und Sommer beruhigt und mit der Strenge von Herbst und Winter eingesetzt. Hält der Monarch das Schwert direkt vor sich, wird es kein Vorne geben, streckt er es hoch empor, wird es kein Oben geben, schwenkte er es, wird es weder Vorne noch Hinten, weder Links noch Rechts geben, er wird oben die Wolken zerschneiden und unten das Band, das die Erde zusammenhält. Bedient er sich des Schwertes ein einziges Mal, weist er die Fürsten zurecht und unterwirft er die Welt. Darum nennt man es Kaiserschwert.

Was wir aber nun, da wir das siebzigste Lebensjahr erreicht haben, schwenken, ist bloß das Schwert eines gewöhnlichen Mannes. Es gilt daher, sich dieses beschämenden Schwertes zu entledigen. Schmelzt sämtliche Schwerter und Lanzen ein, fertigt daraus Landarbeitsgeräte, werft alle Pfeile und Bogen in den Herd. Lassen wir die Augen nicht mehr flammen und die Stimme nicht mehr zürnen, niemals mehr soll etwas mit Gewalt erzwungen werden.«

Mit diesen Worten leitete der Kaiser seine Rede zur *Niederlegung des Schwertes* ein. Kleingeistern zufolge habe er diesen Entschluß unter dem Einfluß der Komödie gefaßt, die ihm die jungen Leute vorgespielt hätten, andere deuteten ihn als folgerichtigen Schritt eines verbitterten und des Hassens und Kämpfens müde gewordenen Mannes, wie aber hätte es dem Pöbel auch einfallen können, daß der Kaiser immer mehr in die Tiefen und Geheimnisse göttlicher Weisheit vordrang?

Im zweiundzwanzigsten Jahre Chunggwang stehen Sonne und Mond einsam über die verlassen stille Erde. Munsukgong zieht von dannen, Muganghu stirbt. Frostiger Wind lichtet den Nebel der Illusionen.

Wir haben uns bislang genauestens an die Darstellungsweise der *Chronik* gehalten; je mehr sie sich indes ihrem Ende annähert, desto stärker drängt sich die Frage auf, wie authentisch das in ihr Gesagte noch ist. Da es sich bei der *Chronik* um eine echte Hofchronik handelt, fanden bloße Gerüchte und nur bruchstückhaft überlieferte Kaiserworte keinen Einlaß in sie, aus Sorge, die Nachwelt könnte irregeführt werden. Aber als im zweiundzwanzigsten Jahr Chunggwang Pyôn Yagyu den Kaiser verließ, war niemand mehr da, der das Amt des Chronisten hätte ausfüllen können. Zwar heißt es, selbst ein Hund kann Gedichte vortragen, wenn er drei Jahre in einem Studierhaus verbracht hat, und wenngleich U Palsan fünfzig Jahre in Diensten des Kaisers stand und Tu Ch'ung auch schon gute zwanzig, wies weder der eine noch der andere die für das Verfassen einer Chronik erforderliche Bildung auf. Wir sind daher von nun an auf das Gedächtnis des greisen U Palsan angewiesen, wenn wir von den Aussprüchen und Lehrmeinungen berichten wollen, die der Kaiser in jener Zeit kundtat.

Mit seinem Fortgang gab Munsukgong Pyôn Yagyu dem Drängen seines Sohnes nach, in seinen Heimatort, in den Schoß der Familie, zurückzukehren. Es ist über sein Vorleben nicht mehr bekannt, als das, was er dem Kaiser an jenem Tage preisgab, an dem Shin Kijuk ihn geborgen hatte, doch entspricht es der Wahrheit, daß er einer angesehenen Konfuzianersippe aus Yôngnam, dem Südosten, entstammte. Bevor ihn sein überbordendes Wissen zur Wanderschaft in die Berge getrieben hatte, war er mit einer Frau aus gutem Hause verheiratet gewesen, die ihm zwei Söhne geschenkt hatte, von denen der ältere, inzwischen über vierzig Jahre alt, nach langem Suchen endlich den Vater ausfindig gemacht hatte.

Den zwanzig Jahren der Trennung zum Trotz erkannte Pyôn Yagyu gleich, daß ein natürliches Band zu ihm bestand. Dennoch lehnte er es ab, mit ihm zusammen gen Heimat zu ziehen. Wer gibt schon leichtfertig das hohe Amt eines Ministers auf, um irgendwo namenlos als alter Mann in der Erde verscharrt zu werden? Aber der Sohn kam, nachdem er eine Nacht bei seinem Vater verbracht hatte und wieder aufgebrochen war, ein paar Tage später mit einer Ambulanz und mehreren jungen, kräftigen Burschen wieder.

Zweifelsohne hatte es Pyôn Yagyus Sohn zu einer sehr wichtigen Person gebracht. Das Gerücht kann schwerlich überprüft werden, doch soll er die Kandidatur zum Abgeordnetenhaus angestrebt haben, weshalb ihm die Aussicht, die künftigen politischen Widersacher könnten sich die Tatsache, daß sein Vater das Leben eines geisteskranken Herumtreibers führte, gegen ihn zunutze machen, nicht sonderlich behagt haben mag.

Verwundern mag, wie sich der Kaiser in dieser unerwarteten Situation verhielt. Als der Kampf zwischen den Männern, die den alten Pyôn Yagyu im Auftrag des Sohnes in den Wagen befördern sollten, und den langjährigen Gefährten U Palsan und Tu Ch'ung, die sie daran zu hindern suchten, immer heftiger zu werden drohte, schritt der Kaiser ein und wies seine Getreuen an, einzuhalten.

»Haltet ein. Munsukgong möge mit ihnen gehen.«

Und er wandte sich an Pyôn Yagyu, der sich noch immer mit aller Kraft dagegen sträubte, in das Auto gezerrt zu werden, und nahm dessen Hände in die seinen und sprach: »Lebt wohl, Munsukgong. Ihr habt in den vergangenen zwanzig Jahren in Diensten des schlechten Herrn, der ich war, fürwahr genug erlitten. Vergeßt unser vergebliches Streben nach Ruhm und Ehre, findet Euren Frieden an den Ufern der Flüsse und Seen.«

Pyôn Yagyu stellte seinen Widerstand ein und vergoß Ströme von Tränen: »Majestät, worin hat Euer Untertan nur gefehlt, daß Ihr ihn so bestraft? Gewiß ermangelt es mir an Talenten, doch diente ich Euch stets mit der Treue eines Hundes oder eines Pferdes, warum also wollt Ihr Euch meiner nun entledigen?«

»Von Anfang an hieltet Ihr die Lehren von Nojang (Laozi und Zhuangzi) in Ehren, Ihr solltet daher wissen, was ein auf dem Gehäuse einer Schnecke errichtetes Reich ist.«

Es war dies eine von Tae Chinin (Dai Jin Ren) während der Streitigkeiten zwischen Wi (Wei) und Che (Zhou) gebrauchte Metapher, als Hinweis auf die Schwäche solch kleiner Reiche. Selbstverständlich kannte Pyôn Yagyu die Geschichte, doch wie getroffen von dieser Anspielung starrte er nur, ohne etwas zu erwidern, in das kaiserliche Antlitz.

»Was wir, Ihr und ich, bis zu diesem Tage zu schaffen bestrebt waren, war nichts weiter als ein solches, auf dem Gehäuse einer Schnecke errichtetes Reich. Überlegt doch. Selbst wenn wir es vermocht hätten, Samhan zu unterwerfen und Yodong wiederzuerlangen – was wäre dies schon im Vergleich zum gesamten Universum? Nicht einmal diesen kleinen Landflecken konnten wir erobern, stattdessen fristen wir ein beschämendes Dasein weit hinten im Tal. Ich möchte erwachen aus dieser Illusion. Nach meinem Reich werde ich nie mehr unter einem Stück Himmel oder auf einer Handvoll Erde suchen, sondern im Universum, wo der Himmel voll und auch leer ist, wo die Erde weder Anfang noch Ende hat. Vielleicht ist dies ja jenes großartige und heilige Königreich des Herzens, von dem einst der Minister zur Linken Kim Kwangguk sprach, bei seinem Abschied vor nun schon zwanzig Jahren. Wohlan, werter Herr Pyôn, vergeßt das kleine, kümmerliche Land, nach dem wir bis heute vergebens suchten. Unser wahres Reich ist in den Tiefen unseres Geistes verborgen, und der Geist unterliegt nicht den Gesetzen des Körpers. Mögen unsere Körper auch durch tausend *Ri* voneinander getrennt sein, wir werden immer zusammenbleiben, solange wir uns beide dieses höchsten *Weges* erinnern.«

Tu Ch'ung starb eines Sommertages, etwa zwei Monate

nach dem Fortgang von Pyôn Yagyu. Es hieß, er sei an einer harmlosen Verletzung gestorben, doch weist einiges auf die Diagnose Wundstarrkrampf hin. Des Kaisers Kummer war nicht minder groß als beim Ableben anderer altgedienter Untertanen wie Ma Suga und Shin Kijuk; dennoch deutet der Inhalt seiner im folgenden auszugsweise wiedergegebenen Trauerrede an, welch grundlegenden Wandel der Kaiser gerade durchmachte:

Kann es nicht sein, daß das Verlangen, am Leben zu bleiben, bloß eine Täuschung darstellt, und ist derjenige, der Angst vorm Sterben hat, nicht wie ein Kind, das sich verlaufen hat und nicht weiß, wie es nach Hause finden soll?

Yôhûi (Li Ji), die Tochter eines Mannes aus Aebong (Ai Feng), weinte, als sie ins Königreich Chin gebracht wurde, so bitterlich, daß der Saum ihres Kleides ganz durchnäßt wurde; schon bald nach ihrem Einzug in die königlichen Gemächer indes, seit sie zusammen mit dem Monarchen in Pracht und Luxus lebte und von köstlichen Speisen aß, schämte sie sich ihrer Tränen. Wer weiß, vielleicht schämt sich ja auch der just Verstorbene dafür, daß ihm so sehr an seinem Leben gelegen war.

Wer sich an seinem Traum und seinem Wein berauscht, erwacht traurig und mißmutig, wer im Traume weint, möchte sich nach dem Aufwachen an der Jagd berauschen. Wir wissen nicht, daß wir träumen beim Träumen, und wir stellen bisweilen beim Aufwachen fest, daß wir im Traum unseren Traum analysierten und daß dies nur ein Traum war. Manche können erst im hellwachen Zustand beurteilen, daß das Leben nur ein Traum ist. Einfältige Leute halten sich für wach und schwadronieren prahlerisch von Königen und hohen Ministern und Hirten …

Und als die Bahre mit Tu Ch'ungs Leichnam ins Erdreich gelassen wurde, soll er außerdem gesprochen haben: »Verehrter Tu, Ihr und ich, alle Träume träumten wir nur. Von Eurem Traume seid Ihr nun erwacht und habt Ihr abgestreift des Lebens Hülle, welche einem eitrigen Geschwür gleicht. Trauere ich Euretwegen oder bin ich selbst bloß noch nicht aufgewacht?«

Deutlich erkennbar gemahnen diese Worte an die Lehre des Changja (Zhuangzi). Mit Pyôn Yagyus Fortgang hatte sich der Kaiser wieder von der taoistischen Magie abgewandt, anläßlich des Todes von Tu Ch'ung sagte er sich vollends von der regional verhafteten und unausgereiften Glaubenslehre des *Chônggamnok* los, und seine Maximen nahmen einen zunehmend abstrakten und geläuterten Charakter an. So murmelte er eines Tages, nach Beendigung der Mittagsruh: »Ah, ah, bin ich ein Monarch, der den Traum eines niederen Mannes träumte, oder bin ich ein Mann des niederen Volkes, der den Traum eines Monarchen träumte?«

An einem anderen Tag tänzelte und sang er in einem mit Kleeblumen überwucherten Tal inmitten der Bienen und Schmetterlinge.

»Diese Bienen und Schmetterlinge füllen tausend Wagen* und bilden zehntausend Wagen. Ich bin Kaiser. Ich bin Kaiser.«

Interessant ist die Anspielung auf die Bienen und Schmetterlinge allemal. Man mag es kaum glauben, aber der Jahre zuvor von U Palsan und Tu Ch'ung angelegte Bienenstock war in der Zwischenzeit um mindestens das Zehnfache gewachsen. Zusammen mit den wer weiß woher gekommenen Schmetterlingen bevölkerten die Bienen das gesamte Kaisertal von Frühlingsanfang bis Sommerende. Nur mit all den Azaleen, Eichenblüten, Kleeblumen und Pfeilwurzen erklärt sich ihre enorme Anzahl nicht, wiewohl die genannten tausend beziehungsweise zehntausend Wagen etwas übertrieben erscheinen. Festzuhalten ist, daß der Kaiser im Begriff war, seine Regierungsgewalt von den Menschen auf die Insekten auszudehnen. Oberflächlich betrachtet mag dies mit seiner materiell verschlechterten Situation zu tun haben, doch bei genauerem Hinsehen scheint hierbei durch, wie rapide sich der Kaiser der Erleuchtung näherte.

* Im Original *sûng* (乘): metaphysisches Vehikel im Taoismus.

Im ersten Jahre T'aeshi (Anbeginn der Welt) erlangt der Kaiser endlich den höchsten Rang, er wird König der Könige auf Erden und Haupt der Himmelsgötter im Himmel.

Zur Erleichterung des Erzählens und aus Rücksicht auf den gemeinen Leser, dessen Wissen wie das meine beschränkt ist, habe ich es bislang so gut es ging vermieden, die Ehrennamen des Kaisers in dem ihm eigentlich gebührenden Maße anzuführen. Nun aber, da er kraft der Erleuchtung in den Rang des Wahrhaftigen Kaisers aufstieg, ist es mir fortan nicht mehr möglich, ihm die angemessene Ehrerbietung zu versagen.

Als zum zweiten Mal in seinem Leben das Jahr Kiyu wiederkehrte, nach dem Sonnenkalender war dies das Jahr 1969, nahm unser Kaiser endlich den Kaiserrang des Kuo (Neunfünf) ein, im stolzen Alter von fünfundsiebzig Jahren – sechsunddreißig Jahre, nachdem er im mandschurischen Nordosten den Kaisertitel erhalten hatte.

Wollte ich diesen Aufstieg des Kaisers in allen Einzelheiten schildern, würden mir von verschiedener Seite sicherlich manche Fehler vorgehalten, doch gebe ich zu bedenken, daß all dies, bedingt durch Pyôn Yagyus Weggang ein paar Jahre zuvor, in der *Chronik* fehlt. Es bleibt mir nur die Erinnerung an das etwas langatmige kaiserliche *Belehrungsschreiben*, welches in groben Zügen wiedergegeben sei:

Als wir nach Erhalt des Himmlischen Mandats uns vom Rang des amtlosen Gelehrten erhoben, hatten wir das Ziel der gewaltgestützten Macht. Wir wollten mit Hilfe der Drei Armeen und Fünf Soldaten die Welt unterwerfen, durch Zucht und Belohnung und durch Anregungen und die Fünf Strafen das Volk erziehen und es mit den Gesetzen und Weisungen regieren. Aber die Verwendung der Drei Armeen und Fünf Soldaten bedeutet das Ende der Tugend, der Gebrauch von Zucht und Belohnung und der Anregungen und Fünf Strafen bedeutet das Ende der Erziehung und der Einsatz der Gesetze und Weisungen bedeutet das Ende der Regentschaft. Wie könnte man da der hohen Weisung des Himmels nachkommen? Tief betrübt ob dieser Erkenntnis durchforsteten wir die Geschichte und fanden Yosun (Yao und Shun).

Indem wir aus Menschlichkeit und Gerechtigkeit unsere Krone, aus der Musik unseren Gürtel und aus breiter Heiligkeit und Weisheit unseren Stab machten, glaubten wir uns dem Ziele unsrer unendlich weiten und großartigen Bestimmung nahe. Aber es war dies erneut ein vergeblicher Traum. Wiewohl wir wanderten, bis die Eisenschuhe auseinandergingen und die Achseln aus dem zerschlissenen Gewand lugten, war einzig unser Leib gealtert. Im Todôkgyông (Tao De Jing) *steht geschrieben, wenn kein großer* Weg *mehr ist, bleiben zumindest Menschlichkeit und Gerechtigkeit, und mit der Weisheit geht das Betteltum einher, und stehen Blutsverwandte in Zwietracht zueinander, wird Frieden gestiftet durch die Elternliebe, und herrscht Aufruhr im Lande, dämmen ihn die loyalen Untertanen ein. Im* Namhwagyông *(Nan Hua Jing) wiederum heißt es, wer sich an der Menschlichkeit ergötzt, stiftet in der Natur Unordnung, wer sich an der Gerechtigkeit ergötzt, übt Verrat an der Vernunft, wer sich an den Zeremonien ergötzt, schafft unnütze Rituale, wer sich an der Musik ergötzt, provoziert Unziemlichkeiten, wer sich an der Heiligkeit ergötzt, fördert die Unaufrichtigkeit, und wer sich am Wissen ergötzt, beschwört die Krankheit des Wortstreits herauf.*

Mit welchen Worten sollen wir nun die beiden Kaiser Yo und Sun preisen? Sie fochten für die Menschlichkeit-Gerechtigkeit mittels ihrer Weisheit und ihres Argumentationsvermögens, als rissen sie eine Wand ein und pflanzten sie Gras. Sie zogen gute Menschen heran und gaben arbeitsamen Leuten Arbeit, als kämmten sie ihr Haar oder zählten sie Reiskörner. Wie hätten sie erwarten können, die Welt mit solchen Nichtigkeiten zu retten? Immer wenn jemand gute Menschen aufzieht, befehden die Menschen einander, und immer wenn jemand den arbeitsamen Leuten Arbeit gibt, betrügen sich die Leute gegenseitig. All dies macht aus den Menschen noch keine guten Menschen, es verleitet sie im Gegenteil noch mehr dazu, ihre eigenen Interessen zu verfolgen, und bringt sie schlimmstenfalls dazu, den eigenen Vater oder gar den Monarchen umzubringen, sie werden zu Räubern, die sogar am hellichten Tage stehlen. König Yo tötete seinen Sohn Tanju

(Tan Zhu), Sun machte den jüngeren Bruder seiner Mutter unschädlich, T'ang jagte seinen Meister Kôl (Jie) fort, Kaiser Mu (Wu) meuchelte Chu (Zhou), Wangge (Wang Ji) setzte sich selbst als Stammhalter ein, und Chugong (Zhougong) brachte den älteren Bruder um. Wenn all dies nicht von den Übeln Menschlichkeit-Gerechtigkeit und Wortstreit hervorgerufen wurde, wovon dann?

Nun aber sperrten wir die Augen weit auf und gingen wir tief in uns und entdeckten die Lehre des Nodam (Lao Dan = Laozi) und des Changju (Zhuang Zhou = Zhuangzi). Nodam besang wie folgt die Tugend des Heiligen:

生之畜之	Er schafft und formt die zehntausend Dinge der Welt.
生而不有	Er schafft sie zwar, aber nicht um seiner selbst willen.
爲而不恃	Er arbeitet zwar, gibt aber nichts darum.
長而不宰	Sie gedeihen kraft seiner Tugend, doch lenkt er sie nicht.

Das Nichttun ist die höchste Tugend, und der Weise ist, auch wenn er über ihm steht, dem Volk nie eine Last, und selbst wenn er vor ihm steht, erscheint er den Menschen nie als Hindernis, sondern gleich einem Heiligen …

Hiermit vergessen wir uns selbst und die anderen, das Große und das Kleine, das Viele und das Wenige, die Einfalt und die Weisheit und auch das Vergessen selbst. Wir wünschen nur noch, ein trockener Ast zu werden und Asche, Erde, Wind. Unser Aufstieg zum Rang Neunfünf ist eine Metapher dieser Erleuchtung, erfaßt ihr, meine lieben Untertanen, seinen Sinn? Da wir das Regieren aufgaben, wurden wir König der Könige auf Erden, da wir nicht mehr handeln, wurden wir Haupt der Himmelsgötter im Himmel.

Wie auch schon in dieser Schrift selbst angedeutet, ist des Kaisers Einnahme des Ranges Neunfünf im übertragenen, metaphorischen Sinne zu verstehen. Dem schlichten Gemüt des U Palsan erschien sie indes durchaus real. Aus diesem Grunde berichtete er jedem, dem er begegnete, vom Aufstieg

Seiner Majestät, wodurch sich diese Kunde im Nu im ganze Tal ausbreitete und bei allen, die es besuchten. U Palsans Erinnerung zufolge kam das Gerücht auch einem Journalisten zu Ohren.

Dieser recherchierte gerade im Auftrag eines Provinzblattes in der Keryong-Bergregion und er beschloß gleich, dem Kaiser einen Besuch abzustatten. Er hegte die Hoffnung, einen originellen Artikel über eine echte Thronbesteigung verfassen zu können, doch wurde diese Hoffnung rasch enttäuscht. Es gab von keinem grandiosen Ereignis zu berichten, und das kaiserliche *Belehrungsschreiben*, das er nur unter größter Mühe und mit Hilfe eines Wörterbuchs der klassischen chinesischen Schriftzeichen entziffern konnte, klang auch nur mäßig ketzerisch. So wollte er wenigstens durch ein Gespräch mit dem Kaiser versuchen, verwertbares Material zu gewinnen. Vorgewarnt, sprach er ihn mit der größtmöglichen Höflichkeit an: »Majestät, was bedeutet, *das Regieren vergessen*?«

»Es bedeutet, weder versucht man zu regieren, noch möchte man regiert werden.«

»Was bedeutet, *nicht zu regieren versuchen?*«

»Es bedeutet, den Unterschied zwischen mir und den anderen zu vergessen, zwischen dem Oben und dem Unten. Es bedeutet das Wissen, daß ich und das Volk beide ein Brokken des Universums sind und das Recht haben, in die Natur einzutauchen und uns des Lebens zu erfreuen. Denn den Menschen werden von ihrer Geburt an die Schriften über die Regierungsformen eines Landes eingeimpft, und sobald sie zu gehen und sprechen imstande sind, lernen sie von den Erwachsenen und Schulmeistern die Kunst, wie man die Gesetze und Regeln verdreht. Wenn sie alt genug sind, werden sie mit Arbeit überladen, bis ihnen das Rückgrat bricht, und müssen sie in Form von Steuern die Hälfte dessen abgeben, was sie verdient haben, und bisweilen werden sie sogar zum Arbeiten gezwungen und müssen ihr ganzes Sein hergeben auf den Schlachtfeldern. Machen sie sich des kleinsten Vergehens schuldig, sperrt man sie in düstere Kerker, begehen sie ein Kapitalverbrechen, verlieren sie ihren Kopf. Versuchen sie sich das Leben zu nehmen, werden sie bestraft, als hätten sie landeseigene Rohstoffe vergeuden wollen, und alle diese Fesseln können sie erst kappen, wenn sich ihr Leben von alleine aushaucht. Ist dies das wahre Bild unseres Volkes? Indem wir uns des Regierens entsagen, wollen wir das Volk von diesen Ketten erlösen.«

»Und was meint Ihr mit *nicht regiert werden wollen?* Schwingt dies nicht schon in der Bedeutung Eures Herrschertitels mit, daß Ihr selbst nicht regiert werden möchtet?«

»Nein. Der wahre Herrscher ist derjenige, der keiner mehr ist. Zunächst ist er's nicht mehr durch die Gesetze und Weisungen, die er selbst in Kraft setzte, dann durch die Menschlichkeit-Gerechtigkeit und die Riten und das Wissen. Er ist gebunden durch Volkes Lob und Klagen. Wir aber erlassen keine Gesetze mehr, wir respektieren weder die Menschlichkeit noch die Gerechtigkeit mehr, wir feiern weder die Riten noch das Wissen mehr, wir lassen uns weder von Volkes Lob mehr schmeicheln, noch fürchten wir seinen Tadel. Dies also bedeutet, nicht mehr regiert werden zu wollen.«

»Die Begriffe König und Kaiser enthalten per se die Idee des Regierens. Dennoch sprechen Eure Hoheit davon, den Rang des Königs der Könige eingenommen zu haben, und verwerfen gleichzeitig die Idee des Regierens. Wie läßt sich dies miteinander vereinbaren?«

»Titel sind lediglich bildhafte Vergleiche. Mit König und Kaiser werden nur die bezeichnet, die an der Spitze einer Gemeinschaft stehen. In den Augen der Einfältigen sind es die Personen, die an der Spitze stehen, die sie unterdrücken und aussaugen.«

»Es heißt aber auch, allen Menschen sind die Menschen Wölfe. Ohne Gesetze und Regeln und ohne eine Macht, die sie durchsetzt, würde die Welt bald im Chaos versinken.«

»Dies ist ein Humbug, der auf mangelndes Wissen zurückgeht. Eine Lüge, von den Herrschenden bis zum heutigen Tage unzählige Male zur Rechtfertigung ihrer Machtgier wiederholt. So viele Male habt Ihr es aus ihrem Munde vernommen, daß Ihr es schließlich selbst glaubtet. Aber seht Euch die Natur an. Saht Ihr schon einmal einen Tiger einen anderen Tiger jagen und fressen? Oder einen Wolf einen anderen Wolf reißen oder einen Fuchs sich von einem anderen Fuchs ernähren? Weshalb meint Ihr dann, daß von allen Lebewesen einzig die Menschen sich gegenseitig jagen und aufessen würden, wenn sie zu einem natürlichen Leben zurückkehrten? Seht Ihr denn gar nicht, in welcher Eintracht die Ameisen und Bienen zusammenleben?«

»Aber die Geschichte ...«

»Die Geschichte? Ihren Verlauf haben einzig die Machthaber bewirkt, eigentlich sollte sie eine ganz andere Richtung nehmen. Würde man von jetzt an die Menschen lehren, daß sie von Natur aus gut und ihrer Anlage nach dazu da sind, um sich gegenseitig zu helfen und beizustehen, bedürfte es gar keines Staatswesens und keiner Gesetze. Wir wagen vorherzusagen, daß es binnen hundert Jahren eine solche Welt geben wird.«

Mit einem Mal argwöhnisch geworden, fragte der Kaiser: »Wer bist du? Warum stellst du so viele Fragen über etwas, woran du gar nicht glaubst?«

»Ich bin Journalist. Der Name Eurer Majestät erklingt weithin über den Keryong-Berg ...«

»Daran zweifelte ich nicht. Geh jetzt. Wir hatten schon die Schlechtigkeit der Welt vergessen, mit Leuten deines Schlages wünschen wir nicht zu sprechen.«

»Majestät, wie kommt es, daß Ihr von der Presse eine solch schlechte Meinung habt?«

»Laß mich dir die Fragen stellen. Seid ihr, die Journalisten, Regierungsbeamte? Seid ihr hervorgegangen aus dem, was die Südpartei Wahlen nennt? Unterzogt ihr euch einer Art königlicher Staatsprüfung?«

»Ich bin weder gewählt noch in irgendeiner Art geprüft worden.«

»Woher rührt dann eure ungeheure Machtfülle?«

»Welche Machtfülle? Wir Journalisten stellen lediglich Nachforschungen an über das, was die Menschen beunruhigt, und informieren die Leute dann.«

»Bedeutet Information der Leute nicht die Verbreitung der Ideen von Parteien wie jener Gaunerbande? Bedeutet Information nicht die Kritik und Verteidigung der Missetaten der Machthaber? Bedeutet Information nicht, die Neugier des Volkes zu befriedigen und es zu schockieren, indem man ihm die erschütterndsten Ereignisse und den erbärmlichsten und vulgärsten Klatsch auftischt?«

»Ihr schließt, Majestät, offensichtlich von den negativen Erscheinungen unseres Berufstandes auf seinen ganzen Charakter.«

»Weil Shi Naeam (Shi Nai'an), der Autor des *Suhoji (Shui hu zhuan)*, ein Loblied auf die Diebe anstimmte, verloren seine Nachfahren allesamt die Augen. Der Umgang mit Worten und Texten erfordert Können. Weder hat euch das Volk gewählt, noch hat euch der Staat mit Ämtern bedacht, und dennoch übt ihr Macht aus. Diese Macht muß auf euren Worten und Texten beruhen. Allerdings speist sich die Macht der Worte und Texte aus ihrer Aufrichtigkeit und der Wahrheit, die sie ausdrücken. Ihr Journalisten indes setzt eure Köpfe aufs Spiel, weil ihr eigene Interessen verfolgt und Tatsachen verfälscht und dadurch Streit und Racheakte heraufbeschwört, ihr lügt und übertreibt mit einem Unverstand, mit dem ihr sonst Reis eßt. Wo liegt da der Unterschied zum Lob der Diebe?«

Inwieweit sich der Kaiser tatsächlich in der modernen Presselandschaft auskannte, wissen wir nicht, doch ist seine Kritik an ihr nicht gänzlich von der Hand zu weisen. Bereits ein paar Tage später wurde sie von den Artikeln des getadelten und anschließend ausgewiesenen Reporters bestätigt. Gleich nach seiner Rückkehr in die Redaktion seiner Zeitung verfaßte er eine aus zwanzig Artikeln bestehende Serie mit dem Titel *Der Keryong-Berg*, von denen sich einer mit der Person des Kaisers beschäftigte und diesen in übelster Weise durch eine launische Beschreibung der Thronbesteigungszeremonie verspottete, die freilich nie stattgefunden hatte, und durch wenig kultivierte Deutungen von Ausdrücken wie *König der Könige auf Erden* oder *Haupt der Himmelsgötter im Himmel.* Dieser Artikel stellte sogar die ungeheuerliche Behauptung auf, der Kaiser sei »der Anführer einer taoistischen Sekte«, der, das könne man schon auf den ersten Blick erkennen, »in ein Irrenhaus gehörte«. Nicht ausgeschlossen, daß allein dieses einen Vergehens wegen fünf Generationen der Nachkommen dieses Journalisten der Mund versiegelt wurde.

Dies ist alles, was wir über das erste Jahr T'aeshi aus dem Leben unseres Kaiser berichten können.

Im achten Monat des dritten Jahres T'aeshi sinkt der Kaiser hin und wird in der Erde zu Tôngnûng bestattet. Verliehen wird ihm der postume Titel Gründerkaiser Paengsông Kwangdôkdaebi.

Drei Jahre später glich der Kaiser einer dürren Baumrinde und war sein Herz nur noch Asche. Er suchte nicht mehr den Sinn der Dinge zu begreifen, den er ohnehin längst erfaßt hatte, er verbrachte die Tage leeren Geistes, als sei er blöde oder unwissend, war nicht mehr ansprechbar.

Dann brach sein letzter Tag an. Es war eines klaren und lichten Herbstmorgens, der elfte Tag im achten Monat des dritten Jahres *T'aeshi*, als er plötzlich nach der Kaiserin, der Ehrenwerten Dame Hwang, rief: »Meine Kaiserin, der Moment, abzutreten, scheint gekommen. Es gibt nichts, dem ich nachhängen müßte, dennoch erfüllt es mich mit tiefem Kummer, daß ich meine Augen nun schließen werde, ohne noch einmal den Erbprinzen gesehen zu haben. Sollte er doch noch eines Tages wiederkehren, sagt es ihm bitte. Und sagt ihm auch, daß sein Vater, mochte sein Leben auch voller Schatten und Hemmnisse gewesen sein, schließlich einen klaren und offenen Weg fand. Es war dies gleichwohl erst ein Anfang, ein Vorbote, und mein vergebens alt gewordener Leib muß nun von dannen scheiden, ohne das Ende gesehen zu haben. Ich bitte Euch, sagt es ihm: Wenn wirklich unser Blut in ihm fließt, dann wünsche ich, er möge diesen Weg, den ich für ihn auftat, weitergehen ...«

Obgleich er weder bettlägerig war, noch sonderlich litt, sah die Kaiserin an den Augen des Kaisers, daß seine letzte Stunde nahte, sie verbiß sich das Schluchzen und eilte hinaus. Kurz darauf stürzte U Palsan, der mit der Herbstsaat beschäftigt gewesen war, herein, das Gesicht tränenüberströmt.

»Auch das Kind, mag es außen noch so fröhlich spielen, hat heimzukehren, wenn die Sonne sich neigt. Grämt Euch darum nicht allzu sehr, Yodongbaek. Die sechzig gemeinsam verlebten Traumjahre waren geprägt von endloser Bitternis zwar, aber sie fanden einen ruhmvollen Abschluß, und aufgetan habe ich in diesem Traume die Pforten eines großen und strahlenden *Weges*. Die wahrlich wichtigen Dinge lassen sich mit Worten nicht fassen, dies war es, was mir bei uns immer fehlte, glaubt mir, Minister. Vergliche man unser Leben mit dem Geschehen auf dem Schlachtfeld, dann haben wir einen großen Sieg errungen. Es mag alles nur ein Traum gewesen sein, doch wer wünschte sich nicht zu träumen? Der Tag vergeht, ich werde nun die Haut, die ich auf Erden borgte, abstreifen und von dannen scheiden. Mein lieber Herr U, ich, der ich nun zerfalle, anvertraue Euch meinen Traum. Übermittelt ihn dem Prinzen, dem seinerseits ein langer Traum bevorsteht, wenn er endlich wiederkehrt. Sagt ihm, er möge, wie sinnverwirrt sein Vater auch gewesen sein mag, die Fußstapfen meines Weges beschreiten, und nach ihm der kaiserliche Enkelsohn. Auch anvertraue ich Euch die Kaiserin, die nun allein sein wird, wacht über sie bis zu ihrem letzten Tag. Ich werde an dem Tag, an dem Ihr wiederum Eure Lebenshülle abstreift, auf Euch warten im Nordhimmel, im Chami-Palast.«

Kurz darauf schloß der Kaiser wie einschlafend die Augen, es war die Stunde *Sa**. Der Himmel hätte mit einem Mal stockfinster werden und ein Wind, so heftig, um einen alten Baum zu entwurzeln, hätte plötzlich aufkommen können – doch nichts dergleichen geschah. Verglichen mit seiner von stürmisch-göttlichen Manifestationen begleiteten Geburt verhielten sich Erde und Himmel enttäuschend ruhig.

An jenem Tage traten U Palsan und Kaiserin Ûimyông ihre dreijährige Trauerzeit an, für das kaiserliche Grabmal

* Die sechste der 12 Doppelstunden, zwischen 9 und 11 Uhr morgens.

wählten sie auf der Südseite des Keryong-Berges eine Stelle, welche sie *Tôngnûng* nannten, »Tugendkaisergrab«. Sodann trug der ungebildet gebliebene U Palsan einem taoistischen Priester eines benachbarten Tempels auf, dem Verblichenen den postumen Titel Gründerkaiser Paengsông Kwangdôkdaebi zu verleihen. Gründerkaiser, weil er der Gründer des Reiches war, während *Kwangdôkdaebi*, »Klare Tugend große Klage«, dem Eifer des Priesters entsprang und *Paek*, »weiß«, in *Paek-sôngje*, »weißer heiliger Kaiser«, als Teil der Fünf Elemente auf die schon im *Chônggamnok* erwähnte weiße Farbe des Reiches Süd-Chosôn hinwies. Es ereignete sich dies im Jahre 1972, sechs Jahre, bevor ich das Tôngnûng entdecken durfte.

Inhalt

Die Veröffentlichung dieses Bandes wurde gefördert durch das Korea Literature Translation Institute.

Bibliografische Information der Deutschen Nationalbibliothek

Die Deutsche Nationalbibliothek verzeichnet diese Publikation in der Deutschen Nationalbibliografie; detaillierte bibliografische Daten sind im Internet über http://dnb.d-nb.de abrufbar.

Originaltitel: Yi Munyol, *Hwangjerûl wihayô*,
Seoul, Min-ûm-sa, 2001[11] (1986)

www.wallstein-verlag.de
Vom Verlag gesetzt aus der Stempel Garamond
Umschlaggestaltung: Susanne Gerhards, Düsseldorf
Hubert & Co, Göttingen

ISBN 978-3-8353-0362-1